九天图书

宝鉴

打眼◎著

6 生死门

中原出版传媒集团
大地传媒
文心出版社

图书在版编目（CIP）数据

宝鉴. 6, 生死门 / 打眼著. --郑州: 文心出版社, 2014.8
ISBN 978-7-5510-0806-8

Ⅰ.①宝… Ⅱ.①打… Ⅲ.①长篇小说－中国－当代
Ⅳ.①I247.5

中国版本图书馆CIP数据核字(2014)第169391号

宝鉴6　生死门

作　　者	打眼
选题策划	后　超
责任编辑	齐占辉
责任校对	张瑞芳
装帧设计	孙　波
出 版 社	文心出版社
地　　址	郑州市经五路66号
	（邮政编码　450002）
发行单位	全国新华书店
承印单位	北京建泰印刷有限公司
开　　本	690mm×980mm　　1/16
字　　数	400千字
印　　张	24.5
版　　次	2014年9月第1版
印　　次	2014年9月第1次印刷
书　　号	ISBN 978-7-5510-0806-8
定　　价	38.00元

目　　录

鱼肠剑 >>> 355

"斩！"秦风心念一动，那把短剑突兀地出现在了房间正中的香案上方，猛地往下落去。随着短剑的动作，空气似乎被划出了一道涟漪，一阵风声过后，那张黄花梨打制的长方桌，整齐地从中间断裂开来。

回家 >>> 366

"那就让他上飞机好了。"领头的白人男子耸了耸肩膀，"这人只不过是个小角色，咱们要盯的人是白，告诉外面的伙计，一定要把白给我盯死了！"

第一章 "赌王"何先生

这个位置，是报纸的广告专区，上面密密麻麻的全都是广告，从"黄大仙风水占卜"到"酒店招聘男女公关"应有尽有，秦风留意到的这则广告，被人用红笔圈了出来。这则广告一共只有三十多个字，内容十分简单，就是一家公司的招聘信息，上面讲明了职位和月薪，但没有留下任何联系方式。

"果然还是老手段。"秦风很认真地看了一遍那则广告，然后从口袋里掏出一个小本子。本子上面记录的都是一些莫名其妙的词语，每个词语前面都有相应的数字。

这东西要是让普通人拿到，只会将其当成小孩子的涂鸦，但是在秦风手中，却不一样了。秦风将报纸上那则广告中涉及的几组数字分解出来，然后在那个小本子上找出了每个数字相应的词语，一条完整的信息顿时呈现在了他的面前："汇丰银行，第三十二号保险柜，密码61668……"

"嗯，竟然用银行保险箱传达信息。"看到解译出来的密语，秦风心中一凛，"看来这次公布的杀手任务级别很高啊！"以秦风对杀手门的了解，他们一般都是直接在报纸上公布任务，所有杀手门的外围组织都可以承接。当任务完成后，只要这些杀手能拿出相应的证据，就可以从杀手组织里获得公布任务时公示的丰厚奖励。

还有一种情况，雇主不愿意让其发布的命令搞得天下皆知，于是他们会指定杀手组织安排一个或者数个杀手去完成，将影响力局限在这些人之中。在公布这种任务的时候，杀手组织往往就会选择别的发布方式了。像这次的任务，就具有唯一性和排他性，在李武雄去到汇丰银行利用密码取得那种不记名保险箱里的资料后，分布在东南亚地区的别的外围杀手组织就无法再接到这个任务了。

"是谁要对付秦葭？"秦风的眉头紧锁起来，发布这种任务，雇主付出的代价往往会很高，因为即使任务失败，也影响不到幕后发布任务的人。

"看来我有必要接触一下当今的杀手门了！"秦风眼中露出了坚毅的神色，事关妹妹的安危，他必须要搞清楚，到底是谁要请杀手去对付秦葭。要说外八门中他最不愿意涉及的，就是蛊门和杀手门，这两个门派，一个诡异莫测，一个心狠手辣。要是被这两个门派的人知道秦风是主门传人，恐怕一个会在不知不觉中给秦风下蛊，而另一个，指不定就会破例免费送秦风一颗子弹。

"秦老弟，听说你醒了，我能进来吗？"就在秦风陷入沉思中，想着自己该如何接触杀手门的时候，屋外传来了陈世豪的声音。

听到陈世豪的声音后，秦风随手将密码本放回到了口袋里，扬声说道："豪哥，请进吧！"

"给你带了点冬虫夏草参汤，这玩意儿补血又补气，老弟，你先喝一碗。"推门进来的陈世豪手里拎着个保温瓶，要是被他的那些小弟看到这一幕，绝对会跌落一地眼镜，谁也想不到，像豪哥这样的江湖大佬，居然会拎着汤去看人！

"别，别起来，坐在床上喝就行。"见到秦风要起身下床，陈世豪连忙按住了他，"昨儿周医生给我说了，你那枪伤虽然没有直接触及骨头，不过肩关节处也受到一些震动，这几日还是少做点运动比较好。"

"豪哥，哪儿有那么娇气啊？"秦风苦笑着摇了摇头，接过陈世豪递来的汤，低头一闻，不由得笑道，"豪哥，大手笔啊，就这一碗汤，没个三五万块钱绝对是煲不出来的。"

秦风原本就精通中医药理，仅仅用鼻子一闻，他就知道这汤里面除了冬虫夏草之外，还有一根年份最少在五十年以上的野生山参。先不说冬虫夏草，仅是那野生山参，价值就无法估量了，就算是直接从山里的采参人手上收取，最少都要万儿八千的；如果是在澳岛的药店买的，恐怕秦风三五万块的估价都低了。这玩意儿有吊命的作用，野生参效果尤其好，一般的药店只要有货，向来都会直接送到一些豪门大家手中。

"好汤！"一口气将那保温瓶里的汤喝下肚后，秦风的脸色多了几分红润，"豪哥，这汤怕是已经煲了十来个小时了吧，药味已经完全进去了！"

"昨儿回去我就让人做了，你喜欢就好。"陈世豪点了点头，眼神转到床上的报纸上，"杀手组织发布一些暗杀信息，向来都是用这种手段的，咱们虽然有报纸，不过没他们内部的通讯密码，还是没办法。"虽然陈世豪和杀手组织所干的事情都属于那种不怎么能见得了光的，不过两者之间的区别还是很大。

陈世豪是属于那种地方豪强，在澳岛有着杀手组织无法比拟的先天优势，这就是俗话说的"群众基础"，如果明刀明枪地来，就是澳岛那些帮派，也无法在澳岛斗得赢陈世豪。但杀手组织也有其优势所在，那就是行踪隐蔽，人数虽然很少，却都是精锐，讲究的是一击必杀，在某种程度上会给人造成很大的心理压力。由于杀手组织这种独来独往的特性，所以就算是陈世豪，对其了解也不是很多，在这件事情上，他是帮不到秦风什么忙的。

"豪哥，葭葭的事儿怎么样了？有什么消息吗？"秦风并没有说出他已经可以破译杀手门通讯的事情，而是将话题转到了妹妹身上。

"正想和你说这件事呢。"陈世豪闻言精神一振，为了寻找秦葭，他算是煞费苦心了，甚至找了何先生帮忙，结果还真让他查出了秦葭的去向。从随身带着的包里拿出了几张纸，陈世豪递给秦风，"在出入境管理局那里，我找到了这个，秦老弟你看看。"

"美国的护照？这……这是秦葭的？"看着那张复印纸上的英文，秦风顿时愣住了，因为那复印纸上的黑白照片正是自己的妹妹，秦风绝对不会认错的。

"葭葭怎么去的美国？还……还改名字叫何佳了？"拿着那几张纸，秦风喃喃自语道，他之前设想了许多种可能性，但怎么都没想到，妹妹居然已经是美国人了。

"豪哥，这护照会不会是假的？"秦风抬头看向了陈世豪。

　　"假不假的我不知道，不过能通过出入境的，这护照在美国就是合法的。"陈世豪想了一下，说道，"美国是一个可以拥有多国国籍的国家，中间还是有许多漏洞可以钻的，或许你妹妹在别的国家还有身份，而且用的不是这个名字……"

　　"可……可秦葭只是一个小女孩，哪里有这本事啊？"秦风苦笑着摇了摇头，"豪哥，能不能通过这护照，查到秦葭在美国的住址？"不管怎么说，总算有了妹妹的下落，别说是去美国了，就算是去月球，秦风也要去，尤其是在知道妹妹被人追杀的情况下，秦风是一刻都等不了。

　　"查不到，秦老弟，这事情很难办。"听到秦风的话后，陈世豪也苦起了脸，摇头说道，"查这出入境的信息，我都办不到，而要查护照信息，那要去美国使馆才行，那些人很死板，可没那么容易通融……"

　　在澳岛，虽然也有公务员徇私枉法的事情，但总体来说，风气却不错。别看陈世豪面子挺大，去出入境管理局查找这些信息，就是"赌王"直接找了那位快要回国的澳督办理的，至于去一向注重个人隐私的美国使馆查人，陈世豪就更加办不到了。

　　"秦老弟，要不这样吧……"陈世豪知道那女孩在秦风心中的分量，沉吟了一下说道，"我在美国致公堂有些朋友，等下个月去美国的时候，请他们出面接触一下杀手组织的人，或许能查到你妹妹的下落。"

　　"致公堂？"秦风眼睛一亮，"你说的是洪门吧？"

　　"没错，就是洪门！"陈世豪点了点头，"青帮、洪门在国内是没有了，不过在欧美那些国家势力非常大，比之黑手党也差不了多少，他们肯定知道杀手组织的一些情况。"洪门在半个多世纪以前，可以算得上是国内最大的帮派，解放后移居海外，几十年发展下来，早已成为国外最大的华人组织。

　　"好，那就这么办，豪哥，还要您多费心……"虽然这次和妹妹擦身而过，秦风有些不甘心，但他也没有什么好的办法，只能将找到妹妹的希望寄托于下个月的美国之行了。

　　两人正说着有关杀手组织的事，亨利卫推开房门："秦风，你没事儿吧？"他身后跟着明叔等几个老人。

　　"怎么伤成这个样子？"亨利卫抢到秦风床头，有些不满地看了一眼陈世豪，

"丹尼，在你的地盘上，怎么会出现这种事情？难道是何先生干的？"亨利卫和陈世豪是多年的好友，对其现在在濠江的地位也十分了解，恐怕除了那位"赌王"之外，在澳岛这地界，再没有人敢如此对待陈世豪的朋友了。

"不是何先生干的，这事儿和他没关系。"被老朋友质疑，陈世豪脸上不由得露出了尴尬的神色，指了指港岛的方向，"是那边来的过江龙，不过秦老弟也没吃亏，那些人都已经被……"说着话，陈世豪做了一个割喉的动作，顿时让亨利卫等人吓了一跳。

亨利卫和明叔这些人厮混的圈子虽然也算是江湖，不过他们一直都是负责技术方面的问题，对这些打打杀杀的事情，接触得还是比较少一些。

"秦风，你别的地方没事儿吧？"亨利卫走到秦风面前，上上下下打量了起来，就是明叔也有些紧张，毕竟下个月的赌王大赛，他们还要依仗秦风的赌术呢。

"亨利、明叔，我没事儿。"看着自己赤裸的上身和伤口处的绷带，秦风苦笑了一声，"只是些皮外伤而已，休息一两个星期就好了。"

"那……那下个月的赌王大赛？"明叔浑浊的老眼充满希冀地看着秦风。

"明叔，放心吧，下个月我会去的。"秦风冲着明叔笑了笑，"不过这之前我要回趟京城，那边还有点儿生意，出来那么久，也要回去看看了。"

"你要走？"陈世豪没有听秦风提过这个事儿，不由得眉头一皱，"老弟，赌王大赛满打满算也就剩一个月的时间了，你在澳岛这边好好养伤不行吗？"

"豪哥，家里还有一摊子事情呢。"秦风苦笑着摇了摇头，"下个月出去的时间恐怕比较长，我要安顿一下家里的事情才行。"

其实秦风在京城的产业，不管是苗六指的开锁公司还是何金龙的拆迁公司，现在都已经步入正轨，根本就不需要秦风担心。至于真玉坊，供货方面有黎永乾的玉石加工厂，内部管理上有谢轩和冷雄飞，朱凯、冯永康等人也能随时过去帮忙；而在外面的业务，则是由黄炳余负责，他在玉石行当里干了二十多年了，各种门路都清楚得很，基本上不会出什么问题。

秦风现在可以说是成了甩手掌柜，回京并没有什么事儿，他之所以这么急迫，是想回一趟仓州，看看妹妹有没有回去过。兄妹俩当年相依为命，感情之深，根本就无法用语言来描述。秦风相信，那会儿已经八岁的妹妹，应该会对铁路旁的那间屋子有记忆的，只要她是自由的，一定会去那里寻找自己。

"丹尼，秦风要回去，就让他回去吧！"见秦风态度坚决，亨利卫就说，"秦风，赌王大赛在下个月中旬举行，咱们要提前几天过去，10号之前，你能赶到澳岛吗？"

"10号？应该问题不大。"秦风想了一下，下个月10号距离现在差不多还有一个月的时间，要是一个月都等不到妹妹，那么恐怕她也不会回去了。

"行，那就按亨利说的办。"陈世豪点了点头，"那秦老弟你再休息一天，等我订好机票你直接从澳岛飞回京城。"

正说着话，陈世豪的手机忽然响了起来，看了一眼号码，陈世豪的脸色不由得一变，对着众人做了个噤声的手势。

"何先生，您好！"虽说是手机通话，但陈世豪脸上的神情还是透着恭谨，说话也十分客气，"咱们昨儿不是才一起吃过饭吗？说实话，这件事还要谢谢何先生您呢。"

见此情景，亨利卫对着秦风张开嘴巴，用口型说出了两个字："赌王。"面色也是十分严肃。其实就是亨利卫不说，秦风也能猜得出来是谁，毕竟在澳岛这地界能让陈世豪如此态度的人，除了"赌王"再无他人了。

也不知道"赌王"在电话里说了什么，陈世豪忽然摇头说："何先生，这就不用了吧，亨利只是来看看老朋友而已……这样？好吧，那我静候何先生大驾。"陈世豪挂断电话之后，眉头深深地皱了起来，看着亨利卫欲言又止。

"丹尼，怎么了？他知道我来澳岛了？"亨利卫撇了撇嘴，"就是知道了又怎么样？我当年答应他只是不在澳岛任何一家赌场里做事，但并没有说不来澳岛啊！"

叶汉去世时，"赌王"曾经招揽过亨利卫等人，不过叶汉和"赌王"斗了几十年，他手下的这些人，又岂肯为"赌王"效力？以亨利卫为首的"叶汉帮"全都拒绝了"赌王"的邀请，当时何先生在赌坛放出风去，不准许赌场接纳叶汉当年的这帮手下。不过"赌王"对叶汉的这帮手下，也有几分忌惮，毕竟叶汉当年的公海赌船曾经重创过澳岛赌业，他也怕亨利卫重开赌船，所以才将亨利卫介绍到了内地的那家京城会所。而明叔和郑中泰等人在泰国等地赌场任职，背后也隐隐有"赌王"的影子，如此一来，叶汉的这些手下四分五散，再也成不了气候。

"何先生已经过来了，他刚才是在车上给我打的电话。"陈世豪苦笑了一声，他在澳岛看上去好像风光无限，但要论起底蕴，比"赌王"要差了十万八千里都不止。别的不说，自己这处挂在别人名下的别墅，都被"赌王"掌握得一清二楚；更让陈世豪无奈的是，"赌王"连亨利卫等人的行踪也都了如指掌，明说想见亨利卫和明叔，甚至都没给陈世豪拒绝的机会。

"丹尼，你那些手下都要整顿一下了，他们到底是跟谁的啊？"亨利卫闻言，不满地看了一眼陈世豪，他的行踪泄露，自然是陈世豪的那些手下出了问题。

"亨利，你又不是不知道'赌王'在澳岛的地位，他明着什么都不争，但是在这一亩三分地上，谁又能和他争呢？"陈世豪无奈地叹了口气。在澳岛的江湖中，各种大佬如同过江之鲫，数不胜数。但是出来混总是要还的，这些人一般也就风光那么几年，最后不是横死街头就是锒铛入狱。唯有"赌王"何先生，历经澳岛数十年的风风雨雨，始终都屹立不倒。他从不沾染帮派，但不论哪个帮派的小弟，都是将"赌王"奉若神明，这澳岛有什么风吹草动，都逃不过"赌王"的耳目。

"看看他说什么吧。"亨利卫转脸看向秦风，"秦风，你就在屋里休息吧，我们处理完'赌王'的事情就走。"

"别啊，亨利，我也去见识一下吧！"秦风赶紧说道。师傅载昰在世的时候，曾跟他说过，在华人圈里，叶汉的赌术未必能称得上是"赌圣"，但澳岛何先生的"赌王"称号却是实至名归。这不在于何先生的赌术有多高明，事实上他从不沾赌。载昰之所以给他那么高的评价，是因为何先生以一己之力，将澳岛打造成了可以媲美拉斯维加斯那样的赌城，这等成就，足可以配得上"赌王"的称号。

"不过就是一老头子，有什么好见的？"亨利卫对秦风的话有些不以为然，不过还是从床头拿了件衣服给秦风穿上了，外面又套了一件外套，将秦风缠着绷带的右臂遮掩了起来。

"豪哥，何……何先生来了。"秦风这边刚刚穿好衣服，守在门外的一个小弟就跑了进来，脸上露出了兴奋和紧张的神色，可见何先生在澳岛的深远影响力。

陈世豪点了点头，沉稳地说："明叔、亨利，咱们去迎一下吧，对方终归是长辈。"叶汉虽然和何先生有数十年的恩怨情仇，但二人之间也曾有过合作，孰是孰非，到现在也说不清了，别的不谈，就是何先生的年纪，也足以当亨利卫他们的

长辈了。

秦风从床上下来，跟在陈世豪等人的身后，刚刚来到客厅，从外面就走进三个人来。为首的那人身材高大，面色红润，鹰钩鼻带有很明显的混血痕迹，皮肤保养得非常好。从外貌上看，这人也就六十出头的样子，整个人显得十分儒雅，依稀看得到年轻时的风流偶倪。

这人就是传说中的何先生了，虽然眼角已经有了皱纹，但高大的身材、混血的面孔和雍容的风度，依然给人一种说不出来的魅力。跟在他身边的，则是两个鬼佬保镖，身高都在一米八五以上，魁梧的身材有意无意地将何先生挡在了中间，凌厉的眼神更是不断地往四周打量着。

"何先生，您怎么来了？"见到"赌王"等人已经进入客厅，陈世豪连忙迎了上去，即使如他，在何先生面前仍然要持晚辈礼。

"亨利回来了，阿明也回来了，你们都不告诉我啊！"何先生脸上挂着淡淡的笑容，"你们啊，总是抱成一个小圈子，以前汉哥是这样，现在你们也是这个样子，这样不好……"以何先生现在的江湖地位，纵观港澳富豪，能让他心甘情愿称其为兄的人，除了叶汉之外，怕也没有第二个了。

"何先生，我只是想家了，回来看看而已，不敢惊动您。"亨利卫往前走了一步，虽然在背后对何先生有些不屑，但是在何先生面前，他却不敢有一丝不敬。

"都是老朋友了，你们来，我当然要见了。"何先生转脸看向了明叔，"阿明，在泰国怎么样啊？要是不习惯就回来吧，你年纪也不小了，在我葡京做个技术副总可好？"

"燊哥，不是不想，是不能啊！"明叔摇了摇头，"当年我就发过誓，不进葡京一步，临到老了再去，那不是自己打自己脸吗？日后九泉之下，也没法去见汉哥了。"

叶汉与何先生相比，虽然在大局观上差了对方很多，数次澳岛赌牌相争都败给了"赌王"，但是叶汉也有一点是何先生无法相比的，那就是为人十分讲义气，对待手下就像是亲人一般，但凡跟过他的人，极少有转投他人的，所以即使叶汉去世，何先生也没能从他这边挖过去一个人。

"你们啊，门户之见还是这么深。"何先生叹了口气，径直在客厅的沙发上坐了下来，"澳岛是咱们自己的，是我和汉哥还有傅老榕他们一起做起来的，只要把澳岛赌业发展好，跟谁干还不是一样吗？"

"何先生，道不同，不相为谋！"亨利卫是跟随叶汉打造"公主"号赌船的主要人物，他和何先生的接触比明叔还要多，虽然也很尊重"赌王"，但说起话来却毫不客气。

"强扭的瓜不甜，既然你们不愿意，那就算了。""赌王"摇了摇头，眼睛忽然盯在秦风身上，"年轻人的运气不错，昨天的事情，我还要谢谢你呢。"

"运气不错？谢谢我？"秦风压根儿就没想到"赌王"会和自己说话，一时间不由得愣住了，指着自己说，"何先生认识我？"

"你昨儿在葡京玩了几手，运气很不错啊！""赌王"闻言笑了起来，"凭着你昨天的手风，如果再赌下去的话，赢个千儿八百万的绝对没问题，能见好就收，我不是要谢谢你吗？"

"那么小的赌注，竟然都被您看到了？"秦风有些无语，他昨儿在葡京根本就没玩多大一会儿，最后押了那把之后更是马上就离开了，没想到这样都被何先生看到了，可见他对自己赌场的关注。

"英雄出少年，我像你这么大的时候，可没那么好的运气，少年人，有血性！""赌王"这话一语双关，他说的运气，不单单是秦风在赌场赢钱，其实还有昨儿发生在码头货场的事情。其实以他的地位，哪里会去关注赌场的那点儿输赢，让他注意到秦风的，还是这几天亨利、明叔等人的到来和陈世豪的动态。

当时"赌王"对秦风这个年轻人也没怎么在意，只当他是亨利卫或者明叔的人，但是当昨天有人把码头货场发生的事情告诉他之后，"赌王"马上对其重视起来。在澳岛，他想知道的事情，就算是埋地三尺都能给挖掘出来。于是秦风在酒楼和郑中泰的对赌，还有在葡京赌场的录像资料，在很短的时间内就被送到了案头。

如果秦风单单是赌术高，何先生未必会在意，做赌业不是会赌术就行，他何先生从来不赌，但丝毫都不损"赌王"的称号。不过秦风的杀伐果断，却让何先生对其产生了浓厚的兴趣。在何先生看来，这就是有勇有谋，想成大事，这两者缺一不可，于是何先生有了想见秦风一面的念头，这才会坐在了陈世豪别墅的客厅里。

"何先生过奖了，正如您所说的，运气而已。"秦风微微一笑，简单回了一句就不说话了，面对这样的老狐狸，说多必定错多。

"你妹妹找到了吗？"何先生却不肯放过秦风，"我让人查了一下，她的护照签发国是美国，不过出境目的地是港岛，要不要我找人再帮你查一下？"

"多谢何先生了。"秦风脸上的笑容不变，但却没有说出需要还是不需要，这种模棱两可的态度，让何先生一时都不知道该如何表态了。

看到秦风的样子，何先生忍不住腹诽了一句："小狐狸！"他是何等身份的人，既然说出了这话，就算是秦风不需要，他也要给秦风一个答复的。

"有人帮着查，干吗不要呢。"秦风此刻也正在心里暗笑着，如果他答了何先生的话，那就等于是欠了对方一个人情，现在只说谢不表态，到时候何先生即使找到了妹妹的下落，自己也算是谢过他了。

"后生可畏啊！"以何先生的身份，自然不会和秦风去计较了，哑然一笑后，他看向了陈世豪，"阿豪，你们的心思我明白，但做赌场可不是那么容易的事情……"何先生见秦风只是出于好奇心，但现在说的事情，却是牵扯到了澳门赌业的大事，他的面色也变得严肃了起来。澳岛回归在即，赌牌制度将要进行改革的事情，"赌王"自然比陈世豪知道得还要多，执掌澳岛赌业数十年，何先生自然不想看到这种局面。

"何先生，大势所趋，非人力所能阻挡的。"陈世豪摇了摇头，直到此刻，他才显示出了与何先生平起平坐的大佬气魄，"您应该也知道，这次洗牌最少会出现三张赌牌，我不争，还是会有其他人去争的。"

按照上层传出来的消息，为了打破"赌王"垄断澳岛赌业数十年的局面，在澳岛回归之后，将一次性发放三张赌牌。也就是说，以后的澳岛将不会再是何先生一家独大了，将会有三股势力在这里进行角逐，就是何先生他自己也不知道能否得到这三张赌牌中的一张。

"你说的没错，这次有不少海外的势力也会参与进来。"何先生点了点头，看向陈世豪等人，"如果有你们加入进来，一张赌牌我是志在必得，就是拿下两张也不是不可能，合则两利，你们看呢？"

论资金，何先生数十年来的积累，可以说是富可敌国，不过赌坛有赌坛的规矩，不是钱多就能一手遮天的，否则比尔·盖茨也能成为"赌王"了。何先生缺的，是有赌场管理经验的管理人员和资深的赌术高手。他清楚，当赌牌开始发放的时候，这些人将成为最抢手的香饽饽，如果不能把这些技术型人才招至麾下，那就等于树立了一个强大的对手。而且最让何先生担心的，还是那些国际赌场进入澳岛，拉斯维加斯的一些赌业大亨早已对这个东方赌城虎视眈眈，他们绝对不会放过这个机会的。

"何先生，以您的威望和实力，一张赌牌还不是手到擒来的事情？"陈世豪笑着说道，"我们不过是小打小闹，看看能不能从你们那里分得一杯羹，哪里有实力和您谈合作呢？我看还是算了吧！"

陈世豪之所以拒绝得如此干脆，一是他背后有港岛的财团支持，就是当年的傅老榕家族以及叶汉的后人，这些人虽然还比不上何先生财力雄厚，但也是坐拥上百亿的大家族，实力不容小觑。第二点就是，陈世豪很了解何先生，何先生做人除了从不赌钱之外，还有一条就是死不认输，他绝对不会看着经营了一辈子的澳岛赌业被别人抢走。如果双方合作，何先生必定要拿走话语权，以他的手段，用不了多久，合作的公司就会成为何先生的私产。

"好吧，阿豪，我尊重你们的选择。"听到陈世豪的话后，何先生的脸色有些黯然，他为人一生强势，在任何情况下都不肯认输，但临到老年，却要面临着自己赌业王国最大的一个危机。随着年龄的增长，何先生已经将手中大权放出去很多，他对于公司的掌控，已经不像前些年那样得心应手了。他原本想联合叶汉当年的手下，从即将发布的新政中竞得两块赌牌。如此一来，即使有外资进入澳岛，想必也会输在他们的联手之下，可是何先生没想到，陈世豪居然拒绝得如此干净利索。

"阿明、阿豪，咱们的国籍虽然不是中国，但还都是中国人！"何先生站起身来，眼睛盯着明叔和陈世豪，"我希望以后的澳岛赌业，还能执掌在中国人的手中！"

"何先生，请您放心，我们是不会将那些鬼佬们引到澳岛来的！"陈世豪重重地点了点头，"即使是争，也是咱们中国人在争，有些规矩我们是不会破坏的，正常的竞争行为，还请何先生能理解。"

"好，阿豪，记住你的话。"何先生看了一眼站在几人后面的秦风，缓缓往门外走去，走到大门口的时候，忽然回头说道，"这一届在拉斯维加斯举办的赌王大赛，我会派乔治去参加的，希望亨利你不要有心理压力才好。"

"乔治？"亨利卫闻言一愣，继而重重地哼了一声，"我一直都很期待和乔治再赌一次，如果能碰到，那自然是再好不过了。"

"哈哈，我很期待这次赌王大赛啊，到时候说不定也会过去的。"何先生哈哈一笑，既然不合作，那就是对手，在竞争还没有开始的时候，何先生就已经在使用心理战术了。

"亨利，乔治是谁？"等到何先生在几个保镖的护送下离开别墅后，秦风问亨利卫。他发现何先生在说出那番话后，亨利卫等人的面色都不怎么好看。

"葡京赌场的首席技术顾问。"回答秦风的是陈世豪，看到秦风一脸不解的样子，他解释道，"乔治是三年前拉斯维加斯赌王大赛的第三名，被何先生高薪聘请到了葡京。在两年前，亨利曾经和他交过一次手，当时输给他了。"

站在一旁的亨利卫脸色一沉："赌王大赛的前五名，每个人都有问鼎冠军的实力，我输给乔治，只是他运气好一点，再赌一场的话，谁输谁赢还不好说呢！"对于输给乔治这件事，亨利卫其实一直都有些耿耿于怀，赌术到了他们那种地步，最后看的就是运气，那场和乔治的对赌，亨利卫只是运气稍差一点罢了。

亨利卫话声未落，明叔就点了点头："亨利说的是，历届赌王大赛，获得冠军的人总是有些运气成分在里面的，能获得前十的人，都有冠军的实力，要不然也不会都冠以'赌王'称号了。"

赌王大赛，说白了就是各国赌业巨头一次展露肌肉和对赌业重新洗牌的机会，赌坛有个不成文的规矩，那就是相互之间，不能到拥有"赌王"称号的人坐镇的赌场去砸场子。换言之，如果一家赌场没有"赌王"称号的人坐镇，就不受这条潜规则的保护，在行业内会受到各种排挤和打压，赌场的命运就可想而知了。

当然，这当中也有一个例外，那就是叶汉的赌场。对于这个赌坛的无冕之王，即使是那些国外赌坛大佬，也不敢轻易挑衅，当年"公主"号在公海开赌的时候，没有任何势力敢上去捣乱。但是现在叶汉已经去世了，如果陈世豪等人想在澳岛赌业分得一杯羹的话，就必须获得赌王大赛中的"赌王"称号，否则就算争得赌牌，日后也将会举步维艰。

"原来是这样啊。"听到几人的话后，秦风心中顿时豁然了，他原本觉得陈世豪等人对这一场赌王大赛未免看得有些过重了，没承想原来是这么一回事儿。

"秦老弟，按照常例，坐镇赌场的'赌王'都会有赌场股份，虽然少，但也比拿薪水要多得多。"陈世豪看向秦风，"老哥我开出的股份，可是要比那种股份高出很多倍，你可以考虑下，要不要接受我之前的建议？"

"豪哥，我会考虑的。"秦风点了点头，他以前听师傅说过不少关于澳岛赌坛的事情，但亲身经历后才知道，很多事比想象中的要复杂得多。

"行了，秦老弟你多休息，明天我送你上飞机。"对于秦风没能当场表态，陈世豪微微有些失望，拍了拍秦风没有受伤的左肩后，带着亨利卫等人离开了别墅。

第二章　故地重游

第二天上午，澳岛国际机场。

"老弟，多多保重！"陈世豪和秦风握了下手，低声说道，"港岛那边走不通关系，只能查到你妹妹已经离境，但是去了哪里，那边的人不肯透露。"

"豪哥，多谢了，咱们下个月10号见。"秦风已知道了这个消息，别看窦健军在港澳两地都不怎么起眼儿，只是一个文物走私贩子，不过他所做的买卖，却是需要经常和出入境的人打交道，打听起这些消息来，比陈世豪还要快。

辞别陈世豪等人后，化装成吴哲的秦风坐上飞机，离开了澳岛。

"葭葭，你到底在哪里啊？"看着外面的蓝天和下面茫茫一片的云海，秦风无奈地叹了口气，和妹妹的擦身而过，让他在巨大的惊喜之后却又无比惆怅，只感觉造化弄人。

两个多小时后，飞机已经抵达津口市，这也是秦风让陈世豪订的，因为仓州没有民用机场，秦风只能从津口赶过去。

拿着吴哲的回乡证，秦风无惊无险地出了机场，叫了一辆出租车，谈好价钱后直接往仓州方向开去。仓州和津口只有一百二十公里的距离，还没到中午十二点，秦风就已经来到了他和妹妹曾居住了五年之久的那个小镇。

　　和妹妹失散之后，秦风这并不是第一次回小镇。但每一次回来，他都有种不真实的感觉，当年和妹妹生活的场景，总是在一些熟悉的地方，像是电影回放一般从秦风的心头闪过。

　　小镇的风貌几乎没有任何改变，那家铁路小学门口的烧饼店仍然开着，只是当时还很年轻的胡老板，现在已经成了四十多岁的中年人。

　　"老板，来两个烧饼。"秦风递过去一块钱。

　　"好嘞，正好刚出锅，您拿好。"当年被秦风称为"胡叔叔"的烧饼店老板，此时已经完全认不出秦风来了，将两个烧饼交给秦风后，自来熟地说，"小伙子是来走亲戚的？看着有点面熟啊，你是去哪家的？"

　　"我是刘家的亲戚，以前也买过你的烧饼。"少年时候的秦风脑袋大身体小，不管是脸型和身材，都和现在一米八多的秦风判若两人，哪怕他恢复了本来面貌，胡老板也没认出来。

　　"是吗？我就说看着眼熟呢。"听到是老刘家的客人，胡老板顿时又热情了几分，现在刘家在小镇上开了家武校，算得上是有钱有势的大户了。

　　"是啊，那会儿来买您烧饼的时候，我记得还见过两个小要饭的呢。"秦风拿出一根"中华"烟递了过去，慌得胡老板连忙擦干净手中的面粉，将烟接过去。他根本就没意识到，面前这个出手阔绰的年轻人，就是当年那个要饭的小男孩。

　　"你是说秦家小兄妹吗？"胡老板叹了口气，"他们其实也不是要饭的，兄妹俩靠着捡破烂为生，挺有骨气的，要不是孙家那两兄弟作孽，那俩孩子应该都是有出息的人……"说起当年的往事，胡老板有些唏嘘。

　　"老板，我看那小兄妹和我年龄差不多，现在也都该成人了吧？"听到胡老板说起往事，秦风的鼻子忍不住有些发酸，连忙岔开了话题，"小时候我还和他们一起玩过呢，不知道他们两个现在怎么样？"

　　"不在了，都不在了，也不知道现在是不是还活着。"胡老板摇了摇头，"大的那个叫秦风，当年杀了孙家的两兄弟，被判刑入了狱，小的那个女孩走失了，现在也不知道在哪里。"

　　在秦风入狱之后，刘家曾经寻找过秦茵的下落，小镇上的人都知道秦茵失踪的事情，像是胡老板这种好心人，那会儿也帮着四处打听过秦茵的消息。

"他们两个，都没回来过吗？"秦风问出了他最想问的话。他知道，如果妹妹回过这个小镇，恐怕也会来这个烧饼店的吧？因为对于妹妹而言，这里留给她的记忆无疑也是最深的。

"没有，大的那个应该出狱了，从来没回过。"胡老板叹了口气，说道，"小的那个女孩，那会儿应该才八九岁吧，虽然记事，不过那时社会很乱，谁知道是不是还活着，姓孙的那一家真是作孽呀！"

"老板，就没见那小女孩回来过吗？"听到胡老板的话后，秦风心中一沉，一丝失望的神色从眼中闪过。

"真的没有！"胡老板摇了摇头，"那男孩和你们刘家好像有些关系，你去家里问问，或许家里的长辈有人会知道吧。"

"哦，我就是随口一问。"秦风又拿出了五块钱，指着刚从炉子里取出的几个烧饼，"这几个我都买了，拿家里去吃。"

"好嘞，我拿个袋子给你装起来。"胡老板答应了一声，拿出了个塑料袋将烧饼装了进去。

"这小子很眼熟啊，和以前那个秦风倒是有一点点像。"在秦风拿着烧饼离开后，胡老板的脑子里忽然冒出了一个念头，不过随之就被打消了。少年时的秦风瘦弱得像个豆芽菜似的，哪里会长成现在人高马大的样子。

"比以前更加荒凉了，不过很多东西都没有变……"

二十多分钟后，秦风的身影出现在了那铁轨的旁边，此时已经是下午三点多钟了，偏西的日头将秦风的身影拉得很长。

眼前的这条铁路，早已废弃不用了，铁轨也被周边的一些拾破烂的人拆得七零八落。此时正值春天，路边的野草长得都齐人高了。

只要是在这个小镇上生活的人，都知道当年在这里发生的血案。一传十十传百，就连那些外来拾破烂的人也知道这地方死过好几个人，所以秦风和妹妹当年住的那个屋子，倒是保持了原样，没有被人侵占。只是年久失修，屋顶已经有些坍塌了，秦风走进去之后，抬头就可以看到头顶的阳光。屋子里面砖石的缝隙里，也长出了一些青草。

"这个……是我当年的手枪？这……这是妹妹的木头娃娃？"秦风用手在零落一地的砖石、杂草里扒拉了一下，看着扒出来的两件东西，一时间神情有些恍惚。

那个黑黝黝的木头手枪，是秦风当年自己用木头刻的，然后涂上了黑漆，这是秦风有记忆以来自己唯一的玩具。至于那个木头娃娃，则是秦葭有一次看到一个女孩抱着布娃娃玩，回到家后生平第一次向哥哥索要的玩具。

那会儿吃饭都成问题，秦风哪里有钱去给妹妹买玩具啊，当时冲着秦葭发了很大的火，懂事的妹妹什么都没说，可是半夜默默流泪的时候被秦风发现了。这让当哥哥的秦风心如刀绞一般，第二天天不亮，秦风就拿着柴刀去劈砍了一个适合雕琢的木头，整整花了一个礼拜的时间，在手上划出好几道口子后，才给妹妹做出了一个木头娃娃，又用捡来的碎布给娃娃做出了漂亮的衣服。

当时秦葭将这个木头娃娃当成了宝贝，几乎一刻都不离身，跟着秦风出去的时候，也会背个小书包，将娃娃放在里面。

看到了似乎被火烧过的木头娃娃，秦风的泪水一下子涌了出来，无助地蹲在地上，再也无法抑制心头的悲伤和对妹妹的思念："葭葭，你到底在哪里啊？"

秦风知道，这个木头娃娃还在这里，就说明妹妹从来没有回来过，如果妹妹回来，她是一定会将这个娃娃给带走的。

"葭葭，难道你忘了哥哥了吗？难道你不记得这个地方了吗？"泪水如雨水一般从眼中滑落，秦风也不去擦拭，只是用手摩挲着那个木头娃娃，全然不在乎沾染到手上的灰尘和油腻。

过了好大一会儿，秦风才抑制住心中的悲伤，从随身的包里拿出了一件衣服，将那木头手枪和娃娃都给包了起来，这两样东西虽然都很不起眼儿，却承载着自己和妹妹太多童年的记忆。

秦风默默地看着屋里的一切，直到外面夕阳西落，屋内的光线也变得有些暗淡了，才有些不舍地站起身来。正准备离开的时候，秦风眉头一皱，刚跨出去的脚又收回到了屋子里。他清楚地听到，有一个人正朝着屋子的方向走来，来人脚步沉稳，应该是身上有功夫的人。

来人走到屋前并没有进来，而是在铁轨边坐了下去，自言自语的声音轻轻地传到秦风的耳朵里："听我二伯说，你过得很好，可是你这臭小子怎么就不回来看看兄弟呢？不回来也就算了，可是连电话都不留，真是太不够意思了。"

屋外响起一声打火机的声音，一丝烟味传入到秦风的鼻子里，来人继续说道："你小子过好了，可是莨莨不知道怎么样啊，兄弟，我已经尽心尽力了，可是怎么都找不到莨莨妹子啊……"

"子……子墨？"外面那个男人的声音，让秦风的心颤抖了起来，忍不住喊出声来。他怎么都没有想到，在此刻竟然能碰到儿时最好的兄弟——刘子墨！

"谁？谁在说话？给我出来！"正在自言自语的刘子墨，被突如其来的声音吓了一跳，连忙从铁轨上跳了起来，摆出了一副防守的架势，目光凌厉地盯着屋子，"少给老子装神弄鬼的，赶紧滚出来！"

习武之人阳气重，从来都不信鬼神之说，旁人不敢来这个整日里阴气森森的地方，可是刘子墨并不在乎，几乎每次回来都会来这里坐坐念叨几句，回忆一下当年和秦风的兄弟之情。

"子墨……是我！"秦风只感觉喉头发堵，一个箭步从屋子里冲了出来，看向正一脸警惕的刘子墨。

少年时的刘子墨，身上带有一股子儒雅气质，不过现在成年之后却显得很彪悍，身高甚至超过了秦风。不仅如此，秦风还隐隐感觉到他身上有一股杀气，那是只有见过血的人才能散发出来的一种气机。秦风知道，老友和以前也有着很大的改变了。

突然间见到几近坍塌的屋子里钻出个人来，饶是刘子墨胆大，也被吓了一跳，不过当他听到秦风的声音和看到秦风本人之后，整个人却愣住了："你……你是疯子？"

当年刘子墨被父亲带着在祖宅整整住了三年，这三年他几乎每日里都和秦风兄妹有来往，卖烧饼的胡老板认不出秦风，但刘子墨一眼就认出了。

看着刘子墨，秦风的眼睛忍不住又湿润了，喃喃道："我是疯子，你就是流氓！"当年的秦风做人很本分，被人欺负一般都不会还手，唯独有人欺负秦莨的时候，秦风就会像疯了一般与人厮打，就算对方是大人也不例外，有一次他疯劲发作，竟然生生从一个成年人身上咬下了一块肉。

这让刘子墨给秦风起了这个"疯子"的外号，不过秦风很不喜欢，为了表示反抗和自己的愤慨，他给那时喜欢抹发胶的刘子墨也起了个"流氓"的外号。

"疯子？你真的是疯子！"刘子墨猛地跳了起来，一个箭步冲到了秦风的面前，重重一拳就打在了秦风的肩膀上，"哈哈，疯子，咱们又重逢了！"

此时刘子墨的心中充满了喜悦，不过当他看向秦风的时候，不由得愣了一下，和自己的兴奋不同，此刻面前的秦风却是一脸苦涩，而且眼中似乎还有泪水。

"怎么了，秦风？你不高兴见到我？"刘子墨是个藏不住话的人，眼见秦风一脸痛苦的样子，忍不住又在他的肩膀上拍了一记，"就算我没找到莨莨，你就不把我当兄弟了吗？"

"不……不是！"秦风强忍着右肩传来的痛楚，从牙缝里挤出了几个字，"子墨，见……见到你，我很高兴，非常……非常高兴！"

肩膀上的枪伤，只差一点就伤到了骨头，这几天秦风拎东西都是用的左手，刚才被刘子墨那重重的一拳打在伤处，疼得秦风差点没晕厥过去。

"怎么了，疯子？你这是怎么回事儿？"刘子墨是个粗中有细的人，当他看到秦风脸上冒出冷汗的时候，顿时发现了不对，一把拉开秦风的外套，看到了右肩包扎的地方已然往外渗出了鲜血。

"妈的，谁伤的你？谁伤的我兄弟？"刘子墨的眼睛瞬间瞪圆了，怒气冲天，"秦风，是谁干的？老子活撕了他！"刘子墨要比秦风大一岁，两人还是发小的时候，他就对秦风特别照顾，镇子上的小孩不敢欺负秦风，固然怕秦风发疯，另外一点就是也比较忌惮刘子墨。

"别嚷嚷了，伤我的人早就被扔进大海喂鱼了。"秦风深深地吸了口气。

"活该，要是被我碰上，一准儿活撕了那些孙子。"听到秦风没有吃亏，刘子墨的脸色也好看了不少。

"你怎么现在动不动就要活撕人啊？"秦风苦笑一声，用左手轻轻揉了揉发麻的右肩，"子墨，这些年你过得还好吗？我去过你们家里两次，都没见你回来！"

"好个屁，我爸把我送到美国去读书了！"刘子墨捏了捏拳头，"那里的老外看不起咱们华人，我整天就在那里打架。对了，我还办了一个武术社，只要有人敢欺负华人学生，老子就揍他们……"

刘子墨的出身算是书香门第了，学习也非常好，在美国的那所学校里，成绩一直都是出类拔萃的。只是老外往往最看不起书呆子一类的学生，他们以为刘子墨也是如此，就经常捉弄他。但是他们哪里知道，刘子墨自身原本就是个无事生非总想找人打架的主，有人送上门来，还不正中下怀？爷爷是一代武学大家，出身八极正宗的刘子墨的功夫岂是那些学生们比得上的？一来二去就打响了中国功夫的名头，在学校里办起了武术社，倒是引领起一股学习中国武术的风潮。

"秦风，你这是怎么了？谁打伤你的？这些年，你过得怎么样啊？"简单地介绍了一下自己的情况，刘子墨连珠炮般问出了好多问题，作为少年时最好的朋友和兄弟，这些年他可是一直都在牵挂着秦风兄妹的。

"说不上好坏，现在总算是有些事情在做吧……"秦风拉着刘子墨坐下来，从口袋里掏出烟。当年少不更事的时候，秦风就经常会抽刘子墨从家里偷出来的香烟，只不过那时都是耍酷好玩，两人至今都没什么烟瘾。

面对着能托付生死的好兄弟，秦风将自己这些年的经历一一说了出来，就连拜师载晨都没隐瞒，当然，有关外八门传承的事情，秦风还是有所保留。这一说就是两个多小时，一直讲到了前段时间为了寻找秦葭，秦风在澳岛火拼杀手受伤的事情。

"奶奶的，真是太爽了！疯子，你小子这些年的生活比我丰富多了啊！"刘子墨听得如痴如醉，恨不得秦风故事里的主人公是自己才好。

秦风摇了摇头："很多时候都是在刀头上舔血，这种日子并不好过……"他刚从监狱出来没多久，就卷入到袁丙奇的案件中，那时真是过得战战兢兢，稍有差错就万劫不复。再往后在京大和周家纨绔针锋相对，秦风以一介平民的身份，将周逸宸逼出了国，纯粹是以蚁撼象，这中间也是危险重重、如履薄冰。直到最近两年，他才有了好转，只不过也无法逃脱江湖命，过年之前在银行遇到劫案不说，前几天更是因为妹妹的事情大开杀戒。

"总比我强吧？我这些年上学都上傻了！"听着秦风的讲述，刘子墨却是一脸羡慕，他现在只能待在大学校园里老老实实读书，充其量也就是到武术社教教学员，连和人动手的机会都很少。

"子墨，你这些年变化也是不小啊！"秦风看着刘子墨，"你见过血吧？手上有没有人命？少和我装，这一点我还是能感应出来的。"

"嗯？你看出来了？"刘子墨的脸色终于变得严肃起来，往左右看了一眼，压低声音说，"秦风，我家里有许多师兄弟，都在洪门里，这几年为了地盘的事情，和越南帮还有黑手党的人经常开打，我也参与过几次……"

刘老爷子是"神枪"李书文的关门弟子，在他上面，还有好几位师兄，这些师兄在解放前有不少都去了国外。练武之人，多混在帮派之中，刘老爷子的师兄们在国内时就是洪门中人，而且地位颇高，到了国外之后，更是开枝散叶、广收门徒。当刘子墨这一八极拳嫡系传人到了国外，马上就跟当地的洪门组织联系上了。

刘子墨年龄不大，但是地位很高，五岁练拳的他已经触摸到了暗劲的门槛，即使在洪门之中，也算个高手。在一位长辈的引荐下，刘子墨也暗中加入了洪门，担任一个不低的职务。有时候，他也会易容改面，参与到一些洪门中的内部事务里，诸如和美国的一些黑帮组织争抢地盘，或者是惩戒洪门败类，所以手上也有好几条人命。

"你小子，还说自己生活枯燥，这都加入到帮会里了。"听到刘子墨的话后，秦风重重地在刘子墨肩头还了一拳，两人对视一眼后忍不住哈哈大笑了起来。

旧友重逢，两人都有说不完的话，这会儿天色早就黑了下来。刘子墨拉上秦风："走，秦风，先回家，我二伯要是知道你来了，一定会很高兴的。"废弃的铁道旁也没有路灯，两人深一脚浅一脚地回到了小镇上。

秦风这些年其实和刘家一直都有往来，只是在他入京之后换了手机、电话等通讯工具，这才和刘家断了联系。来到刘家老宅见到刘家成后，刘二伯大喜，专门又让厨房准备了酒菜，拉着秦风喝酒。

刘家大院向外扩充了很大一块面积，办起了一所武校，大院前建了学生宿舍。由于学生要留宿，学校里专门请了厨师做饭，没多大一会儿，八菜一汤就被端上了桌，四凉四热，十分合宜。

"二伯，秦风受了点伤，这酒就算了吧？"看到刘家成拿出了一瓶"烧刀子"，刘子墨连忙帮秦风挡起了酒。

刘家成闻言一愣，看向秦风："怎么回事儿？和谁结怨了？是内伤还是外伤？"

"二伯，不是道上的人，在澳岛被喷子咬了一口。"面对着打小看着自己长大的刘二伯，秦风也没隐瞒什么，原原本本地又将在澳岛发生的事情说了一遍。

"又是那些见不得人的老鼠！"听完秦风的讲述后，刘家成重重地哼了一声，"杀手门的人在国内的名声很差，所以早就去国外发展了，没想到他们又打算将触角伸回来。"

听到刘家成的话，秦风忍不住解释了一句："二伯，其实早年国内的那些杀手也未必就是杀手门的人，只是挂着杀手门的名号罢了。"

杀手门早在载晷行走江湖的时候就销声匿迹了，行踪比蛊门还要隐秘，不过在江湖上还有人打着杀手门的名头行事，自然是希望大树底下好乘凉。

"反正都差不多……"刘家成沉吟了一下，"秦风，既然是美国那边的杀手组织公布的杀手令，想要找到葭葭，还是要从美国那边想办法。"

当年的秦葭聪明可爱，刘家上上下下没有不喜欢她的。在得知秦葭失踪的事情后，刘家成在台岛办完父亲的丧事后，就派出人手去寻找，只是人海茫茫，一直到今天才从秦风口中得知秦葭的消息。

"二伯，美国那边，我没什么熟人。"秦风看向刘子墨，说道，"子墨，你我兄弟，这件事还要拜托你，能不能用洪门的关系接触一下杀手组织，看看能不能得到现在秦葭的具体信息。"以秦风和刘家的关系，真的没必要多说什么，有事直接相求就可以了，而如果刘家遇到什么难处，秦风也绝对会倾力回报的。

"秦风，就是你不说，我回去也会问的。"刘子墨想了一下，说道，"我曾听说过，总部在美国的杀手组织也是由华人组织起来的，不过他们非常神秘，很少和外界接触……"

在当今世界各国，著名的黑帮组织并不多，最是臭名昭著的当数意大利的黑手党。这个以家族关系为纽带的帮派组织，在六七十年代的美国，曾经掀起一阵刺杀风波，时任总统的肯尼迪，应该就是死在他们的手上。不过在肯尼迪被刺后，黑手党在美国也遭到毁灭性的打击，只有极少数人残留下来，经过这几十年的养息，逐渐又恢复了过来。

除了黑手党之外，日本的山口组织也是一个非常出名的黑帮。山口组织和黑手党行事有些不同，当他们想要将势力渗入一个国家的时候，往往会先实行经济侵略，也就是说，日本人最喜欢的是金钱当道，然后再辅以暴力。由于拥有庞大的财力，所以山口组织的发展十分迅速，在世界各个角落里几乎都能看到日本人的身影。

而源自于中国的洪门组织，在国外的势力，比之上面说的那两个，还要有过之而无不及，因为华人的人口基数是那两个组织远远无法相比的。美国的华人，最早是在清政府执政的时候，由国内输入到美国的铁路工人，当时他们都是美国最底层的人士，各种待遇非常差。俗话说，"哪里有压迫哪里就有反抗"，当国内那些江湖豪强移居美国之后，自然看不惯这种行为，于是他们发动起当地华人，组建了海外洪门。

海外洪门的成立，将当时处于一片散沙状态中的华人重新凝聚起来。那时在国外的华人，文化水平相对较低，从事的行业也都比较低端，所以想要吃饱饭，想要不被人欺负，只能用拼杀来换取自己的尊严。

最早的那一批人，用自己的鲜血为后人打下了一片江山，各地的华人街都是在那时形成的，"洪门"这个名字，也在所有海外华人心目中占据着非常重要的地位。几乎所有在海外的华人，或多或少都会接触到洪门中人，唯独1949年前后出去的杀手组织，从来都没有和海外洪门这个最大的华人组织有过实质性的接触。所以刘子墨也不敢保证，通过洪门接触杀手组织，对方就一定会买账。

"子墨，先和对方接触一下再说吧，实在不行，再想别的办法。"秦风摆了摆手，"今儿能见到子墨和二伯，秦风心里是真的高兴，二伯，这杯酒是我敬您的，当年要不是您，恐怕秦风早就不在这世上了……"

从得到妹妹消息到和妹妹擦身而过，秦风这段时间心头是郁闷至极，尤其是今天见到了当年所住的地方，更是愁绪万千，此时只想一醉方休。至于去美国找杀手组织的事情，秦风并不是很担心，因为对于杀手组织的前身杀手门，秦风要远比面前的这两位了解得多，如果到时候洪门不行的话，他自然还有自己的办法。

"秦风，都是自家人，别逞强！"看到秦风端起酒杯，刘子墨不由得指了指秦风的右肩，"你那可是枪伤啊，能喝酒吗？"

"没事儿，酒精原本就是消毒的，不怕！"秦风哈哈一笑，仰头就将那杯差不多有二两的酒灌入喉咙里，胸腹间顿时一片火热，六十多度的"烧刀子"那劲头儿可不是一般地大。

"喝吧，回头我帮你清理下伤口，家里还有些老药呢。"刘家成也端起酒杯一饮而尽，秦风虽然没有拜师，但武学的确出自八极一脉，刘家成知道秦风现在在京城混得不错，论起来就是他也脸上有光。

"子墨，那么多年不见了，来，我敬你一杯！"秦风刚才那杯酒喝得有点急，脸上已然有些红晕了。

"好，当年咱们偷二伯的酒喝，那会儿谁敢想能和二伯同桌喝酒啊？"刘子墨也是个爽快的性子，端起酒杯和秦风碰了一下，同样是一饮而尽。

秦风的酒量原本不小，不过今儿有心事，又是在两个最亲近的人身边，一杯杯酒无节制地喝下去，没多大会儿就不省人事了。

第二天一早，秦风昏沉沉地醒了过来，看着那木头结构的屋顶，不由得愣了一下，过了好一会儿才想起昨晚喝醉酒的事情。用手臂支撑起身体的时候，右肩传来一阵疼痛，他侧头看去，肩膀处已经换了新药，凉凉的，很舒服，应该是刘家成所说的老药了。

秦风披了一件衣服走出了屋子，发现自己身处刘家的内宅，而前面的大院里，传来了一阵出操的口号声。

"秦风，你起来了？"身后传来了刘子墨的声音。

"子墨，我昨儿喝了多少啊？"秦风苦笑着转过了身子。

"差不多有两斤吧，我拉都拉不住你。"刘子墨从门口的水盆里捞出一条毛巾拧干递给了秦风，"疯子，我知道你心里苦，不过以后别再这么喝了，对咱们练武之人来说，喝酒太伤身。"

"我知道了，子墨，放心吧！"秦风点了点头，接过毛巾擦了把脸，"现在又不是放假的时候，你从美国跑回来干吗的？"昨儿秦风就想问这个问题，不过却忘记了，此刻又想了起来。

"今年清明祭祖，不管是国内还是国外的刘氏子弟都要回来，我只是早回来了几天。"刘子墨闻言笑道，"我可能下个月10号左右回去，秦风，左右没事，过几天我跟你去京城转转，听二伯说你在那边混得很不错。"

"还行吧。"秦风自嘲地笑了笑，"反正如今是不怎么缺钱了，昨儿我在老胡那里买了十多个烧饼，一口气全给吃完了。"

想起少年时捡粮票和偷家里粮票换烧饼吃的事情，秦风和刘子墨同时笑了起来，虽然过去了那么多年，他们仍然能感觉到那种不掺杂任何功利心的兄弟之情。

"子墨，你们的祭祖大会我是没资格参加的，回头带我去老爷子的墓前祭拜一下，然后你跟我去京城玩几天，去美国的时候，我看看咱们能不能一起走。"

"好，我给二伯说一声，咱们一会儿就去祭拜爷爷，然后去京城！"听到秦风的话，刘子墨有些兴奋，他很小的时候生活在台岛，虽然在这小镇上也生活了三四年，但在大陆除了仓州，他什么地方都没去过。

在刘老爷子的墓前祭拜了一番后，两人也没再回小镇，直接坐上了开往京城的汽车。

第三章　潘家园

　　当出租车在潘家园门口停下来后，拎着一个装有几件简单衣服背包的刘子墨，顿时被面前的景象吓到了："这就是你说的潘家园，乖乖，这么多人啊！"

　　作为一个拥有十多亿人口的大国之都，京城向来都是不缺少游客的，而且一年四季也不分淡季和旺季，几乎每一天都有无数的游客拥入京城。今儿正好是周末，也是潘家园散摊出摊的日子，整个潘家园是人头攒动，看得刘子墨直咽口水，他怀疑以自己这身板儿，怕是都很难挤进去。

　　"秦风，你看，那人手上的宝剑是真的还是假的啊？开刃了没有？"

　　"咦，还有吹糖人的，那边还有捏泥人的，咱们快点进去吧！"

　　不过这场景也让刘子墨愈发兴奋了起来，不断指着那些进进出出的人评头论足，就连别人手上拿着的泥人儿都能看上半天。

　　"哎，哎，秦风，你看。"刚刚挤进去没多久，刘子墨就又看到了好玩的，一把拉住秦风说道，"你看那个男的穿了个女人衣服，还掏了个女人的钱包啊！"

　　"男人穿女人衣服？"秦风闻言愣了一下，顺着刘子墨手指的方向望去，却是看到一个长得很普通的男人，刚从他身前女人的口袋里，用两根手指夹出了一个钱包。

　　"妈的，是贼啊？！"兴奋过头的刘子墨此时才反应过来，发出一声怒吼，一个箭步就冲到那小偷身前。

"你……你干什么？"被刘子墨牢牢抓住还拿着女式钱包的手，那个二十五六岁的小偷有些惊慌，眼中还露出一丝凶光。

"干什么？抓贼啊！"刘子墨手上一用力，那小偷顿时感觉手腕像是被折断了一般，口中发出一声痛呼。

"小偷！我……我的钱包！"直到此刻，丢失钱包的那个中年妇女才反应了过来，一把将钱包夺了回去。

只是当那女人刚喊出声来，又有一个年轻人挤到了她的身边，低声喝道："不想死的赶紧走，要不然老子一刀捅死你！"

"不要多管闲事！"被抓住了手腕的年轻人也是目露凶光地瞪着刘子墨，左手伸到腰间，恐吓道，"你有什么证据证明我偷钱包了？快点放开我！"

"证据？失主不都在……"刘子墨回过头来，正想招呼那女人的时候，整个人却是愣住了，因为刚才还大呼小叫的女人，不知道何时已挤入到人群里，连人影都看不到了。

"操，人呢？"刘子墨有些傻眼，他在这里见义勇为，事主居然跑掉了。

"兄弟，别惹不自在，快点放人。"吓走了失主的那个年轻人也逼到了刘子墨的身前，微微掀开他的夹克衫，藏在衣服里的右手中，赫然握着一把锋利的水果刀。

"吓唬我？妈的，老子将你们送到警察局，看你们还敢不敢嚣张？"刘子墨原本就是眼里容不得沙子的人，见到两个蟊贼居然敢威胁自己，手上一用力，被他抓着的那个人顿时哀号不已。

"妈的，找死啊？"旁边那人眼中凶光一闪，藏在衣服里的手伸了出来，对着刘子墨的腰间就捅了下去。

那人刚伸出手，忽然感觉手腕一麻，和自己的同伴一样，他的右手也被人给抓住了，疼得他五指一松，那把水果刀顿时掉在了地上。

看到秦风出了手，刘子墨不禁咧嘴笑了起来，他们出手的招式完全一样，都是八极拳中"空手入白刃"的手法。

两个小偷被秦风和刘子墨制住之后，才知道自己撞到了铁板上，不由得大声哀号了起来："你们干什么？杀人了啊！"喊声顿时引得周围原先没注意到这边情况的人，都纷纷看了过来。

"这是干什么呢？"

"哎，你们两个怎么打人啊？"

"别乱说话，地上有刀子，还不知道谁好谁坏呢。"

看到地上的水果刀，秦风和刘子墨身边的人顿时往四周退去，在中间留出了一块空间。可是远一点儿的人不知道发生了什么事，都往这边挤了过来，一时间场面变得有些混乱，大呼小叫声不绝于耳。

秦风眉头一皱，左手猛一用力，同时大声喊道："警察办案，抓小偷的，让让，都让让……"

被扭住了关节，那种疼痛是很难忍受的，秦风这一用力，那个年轻人就像是被煮熟的大虾一般身体弯曲了起来，口中更是呼疼不已，哪里还有机会解释？再说了，那两个小偷做贼心虚，一听到"警察"两个字，身体顿时就软了，哪里还有心思分辨真假？

"那两个人贼眉鼠眼的，像是小偷。"

"大家让让，给警察同志让条路！"

在这种情况下，群众对警察还是很信任的，在秦风扭着那人往前走的时候，人群让出了一条道，刘子墨连忙抓着另外一人跟在了秦风身后。

"哎，我说疯子，咱们怎么往里面走呀？"刘子墨抓着那人在人群里挤着，有些不明白地拉住了秦风。

"你们不是警察？"秦风手下的那人此刻也明白了过来，很努力地在脸上挤出一丝笑容，"两位大哥，小弟有眼不识泰山，冒犯了二位，还请二位抬抬手，把我们放了吧！"做小偷的人一般都是如此，先对事主进行恐吓，如果不成的话，马上就会求饶，脸面对于他们而言，根本就没有任何意义。

"想要在这里开山立柜，也不知道拜拜山头？"秦风脸上露出一丝冷笑，抬头看到已经到了真玉坊，手上一使劲儿，拉着那人就推门走了进去。

"欢迎光……"站在门口的知客见有人进来，习惯性地正准备上前招呼的时候，却发现来人却是那个一向神龙见首不见尾的老板，顿时愣住了。

"谁在店里？回头让他到二楼来找我！"秦风和那知客打了个招呼，冲着身后的刘子墨招了招手，抓着两个小偷径直上了二楼。

虽然只是从一楼店里走过，不过那琳琅满目的玉石翡翠和奢华的装修风格，还是让刘子墨感觉出了这家玉石店的不同来："秦风，这儿的老板是你朋友？"

秦风松开了手，对着墙角指了指，说道："你们俩小子，蹲那儿去！"

"大哥，我们错了，要不……你们将我们俩交给警察吧？"在秦风说出"开山立柜"那句话的时候，两个小偷的脸色就变得很难看了。说实话，他们并不怕进警察局，因为像这样的小案子，顶多判个一两年，说不定劳教一段时间就会把他们放出来。但要是落在了同行的手里，那下场可就要凄惨得多了，尤其是踩过了界到别人的地盘捞钱，更是江湖大忌，轻则断手断脚，重则小命不保。

"蹲一边去，没你说话的份儿。"秦风眼睛一瞪，吓得那人顿时老老实实地蹲了下去，在秦风和刘子墨面前，他们连跑的心思都没了。

"子墨，这是自家店，冰箱里有饮料，你自己拿。"秦风回头招呼了刘子墨一句，伸手拿出手机，拨通了苗六指的电话。

"秦爷，您回来了？"苗六指的声音从电话里传了过来，旁边还有京剧唱腔，估计这老头儿正在四合院里听收音机呢。

"老苗，我在真玉坊呢。"秦风也没绕弯，直接说，"抓到了两个老荣，我不是说过吗，潘家园不要再有干这行的，你过来看看是怎么回事儿吧。"

"好，我叫上鸿鹄马上就过去。"听出秦风语气中的不高兴，苗六指连忙答应了一声。

"风哥，你终于回来了啊！"刚刚挂断电话，楼梯口就传来了谢轩的声音，随着一阵脚步声，谢轩来到二楼，却愣住了，看着刘子墨和墙角的那两人，犹豫着问，"风哥，这是怎么一档子事儿啊？"

"抓了两个小偷，回头让老苗来处理。"秦风对谢轩招了招手，"轩子，来认识一下，这是你刘哥，是我的生死兄弟，以后他的话，和我的话没两样儿。"

生死兄弟？认识秦风这么多年了，谢轩和李天远都没听过秦风这句话，此时听到，心中不由得一凛，连忙上前一步，恭恭敬敬地喊道："刘哥，我叫谢轩，也是风哥的兄弟，以后您就把我当小弟看就行了。"

刘子墨的性子很野，摆了摆手说："别听秦风的，大家都是兄弟，这么见外干什么？"

"风哥的话要听，刘哥的话也要听。"谢轩看向秦风，"风哥，这次去澳岛怎么样？找到小妹了吧？"对于秦风这次澳岛之行的目的，也就谢轩几个比较亲近的人知道，此时见到跟回来一个人，谢轩还以为秦风找到了家人呢。

"没有，这事儿回头再说。"秦风摇了摇头，对着蹲在墙角的两人示意了一下，他不想当着外人谈及自己家里的事情。

"好，风哥，前段时间老何送了瓶什么XO来，说是洋酒，要不，咱们先尝尝？"谢轩笑着岔开了话题，从一个柜子里拿出了一瓶酒。

"嗯？特级白兰地，好酒啊！"看到谢轩拿过来的酒，刘子墨的眼睛顿时亮了起来，一把抢到手中，"这酒可不能这样喝，是要兑点东西的。"

"刘哥，那要怎么喝？我可就是一土鳖，什么都不懂。"谢轩还是很好学的，听到刘子墨能说出这酒的名字，顿时虚心求教了起来。

"秦爷，是哪个不开眼的惹到您了？"苗六指和于鸿鹄带着几个人很快就来到了真玉坊。

"老于，这两个在潘家园干活让我碰上了，竟然还敢掏挺子，你带回去问问来头，给他们说下规矩。"秦风指了指蹲在地上的两人，他所说的"挺子"，黑话就是匕首的意思。

"妈的，活得不耐烦了！"于鸿鹄上前就是几脚，踹得那两个人大声求饶。

秦风皱了皱眉头："行了，别在这地儿折腾，带到何金龙那边去吧！"

"鸿鹄，你把人带过去，我留下来陪秦爷说几句话。"苗六指似乎有话想和秦风说，当下安排于鸿鹄几人将那两个小偷带了出去。

"老苗，这是我兄弟，刘子墨，八极正宗嫡系传人，你们多亲热一下。"等那两个小偷离开后，秦风才将刘子墨的身份介绍了出来。

"秦风，你……你这唱的是哪一出啊？"刚才苗六指来的时候，刘子墨虽然一直都没说话，但心里却是震惊不已，他实在想不通，那五十多岁和这位七八十岁的老头儿，为何称呼秦风为"秦爷"？

"刘老弟，秦爷在江湖上的辈分高，叫声'老苗'已经很给我面子了。"苗六指笑眯眯地看着刘子墨说，"近代八极出自'神枪'李书文，你既然是八极正宗，又姓刘，那就是仓州刘家的子弟吧？"

"嗯？老爷子莫非认识我家长辈？"刘子墨闻言一愣，很有规矩地冲着苗六指拱了拱手，"不知道老爷子在江湖上吃的哪碗饭？"

既然对方点出了自己的出身来历，秦风能叫一声"老苗"，但刘子墨可不敢，万一这老爷子和家中长辈相熟，那岂不要乱了辈分？

"别，你和秦爷是兄弟，也叫我声'老苗'就行了。"苗六指摆了摆手，"我早年出自盗门，这外八门的帮派自然不入你们刘家法眼了，咱们在这上面还真论不上辈分。"

苗六指早年走南闯北，和很多江湖人物都有交情，像仓州刘家这种江湖大豪，他自然是有所耳闻的。不过盗门在江湖上，名声并不是很好，尤其是出了燕子李三那等败类之后，几乎稍微大一点的门派，提起盗门时都是嗤之以鼻。所以那会儿苗六指在江湖上的朋友并不多，一向都是独来独往。否则当年苗六指入了狱，也不至于无人相救，一直从旧社会关到新社会，直到监狱改成了劳教所才出来，名副其实是将牢底给坐穿了。

"原来是盗门的前辈。"刘子墨看了一眼秦风，说道，"我可没有秦风的江湖地位，咱们各交各的，我还是叫您一声'老爷子'吧！"

洪门之中三教九流的人物无所不包，这盗门中人也有身在洪门的，刘子墨可不敢像秦风那般托大，毕竟对方的年龄摆在那里呢。

"行，随你。"苗六指无所谓地摆了摆手，转脸看向秦风，"秦爷，这过完年都好几个月了，那事儿，您是不是也上点儿心啊？"

出身盗门，苗六指这辈子也干过不少大事，当年在沪上和北平的时候，不知道有多少豪富高官被他掏过，甚至连军统的机密文件都曾经被他顺手牵羊过。但那些对于苗六指而言，都是手艺活，只能算得上是小道，苗六指真正的愿望，就是想寻出太平天国的宝藏，完成师傅江一手未了的心愿。

虽然那沙盘被苗六指毁掉了，但上面的地形，苗六指大致还记在心里，从过完年后，一直都惦记着想去金陵寻宝。这件事过于重要，他连弟子于鸿鹄都没敢告诉，在他心目中最好的寻宝人选自然是秦风。但是让苗六指不满的是，秦风一直借口工作忙不去寻宝，前几天更是拍拍屁股就去了澳岛，这让苗六指心中顿时失衡了。

"老苗，我这次去澳岛，是去找妹妹的，你以为是过去玩的啊？"秦风知道苗六指的意思，当下将上衣一脱，露出了包扎得结结实实的绷带，"被喷子给咬了一口，差点儿就没回来……"

此时在二楼VIP室的，除了刘子墨就是苗六指和谢轩，都是秦风信得过的人，受伤的事情，秦风并不想连他们一起瞒着。

"风哥，是……是枪打的？"听到秦风的话后，谢轩顿时眼睛就红了，那张胖脸变得狰狞了起来，"是谁干的？妈的，让远子哥喊上龙哥，咱们杀到澳岛去！"虽然平日里和秦风嘻嘻哈哈的，但谢轩和李天远无疑都将秦风当成了大哥，眼见秦风被枪打了，平时一脸和气的谢轩，脸上顿时布满了杀气。

"杀什么杀？你以为我吃了这亏不找回场子？"秦风在谢轩头上敲了一记，"对方早就被扔到大海里喂鱼去了。"

"港澳那边的治安，还是太乱了。"苗六指摇了摇头，"你妹妹的事情怎么样？有消息了吗？"

"有，不过不是好消息。"提到妹妹，秦风的脸色变得严肃了起来，"老苗，当初你在江湖中行走的时候，可曾认识杀手门的人？"

"杀手门？不认识……"苗六指摇了摇头，"杀手门的人，曾经为清廷驱使过一段时间，但到了清末就销声匿迹了，当年沪上的那些杀手，其实都是些挂羊头卖狗肉的家伙……"在清末民初的时候，各种暗杀活动时而有之，不过那都是因为党派或者利益之争，那些所谓的杀手，充其量也就是王亚樵之流，和真正的杀手门关系并不大。

"杀手门曾经被清廷驱使过？"秦风闻言一愣，他对杀手门知道得算是不少，不过还真没听师傅载昰提起过这件事。

"雍正时期的粘杆处，秦爷您知道吧？"像苗六指这种经年老贼，对于江湖上的秘辛，知道得还真不少。

"粘杆处，这是什么？雍正皇帝粘知了的吗？"秦风尚未说话，刘子墨倒是一脸好奇地追问了起来，他知道雍正是谁，不过对于"粘杆处"这个名词，却是从来都没听到过。

"子墨，你这样理解倒是也对，但是粘杆处还有一个名字，叫'血滴子'。"秦风闻言笑了起来，"粘杆处"最早的出处，确实是像刘子墨所说的那样。在清朝刚入关的时候，"粘杆处"的确是一个专事粘蝉、捉蜻蜓、钓鱼的服务性组织。清世宗还是皇子时，位于京城东北新桥附近的府邸内院里，长有一些高大的树木，每逢盛夏初秋，繁茂枝叶中有鸣蝉聒噪，喜静畏暑的胤禛便命门客家丁操杆捕蝉。

当胤禛从"多罗贝勒"被晋升为"和硕雍亲王"后，其时康熙众多皇子间的角逐也到了白热化的阶段。胤禛表面上与世无争，暗地里却制定纲领，加紧了争储的步伐，他招募江湖高手，训练家丁队伍，这支队伍的任务是四处刺探情报，铲除异己。这就是"粘杆处"的由来。不过在江湖上，"粘杆处"却是有另外一个称呼，那就是"血滴子"。传说中的血滴子是一种暗器，酷似鸟笼，专门远距离取敌人首级，曾经在江湖上掀起一阵腥风血雨。

"秦风，你说血滴子我知道，梁羽生的小说里面有写。"听到秦风的解释后，刘子墨顿时明白了过来。

"嗯，就是那个。"秦风答了刘子墨一句，看向苗六指，"老苗，这事儿准确吗？"

"应该没错，这是师傅曾经告诉过我的。"苗六指很认真地说，"当时杀手门被雍正所左右，不过他当上皇帝之后，杀手门也随之消失了，好像到了嘉庆年听到些杀手门的消息，但最终没有出现在江湖上。"

"原来是这样。"秦风若有所思地点了点头。江一手的年龄比载昱还要大出很多，他算得上是江湖中的一个奇才，也是最有希望一统盗门的人，对于他的话，秦风还是相信的。而秦风心里更有几分猜测：载昱是正宗的皇室中人，对于皇室里的那些不好的秘辛，恐怕他也是不愿意多讲的。

"秦爷怎么惹上那些人了？"苗六指皱着眉，对于杀手门睚眦必报的行事风格，他也是有所耳闻的。

"是他们惹我！老苗，这事儿先不说了。"秦风摇了摇头，妹妹的事情涉及国际杀手组织，说给苗六指和谢轩听也帮不上什么忙，而且还会增加他们的心理负担。

"子墨，难得来一趟京城，今儿晚上给你接风。"秦风回头看向刘子墨，起身带他往楼下走，"当年你送我的那只枪头，我现如今还保存在家里呢。哥儿们我今儿也要送你样东西，这店里的物件，你随便挑！"

"你小子有钱了是吧？咱们哥儿俩，谈这些干什么啊？"听到秦风的话后，刘子墨的表情有些不满。

说起秦风和刘子墨的兄弟之情，还真不能用金钱来衡量。要知道，当年刘子墨送他的那只枪头，是刘老爷子耗巨资打制出来的，那可是刘家的传家宝，刘子墨毫不犹豫地就送给了秦风，这种情谊，是多少钱都买不到的。

"子墨，算我失言了。"秦风轻轻在自己嘴上打了一下，"玉石养人，有辟邪消灾的功效，你选一块随身带着，咱不谈送不送，这还不行吗？"

众人来到一楼，刘子墨看了一眼玻璃柜中的玉石，顿时咂舌不已："这儿的东西可不便宜呀，这玩意儿卖得比美国的钻石还要贵，我看还是算了吧。"

跟在刘子墨身后的谢轩，听到这话顿时笑了起来，开口说道："刘哥，这店就是风哥的，有什么贵不贵的啊？"

"秦风的店？"刘子墨闻言愣住了，回过头看向秦风，"我说疯子，你……你说的小产业，就是指的这家店？"原本听二伯说秦风在京城混得不错，刘子墨只以为他充其量也就是几十上百万的身家，怎么都没想到，秦风居然就是这家店的老板，怪不得刚才进店的时候，那些营业员看向秦风的眼神都有些怪怪的。

"除了这家店，还有些别的买卖……"秦风想了一下说，"今儿晚上我把人喊齐了，你到时候都认识一下，如果二伯那边想做什么生意能用得到我这边的资源，到时候你直接开口就好了。"

秦风从八岁带着妹妹浪迹江湖，这么多年下来，受到过凌辱，也曾经手刃过仇人，但是人间自有真情在，他也得过不少人的恩惠。这其中排在第一位的，就是仓州刘家，不管是去世的刘老爷子还是面前的刘子墨，对秦风都称得上情深义重。俗话说，"有仇不报非君子，忘恩负义真小人"，借着这次刘子墨来京的机会，秦风也想对刘家有所回报，将自己的资源都整合给刘子墨。

秦风从柜台里拿出了一个几乎有婴儿巴掌大小的观音挂件，递给了刘子墨："男戴观音女戴佛，这个滴水观音的翡翠挂件雕琢得不错，你就戴上吧！"

这个翡翠挂件的质地非常好，几乎达到了玻璃种，而且上面还带有阳绿，只是绿色不太饱满，否则可以称得上是极品了。

从科学的角度来说，玉中含有大量矿物元素，如果人的身体好，长期佩玉可以滋润玉，玉的水头，也就是折光度会越来越好、越来越亮；如果人的身体不好，那么长期佩玉，就会使得玉中的矿物元素慢慢被人体吸收达到保健作用，这就是所谓的"人养玉"和"玉养人"的说法了。

刘子墨虽然在国外上学，但打打杀杀的事情也没少做，秦风给他这观音的意思，也是想保他平安。

"一百二十八万？！"刘子墨接过那翡翠挂件的时候，顺眼在柜台上瞅了一下，顿时有些发慌，连忙摇头道，"秦风，这……这个不行，一百多万的东西戴在脖子上，我……我这喘不过来气啊！"他虽然也出生在富庶之家，父亲在台岛也经营着不小的生意，不过他家教甚严，即使出去上大学之后，每月也只有固定的生活费。平时的花销，大多都是从洪门中领来的，那也不过一个月万儿八千的，手上一直不怎么宽裕。所以见到秦风要送出这价值百万的翡翠挂件后，就是以自己和秦风的交情，刘子墨也感觉过于贵重了。

"子墨，这世上所有的东西都是为人服务的，东西再好，还能有咱们的命值钱？"秦风解开挂件上的细绳，拉过刘子墨就给他系在了脖子上，低声说，"这东西成本很低，算上手工也不过万儿八千的，你放心戴就是了。"他倒没有骗刘子墨，这块翡翠挂件的原料，是秦风从阳美赌石得来的，几乎就没花钱，贵其实就是贵在了黎永乾的工艺上了。

"好，秦风，那我就不客气了。"刘子墨一直都想在脖子上戴点什么东西，戴条金链子太俗气，这块玉观音倒是正合他的口味，当下也就没再和秦风客气。

谢轩订的酒店，距离潘家园很近，不过挤出潘家园倒是花了不少的时间，等他们来到饭店时，已经快要到中午十二点半了。

最先赶到的是朱凯和冯永康，一见到秦风就嚷嚷了起来："你小子拍拍屁股就跑了，咱们组项目的进程一下子就慢了下来，这月的奖金眼看着就没了！"

"没了就没了呗，你们俩又不指望那钱过日子。"秦风撇了撇嘴，给两人介绍道，"这位是刘子墨，我的兄长；这两个是我的同学，朱凯和冯永康，也是真玉坊的股东。"

"刘子墨，兄长？"朱凯和冯永康闻言有些奇怪，他们不知道秦风何时有这么一位兄长。不过两人都出身经商的家庭，场面上却是没有丝毫怠慢。

"我早年到处流浪，子墨对我帮助很大。"秦风看出了朱凯和冯永康的疑惑，开口向二人解释了一句，两人顿时对刘子墨肃然起敬，这年头乘人之危的人常见，但雪中送炭的人却是越来越少了。

"来，咱们先吃吧，然哥他们要等会儿才能来。"从仓州赶到京城，秦风的肚子也有些饿了，当下让服务员上菜。

没过多大一会儿，李然、莘南、何金龙、李天远等人都赶到了酒店。这一出言介绍，却是把刘子墨给听得一愣一愣的，敢情这一桌上不但有偷鸡摸狗的盗门中人，居然还有出身大户门阀的世家子弟。

饭刚吃了一半，于鸿鹄也赶了过来，凑到秦风耳边说道："秦爷，是豫省那边流窜过来的人，我断了他们的拇指，让他们滚出京城了。"

虽然都是同行，但于鸿鹄下起手来却是一点都不留情面，这也是他们这行的规矩。当年于鸿鹄志得意满的时候，曾经在京城召开过一次全国性的贼王大会。在这次大会上立下了一个规矩，那就是各地盗门中人不得越界捞钱，如果因为一些事情去到别人地盘，首先要去拜访当地的同行，而且在越界期间，严禁出手行窃。而作为地主，当地的同行也要根据来人的江湖地位，准备好足够分量的礼物招待来人，如此就皆大欢喜。

当年贼王大会胜利召开后，各地"贼王"时有串联，经常往各省探亲访友切磋技艺，但都遵守了这条规矩。不过树大招风，于鸿鹄的行为最终给他们这个行业带来了很大的隐患，在下一届贼王大会准备在豫省召开的时候，被警方给一网打尽了。

自己定的规矩，自己自然是要遵守的，所以于鸿鹄出手才如此狠辣，就是警告外地的那些贼们，不要捞过界。

"做人留一线，老于，警告一下也就行了。"听到于鸿鹄断了两人的一根手指，秦风微微摇了摇头，凡事都有因果，于鸿鹄即便不再吃盗门这碗饭了，倒也没必要做得这么绝。

"老于这么做也没什么，现在的江湖人是越来越不懂规矩了。"坐在秦风旁边的刘子墨撇了撇嘴，"俗话说，'盗亦有道'，偷东西原本没什么，被抓住了掏刀子，这已经不叫偷，而叫作抢了，是要教训一下。"刘子墨在洪门厮混了几年，也亲手给人上过三刀六洞的刑罚，是以对规矩看得很重，并没有觉得于鸿鹄做错了什么。

"别人犯罪有法律，要真是十恶不赦了，送公安局就行了，要不然要警察干吗的？"秦风摇了摇头，对着于鸿鹄说，"老于，以后这事儿，稍事惩戒就行了，别再按照道上的规矩来了，记住，你们现在都已经算是金盆洗手的人了。"

"行了，多大点事儿啊，秦风，来，咱们干一杯。"见到秦风一脸担心的样子，刘子墨却是不以为然，端起酒杯敬起酒来。

今儿秦风请的人，除了谢轩和李天远之外，都是他来到京城后所结交的朋友，同样也都有着利益的关联，算得上是自己人。

所以，这场为欢迎刘子墨办的接风宴喝得都很尽兴，从中午十二点多一直吃喝到了下午四五点钟，算是中饭晚饭都合在一起了。

第四章　五根手指

　　"秦风，你住这儿？"当站在秦风的四合院门口的时候，刘子墨再一次震惊了，那高高的围墙和青砖红瓦，显露出一种深厚的历史沉淀和文化底蕴，这种宅子，就是他老刘家的祖宅都比不上。

　　"嗯，原来的主人出国，我给接下来了。"秦风轻描淡写地点了点头，"子墨，这里以后也是你家，房子反正多的是，只要来京城，就住这里。"秦风对房子有种特殊的感情，在他的意识里，有房才有家，这也是秦风不管是在津口还是来到京城，都不肯租房而买房的原因。

　　"那敢情好，等我毕业就回来，咱们哥儿俩一起打天下！"刘子墨兴奋地点了点头，抬脚走进院子，随后大声叫起来，"大黄？哎哟，想死我啦！"边叫边快步往前迎去。

　　当年秦风收养大黄的时候，刚刚出生没几天的大黄，生命已经是奄奄一息了，要不是刘子墨把自己每天的牛奶藏起来留给大黄，恐怕大黄也活不到今天，所以刘子墨对大黄也特别有感情。

　　"呜呜……"大黄有些戒备地后退了几步，不过瞬间就扑了过来，不断用头在刘子墨身上蹭着，十分亲热。

"这下我信了，刘哥真是风哥的发小，连大黄都认识他。"刘子墨亲热地抱着大黄的样子，看得谢轩等人已是啧啧称奇。在这个家里，大黄除了和秦风亲热之外，从未对别人流露出过这种神态，就算是每天喂养他的谢轩都没这种待遇。

"真没想到，大黄能活到今天，有十二岁了吧？"刘子墨回头看向秦风。

"十四岁了，大黄也老了。"看着刘子墨和大黄亲热的样子，秦风不由得想起多年以前，自己跟妹妹、刘子墨，还有大黄一起玩耍的情形，内心不由得一阵萧索。

冯永康不知道从哪里冒了出来，随手扔给秦风一罐啤酒："那些事情都过去了，咱们的生活会越来越好的。"

秦风笑着摇了摇头，看向刘子墨说道："子墨，你以后怎么打算的？是回国来和兄弟们在一起，还是在那边扎根？"

"白叔不想让我回，我要是回国，还要征求他的意见。"刘子墨所说的白叔，是现在洪门的忠义堂堂主，也是洪门门主之下的第一人。

洪门在美国已经存在近百年了，由于现在执掌洪门的人大都是半个多世纪以前过去的，思维方式都停留在老辈儿人的观念中。所以现在的洪门，虽然能和黑手党等社团相抗衡，但却是和美国的主流社会格格不入，始终无法进入到一些高层领域内。在认识到这一点之后，洪门的那些老辈儿们，就开始有意识地培养起下一代来。像是刘子墨这种既接受过中式教育，又对美国社会很了解的人，自然是他们的重点培养对象，白叔就有意将刑堂交予他来执掌。

"那这事儿咱们就以后再说吧。"秦风转脸看向谢轩，"轩子，最近店里怎么样？还有远子，拆迁那边的活还好吧？"秦风曾经听刘子墨说起过他在洪门的处境和地位，此时当着谢轩和冯永康等人，却是不方便细聊，当下将话题给带了过去。

"风哥，店里没什么事儿，方雅志那老头死了之后，咱们的生意是顺风顺水。"谢轩现在每日里都穿着西装上班，身材虽然有点儿胖，脸庞也略显稚嫩，但做久了管理，自然而然也有了几分经理的气势。

"风哥，拆迁那边的事情我不懂，都是龙哥在操作。"和谢轩每天都在真玉坊忙碌不同，李天远在拆迁公司那边却是混日子，整日里喝酒练拳，对于公司的事务一向不过问。

"控制好火候，千万不要伤人。"秦风多叮嘱了李天远几句。拆迁项目虽然来钱快，但社会影响太大，经常会搞得天怒人怨，一个处理不好，就会闹出很大的风波来。他想着暂时先干几年，等有了一定的基础积累，到时候还是往房地产项目上发展，毕竟拆房子的不如盖房子的，一个房地产项目所赚到的钱，最少是拆迁的几十上百倍。

"风哥，我知道的。"李天远闻言不由得笑了起来，"龙哥那帮人损着呢，根本不用打人，就能让那些人搬出去。"

事前有了秦风的叮嘱，何金龙的确没有学他的那些同行，使用暴力拆迁，不过他的招儿更损，效果也是更好。就像上个月拆一个城中村的时候，有两家钉子户不愿意搬走，要出了个天价赔偿费，何金龙和工程方一协调，干脆就没搭理那两家，直接开始在别的地方施起工来。

没三天的工夫，在那两户人家的外面，就搭上了高高的围墙，直接将那两家钉子户的大门都给封死了，而外面，更是挖开了深深的地基。两户人家报警，可警察也管不了这事儿。因为在那两家钉子户之外的人家，都签了拆迁补偿协议搬走了，从法律上而言，工程方在属于自己的土地上施工搭建围墙，这并不违法，反而是合情合理的。

于是一个星期后，那两个钉子户痛快地签署了拆迁补偿协议，从工地搬走，由始至终，何金龙都没说过一句狠话，没动过别人一个指头。

"金龙这馊主意倒是不少啊！"听到李天远的话后，众人不由得都笑了起来。

"老苗，今儿抓的那俩小偷，处理得有点重了。"想到中午抓住的那两个小偷，秦风说，"你回头给下面说一声，既然身不在江湖，很多事情还是走公家比较好一些。"

他中午让于鸿鹄带走那两人，原本是想吓唬一下就放人，没承想于鸿鹄较了真儿，按照江湖规矩处置，这和秦风的本意有些不符。开锁店现在的生意不错，在年前的时候还被辖区分局列为重点共建单位，断手指这事儿要是被传扬出去，于鸿鹄这"故意伤人"的罪名是跑不掉的。

"我知道了，鸿鹄那性子是要改改了。"苗六指闻言点了点头，对于自己的弟子，他比谁都要清楚。

"秦风，还是你过得舒坦啊，没事儿拉三五个人喝酒聊天，这日子可真爽！"秦风所说的那些事都是刘子墨喜欢听的，在他看来，每日里能和兄弟们一起喝酒聊天还能有钱赚，这辈子莫过于此了。

"你想来，这里就是一家！"秦风闻言笑了起来。

此时还没到夏天，晚风虽然有些凉，但众人都经受得住，一直聊到深夜十一点多才有了点困意，准备各自回房睡觉。

就在秦风等人刚站起身的时候，中院的门铃忽然响了起来。深宅大院，在以前都是要配备门房的，外面有人拜访，由门房来通知主人。现在门房不用了，谢轩就找人在外面的大门上安了个电子门铃，只要外面一按，三处院子同时都会响起门铃声。

"这会儿有谁上门啊？"谢轩嘟囔了一句，转身就往前院走去。

"呜……呜呜……"他刚一转身，原本趴在秦风脚边的大黄忽然立了起来，浑身毛发炸起，眼睛直盯着宅门的方向，口中发出了阵阵呜咽声。

"不对，来人恐怕不善！"秦风心头不由得一惊，"轩子，等等，我和你一起过去。"

"风哥，不用，我去看看是谁就行了。"谢轩没看到大黄的动静，浑不在意地摆了摆手，"巷子里李大妈的那小孙子，没事儿就喜欢拿个竹竿按咱们的门铃，说不定就是那小家伙。"谢轩是个见人就笑嘴巴又甜的性子，所以虽然才搬过来没住几个月，但和街坊四邻的关系却是处得极好，没事儿的时候几个小孩子就喜欢跑到他们院子里来打闹。

"咦，大黄，你怎么了？"谢轩话声未落，忽然感觉一道影子从自己身旁蹿了过去，仔细看去，却是大黄已钻入到了通往回廊的垂花门中。

"有点儿不对，轩子，你跟在我后面。"没等谢轩回过神儿来，秦风也从他身边跑了过去，此时就是苗六指和冯永康等人也看出了点不对，纷纷跟了上去。

来到大门后，大黄显得愈发暴躁了，眼睛盯着那扇大门，口中不断地发出"呜呜"声，身体微微往后蹲，似乎等大门打开之后，随时都准备扑上去。

"大黄，安静！"秦风制止了大黄，把耳朵贴在门上听了一下，不由得露出了古怪的神情，"外面似乎没人啊？"随之拉开了大门。

　　就在大门打开的瞬间，大黄的身体猛蹿了出去，趴在门前发出"呜呜"的声音，不过除了大门里面的秦风等人之外，门外却是连个人影都没。

　　"风哥，我就说是哪家的孩子在捣乱吧。"后面赶上来的谢轩说，"都是苗老太惯那些孩子了，明儿我找他们家大人说说，这么晚按门铃，还让不让人睡……"

　　"轩子，闭嘴！"正说个没完的谢轩没发现秦风的脸色有些不太好看，话没说完就被秦风给打断了。

　　"呜呜……"大黄嘴中叼着一包东西，送到了秦风的面前。

　　看着那个似乎是用撕破了的衣服包成一团的物件，谢轩愣了一下："这……这是什么？"但他很快就闻到了一股血腥味。

　　"进去再说。"秦风看了一眼正耸动着鼻子的谢轩，冲着大黄打了个招呼，返身关上了门，面色凝重地对着李天远说，"远子，你晚上住在门房这边，有什么动静，马上通知里面！"

　　"风哥，出什么事儿了？"李天远还没搞明白怎么回事儿，只是看到众人都往前院跑，自己这才跟着跑出来的。

　　"小心点儿就是了，可能有人要对付咱们。"谢轩都能闻出气味，秦风自然闻到了。

　　"想要对付咱们？找死啊？！"李天远一听就炸了起来，"我给龙哥打电话，让他们带点喷子过来，妈的，来了就让他们走不了……"

　　"行了，嚷嚷什么啊？"秦风一巴掌拍在了李天远的后脑勺上，没好气地说，"守好门，有事往院子里喊人，不许自己上。"从下午吃饭的时候，秦风就一直感觉到有点不对劲儿，仿佛要出点儿什么事情，这到了晚上，果然有事发生了。

　　"大黄，你留在这里，注意点儿安全。"秦风揉了揉大黄的脑袋，将它也留在了门房这里，要是真出什么事，恐怕李天远还没大黄好使。

　　回到中院后，苗六指等人顿时围了上来："秦爷，这里面包的是什么东西？"那浓重的血腥味，即使站在两三米外都能闻得到，一路走来，众人脸上都露出了惊疑不定的神色。

　　"我也不知道，不过怕是来者不善。"秦风摇了摇头，走到中院的那个石桌前，挥手将桌子上的啤酒易拉罐扫在地上，将那包东西放在了石桌上。

　　放下东西后，秦风发现，自己的右手上已经沾满了鲜血，显然是从那包裹物体的衣服里渗出来的，秦风放到鼻端一闻，面色顿时变得难看了起来："是血，是人血……"

　　"这血没多久，不超过一个小时。"秦风皱着眉头说了一句，回身看向了朱凯和冯永康，"凯子、老冯，你们两个先回屋睡觉吧，今儿这事儿，你们俩别掺和！"虽然还没打开这包东西，但秦风几乎可以断定，这里面包的必然是人身上的物件，他怕吓坏了朱凯和冯永康。

　　"秦风，让……让我们看看吧！"冯永康央求道。人都有好奇心，朱凯和冯永康的那颗心早就被吊了起来，再加上院子里灯火通明，周围还有那么多人，实在没什么好怕的。

　　"就是啊，秦风，到底是什么，快点打开吧！"朱凯也是一脸渴望的神色，他今儿个听秦风和刘子墨还有苗六指等人聊了不少江湖的事，心中也是向往不已。

　　"真要看？"秦风看向二人。

　　"当然要看了！"朱凯和冯永康异口同声地答道。

　　"好，回头别后悔。"秦风点了点头，也没去洗手，直接就翻弄起那包东西来，当他将那包裹成一团的布打开一半后，血腥味道愈发浓了。

　　"这是个衣服口袋吧？"看着那个被鲜血染得有些暗红的布料，苗六指的脸上突然变得有些难看起来。

　　"没错，这口袋还带个扣子。"秦风伸出两根手指，将那扣子给解开后，直接将口袋里的东西往外倒了出来。

　　"手……手指！"东西刚刚倒出来，秦风的耳边就响起了冯永康的惊呼，"五……五根手指，这……这太恶心了，妈的，老子受不了了……"当看清楚了那五根长短不一的手指后，冯永康只感觉胸腹间一阵翻涌，强忍着胃中的不适又看了一眼那手指，终于忍不住转脸大吐起来。

　　"滚，要吐远一点儿去吐！"站在冯永康身边的朱凯倒是好一些，虽然在看到手指的瞬间也是面色发白，不过总算是忍住了，而且借机骂了老冯一声给自个儿壮胆。

　　"老苗，真被我说中了。"秦风此时面沉似水，没头没脑地冲着苗六指说了一句之后，捏着那衣服口袋的手动了一下，"里面还有东西……"

"还有什么东西？"两个声音同时响起，却是刘子墨和朱凯问出来的，只是刘子墨脸上呈现出来的是兴奋，而朱凯则是面色愈发苍白起来。

秦风没有说话，右手抖了一下，一个血肉模糊的东西从口袋里被抖了出来，仔细看去，赫然是一只人耳朵。

"呕……"这一下，强撑着的朱凯也忍不住了，转身就往后跑，来到花园处低头大吐了起来，差点儿没将苦胆都给吐出来。

"谁……谁干的？"苗六指往前走了一步，眼中隐含泪光，颤抖着声音说，"是谁干的？竟然出手如此狠毒！"

"老苗，你先坐下，我看看伤口。"秦风能体会苗六指此刻的心情，给一旁的谢轩使了个眼色，谢轩马上扶住了苗六指，强行将他按在了石椅上。

"是斧头剁下来的，这两根手指被钝物砸过，没法接了。"秦风粗略地看了一下那五根血肉模糊的手指和一只耳朵，对苗六指说，"耳朵还比较完整，以现在的医学手段，还是能接上的。"

秦风忽然大声喊道："老苗，你快点给他打电话，对方既然把这些东西送来，那就没打算要他的命！"

"对，秦爷您说得对。"闯荡了一辈子的江湖，见惯了生死离别，不过事情摊到自己头上，苗六指一时间还是有些失神，直到秦风喊出来后，他这才反应了过来，连忙掏出了电话。

趁着苗六指打电话的机会，刘子墨低声问道："秦风，到底是怎么回事儿？这……这被断指掉耳朵的人，是谁啊？"

"是于鸿鹄，你下午也见过的，就是老苗的那个徒弟。"秦风叹了口气，早在看到那带有扣子的口袋时，秦风就感觉有些不妙，因为他想到了，今儿于鸿鹄穿的正是这种款式的衣服。

等到口袋里滚落出手指，再看到苗六指的面色，秦风哪里还有不明白的道理？这是别人报复到门上来了，而且还送出断指来示威。

"就是鸿鹄，他的小指上有个疤痕，我能认得出来。"正拨打着电话的苗六指，忽然插了一句，因为那个疤痕，正是早年他训练于鸿鹄的时候留下来的。

"靠，现在做小偷的都这么凶残？还讲不讲江湖规矩啊？"刘子墨闻言被吓了一大跳，于鸿鹄断那二人的手指，是师出有名，按照江湖上的规矩来的，但是谁都想不到，对方竟然报复得这么快，还这么凶残！

"讲规矩他们就不会玩这一手了。"秦风的脸色阴沉得快要滴下水来，转脸看向苗六指，"老苗，打通了吗？"

"鸿鹄的电话打不通，我打店里的。"苗六指挂断电话后又拨了一个号码，这次响了几声就有人接听了。

"什么？出去接了个活儿，跟别人坐出租车走的？你知不知道，是去什么地方？"苗六指几乎冲着电话吼了起来，"马上把店关掉，你和小四还有小六出去找，报警？不要报警！去那人说的地方找！"

"老苗，你别急。"秦风拍了拍苗六指的肩膀，对谢轩说，"你马上找个保鲜盒，将这些东西放在冰箱里，不要放冷冻，放在保鲜的地方。"对于现在的科技而言，只要断掉的手指机能没有完全损坏，还是可以接上去的，当然，接上后的手指肯定是没有原来的那样灵活了。

"手指，要放冰箱里保鲜？"刚刚吐完了一场回来的冯永康，正好听到了秦风的话，那胃酸是直往上翻，拔脚就往花园处跑去，走到半路就狂喷而出了。

秦风此刻哪里还有工夫去管朱凯和冯永康，将手指交给谢轩后，看向刘子墨："子墨，你留在家里帮忙照看下，我和老苗出去找人。"

"秦风，我跟你去吧？你和苗老出去，我不大放心。"刘子墨摇了摇头，"你身上还有伤，万一碰到硬茬子，会吃亏的。"

秦风肩膀上有枪伤，而苗六指年过八旬，看上去走路都颤颤巍巍的，这一残一老的组合，的确不怎么让人放心。

"没事儿，我和秦爷去就行。"苗六指转身就往屋里走，也就是十来秒的时间，从屋里出来的苗六指手上，赫然拿着一把小巧精致的银色手枪。

"咦？勃朗宁，老爷子，您从哪儿搞来的这手枪？这款式的都成古董了吧？"看到苗六指手上的枪，刘子墨的脸上不由得露出了惊讶的神色，在美国，私人是可以合法拥有枪支的，刘子墨就是个发烧友，他在洪门的房子里，一堵墙上摆的全是枪。

　　苗六指一脸的杀气，挥舞着手中的"勃朗宁"："这是我早年从一个法国领事那里得来的，没想到埋了几十年居然还能派上用场。"

　　"老苗，制怒，这把枪还是先由我拿着吧！"看到苗六指一脸暴怒的样子，秦风手指在苗六指手腕间轻轻一拂，就将那把枪拿到了自己的手中。

　　"秦风，小心点儿。"刘子墨拍了拍秦风的肩膀，"真是遇到狠茬子就开枪，大不了我帮你躲到国外去。"对于洪门而言，犯事儿跑路是很稀松平常的事情，加上刘子墨出身武术世家，对法律也并不是那么看重。

　　"我没事儿，只是去找人。"秦风摇了摇头，"我回来的时候会打电话给你，接到我电话再开门，否则任何人敲门都不要开。"对方既然能把于鸿鹄的断指和耳朵送到四合院这边来，显然已经掌握了秦风等人的资料，秦风这是担心对方杀上门来。

　　"放心吧，有我在，来一个杀一个！"刘子墨拿着秦风找出来的那只枪头，"回头给配个枪杆，让他们也见识一下'神枪'李书文传人的威风。"

　　"行了，杀人可是犯法的。"秦风在刘子墨的肩膀上捶了一拳，招呼了苗六指一声，两人坐上了停在后院的车，直接离开了。

　　"秦爷，京城那么大，咱们去哪儿找啊？"坐在副驾驶位上，苗六指有些心神不定，他这一辈子收了不少传人，但大多都没得善终，不是被政府拉去打靶子，就是死在江湖路上。于鸿鹄虽然天资不怎么样，但极为尊师重道，苗六指出狱以来，于鸿鹄一直将其视为父母般赡养着，准备给他养老送终。所以苗六指对于鸿鹄也倾注了不少的感情，眼下见到关门弟子出了事儿，一时间也是有些方寸大乱，不知道该如何处置了。

　　"小四不是说，上门那人说出了雍和宫的地名吗？咱们去那里找找。"秦风想了一下，转动方向盘，朝雍和宫的方向驶去。

　　此时已经是深夜十二点多了，原本热闹的雍和宫大街两旁的店铺早就关门歇业了，整条街上冷冷清清，游人也见不到几个。和秦风所住的四合院区差不多，作为京城重要的旅游景点，雍和宫附近也保留了大片的老建筑，从主街道往两边走，随处可以见到大大小小的巷子。

　　"小四，这边！"秦风刚刚准备将车停到路边的时候，忽然看到从马路对面的巷子里跑出个人影，正是于鸿鹄收养的一个孤儿。

"老爷子、秦爷……"听到秦风的喊声，小四连忙跑了过来，此时正值春寒，晚上的温度还有点低，不过小四却是满头大汗，看这样子是直接从店里跑来的。

"四儿，到底是怎么回事儿？你师傅是被谁喊出去的？"等小四上了车后，秦风问道，他现在还不确定，于鸿鹄到底是得罪了谁，究竟是不是中午那两个蠢贼引发出来的血案。

小四还不知道事情的严重性，当下说道："秦爷，叫师傅出门干活的是个女人，打一辆出租车过来的，您也知道，我们这半夜接活儿是很正常的事儿，师傅就跟去了……"

原来秦风今儿大摆筵席，于鸿鹄在酒桌上多喝了几杯，回到店里一直睡到了晚上十点多，这才迷迷糊糊地起来吃了点东西。眼瞅着就要到十一点，于鸿鹄正喊着几个弟子准备关门的时候，忽然来了辆出租车，从车里下来了个女人，说是钥匙忘在家里面了，想请个人跟她回去把锁打开。

像这种事情，开锁店一个月最少也要碰到个二三十回，不管是于鸿鹄还是小四等人，都是习以为常了，当下于鸿鹄就准备让小四跟那女人去开锁。不过那女人当场就表示，家里只有自己一个人，有些不放心小四跟着回去，她要求于鸿鹄跟她过去，可以多加五十块钱。

小四是个年轻小伙子，女人的话说得也有道理，开锁一百五，外加换锁和那五十块钱，这一趟活最少能赚个两三百，于鸿鹄想了一下也就答应了下来。

小四拿着工具箱送师傅出门的时候，听到那女人给出租车司机说了雍和宫的地名，所以在接到苗六指的电话后，第一时间也是跑到这儿来找了。

"四儿，那出租车的车牌号你还记得吗？"秦风想了一下，看向了小四，如果能找到那辆出租车，就能知道于鸿鹄是在哪里下的车了。

小四摇了摇头："秦爷，当时已经准备关门了，灯箱都关掉了，黑灯瞎火的，我也没注意。"

"那这样吧，四儿，你和你师爷在一起，从这边巷子往里找，我从那头找起，有事马上给我打电话。"

秦风这也是无奈之举，雍和宫路虽然不算很长，但就凭他们三个人搜过去，怕是这一夜也不用睡觉了。

"老苗，这个你拿好，不到万不得已，千万不能打响。"在苗六指下车的时候，秦风将那把"勃朗宁"塞回到苗六指的手中。

"好，秦爷，您也小心点儿。"苗六指点了点头，他这辈子也经历了不少大风大浪，此时虽然还有些着急，但整个人已经镇定了下来。

看到苗六指和小四钻入到一条巷子里后，秦风开着车来到了这条路的尽头，将车子停好后，找那种没灯光的阴暗巷子钻了进去。有灯光有人声的地方，秦风根本不去，一路小跑着专门往没人没声响的地方钻，十几分钟后，已绕到了雍和宫的后巷处。

和前门平日里的人声鼎沸不同，这后巷不管白天还是夜里，却都是十分冷清，安静得能让秦风清晰地听到自己的喘息声。高高的围墙上昏暗的小黄灯，将秦风的身形拉出一道长长的影子，静寂的巷子里，回响着秦风"嗒嗒"的脚步声。

"嗯？有血腥味！"在从雍和宫后墙巷子处拐到一个全无灯光的地方后，秦风忽然站住了脚，因为在他鼻端，充斥着一股若有若无的血腥味道。

"那边地上有人！"在黑暗中跑了半天，早已适应了周围光线的秦风，很快在一个拐角的地面上，发现那里瘫倒着一个身影。

"老于？"秦风轻轻地喊了一声，侧耳听了一下周围没有人之后，这才抢步上前，将趴在地上的那人翻了过来。

"妈的，出手那么狠！"当看清楚那张脸后，秦风忍不住骂出了声。面前的于鸿鹄，一只右耳被割掉，污血沾得满脸都是；而他的后脑勺儿处，似乎也被重击过，头发早已被鲜血凝结成了一团，呼吸十分微弱。

而于鸿鹄的右手，已经变得光秃秃的了，从大拇指到小指，全都被斩去了，对方似乎想要了于鸿鹄的命，居然连包扎都没给包扎一下，地面上流了很大一摊鲜血。

秦风脱下外套，撕扯成了几个布条，把于鸿鹄的右手和脑袋给包起来，然后将于鸿鹄背起，往巷子外面奔去。

"老苗，人找到了，在路口等我！"一边奔跑着，秦风一边拨通了苗六指的电话。通知了苗六指后，他马上打了李然的电话，不过那哥儿们不知道是中午喝多了还是正在和女人颠龙倒凤，手机响了半天都没人接听。

"秦爷，怎么样？"苗六指看到躺在后座上的于鸿鹄，老眼顿时红了起来，小四更是直接就要往上扑。

"老苗、四儿，你们别急，还有一口气，咱们马上去医院。"秦风安抚了两人一句，脚下一踩油门，就往京大方向开去。

"轩子，马上把冰箱里的东西送到京大附属医院来。"一手握着方向盘，秦风给谢轩打了电话。

"孟瑶，我是秦风，你在学校吗？"想了一下，秦风拨通了孟瑶的电话。

"秦风？"被电话吵醒了的孟瑶有些惊讶，怕惊扰到别人，孟瑶连忙将手机拿到了被窝里，小声说，"我在宿舍啊，怎么了？"

此时也没工夫细说，秦风直接说："我有个朋友受伤了，需要马上手术，你能帮下忙吗？"

原本秦风是想找李然安排一家医院，不过那哥儿们不靠谱儿，实在没办法了，才想到了孟瑶，因为秦风听冯永康的女朋友说过，孟瑶和京大附属医院的领导都认识。

"手术？是外科还是内科？这么晚了，只有值班医生在。"听到秦风的话后，孟瑶犯了难。

"孟瑶，求你帮帮忙，要不是没辙了，我……我也不会这么晚麻烦你。"秦风这辈子还真没出口求过什么人，可是于鸿鹄这件事，十有八九是因他而起的，秦风有推卸不掉的责任。

"这……好吧，我试试看。"孟瑶挂断秦风的电话后，拨通了附属医院院长的电话，这还是孟瑶第一次拨打院长的私人电话。

一路超速，快到京大的时候，孟瑶的电话打过来了："秦风，你去了就说是何院长的亲戚，让值班医生给安排一下。"孟瑶的声音让秦风松了一口气。他不是不能把于鸿鹄送到别的医院，但接待了这样的病人，医院肯定会报警，到时候很多麻烦事都会接踵而来。最重要的是，秦风不想惊动警方的主要原因，是他要用江湖规矩来解决这件事，那就只有一个办法：血债血偿！

第五章　手术

车子开进医院大门的时候，接到院长电话的值班主任带着两个护士已经等在了那里，当还处于晕迷中的于鸿鹄被秦风抱下车后，马上就被抬上了担架车。

"章主任，真是麻烦你们了。"秦风看了一眼值班主任胸前的号牌，知道面前的这位，是外科值班的章主任。

"医生，一定要救救他！"看着弟子那凄惨的模样，一生刚硬的苗六指死死地拉住值班主任的衣服，那双老眼中也是不由自主地流出了泪水。

"老人家，您放心吧，我们给最好的外科大夫打了电话，他马上就能赶到医院。"值班主任非常有耐心，当然，这也源自何院长的一个电话。

"苗老，您别急，先让章主任给诊断一下吧！"秦风拉过苗六指，看着那位值班主任和护士将于鸿鹄推入手术室。

"秦爷，您说鸿鹄这个样子，是不是遭了我的报应啊？"苗六指长叹了一口气，他早年也是心狠手辣之辈，如今却是感觉报应到了。

"老苗，这事到底怎么回事儿，还说不清楚呢。"秦风摆了摆手，"是外来的人想在京城开山立柜拿于鸿鹄立威，还是纯粹的报复伤人，都要等于鸿鹄醒了才知道，你不用往自己身上揽责任……老苗，在你印象里，干你们这一行的，谁出手有这么狠辣？"他总感觉这十有八九和今儿抓到的那两个小偷脱不了关系，报复伤人的可能性更大一些。

"我们是偷，不是抢，吃的是技术饭……"苗六指想了一下，摇了摇头，"除非是有杀父夺妻的仇恨，一般不会有人下这么重的手，就算有人踩过界，鸿鹄不也就是断人一根手指吗？"老辈的江湖中人，讲的是做人留一线，很少有人将事情做绝。而今天做出这事情的人，绝对称得上是心狠手辣，因为如果秦风再晚找到于鸿鹄的话，单是流血就能要了他的命。

"老苗，那你早年又和谁结过仇吗？"秦风追问道，他总感觉对方不会无端下此重手，一定会有些因果关系。

"结仇？仇家倒是有不少，不过那些人早就死绝了。"苗六指闻言叹了口气，他年轻时技艺高超，为人也盛气凌人，在江湖上的确得罪过不少人。但是在解放后，那些人不是逃出了国，就是被政府镇压了，能活到现在的，怕是也十不存一，而且苗六指和那些人也不是什么深仇大恨，不至于被人惦记一辈子。

"在监狱里呢？"秦风又问了一句。

"监狱里？"苗六指忽然眼睛一亮，迟疑着说，"你说在监狱里，我倒是见过一个心性歹毒的年轻人，不过那已经是80年代初的事情了，那人叫作史庆虎……"

苗六指所蹲的那个监狱，是民国时期建造的，而到了80年代初期，苗六指在监狱里也算是资格最老的人了，和他同时期进去的犯人，不是被放出去，就是老死在了狱中。

为了不让师傅的传承断掉，苗六指在监狱中的数十年，收了大概十多个徒弟，这十多个弟子，无一不是天赋极高。但常在河边走，哪有不湿鞋？再厉害的贼，终究也有落网的时候。眼瞅着自己培养的那么多弟子，一个个不是死于帮会内讧就是栽在警察手上，苗六指也有些着急，所以这才培养了天资不怎么样的于鸿鹄。

其实在授艺于鸿鹄盗门绝技的同时，苗六指还准备收一个弟子，那就是史庆虎。当时的史庆虎才十七岁，比于鸿鹄年轻得多，正是可堪造就的年龄。

最初，苗六指是同时教授于鸿鹄和史庆虎的，不过经过一段时间的观察，苗六指打消了收史庆虎为徒的念头。史庆虎此人，虽然相貌普通，身材不高，但为人却是极为暴虐。凡是进入他们号房的人，都被史庆虎毒打过，有一次甚至把人给活活打死了，如果不是监狱的人为了消除影响隐瞒不报，恐怕史庆虎最少也要被改判成无期。

苗六指也杀过人，但他杀人总是有理由的，而不是像史庆虎那样根据自己的喜好，不拿别人的生命当回事儿，这种心性是苗六指看不上的。

在感觉到苗六指的疏远和不再授艺后，史庆虎自觉受到了奇耻大辱。当时他虽然不敢得罪在那个监狱里待了几十年的苗六指，却处处针对于鸿鹄，给于鸿鹄找了不少的麻烦。苗六指知道，史庆虎这些都是对着他去的，不过江湖那么大，日后未必就有再见之时，苗六指并没怎么在意，出狱之后，更是再没听到过史庆虎的消息。

刚才听秦风问起监狱的事情，苗六指顿时想了起来，史庆虎正是豫省人，今天抓到的两个蟊贼，也是豫省口音。更重要的是，那两个蟊贼被揭穿盗窃行为之后，居然还敢掏出刀子行凶伤人，这种做派倒是和史庆虎十分相像。

"这种心性的人，老苗你不收就对了。"秦风冷哼了一声，拿出电话给何金龙打了过去，他让何金龙把手下的兄弟都派出去，打听一下京城豫省人的聚集之处，另外将史庆虎的名字也告诉了他。

"苗老先生是吧？"秦风刚刚打完电话，那个外科的值班主任就走了过来，"苗老先生，不知道您这位子侄失去的断指和耳朵，可还能找到？"

这个手术是院长亲自交代下来的，章主任不敢怠慢，不过他只以为那气度不凡的老年人和院长有什么交情，并没想到秦风的头上。

"有，都还保存着，马上就有人送过来。"秦风代苗六指回答了这个问题，"章主任，不知道病人有没有生命危险？这断指和耳朵，是否还能接上去呢？"

"病人虽然五十多岁了，不过体质还是不错的，他现在的问题只是流血过多，经过输血后，病情已经稳定下来，不会有生命危险的。"章主任想了一下，说道，"耳朵是被利刃直接割下来的，只要保存完好，接上是没问题的……不过那五根手指，有两根是被钝物重击过的，最多只能接上三根，而且还要我们医院最好的外科大夫动刀才行……"

"风哥，东西我拿来了！"就在章主任和秦风说着于鸿鹄病情的时候，谢轩气喘吁吁地跑了过来，将装着断指、耳朵的盒子交给秦风后，又塞给了他一个黑色的手包。

"章主任，咱们借一步说话。"秦风冲着苗六指等人使了个眼色，拉着章主任到了楼梯口。

"章主任，这是病人家属的一点心意，您一定要拿着。"秦风先将那装着断指的盒子交给了章主任，然后从黑色的手包里掏出了五叠崭新的钞票，放入到了章主任的白大褂口袋里。

"不行，这……这个可不行！"章主任被秦风的举动给吓了一跳，倒不是说他没接过红包，但从医三十多年了，章主任还没见人给塞过这么大一个红包的。更何况秦风送来的这个病人，是医院"一把手"亲自打电话要求关照的，为了自己的前途着想，章主任也不敢收下这五万块钱。

"章主任，何院长是何院长的交情，这钱，只是我和病人家属的一点心意。"秦风按住了章主任往外掏钱的手，一脸真挚地说，"章主任要是不接这钱，我们心里都会不安的，我的要求也不高，只要人能保住命，手指接上几根都行。"

"小伙子，医者父母心，你……你就是不给钱，我们也一定会尽心的。"章主任被秦风说得有些意动，医院收取红包是再正常不过的事情了，这红包数目虽然大了一点，不过也只能说明病人家属经济实力雄厚，否则也不会搭上何院长那条线了。而且秦风的话说得十分到位，他已经点出了这件事不会传到何院长的耳朵里。如此一来，章主任就有些犹豫了，毕竟相比平时几百一千的红包，五万块钱的诱惑力还是很大的。

"章主任，这大半夜的将主刀的医生给折腾到医院来，我们也要表达一些谢意不是？"秦风笑着松开了手，"我们和那位医生也不怎么熟，就拜托章主任帮忙转达一下我们的谢意了。"

"这个……怎么好意思呢？"见到秦风如此通情达理，章主任的手终于松了下来，"你放心，我马上就打电话再催促一下医生，半个小时之内，保证能开始手术！"

"那就谢谢章主任了。"秦风漫不经心地说，"章主任，您看这病历怎么写啊？外面那位老爷子最怕麻烦，他也不想报警。再说了，遇到这种没头没脑的事情，警察除了骚扰当事人，恐怕也干不了什么的……"

"这样啊？倒是有些麻烦。"章主任闻言皱起了眉头，按照规定，医院接到这种明显是意外伤害的病人后，马上就要给警方打电话，刚才只是忙于对病人的检查，章主任还没来得及打这个电话。

"章主任，老爷子是有身份的人，他不想这事儿闹得尽人皆知，您看？"秦风说着话，伸头看了一眼走廊上的苗六指。还别说，穿着一身中山装、须发尽白的苗六指，那副派头还真像极了那些身居高位后离休的老干部。

"好吧，小伙子，病人是因为操作机器不当，导致手指被截断，你懂吗？"摸了摸白大褂里的五万块钱，章主任给出了一个合理的解释，"病历是由我来写，这一点你放心吧。"像这种事情，在医院里也不是没发生过，不过章主任原本想着只分给主刀医生一万块钱的，如果这么写报告，恐怕就要再多给一万了。

"多谢，多谢章主任，等事情完了，老爷子肯定还有重酬。"听到章主任的话后，秦风算是松了口气，他可不想让警方掺和到这件事情里来，否则做什么事都会碍手碍脚的。

"这点你们放心，我们会全力以赴的。"和秦风达成了默契之后，章主任更加上心了，"我先去把这些断指和耳朵拿去消毒，你让老爷子耐心等待一下，我保证病人不会出问题。"

在章主任的催促下，主刀医生十多分钟后终于赶到了医院，等他进入手术室没多久，手术室门口的红灯就亮了起来。

秦风看了一眼满脸憔悴的苗六指，跟谢轩说："轩子，你送老苗回去休息，我和四儿在这里等就行了，让远子和你刘哥留心点儿，别让人给端了咱们的老窝。"

"风哥，就你和四哥在这儿，行吗？"谢轩有些担心地问道。

"没事儿，这医院比较隐蔽，那些人是追不到这里来的。"秦风摆了摆手，"再说了，他们下手再狠点就直接将老于干掉了，至于再跑到医院行凶杀人吗？等会儿金龙的人也会来，这里用不到你们的。"

"轩子，秦爷说得对，咱们回去吧！"苗六指叹了口气，折腾了这大半夜，他这会儿只感觉两边的太阳穴突突直跳，如果再待下去的话，说不定连他也要躺倒在病床上了。

"秦爷，鸿鹄我就拜托给您了。"苗六指走了一步，忽然回头对秦风鞠下躬去，抬起头说，"我指望着鸿鹄这孩子给我养老送终呢，他受的委屈，您就当是我受的，该如何做，秦爷您拿章程就行！"

"老苗，你放心吧，这件事很可能是因我而起，我一定会给你个交代。"秦风知道，对于于鸿鹄受伤这件事，苗六指是发了狠。让秦风拿章程，也是将了一军，如果秦风对这件事处理得不妥的话，恐怕苗六指这一脉的人，从此就会和他离心离德了。

把苗六指和谢轩送到电梯口时，秦风阴沉着脸压低了声音说："下手的人，有一个死一个，这次去澳岛手上多了五条人命，我不介意再多几个。"

这件事在秦风看来，不仅是报复，更是在挑衅，对方将断指和耳朵送到门前，摆明了就是知道他们的底细。对于这么一个隐藏在暗中的敌人，秦风如果不将其解决掉的话，那他也将会寝食不安的，所以于公于私，秦风都不会袖手旁观。

"秦爷高义！"听到秦风的话后，苗六指如释重负，冲着秦风拱了拱手，转身和谢轩进了电梯。

"秦爷，发生了什么事情？"过了大半个时辰，已经是深夜两点多钟的时候，何金龙带了七八个人，匆匆地赶到了医院。

"老于被人砍掉五根手指、一个耳朵，现在正在手术。"秦风指了指亮着红灯的手术室，"这事儿很可能是豫省来的人干的，你的人都派出去没有？"秦风知道，拆迁这一行当，用得最多的就是民工，何金龙在京城里也干了快一年了，方方面面的包工头都认识不少，让他去查这件事，估计比警察都给力。

"什么？老于被人下黑手了？"何金龙的眼睛瞪了起来，他和于鸿鹄关系不错，没事的时候经常喝几杯，一听这话，声音顿时像炸雷般响了起来。

"这么大声音干吗？"秦风瞪了他一眼，"让你的人也小心点儿，对方的手黑着呢，打听清楚后也别下手，这事儿我要亲自解决。"

"秦爷，您放心，那帮孙子就是躲在老鼠洞里，老何也要把他们都揪出来！"何金龙重重地拍着胸脯，相比拆迁公司做的事情，秦风交给他的这个任务，才是他这四十多年人生一直从事的本职工作。

"知道你和老于关系的人不多，告诉下面的人，行事的时候机灵着点儿，不要打草惊蛇了。"秦风想了一下，特别叮嘱了何金龙一句，于鸿鹄的惨状让秦风心里动了真火，之所以没走警方解决这件事，就是因为秦风起了杀机。让何金龙去打听这件事，是最为稳妥的，何金龙和苗六指有着上一辈的渊源，不过知道这事儿的，除了秦风之外就再没几个人了。而且拆迁公司和开锁公司风马牛不相及，平日里也没来往，没有谁能想到，何金龙与于鸿鹄还有着那么深的关系。

"秦爷，您放心吧，我知道怎么做！"何金龙点了点头，看了一眼还是红灯的手术室，拉着秦风走到楼梯口抽起了烟，顺便将事情的经过询问了一遍。

"出手真狠，这事儿，肯定是冲着老于来的。"听秦风讲完事情的来龙去脉之后，何金龙用脚尖狠狠地将烟头给踩灭。

"金龙，你先回去吧，我守在这里就行，有了消息，马上给我电话。"秦风看了下时间，已经是凌晨三点多了，这接指的手术还不知道要进行多久，没必要这么多人守在这个地方。

"好，秦爷，那我先回去布置一下。"何金龙点了点头，很认真地说，"秦爷，您对兄弟们的情谊，金龙看得到，我代老于先谢谢您了！"

"行了，抓紧办事去吧！"秦风笑着踢了何金龙一脚，"老于是你兄弟，就不是我兄弟了？换成谁出了这种事，我都会这么做的。"

"秦爷，辛苦您了！"何金龙冲着秦风抱了抱拳，留下了三个人陪着秦风和小四，自己则是带着另外几个人离开了医院。

章主任拿了钱自然要办好事，为了保证接上的手指日后能恢复机能，他叮嘱主刀医生要尽心救治，所以这手术从凌晨两点一直做到上午十点多还没有结束。其间章主任进去看过几次，出来的时候表示手术比较成功，有三根断指已经接上了。

"秦风，这位是何院长，听说手术还没完，特意来看望一下。"在上午十一点多的时候，章主任陪着一个五十出头的中年人，来到了手术室外面。

"何院长，实在是太感谢了！"精神有些疲惫的秦风，连忙上前一步，握住了何院长的手，"昨儿那么晚打扰您，真是不好意思，回头秦某一定上门答谢！"

"这是应该的，医者父母心，病人有难处，我们是要尽一切能力帮助的嘛。"何院长中等身材，虽然穿着白大褂，但那股官僚的气息依然是扑面而来。

"小秦是吧，昨儿孟瑶同学打电话来的时候，可是很着急的，不知道是什么人生病了？是哪方面的问题？"何院长试探着询问了一句。他坐这个位子，和孟家的关系自然不差，接到孟瑶的电话后，他不敢怠慢，连夜安排手术后，第二天又亲自赶过来看望。但此时，他更想知道的是秦风的身份。

听到何院长问起病人的事情，旁边的章主任吓了一大跳，连忙说："院长，病人是小秦的亲戚，昨儿操作机械不当，把手指给切掉了。"隐瞒病人的实际情况，这在医院中是件很大的事情，病历是章主任亲自写的，如果出了事，第一个倒霉的就会是他。

"哦，原来是这么回事儿啊！"何院长有些不满地看了一眼章主任，他想知道的是秦风和孟瑶的关系，哪里是关心病人得的什么病。

"何院长，我和孟瑶是同学。"秦风自然看得出院长大人的意思，便解释了一句。

"嗯，同学之间，是应该互相帮助的。"听到秦风和孟瑶只是同学关系，何院长顿时兴趣大减，或许这只是孟家的小丫头碍于情面，这才给自己打的电话。不过搞了大半辈子的政治，何院长也不会将轻视表现在脸上，和秦风寒暄了几句后，对章主任说，"章主任，这边就交给你了，等病人手术完成后告诉我，我要来看看。"

一听这话，秦风连忙说道："何院长，您工作忙，就不用来了，我代表孟瑶和病人谢谢您。"

"一定要来，一定要来的。"何院长的脸上露出笑容，做了那么多事，不就是想让孟瑶知道的吗，面前的这个小伙子也算识趣之人。

"秦老弟，这事儿算完了，回头要是有人问起，就按我的话说。"等何院长离开后，章主任不由得松了口气，这领导过于关心，有时候未必是件好事。

"章主任，多谢了，回头一定还要好好感谢您。"秦风看了下手表说，"这马上中午了，要不……咱们一会儿一起去吃个饭？"

"不用了，秦老弟，手术应该也差不多要完成了，你先守着，我还有点事情要忙，下午我再过来看看。"章主任昨夜值班，本来今天上午是可以休息的，不过心里惦记着秦风的这件事，一直都没敢离开医院，这会儿却是想找个地方去休息一下了。

"好，那您先忙。"秦风将章主任送到了电梯口，又回到了手术室的门口，他们已经整整守了快十个小时了，坐在椅子上的谢轩等人早就耷拉着脑袋打盹了。

等到中午十二点多的时候，手术室门上亮着的那盏灯终于由红色变成了绿色，一直守候在门外的秦风，连忙和谢轩还有小四等人围了上去。

先出来的是那位三十八九岁的主任医师，整整做了十个小时的手术，医生的眼睛里满是疲惫，摘下口罩后，深深地吸了口气。

"杜主任，辛苦您了！"秦风上前一步，紧紧握住了杜医生的手，同时把一张卡塞到杜医生的手心里，那里面有三万块钱，是秦风一早让谢轩去办理的。虽然昨儿已让章主任转达自己的谢意了，但一码归一码，手术完成了，秦风还是要表示一下的。

"应该的，这是我们医生应该做的。"秦风的这个举动，果然让杜医生心里很舒服。且不说他昨儿已经得到章主任的暗示，能拿到两万块钱的红包，就是秦风先不问病人手术如何，而是先表达谢意，这就已经让疲惫不堪的杜医生心里暖暖的了。

"杜主任，不知道病人现在的情况怎么样了？"看到杜主任将那张卡顺手放进口袋之后，秦风才出言打听起于鸿鹄的手术。

"手术很成功。"杜主任推了推鼻梁上的眼镜，"五根手指都接上了，有三根手指的情况比较好，通过后期治疗，是可以恢复手指的大部分功能的。另外，耳朵也接上了，这个问题不是很大，等到愈合拆线之后，痕迹都很浅，而且不会影响到病人的听力。"

沉吟了一下，杜主任接着说道："不过，另外两根手指受到过钝物重击，已经失去器官机能，我虽然给接上了，但不能保证那两根手指可以恢复机能。"断指再接手术，虽然在当下不算什么难度很大的手术，不过这也看实际情况，断指的时间如果过长，那是连接都没法接的。

"杜主任，已经很感谢了。"手术的结果比秦风的预料要好得多，当时于鸿鹄的惨状，使得秦风认为能保住他的命就不错了。

"不用谢，我给说下需要注意的事情。"杜主任摆了摆手，"病人十天之后，可以轻微做一些手部运动，像这种手术，手术后的恢复治疗也是很重要的，等拔除了克氏针，我会给他做一份详细的报告。"

"好，那就都拜托杜主任了。"秦风点了点头，看到手术室的大门又被打开，两个护士推着一个活动病床走了出来，躺在上面的人，正是于鸿鹄。

一直和秦风守在这里的小四，还有随后赶过来的小六，看到于鸿鹄被推出来后，眼睛一红就扑了上去。于鸿鹄一共有六个弟子，其中有两个还在监狱里，剩下的四个都是他从小收养的孤儿，虽为师徒，实际上和父子也差不多了，感情不是一般地深厚。

此刻见到于鸿鹄被包得只剩下一双眼睛的脑袋还有那只手，小四和小六忍不住趴在病床前哭了起来。

"杜主任，怎么他还在昏迷中？"看着仍然沉睡不醒的于鸿鹄，秦风愣了一下，他之所以一直守在这里，其实就是想等于鸿鹄清醒之后，询问一下当时事件的经过。

"病人的后脑受到过重击，动手术的时候他一直在昏迷中，我怕他清醒过来后乱动，给病人打了一针全身麻醉。"杜主任说，"你放心吧，后脑的伤处拍过片子，不会留下后遗症，等到麻醉药性过去了，病人就会醒过来。"

秦风这才放下心来，在趴在病床边哭的两人头上各拍了一记："行了，你们两个别哭了，先把人送到病房去吧！"

由于事先不知道病人的身份，何院长给于鸿鹄安排的是高干病房，后来虽然知道病人和孟瑶没什么关系，但这病房没有退。病房分为里外两间，电视、空调等设施一应俱全，外间还有沙发、茶几，是用于领导接待下属的，房间十分宽敞。

于鸿鹄进入病房半个多小时后，全身麻醉的药性终于退去了，坐在外间正和谢轩说着话的秦风，听到里面传来了微弱的声音。

"老于，你怎么样？"秦风冲入到内间，顺手按下了召唤医生的电铃。

"我……我这是在哪里啊？"于鸿鹄的眼神有些茫然，秦风的面孔在他眼中有些模糊，入眼之处，全都是白茫茫的一片。

"渴，有水吗？"麻药的药性还没完全消失，于鸿鹄此时并没有感觉到断指和耳朵处的疼痛，只是嗓子眼儿有点干，很想喝水。

"医生，他现在能喝水吗？"看医生赶到病房，秦风赶紧问道。

"不行，六个小时内不能进食和喝水。"医生摇了摇头，"挂的吊针可以维持他的身体机能的，要是渴得厉害，可以用苹果或者橘子水擦擦嘴唇。"

"轩子，去医院门口买点水果去。"秦风冲着外间喊了一声，转脸看向于鸿鹄，"老于，你先忍一忍，一会儿就不感觉渴了。"

秦风站起身，将医生给送了出去，而正在客厅里的小四等人听到师傅醒了，则是全都钻进了病房里，守着于鸿鹄直掉眼泪。

"我……我这是怎么了？"随着麻药药性的逐渐消失，于鸿鹄也感觉到了手上的不对劲儿，很努力地抬起了右手，却发现上面包着厚厚的纱布，什么都无法看到。同时，耳边一阵钻心的疼痛传来，于鸿鹄忍不住呻吟了起来，他也是五十多岁的人了，哪里受得了这种伤害。

"你们几个先出去。"秦风看了一眼在床边哭泣的小四等人，摆了摆手说，"守在外面，谁都不要让进来！"

"是，秦爷！"小四和后面赶来的几个人，强忍住悲痛，转身出了病房，留下眼神仍然十分茫然的于鸿鹄和秦风待在了里面。

"秦爷，怎……怎么是您？"于鸿鹄此时才看清楚了面前的人是谁，嚅动着嘴唇问，"我师傅呢？到底发生了什么事？"

"老于，你不知道发生了什么事情吗？"听到于鸿鹄的话后，秦风心中一沉，他原本是想从于鸿鹄这边得到一些线索，现在看却是不太可能了。

"不知道，我……我头疼得厉害！"于鸿鹄刚想说话，脸上就露出了痛苦的神色，伸出没有受伤的左手想要摸自己的脑袋。

"老于，你别急，先休息一下，咱们慢慢想。"秦风按住了于鸿鹄的左手，"你昨儿被人打了闷棍，不过现在不碍事儿了。"

"打闷棍？"于鸿鹄也是江湖中人，听秦风这么一说，顿时明白了发生什么事，微微晃动了一下脑袋，"秦爷，我这会儿什么都想不起来，您让我清静一下可好？"

"行，老于，咱们不急在这一会儿，你先休息。"秦风忽然听到外面传来一阵人声，不由得皱了下眉头，给于鸿鹄塞好被子后，转身出了病房。

"怎么回事儿？"秦风刚想质问的时候，就看到了拎着一些水果，站在病房门口的孟瑶，她想进来，却是被小四等人给拦在外面。

"秦风，你朋友没事儿吧？"看到秦风出来，孟瑶眼中露出一丝喜色。对于过不过来，孟瑶纠结了一上午，最后还是决定过来看看。

"没事儿，正在休息，孟瑶，这次的事情多谢你了。"秦风对小四等人摆了摆手，将孟瑶让了进来，"四儿，拿个苹果削成片，给你师傅嘴里含着去，不要让他吃。"

"秦风，你……你怎么那么久没上课了啊？"进到屋里，孟瑶才发现，她居然不知道要和秦风说什么。

"我在跟着齐老师做项目，不用去学校了，而且我本科已经毕业了。"秦风挠了挠头，他也有点不太习惯这种交流方式，而且心里要惦记着于鸿鹄的事情，如果不是昨儿才求到孟瑶，怕是秦风此刻就要开口赶人了。

"毕业？"孟瑶吃惊地瞪大了眼睛，"你不是去年才入的学吗，怎么现在就毕业了？"京大的本科是五年毕业制，而像孟瑶这样的医学类的专业，更是要七年之久，即使是孟瑶还要上好几年呢，没承想秦风这么快就毕业了。

"是啊，我现在在连读齐老师的硕博，应该明年也能毕业吧！"秦风点了点头，其实他倒是想像别的学生一样，好好地在课堂读书，但他所选择的人生，注定让他过不了那种平凡的生活。

"这……秦风，你……你真厉害。"孟瑶此时已经无语了，在秦风面前，她居然找不到一丝的优越感，而且竟然还有那么一点点的自卑。

"我是瞎忙，走后门找了齐老师办的。"秦风嘿嘿一笑，这话是半真半假，他走了后门确实是真的，不过考试的成绩却是实打实的，否则就算齐功的面子再大，学校也不可能让秦风毕业的。

"哦，秦风，你朋友没事儿就好了，我还有课，就先走了。"孟瑶站起身来，走到门口忽然回头说，"秦风，明天是星期六，能一起吃个饭吗？"

"明天？"秦风摇了摇头，苦笑着说，"明天还真没空儿，要不，等我忙完这段再给你打电话？"原本想着这次回来，先把师傅载显迁坟的事情给办好，可头一天就遇到了于鸿鹄的这档子事儿，他连齐功那边都没顾得上去，哪里有空去陪孟瑶吃饭？

"哦，那……那没事儿了。"被秦风拒绝后，孟瑶的眼中露出一丝黯然，刚想往外走的时候，却是迎面看到何院长已站在了门口。

"何叔叔，谢谢您帮我朋友。"孟瑶的情绪不是很高，不过礼貌使然，还是和何院长打了个招呼。

"啊，是瑶瑶啊，小事而已，还要和你何叔叔客气吗？你这要回学校了？"何院长有些古怪地看了一眼屋里的秦风，他刚才可是听得真真切切，孟瑶对秦风发出的邀请，被对方直接拒绝了。孟瑶的家世，他可是知之甚深。作为这个家里唯一的女孩，孟瑶自然也是集万千宠爱于一身。在和周家解除婚约之后，不知道有多少高门大阀上门提亲。所以听到秦风拒绝了孟瑶吃饭的邀请，何院长心里那叫一个吃惊，敢情在外面从来对男孩子不假以颜色的孟瑶，居然有了自己喜欢的人了。

"何叔叔，我要回去，麻烦您多关照一下我朋友。"孟瑶看了一眼秦风，转头走出了房间。何院长摇了摇头，也跟在了后面。

"好好的，吃什么饭啊？"对女人一向都比较迟钝的秦风嘴里嘟囔着，转身进了病房。

"四儿，你师傅怎么样了？"进到病房后，秦风发现于鸿鹄闭着眼睛，而另外几人则是都站在床前。

"秦爷，我没事儿了，好多了。"听到秦风的声音，于鸿鹄睁开了眼，微微摆了摆没有受伤的左手，"四儿，你们都先出去吧，我和秦爷说几句话。"于鸿鹄也是个十分好强的人，面前的几个孤儿都是他从小带大的，他不想在他们面前露出自己脆弱的一面。

待小四等人出去后，秦风看着于鸿鹄问："老于，想起什么了？"这件事的关键，还是要落在于鸿鹄身上，因为只有他自己才是当事人。

"秦爷，我不是想起什么了，而是什么都不知道。"于鸿鹄摇晃了一下脑袋，似乎碰到了耳朵上的伤口，疼得他一下子又咧开了嘴。

"老于，你把昨儿夜里发生的事情说一遍吧！"秦风在床边上坐了下来，他从昨儿到现在一下都没合眼，也早已是疲惫不堪了。

"找我出去的是个女人，三十多岁，看上去像是个本分人……"于鸿鹄闭上眼睛回忆起来。

那个女人说得一口的京城话，所以于鸿鹄也没怀疑什么，跟着就上了出租车，出租车在雍和宫路停了下来，那女人带着于鸿鹄钻进了巷子。虽然巷深夜黑，但于鸿鹄跟了苗六指那么多年，身上也是有点功夫的，加上走在前面的又是个女人，于鸿鹄根本就不怕什么。

只是在来到一个巷子拐角处的时候，于鸿鹄跟在女人身后刚刚走过去，突然感觉到脑后陡起一阵劲风，眼睛一黑就人事不省了，再睁开眼睛的时候，已经躺在这病床上了。

第六章　凶手线索

　　"秦爷，我……我这手，是不是废了？"虽然外面包裹了厚厚的纱布，但俗话说，"十指连心"，手指头断了的疼痛，于鸿鹄可以清楚地感受得到，估计自己的这只手十有八九是废掉了。

　　"如果恢复得好的话，生活上的问题不太大，不过想要再干精细的活儿，却是不行了。"秦风说得很明白，于鸿鹄练了一辈子的盗门绝活算是没有了，不过这倒是不影响他继续经营开锁公司，开锁和掏包不一样，于鸿鹄用左手照样能开锁。

　　"这……这样也好，我于鸿鹄也算是彻底和以前的生活分离开了。"听到秦风的话后，于鸿鹄脸上并没有露出什么伤感的神情，反而有一种如释重负的感觉，他一辈子都没离开过"偷"这个字，现在却是想偷也偷不了了。

　　"老于，这是两回事儿，下手的人，我要找到！"秦风能理解于鸿鹄的想法，不过找不出凶手，秦风寝食难安，因为对方知道他的住所，给秦风的感觉，就像是被一匹饿狼盯上了一般。

　　"秦爷，我这差不多有十年了，都没得罪过什么人。"于鸿鹄想了一下说，"要说有仇家，恐怕就是昨天的那两个人了，从金龙那边去酒店的时候，我隐约就感觉好像有人在跟着我……"

　　秦风在潘家园抓住那两个小偷交给于鸿鹄后，于鸿鹄将其带到何金龙的工地上，将两个人暴打了一顿。原本于鸿鹄想着盘清楚对方的道，然后就放人的，没想到那俩小子的嘴很硬，死活都不说自己是从哪里来的，而且还口出狂言，要扫平京城的佛爷。

　　在江湖黑话中，小偷有"老荣"的说法，不过在京城，"佛爷"却是小偷的代名词，于鸿鹄一听就明白了，这伙人就算是外地的，应该也在京城混了不少时间了。

　　于鸿鹄在京城盗门这行当里，算得上是祖宗级别的人物了，虽然现在退出江湖走了正道，但问不出两个小蟊贼的话，当下有些懊恼，于是切掉了二人的大拇指。那两个人倒是也硬气，被从工地放出来之后，跟跟跄跄地离开了，当时于鸿鹄也没在意，像这种事情，在江湖上并不鲜见。

　　当时何金龙那边还有点事要处理，于是于鸿鹄就在工地多等了差不多一个小时，才和何金龙一起去赴秦风的酒宴。小偷的感觉，自然是非常灵敏的，就在出门的时候，于鸿鹄感觉有人似乎在盯着他看。只是退出江湖那么久了，于鸿鹄的警觉大大下降，在坐上何金龙的车后，那种感觉也就没有了。现在回想起来，于鸿鹄可以断定，对方应该就是在那时候盯上的自己，而且对方一直等到了酒宴结束后，跟着自己回了开锁店。

　　秦风沉吟了一下说："老于，按你这么说，他们将你的断指送到四合院那边，也是跟踪而来的？"

　　"秦爷，我不知道……"于鸿鹄犹豫了一下，"不过我感觉，对方出手这么狠，应该是有旧怨。"在刚才，小四等人已经给于鸿鹄说了昨夜发生的事情，但于鸿鹄思来想去，单凭断人两指的恩怨，还不足以让对方下此狠手。

　　"老于，你听过史庆虎这个名字没有？"秦风闻言一怔，如果真是有旧怨，那十有八九就是苗六指曾经提过的史庆虎了。

　　"史庆虎？"于鸿鹄愣了一下，"我当然知道这个人了，不过我有十多年没听过他的消息了。秦爷，不会是他干的吧？"

　　于鸿鹄比史庆虎大了很多岁，当初那小子刚入狱的时候，由于苗六指很看重，于鸿鹄对他也是颇多照顾。但是谁都没想到，史庆虎是个养不熟的白眼狼，在苗六指停止传授他盗门绝技后，史庆虎居然连于鸿鹄都恨上了，而且找了一个机会，打断了于鸿鹄的一根肋骨。但不久后，于鸿鹄就出狱了。

根据苗六指后来所说，史庆虎居然还想对付他，但是被老而弥坚的苗六指给收拾了一顿。事情过去了十多年，于鸿鹄几乎快忘了这个人，眼下乍然听秦风提起，那个一脸凶相的少年形象，在他脑海中又浮现了出来。

"我不知道，但这件事却像是冲着你们师徒俩来的。"秦风倒是也有些仇家，像是石市的聂天宝和京城的方家，恐怕都是恨他入骨，不过那两家即使报复也不会冲着于鸿鹄去的，所以这事的根源，还是出在苗六指和于鸿鹄的身上。

"秦爷，那……那我师傅没事儿吧？"听秦风提到苗六指，于鸿鹄顿时着急了，"史庆虎那小子最恨的人就是师傅，要是他出的手，一定不会放过师傅的！"说着，他用那只没受伤的手就要支撑起身体。

"老于，你师傅没事儿的，我让远子陪着他过来了。"秦风按住了于鸿鹄，正想说话的时候，客厅里就传来了苗六指的声音。

"鸿鹄，你……你没事儿了吧？"仅仅是一夜没见，秦风就发现苗六指似乎苍老了很多，手上也罕见地多了根拐杖，显然发生在弟子身上的这件事对他打击很大。

"师傅，我没事儿。"于鸿鹄脸上露出了轻松的笑容，"不就是手废了吗，反正现在也不靠这个吃饭了。"嘴上说着没事儿，不过伤口那可是真疼，尤其是耳朵处的疼痛，像针扎一般地刺激着于鸿鹄的大脑，那眼中露出的神色却是骗不了人的。

"没事儿就好，这笔账，秦爷会帮你讨回来的。"看到弟子如此模样，苗六指说，"你先睡一会儿，睡着了就不疼了，我陪着秦爷去外面说说话。"

"老苗，你这徒弟是被人打了闷棍，什么都不知道。哎，我说，这么多人守在这里也没用，你们该干吗干吗去！"关上里间的房门，秦风和苗六指坐在了客厅里，再加上后面跟来的李天远，整个厅里已经是挤满了人。

"六儿，你带两个人去店里，你师傅没事儿了，店里的活不能没人。"苗六指抬头打量了一下众人，"四儿，你去给你师傅搞点吃的去，买点老参炖鸡汤，那东西是补元气的。"

"是，师爷！"苗六指说话自然好使，小四、小六等人答应了一声就离开了病房，原本有些拥挤的房间里，顿时只剩下了苗六指、秦风、谢轩和李天远四个人。

"老苗，过来的时候没人跟着吧？"秦风看向了苗六指。

"应该没人。"苗六指摇头道，"我从后门坐车直接出来的，而且在三环路上绕了两圈，突然变道下的高架桥，就是有人想跟，也跟不上。"

四合院既然被对方给盯上了，苗六指出来的时候自然留了个心眼儿，他让开车的李天远兜了很大一个圈子才来的医院。

"老苗，你这是小心过了头！"听到苗六指的话后，秦风却是眉头一皱，言语间有点不怎么客气了。

"小心过了头？秦爷，您这是什么意思？"苗六指闻言一愣，他不知道自己的行径有什么不对的地方。

"咱们不知道对方是谁，现在是他们在暗处，咱们在明处。"秦风眼中闪过一道厉芒，"不让他们跟着，怎么能把那些人给揪出来啊？"

"是啊，我……我怎么忘了这茬儿了？"苗六指一拍大腿，终于想明白过来了，现在的情形是他们苦于不知道对手是谁，对方要是跟踪他的话，必然会露出破绽，到时候形势就能扭转过来了。

"秦爷，我这就回去，听戏、遛鸟、逛茶楼一件都不落下！"想通了这个关节后，苗六指顿时坐不住了，他和秦风一样，在四合院暴露之后，始终都有种芒刺在背的感觉，仿佛有一条毒蛇在暗中盯着他们一般。

"老苗，这样不妥。"秦风摇了摇头，"咱们先拖几天，不能跟着对方的节奏走，我已经让金龙去打听消息了，对方做出这样的事情，肯定有目的，说不定道上就已经传出什么来了。"于鸿鹄虽然已经洗手不干，但他在京城地界上却是大家公认的一等一的佛爷，也不能排除这件事是有人想踩着于鸿鹄上位的可能性。

秦风想了一下，又对谢轩说道："轩子，你回去马上找个安装银行监控的公司，在咱们四合院的围墙还有边角的地方，都给我装上监控。记住，安装的地点隐蔽一点，尽量不要被外面的人发现，我倒是要看看，到底是谁在盯着咱们！"

"风哥，我马上就去办。"谢轩点了点头。这事儿很好办，因为真玉坊里面就装有各种监控设施，只要将那家公司的电话找出来就可以了。

"远子，你这几天不用回拆迁公司那边了，老苗走到哪儿，你跟到哪儿。"叮嘱完谢轩后，秦风又看向了李天远。如果作案的人真是当年的史庆虎，那么恐怕苗六指也是他的目标，秦风不得不防。

见到秦风让李天远给自己做保镖，苗六指摇了摇头，挥舞了一下手中的拐杖："秦爷，不用的，老头子我还没老到不能动……"在江湖上厮混了一辈子，苗六指对自己的安全可是在意得很，且不说随身带着那把"勃朗宁"，就是他的这根拐杖，里面也是藏着一把拐中剑。

"老苗，你这年龄，不以筋骨为能，还是让远子跟着吧！"秦风打断了苗六指的话，俗话说，"家有一老如有一宝"，秦风不在京城的时候，家中的各项事务都是由苗六指来打理的，而且还都安排得井井有条。

想了一下，秦风又说道："老苗，你今儿先别回去了，等等金龙那边的消息再说。"

"行，秦爷，都听您的。"苗六指点了点头，"秦爷您也一天没合眼了，早点回去休息一下吧，那边的人要真是冲着我们师徒来的，这两天差不多就该有消息了。"

"那好，轩子，你直接回真玉坊，不用再来医院了。"秦风招呼谢轩一声，虽然这事儿闹得人心惶惶，但生意不能停掉，秦风开着车先将谢轩送到真玉坊，然后自己一人回了四合院。

"秦风，你那朋友没事儿了吧？"从后门刚进到中院，秦风迎面就碰上了刘子墨，这哥儿们不知道从哪里找了根白杆，将枪头装上去，正在院子里挽着枪花。

秦风揉了揉眉心："人没事儿，不过这事儿还没完，不知道对方是冲谁来的。"

"管他冲谁来的，水来土掩，兵来将挡，还怕他们不成？"刘子墨将长枪往胸前一拦，摆出个"铁索拦江"的架势。

"不是怕，我是要灭了他们！"秦风眼中露出一丝厉芒，他现在所做的一切，都是想尽量和江湖脱离开来，但要是有人欺上门来，秦风也会让对方知道马王爷有几只眼。

"好，秦风，打听清楚了，一定要叫上我啊！"听到秦风的话，刘子墨的眼睛顿时亮了起来，他骨子里也传承了刘老爷子的那种侠肝义胆，最是向往鲜衣怒马的江湖生活。

"老朱，你怎么现在才出门啊？"正说话间，秦风见到朱凯背着个包走出了中院。

"秦风，你回来了？我过来拿点东西，对了，昨儿没事儿了吧？"见到秦风，朱凯愣了一下，表情有些不太自然，昨天他和冯永康的表现实在不怎么样，直到秦风离开后，这哥儿俩还在抱着树吐。

"没事儿，老朱，这事儿你和老冯就当不知道好了。"秦风想了一下说，"回头到了项目组，先不要说我回来的事情，等我忙完了这段，再去项目组报到。"

"我知道了，秦风，你……你小心点儿啊！"能考上京大的学生，不说是个书呆子，但绝对没见过昨儿那场面，朱凯和冯永康纵然胆子再大，也不敢掺和进那断指的事情里去。

"嗯，你和老冯打个招呼。"秦风点了点头，"这几天你们别住在四合院了，就在博物院招待所先住下吧。"

现在的情况是敌人在暗处秦风在明处，朱凯和冯永康和江湖没有任何的关系，秦风不想让他们也牵扯进来。

"那好，我收拾几件衣服。"听到秦风的话，朱凯愣了一下，也没多问，转身回到房间又收拾了几件衣服，这才离开了四合院。

"子墨，我先去睡会儿，等这事儿了结后，我再陪你在京城玩玩。"秦风现在已经是二十多个小时没合眼了，加上肩伤还没痊愈，此刻脸色蜡黄，精神十分委顿。

"你睡你的，我在这儿练练枪。"刘子墨点了点头，拿着那大枪带着大黄在院子里转悠了起来，俨然一副看家护院的样子。

"三条三，通吃，妈的，给钱，快点给钱！"

在城东一处工棚里，到处都是一股子汗味和臭脚丫子味，六七个等着吃晚饭的工人，在地上铺了一张凉席正赌着钱。说话的这人二十七八岁的年纪，长着一副凶相，赢了之后还没等旁边几人给钱，就伸手抓了过去，引得旁人一阵叫骂。

"陈老七，你小子昨天是不是钻哪家寡妇的被窝了？今儿手气这么好！"坐在那人对面打牌的人，赫然就是曾经对秦风开过枪的鲁五。

这个拆迁工地，是何金龙负责的，所以鲁五和工地上的几个工头都非常熟悉，这个叫陈老七的，就是一个来自豫省的工头。

"五哥，哪有的事儿。"陈老七嘿嘿一笑，眼神闪烁了几下，收了钱站起来说道，"行了，今儿就到这儿了，差不多到点儿该吃饭了，都去打饭吧！"

"真是的，赢了钱就不玩了！"旁边那几人虽然有点不甘心，但还不敢和陈老七叫板，悻悻地拿起饭盒茶缸往食堂走去。

"你们这儿的食堂连他妈的一块肉都舍不得放！老七，晚上咱们喝点儿去？"让鲁五这种人去参加上流社会的酒会，他一准儿会感觉别扭，不过和这些工地上的人厮混在一起，他却是如鱼得水，感觉十分自在。

"现在？行！"陈老七点了点头，"五哥，今儿我请客，老是吃您的，我都不好意思了。"

"嘿，老七，这太阳打西边出来了？你小子舍得请客啦？"鲁五脸上露出了吃惊的神情，开口骂道，"我说老七，是不是找到什么发财的路子了，有好事可是要想着你五哥啊！"

鲁五知道，陈老七虽然是个小工头儿，但他的福利只是不用干活，要说到钱，每天只是比工人多出个四五十块，还真没多少。而陈老七家里养着四个孩子，他的工钱除了打牌之外，几乎都寄回了家，平日里想喝酒了，都是去蹭别人的。

"哪有什么来钱的路子啊，五哥，我这不就是吃您的多了，感觉不好意思吗？"陈老七哈哈一笑，钻出工棚喊道，"二狗、三娃子，别打饭了，走，咱们到饭店喝点儿去！"

陈老七喊的人，和他一样，都是手下管着一二十个人的小工头儿，陈老七往日里没少吃喝别人的，却是想趁着这机会将人情还回去。

在工地旁边几百米的地方就有个小饭店，饭店虽然不大，但是各种炒菜都有，最重要的是实惠，点上十几个菜，也不过就一百多块钱。

干力气活的人都喜欢喝白酒，到了京城喝的自然是"二锅头"了，一斤才几块钱，而且喝醉了还不上头，点好菜后，陈老七又叫了四瓶"二锅头"。

"来，五哥、二狗、三娃，干了！"陈老七除了赌，还就好口酒，没等菜上来就给众人碗里倒满了，嚷嚷着要干杯。

"老七，爽快，我发现你小子也不小气嘛。"鲁五干了碗里的酒，抹了抹嘴巴说，"老七，别说哥哥我不照顾你，下个月我们有个拆迁的活儿，活儿不大，二三十个人就够用，龙哥说也没必要找施工队了，你们怎么样，愿不愿意接？"

何金龙的拆迁公司，其实就是个皮包公司，在接到拆迁项目之后，几乎所有的活都是外包出去的，甚至连设备都临时租赁。如果项目大了，那就必须找些有实力的施工队伍，但是一些小项目，找几个工地上的临时工就能干，赚的钱未必就比大项目少。

"拆迁的活儿？干啊！"鲁五话声未落，陈老七的眼睛就瞪得溜圆，他带着十来个老乡在工地上干活，一年顶天就赚个万儿八千的。不过接触过拆迁项目的陈老七知道，如果能接到个拆迁的活，那一单下来，恐怕他就能赚上一两万，这还是扣除工人之外的费用。周期短赚钱还多，几乎没有工头不愿意接这种活儿的，陈老七今儿之所以愿意掏钱请鲁五，也有点和其套近乎、日后能接点小活儿干的意思。

"老七，五哥抬举你，你还不敬五哥一杯啊？"旁边的两个工头儿听着有些眼红，嚷嚷着要灌陈老七的酒。

"二狗、三娃，那活儿老七一个人也干不完。"鲁五看了一眼另外两人，笑道，"到时候你们也过来，晚上干，不耽误你们白天工地上的活。"

"哎哟，那真谢谢五哥了，我们先干为敬！"鲁五此话一出，酒桌上的气氛愈发和谐起来，三个小工头儿轮番拍起了鲁五的马屁。

几瓶酒很快就喝完了，陈老七大着舌头又叫了四瓶。酒桌上的话题也是越扯越远，从国家领导人到谁家留守的媳妇偷了人，再到哪个工地打了群架，几人聊得是兴高采烈。

和这几个喝多了的家伙相比，东北过来的鲁五，酒量能甩出他们几条街，在陈老七等人说话舌头都大了的时候，鲁五仍然保持着清明。

看到几人都已经喝得眼睛发直了，鲁五冷不丁儿地问道："对了，昨儿听说，这京城有个老佛爷被人敲了闷棍，你们知道这事儿不？"

"老佛爷是什么？"听到鲁五的话后，二狗大着舌头问了一句，他刚来京城没多久，对那些京城腔调还不怎么听得懂。

"佛爷就是小偷，老佛爷，那自然是小偷里面的祖宗了。"一旁的三娃笑着答了一句，"那些做贼的，活该被打，我队里有个娃去年过年回家的时候，一年辛辛苦苦赚的三千块钱，在车站就被人给掏了包，一分都没给剩下来。"

"原来是小偷啊，那和咱们有什么关系？"二狗撇了撇嘴，端起一碗酒说道，"五哥，要是有人敢欺负到您，只要打个招呼，就是天王老子，咱们也灭了他！"二狗来京城不久，还需要建立自己的人脉，所以在酒桌上对鲁五也最是巴结，鲁五喝的酒，大多都是他敬的。

"那没说的，以后有好事儿，我一定想着哥儿几个。"鲁五表面上虽然一副喝大发了的模样，不过眼睛却是一直盯在陈老七身上。他之所以今儿来找陈老七喝酒，那也是听人说起过，陈老七有个京城的相好，而且这几天似乎经常有外地老乡来找他，所以陈老七被何金龙列为了重点怀疑对象。

看到几人都有了六七分酒意，鲁五又端起了酒碗："来，大家一起喝一碗，我告诉你们，灭了那佛爷的人，十有八九就是我们东北人，在京城除了我们，谁敢干这种事儿？"

"五哥，您这话我就不爱听了。"三娃把酒碗往桌子上一放，拍着胸脯说，"要说团结，俺们豫省人也不差啊，别的不说，京城大大小小那么多工地，只要兄弟出去一吆喝，整出来个千儿八百人绝对没问题！"

"你们豫省人多是多，不过都很本分。"听到三娃的话后，鲁五嗤笑了一声，"要说干架这种事儿，还要数我们东北人，换成你们，敢打老佛爷的闷棍？"鲁五这话虽然说得有些冲，不过却是事实，豫省人的确比较老实，有时候被建筑商拖欠了工钱都不知道该如何追讨。

"五哥，您这话，可说大了啊！"一直在旁边憋着没说话的陈老七，终于忍不住开口了，"就说那佛爷被打的事儿，实话说，五哥，还真是我们豫省人干的！"

在二十年前说人是好人，那一准儿是在夸人，可是现在，你要说谁是好人，那人肯定心里不爽，因为好人就代表着软弱可欺和吃亏。所以鲁五这一句"本分"的话，让陈老七不服气了，他抬手将桌子上的一碗酒灌进了嘴里，梗着脖子说："那佛爷姓于，号称是京城的一代贼王，五哥，我说得对不对？"

"姓于？还是个贼王？这我倒是不知道。"鲁五的眼中闪过一丝惊喜，嘴上却说，"老七，你不是在吹牛吧，你们的人连个工钱都不敢要，还敢去打佛爷的闷棍？"

"谁要是吹……吹牛，谁……谁他妈的就是这个！"陈老七已经有了七八分醉意，被鲁五这么一激，顿时忍不住了，伸出右手在桌子上做出个王八的手势，"要说这事儿，我……我老七也算是参与进去了。"

陈老七原本谨守着心中的那个底线，不过一旦说出开头，他就再也忍不住了，指着三娃说道："三娃，我在京城有个'小蜜'，你是知道的吧？"

陈老七这话一出口，三娃和二狗顿时齐声嗤笑了起来："老七，就你那下岗女职工，也敢叫'小蜜'？"在他们两个看来，陈老七的那个女人，充其量也就是个相好。

"下岗工人那也是京城人，你有吗？"见到三娃等人不给面子，陈老七顿时怒了，他一直以自己找了个京城女人为荣，这事儿在他们的这个小圈子里，几乎人人都知道。

"咦，老七，还真没看出来，京城妞你都能勾搭得上啊？"鲁五做出一副吃惊的样子，端起酒碗说，"来，五哥我敬你一碗，这事儿你得给五哥说道说道，京城那些妮子平时看人眼睛都长在额头上，我还没能勾搭上一个呢。"

听到鲁五的话，三娃忍不住又笑了起来："五哥，你别听他胡咧咧，不就是每个月给人家五六百块钱，顺带着帮人扛煤气瓶干点出力活吗？"

"放屁，三娃，你和老子过不去是不是？"陈老七一拍桌子站了起来，"有本事你也找一个去，妈的，要是不服气，老子和你练练，少他娘的在这儿说怪话！"

"哎，这是干什么？都是自己兄弟，别伤感情啊！"鲁五一把将陈老七拉回到了椅子上，冲着三娃一瞪眼，"三娃兄弟，这就是你的不对了，老七能找到那是他本事，这一点就比咱们强！"

"我也没说什么啊。"看到陈老七发火，鲁五也帮着他说话，三娃顿时软了下来，他敢得罪陈老七却是不敢招惹鲁五，毕竟还想着从对方手上接工程呢。

"老七，来，给哥儿几个说说你泡妞的经验；三娃，你小子别打岔！"鲁五做出一副很感兴趣的样子，男人在一起喝酒，自然总是免不了要谈论女人的，他的举动并不显得怎么突兀。

"五哥，我们可是真感情啊！"陈老七人长得比较凶，不过说起这事儿来，居然有些扭捏了起来。

"老七，你不想说就不说吧。"鲁五话题一转，"不过刚才说到敲那佛爷闷棍的事情，你说这女人干什么？难道还是她敲的闷棍不成？"

"不是她，开始连我都不知道，昨儿可是把她给吓坏了。"既然不愿意再提自己的女人让别人耻笑，陈老七对敲闷棍那事儿，倒是不怎么忌讳了，反正这酒桌上就四个人，他也不怕传出去。

"嗯？怎么回事儿？快点说说……"不用鲁五催促，就连二狗和三娃也来了兴致，如果这事儿真是他们豫省人干的，那在几人心里，可是给豫省人脸上大大增光了。

"是这样的……"话匣子既然打开了，就很难再关上，陈老七借着酒劲儿，将昨天发生的事情给说了出来，"我以前在豫省的时候，曾经跟过一位道上的大哥，前几天的时候，他来京城找我了……"

原来，陈老七当年十六七岁的时候，在家不学好，跟着一帮子社会上的人瞎混，自以为很有面子。可是有一次那些人犯事儿，全都给抓了进去，陈老七因为年龄小罪行轻没有被判刑，但经此一事，他也老实起来，结婚生子后，就来京城打工了。

就在几个月前，陈老七回老家过年的时候，却是遇上了当年的那位大哥。当时那位大哥穿得很阔气，还拿着大哥大，一看就是发了大财的模样，鬼使神差之下，陈老七就把自己在京城的联系方式给了对方。

但是让陈老七没想到的是，三天之前，当年的老大带着五六个人居然找到了他，说是要来京城打天下，想邀请陈老七入伙。陈老七虽然没什么文化，人也粗鄙，不过倒是能看得清事情，他知道和这些人混在一起，肯定没个好下场，当时就拒绝了对方的邀请。

那位老大也没有强求，不过却大方地甩给了陈老七两千块钱，说是回头有点儿事需要他帮忙，保证不拉陈老七下水。

陈老七当时没推掉，原本想着第二天找个机会把那钱还给老大的，可是当天晚上在他的那个相好家里，钱却被相好的从口袋里给摸了出来，直接揣进了自己的口袋里。

俗话说，"拿了别人的手软"，昨天下午老大手下的"四大金刚"找到了他，让他帮忙引个人出来的时候，陈老七也只能捏着鼻子认了。

原本陈老七在讲述这件事的时候，是想证明自个儿胆大，敢和人去算计京城的佛爷。不过这事情压在陈老七心里十分难受，再加上此时他已经喝得七荤八素了，一股脑儿地将事情说出来后，鲁五才知道，敢情他并没有直接参与到这件事情里。

昨晚快十一点的时候，老大手下的人又找到正在那个女人家里的陈老七，二话没说又扔下了两千块钱，见钱眼开的女人什么都没问，居然就跟着走了。可是等到十一点多女人回来之后，陈老七发现，女人的面色苍白得可怕，在他的追问下，女人说出了事情的经过。

从家里出去后，那女人上了来人所开的出租车，然后来人带着女人到雍和宫附近走了一圈，让她带一个开锁的人到这个地方。想着兜里装着的两千块钱，女人也没多想，就按照对方的吩咐办了。可是那女人怎么都没想到，在她带着那个开锁老人来到对方指定的地点后，埋伏在那里的人，居然直接就下了狠手。

一直到返回家中，女人都惊魂未定，吓得一夜都没能睡着，而就在今天早上，陈老七也接到了当年那位老大的电话。老大告诉他，昨儿出事的那人姓于，是京城资格很老的一个佛爷，手下有不少狠人，要是被那佛爷的手下知道陈老七有参与到这件事情里面，那他一定会小命不保。

陈老七本来已经准备让这件事烂在肚子里了，可经不住鲁五几番套问，在喝多了的情况下，还是一五一十地说了出来。

"老七，原来你们豫省也有狠茬子啊！"鲁五忽然漫不经心地问道，"对了，你那老大叫什么名字啊？以前怎么没听过这么个人？"

"不……不知道，以……以前我们都……都叫他虎哥。"讲出了压在心里的这件事，陈老七只感觉浑身舒畅，居然端着碗又和二狗、三娃两人拼起了酒，看那模样，估计是想一醉解千愁。

"老七，那虎哥现在在什么地方啊？"问出这话的时候，鲁五浑身都绷紧了，如果陈老七此时没喝多，一定能看出鲁五的不对劲儿来。

"不……不知道！"陈老七刚灌下一碗酒，"砰"的一声，一头栽倒在了桌子上。旁边的三娃和二狗比他也好不了多少，一人溜到了桌子下面，而另外一个人，则是歪倒在了椅子上打起了呼噜。

"奶奶的，这会儿喝倒了！"看到这情形，鲁五气得直歪嘴，拿起桌上的酒碗，往嘴里灌了一大口，一把拽住陈老七的头发，将他的脑袋给拎了起来，"噗"一声，将嘴里的酒尽数喷在了陈老七的脸上。

看到陈老七紧闭的眼睛睁开了，鲁五连忙问道："老七，虎哥又找你没有啊？他现在住在什么地方？"

"不……不知道，都是他找的我，我……我哪儿知道他住哪里？"陈老七徒劳地挥舞了一下双手，也感觉不到头上的疼痛，居然就那样睡着了。

第七章　浮出水面

“虎哥？应该就是史庆虎了。”

两个多小时后，秦风从四合院赶到了拆迁公司，现在四合院已经暴露出来了，秦风电话通知了所有知道四合院的人，这几天都不要过去。

“秦爷，史庆虎是谁啊？”何金龙是第一次听到这个名字，不由得奇怪地问道。

“是老苗的仇人，这事儿，算是冤家路窄了。”秦风叹了口气，将苗六指和史庆虎之间的恩怨说了一遍。

“对方应该是有备而来。”到了此时，秦风哪里还会不明白，那两个蟊贼被断了拇指的事情只不过是个引子，史庆虎此次来京城，就是冲着苗六指和于鸿鹄来的。

“秦爷，那咱们该怎么办？”何金龙皱起了眉头，陈老七不知道史庆虎的下落，这事儿就没法追查下去了，毕竟京城这么大，想找出一个人来，无异于大海捞针。

“等他们送上门来！”秦风冷笑了一声，“金龙，现在已经找到了正主，就让你的人都撤回来吧，该干什么干什么，既然对方是冲着老苗来的，他们肯定不会就此罢休的。”

"秦爷，这样行吗？"何金龙挠了挠头，"对方要是跑了，老于这个亏岂不就是白吃了吗？"

"金龙，放心吧，他们跑不了，而且用不了多久，他们就会自己跳出来的！"秦风把玩着手指间的索命针，肯定地说。

在弄清楚对方的身份后，秦风心里安定了下来，从现有的迹象来看，史庆虎很可能是想敲山震虎，打掉苗六指和于鸿鹄之后，在京城开山立柜。现在于鸿鹄已经被他们搞定了，不过苗六指却毫发无损，按照秦风的想法，那边肯定还有下一步棋，而且必定是对付苗六指的。所以与其像没头苍蝇一样到处去找史庆虎等人，倒是不如加强四合院和苗六指的警卫戒备，同时通过监控设施，将隐藏在暗处观察四合院的史庆虎给揪出来。

"秦爷，老何是粗人，动不了那脑袋瓜。"何金龙拍了拍胸口，"后面的事情需要怎么做，秦爷您直接吩咐就行。"

秦风想了一下，说道："你找几个能打的人，和远子一起陪着老苗，别的事儿你就不要插手了。"

"行，我这几天都跟着老苗叔，看那帮兔崽子还敢下黑手不？"何金龙点了点头，双手捏在一起，响起了一阵噼里啪啦的关节炸响声。

在离城区不远的一个村子里，到处都是违章搭建的平房，里面住满了全国各地的北漂人员。除了一些固定出租的房屋之外，还有很多没有营业资格的黑招待所，里面住的人，更是形形色色。在这样的招待所里，只要你有钱，没人会查你身份证件的，而且除了逢年过节或者碰到什么大案子，警察也很少到这种地方来。

一个二十八九岁的小青年拎着一个袋子上二楼的时候，冲着一位打扮得花枝招展的女孩吹了个口哨："三妹儿，晚上到哥哥房间里来啊？"

"看你那熊样，姑奶奶怕把你干得起不来床。"女孩嘴一撇，不屑地看了一眼对方，昂首挺胸地下了楼。

"妈的，不就是个暗娼吗？眼睛还能长脑门儿上去？"小青年冲着那女孩的背影吐了口唾沫。上了二楼来到最东面一个房间门口，小青年在门上三紧四慢地敲了一下，过了五六秒钟，房门从里面被打开了。

这间屋子是被他们几个人给包下来的，里面一共有五张床，面积倒也不小。更重要的是，这屋子的窗户是开在后面的，跳下去就是城中村那复杂无比的巷子，只要往里面一钻，不出动百八十个警察，很难将人找出来。

原本屋子里的三人正打着牌，看到来人进来后，那个身材高大、长着一双倒三角眼的中年汉子，将牌扔到了床上。

"虎爷，这京城全聚德的生意真好啊，买这两只鸭子我整整排了两个小时的队。"年轻人将手上拎着的东西摆在了桌子上，一股扑鼻的香味顿时充斥在整个屋子里。

"嗯，咱们住的是差了点儿，不过不能委屈了吃。"长着倒三角眼的虎爷拈起一片鸭肉，在甜酱上蘸了一下，"给猴子留半只，剩下的都吃掉吧，等咱们在京城立了足，我让你们吃得见了鸭子就想吐。"

"那是，跟着虎爷，指定吃香喝辣。"将那两只片好的鸭子摆在桌子上后，那年轻人变魔术般地将手一翻，在他的右手指缝里，各夹着一个钱包，"虎爷，咱们这京城是来对了，嘿嘿，买个鸭子都有人给送钱。"

虎爷瞥了一眼那几个钱包："按规矩，钱交给老牛管，你出的手，可以先拿出一份来，不过这几天不要出手了，等解决了那个老不死的，京城还不都是咱们的。"

"是，虎爷，我知道了。"年轻人拿出钱包，将里面所有的钱都取出来查了一遍，一共是八千六百多块，他扣下了八百块钱，其余的都交给了一个面相忠厚的人手里。

"虎爷，猴子说了，那老不死的这几天都没露面，咱们就一直等下去？"另外一个长相普通，属于那种扔到人堆里就认不出来的中年人开口说，"虎爷，敲掉了于鸿鹄，咱们在京城也算是立威了，只要把名头放出去，我看就可以开山立柜了。"

来到京城差不多有一个星期的时间了，除了前几天晚上出去敲了于鸿鹄的闷棍，这几天都被虎爷按在了这个黑招待所里，几人可都是被憋坏了。

"老鼠，现在出去，你想找死吗？"虎爷闻言冷哼了一声，"别看苗六指那老不死的已经八十多了，就是虎爷我，也不敢说单对单地就能把他给拿下来，那老东

西门道多着呢！"

　　说话的虎爷，正是苗六指告知秦风的史庆虎，当年在监狱里被苗六指收拾了一顿，至今史庆虎的左手大拇指都不怎么灵活。不过虽然没能学得苗六指的绝技，但史庆虎在出狱之后，却是别有际遇。那是史庆虎出狱后的第三天，往日和他称兄道弟的那些人，没有一个上门找他的，心情烦躁的史庆虎，于是找了个小饭店喝起了闷酒。

　　就在史庆虎刚刚自己干了一瓶白酒，正准备再要酒的时候，却是被一路过的瘦巴老头儿踩了一下脚。饭店本来就不大，人来人往的，被踩一脚原本是很寻常的事情，不过史庆虎本就是个暴躁性子，加上心情又不好，当下站起身就要打那老头儿。可是让所有人都没想到的是，两人这一动起手来，最后吃亏的反倒是年轻力壮的史庆虎，被那老头儿打得鼻青脸肿爬不起身子。

　　围观的那些人或许以为是史庆虎喝多了，但史庆虎自个儿心里清楚，那老头儿出手狠辣，上来就打中了自己的肋骨，让史庆虎在第一时间就失去了还手的能力，绝对是个练家子。

　　史庆虎住的那个小县城，只有巴掌大的地方，事后史庆虎一打听，就找到了那个老头儿，在老头儿家里磨蹭了好几天后，终于拜了师傅。跟着老头儿学了五年的功夫，老头儿的大限也到了，在师傅死后，二十多岁的史庆虎纠集了一帮地痞流氓，又干起了欺行霸市的勾当。

　　不过史庆虎当时的格局层次终究太低，还没风光两年，又因为故意伤害罪被抓进监狱判了几年，陈老七就是那会儿与他结识的。

　　再次出狱之后，史庆虎变得低调起来，他离开那个小县城，到全国各地流窜起来，甚至有半年多的时间，谁都不知道他的踪迹。如此过了五六年，史庆虎又回到了家乡，每日里深居简出。

　　不过他每年都要和四个人外出一段时间，这次身边跟着的也是这四个人，也是他的"四大金刚"。谁也不知道他们去干了什么，但是史庆虎做生意发了财的传闻，在小县城里却是慢慢流传了出来。

　　但实际上史庆虎在做什么，就连他手下的"四大金刚"都不怎么清楚，只知道每年史庆虎带着他们去到别的城市行窃，偷得几万块钱就回去。事实上，史庆虎会在那些城市发展一些下线，像是这次被断了拇指的两个人，就是史庆虎外围组织的人，在出了事儿之后，史庆虎给了两人一笔钱，让他们离开了京城。

"虎爷，我们听您的，您说怎么办，咱们就怎么办。"见到史庆虎瞪起了眼睛，那个叫老鼠的顿时缩起了脖子，跟了史庆虎差不多快十年了，他们几个人自然知道史庆虎的秉性。

原本史庆虎手下不止他们四个人，而是"八大金刚"，不过在五年前，他们到羊城干了一趟大活，从一家金店偷取了价值三百多万的黄金。按照史庆虎的规矩，这些黄金，他一个人是要拿走一半的，剩下的才由其他八个人平分。

往日窃得的钱少，众人尚且同意这种分配方式，毕竟他们的行窃之术，都是由史庆虎教出来的。可是那金灿灿的黄金，却是让这个小团体产生了分歧，因为另外几个人认为史庆虎只是动动嘴皮子就要拿走一半，未免有些太不公道了。"八大金刚"里，有四个人都要求多拿一点，并且用离开团队来威胁史庆虎。

但是让他们没想到的是，史庆虎当时就暴起发难，在羊城市郊铁路边的一个废弃屋子里，他用一把军刺，将四人接连捅死，出手狠辣之极。这个场景，被另外四人看得真真切切，直到那时候他们才知道，平时看上去人畜无害的史庆虎，真的是一只吃人的老虎。

那次之后，其余四人再也不敢违背史庆虎的意愿，甚至连逃离他的念头都不敢有，因为当年那血淋淋的一幕，对几人的刺激实在是太大了。

看到老鼠一脸恭敬的样子，史庆虎摆了摆手："行了，老鼠，你晚上去接替猴子，小心点儿，不要被那边的人给盯上。"

虽然"四大金刚"的名头很响亮，不过这四个人的绰号却是不怎么样。那个面相忠厚的人叫作老牛，外出回来的叫山鸡，相貌普通的叫老鼠，还有个叫猴子的人，则一直在监视着苗六指所住的四合院。

"知道了，虎哥，您放心吧，肯定不会被他们发现的。"老鼠殷勤地拿出一瓶酒，给史庆虎倒上后，又将鸭子身上最好的那部分肉摆在了史庆虎的面前。

"六指神偷？哼，老子把你手指头全都废掉，我看你还能不能偷。"史庆虎脸上露出一丝冷笑，吃饱喝足后躺在床上，从口袋里摸出了一张女孩的照片打量了起来。

"虎爷，这小妮是谁啊？长得很正点呀。"老鼠泡了一杯茶端给了史庆虎，刚好看到了那张照片。

"怎么，想女人了？"史庆虎瞥了一眼老鼠，"老子警告你，晚上给我盯好那院子，你要是敢跑去发廊，老子让你做太监！"

"不敢，不敢，虎爷，我哪儿有那胆子啊？"老鼠被史庆虎眼中冒出的凶光吓得一哆嗦，其实他原本正在心里想着，晚上趁着盯梢的时候，找个发廊妹去。

"虎哥，那姓苗的一直躲着不出来，也不是个事儿啊。"在史庆虎的这个团体中，唯有沉默寡言的老牛才称呼史庆虎为"虎哥"，和史庆虎的亲近程度，要比那几个人更近一些。

"急什么？躲得了初一，还能躲得了十五吗？"史庆虎嘿嘿地怪笑道，"他苗六指自诩为'天下第一神偷'，应该知道'不怕被贼偷，就怕贼惦记'这句话吧？他躲的时间越长，这心里也就越慌张，这样事情才好玩儿嘛。"

史庆虎自问前段时间所做的事情，没有留下任何的首尾，苗六指就算是有天大的本事，也猜不到出手的人是谁，想必现在正惶惶不可终日吧。想到这里，史庆虎不由得放声大笑了起来，相比一棍子将人打死，这种钝刀子割肉的感觉，却是更加让人难受。

秦风走到刘子墨的身后问："子墨，发现什么没有？"

在刘子墨的面前，摆着四台监控器，每台监控器上则是四个分割开来的画面，一共从十六个角度，将整个四合院都给包裹了进去。这套监控器是昨儿才装好的，由于秦风怕谢轩等人留在四合院出事，于是将他也给赶了出去，现在偌大的院子里，就只有他和刘子墨两个人住着。

"没有，我也不知道这些人哪个是老住户，哪个是生面孔啊！"刘子墨苦笑着摇了摇头，他自告奋勇来看监控，却没想到这工作枯燥无比，才看了几个小时，刘子墨就感觉眼睛已经花掉了。

"子墨，真是对不住，本来叫你来京城玩的，没想到出了这种事。"秦风有些歉意地说，"你别看了，反正这监控能自动录像的，回头等夜深人静下来，我快进了看……"

"秦风，咱们是兄弟，还用得着说这些话吗？"刘子墨有些不高兴地说，"你小子再给我说这些，我马上就回仓州去！"

"得，你当我没说，走，我炒了两个菜，咱们喝点儿去。"秦风闻言笑了起来，拉着刘子墨就往外走。

"别啊，还是在这里吃吧，你把酒菜拿过来就行。"刘子墨摇了摇头，看了大半天什么都没观察出来，他有点不甘心。

"行，你等着，我去拿。"秦风点了点头，出去到厨房端了两盘菜，另外在腋下夹了一瓶从胡报国那里拿来的"茅台"，回到了监控室里。

"看什么呢？先吃饭。"秦风启开酒，屋里顿时充斥着"茅台"的酒香味。

"秦风，我怎么觉得这俩小子不对啊。"刘子墨指着一处画面说，"这烤红薯又不是开出租车，还要分早晚班有人接替吗？"

"嗯？我看看。"秦风闻言一愣，目光注视到了显示屏上，刚好看到被刘子墨放大了的画面，这个摄像头的位置正好对着巷子口，在那里有个卖烤红薯的摊子。

"嗯，这摊子老板换了人。"看到那个用油桶改成的烤红薯摊子，秦风不由得愣了一下，在他的记忆里，这个摊子的老板是个六十来岁的老大爷，秦风还曾经在他那里买过红薯的。

画面上的烤红薯摊，刚好显示两个人交接的过程。其中一人正好面对着显示器，似乎在说着什么，秦风连忙喝道："子墨，把画面放大，拉近一点！"

"好！"刘子墨答应了一声，在面前的键盘上操作了几下，顿时将远处那两人的画面拉到近前。

"不行，再往回放一点，脸部太模糊了。"秦风摇着头，做了个往后退的手势，忽然喊道，"停，这样正好，不要再动了。"

站在显示器前面的秦风，双眼一眨不眨地盯着那个人的嘴巴，同时自己的嘴唇也在嚅动着。

"你懂唇语？"看到秦风的举动，刘子墨顿时明白了过来。

唇语在国外的应用很广泛，各个领域都能用得到，甚至可以作用在法庭案件的审理上。就像是在美国的职业篮坛和欧洲的足球场上，都有唇语专家解读过一些有争议球员的话语，从而判断他们是否说出了诸如种族歧视之类的话。不过就刘子墨所知，国内还没有开设过类似唇语的学科，他没想到秦风居然懂得唇语。

"胡……叶叫你回去，晚上我受在这里……"看着屏幕上那人嚅动的嘴唇，秦风也发出了声音，不过紧接着就纠正了自己的说法，"不对，应该是'虎爷叫你回去，晚上我守'……'守在这里'！"

翻译出了那人的话后，秦风右手握拳，重重地击在了左掌的掌心上，兴奋地说："子墨，找到了，就是这两个王八蛋！"

"秦风，不会错吧？"刘子墨有些狐疑地看向秦风，他有些不明白，秦风这些明显是偏门的功夫都是从哪里学来的。

"没错，子墨，把画面放慢。"秦风摇了摇头，指着那人的嘴唇，说道："你看他的嘴唇，这个发音是'苗……六……指'，他们要不是敲于鸿鹄闷棍的人，又怎么会说出苗六指的名字？"

"还真是的。"听秦风这么一说，刘子墨也学着那人嘴唇的动作发了一下音，吐出来的三个字，和"苗六指"的发音极为相似。

"怪不得这几天没找到这几个人呢，原来把这地瓜摊子给盘下来了。"秦风拿起酒杯和刘子墨碰了一下，"来，子墨，咱们喝酒，让那家伙继续守着去，妈的，先晾他们几天再说！"

刘子墨闻言愣了一下，看到屏幕上的交接似乎完成了，连忙说："秦风，咱们不要跟着走的那人吗？"

在刘子墨想来，他们应该追踪那人，顺藤摸瓜地知道对方的落脚点之后，把那伙人一窝端掉，这样才算是给于鸿鹄报了仇。

"跟着他干吗？"秦风摇摇头，"他们如果住在人多的地方，难道咱们能下手？先晾他们几天，回头再让老苗出来，把他们引到了偏僻的地方，那会儿才是出手的最好时机。"

在发现这两人就是史庆虎那帮人之后，秦风的脑子就已经设计出来了一个方案，对方显然是冲着苗六指来的，那么只要苗六指出现，他们必定会跟上去。如此一来，秦风等人就可以由明处转到暗处，敲闷棍的人就会变成他们了。

"嗯，你这法子好。"刘子墨眼睛一亮，嘎嘎地怪笑道："这些人不是喜欢敲闷棍吗？也让他们尝尝被打闷棍的滋味。"

"来，喝酒，让那人先喝几天风吧！"秦风给刘子墨的杯子里又倒满了酒，哥儿俩看着那装模作样卖烤红薯的人，对视了一眼，哈哈大笑了起来。

到了夜里十一点多的时候，巷子口做小生意的人都逐渐散去了。而那个卖烤红薯的则是不知道把摊子收到了什么地方，换了身衣服大模大样地又坐到巷子对面的大排档吃起了东西，一直守到了凌晨三点多，才打了个车离去。

接下来的两天，秦风和刘子墨连门都没有出，而苗六指直接住在了医院里。通过显示器能看得出来，那两个卖烤红薯的则变得越来越焦躁了。

"虎爷，那姓苗的估计是害怕了，这都三四天没露面了。"刚刚和老鼠交接了班回到那个黑招待所的猴子，语气中带了一丝焦灼，他们的职业是贼，可现在倒好，变成卖烤红薯的了。

"这老家伙狡诈如狐，难道是躲出去了？"史庆虎摸了摸下巴，若有所思地说道。

"我看是的，人越老越怕死，我看那老不死的肯定是跑了。"一旁的山鸡点头附和道，他每日里倒是能在京城闲逛，可是史庆虎不让他出手行窃，却是将山鸡给憋得不轻。

"再守上几天，我就不信姓苗的舍得将那大宅子给丢掉。"和二十年前相比，史庆虎的养气功夫显然要强出不少，这几天整日待在房间里，倒是也不急不躁。

"嗯？"正说话间，史庆虎眉头微微皱了一下，从腰间拿出了个BP机，一看之下，神色不由得怔了一下。

90年代末期的时候，手机相对已经普及开来。当然，在内地流行了将近十年的BP机也还没退出历史舞台，只是由当年的一机难求，变成了现在的普通消费品了，连街头卖菜的大妈腰间都会别着一个。

此刻在史庆虎的BP机上，只写着"明日十点，西山"这六个字，不过史庆虎似乎看懂了这几个字，眯缝着眼睛似乎在琢磨着什么。

"老牛，陪我出去走走。"过了好一会儿，史庆虎站起身来，这是他来到京城亲手斩断于鸿鹄手指后第二次出门。

"虎哥，上面有指示了？"站在招待所门口打车的时候，老牛在史庆虎耳边低声问了一句。

"嗯，明天动手。"史庆虎点了点头，转过脸望了一眼他们所住的那个房间，脸上露出一丝冷笑，"干完这一票，再解决了那老不死的，咱们俩就去港岛，然后再由港岛去美国。"

"秦风，我说咱们什么时候动手啊？这日子过得也太无聊了吧？"

坐在四合院内大树下的躺椅上，刘子墨百无聊赖地拿着一把弹弓，瞄着树上的麻雀，嘴上说道："二伯可是打电话来了，再有三五天的工夫，海外的亲戚们就都要到了，我到时候可不能在京城陪你了。"

刘家从宋朝的时候起，就是仓州的大户。这千百年发展下来，族中子弟足有十多万人，分布在世界各地，这次祭祖每个分支都会派出代表，最少也要有上千人齐聚仓州。作为族长这一脉的子弟，刘子墨自然也要承担起迎来送往的任务，这几日刘家成一直在电话里催促刘子墨早点回去。

"中！"刘子墨忽然发出一声断喝，一只麻雀应声从树上落了下来，趴在秦风脚边的大黄一下子蹿了出去，将麻雀咬在嘴里，吐到了秦风的脚下。

"哎，那可是我射中的啊！"刘子墨对大黄的态度很是不满。

"你和大黄计较个什么劲啊？"秦风笑着将那死麻雀丢给了刘子墨，正想说话的时候，放在两张躺椅中间的手机却是响了起来。

"孟瑶？听着像个女孩名字啊。"刘子墨眼尖，搭眼就看到了手机屏幕上的来电显示，伸手将手机抢到手中，"秦风，好啊你，交了女朋友居然不给哥儿们我说，还当不当我是兄弟啊？"

"什么女朋友？京大的同学而已。"秦风撇了撇嘴，"不信你接电话好了，看我是不是骗你。"

秦风虽然和孟瑶还有韦涵菲都接触过，但是他心里明白，像那样的女孩，注定就不是自己的菜，那种门第之间的差别，并不是那么容易就消除的。所以尽管秦风能感觉得到，孟瑶和韦涵菲都有那么一点想和自己交往的心思，分别邀约了自己好几次，但秦风还是都找借口推托掉了。

"真的？你小子没骗我吧？"刘子墨半信半疑地看着秦风，有心想按下接听键，却是又有点不好意思。

"我以后要是交了女朋友，第一个就带给你看好不好？"秦风没好气地瞪了一眼刘子墨，自顾自地拿起烧开了的茶壶，给自己面前的杯子里斟满了茶。

"那还是给你吧！"既然不是秦风的女朋友，刘子墨的兴趣顿时淡了，将手机递给秦风，"你接吧，或许同学找你有事儿呢。"

"哎哟，那边挂了！"不过刘子墨话声还未落，那手机铃声却是戛然而止，这却是让刘子墨有些尴尬了。

"没事儿，挂了就挂了。"秦风无所谓地摆了摆手，也没回拨过去的意思，既然决定了不招惹对方，那还是避而远之的好。

"嗯，现在我信了，要真是你女朋友，恐怕早就着急了吧？"见到秦风的举动，刘子墨笑了起来，"秦风，要不你到美国来，我给你介绍几个洋妞吧？告诉你，洋妞可开放了，连哥哥我都有点吃不消……"

"吹，可劲儿地吹吧。"秦风的眼睛在刘子墨脸上打量了一番，忽然笑道，"你说洋妞开放，我相信，不过要说你和洋妞怎么样了，那我不信，你小子还是处男吧？"

"哎，你说谁是处男啊？"听到秦风这话，刘子墨顿时急眼了，一把拉住秦风，说道，"哥儿们不是吹的，在美国这几年，哥儿们交的女朋友没有一百也有八十了，还全部都是洋妞……"

"得了吧你。"秦风瞥了刘子墨一眼，说道，"你眉心精关还锁着呢，就你这处男，也敢和我来吹这个？"

"你……你怎么知道这个的？"原本还想分辩的刘子墨，听到秦风这话，顿时就愣住了，因为还真让秦风给说对了。刘子墨所练的八极拳，是经过爷爷改良过的，为保一口先天元气不失，在功夫进入到暗劲门槛之前，必须紧锁精关。他每隔一段时间，为了保证精关不泄，甚至还要服用刘家秘制的金锁固精丸，长这么大，刘子墨连遗精的事情都没发生过。

而进入暗劲后，那就是一代拳法宗师了，刘老爷子就是因为失去了那口先天元气，这才在五十岁之后才进入到宗师境界的。数遍刘家众多子弟，也就只有刘子墨有这个天赋，有望在二十多岁冲击这个境界，所以老爷子才会将家传神枪传给刘子墨，使得刘子墨在家族中的地位超然。

"子墨，江湖上有望气术，你知不知道？"秦风故作神秘地笑了笑。

"望气术？那是阴阳学说里面的吧？"刘子墨倒还真听过这个名词，"不过望气术观的是山川地貌、阴阳吉凶，和我是不是处男没关系吧？"

"那只是小道，望气也能相面的。"秦风摇了摇头，"天地万物都属阴阳，人身也分阴阳二气，脸上气色光明则发兴，气色暗淡则败落，而男泄阳，女丢精，都是能从面相上看出来的……"

秦风所学的相面之术，是从那玉佩传承中得来的，要比市面上的占卜问卦靠谱儿得多，只是他从来没有对人用过，刚才一番牛刀小试，却是将刘子墨给镇住了。

"这么神奇？"刘子墨听得双眼放光，也顾不上自己处男之身被人看出来了，拉着秦风说，"秦风，这个你得教教我，要不然以后给你找一嫂子如果是二手，那我亏不亏啊？"

"扑哧！"刘子墨话声未落，秦风刚喝进嘴里的茶就喷了出来，这哥儿们倒是直爽，这种话居然都能说出来。

"你小子笑什么啊？我说的是实话。"刘子墨不满地捶了秦风一拳。

"不笑，不笑。我说子墨，练这望气之术可不太容易。"秦风强忍住笑，"你体内练出真气了，这一步倒是能省去，不过这里的环境不行。"

"需要什么环境？"刘子墨急忙问道，他从小被爷爷揍着练功，还是第一次如此主动地要求学功夫呢。

"最好是视野开阔的水泽之地。"秦风想了一下，说道，"练习望气术的时候，要瞄准目标的远处，半阖双目入定，似看而非看，目注而达心。如此久而久之，你自然就可以看到一种冉冉升腾、薄轻缥缈的岚雾，这是大自然的环境之气和阴阳宅内气相沟通的气，也称之为晕。能看到这种气之后，你的望气术就算是小成了，等你到了那个地步，再学习相面观人体内阴阳之法，就可以事半功倍了。"秦风一身所学繁博，他平时能用到的也不过就是十之一二，这望气术在主门传承里也算不上特别稀罕，是以秦风很详细地讲解给了刘子墨。

刘子墨听得连连点头，充满期待地问道："秦风，那我要学到能观人阴阳的程度，需要多长时间？"

"你有内气打底子，学起来肯定要比别人快。"秦风摸了摸下巴说，"有十年的工夫应该差不多了吧。”

“十年？”刘子墨的眼睛瞪了起来，没好气地说，“哥儿们我再有三五年就能摸到暗劲的门槛，到时候还不要娶妻生子？我哪有工夫去等十年？”

秦风闻言翻了白眼儿：“十年就算快的了，要不是你从小就修习内家心法，二十年你都别想练成。”

“不对，我要练十年，你小子怎么现在就练成了啊？”听到秦风的话，刘子墨忽然反应了过来。

“哥儿们……哥儿们我天赋异禀，两年就练成了。怎么，不服气？”秦风被刘子墨说得一怔，他总不能说自己在得到了那些传承后，很多功夫都是不练自成吧？这事儿有些玄奥，秦风自己都不清不楚的，自然也无法解释了。

“得，我也不问了。”刘子墨知道，江湖各门各派中的禁忌比较多，他不想让好兄弟为难，顿了一下，却又有些不甘心地说，“不过回头我找女朋友的时候，你小子可要帮我看一眼啊！”

“我说你人是处男也就算了，怎么想法也这么幼稚啊？你真的在美国待过？”听到刘子墨的话后，秦风不由得哑然失笑，“到时候是不是那啥，你小子不会自己去试啊，难道这个还让我帮忙？”

“对啊，我怎么没想到？”刘子墨眼睛一亮，不过继而反应了过来，一脚向秦风踹了过去，“奶奶的，以前小时候怎么没发现你这么流氓啊？”

“是你自己笨！”秦风哈哈大笑着挡住了刘子墨的脚，两人正笑闹间，秦风扔在小方桌上的手机却是又响了起来。

“打住，打住，我先接个电话。”秦风笑着拿起了手机，不过看到来电显示的名字后，眉头却是不由自主地皱了起来。

“怎么了，还是那妞？”刘子墨伸头看了一眼，指着秦风说，“你小子不会是玩完别人想甩掉吧？连着两个电话都不想接。”

“扯什么呢？刚才电话不是被你拿着的吗？”秦风想了一下，还是按下了接听键，毕竟前几天才找孟瑶帮过忙，这么快就过河拆桥，未免太不讲究了。

“喂，是孟瑶吗？”接通了电话后，秦风装出一副没睡醒的样子，“什么事情啊，昨儿打了一夜的牌，刚刚睡着……”

"啊？不好意思，我……我不知道。"孟瑶的声音有些惊慌，显然秦风的小把戏奏效了。

"没事儿，这不都醒了嘛。"秦风对着一脸鄙视自己的刘子墨嘿嘿一笑，继续说道，"有什么事找我啊？有事儿您说话，只要我能办到的，一定办！"

"其实……其实也没什么事情。"孟瑶吞吞吐吐地说道。

"没事儿？没事儿那我挂了啊！"秦风巴不得对方没事儿呢，放着那么漂亮一姑娘，碍于对方的家世又不能招惹，和她来往，秦风不是上赶着找难受吗？

"别，秦风，你……你朋友的身体好了吗？"孟瑶在电话中喊住了秦风，她也不知道为什么，一向都不将男人放在眼里的自己，为何一和秦风说话，整个人就会紧张起来。

"好多了，要说这事儿，还真要多谢谢你呢。"听到孟瑶提起了于鸿鹄，秦风顿时正色了几分，"要不这样，等我那朋友出院，我请你和何院长一起吃个饭，这事儿给你们都添麻烦了。"

"要是想谢我的话，那就明天吧！"听到秦风的话后，躲在房间里打电话的孟瑶脸色露出一丝喜色。

"明天？"秦风闻言愣了一下，他只不过是客气一下，哪承想对方居然就定下了时间，只是话已经说出口，秦风也不好反悔，只能说，"好吧，地方你点，我来订饭店。"

"吃饭就算了。明天咱们出去玩玩吧，你虽然是京大的学生，植物园和'八大处'那些地方，你都没去过吧？"

"没有，一直没时间去。"秦风很老实地回答道，他到了京城好像就没消停过，别说孟瑶提及的这两个地方，他连八达岭长城都没去过。

"那你是想去植物园，还是'八大处'玩呢？"孟瑶在电话中追问道。

秦风想了一下，说道："'八大处'吧，我比较喜欢带有历史沉淀的东西。"

"那好，明天早上咱们在学校门口见！"孟瑶说出这句话，俏脸上马上飞起一片红晕，挂断电话后，胸口怦怦直跳。

"哎，我说瑶瑶，你开门啊！"刚刚挂断电话，门外就响起了孟林的声音。

"干吗？"孟瑶拿起了自己的包，打开了房门，脸上的喜色尽数退去，冷冷地说，“我要回学校了。”

“别，瑶瑶，算哥哥求你了。”孟林一把拉住了妹妹，“你就别生哥哥气了吧！”

谁都不会想到，在单位威风八面的孟林孟处长，在自己妹妹面前，却是如此小心翼翼的模样。

“你不是我哥哥！你不是那个疼我的哥哥了！”孟瑶看着面前的哥哥，眼中渐渐有了雾气，使劲儿地甩了一下手，想要挣脱开来。

“哎，你听哥哥解释啊，咱们去屋里说……”孟林有些无奈地往楼下看了一眼，生怕老妈听到楼上的动静。

“有什么好说的？”孟瑶到底性子柔弱，往后退了一步。

“当然要好好给你说道一下了。”孟林连忙关上房门，一脸严肃地说，“瑶瑶，你是不是喜欢上秦风那小子了？”

“哥，你胡说什么呀？”孟瑶嗔怒地看了哥哥一眼，不过眼睛马上瞪大了，指着孟林，“难道……难道让我出去留学，就是因为这件事？”

上个月，孟林忽然在家里提出，说是美国最著名的纽约医学院，有一个和京大的交换生名额，他想让妹妹过去进行为时两年的学习。不过对孟瑶而言，她从未产生过要出国留学的想法，当即就表示了不愿意。

可是这段时间前来家里说亲的人实在太多，孟瑶的父母有些不胜其烦，倒是感觉让孟瑶出去两年也不错，毕竟孟瑶以后又不走仕途，出国对她没什么影响。一家人全都同意，孟瑶胳膊掰不过大腿，也只能答应了下来。但是因为这件事，孟瑶将哥哥给恨上了，要不是哥哥没头没脑地提起这件事，她根本就不需要离开熟悉的环境和同窗几年的同学。

此时听哥哥忽然提到了秦风，冰雪聪明的孟瑶脸色一下变得苍白了起来，声音有些颤抖地说道：“孟林，我和秦风没有任何感情上的纠葛，你……你要是因为这个让我出国，我这辈子都不会原谅你！”

“傻丫头，你以为哥哥会害你啊？”孟林有些郁闷地掏出了烟，塞到嘴里后又给拿了出来，苦笑着说，“瑶瑶，哥哥问你，如果你和秦风相处下去，会不会对他产生感情呢？”

孟林的父母平时工作很忙，压根儿就没时间管教这对儿女，作为哥哥，孟林对妹妹的关注无疑是最多的。年前，孟林被妹妹拉着参加秦风玉石店开业的时候，他就感觉妹妹看秦风的目光有些不对。

如果孟瑶和别人谈恋爱，就算那人无权无势没有任何家世背景，孟林都一定不会去阻止的，但唯独秦风，孟林却是不能同意。倒不是说秦风人品不好，但以孟林对秦风的了解和关注，这小子简直就是一个危险之极的火药桶，不知道什么时候就会爆炸开来。

按照孟林的分析，现在妹妹只是对秦风产生了一些朦胧的好感，还未必是爱情，如果告诉父母，肯定会引起很大一场风波的。所以孟林在费了好大一番周折后，才想出了交流生这个办法，他相信将妹妹送出去读几年书再回来，那些心思想必就会淡了。

"我会不会对秦风产生感情？"孟瑶可不知道哥哥心里面的那些弯弯道道，她此时却是被孟林的这句话给问住了。孟瑶今年二十一岁，在前面的二十一年，根本就没有任何男人能闯入她的心扉。但扪心自问，孟瑶自己都不禁有些动摇了，因为回想起面对秦风时的情形，她表现得的确是异于寻常。

"哥，我不知道，但就算我喜欢上了秦风，那又能怎么样呢？"孟瑶在说出这句话的时候，感觉脸上有些发烧。

"能怎么样？我给你分析一下。"孟林将妹妹按在了椅子上，"瑶瑶，你知道咱们家世的，且不说咱爸妈不同意，就是爷爷也不会同意啊！他老人家那么大年龄了，这要是气出个什么好歹来，你如何自处呢？"

要说最了解妹妹的，还真是孟林这个当哥的，他知道妹妹从小是被爷爷给带大的，最是孝顺老爷子，当年如此厌烦周逸宸，因为爷爷的原因，她硬是没说过一句退婚的话。

"可……可……"听到哥哥的这番话，孟瑶的心有些乱了，强撑着说，"可是爷爷也不见得就不同意啊。唉，我说什么呢？我和秦风真没什么呀！"

孟瑶有些羞恼，她几次三番地邀约秦风出来，秦风都没答应，这次还是借着帮秦风忙的由头，总算是把他约出来了。孟瑶都不知道未来会如何，却是在这儿和哥哥讨论起了自己家人会不会同意这样的问题，未免有些太早了吧。

"现在没什么，不代表以后没什么啊！"孟林是正儿八经的心理学博士，对妹妹的心理把握得很准，"瑶瑶，你出去上两年学，也能接触到一些更加优秀的男孩子，这对你不是多了很多选择吗？"

看到妹妹在听自己的话，孟林接着说："就算你没有遇到更合适的，两年的时间对你来说也并不长，有这个缓冲，我相信等你回来之后，爷爷和咱爸妈，都会尊重你的选择的。"

"哥，你说什么呀，我和秦风根本就没什么，比普通的同学还普通呢。"孟瑶心中已经认可了哥哥的话，不过脸面上却是有些过不去，因为从现在的情况来看，貌似是她对秦风有点感觉，可秦风却像是在躲着自己一样，想到这里，孟瑶不禁有些黯然。

"那些都是以后的事情，你现在的任务就是好好学习。"仔细观察了一下妹妹的表情，孟林知道妹妹听进去了自己的话，不由得松了一口气，有些违心地说，"日后有什么事儿，哥哥也会帮你说话的。"

"能有什么事儿？我不和你说了。"孟瑶的心结被解开了一大半，拎着包站起身来，"明天我约了同学去'八大处'玩，今天回学校住了。"

第八章　杀手门

"哎，既然是好兄弟，你明儿去那么'八大门'，可要带着兄弟我啊！"刘子墨不乐意了，"哥儿们我来到京城合着就住四合院了？还整天帮你看监控，明儿出去不带着我，兄弟和你绝交！"

"得，带着你还不行吗？"秦风笑着捶了刘子墨一拳，他原本就是想带着刘子墨一起去玩的，否则孟瑶如果说出什么自己不想听到的话来，那自己一人岂不尴尬。

"这还差不多，对了，你说的那女孩，长得漂亮吗？"刘子墨当下又追问了起来。

"行了，别打听了，明儿你不是就见到了吗？"秦风摆了摆手，"我给老苗打个电话，让他明天下午回来吧，赶紧把这件事处理完，你也要回仓州了。"晾了巷子口那俩卖烤红薯的家伙也有好几天了，秦风决定就在这一两天内解决掉这件事，毕竟每日里都被人监视的感觉也不是那么舒服。

"好，终于能活动一下手脚了，奶奶的，这段时间可是把我给憋坏了。"听到秦风的话后，刘子墨顿时兴奋了起来，双手捏在一起，发出咔咔的响声。

第二天一早，当秦风开着他那辆"宝马"车来到京大门口时，一眼就看到了等在那里的孟瑶。和往日一样，孟瑶的脸上没有任何的妆容，穿的也是简简单单的牛仔裤和休闲白衬衫。但尽管如此，有如出水芙蓉一般清纯的孟瑶站在京大门口，还是吸引了无数过往学子们的目光。

"秦风，你从哪儿借的这个车？太高调了吧？"作为孟家最受宠的公主，比这再好的车孟瑶也坐过，只是在众目睽睽下坐上"宝马"车，让她还是有些不好意思。

"不是借的，我买的。"秦风有些受不了四面八方传来的那种蕴含着羡慕嫉妒恨的目光，等孟瑶上了车后，一踩油门就驶离了校门口，甚至连刘子墨都没来得及介绍。

"买的？"孟瑶闻言愣了一下，她可是知道这车价值不菲的。

"嗯，年前从津口买的，我很少开而已。"秦风说道。

"哎，我说，你们当我是空气啊？"听着秦风和孟瑶的对话，坐在副驾驶位上的刘子墨终于忍不住了，他再怎么说也是一米八多的大个子，这女孩儿上车不会没看到自己吧？

"啊？还……还有人？"让刘子墨沮丧的是，刚才慌慌忙忙上车外加心跳加速的孟瑶，还真是没看到他，"对不起，真是对不起！"孟瑶连忙道歉，不过在知道不能和秦风独处之后，她心里有那么一点点的失落。

"不用说对不起，是我没介绍。"开着车的秦风从后视镜里看了一眼孟瑶，"我给你们介绍一下，他叫刘子墨，是我的发小，从小一起长大的好兄弟，这次是来京城玩的；子墨，她叫孟瑶，是我的同学，也是京大医学院的高才生，前几天老于的事情就是她帮的忙，你们认识一下。"

秦风这边刚介绍完，刘子墨就迫不及待地回过头来，向孟瑶伸出了手："你好，孟小姐，鄙人刘子墨，现在国外读书，很高兴能认识你。"

"孟瑶！"见到对方伸出了手，孟瑶只是简单地说出了自己的名字，轻轻地在刘子墨的手上点了一下就收了回来。

刘子墨做出了一副很受打击的样子，甚至翻下了车子上方的化妆镜，对着自己的脸看了起来。看到刘子墨的样子，孟瑶忍不住笑了起来，开口说道："秦风，要不，我再叫个朋友吧，也是你认识的。"

"孟小姐，你的朋友是不是也和你一样漂亮呢？"听到孟瑶的话后，刘子墨顿时眼睛放光。

孟瑶笑了笑说："彤彤要比我漂亮。"

"那好，快叫，快点儿叫！"

"子墨……"秦风看了一眼刘子墨，他是见过华晓彤的，知道那女孩虽然脾气急了点，但心眼儿还不错，而且家世也不差。更重要的是，现在的刘子墨等于就是在练童子功，要是修不成暗劲，那可真要比祸害了人家女孩子还要严重。

"说什么呢？哥儿们我最多两年，就能到了暗劲。"刘子墨回瞪了秦风一眼，他现在就怕提起这事儿，谁提跟谁急。

坐在后排的孟瑶自然听不懂两人在说什么，她只是感觉自己和两个男人出来玩有点不合适，当下就给华晓彤打了个电话。

刚巧华晓彤也在学校，秦风掉转车头，又往京大方向开去。

和孟瑶的内敛秀气不同，华晓彤绝对是热情奔放型的，刚一坐上车，就大呼小叫了起来："瑶瑶，你居然和秦风出去玩都不喊我？"说得孟瑶脸色一片绯红。

"这不是叫你了吗？"孟瑶红着脸说，"早上你不知道跑哪儿去了，我都找你半天了。"

"你找我才怪了。"华晓彤也没再逗弄孟瑶，而是看向了秦风，"喂，你什么时候把我们家瑶瑶追到手的？经过我的同意没有啊？"

"华晓彤，我和孟瑶就是同学，你可别乱说话啊！"开着车的秦风被华晓彤的话给吓了一大跳，差点没一脚将刹车踩死掉。

"唉，哥儿们我又被无视了。"坐在旁边的刘子墨，比秦风更加郁闷，前面坐着他这么大一活人，难不成后面上车的女孩也看不到？

"你是谁呀？还别说，长得挺帅的嘛。"听到刘子墨的话后，华晓彤终于将目光关注到了他的身上。

"那当然，鄙人姓刘，名子墨。"刘子墨嘿嘿一笑，大言不惭地说道，"也不是很帅，就比秦风帅那么一点罢了。"

"德行，姐见过的帅哥多了去了，你还排不上号呢。"和性情婉约的孟瑶相比，华晓彤是那种典型的京城大妞，行事说话都很直接。

"哎哟，有个性，我喜欢啊！"刘子墨也是找虐的主，听到华晓彤的话后，顿时眼睛一亮，直接转过身子就和华晓彤聊上了，看那架势，恨不得爬到后排座位上。

"得，坐好了，我开着车呢。"秦风没好气地瞪了刘子墨一眼，他还真怕刘子墨把华晓彤给勾搭上了，如果那样的话，刘子墨往国外一跑，华晓彤还不要整天寻自己的麻烦？

有刘子墨和华晓彤两人在车上，车子里顿时热闹了起来，听着二人斗嘴，没多大一会儿，车子就开到了"八大处"的停车场。

"你真的会功夫？"这还没半个小时的时间，两个自来熟的人就凑到了一起，下了车之后还聊得热火朝天。

"当然，我可是正宗八极拳的嫡系传人。"刘子墨秀了一下肌肉，看得秦风都不好意思和他站一起，自己这好兄弟此刻的样子，简直就像发情的小公鸡一般。

华晓彤眼珠一转，开口说道："练武的人，不会都四肢发达、头脑简单吧？"

"说什么呢？我可是华盛顿大学的学生，每年都拿奖学金呢。"刘子墨不满地叫了起来，他这说的倒是实话，国内的学生到了国外，别的不敢说，学习一定是顶呱呱的。

"喂，拿奖学金的那位，抓紧时间买票去啊！"停好车后，秦风对着刘子墨吆喝了一声。

"好嘞，哥儿们最喜欢为漂亮女士服务了。""八大处"的大门和停车场还有段距离，而且还要上几个台阶，刘子墨三五步地就跑了过去，买了四张门票。

"你们先进，我来给票。"刘子墨把华晓彤和孟瑶让进去后，却是在后面拉了一把秦风。

"怎么了？你小子又要玩什么花样？"秦风落后一步，看着前面的两人，压低了声音说，"子墨，我可告诉你，那华晓彤的家世不简单，你招惹了小心甩不掉。"

"说什么呢？"刘子墨盯着华晓彤的背影，一把抓住了秦风，"完了，完了，哥儿们我坠入爱河了，秦风，咱们是兄弟吗？"

"少来，你坠入爱河和咱们是不是兄弟有什么关系？"秦风甩开了刘子墨的手，"你那寡人之疾都没法解决呢，谈什么恋爱啊？"

"别提这个啊，再提我跟你急。"听到秦风这话，刘子墨顿时就红了眼，"这次回美国，哥儿们什么都不干了，半年，半年内一定要突破到暗劲……"

"哎，我说你……"秦风被刘子墨的话给吓了一大跳，连忙说，"你小子千万别，这可不是小事，一定要水到渠成才行。"修炼内家心法可不是开玩笑的，走火入魔也不是小说杜撰出来的，真气行岔了气，确实会引发很严重的后果，轻则经脉受损，重则就是半身瘫痪都有可能。

"你不懂，爱情，只要有爱情的力量，我肯定能行的。"刘子墨原本还和秦风贫着嘴，不过看到秦风面色严肃后，顿时收敛了笑容，"放心吧，我感觉最近半年就要突破了，比我爷爷预计的要早了三年呢。"

"真的？"秦风有些狐疑地看向刘子墨，他这几年虽然四处奔波，但从没丢下过功夫，到现在也仅仅是摸到了暗劲的门槛，还不得跨其门而入呢。

真要是修炼到暗劲，在一定程度上，就能产生第六感，也就是对危机的预判，如果秦风能进入到暗劲修为，之前在澳岛的时候，那乱枪未必就能射中他的。

"当然是真的。"刘子墨看了一眼秦风，"你要是没中枪伤，哥儿们就要和你练练了，我倒是想瞧瞧，咱们俩到底是谁更厉害一点儿。"

当年刘老爷子对秦风十分看重，如果不是因为秦风的面相杀气太重，就要将他给收入门下了，如果那样的话，刘子墨还得叫秦风"师叔"呢。不过即便如此，老爷子对秦风的评价也很高，甚至默许儿子将八极内家心法传给秦风，算是给刘家结下了一段善缘。

交情归交情，但年轻人都是有点儿傲骨的，刘子墨一直记着爷爷对秦风的评价，心里未免有些不服气，只是没有机会和秦风较量罢了。

"行，等我伤好了，咱们哥儿俩练练。"秦风点了点头，暗劲境界可不是那么容易进入的，民国时的那些拳法大家们，哪一个不是身经百战，集众家之长，才得以成为一代宗师的？

所以切磋和较量，对于武学的进步也是很重要的。只是当代国术凋零，即使有些所谓的武术大家，那也是挂羊头卖狗肉的角色，秦风曾经去看过一些武术表演，纯粹是花架子，根本起不到实战的锻炼。

"哎，你们两个说什么呢，还不快一点儿？"早已进到大门里面的华晓彤见到两人在后面说着话，不耐烦地挥起了手。

"来了，这就来了！"听到华晓彤的召唤，刘子墨压低了声音说，"兄弟，当哥哥的求你一件事，你一定要给我看看，华晓彤到底是不是……是不是那啥。"

虽然脸皮够厚，但面对着自己有好感的女孩，刘子墨还是说不出"处女"两个字来。

"滚蛋吧你！"秦风没好气地一脚踢在了刘子墨的屁股上，拿着票进了大门。

"八大处"公园，准确地说，应该是一处宗教景观、人文与自然风景交织的所在。公园内一共有八座古刹，分别是长安寺、灵光寺、三山庵、大悲寺、龙泉庙、香界寺、宝珠洞、证果寺，"八大处"正是由此而得名。

在前五处的地方，景致极好，建筑物稍微多一点，而且公园里面还有不少茶馆，随处都能见到喝茶休息的游客。到了五处之后，基本上就是在爬山了，此时正值春天，漫山遍野的绿树和鲜花，一眼看去，很是心旷神怡。

走在上山的路上，孟瑶有些羡慕地看着前面华晓彤和刘子墨有说有笑的背影，忽然说道："秦风，我……我下个月，可能就要离开京城了。"不知道为何，和秦风说话的时候，她总是有那么一点儿紧张。

"离开京城？去哪里啊？"秦风闻言愣了一下，"你在京大的学业不是还有好几年才毕业吗？"

孟瑶低下了头，踢了一脚前面的石子，小声说："美国的纽约医学院和京大医学院有个交流生的计划，我要去纽约上两年学。"

"哦，那是好事儿啊，有这两年的镀金……能开阔一下眼界，那是好事儿。"秦风说到这里，笑了起来，不知道为什么，心里却是有种淡淡的失落。他不是傻子，自然能感觉到孟瑶对自己的好感，现在听到这个性情婉约的女孩要去万里之外的异国他乡，他也说不出心里是种什么滋味。

"嗯，两年……"孟瑶看向了秦风，深深吸了口气，"两年之后我就回来，秦风，希望咱们到时候还是朋友！"孟瑶也不知道，自己为什么会说出这样的话，当话说出口后，脸上不由得一红，低下头加快了脚步，再也没敢去看秦风。

"当……当然还是朋友啊，为什么会不是呢？"秦风听得有些丈二和尚——摸不着头脑，男人到底还是没女人细腻，他一时还没反应过来孟瑶话中的深意。

"哎，等等我，你们都跑这么快干吗？"见到几人已经将自己甩下了十多米，秦风连忙追了上去，他终究还是个年轻人，在这景色宜人的地方，前段时间在心里积累的阴影不禁一扫而空。

在秦风等人身后四五十米的地方，当银铃般的笑声传过来的时候，两个坐在路边抽着烟的游客，脸上却是露出了阴险的笑容："笑吧，尽情地笑吧，不然以后就没机会了。"

"虎哥，咱们不跟上去吗？"一脸皱纹看上去像个老农般的老牛，正用手摩挲着兜里的蝈蝈葫芦，在那里面，有一只用他鲜血养大的蛊虫。

"不用跟上去，咱们就在这里等。"史庆虎摇了摇头，"这里是下山的必经之路，他们肯定还是要从这里路过的。阿牛，你准备好了吗？"

"虎哥，准备好了。"阿牛点了点头，从兜里拿出了蝈蝈葫芦，用手指轻轻地在表面弹了一下，"以花花的毒性，只要咬中那个女孩，十秒之内，她必死无疑。"

"好，一定要让那个叫孟瑶的女孩自然死亡，这是上面交代的。"史庆虎脸上露出了可惜的神色，像这么漂亮的女孩，就这样死去，实在是太过暴殄天物了。

这次来京城，史庆虎对手下说，是来抢占地盘的，但是只有他和阿牛知道，他们真正的目的，却是这个叫作孟瑶的女孩。史庆虎也并非是像苗六指和秦风所猜测的那样，只是混迹于社会上的盗窃团伙头目，他真正的身份，是国内仅存的杀手门传人。

其实杀手门在国内的传承一直都存在，只是因为当年被雍正皇帝鸟尽弓藏后，再也不愿意为皇家效力。侥幸逃出的那位祖师，为了使得杀手门的传承延续下去，重新立了一条门规，那就是门下弟子，最少要收三个弟子。从这三个弟子当中，选出一人作为杀手门的门主，这样即使门主出了事儿，杀手门也不至于断了传承。如此一来，往日人丁单薄的杀手门，倒是逐渐兴旺了起来。

80年代收史庆虎为徒的那个人，就是杀手门中的一位传人，在国内隐姓埋名了几十年。和江湖上别的门派收徒不同，杀手门中人收徒，第一看重的不是品行，而是资质，说得简单一点，就是心理素质要过硬，而且要心狠手辣。那个在国内过了一辈子与世无争日子的杀手门人，一直都没遇到符合门派要求的传人，人至晚年时，却是碰到了史庆虎。

那个杀手门老人在将杀手门的一些绝技传授给史庆虎的同时，也将杀手门的一些隐秘联系方式教授给了他，并希望史庆虎在有生之年，能去国外寻找真正的门中传承。但是让老人没想到的是，史庆虎对所谓的杀手门，开始时根本就没有任何兴趣，他只想用自己的那一身功夫吃香的喝辣的。

不靠脑子吃饭，终究是会吃亏的，史庆虎在第二次入狱后，终于明白了这一点，于是他在各地开始培养一些人帮他赚钱。在这期间，史庆虎在云省遭遇了一件事——他在一次买枪的过程中，和当地的一个帮派发生了冲突，当时他连杀了三个人。

为了逃避对方的追杀，史庆虎逃到了越南，又从越南去到混乱的"金三角"。靠着心狠手辣，史庆虎很快在一位将军手下站住了脚，成为其贴身的保镖。阿牛就是史庆虎在那时候认识的，阿牛的祖上，是云省的一个土司，40年代末的时候，因怕政府清算，举家逃往了泰国。

由于背井离乡坐吃山空，阿牛的家族很快就没落了，而阿牛因为在泰国杀了人，和史庆虎一样，也逃到了"金三角"，投在了那位将军门下。阿牛没有什么技艺，但却从小习得家族的蛊术，擅长豢养蛊虫，用蛊虫杀人，为人甚至要比史庆虎更狠辣无情。

不过阿牛的运气实在不怎么好，有一次当他放出蛊虫的时候，不小心把将军养的一只白虎给咬死了，将军勃然大怒，要杀掉阿牛以泄愤。当时，将军派史庆虎处置阿牛，可是将军没想到，史庆虎并没有杀死阿牛，而是给了阿牛一笔钱，让他远走高飞。

放走阿牛后，史庆虎照样跟着将军吃香喝辣，而且随着将军的地盘越来越大，史庆虎也越来越受将军的重视，几乎去哪里都会让他跟着。

"金三角"的将军，可不是泰国、缅甸或老挝这几个政府封的，而是手握兵权的大毒枭，在"金三角"拥有种植罂粟的土地和毒品提炼厂，然后再将毒品销售到世界各地。这些毒枭，手下的士兵都是身经百战的，所用的武器都是世界上最先进的，甚至有坦克、直升机，比政府军的武装还要好。在那位将军手下，史庆虎活得很是滋润，但是这种好日子，他并没能过太久。

因为在当时，除了政府军的围剿外，那些毒枭的危机，更多的是来自同行之间的吞并，就像是海洋法则中的大鱼吃小鱼一般。史庆虎跟的将军，实力是仅次于大毒枭坤沙的，但实力再强，命却只有一条，在一个暴风雨的夜晚，将军被人刺杀于床上。

作为将军的贴身保镖，史庆虎还算是尽职尽责，在将军临死前发出了一声哀号后，他第一时间冲进了屋子，正好将那杀手堵在屋内。

不过让史庆虎惊诧的是，他所用的杀招，均被那杀手给封挡住了；而且两人使出的功夫极为相似，均是一招杀敌的手法，这让史庆虎当时愣了一下。也就是这一愣神儿的工夫，那人窜出屋子，逃之夭夭。

将军的意外死亡，让这个贩毒组织一下子就陷入混乱之中，将军的几个得力助手为了争权夺利，在内部火拼起来。史庆虎这个外来户没了将军的宠信，也就一下子失去了往日的权势，反而成了众人的眼中钉，史庆虎也算是见机得快，没等那几人下手，就逃了出来。

让史庆虎没想到的是，他逃出来后，第一个找到他的，居然就是刺杀将军的那个杀手，而且向他说出了杀手门秘而不宣的隐语。当时授艺的老人在给史庆虎说起杀手门的历史时，史庆虎完全就是当故事听的，他没想到，杀手门竟然真的在这个世界上存在着。

走投无路的史庆虎算是找到了组织，不过那个来自总部的杀手并没有权限将史庆虎带回美国，只是告知了他和美国总部的联系方式。

在那个杀手离开后，史庆虎又踏上了逃亡之路。因为那个大毒枭的手下在一番火拼和商议后，居然将杀死将军的事栽赃到了史庆虎的头上，在"金三角"公布了悬赏追杀令。

史庆虎就像是西天取经的唐三藏一般，经历了种种磨难，数次都差点儿被将军手下的人杀死。在一次逃亡中，他遇到了曾经被他饶过一命的阿牛。靠着阿牛的蛊术和史庆虎对杀机的敏锐感觉，两人硬是从"金三角"逃了出来，从缅甸边境又偷渡回国内。

这次回国之后，史庆虎变得愈发低调了起来，而且也和美国的杀手总部联系上了，但让他失望的是，杀手总部仅拨了一笔款子，让他在国内潜伏了下来。史庆虎知道，这是杀手门的规矩，门中旁支如果不能证明自己实力的话，就不会得到主脉的认可，也不可能融入到杀手门真正的核心中去。

只是杀手门在国外日久，在国内根本就没有任何业务开展，史庆虎再怎么想出去，也只能在国内窝着，他必须完成一件由杀手门发布的任务，才能得到组织的认可和接纳。

不过为了不使国内这唯一的旁支断掉，总部倒是每年都会拨给史庆虎一笔经费，两边始终都有着联系。这样的日子过了差不多快十年，就在史庆虎已是人近中年，以为一辈子就将这样过下去的时候，他终于接到了总部传来的任务。

这个任务就是对孟瑶的刺杀，任务很简单。在国外，这样的任务甚至只能评定为C级，在其上面，还有B级、A级甚至S级别的任务。但是因为孟家在国内的庞大能力，杀手组织决定，只要史庆虎完成这个任务，就可以接纳他到总部去，毕竟从传承来说，史庆虎算得上是自己人。

得到了孟瑶所有资料的史庆虎，为自己准备好了后路，在完成刺杀之后，他就会假道港岛然后直飞美国。至于这次对付苗六指的事情，只是搂草打兔子而已。在必要的时候，他连阿牛都能舍弃。这也是成为杀手的必备条件，那就是六亲不认、心狠手辣。

昨天除了勘察"八大处"，史庆虎将植物园以及香山的几个位置都走了一遍，并连夜从大兴偷了一辆车，换了车牌后一直守在京大门口。孟瑶在京大门口等候秦风的时候，他也有机会下手，但他忍住了，因为他要制造出一个意外死亡的假象，这也是杀手总部对他提出的要求和考验之一。

"阿牛，我要的是一击致命。"在秦风等人上山后，史庆虎在半山处观察了一会儿，指着一处山路上方被松树遮挡住的地形问，"从这上面落下来，你能保证落在那女孩的脖子上吗？"阿牛的这个本命蛊，史庆虎还是很了解的。只要能将毒液刺入到血液动脉之中，就是一头大象，也撑不过五分钟的时间，如果换成人的话，恐怕最多只能支撑几秒钟。

阿牛看了一眼山路上方的松树，淡淡地说："虎哥，十米之内，我能控制蛊虫，再远就不行了。"对于这只从小用精血豢养的本命蛊，阿牛与其可以在短距离内意念相通，发出一些简单的指令，但这个距离，只能有十米。

"十米？足够了。"史庆虎往山下看了看，"阿牛，那个女孩如果倒地的话，另外几个人肯定会很慌张，你到时候趁乱召回花花，相信他们不会注意到。"

　　"我知道了，虎哥，你放心吧，这种事情又不是第一次做了。"即使史庆虎不交代，阿牛也不会让对方发现花花，毕竟这是他的本命蛊，如果死去的话，阿牛轻则吐血折寿，重则怕是会丧命当场。

第九章　下盅

　　来到"八大处"的最后一个山头时，已经是下午两点多钟了，刘子墨第一个冲到寺庙前，回过身笑道："秦风，快点啊，我说你怎么还不如孟瑶和华晓彤啊，走这么一段路就不行了？"被憋在四合院好几天的刘子墨，今儿有些兴奋，表现得像是个在雌性面前开屏的雄孔雀一般，时不时地就要展露下肌肉。

　　"走那么快干吗？这么好的风景，要慢慢欣赏。"秦风不急不缓地走上了最后几个台阶，距离他中枪伤也不过就是一个多星期，秦风要尽量避免爬山时的摆动手臂，所以一直都落在几人的后面。他的心情非常好，从记事起，他似乎就没有如此无忧无虑地游山玩水过，这还是生平第一次，站在山巅，秦风只感觉一阵心怀舒畅。

　　"对了，你那伤没事儿吧？"看到秦风走路的姿势，刘子墨反应过来，秦风可是带着枪伤出来玩的。

　　"什么伤？秦风，你怎么了？"听到刘子墨的话后，孟瑶和华晓彤看向了秦风。

　　"没什么伤，就是前几天感冒了。"秦风瞪了刘子墨一眼，岔开话题，"子墨，孟瑶过段时间要去美国交流学习，你有时间去看看，多照顾下啊！"

"去美国交流学习？"华晓彤一脸不可思议地拉住了孟瑶，"瑶瑶，什么时候的事情，我怎么不知道呢？"

"晓彤，是家里安排的，去那边做两年的交换生。"孟瑶有些歉意地说，"前段时间事情还没定下来，昨儿才决定的要去，没来得及告诉你。"

"太过分了，秦风都知道，我竟然不知道。"华晓彤不依不饶地说，"瑶瑶，你还真是重色轻友啊，咱们认识快有二十年了吧？这种事情你竟然不先给我说！"她和孟瑶还真是一对好姐儿们，从幼儿园开始到小学、初中、高中、大学，两人几乎形影不离，感情不是一般地深厚。

"哪儿有啊，你别乱说。"孟瑶被华晓彤说得俏脸绯红，连忙解释道，"不是你想的那样了，我也是上午才告诉秦风的，这不正准备给你说呢……"

孟瑶解释了半天之后，华晓彤才勉强表示原谅了她："不行，我也要去，不然你在国外肯定要受欺负。"

"你也要去？好啊，我正发愁一个人到那儿人生地不熟呢。"孟瑶闻言眼睛一亮，她虽然是个独立性很强的女孩，但一个人在异国他乡，自然不如有闺密陪着开心了。

"欢迎，欢迎啊！"听到华晓彤要去美国，最高兴的恐怕还不是孟瑶，而是一旁的刘子墨，"两位，你们确定了去美国的时间，一定要告诉我啊，我到时候去机场接你们。"他兴奋得直搓手，他原本还想着用越洋电话和信件来俘获华晓彤的芳心呢，没承想她马上也要去美国了。

"都不在一个城市，献什么殷勤啊？"秦风闻言撇了撇嘴，他知道刘子墨在华盛顿上学，距离纽约还有三四百公里。

"嘿嘿，你小子就羡慕吧！"刘子墨也不生气，三四百公里的距离，总比远隔大洋要近得多吧，再说他在美国有车，不过就是几个小时的车程而已。

"有什么了不起的，我下个月也要去……"秦风想到赌王大赛的事情，一时说溜了嘴，不过总算是及时刹住了，没把"美国"两个字给说出来。

"你也要去？去美国吗？"孟瑶在旁边听得真切。

"我倒是想去，不过家里实在是太忙了。"秦风连忙摇头否认，"齐老师那边的项目最快都要做到年底，我怕是哪儿都去不了。"

秦风去美国参加赌王大赛，用的名字和身份，都是港岛那个小混混吴哲的，此行算是偷渡，所以无论如何他也不敢告诉孟瑶和华晓彤，甚至连刘子墨都没有说过。而且他要去的是拉斯维加斯，跟纽约相距三四千公里，坐飞机都要飞上三四个小时，秦风估计也没时间去纽约。

"哦，原来是这样。"孟瑶答了一声，眼中露出失望的神色，"都两点多了，咱们往回走吧，到了门口差不多就天黑了。"

"这就走啊？"秦风抬起头来，看了孟瑶一眼，说实话，今儿是他长这么大头一次郊游，玩得很高兴，倒是有些舍不得就这样下山了。和孟瑶走了一路聊了一路，对这个温柔婉约的女孩，他心里也多了一丝莫名的好感。这对秦风来说，也是从未有过的事情。

"走吧，我回去也要问问交换生的事情。"华晓彤看了一下时间，"瑶瑶下个月就要走了，我再不问怕是就来不及了。"

对于普通人几乎是不可能得到的留学机会，在华晓彤眼里根本就不算什么，这也就是特权阶级所能享受到的待遇。

几人休息了一会儿，就开始往回走了，在京城的众多景点里，"八大处"算是人流相对比较少的，在回去的路上，已经见不到有人上山了。

来的时候兴高采烈，往回走相对就要沉闷了许多，尤其是孟瑶想到下个月就要离开京城，情绪也变得有些低落了起来。

"嗯？孟瑶的脸色是怎么回事儿？"走在山间的小径上，秦风无意中看到了孟瑶的面孔，顿时愣了一下，原本面色红润的孟瑶，此时在眉宇之间却有些发青。

"不对，难道有什么事情要发生？"秦风心中咯噔一下，连忙用望气术又看了一眼，这一看，秦风的面色也变了。

在望气术中，当被看之人的脸上郁滞青色，那就代表着此人将要得重病；而印堂和眉宇之间郁滞青色，就是人快要死了。此时秦风发现，孟瑶的眉宇之间，就带着那么一股挥之不去的青色，很显然将会有什么事情发生在她的身上。眉宇发黑或者是印堂发青，这在看相学说中都是不好的征兆，这种现象倒不一定就是生病，在面临许多天灾人祸的时候，也会出现这些征兆。

秦风这一惊可是非同小可，而且在过了两处寺庙之后，孟瑶印堂上的青色愈发明显起来。秦风的心也开始怦怦狂跳，他预感到有危机似乎正在向自己等人逼近，不过秦风也说不出来，到底会发生什么事情。

"子墨，我感觉有点儿不好。"秦风看向刘子墨，"我总感觉好像要发生什么事情一样，子墨，你懂不懂？"

"嗯？秦风，你的功夫到了未闻先知、心意通明的境界了？"刘子墨闻言一愣，他知道秦风话中的意思。在古代有一些武学大家，当面临危险的时候，心头总是会发出警兆，这却是将功夫练得纯粹，可以预知危险的境界，甚至比暗劲还要更进一步。

"没有，但是我总感觉有些不对。"秦风想了一下说，"子墨，你和华晓彤走在前面，如果看到什么不对劲儿的地方，回头说一声。"

秦风在说话的同时，用望气术在刘子墨和华晓彤的脸上也看了一下，却是发现两人的面色都很正常。

"秦风，我自己在前面就行了。"刘子墨摇了摇头，既然秦风说了有危险，他当然不肯再让自己的心上人去冒险了。

"嗯，你小心点儿。"秦风点了点头，没有再多说什么，一双眼睛在四下里打量了起来，同时整了整衣领，把索命针环绕在了手指上。他的右肩有伤，现在还不能发力，真遇到什么事，还是要依仗这无形无色、无影无踪的索命针来救命。

看到秦风说得慎重，刘子墨也加了几分小心，他知道练武之人的警觉性要远超常人，有些人甚至能开发出第六感，既然秦风感觉不对，那说不定就会出些什么事情。

"你们两个神神叨叨的，在说什么啊？"秦风和刘子墨的对话，给华晓彤与孟瑶造成了不小的困惑，因为两人根本就听不懂他们话中的意思，但两人那紧张的情绪，却传染给了两个女孩。

"没事儿，走吧！"秦风摇了摇头，并没有给两个女孩多做解释，因为这种感觉原本就是只能意会不能言传的，他也说不清楚。

"秦风，没什么事儿啊，是不是你感觉错了？"当来到"八大处"的第五处时，刘子墨回头看了一眼秦风，一路走过来，什么事情都没发生，这让刘子墨对秦风的感觉产生了怀疑。

"子墨，走慢一点儿。"秦风向孟瑶看去，发现她印堂上的青色，已是有些发黑了，秦风心里不由得又是一惊。

"好吧，要不然，咱们坐这儿休息一下吧！"刘子墨点了点头，从背包里拿出了几瓶矿泉水，分别递给了秦风等人。

在这时，就看出男女体力上的差别了，虽然在上山的时候，孟瑶和华晓彤一鼓作气没感觉到累，但是现在小腿肚子却快要抽筋儿了。

"我还是第一次玩完整个'八大处'呢，真是太大了。"华晓彤一边揉着小腿，一边说，"不行了，回去我要睡两天，真是太累了！"

"你就是平时缺少锻炼。"孟瑶虽然也很累，但却没有像华晓彤那样拉起裤管儿露出雪白的小腿。

"哎呀，瑶瑶，我不行了，你背我走吧！"华晓彤眼睛一转，往孟瑶身上就靠了过去，从小到大，两人打闹惯了。

"哎，别闹，下面还有人呢。"孟瑶推开了华晓彤。

"哪儿有人啊？这都几点了？没人再往后面走了。"华晓彤以为孟瑶在骗她，不依不饶地挠着孟瑶的痒。

"咦？还真是有人。"华晓彤没看见山道拐角处的阿牛，站着的秦风却是看见了，眉头不由得一皱。

因为秦风发现好像自己上山的时候，就见到了这个又黑又瘦的人了，可是为何自己都下山了，这人还待在这个地方呢？

"子墨，你过去盘盘道，我觉得那人有点不对劲儿。"秦风原本想自己过去的，不过看了一眼孟瑶那青中发黑的印堂，还是站住了脚。

"好，咱们在'四大处'的时候，这人好像就在后面吧？"刘子墨也看出了不对，应了一声就朝阿牛走了过去。

秦风等人休息的地方，距离阿牛差不多有二十米的距离，眼看一个年轻人走了过来，阿牛的眉头也是皱了起来，因为这个距离，他无法驱使蛊虫去噬咬那个女孩。

论起江湖经验，刘子墨也不差，走到阿牛身前问道："这位大哥，请问，几点了呀？"同时身体也绷紧了，因为面前的这个人，给他一种十分危险的感觉。

"三点半了。"阿牛看了一眼距离自己十多米外的史庆虎，又用眼角的余光往上看了一下。

"哎，我好像上山的时候见过你吧？咱们还真有缘分呢。"刘子墨忽然一拍脑袋，打了个哈哈，将自己的矿泉水往对方手中塞去，"来，大哥，喝口水吧，相见就是缘分啊！"

"谢谢，我不渴。"阿牛推开了刘子墨的手，此时他心里也很烦躁，因为上面的女孩迟迟不下来，布置好的蛊虫无法伤害到对方。

"怎么，不给面子吗？"刘子墨原本就是想找碴儿，当下脸一沉，就抓住了阿牛的手腕，"你小子跟了我们一路，是想干什么的？"

"谁跟着你了？大路朝天各走半边，我走哪里关你什么事？"阿牛用力挣了一下，脸色顿时变了，他发现自己的手劲居然还没这年轻人大。

"怎么了，阿牛？这人是干什么的？"站在山道拐角背面的史庆虎走了过来，他知道阿牛在施展蛊术的时候，需要全神贯注，容不得丝毫的打扰。

刘子墨这几天早就憋坏了，见到身材魁梧、面相凶恶的史庆虎走了过来，顿时松开了瘦小的阿牛，上前就推了史庆虎一把："还有帮手是吧？你们是干什么的？"现在即使不用秦风预测，他也看出不对来了，面前的两人在这山道处怕是坐了好几个小时了，恐怕目的就是要对自己等人不利。

"你想干什么？"史庆虎也不是好脾气，在他眼中，刘子墨和秦风都只不过是个普通的学生而已，当下一把抓住了刘子墨的手腕，想用一个折弯将他制服。

在史庆虎想来，刘子墨要是出了事儿，上面的孟瑶几人肯定会下来的，到时候只要阿牛控制蛊虫咬了那女孩，他们完全可以安然离去。

"嗯？还是个练家子啊？"见到史庆虎的动作，刘子墨眼神一凝，他根本就没去管被史庆虎抓住了手腕，而是快速地往前跟进了一步，肩膀往前一耸，重重地撞在史庆虎的胸口上。

"不好！"在刘子墨右脚刚一启动的时候，史庆虎也察觉到了不对，面前的这个年轻人，并非是手无缚鸡之力的学生，这一贴一靠，居然是八极拳中的"贴山靠"。

史庆虎从小就体格健壮，是个学武的好苗子，被那杀手门中人教导了几年后，功夫远非常人可比，反应更是极其迅速。在感觉到胸前一股大力传来的同时，史庆虎已经松开了刘子墨的手，脚下一用力，整个身体借势就往后飞了起来，重重地撞在一棵松树上。

"好小子，倒是小看你了。"史庆虎这一撞虽然声势很大，但已经被他卸掉了力度，本身并没有受伤，不过却是激发了他的暴虐性子。他往前抢了几步，扬手一拳，冲着刘子墨的脸部打去。

"来得好，爷这几天正好憋坏了！"刘子墨脸上露出冷笑，伸出左手一挡，右脚往史庆虎两腿间一插，却是又想使出"贴山靠"来。

"雕虫小技！"史庆虎冷哼了一声，原本打向刘子墨脸部的那一拳，忽然往回一收，顶在前面的拳头变成了他的肘部，对着的正是史庆虎靠上来的前胸。

"不好，子墨要吃亏！"下面发生的打斗，都被上面坐着的秦风看在眼里，在史庆虎使出这招诡异小巧的功夫之后，秦风不由得面色一变，猛地站直了身体。

"哎，怎么打起来了呀？"刘子墨和史庆虎没几句话的工夫就交上了手，直到此刻，孟瑶和华晓彤才反应了过来，华晓彤更是起身往下走去，看那模样像是要去拉架。

"砰！"就在秦风刚站起身子的时候，下面传来一声闷响，刘子墨往后连退了五六步才站稳了身形，不过看那模样，倒不像是吃了大亏。

"你是江湖上哪个门派的？这用的是什么功夫？"刘子墨使劲儿抖了抖右手，感觉整个手掌都麻掉了。八极拳是实战性很强的拳法，不管是大开大合还是贴身短打，都是极为实用的。就在刚才史庆虎的右肘要击中刘子墨膻中穴的时候，刘子墨及时用右掌挡在了胸前，否则要真是被击中穴道，刘子墨恐怕现在早就趴在地上起不来了。

"小子，你不是挺横的吗？知道人外有人了吧？"看到刘子墨全身而退，史庆虎也是心中凛然，他学的全是杀人的功夫，刚才那记肘击只要击中对方，这年轻人不死也要脱层皮。可没想到的是，对方居然拿手垫在了胸前，而且借着手上的推劲往后退了几步，将自己这致命一击的力道完全卸去。这种近乎本能的反应说明，对方已经将功夫练到骨子里去了，而且也不乏实战经验。

"哎，你们打什么架啊？"此时华晓彤已跑了下来，一把拉住了刘子墨，"你们怎么回事儿，两句话没说完就动手？"

"哎，姑奶奶，你别拉着我啊！"华晓彤这一拉，让刘子墨脸上变了色，对方的功夫比他只高不低，如果加上华晓彤这个帮倒忙的，那他绝对是有输无赢。

"是你朋友先动手的，我可没想着要和他打架。"出乎刘子墨意料的是，对面那人居然收了拳架子，而且还往后退了一步，原本对峙的局面，顿时缓了下来。

"你们是什么人？跟着我们干什么？"刘子墨把华晓彤拉到了身后，仍然是一脸戒备，同时扬起手对秦风打了个招呼，示意他可以下来了。

看到刘子墨的举动，孟瑶拉了一把秦风："秦风，咱们下去吧，问问是怎么回事儿，好端端的，干吗打起来了。"

"好，你走在我旁边。"秦风看了一眼孟瑶，发现她眉宇间的青色仍然没有散去，当下不敢有丝毫的懈怠，全身都绷紧了力道，准备应付随时可能发生的意外。

"我们走累了，在这儿歇脚，怎么，这也碍着你们的事儿了？"看到上面的那一对男女往下走了，史庆虎眼中露出一丝喜色，他才不管面前这年轻人是做什么的呢，只要能干掉那女孩，他的任务就算是完成了。

"十米、五米、三米、一米……"没有人发现，在争斗发生后，完全被众人无视的阿牛，此时却是死死地盯着从山上往下走的孟瑶，同时口中还在念念有词着。

一只五彩斑斓、足有婴儿拳头大小、浑身毛茸茸的大蜘蛛，趴在了距离孟瑶身体还有一米多远的一根树枝上，八条腿在轻轻颤动着。

"阿花，咬她！"当孟瑶终于走到那根树枝下面的时候，阿牛用自己的精神力，给他的蛊虫传达了命令，而发出这道指令后，阿牛整个人的精神一下子委顿了下去。

随着阿牛的指令，那个大蜘蛛松开了抓住树枝的八只脚，身体轻飘飘地从树上滑落了下去，而在它身体正下方的位置，赫然是孟瑶那雪白的脖颈。

"死吧，死吧，被我的花花咬上一口，你会死得很安静的。"为了能更精确地控制蛊虫，阿牛所站的位置，距离孟瑶只有八九米远，他几乎能清楚地看到自己的蛊虫从树枝上飘落下来的情形。

阿牛的祖辈，当年不仅是云省边界的一位土司，更是苗族的一位巫师和族老，掌握着苗族千百年来传下的蛊术。在他们家族，每有婴儿出生，都要为其选上一只本命蛊虫；阿牛的这只蜘蛛蛊虫，是阿牛还没出生的时候，他爷爷为其豢养出来的。

养蛊可不是一件容易的事情。在养蛊以前，要把正厅打扫得干干净净，全家老少都要洗过澡，诚心诚意地在祖宗神位前焚香点烛，对天地鬼神默默地祷告。然后在正厅的中央，挖一个大坑，埋藏一个大缸下去，缸要选择口小腹大的，缸的口须埋得和地面一样平。

等到农历五月初五端阳节，到田野里任意捉十二种爬虫回来，因为不是端阳那天捉回来的爬虫养不成蛊。这些爬虫，通常是毒蛇、鳝鱼、蜈蚣、蟾蜍、蝎、蚯蚓、大绿毛虫、蜘蛛……总之只要一些有毒的爬虫。这十二种爬虫放入缸内以后，阿牛的爷爷以及父母全家大小，于每夜睡前祷告一次，每日人未起床以前祷告一次，连续祷告一年，不可一日间断。

一年之中，那些爬虫在缸中互相吞噬，毒多的吃毒少的，强大的吃弱小的，最后只剩下一个，这个爬虫吃了其他十一只以后，自己也就改变了形态和颜色。一年后，蛊已养成，阿牛的爷爷便把这个缸挖出来，另外放在一个不通空气、不透光线的秘密的屋子里去藏着。

等到阿牛出生后，阿牛的爷爷就采阿牛的精血来喂养蛊虫，这样连续喂养七七四十九天，蛊虫就能和阿牛心意相通，以后只需要吸食普通鲜血就行了。而阿牛之所以长得如此瘦弱，和出生时被采取精血也不无关系，这或许也是养蛊所要付出的代价。

在阿牛看来，孟瑶绝对是必死无疑了，他已经在心中琢磨，如何才能在孟瑶倒地的时候，将蛊虫安全地收回来。要知道，蛊虫虽然剧毒无比而且有一定的灵智，但防御力却是和普通的虫子区别不大，阿牛可承担不起蛊虫被旁边那人一脚踩死的后果。

"死吧，只要轻轻地被花花咬一口，你就什么都不知道了。"看着从树枝上飘落下来的蛊虫，阿牛的脸孔变得有些扭曲了。

阿牛还能记得，在他年幼的时候，家境是非常好的，甚至还有好几个用人伺候着。只是不知道什么原因，他的爷爷，也就是当年的那位土司老爷，得罪了泰国的一位降头师，为家族招惹来了大祸。

降头师在泰国的地位是非常高的，即使见到泰国国王都不用行礼，而且泰国国王的国师，就是一位大降头师。按说以阿牛爷爷的本事，是不惧那位降头师的，可是架不住是在别人的地盘上，那位降头师说动政府出动了部队，将阿牛家族百余口人悉数杀掉了。

当时只有十岁的阿牛，刚好在外面玩耍，逃过了这一劫，从那时起他就成了个流浪儿，对于家族养蛊的本事，也仅限于自己的本命蛊虫。二十多岁的时候，阿牛摸到了那位降头师的家里，用自己的本命蛊虫，将降头师一家十多口全都给咬死了。每当阿牛想起那降头师临死时的痛苦表情，总会笑得脸孔扭曲，就像是现在一样。

所有的思绪，都是在脑中一闪而过的，阿牛在回忆往事的同时，他的本命蛊虫还在往下降落着，而且马上就要落在孟瑶的脖子上。只是就在阿牛憋足了劲儿想欣赏女孩被咬的情形时，他突然发现，自己的本命蛊虫忽然偏离了下降的轨迹，像是被什么东西推着一般，快速地向侧方向飞去，趴在了一棵松树上。

"为什么？发生了什么事情？"阿牛的眼睛瞬间瞪直了，他想大声喊出来，却心口一疼，像被一只大手狠狠地攥了一下，疼得阿牛一下子摔倒在地。

"我……我的本命蛊，被……被人破了？"倒地的阿牛很快醒悟了过来，心口处传来的疼痛让他明白，只有在本命蛊虫发生变故的时候，他才会如此。

"这怎么可能啊？"阿牛的思维虽然在运转，但心口的疼痛却是愈发剧烈，身体不断地抽搐着，一口口鲜血不要钱一般地在往外喷着。

"阿牛，你怎么了？"原本看到女孩走下山，正暗自激动的史庆虎此时也察觉到不对，女孩没事儿，而阿牛居然倒地不起。

"本……本命蛊，被……被破了。"阿牛咬破了舌尖，用泰国话对史庆虎说，"虎哥，走，快点儿走，遇到玩蛊的行家了，可……可能是巫师……"

阿牛曾经听爷爷说过，这养蛊的巫师也是分道行深浅的，道行深的巫师，可指挥蛊虫百米之外取人性命。老土司对孙子是千叮万嘱，遇到这样的人，千万不可与其结仇，如果结了仇，那就有多远躲多远，因为他的本命蛊，在这种人面前根本就是不堪一击。

刚才的情况就是阿牛还不知道发生了什么事，本命蛊就被人破去了。他下意识地认为在这女孩身边，有超强的巫师在保护着她。

"什么？遇到巫师了？"听到阿牛用泰国语言说出来的话，史庆虎这一惊是非同小可，他和阿牛认识了这么多年，深知养蛊人的可怕，真正的巫师，不但可以让你死，还能让你欲死不得。

"走，虎哥，快走！"阿牛知道，本命蛊一死，他整个人就算是废掉了，就算现在不死，寿命也不过三年。

"阿牛，我带你走！"史庆虎心念一动，拉起了阿牛，将其背在了背上。

"虎哥，我……我是不成了，你放下我吧！"见到史庆虎不舍不弃，阿牛那是感动得一塌糊涂，眼泪哗哗地往下掉。

"别说话，我带你出去！"只有史庆虎自个儿才知道，他压根儿就不是在讲义气，而是背着阿牛，等于多个垫背的，万一出个什么事儿，到时候把阿牛扔出去也能挡一阵子。

"哎，老兄，你朋友这是怎么回事儿啊？"史庆虎刚刚背起阿牛，刘子墨就凑了过来，刚才阿牛口喷鲜血的样子，就像是电影里演的一般，把刘子墨都给吓了一跳。

"他受过内伤，现在是伤势发了。"史庆虎知道拿急病作理由是骗不了人的，当下说道，"这位朋友，我自问没有得罪过您吧？还请让一下，做人留一线，日后好相见！"说话的时候，他很紧张，因为他和阿牛一样，都认为在孟瑶的身边，有个高人在保护着她，谁也不知道那位疑似巫师的高人，会不会突然冒出来。

"子墨，怎么回事儿？"秦风的声音传了过来，相比之前紧张的样子，秦风现在整个人都松弛了下来。就在他刚刚用索命针刺穿一只从树上飘落的蜘蛛后，他发现孟瑶青黑的印堂恢复了正常。这让秦风产生了一种错觉，原来孟瑶面相的变化，只是因为一只毒蜘蛛所发生的意外，刚才弹出索命针的时候，秦风看出了那只五彩斑斓的蜘蛛肯定剧毒无比。

整个人放松下来之后，秦风并没有将蜘蛛和面前的两个人联系在一起，因为在山上遇到蛇虫蜘蛛之类的再寻常不过了，根本就不值得深究。

"这哥儿们不知道怎么回事儿，内伤发作了，吐了一地的血。"刘子墨指了指史庆虎背上的阿牛，同时也让开了身子，大家都是习武之人，别人都伤成那副模样了，他也不好意思再找对方的麻烦。

"这伤得不轻啊！"秦风看了一眼面色苍白的阿牛，"老兄，我们这里就有两个医生，要不要帮把手啊？"

"不用不用，多谢几位了，他这是老伤，回去喝点中药就好了。"见到刘子墨让开了路，史庆虎哪里还敢耽搁，背着阿牛就往山下冲，想着暗中还隐藏着一位巫师，史庆虎恨不得脚踩风火轮，马上就离开这鬼地方。

"吐了那么多血，不死也要掉半条命吧？"看着史庆虎远去的背影，秦风摇了摇头。

"秦风，那个大个子，功夫很不错。"刘子墨为人倒是坦然，当着华晓彤和孟瑶两个女孩的面说，"真要是对打起来，我未必是他的对手。"

"那人的功夫很奇怪。"秦风想了一下刚才两人动手的情形，皱着眉头说，"那人出手极其狠辣，讲究的是一击致命，据我所知，只在一个门派里，有人会这种功夫……"

秦风话中所说的那个门派，正是杀手门，因为杀手门中的功夫没有任何的花哨，最讲的就是一击致命，和刚才那人所使的功夫非常相似。

说到这里，秦风摇了摇头，哑然失笑："是我想多了，那个门派在国内早就断了传承，我这是'一朝被蛇咬，十年怕井绳'啊。"他想起了自己在澳岛中枪和妹妹被人追杀的事情，以为是自个儿过于紧张了。

"那人功夫的实战性很强，可惜没能和他畅畅快快地打一场。"刘子墨有些惋惜地叹了口气，"怎么样，咱们能下山了吗？你那感觉还在不在？"

"没事儿了，也许只是个意外。"秦风闻言笑了起来，对着刘子墨招了招手，"来，给你看个东西。"

"哎，你们两个怎么回事儿，神神秘秘的，刚才到底怎么了？"

见到秦风喊着刘子墨回头往山上走，在旁边听了半天的华晓彤终于忍不住了，从开始下山的时候起，这个秦风就变得神经兮兮，现在还变本加厉起来。

"看看那是什么？"秦风指了指树干。

华晓彤顺着秦风手指的地方看去，这一看，整个身体顿时往后跳了起来："妈呀，那么大一蜘蛛！"女医生可以不怕血，但并不代表女医生也不怕蛇、虫，这些东西是女人的天敌，鲜有女孩子见了不害怕的。华晓彤也是如此，在感觉自己挤进一个人的怀里时，那小心脏还在怦怦直跳，眼睛连抬都不敢抬了。

"哎，原来怕这个啊？"抱着华晓彤柔弱的身体，刘子墨心里却乐开了花，知道了华晓彤的这个毛病，那日后可是想抱就抱了。

"这蜘蛛毒性很大啊——咦？不对！"不过当刘子墨仔细地看了一眼被钉在树上的那只蜘蛛时，脸上顿时变了颜色，对着秦风说，"秦风，你什么时候还练过暗器啊？"

以刘子墨的眼力，他一眼就看出来了，那个五彩斑斓的大蜘蛛头部，赫然插着一根细如牛毛的针，如果不是金属特有的反光，他还真看不出来。

"放开我，占姑奶奶便宜是吧？"刘子墨的话惊醒了半依在他怀中的华晓彤，虽然平时行事大大咧咧的，不过华晓彤和孟瑶一样，都是还没谈过恋爱的大姑娘，也从未和男人如此亲近过。一把推开了刘子墨，华晓彤的脸蛋上也罕有地现出一丝红晕，看着一脸傻笑的刘子墨挥舞了下拳头，却不知道说什么。

"行了，瑶瑶，一只大蜘蛛而已，没什么好看的。"见到孟瑶也走过来，华晓彤连忙拉住她，作为从小一起长大的闺密，她知道孟瑶也怕这种毛茸茸的东西。为了躲避刚才的尴尬，她拉着孟瑶就往山下走了几步。

等华晓彤和孟瑶回到山路上后，刘子墨问秦风："这么细的针，你是如何射出去的啊？"在枪支泛滥的现代社会，肯下苦功去练暗器的人，已经很罕见了。

"把真气灌输在里面，你自然也能做到。"秦风笑了笑，走到树前，正准备将索命针拔出来的时候，鼻尖忽然嗅到一股甜丝丝的味道，脑子紧跟着一沉。

"不对，这……这蜘蛛有古怪！"秦风连忙往后退了一步，惊疑不定地看着那只早已死透了的大蜘蛛，单单是身体里流淌出来的鲜血让人闻到就差点儿中毒，那这只蜘蛛的毒性要有多么强烈？

秦风知道，在蜘蛛中，毒性最强的当数"黑寡妇"，不过就算是被"黑寡妇"咬中的人，也能支撑十五分钟才会完全丧失身体机能。但以秦风刚才所闻到的那丝气味估算，如果被面前的这只蜘蛛咬中，恐怕连十五秒钟都撑不到。

"秦风，怎么了？"看到秦风如同见了鬼般的表情，刘子墨有些奇怪地问道。

"不对，这事儿不对。"秦风忽然转身往山下跑去，"子墨，你往前追，看看能不能把刚才那两个人给留下来，追出这座山要是还找不到，就回来吧。"

"哎，我说到底怎么了啊？"刘子墨莫名其妙地问道，不过看到秦风一脸的慎重，还是拔腿就往山下追去。跑出十多米后，刘子墨回头看了一眼，却是发现秦风正蹲在那人吐血的地方在观察着什么。

秦风和刘子墨的举动，让孟瑶和华晓彤又糊涂了起来："秦风，你们两个怎么回事儿？刚正常起来，又变得神经兮兮啦？"

"孟瑶、华晓彤，我有点儿正事要办。"秦风做起事来，对人向来都是不假以颜色的，即使面对两大美女也是如此，"你们要是等得及，就在旁边等我；要是等不及，可以先下山。"

"哎，你怎么这样说话啊？也不怕我们俩走在这山上被人打劫呀？"从小到大，华晓彤走到哪里都是受人追捧的，哪里听人这样说过话？当下就跟秦风急了起来。

"彤彤，他好像真有事做，咱们等一等好了。"孟瑶拉住了华晓彤，她倒是希望能多在山上待一会儿，和秦风多一点相处时间。

秦风此时却是顾不上两个女孩在想什么了，他先在那摊血迹处看了一会儿，又用手拈起沾染了鲜血的土壤，在鼻端闻了一下，脸色顿时变得愈发凝重了起来。

看了差不多五六分钟，秦风回到了被钉死的蜘蛛处。他没敢用手去拔那根索命针，而是拿出了一包纸巾，隔着张纸巾才将索命针给拔了出来，然后又用纸巾将掉落在地上的蜘蛛包裹起来。

"蛊虫，竟然真的是一只蛊虫！"秦风做梦都没想到，他在这"八大处"，竟然能见到外八门中最为神秘诡异的蛊虫，而且从蜘蛛的形态上来看，这还是一只成年蛊虫。

作为外八门主门的嫡系传人，秦风自然知道，要培养出一只成年蛊虫，其所花费的精力财力不可估量。更重要的是，花费这么大代价培育出来的蛊虫，通常都作为培育者的本命蛊虫，和主人休戚相关，这只蛊虫死了，主人必然也是元气大伤。

如此推断下来，那个瘦弱的中年人狂喷鲜血的行为，也就得到了解释，秦风最初不敢肯定，是以才让刘子墨追上去看看，眼下却是笃信无疑了。

"孟瑶得罪了什么人？对方竟然用蛊虫来对付她？"秦风看了一眼七八米外正和华晓彤说着话的孟瑶。

如果不是秦风一直都提高着戒备，在看到孟瑶头上落下一个阴影，下意识地弹出了索命针的话，恐怕孟瑶此刻早已香消玉殒了。

"看那中年人的身手，倒是有些像杀手门中的拳法，难道杀手门在国内还有传承？"此时秦风再想起刚才刘子墨和对方那人动手的情景，不由得又是一惊，适才那人的出手招招致命、狠辣无比，岂不正是杀手门中的技艺！

"妈的，一个月时间不到，老子遇到两次杀手门的人，难不成他们真要回国发展？"秦风恨恨地暗骂一句。杀手门消失了上百年，连他的师傅载星在那混乱的年代都没遇到过，偏偏让自个儿一连遇到了两次，秦风不知道是运气太好还是太衰。

华晓彤虽然一直都在和孟瑶说着话，但眼神却是时不时地瞄向秦风，当她看到秦风包起了蜘蛛后，脸色顿时变得像是吃了个苍蝇一般："秦风，你把那蜘蛛包起来干什么？多恶心啊！"

"我拿回家泡酒不行啊？"秦风撇了撇嘴，"这可是'五毒'之一，泡出的药酒专治风湿老寒腿，效果不是一般地好。"

"别恶心人了！"华晓彤做出一副想吐的样子，"你到底走不走啊？"

"这就走，子墨也回来了。"秦风回到了山道上，正好看到刘子墨在山下四五十米的地方，向他们招着手。

"没找到人？"看到刘子墨虽然出了一头的汗，但身上并没有打斗的痕迹，秦风自然知道他白跑了一趟。

"那俩孙子跑得太快了，我都快追到'三大处'都没看见人影。"刘子墨气喘吁吁地说道，他这一会儿连跑了两个山头，但还是没能追上那两个人。

"秦风，你到底看出什么不对来了？"跑了那么远的路，刘子墨还是稀里糊涂的，不知道秦风为什么要将那两个人留下来。

"算了，走吧，先把这俩人送回去再说。"秦风看了一眼孟瑶，从刚才所发现的种种迹象表明，对方就是冲着她来的。不过这事儿告诉孟瑶也没什么用，只能是给她徒增烦恼罢了，而且对方被破了本命蛊虫，想必一时半会儿也不会那么快再次出手了。

由于秦风眉头一直紧锁着，所以出"八大处"的这段路走得有些沉闷，来到门口的时候，秦风打听了一下，的确有个人背了个说是摔伤的人，半个小时前从这里出去过。

"孟瑶，你这段时间别乱跑，最好还是在家里或者学校待着。"送孟瑶和华晓彤到京大门口后，秦风叮嘱了孟瑶一句，虽然孟瑶印堂的青色已经散去，但谁知道对方会不会再找回来呢。

"知道了。"孟瑶点头答应了下来，她是那种很乖巧的女孩，如果换成了华晓彤，一定会追问为什么。

第十章 伏杀

回到四合院后，秦风看到苗六指正坐在院子里和李天远聊天，愣了一下问："老苗你回来了啊？"

"秦爷，不是您让我回来的吗？"在医院里住了几天，苗六指的气色倒是恢复了过来，这怕是也和于鸿鹄的伤势好转有着直接的关系。

"也是，那件事拖了不少时间了，晚上就解决掉吧！"秦风点了点头，他身上有伤，单靠李天远和苗六指对付史庆虎等人，秦风感觉力量有些单薄，趁着刘子墨还没回仓州，他想尽早解决掉那个史庆虎。

"行，秦爷您安排就是了。"苗六指眼中露出一丝杀机，腰板儿一挺，"老苗我倒是要看看，十多年不见，史庆虎到底能成什么气候。"

"好啊，苗爷，宝刀未老嘛。"刘子墨在一旁鼓起掌来，年轻时的苗六指那也是杀人无数，这一认真起来，身上自有一股慑人的气势。

"老了，比起你们来可差远了。"苗六指摇了摇头，身体往躺椅里面一缩，顿时气势全消，又变成了那个老头儿了。

"老苗，你那事儿晚上再说。"秦风从口袋里将索命针和那只毒蜘蛛都取了出来，"来，先给你看样东西。"

"什么东西还包得这么严实？"看着秦风打开层层包裹的纸巾，苗六指忽然眉头一皱，"秦爷，这味儿不对，什么毒这么厉害？"那纸巾还没打开，苗六指就闻到了一股腥味儿，还掺杂着一点甜丝丝的感觉，闻到这气味之后，顿时有种眩晕的感觉。

这一闻之下，苗六指的脸上就变了颜色，相比他当年用的那些只是致人晕厥的药物，这纸巾里面的物件，绝对是剧毒无比，怕是直接就能要了人命。

秦风看了一眼苗六指，说道："老苗，这个蜘蛛的毒性，要比普通的'五毒'最少毒出百倍以上，你听闻过这样的物种吗？"他说的"五毒"，是指蝎子、蛇、蜘蛛、蜈蚣、蟾蜍，这些都是带有剧毒的毒虫，也是在野地或者山上最为常见的。

"百倍以上？秦爷，我知道了！"苗六指忽然一拍脑袋，一脸惊容，"这……这蜘蛛，难不成就是苗人所养的蛊虫？秦爷，你怎么会遇到这玩意儿的？现在还有人在养蛊吗？"

苗人养蛊、湘西赶尸，这两种行为，在解放前几乎每个江湖人都知道，一些门派的长者也都会告诫晚辈，遇到这两种人，一定要避而远之。不过到了现在，除了在小说中能看到外，早已不为世人所知了。在见识了蜘蛛的毒性之后，苗六指还是想了起来，毕竟他本人就是从那个年代过来的，甚至还亲眼见过赶尸的人。

"就是蛊虫，而且还是本命蛊虫，苗老，你知道国内苗疆，谁还在养蛊吗？"秦风将今儿发生在"八大处"的事情，原原本本地给苗六指说了一遍，这可真是"家有一老如有一宝"，对于早年江湖上所发生的事情而言，苗六指简直就是个"活字典"。

"秦爷，您这可是问住我了。"听到秦风的话，苗六指苦笑道，"要说解放前的，我倒是知道几个人，不过解放后我被关了几十年，哪里还知道他们在不在啊？"

苗六指想了一下，接着说道："前些年鸿鹄在搞那个贼王大会的时候，我好像听苗疆那边过来的人说过，现在养蛊的苗人，有一部分逃到了国外，没有出去的，也都躲到深山里不出世了，你遇到的这个，不知道是哪一种。"

"国外？"秦风闻言愣了一下，他突然想起那瘦弱之人在吐血时，所说的话应该是泰国那边的语言，难道那人就是当年逃到国外的养蛊人？

"秦爷，那些养蛊的巫师可是记仇得很，您为什么不……"苗六指说着，用手在脖子上做了个手势。别说本命蛊虫被杀，就算是他们下的普通蛊虫被人破坏，那仇恨追杀都将会是一辈子不死不休的局面，所以早年在江湖上，很少有人敢得罪苗寨出来的人。

"我开始时哪知道这是蛊虫啊？"这下轮到秦风苦笑了，他也知道那些养蛊人的秉性，所以后来让刘子墨去追，想要斩草除根。只是秦风也想不到，那个疑似杀手门的人即使背着一个人，还跑得还那么快。

看到秦风一脸苦笑，苗六指宽慰道："秦爷，这事儿也不用担心，死了本命蛊，主人就算不死也废了，再说你们萍水相逢，他也未必知道您的身份。"

"恐怕未必。"秦风闻言摇了摇头，脸色没有丝毫好转，他现在已经可以断定，那二人就是冲着孟瑶去的，从孟瑶身上很容易查到自己。

"回头想想办法，一定要把那个人给找出来。"要说面对杀手门的人，秦风还不怎么惧怕，毕竟杀手的那些门道他都很清楚。但面对养蛊的巫师，秦风心里却是一点底都没有，因为养蛊的方法有千百种，所以除了养蛊之人能解蛊之外，旁人被下了蛊，根本就没有办法解开。

"行了，不谈这事儿了。"秦风一时也想不出什么好办法，摆了摆手说，"老苗，京城什么地儿偏僻？今天晚上先把史庆虎那边的事儿给解决掉，我这事儿慢慢想办法吧！"接二连三地遇到事情，秦风现在心里很是窝火，尤其是被对方踩点儿盯住了四合院，更是让秦风怒火中烧，心中起了滔天的杀机。

"风哥，这事儿好办啊！"见到秦风和苗六指商议着要找个偏僻地儿，李天远大大咧咧地说道，"龙哥那医院边上的工地，到了晚上连个人影儿都没有，打破天都不会有人听到。"

"也是啊，我怎么没想到金龙那里？"秦风点了点头，对李天远说，"你现在就去趟金龙那儿，除了留下几个能打的之外，其余的人都撤出去，今儿晚上那边清场！"

"好嘞，风哥，我这就去。"跟着苗六指在医院待了好几天，不能喝酒也不能练功，早把李天远给憋坏了，听到秦风的话后，顿时一喜，从后院直接开车离开了四合院。

秦风回到房间后，想了一下，给孟林打了个电话："林哥，我想问您件事儿。

孟瑶或者是你们孟家，最近得罪什么人没有？"且不说秦风怀疑另外一人是杀手门的传人，就是那养蛊之人的出手，都足以让现在的江湖为之震惊了。孟瑶一个女孩子，根本就不可能得罪这种江湖人，如此一来，那就只有是孟家得罪了人，对方迁怒到了孟瑶的身上。

"秦风，你什么意思？"孟林的声音一下子冷了下来，"我孟家一向行事光明，也不怕得罪什么人！"孟林说话的底气很足，到了孟家所处的这种高度，根本就无所谓得不得罪人，也没有谁敢去找孟家的麻烦。

"你是不怕，可孟瑶就未必。"秦风闻言冷笑了起来，"我听到一些风声，好像有人要对孟瑶不利，你这当哥哥的注意点儿，要是出了事儿，别怪我没提醒你。"

热脸贴了个冷屁股，秦风也懒得和孟林多说，直接就挂断了电话，倒是孟林有些着急了，在电话里"喂喂"了好几声。

听着电话里传来的"嘟嘟"声，孟林有些坐不住了，连忙给孟瑶拨了个电话。得知妹妹今儿和秦风出去玩了，他立马下决心尽快将妹妹送出国。为了保险起见，他还安排了两个人，在妹妹出国之前对其暗中保护。只是不管是孟林还是秦风，他们都不知道，想要对孟瑶下手的幕后黑手，却正是来自国外的杀手组织。

就在此时，阿牛也咽下了最后一口气。史庆虎缓缓地走出房间，面色平静。

"虎爷，您……您节哀，人在江湖飘，谁能不挨刀啊！"守在门外的山鸡看了一眼史庆虎，结结巴巴地劝了一句。

"我知道。"史庆虎面无表情地说，"那女孩身边有高人，这任务，想必是无法完成了。山鸡，你出去买个麻袋，回头和老鼠一起，把阿牛沉到护城河里去吧，能死在这帝王之都，也算是阿牛的福气了。"

等山鸡和老鼠出去之后，史庆虎拿出手机，编辑了一条短信，给一个国外的号码发了出去。有时候他会很冲动，但有时候，他又具备杀手的冷酷无情，就算跟随了他多年的阿牛死在面前，他也没有表现出任何异样。

"虎爷，事情办好了，麻袋里放了石头沉到水库里去了。"两个多小时后，面色苍白的山鸡和老鼠回到了招待所，阿牛那凄惨的死相，着实将二人吓得不轻。

"嗯，通知一下猴子，过了今晚，那老不死的再不露面，咱们就离开京城！"

在巷子外面的大排档上，猴子和山鸡正一声不吭地喝着啤酒，阿牛的死，对他们打击很大。按照史庆虎传来的指示，天黑之前如果还等不到苗六指，他们就可以撤了。眼看天色暗了下来，守了快一周的两人也终于松了一口气。

就在这时，四合院紧闭的大门忽然打开了。一个年轻人扶着一个颤巍巍的老头儿走了出来，直往巷子口走来。

猴子一下就跳了起来："山鸡，你赶紧给虎爷打电话，我出去叫出租车，别让这两人丢了！"说完，扔给大排档老板五十块钱，就装出一副无所事事的样子走到路边拦起了出租车。

这个区域算是市中心闹中取静的繁华地段，出租车比较多，几乎在苗六指二人上车的同时，猴子也拦住一辆出租车跟了上去。

十五分钟后，苗六指的车拐进一个黑乎乎的工地，穿过工地后，在一家医院的后门处停了下来。

猴子和山鸡赶紧结账下车，在看到苗六指两人进了医院后，猴子猫在黑漆漆的夜色里等史庆虎，而山鸡装作若无其事的样子把四周的地形摸了一遍。

差不多二十分钟后，又一辆出租车开过来。老鼠和史庆虎先后下车，猴子和山鸡赶紧迎了上去。

"那老东西在里面？"史庆虎看了一眼医院的后门，"你们两个亲眼见他们进去的？"

"虎爷，错不了！"猴子肯定地点了点头，"除了那老东西之外，还有一个年轻人跟着。"

"山鸡，你去前面的门看看，小心他从那边走掉。"史庆虎刚过来，还不怎么熟悉地形，按照常理来说，这医院最少会有两处大门。

"虎爷，放心吧，他跑不掉的，前面的门都被封堵死了，医院就这一个门了。"山鸡信心满满地说。

"妈的，合着这老东西该死。"史庆虎左右看了一眼，狞笑道，"这地方打不到车，想要打车，他们必须走出这工地，咱们去那边等着就行了。"

就在史庆虎等人埋伏在医院后门的工地处时，他们没有发现，在工地上停着的两辆挖掘机的驾驶舱里，藏了好几个人。秦风和刘子墨躲在一辆车里，另一辆车子

里，则藏着李天远和何金龙。

看到那几人在医院门口站了一会儿就往工地这边走来，秦风连忙冲着刘子墨打了个招呼，俗话说，"螳螂捕蝉，黄雀在后"，他们此刻扮演的就是黄雀的角色。

"那个人看着好眼熟！"透过衣服缝儿往外观察着的刘子墨忽然小声说道。

秦风凑到驾驶舱窗户边上一看，顿时愣住了。借着医院后门传来的昏暗灯光，他发现那为首的一人，居然就是下午他们在"八大处"所遇到的那个人。

"他就是史庆虎？"秦风和刘子墨心中同时冒出了这个念头，早知道如此，下午的时候无论如何也不会将他给放走了。

"这人功夫不弱，我来吧！"刘子墨把声音压得更低了，但脸上却隐隐现出一丝兴奋，下午和对方交手过了几招，但没有尽兴。

"小心点儿，咱们这不是江湖比武。"秦风点了点头，意思是让刘子墨直接上去打闷棍就好了。

但刘子墨没答应也没反驳，心里对秦风的话颇是不以为然，他从小受到的教育，江湖行事一定要堂堂正正。

秦风哥儿俩躲在挖掘机里商量着对策，而史庆虎也为螳螂的身份做着准备。他带着三个手下走到一辆挖掘机旁，指了指后面说道："猴子，你守在这里，那老不死的要是往后跑的话，你给截住。"

"是，虎爷，放心吧！"猴子手脚灵活地翻过了挖掘机的翻斗，藏到了一边的车轮后面。

"老鼠，你在这儿待着。"往前又走了五六米，史庆虎从地上捡起一根钢筋，递给了老鼠，"回头看到他走过去，直接把他的腿敲断！"

史庆虎给老鼠找的地方，是道路边一处凹陷的所在，身材瘦小的老鼠往里面一蹲，外面走过的人根本就不会发现里面还藏着个人。

"虎哥，我躲在哪里？"跟在史庆虎身后的山鸡脸色有些复杂，以他对史庆虎的了解，今儿晚上那姓苗的肯定是在劫难逃。

"你？跟着我就行了。"史庆虎左右看了一下，往前走了几步，来到一处已经扒开了屋顶和三面墙壁的拆迁屋后，找了个还算完整的板凳坐了下来。整个工地又陷入一片沉寂。

在史庆虎和山鸡身后八九米外的挖掘机上，秦风从兜里拿出早已调至静音的手机，在上面编辑了"行动"两个字，然后调出何金龙与苗六指的手机号，同时发了出去。

由于是拆迁工地，白天干完活晚上就走，并没有工程队入驻里面，所以与白天的喧闹相比，夜晚的工地显得异常安静，只剩下蚊虫的鸣叫声。但就是在这夜色之中，却隐藏着无尽的杀机，夜风吹过那些残瓦断壁，发出一阵阵呜呜的声响，听着让人有些揪心。

"对付个死老头子，用得着这么大阵势吗？"藏在挖掘机车轮后的猴子听着那呜呜的风声，忍不住缩了下脑袋。做这种事情他也不是第一回了，上次于鸿鹄脑袋后门挨的那一棍子，就是他的手笔。

"今儿回去之后，一定要把那小骚娘儿们给办了。"握了握手中的棍子，猴子忽然想到了招待所里的那个暗娼，心里不由得痒痒了起来。

那臭娘儿们在外面风骚无比，回到住的地方，却装出一副神圣不可侵犯的模样，猴子上次拿了三百块钱想和她睡一觉，却被踢了出来，这让猴子很不甘心。

猴子的脑子在胡思乱想着，甚至都没听到在他头顶处响起的轻微摩擦声。就在猴子的思绪完全都飞到女人身上的时候，他头顶处挖掘机的车窗玻璃不知道何时已经打开了，一双大手悄无声息地垂到了猴子的双耳处。

夜色中的杀机，让工地上的蚊虫鸣叫声在这一刻也停歇了，整个工地寂静得有些诡异，就连正沉浸在幻想中的猴子，也是愣了一下："嗯？怎么这么安静了？"

正当猴子感觉有些不对的时候，垂在他脑袋边的双手，忽然一手托住他的下巴，另外一只手抵住他的后脑勺儿，两手同时用力。

"咔嚓！"一声轻响，猴子的瞳孔瞬间放大了，而他的脑袋，却是诡异地转了一百八十度，他刚好能看到自己的背部。紧接着，无边的黑暗就将他笼罩住了，脑袋往下一垂，整个人再无任何声息。

何金龙将身体从挖掘机的窗口探出来，舒展双臂，轻轻地把猴子已经发软的身子放到了地上。与此同时，李天远从另外一边钻出挖掘机，庞大的身躯落在地上没有发出丝毫的声响，他犹如壁虎一般四肢着地，悄无声息地爬向了另外一个方向。

"妈的，怎么那么冷？"此时春天已经过半，但是躲在那坑里的老鼠却是浑身一抖，一股寒意袭上心头。放下手中的钢筋，他直起了身体，准备将夹克衫的拉链给拉上，可是就在他直起身体的当口儿，一只手臂从后面环绕在了他的脖子上。

老鼠的个子本身就很矮小，即使站起身子，头顶也露不出这个坑洞，那手臂一加力，直接将老鼠的双脚吊离了地面。也是"咔嚓"一声轻响，老鼠的脑袋也转了一百八十度。

"扑通"一声，老鼠的身体落在坑底的时候，发出的声响有点儿大。李天远连忙往左侧一滚，躲到了一处砖墙的后面。

在李天远刚刚躲开时，一个脑袋从七八米外的断壁处伸了出来，盯着外面看了好一会儿。这时，一阵说话声远远传来，那颗脑袋往医院后门处看了一眼，忽然低声喊道："虎爷，点子过来了，一共两个人。"

听到山鸡的话后，史庆虎连忙伸出头，仔细看了好几眼："就是这老不死的，终于被我逮到了！"

出了医院的大门，跟在苗六指身后的小四还有些莫名其妙。他按照老爷子的吩咐，从京大附属医院那边打了辆车赶到四合院，又被老爷子拉着匆匆出了家门，原本以为有什么急事。可是让小四没想到的是，来了这医院之后，老爷子挂了个号，跑到急诊室和那医生胡扯了大半个时辰，非说自己得了绝症快死了。

苗六指的行为看在小四眼里，简直就是无理取闹，他几次劝解都被老爷子骂了回去，直到此刻才又壮着胆子说："祖爷爷，您要是真有病，怎么不在师傅住的那医院看？我看这医院就是糊弄人的。"

"你小子才有病呢！祖师爷我好得很！"苗六指回身在小四头上敲了一下，停住脚步，"四儿啊，想不想为你师傅报仇？"

"想！"小四眼中露出仇恨的目光，咬牙说道，"要是被我知道是谁干的，我要扒他的皮、拆他的骨！"现在跟在于鸿鹄身边的，一共就只有四个人了，不过这四个人都是于鸿鹄从小收养的孤儿，和其感情深如父子，对下手敲闷棍的人，小四自然是恨得咬牙切齿。

"四儿，回头好好看着，伤你师傅的人会是个什么下场！"看着前面那漆黑的道路，苗六指的眼中射出一道精光，拄着拐杖缓缓地又往前走去。

"祖爷爷，您……您说什么？我……我怎么听不明白啊？"听着苗六指没头没尾的话，小四一时有些糊涂了，看到苗六指走远，连忙跟了上去。

这段贯穿整个拆迁工地的道路，有两三百米长，苗六指走得虽然很慢，但两三分钟后，还是来到了距离医院四五十米的地方。

"嗯？老鼠怎么回事儿，怎么没出来打断他的腿？"看到苗六指安安稳稳地走过了老鼠埋伏的地方，躲藏在断壁后面的史庆虎不由得皱起了眉头。

"妈的，见到是两个人，就不敢下手了吗？"史庆虎眼中射出一道凶光，他知道老鼠为人胆子极小，要不是为人机灵又善于打探消息，史庆虎早就将他从组织里给踢出去了。

眼看着苗六指二人就要走到断壁处，史庆虎也不指望老鼠了，拍了一下山鸡的肩膀说："山鸡，从那边过去，和猴子一起堵在他们后面，等我叫你的时候再出来。"说完，他直起身子，直接从断壁处走了出来，稳稳地站在道路中间。

见到前面忽然出现个人，小四被吓了一大跳，开口喝道："你是谁？挡在前面干什么？"

"我是谁？呵呵……"史庆虎闻言笑了起来，"小伙子，你不认识我，六爷可是认识我啊！"

苗六指面色不变，脸上甚至连一丝惊讶的神情都没有，看着史庆虎，淡淡地说："史老虎，咱们有小二十年没见了吧？你的相貌倒是一点儿都没变。"

"我当然没变，六爷，拜您所赐，我这疤痕都还在呢。"史庆虎抬手将头发往上捋了一下，额头上的伤疤是当年他被苗六指抓着头发将脑袋砸在地上留下来的。

"六爷，您老可变化很大啊！"史庆虎讥笑道，"您老走路都用上拐杖了？看这头发白的，恐怕没几天好活了吧？"

"老头子我命硬，阎王爷怎么都不肯收，咱俩指不定谁先去见他呢。"苗六指笑了笑，说道，"史老虎，当年打你的人是我，让你跪地求饶的人也是我，你冲着鸿鹄去，也忒没出息了吧？"

"我没出息？"史庆虎脸上的笑容顿时敛去了，一脸阴沉地说，"论资历、论年龄，我哪一点不比于鸿鹄强？就他，还和我比？"

"你怎么不比心性呢？"苗六指摇了摇头，"你心性残暴，遇事不忍，活不到四十岁了。"

"你他娘的放屁！"史庆虎终于按捺不住了，往前抢上了一步，面色狰狞，"老不死的，我今儿倒是要看看，咱们两人到底谁先死！"他今年刚好三十九岁，身体状态正处在一个人的巅峰时期，转动了一下脖子，史庆虎将身体舒展开来，顿时一阵噼里啪啦的声音从他各个关节处炸响。

苗六指摇了摇头，脸上露出了古怪的笑容，往左右看了一眼："史老虎，我看你今儿就要成死老虎了，竟然还是这么嚣张的性子。"

听到苗六指的话后，史庆虎似乎也感觉有些不对，当下喝道："山鸡、猴子、老鼠，都给我出来！"

四周一片寂静。

"史老虎，千算万算，算的都是自己啊！"苗六指叹了口气，"我看你一身煞气，这些年死在你手上的人恐怕不少吧？老头子我今儿也算是替天行道了，你们都出来吧！"

随着苗六指的话声，一个人突然横空飞了出来，重重地落在了苗六指和史庆虎的中间，看那仰面朝天的面孔，赫然正是刚刚准备绕道后面去的山鸡。

"山鸡？"看着山鸡扭曲变形的脖子，史庆虎忍不住倒吸了一口冷气。与此同时，两个身影出现在了苗六指的身后。

道路两边都是拆得破破烂烂的残垣断壁，如果史庆虎执意要逃的话，一头钻进拆迁区里，倒也不是逃不掉，不过折了三个手下，就这么跑掉，他怎么也不甘心。只是还没等他动手，站在苗六指身后的小四早已经冲了过来。

从小四扑来的架势上，史庆虎能看出这小子一点儿功夫都不懂，当下身体不动，右脚却猛地抬起，重重地踹在了小四的胸口上。

小四前冲的身体被这一脚踹得往后飞起，一口鲜血在半空中就吐了出来。史庆虎的这一脚，看得苗六指瞳孔紧缩，他本人是以小巧功夫见长的，别说现在，就是再年轻个五十岁，苗六指也踢不出这一脚来。

"六爷，让我来吧！"站在苗六指身后的何金龙与李天远，同时往前走了一步。

"等等，这人是我的！"正当何金龙准备上前的时候，史庆虎的背后传来刘子墨的声音。

"怎么是你？"史庆虎回头一看，脸色顿时变了，他认出来人正是下午遇到的那个年轻人。

"没想到你就是史庆虎。要是早知道，咱们下午就该多亲热一下了。"刘子墨从后面走了过来，对何金龙说，"老何，这个人让给我吧。"

刘子墨这么说，其实是给何金龙留了面子，他下午和史庆虎交过手，知道在场的人除了自个儿和秦风之外，其余的人都不是史庆虎的对手。秦风肩部枪伤未愈，这场内能出手的人，自然只剩下自己了，而就算是刘子墨对上史庆虎，胜负尚且在五五之数。

"你既然开了口，那老何我就先观战了。"李天远和何金龙都在四合院与刘子墨动过手，他二人知道刘子墨是正宗的八极拳传人，一身功夫刚猛无比，比他们二人都要高出不少，当下自然没有异议。

"小子，你是姓刘还是姓李？"史庆虎冷笑道，"八极拳的功夫练得是不错，不过想和我过招儿，你还嫩了点儿。"史庆虎的师傅是杀手门在国内硕果仅存的老人，对各门各派的功夫都有涉猎，所以史庆虎的眼界也很广，在下午那短暂的交手中，早认出了刘子墨的来历。

"哦？盘道儿来了？"刘子墨闻言一愣，忽然想起刚才过来时秦风交代他的话，当下一拱手，"既然都是江湖中人，敢问您是哪位前辈门下？如果大家有交情，刘某愿意做个和事佬儿。"

练武之人，一言不合大打出手那是常事儿，但更多的情况下，都会先问起来历，如果长辈或者门派之间有渊源，这架也不一定就能打起来。不过刘子墨问出这话，纯粹是想套一下史庆虎的来头。对方已经死了三个人，这事儿不可能善了。

"我和你们八极拳没什么交情，小伙子，是非只为多开口，烦恼皆因强出头，这是我和六爷的恩怨，我看你就别牵扯进来了。"杀手门在江湖上一向是独来独往，可以说是仇人满天下，而朋友，自然就没几个了。

"既然没交情，那就先打了再说。"刘子墨再无废话，双脚左右一错，身形猛地暴起，左拳护在胸前，右拳快如闪电般地击向了史庆虎的肋下。

"虎爷还怕了你不成？"史庆虎冷笑了一声，左臂往右一挡，右拳却是径直扫向了刘子墨的太阳穴，出手就是杀招。

刘子墨的反应也是极快，脑袋忽然往后一仰，避开史庆虎的那一拳后，身体趁势反转了一百八十度，左脚却是悄无声息地来了个后旋踢。这一踢极其隐蔽，不过史庆虎也是身经百战之辈，仓促之间还是抬起了手臂，格挡住了刘子墨的这一脚。

史庆虎攻势极猛，用的是对战中最为实用和凶悍的泰拳，让刘子墨也是有些招架不及。在挡住了史庆虎的一次肘击之后，胸口却是被对方的一记膝顶，"砰"的一声闷响过后，身体被撞得往后踉跄倒去。

一直倒退了七八步，刘子墨才站稳了身体，连连咳嗽了好几声，嘴角渗出了一丝殷红的鲜血，刚才那一撞，让他腑脏震动，已经是受了些内伤。

咳嗽了几声之后，刘子墨直起了身体，深深地吸了口气，将胸腹间的翻涌压制了下去，不过还是能感觉到一阵火辣辣的疼痛。

"六爷，您请的八极门的人，功夫也不过如此。"打得刘子墨吐血，史庆虎的脸上露出了得意的神色，"冤有头债有主，六爷，您自个儿的事，还要别人替你出头吗？"

虽然占了上风，不过史庆虎也看得出来，对方几个人的功夫都不弱，如果逼急了一拥而上的话，那他也不是对手。所以史庆虎就想逼得苗六指下场，到时候以迅雷不及掩耳之势将其击毙，那些人怕是也拦不住自个儿。

"别急，先把我打倒了再说！"苗六指尚未说话，刘子墨又抢上前来，摆出了一副拳架子，不过两手却是一前一后，和八极拳的拳架子并不一样。

"不知死活！"史庆虎看了一眼刘子墨，猛身就扑了上去，疾风骤雨般的攻势瞬间将刘子墨笼在了当场。不过让史庆虎吃惊的是，刘子墨的拳法却变了，在格挡的动作里，也加上肘部和腿部的攻击，以攻对攻丝毫不让。

"自由搏击？还融入了八极拳的底子，子墨会的可真不少啊！"看到刘子墨的改变，身后的秦风顿时眼睛一亮，他知道除了中国的国术之外，在国外实战中最提倡和普及的拳法，就是自由搏击了。

自由搏击不拘泥于任何固定的套路招式，而是在实战中根据战况自由发挥，灵活施展拳、脚、肘、膝和摔跌等各种立体技术，长短兼备，全面施展，以最终击倒或战胜对手为目的。现在世界上流行的跆拳道和空手道，相比场上两人使用的自由搏击和泰拳，实战性就要差得远了，那些拳法，表演性质相对更强一些。

刘子墨原本就有扎实的八极拳基础，加上他人高马大身材强壮，施展起欧美人常用的自由搏击的战术，顿时和史庆虎打得拳来脚往不分伯仲。

"砰"的一声传出，史庆虎一口带血的唾沫吐了出来，里面还掺杂着两颗牙齿，刚才刘子墨重重的一拳打在他下巴处，满口牙齿都松动了。

"怎么样？学了点泰拳就以为天下无敌了？"刘子墨也没急着进攻，站在那里冷笑，"小爷这用八极拳改良的自由搏击，滋味怎么样啊？"八极拳原本就是将身体头、肩、肘、手、尾、胯、膝、足八个部位应用到实战中去，在摈除了招式拳法之后，威力却是不减反增。

"小子，你找死！"史庆虎除了在苗六指手上吃过亏之外，这些年即使在"金三角"那种遍地凶人的地方，也没有被人打到吐血过，当下眼中凶光闪烁，双掌一错，向刘子墨冲了过来。

当两人又纠斗到一起之后，史庆虎却是减少了腿部攻击，双拳击打的重点都集中在了刘子墨的眼目等器官以及身体要穴上，这种近身打法，顿时让场面变得愈发凶险起来。

"嗯？不对！"秦风忽然发现，在史庆虎的右腕上，隐隐有金属的光泽闪过，而此时刚好刘子墨背向了史庆虎，想要使出一记"贴山靠"来。

就在刘子墨向后发力的同时，史庆虎的左手忽然在右手手腕上一抹，一根肉眼几乎无法分辨的丝线被他抽了出来，两手一收，那丝线顿时缠向刘子墨的脖子。

"小心！"场外只有秦风看清楚了史庆虎的动作，当下根本来不及细想，右手食指屈指一弹，索命针闪电般地射在史庆虎的手上。

原本正想发力的史庆虎，忽然感觉手上一麻，力道顿时被卸去了。与此同时，刘子墨的"贴山靠"却重重地撞击在他的胸口上。

这一撞，几乎用尽了刘子墨全身的力气，随着接连响起的"咔嚓"声响，史庆虎被撞得双脚离地，被高高地抛飞了起来，最后重重地摔在了四五米外的地上，口中鲜血狂喷而出。也不知道这一撞撞断了他多少根肋骨，他发出一声痛苦至极的呻吟，强撑着用手臂支起了身体。

"你……你们暗……暗箭伤人！"史庆虎的眼中充满了愤怒，几乎每吐出一个字来，就是一口鲜血喷出，刘子墨那集全身之力的一靠，已然是将史庆虎的腑脏给

撞得七零八散。

"暗箭伤人？"秦风走到近前，冷笑道，"说我暗箭伤人，你手上拿的又是什么东西？"

随着秦风的话声，一束手电灯光照在了史庆虎的手上，在他右手手腕处的护腕上，赫然伸出一根细如发丝般的丝线。如果不是在强光的照射下，那丝线尽数显示出特有的光泽，恐怕就是在白天，也很难用肉眼去将其辨认出来。

"这……这东西我好像见过……"看着那丝线，苗六指脸上露出若有所思的表情。

"生死相搏，各用其长，我……我使用这东西，也不为过吧？"史庆虎不甘心地看着秦风骂道，"你们都是卑鄙小人，说是一对一的较量，却暗中伤人，我不服！"

"既然知道是生死相搏，又何来光明正大？"秦风摇了摇头，"而且你们敲于鸿鹄的闷棍，这行事就光明正大了？"

听到秦风的话后，史庆虎的脸色顿时黯淡了，他原本还想拿话挤对对方，看是否能逃得一命，现在看来，面前这个似乎是主事儿的年轻人，根本就不吃他这一套。

"秦风，刚才你出手了？"就在秦风和史庆虎对话的时候，刘子墨走了过来，面色显得有些难看。

"子墨，论拳脚功夫，你不弱于他。"看着脸色有些不自然的刘子墨，秦风苦笑了一声，"不过，要是论杀人的技巧，你拍马都追不上他，难道让我看着你去死吗？"

第十一章　管杀还管埋

　　"秦风，你也太小看我了，即使你不出手，我也不会有事儿的。"秦风的话让刘子墨不忿儿起来，他在拳脚上和对方打了个旗鼓相当，并没有感觉自己要输。

　　"等你有事儿就晚了。"秦风摇了摇头。

　　"秦风，咱们要是兄弟的话，你能不能答应我一件事？"刘子墨忽然正色说道。

　　"什么事？"秦风愕然看向了刘子墨，他猜出了刘子墨下面要说的话。

　　"放他走！"刘子墨指了指躺在地上的史庆虎，"他的伤势虽然重，但并不致命，等他伤好了，我还要和他公平一战。"刘子墨出身武术世家，从小被灌输最多的就是武德，而到了海外洪门之后，接受的也都是传统的思想教育，在他的认知里，比武就是要光明正大。

　　"我放了他，他就能活了吗？"秦风说着，看向躺在地上的史庆虎，"我可以放你走，不过你要回答我一个问题！"

　　"什么问题？"原以为自己必死无疑的史庆虎猛地抬起头来，不过见到说话的人是秦风之后，他的脑袋马上转向了苗六指。

　　"秦爷说的话，就等于是我说的。"苗六指明白史庆虎的意思，点了点头，

"你放心，只要秦爷答应放你走，我绝对不会难为你。"虽然苗六指不知道秦风为何不斩草除根，但对于秦风，他一直都是无条件信任的，从认识秦风以来，这年轻人就从来没让他失望过。

"好，你问吧，只要是我知道的事情，都可以告诉你。"史庆虎又咳了两口血，脸色变得愈发灰白起来，隐隐还笼罩上了一层黑色。

"教你功夫的人是谁？你那个养蛊的同伴现在在什么地方？"看见了史庆虎的脸色，秦风眉头一皱，连忙又追问道，"是谁让你杀孟瑶的？你们是如何联系的？回答了这两个问题，我就放你走。"

"我……我师父姓吴，名……名字我也不知道；至于阿牛，他已经死了。"史庆虎回答了秦风的第一个问题后，眼中忽然充满了惊骇，"你……你怎么知道阿牛养蛊？你……你怎么知道我……我要杀那女孩？"

史庆虎的反应非常快，因为下午见到秦风等人的时候，除了蛊虫被那不知名的高人杀死之外，他们并没有流露出对孟瑶任何行动上的杀机。但是秦风现在点出了他们要刺杀孟瑶的事情，那只能说明一件事，秦风认识那蛊虫，而且和蛊虫的死，绝对有种必然的联系。

"你们的蛊虫就是我杀的，我怎么会不知道呢？"看到史庆虎的神色越来越差，秦风连忙追问道，"你还没回答我的问题呢，快点说，是谁让你杀孟瑶的？你如何与他们联系？"

"是国外的杀手组织下的命令。"史庆虎的脑子还是在想着下午的事情，回答了秦风的话后，便反问，"你……你到底是怎么杀死阿牛的本命蛊虫的？"对于本命蛊虫的死，史庆虎和阿牛都猜测，这应该是一位养蛊的巫师高人干的，所以任凭史庆虎想破脑袋，他都想不通秦风是如何杀死蛊虫的。

"让你死个明白吧！"秦风叹了口气，"很简单，就是用你手上的那根针。"

"针？"史庆虎闻言愣了一下，继而盯住了自己的右手，果然发现在虎口的位置，插着一根细如牛毛的银针，其纤细程度，比他手腕上的那丝线还要更甚三分。

"这……这东西好熟悉啊！"看着这根银针，史庆虎感觉自己似乎在什么地方听闻过，当下把手抬到眼前，想好好再观察一下，但他的脸色越来越晦暗，鼻子和嘴里都开始往外流淌乌黑的血。

　　秦风连忙大声喝道："杀手门中人，还有在国内待着的吗？你们又是如何联系的？"

　　"杀手门……杀手门？我想起来了。"听到秦风口中"杀手门"三个字后，史庆虎的精神忽然一震，"索命针！我想起来了，你用的东西是索命针！"

　　史庆虎所得到的杀手门传承是极为正宗的，当年授艺的那位老人，不但教授了他杀人的功夫，更是将门中杀人的诸如血滴子和索命针这等大杀器也都告知他。就在史庆虎苦苦思索这银针是什么东西的时候，秦风说出的"杀手门"三个字提醒了他，让他一下子想起这个在门中消失了数百年的索命利器。

　　"索命针怎么会在你的手上？这……这不可能啊……"史庆虎突然大声喊了出来，当声音落下的时候，他高抬着的右手却是无力地垂了下去。

　　"死了？怎么会死？"看到这一幕，站在旁边的刘子墨有些发傻，他清楚地知道自己那记"贴山靠"的威力，将人打成重伤没问题，但绝对不会致命。而且史庆虎的死状极其凄惨，不光是七窍出血，就连汗毛孔似乎也在往外渗着污血，整张脸乌黑肿胀，整个人就像是厉鬼一般。

　　"秦爷，是……是蛊毒？"看着史庆虎那诡异的面孔，就连苗六指这老江湖，心里都有些不寒而栗。

　　"没错，是蛊毒。"看着史庆虎那肿胀漆黑的恐怖面孔，秦风叹了口气，"凡事都有因果，他想用蛊毒杀孟瑶，自己却是死在蛊毒之下，一饮一啄，莫非前定。"

　　见识了本命蛊虫的剧毒，就连秦风也感觉有些心惊肉跳。要知道，索命针可是反复用酒精擦拭，并且在里面浸泡了许久，但毒性居然还是如此剧烈，前后不过几分钟的时间，就让史庆虎毒发而亡。

　　"秦风，你……你怎么用这根毒针对付他啊？"就在几人都震惊于蛊毒的时候，刘子墨却是一脸不爽地冲着秦风发起脾气来，按照他的想法，要将史庆虎放走养伤，然后再堂堂正正一战。

　　"子墨，在荣誉和生存面前，你选择哪一个？"秦风回过头，很认真地问刘子墨。

　　"当然是生存了。"刘子墨为人虽然刚正，但并不迂腐，为了面子不要性命的事情，他自然不愿意干。

"那不就对了，他死，你活！"秦风指了指地上的尸体，"你要是想要荣誉，就是你死，他活。摸摸你的头发。"

"我的头发怎么了？"刘子墨莫名其妙地伸手在头上挠了一下，却发现头上一轻，手里已然抓了一大把毛发，"这……这是怎么回事儿啊？"

秦风看了刘子墨一眼，淡淡地说："我要是不出手，你掉的就不是头发，而是脑袋了。"

"这……这怎么可能啊？"刘子墨想了好一会儿之后，脸上露出了不可置信的神色，指着史庆虎的右手腕，"秦风，难……难道……你说我的头发，是这东西造成的？"

史庆虎手上的那个护腕，是金属打制的，里面藏着的丝线似乎有自动缩回的功能，此时已经完全缩进了护腕里。

"对，你可别小看了这东西。"秦风点了点头，蹲下身，用纸巾隔着手指，小心翼翼地将那护腕取下来，顺手在史庆虎的兜里摸了一遍，将他的手机和一切能代表身份的东西全拿了出来。

干完这些后，秦风并没有给刘子墨解释，而是扭头看向了何金龙："金龙，剩下的事情就交给你处理了，有问题吗？"

不管是在国内还是在国外，杀人可都是最严重的刑事案件，就算死的人该杀，那也不能由私人来执行。如果秦风等人现在被警察抓个现行的话，估计他们也就只能比史庆虎多活个一年半载，最终也是被枪毙。

"秦爷，没问题，交给我处置就行了。"何金龙大大咧咧地点了点头，"跟着秦爷您干活就是痛快，老何我很久没做过这样的勾当了，还好没给秦爷您掉链子。"杀过人后，何金龙与李天远都是一副淡然的模样，倒是一旁的小四，这会儿被那具毒发而亡的尸体吓得有些魂不守舍。

"何老大，跟着风哥，刺激的事情多着呢。"李天远闻言笑了起来，他想起了当年盗墓的事情，话到嘴边又给咽了回去。

"金龙，一定要处理干净，你也知道，这种事是最麻烦的。"看到何金龙满不在乎的样子，秦风微微皱了下眉头，四条人命，那可是能捅到公安部的大案，他可不想让胡报国亲自来抓自个儿。

"秦爷，您就放宽心吧，保准一点后遗症都不会有。"看了一眼秦风的脸色，何金龙也变得严肃起来，"秦爷，我有个朋友是炼铁厂的，到时候把这几具尸体往里面一扔……"他干的是拆迁，每日都会拆下来大量的废弃钢筋，如此一来，平时就免不了和一些私人的小钢铁厂打交道，他经常会带着人去市郊的一家炼铁厂送废材。

"金龙，那边是正经生意人，能让你干这事儿？"秦风想得很周到，知道这事儿的人只能局限在他们几个人之间，秦风信不过外面的人。

"秦爷，那开炼铁厂的小子是个酒晕子。"何金龙闻言笑了起来，"我回头搞点下了药的酒过去，从上到下都给灌醉了，那厂子还不是咱说了算？"那个私人的炼铁厂很小，跟个家庭作坊差不多，从老板到工人，满打满算也就是七八个人，基本上都是自己家的亲戚。

"嗯，把活儿干妥当了，栽在这上面不值得。"秦风这才点了点头，"抓紧时间处理吧，让远子跟你去，也能帮上点忙。"秦风最信任的人，自然还是刘子墨、李天远这些老兄弟了，他让李天远跟着去，就是让其监视整个过程，万一出了纰漏，那也能通风报信，早点跑路。

何金龙打了个电话，也就是一两分钟的时间，从医院后门跑过来了五六个人，而道路的另外一边，则是开过来一辆没有牌照的面包车。他这帮子手下，当年在俄罗斯做生意的时候，和老毛子拿冲锋枪对射过，哪一个拉出去都能称得上是悍匪，处理起这种事情来，自然不在话下。

半个小时后，在四合院的中院里，刘子墨坐在板凳上。苗六指拿了把推子，正给他剃着头。

"秦风，你说，这到底是怎么回事儿啊？"低着头的刘子墨，郁闷地问道。

"别说话，把头再低点儿。"正说着话的刘子墨被苗六指拍了一记，刚低下头，一桶冷水就浇了下来。

"好了，看来老头子我手艺还行啊！"拿了条毛巾在刘子墨头上胡乱擦了一下，苗六指满脸笑容地说，"还是剪光头精神。"

刘子墨无语："行了，给我们说说那个护腕吧！"

"这玩意儿叫钢丝锯。"秦风拿出了那个护腕，左手小指在一处扣环上一拉，将里面的丝线拉出了一截后，丢给了刘子墨，"子墨，你仔细看看，不要划破了手。"

"钢丝锯，这么细的钢丝也能做出锯齿？"刘子墨接过那护腕，仔细地在钢丝上看了起来，好半天过后，眼中露出了不可思议的神色，"真的有锯齿，不过太细了吧？"

"这东西很少见，是杀手门专用的物件。"秦风伸手将护腕拿了过来，"制作出这么一个玩意儿可不简单，需要加入多种合金使其坚韧锋利，还要保证在巨大的压力下不被拉断，除了杀手门，基本上没人会制作这东西。"

由于工艺和技术上的限制，古代并没有钢丝锯的存在，但是到了20世纪二三十年代，现代炼钢技术出现后，就有人琢磨出了这玩意儿。秦风之前也没见过钢丝锯，他是从师傅载昱那里听来的，说是国外的一些杀手经常会用到这玩意儿，其实用性并不亚于索命针，甚至还要超出当年的血滴子。

"子墨，来，给你看看这东西的威力。"秦风拉开了护腕里的钢丝，蹲下了身体，用那合金钢丝在刘子墨刚才所坐的椅子上缠绕了一圈，两手忽然一用力，将那钢丝给拉了出来。

"这……这也太……太锋利了吧？"刘子墨用手轻轻推了一下那把也有百十年历史的硬木板凳，却发现板凳腿已然从中间被切开了。

"锋利？再让你看看！"秦风径直走到了院子里那个已经废弃的老压水机旁，这次却是将钢丝缠绕在了铁制的压水机出水口处。两手微微一错，做出了一个拉扯的动作，然后又是发力往上一拉，只听得"咔嚓"一声，一段拇指长短的空心钢管就掉落在了地上。

"妈的，这……这玩意儿要……要是套在我脖子上……"看到这惊人的一幕，刘子墨下意识地将手就放在了自己脖子上，眼睛死死盯着那掉落在地上的小半截钢管，脸上满是惊惧之色。他现在算是明白了，如果不是秦风出手，他这大好的元阳魁首，怕是也将落得个尸首分离的下场。

"这玩意儿倒是个好东西，就是想出这招的人实在太缺德了！"刘子墨一把将那护腕抢了过去，脸色难看地摸着自己的脖子。

"你喜欢拿着就好了，是个防身的利器。"这护腕虽然很珍贵，但相对兄弟情义来说，又不算什么了，刘子墨能将家传神枪传给自己，秦风也不至于拿个护腕当成宝贝。

"我不要，用不了这玩意儿。"刘子墨摇摇头，又将那护腕丢还给了秦风，"一想到这玩意儿差点摘了我的脑袋，心里就别扭，还是你拿着吧。"东西虽然好，但也要分人来用，刘子墨自问玩不来这种诡异小巧的利器，但拿在秦风手上就不一样了，绝对是杀人越货的东西。

"不要可别后悔啊。"秦风闻言笑了起来，"回头我找人重新打个男式的镯子，到时候可是能带上飞机的。"这个护腕式样有些粗犷，而且上面有个拉环，很容易让人发现其中的蹊跷，秦风准备将那合金钢丝锯给取出来，换个外壳，使其隐秘性更强些。

"秦爷、刘兄弟，老苗多谢您二位了。"秦风和刘子墨正调侃着，苗六指走了过来，对着他们深深鞠了一躬。和史庆虎结仇的是苗六指，但今儿这件事，反倒是秦风与刘子墨出力最大，如果没有他们的话，就算苗六指设下了埋伏，鹿死谁手还不得而知。

"老苗，说这些客气话干什么？"秦风摆了摆手，笑道，"我经常往外跑，家里的事情都还需要你多照料，咱们之间就不说这些了。"别看苗六指平时不管什么具体的事情，但无论是何金龙还是谢轩，真遇到什么事儿，第一时间还都会征求苗六指的意见，着实给秦风省了不少事儿。

"好，多余的话我就不说了。"苗六指点了点头，"我和鸿鹄这两条命，就是秦爷您的了。"

"我要你这条命做什么？"秦风哭笑不得地摇了摇头，"行了，今儿都受累了，你们早点儿休息吧，我等下金龙的电话。"善后的事情，他还是很关心的，就怕出了那种百密一疏的事情，所以坚持要等到何金龙的电话后才肯睡觉。不仅如此，他还将那辆"宝马"的牌照给更换了，车上放了一些食物和水，如果走漏了风声，秦风会在第一时间拉上苗六指等人跑路。

在赶了苗六指和刘子墨去睡觉后，秦风拿出从史庆虎身上搜出来的东西，摆在了自己屋中的书桌上。除了一部手机外，史庆虎的那个钱包里还插满了各种银行卡，另外还有三张是史庆虎的照片但名字完全不同的身份证。让他失望的是，史庆虎做事很谨慎，所有的短信记录都被删除了，甚至连通话记录都没有一条。

"到底是谁要刺杀孟瑶？"秦风叹了口气，把玩着史庆虎的手机，琢磨着这两件事的来龙去脉。眉头忽然皱了起来，他想到刺杀孟瑶的命令是从国外传出的，孟瑶如果出国的话，岂不是羊入狼群？

看了一下表，秦风摸出了自己的手机。

"喂，哪位？"孟林有些不耐烦的声音响了起来，好不容易碰到个不用加班的周末，他刚搂着妻子进入梦乡，就被人给吵醒了。不过他也无奈得很，因为工作性质的缘故，他那手机二十四小时都是不能关机的，随时都会有突发事件需要他处理。

"我，秦风！"

"秦风？这么晚你找我干吗？"孟林的语气愈发不好了，他自认和秦风还没有这半夜打电话的交情。

"林哥，没事儿我会给您打电话吗？"秦风苦笑了一声，他何尝愿意做这种扰人清梦的事情？

"说，什么事？"孟林翻身下了床，有些歉意地看了一眼被惊醒的妻子，转身去了书房里，他虽然不怎么喜欢秦风，但知道秦风做事很有分寸，这么晚打电话，一定是有很重要的事情。

"想要对付孟瑶的人，应该是来自国外。林哥，我看让孟瑶出国的事儿，还是缓缓吧！"

"你说缓缓就缓缓？"孟林顿时冒起一阵无名火气，他虽然抱着宁可信其有不可信其无的心理，但说心里话，孟林还是不怎么相信会有人对付妹妹。而秦风现在居然又说出什么是国外势力要对付妹妹。他感觉这纯粹就是秦风不想让妹妹出国而玩出的小把戏。

"秦风，我承认你很优秀，是我所见过的最优秀的年轻人，但是我也要告诉你，瑶瑶不适合你，你们是不可能有什么结果的！"盛怒之下，孟林将憋在心里很久的话说了出来。

"林哥，我想你误会了，我和孟瑶真的没什么，以后也不会有什么！"秦风有些哭笑不得，如果不是看在孟瑶婉约善良而又帮过自己的分儿上，他都懒得去管这件事。

"你自己是什么心思，自己清楚。但是我作为孟瑶的哥哥警告你，不要对我妹妹打什么主意！"孟林哪里会相信秦风的话，这京城有多少世家子弟不想和孟家结下姻缘？更别说是无权无势的秦风了，这对于秦风而言，就是一步登天的机会。

"我再重申一遍，我对孟瑶没想法。"秦风也有些火了，冷声说道，"作为孟瑶的同学，我只是想提醒你有人对孟瑶不利，不信的话，你就当我没说过好了。"秦风说完就挂了电话，好心被当成了驴肝肺，他一肚子的怨气。

听着手机里传来的"嘟嘟"声，孟林不由得愣住了："难道是我误会秦风了？"他是学心理学出身的，知道一个人如果没底气，是不会做出这种行为的。

"海外有人想对付妹妹？那会是谁？难道是周逸宸？"警察这个职业，原本就是要对一切都抱以怀疑态度，在信了几分秦风的话后，孟林不由得在脑子里思考了起来。

"还真有可能，这小子向来都是个浑蛋！"想到周逸宸，他心头一颤，那小子从吃奶的时候就被宠坏了，行事肆无忌惮，没准儿还真能干出这种事情来。

无独有偶，此时的秦风也想到了周逸宸，对那个无法无天的纨绔子弟，秦风也没什么好感。苦笑着摇了摇头，一阵疲惫感涌上了心头，这一个多星期来被于鸿鹄的事情困扰，就算是他，也有些筋疲力尽。

三个多小时后，已经是将近凌晨两点，正当秦风昏昏欲睡的时候，何金龙的电话终于打了过来，告诉秦风事情已经全部处理妥当。直到这时，秦风才长长地舒了口气。

第二天中午，差不多一个星期没有回四合院的谢轩和冯永康等人，也都被秦风给叫了回来。同来的还有何金龙，他带着已经出院的于鸿鹄。

于鸿鹄的右手还缠着绷带，看他的气色，似乎恢复得不错，一进到中院，他就抢上了几步，对着秦风拜了下去："秦爷，大恩不言报，日后于鸿鹄这条命，就是秦爷您的了。"一大早他就听何金龙说了秦风为其报仇的事情。

"老于，咱们是自己人，你受了委屈，我能不管吗？"看到于鸿鹄激动得眼角涌出了泪，秦风赶紧将其扶了起来，"你这是搞哪一出？快点儿起来！"

在场的人，虽然大部分都知道出了什么事儿，不过冯永康和朱凯两人只知道个大概，那天被断指吓到后，他们二人就再没住在四合院里。见到于鸿鹄进门就拜，两人心里也都猜到了点东西。

"鸿鹄，起来吧，今儿秦爷喊大家来，也算是给你洗洗晦气。"见到徒弟跪倒不起，苗六指开口了，"你也要谢谢刘爷，这事儿刘爷也出了很大的力。"

"刘爷，鸿鹄在这里谢谢您了！"听到师傅的话后，于鸿鹄站起身转向了刘子墨，双膝一软就要跪拜下去。

"别价啊，老于，这么就生分了。"刘子墨连忙扶住于鸿鹄，"回头你多敬我几杯酒，也就算是谢过我了。"

"行了，都入席吧！"看到何金龙派来的大厨已经开始往餐厅端菜了，秦风吆喝道，"有什么话，咱们都在酒里面了，要感谢，也用酒来感谢！"说实话，这段时间，他过得一直算是比较抑郁，去了趟澳岛虽然发现了妹妹的踪迹，却与其擦肩而过，更得知了妹妹被人追杀的消息。妹妹没找到，在澳岛还挨了一枪不说，等他回到京城，更出了史庆虎这档事儿。所以他今儿在四合院摆酒，也是想洗洗晦气。

作为这个团队的主心骨儿，秦风自然是众人灌酒的主角，还没喝到一半，他就酩酊大醉了。等睁开眼睛的时候，已经是第二天清早了。这一场宿醉，让他整个人都松弛了下来。

"子墨，老何他们呢？"出了屋子，秦风看到李天远正在院子里打着拳，刘子墨站在旁边，正给他指点着正宗的八极拳法。

"昨天晚上就都走了，秦风，我今儿也要回去了。"刘子墨走到秦风身边，"二伯那边催得紧，我爸估计也就是这两天到，所以今儿必须回去了。"作为刘家的主脉嫡孙，刘子墨是要陪同刘家成一起迎客的，他如果不在，那将是一件很失礼的事情。

"行，那就今天走吧！"秦风点了点头，"回头你把我那辆'宝马'开走，等祭祖的事儿完了，你再开回来。"

"你那车借给我？"刘子墨闻言眼睛顿时亮了起来，男人没有不喜欢车的，秦风的那辆"宝马"即使放在国外都尚属最新款，刘子墨早就看得心里痒痒了。

"什么借不借的？"秦风摆了摆手，"你我兄弟，除了老婆不能给，我的就是你的，说什么都行，可千万别说个'借'字！"

秦风之所以能从一个大学生创下现如今的产业，除了他自己有真才实学外，这与其性格也有很大的关系，那就是秦风从来都不吃独食。且不说拆迁公司和开锁公司秦风是拉着何金龙、于鸿鹄等人一起做的，就是最赚钱的真玉坊，秦风也将利益分出去很大的一块，光是股东都快十个人了。但这样做的好处也是显而易见的，李然能帮着秦风处理官面上的事，从开业到现在，从来都没有工商、税务上门找过真玉坊的麻烦。

而朱凯和冯永康的家庭背景，也帮秦风解决了很多问题，像是疆区的玉矿和豫省的成品玉货源，都分别是靠两人家里的关系，才使真玉坊在最困难的时候，做到了平稳过渡。

莘南也没闲着，他现在算是真玉坊的首席玉石鉴定师，除了在京大研究院的一些必须要完成的课题外，他几乎每天都待在潘家园。

从来不去店里的韦涵菲，看似白拿钱不做事，但单单凭着韦华的名头，就能吓退不少想染指真玉坊的人，对真玉坊的发展也是功不可没。

俗话说，"众人拾柴火焰高"，正是秦风为人义气、有钱大家赚的性子，才使得他手下的几个产业都做得红红火火。否则单凭秦风一人，就是真玉坊一家，他也是万万做不到现在这种规模的。

"好兄弟，有你这句话，我什么都不说了！"刘子墨能听出秦风话中的真诚，拍了拍他的肩膀，也不再多说什么。

秦风笑了笑，见到李天远收了拳架子，问道："远子，昨儿那事儿，没什么纰漏吧？"

"没有出漏子，龙哥办事很稳的。"李天远拿过架子上的毛巾擦了把汗，"那炼铁厂一共有八个人，全给灌倒了，咱们自己开的炉子，烧完连渣儿都给清理出去了……"他天生就不是做好人的那块料儿，说起这种事情的时候，两眼居然放起光来。

"得了，说这么细干吗？"秦风赶紧打断，"你回头到公司那边去，给老何说一声，以后那拆迁公司的股份，你占三成，剩下的七成，老何占三成，还有四成让他均摊给公司的兄弟们。"

　　"什么？我占三成？"听到秦风的话，李天远吓了一大跳。别看他平时看上去粗鄙不堪，但心里敞亮着呢，有些事情他都看在了眼里。拆迁公司开业这不到一年，单是接工程赚下来的钱，就足有几千万，而且这几千万都是除去开销后的纯盈利，简直就像个聚宝盆。他和秦风都是从一穷二白过来的，粗略算算秦风将要损失的钱，他都替秦风心疼。

　　"轩子在真玉坊有股份，那拆迁公司的股份就是你的了。"看着李天远脸上的惊讶，秦风笑道，"你小子整天哭着没钱，现在给你钱怎么还不高兴了？"之前按照秦风的管理方式，拆迁公司按月发工资，还没有进行过分红，所以公司虽然是大把赚钱，但李天远的手头儿却紧得很，经常跑来问秦风和谢轩要钱花。而且，秦风不希望李天远永远生活在自己的羽翼之下，将股份转给他，也有督促他好好学习一下现代经营管理的意思，毕竟自个儿的生意，总归是要上心一些吧。

　　李天远摇了摇头："风哥，那……那你的股份呢？这事儿你不是吃亏了吗？"

　　"我吃什么亏啊？"秦风笑道，"那公司我没往里面投一分钱，就占了六成股份，现在拿分红，我也应该能拿三千多万吧，做人不能太贪心，以后的钱，就让老何他们赚去吧。"

　　做开锁公司和拆迁公司，秦风原本就没打算赚钱的，他只是出于同为江湖外八门一脉，给苗六指与何金龙的人找个饭碗。他想着等生意走上了正轨，就脱身出来，但他没想到，仅仅一个拆迁公司，就为他带来了数千万的收入。

　　不过，秦风对于拆迁公司的事情从未过问过，甚至连开业都没去。所以他怕日子长了，何金龙和他的那些手下们会对自己所占的股份有异议，倒是不如直接让出来，就当是奖励何金龙这次出手帮忙对付史庆虎了。

　　秦风准备将那三千万都换成美金，到时候找李然通过地下钱庄，把钱全部汇到澳岛去。

　　"风哥，我回头就给龙哥说去，我估摸着他一准儿会来找你。"见秦风下了决定，李天远也没再说什么了，和秦风相处了那么久，他就没见秦风做过一件错事。

　　"嗯，那就到时候我和他说。"秦风伸手到兜里将"宝马"车的钥匙掏了出来，扔给了刘子墨，"早去早回，在你回美国之前，咱们哥儿俩还能多喝几次酒。"

第十二章　迁坟

"秦风，总算逮着你了！"

送走刘子墨和李天远，秦风刚刚回到院子里，迎面就碰上了冯永康。这哥儿们看样子刚起床，拿了个大茶缸子正刷着牙，含糊不清地说："昨儿本来想找你说话的，还没等哥儿们找上，你小子就喝了个人事不省。"

"找我干吗？你和那护士妹妹吹了？老朱可是一直窥视着那护士妹妹呢，我说你小心点儿，省得被老朱给挖了墙脚。"

"嘁，就老朱那磨叽样儿，要是能挖人墙脚，老子买鞭炮去放！"冯永康直接翻了个白眼儿，他这大半年最少给朱凯介绍了八九个医生护士专业的女孩了，可就是没有一个能成的，每个都是见不了两次面就吹掉。

"老朱没那么屁吧？"秦风听得一愣，他和朱凯虽然是同学，但在校外的交往要远远高于校内，还真不知道朱凯的血泪相亲史。

"唉，别提老朱了，一提我就一肚子气。"冯永康摆了摆手，"秦风，齐教授让我转告你，回了京城去见他一下，好像有什么事情找你。"

"老师找我？是不是你小子说我回京城了？"秦风还真有点儿不好意思去面对齐功，因为他走的时候，正是齐功主持的那个项目最紧张的关头。他这一跑，整个

项目的进程怕是都会受到影响。

"我不是说漏嘴了嘛。"冯永康有些不好意思，前几天在项目组的时候，他和一个老专家聊天说起了秦风回京的事儿，一来二去不知道怎么就传到了齐教授的耳朵里。

"得，那今儿咱们一起过去吧！"秦风没好气地瞪了一眼冯永康，他原本打算趁着这一个月的时间去趟粤省再淘弄几块翡翠原石，可是既然老师知道自己回了京，那无论如何都要去项目组报个到了。

秦风刚一走进项目组修复工作室，一个夸张的声音就响了起来："哎哟，秦老师来啦？大家列队欢迎秦老师指导工作！"

听到这声喊，原本都在忙活着的众人，纷纷抬头向秦风看过来，倒是把脸皮奇厚的秦风也闹了个大红脸。

"胡老师，您开小子玩笑不是？"秦风哭笑不得地看着那胡麻子的传人，这老小子修复青铜器的手艺没从祖宗那里学到多少，倒是将胡麻子的尖酸刻薄学了个十足。

"臭小子，一跑就将近一个月，这不是指导工作是什么啊？"见了秦风，胡甲彦也是一肚子的气，原本秦风在的时候，他工作轻松得很，但是秦风一走，齐老爷子就开始压榨起他来，为了修复那件战国时期的青铜鼎，他都快三天没合眼了。

"胡老师，小子这也是没办法啊，实在是有事情要办。"秦风闻言苦笑了起来，"这样吧，我前期参加项目应该分的奖金都不要了，大家均摊一下，算是我请客了，你们说行不行啊？"

"哎，秦风，我可没那意思啊！"胡甲彦一听秦风这话，顿时急了，连连摆手，"这可不行，该是你的就是你的，这钱我们可不能要！"

此次故宫文物的修复工作，是有史以来规模最大的一次，国家拨款近亿元，一共分为若开个小组，秦风从一开始就参与到了这个小组的修复工作之中。两个多月的时间里，秦风所在的这个项目组，一直都是整个修复工作组中成绩最好、成功修复文物最多的，积累起来的奖金足有七八十万之多。项目小组一共就七八个人，如此分下来，一个人就有十多万，这么一笔钱，就是像胡甲彦这样的专家教授，也是看在眼里记在心里的。

"胡老师，就这么说定了，因为后面我还要请假呢。"秦风自然不会将那十多万看在眼里，他参与到这项工作中，主要是为了积累文物修复的实践经验，只是和现在要做的事情相比，这个工作也就变得不是那么重要了。

"还要请假？秦风，你不是在读着老爷子的博士吗？老爷子会同意？"胡甲彦闻言愣了一下，他原本还以为秦风是要来继续工作的呢。

"没办法，实在不行那就休学了。"秦风摊了摊双手，他此行去美国，不仅要帮助亨利卫争得"赌王"称号，而且还有一件更重要的事，就是找到国际杀手组织，查清到底是谁在追杀自己的妹妹。只要能查到妹妹现在的身份，那么再想找到妹妹，就是很容易的事了，秦风坚信，在不远的将来，他一定能和妹妹相逢重聚的。

秦风的话让工作室内的众人都再次抬眼向他看来，胡甲彦更是伸出手去摸秦风的脑门儿："休学？你小子没发烧吧？"

要知道，齐老爷子在国内文物鉴定以及修复相关领域的地位，绝对是当之无愧的泰山北斗，多少人想成为他的学生都办不到，秦风居然就敢说出"休学"两个字来。

"有得必有舍，这也是没办法的事情。"秦风摇了摇头，"老爷子比较喜欢我，说不定就放我出去做课题呢，你们别为我操心了。"

导师带学生，尤其是像齐功这种重量级的导师，随意性是比较强的，他可以一年带好几个博士生，也有可能连着四五年一个都不带，并没有硬性的规定。至于毕业，那对于齐功来说就更加简单了，以他的名望，推荐出去的学生论文，不管是在国内还是国外，都能第一时间在相关专业的报刊上登出来。

"你就吹吧，小心老爷子将你给打出门去。"胡甲彦对秦风的话很是嗤之以鼻，齐老治学严谨那是公认的，想在他手下混日子，基本上没门儿。

"哎，你们别不信啊，我秦风天资聪颖，老师喜欢我还来不及呢。"秦风笑着和众人开起了玩笑。其实秦风还是比较喜欢这个项目组团队的，都是专业人士，少了很多社会上的浮躁和相互倾轧，人和人相处起来比较舒服。

跟修复组的同事们打过招呼后，秦风径直来到齐功的办公室。老爷子气色不错，一大早就端着放大镜在看报。

秦风一边把背包里的东西往外掏，一边笑嘻嘻地说："老师，我从南边找了根上百年的老梨花木，亲手给您镌刻出来的一个拐杖，您试试合用不？"说着，他拿出一个长条形的盒子，里面赫然放着一根通体泛黄的拐杖。

这把拐杖极为考究，其手柄处雕刻着个龙头，整条龙身蔓延而下，那泛黄的躯体呈现出片片龙鳞，看上去栩栩如生。老黄花梨现在已经很少见了，价格也很昂贵。但这些对秦风而言都不算什么，这根拐杖更贵的地方在手工上面。

"你这雕功，不去搞专业真是可惜了！"齐老爷子仔细打量了一番拐杖，脸上露出了喜爱的表情，不过话题一转，"怎么着，想给老师行贿啊？"

"这是弟子孝敬老师的。马上就是老师您八十八的大寿了，这玩意儿就当是弟子的贺礼吧。"秦风说着又掏出一包东西，"老师，这个是血燕，好像只有国外才产，很滋补；这个海参每天吃一个，对身体也很好……"

这些东西都是秦风离开澳岛的时候，陈世豪给他准备好的，除了给苗六指留下一些滋养身体之外，秦风全都给齐老爷子拿来了。

"老头子吃了一辈子的五谷杂粮，也没那么多毛病。"看着秦风一件件地往外掏东西，老爷子笑了起来，虽然对这些东西没什么兴趣，不过秦风的心意却让他很满意。

"老师，您这一辈子，也就没享过福，临老了，还是要注意保养的。"秦风说，"东西的服用方法，我都给写在纸上了，到时候您按着上面的做就行。"

老爷子点了点头，看了眼秦风的面色，说道："你出去这一趟，怎么搞得气血两亏，出了什么事情吗？"人老成精，活的年岁长了，懂的东西自然就多了。齐功除了文物鉴定字画书法之外，对于中医也是内行。

人的身体不适，一般都直接显现在脸上的，虽然昨儿一场大醉让秦风紧绷的心绪缓解了一些，不过他的面色还是有点苍白。这自然逃不过老爷子的眼睛。

秦风苦笑了一声："老师，遇到了点麻烦，有人想对我妹妹不利，我在外面受到了点轻伤。"

"你这伤怕是不轻吧？"齐老爷子叹了口气，"你师傅是江湖中人，我原本不想让你再走这条路的，可是眼下看，你还是脱离不了江湖啊！"

齐老爷子深受载昰大恩，不过他第一次见载昰的时候，载昰就身受重伤，足足养了两个多月。那会儿齐功没少给载昰抓药熬药。在得知秦风是载昰的弟子后，齐功就知道，这绝对不是个省油的灯。他这才想用文物修复的项目和体制内的官职，将秦风的心给拴住，不过从眼下来看，基本上是无望了。

"老爷子，社会也是江湖，谁又能不入江湖呢？"秦风笑了笑。他初来京城的时候，谁也没得罪，只是在孟瑶被人纠缠的时候，见义勇为伸了把手，就被周家恶少给盯上了，居然要打断他一条腿。

这件事也使得秦风明白，麻烦并不是惹出来的，有时候会自动找上门儿。所以，他才整合了苗六指和何金龙的人手，创办了开锁公司和拆迁公司。

于鸿鹄手下的几个人还算本分，但是何金龙的人就不一样了，白天穿着工作服，他们算是拆迁公司的人，晚上将衣服一换，杀人放火的事情他们都干得出来。有了这些根基，再加上秦风在正道上的生意真玉坊，他才算是在京城站稳了脚跟，否则即使秦风摊子再大，早晚也都要被人巧取豪夺。

听了秦风的话后，齐功陷入了沉思，过了好一会儿才说道："你倒是看得透彻，不过现在和以前不一样了，国家不会看着个人坐大的，你日后行事，需要三思、谨慎。"

"老爷子，我知道的，有些事，我是不会去碰的。"秦风听出了老师的意思，不过身在江湖身不由己，就像此次史庆虎的事情，除了你死我活，再没有第二条路可走，这就是江湖人的无奈之处。

"好了，不说这些了，以后做事，要先想想。"齐功又叹了口气，他早年也认识不少江湖人，但能得善终的却是少之又少，他很害怕秦风也走上这条老路。

"是，老师，我会记住您的教诲的。"秦风知道面前的这个老人是真心关心自己，他这段时间杀伐过多，老爷子的这番话，也让他心里响起了警钟。

"你这小子，回到京城还躲着我。"齐功话题一转，将一个文件袋丢给秦风，"你有事儿你去忙，不过到年底的时候，你要独立主持个修复项目，级别最低也是国家一级文物。你做出点成绩，我也好给你报鉴定委员会的事情。别小看这个，说不定到时候就能帮你挡些事儿。"

要知道，文物鉴定委员会成员的平均年龄都在六十五岁以上，就算齐老爷子在行业内威望极高，那也需要秦风拿出实实在在的成绩，他才好具体运作的。

"这个没问题，老师，我会抽出时间完成这个项目的。"秦风点了点头，他知道身份会给人带来很多实实在在的好处，对于这些秦风并不抗拒。

秦风随手打开了那个文件袋："嗯？是……是师傅的身份档案证明？"当他看清楚了文件袋里的那张纸后，双手都有些颤抖了。想到师傅的心愿终将达成，他的眼睛忍不住红了起来。

"嗯，老人家既然想认祖归宗，咱们当晚辈的，就要完成老人的心愿。"见秦风如此模样，齐功欣慰地笑了起来，"我给东陵那边的人打过招呼了，不过老人只能入宗室埋人的地方，不能进皇陵。"

为了办理这张档案证明，齐功可是花费了很大的力气，他不仅调出了载昱入狱的档案，又亲自查看了清皇家宗室族谱，往前追溯了数十年，这才找到载昱的名字。

众所周知，齐功虽然不否认自己爱新觉罗的身份，但从来也不肯在人前承认，基本上从没参加过族中的聚会。但是为了完成载昱的这个心愿，齐功却是拉下了老脸，找了好几个辈分相当的爱新觉罗族中人，联合证明了载昱的身份，如此才有了这份来之不易的文件。

"老师，谢谢您！"秦风珍而重之地将文件放到袋子里，对着齐功深深鞠了一躬，即使刚才齐功处处为他着想，秦风也没有行这样的礼节。

"老人家对我有大恩，生前既然不能报恩，我也只能在老人故去后，为他做一点儿事情了。"老爷子摆了摆手，"秦风，你迁坟的时候告诉我，我要去老人家坟前敬上一杯水酒，现在不去，以后也不知道有没有机会了。"

秦风点了点头："老师，我这几天就去办理这件事，到时候我开车来接您过去。"

"好，你去吧，学业的事情不用担心。"谈及了载昱的事情，也勾起了齐功对往事的一些回忆，他摆了摆手，闭上了眼睛，示意秦风可以离开了。

一个多小时后，秦风跟着沈昊，在一家酒店包房里见到了胡报国。胡报国正戴着一副老花镜在看文件，见秦风进来后，他放下了手中的文件，说道："你小子还知道来看我啊？你这段时间跑哪儿去了？我到四合院都没见着你！"

"瞎忙，全国到处跑。"秦风在胡报国身边坐了下来，"领导，你这什么时候戴上眼镜了啊？你视力不是一直都很不错的吗？"

秦风和胡报国差不多有两个月没见了，这一见面，顿时感觉他的胡大哥苍老了很多，而且眉头总是皱着，一副心事重重的样子。

说了几句家长里短的话后，秦风担忧地说："回头我传你一套内家心法，每天早晚练半个小时吧！"

"内家心法？这合适吗？"听到秦风的话后，胡报国顿时愣了一下。他在载垦门下，只能算是个记名弟子，载垦只传授给了他一些外门功法，至于外八门的核心功夫，则是一项没教。

秦风撇了撇嘴，不以为然地说："胡大哥，师傅死了，这门里就我一个人，谁管我啊，我代师收徒！"在当今社会，外八门都已经是一盘散沙了，主脉更是秦风一人单传，他压根儿就没想着要谨守祖宗的那些教条，现在他是门主，这功夫想传给谁就传给谁。至于秦风所说的"代师收徒"，在江湖上也是极为常见的事情，尤其是在帮会里的人，遇到一些成名已久的人物时，往往就会代师收徒。

"好，等忙完这段，我找个时间去四合院住一段，你到时候传给我。"练了一辈子的功夫，胡报国自然懂得内练一口气远远要比外练筋骨皮重要，有机会习得内家心法，他自然不会错过。

这时，上菜的人进了屋子，胡报国说："快点儿吃吧，我中午还有个会，你长话短说。"

"胡大哥，这东西您看看。"等上菜的人出去后，秦风将手中的文件袋递给了胡报国。

"老爷子的身份证明？"打开文件袋后，胡报国顿时明白了过来，不过看着手上的纸张，他的脸色却是不怎么好看，"秦风，办这事儿，你怎么不找我啊？"从三四岁开始就跟着载垦学武，胡报国对载垦的感情，不在秦风之下，要不是调到部里一直忙个不停，他早就将载垦的这些事情给办好了。

"我找齐老爷子办的，他们都是皇室成员，办起来比你还容易。"秦风拿过那张纸放回到了文件袋里，"胡大哥，我不管你多忙，这几天都要陪我回趟石市，把师傅他老人家的坟给迁过来。"

迁坟可是件大事，载昱的骨灰是埋在胡家祖坟的，想要从那里迁走，没胡报国出面，单凭秦风自个儿根本就办不到。

"我明天安排一下，咱们后天就走！"胡报国一拍桌子定了下来。

当年按照秦风的意思，原本是想将载昱的骨灰一直供在胡家的，等到日后下葬的时候，也不需要再行起坟了。不过在请教了一位风水先生后，得知久不下葬，会使得老人魂魄不安，这才将载昱的骨灰暂且先埋在胡家祖坟最上首的位置。

迁坟对国人而言，是一件很大的事情，一般都要请上唢呐队吹打一番，比发丧的时候还要隆重。但是这次给载昱迁坟，参与的人有胡报国和齐功这两位在社会上有很大影响力的人，实在不宜大肆宣扬，胡报国早就给家里打了电话定下了章程。

齐老爷子最初也不知道胡报国的身份，见到秦风和胡报国兄弟相称，原本以为胡报国是载昱的晚辈，后来得知胡报国的身份，也是吃了一惊。不过震惊之余，却是打心眼儿里为秦风高兴，秦风身后隐着这么一位高官，最起码在一些小事上，可保得秦风无虞。

到了胡家的祖坟处后，一个占地足有半亩的棚子已然搭好，按照迁坟的规矩，入土之人是不能见到阳光的。胡家这一脉，除了胡报国没有后人之外，可谓是人丁兴旺，胡报国上坟时，后面跟着一二十个年轻人，都是胡家的晚辈男丁。

在载昱的坟头前面，宰杀好的五牲整整齐齐地摆在了那里，围着坟墓一圈都有黄纸的灰烬，三炷高香烟雾缭绕……祭拜从昨日就开始了。

"秦风，先给老人家上炷香吧！"胡家二爷来到坟前，将一炷香递给了秦风。从关系上而言，秦风是老爷子的关门弟子，在场内所有人里面，他和老爷子是最近的。

"是！"秦风接过香点燃后，在载昱的坟前跪下，"师傅，弟子不孝，直到今日才达成您的愿望，让您老人家魂归祖庙……"将那炷香插在了坟头，他又想起当年和师傅相处的点点滴滴，忍不住悲从心头起，眼泪顺着面颊落了下来。

齐功的腿脚不是很灵便，但也强撑着跪了下去，时隔半个多世纪，终于又面对当年的大恩人了。

在众人都进行了一番祭拜后，秦风不顾肩膀上的伤势，亲自拿起了一把铁锹铲起土来，而且他只允许胡报国帮忙，其他人一概不让插手。当挖到了青砖垒砌、安放骨灰盒的墓室时，秦风更是扔下了铁锹，用手一块块地将青砖给抠了出来，装着载垦骨灰的那个盒子终于露出了一角。

"把棺椁抬过来！"秦风回头喊了一声，两个胡家子弟抬着一个玉石打造的小型白玉棺材到了坟前。这个白玉棺材，是秦风花费了六十多万，从疆区选的一整块上好白玉掏空后打制出来的，上面有他亲手镌刻上去的五只蝙蝠，代表着五福齐到的寓意。他还在棺椁上雕琢了乘龙升仙、乐舞百戏等画面。整座棺椁精美异常，单是那雕工就能称得上是一件精美的艺术品了。

秦风小心翼翼地将骨灰盒捧出来，动作轻柔地放入了玉棺中。

"送老爷子！"在秦风和胡报国两个人抬起那玉石棺椁后，胡二爷发出一声大喊，数十人簇拥着两人往山下走去。

秦风等人并没再回村子，因为那几辆车子都停在山脚处，将安放载垦骨灰的玉石棺椁放在车子的后备箱里，众人分别上车，就直接驶往了遵化皇陵。

清东陵就位于遵化，这里共建有顺治帝的孝陵、康熙帝的景陵、乾隆帝的裕陵、咸丰帝的定陵、同治帝的惠陵五座帝王陵。除了帝陵外，还有东慈安、西慈禧太后等后陵四座，妃园寝五座，公主陵一座，计埋葬十五个皇后和一百四十一个妃嫔。当年大盗孙殿英挖掘慈禧陵墓的事情，就是发生在清东陵，在半个多世纪后的如今，这里已经成为了一处旅游景点。

在慈安太后的后陵西侧，还有一块没有对外开放、占地面积很大的皇家墓地，这里就是一些皇室成员的埋骨所在，有许多在清末留下名字的宗室就被埋在了这里。为了载垦迁坟的事情，齐功的确花费了很大的功夫，他不但查找到了带有载垦名字的宗室族谱，还找到了载垦先人的陵墓，正是在这块墓地之中。

有齐功陪着，来到陵园的秦风一行人受到了很高规格的接待。按照族谱上的记载，最后秦风将载垦安葬在他那一脉的陵墓中，如果资料没有错误的话，在载垦的周围，埋葬的就是他的直系先人。

让载垦重新入土为安后，秦风让人送走了胡报国以及齐功等人，而他自己留在师傅墓前守了三天，方才回了京城。

第十三章　准备去美国

处理完师傅迁坟的事情后，由于身上有伤，秦风也不愿意去故宫那边的项目组，是以一下子变得闲了起来，整日里就待在四合院和苗六指下棋，日子过得倒是很自在。

十天前，孟瑶和华晓彤一起坐上了飞往美国纽约的航班，同行的还有重色轻友的刘子墨，他偷偷打听到二人离开的时间后，也买了那一趟航班的机票。

有刘子墨跟着，秦风倒是放宽一些心，临走前，他给刘子墨说了史庆虎要刺杀孟瑶的事根源来自海外杀手组织。

洪门在美国社会有着很大的影响力，按照刘子墨所言，门中的一些老人似乎能和杀手组织说得上话，他到美国后，会请出门中前辈去和杀手组织进行交涉。

三天前，刘子墨打来电话，说杀手组织内部关于孟瑶的追杀悬赏已经取消，但秦葭跟杀手组织的事却没有消息。当时，洪门那位宿老询问此事，被那边的接口人一下子就否决了，直言没有派人追杀过这个人，让事情也变得愈发扑朔迷离。

杀手组织对洪门也有所求，他们知道洪门在国内也有很深的根基，希望国内的洪门中人，能帮助调查史庆虎的消息。

史庆虎的下落，刘子墨自然清楚，他让人从国内发去一份传真，说是史庆虎的失踪似乎和苗疆中人有关。如此一来，洪门的回复刚好和史庆虎最后发出的信息相符，杀手组织那边虽然不甘，但他们在国内的势力过于薄弱，也不敢去苗疆兴师问罪。

一局棋下完，秦风和苗六指坐在树下喝茶闲聊，顺便交代一些事情，再过三天，秦风也要去澳岛转道前往美国了。他此次的行踪，除了苗六指，连谢轩和李天远都不知道。

"秦爷，当杀手的人，一向都是要摈除七情六欲的，为人自是残忍好杀，您这次去美国，可千万要小心。"在得知史庆虎是杀手门的人后，苗六指也想起了当年的一些往事，仔细回想三四十年代意外死去的一些名人，隐隐也能看到背后有杀手门的影子。

"在国内，我在明处，他们在暗处，不过到了国外，我和他们都在暗处，无心算有心，吃亏的人可就不是我了。"秦风脸上露出一丝冷笑，妹妹就是他的逆鳞，虽然杀手门和他也算是有些渊源，不过触了自己的逆鳞，他早已将海外的杀手组织列到了仇人的名单上。

两人正聊着，门铃忽然响了起来，紧接着前院于鸿鹄的声音也传来："秦爷，有位姓窦的客人来访！"

于鸿鹄住了差不多一个月的医院，出院后也没回开锁店，而是在秦风的四合院静养着，不过他住在前院，临时也客串一下门房。

"窦健军，他也该到了。"秦风点了点头，一边往外迎，一边扬声说道，"请窦老板进来吧，都是自己人。"和黎永乾那些人不同，秦风与窦健军只是合作，两者之间并没有上下隶属的关系。

"秦爷，您的伤好点儿了没？"窦健军看到秦风迎到前院，连忙加快了几分脚步，"前次听您说喜欢东南亚的血燕，我找人搞了三斤，正好给您滋补一下身体。"

秦风上次带回来一些血燕送给齐功，后来听老爷子的侄子说这东西效果不错，老爷子吃了之后脸色都红润了许多。所以秦风又分别给陈世豪和窦健军打了电话，想要再搞一些来，没承想窦健军就给带来了。

"这玩意儿可不便宜啊，你从哪儿搞来这么多？"只是秦风一听窦健军搞了三斤，不由得愣了一下，要知道，以陈世豪的能力，上次在澳岛也不过就给他弄到二两，那已经是天大的人情了。

血燕属于洞燕的一种，是金丝燕筑巢于山洞的岩壁上，岩壁内部的矿物质和流经岩壁的滴水，慢慢地渗透到燕窝内，当矿物质中铁元素占多数的时候，燕窝便会呈现出部分不规则的、晕染状的铁锈红，于是人们才将此种燕窝称为"血燕"。血燕以颜色鲜红、营养丰富、产量稀少被追捧为燕窝中的珍品，其主要功效是滋阴、润肺、补虚、美容养颜、调节内脏经脉紊乱、缓解压力、补充体力等。

真血燕的形成需要各方面条件的契合，存在极大的偶然性，矿物质含量较为丰富。在国内是没有血燕的，以泰国的罗兰岩山、康士山、宋卡山等地出产为多。不过这所谓的多，也是很有限的，一年也就是出产那么几斤，而且被摘取后，很快就会被各地的富豪买走，存世非常少。真正的血燕，价格比黄金还要贵，陈世豪上次给秦风搞了二两，就价值两三万，这次窦健军整整搞了三斤，岂不价值好几十万。

"秦爷，还真是巧了。"看到秦风吃惊的样子，窦健军笑了起来，"最近印尼一处海边发现金丝燕的聚集处，被当地人采摘了不少燕窝出来。那地方以前不出燕窝，他们也不知道其价值，我手下刚好有个兄弟跑路躲在那地方，只花了三万块钱，就将最好的血燕全都买下来了。我专门找人鉴定过了，全都是最上品的血燕，鉴定那人想出三十万买我都没卖的。"

"还有这事儿？"秦风也笑了起来，"我可不能占你这便宜。上次给你的那幅画不是已经卖出去了吗？你从我那份里面扣下来三十万，剩下的钱再给我就行了。"

"别啊，秦爷，您这是看不起我老窦怎么着？"一听秦风这话，窦健军顿时苦起了脸，"别的不说，就凭秦爷您给我指了条不担风险又能赚钱的明路，这燕窝就该孝敬您。"

最初认识秦风的时候，窦健军那会儿掌握着沿海地区的文物走私渠道，自我感觉良好，甚至和赵峰剑联合起来，还想坑秦风一把。但是他没想到，最后非但没能坑到秦风，赵峰剑还因此送了性命。和秦风一相处，窦健军才发现，自己以前的格局实在是太小了。而津口银行劫案那次，秦风也显示出和他的年龄、身份都不相符的狠辣。

这些还不算什么，上次和秦风的澳岛之行，才是真让窦健军摆正了自己的位置。面对名震濠江的陈世豪，秦风都能打完再谈，还让对方一点脾气都没有。从那以后，窦健军才算是真正对秦风服气了，听闻秦风要搞些血燕，他是当成大事来办的，要不然也不会连跑路的小弟都通知到了。

"行，那就不谈钱了，进里面说话吧。"秦风心中一动，"日后我可能会在澳岛做点生意，到时候算你一份。"

"哦？那我可先谢谢秦爷了。"窦健军闻言心中一喜，秦风如果在澳岛做生意的话，肯定避不开陈世豪，而陈世豪所涉及的生意，即使是手指缝里漏出来一点，也够他赚的了。

"老苗，这里面的血燕你留一斤补身体。"进到中院后，秦风将血燕丢给了苗六指。他要这些东西，原本是想着给齐功和胡报国补补身体的，不过苗六指的年龄也不小了，秦风不能厚此薄彼。

"是窦老板来了啊！"苗六指笑着和窦健军打了个招呼，"又跟着秦爷您沾光了，你们聊，我到屋里眯会儿去，这年纪大了，就是容易犯困。"虽然和秦风几乎是无话不谈，但苗六指还是谨守一个度，除非秦风要他留下来，否则像这样的场合，他一定会回避。

等苗六指颤颤巍巍地回了房间后，窦健军从随身的包里拿出了一个袋子："秦爷，这是您交代我办的款子。里面是瑞士银行的账号和密码，钱全部都已经换成了美金。您用电话核对一下金额，更改一下密码，以后通过电话就能进行转账，也可以开具瑞士银行签发的本票，在世界绝大部分国家都能通用。"

"嗯，老窦，这事儿麻烦你了，亲自跑了趟瑞士吧？"秦风点了点头，将文件袋里的那张黑色银行卡取了出来，在卡的背面，有个电话号码和十二位数字与英文组合的密码。

秦风之所以让窦健军跑这一趟，就是为了这张卡，因为现在这张卡里，存着秦风所有的身家，他甚至还从真玉坊抽走了三千万的资金。

他原本想通过陈世豪转账的，但后来改变了主意。陈世豪想要在澳岛赌业分得一杯羹，牵扯到的势力太多，秦风并不想将自己的底牌都露给对方，所以让窦健军通过沿海地区的地下钱庄，将真玉坊的三千万加上拆迁公司的三千万，总共六千万全部转到了港岛。

这笔钱到了港岛后，窦健军马上在英属维尔京群岛注册了个空头的离岸公司。窦健军利用离岸公司的名义，为秦风在瑞士银行开办了账户，将去掉地下钱庄手续费之后的五千多万人民币换成了美金。五千多万看着不少，但换成美金也就是七百万不到的样子。

"好，老窦，你有这份心，秦某日后也不会亏待你的。"秦风点了点头，"吴哲的证件都带过来了吧？你要把他给安置好，最起码在我出国的时候，不要惹出什么乱子来。"秦风上次用吴哲的证件出境之后，就将证件还给了窦健军，所以这次他再借用吴哲的身份，还是需要再用到这些证件的。

"秦爷，您放心吧，我让那小子去阳美了，还找了几个人看着他，不会出事儿的。"窦健军拿出了吴哲的身份证、回乡证以及护照，"吴哲去美国的旅游签证也都办好了，可以在那边待三个月。"

临走之前，秦风还是要把京里的事情都安排好，尤其是真玉坊，那可是秦风和几个兄弟在京城赖以生存的根基。

谢轩想扩大经营规模，进驻到沪上以及国内的几个大城市里去，但和秦风商量过几次，都被秦风否决了。对于真玉坊，秦风从来都没打算开分店。秦风知道，只要能把真玉坊的品牌打出去，坐拥潘家园的天时地利，单凭这一家店，他就能做到别的玉石店在全国开一百家分店的份额，这就是精品路线。

"风哥，我打算在电视上做广告，您看行不行？"听到秦风的话后，谢轩迟疑了一下，开口说道。

秦风闻言一愣，真玉坊之前都是行业内口碑相传，除了在店门口做了些喷绘外，还真没有打过别的广告。

"风哥，其实我也想过品牌的问题，现在的老百姓，都认为肯花钱做广告的东西那就是好东西，他们的认同度就会提高。"作为年轻人，谢轩接受起新事物还是比较快的，前段时间认识了一位电视台的人被其鼓动了一番之后，他就一直在琢磨给真玉坊打广告的事情。

"能做！"秦风想了一下说，"要做就做大的！轩子，每年拿出百分之二十的利润来，投入到广告上面去……"

"什么？百分之二十，太多了吧？然哥那些股东们能同意吗？"饶是谢轩想出来的这个主意，还是被秦风给吓了一大跳。

要知道，虽然真玉坊现在的生意比开业的时候差了一些，但每天的营业额平均下来仍在一百万左右。一年下来，差不多就有三四个亿的营业额。即使除去成本以及各种开支，每年的纯利润也在两亿左右，百分之二十可就是四千万。

"轩子，股东那边我去说，不过这广告要做就在央视做，这样才能让全国的人都知道……"秦风粗略估算了一下，来京城旅游的人，并不是都要到潘家园的，现在真玉坊的知名度还是非常低。但这个广告打出去后，事情就会不一样了，如果有心想买块好玉石的游客，肯定会到真玉坊来。以中国的人口基数，就算是一万个游客里面只有一个人被广告所影响，真玉坊的营业额都会因此翻上几番。

"风哥，您要是真决定这么做，那还是先找下然哥吧，他在央视应该有些关系。"见到秦风三言两语就拍了板，谢轩直后悔给秦风出了这么个主意，几千万扔出去，是否真的能给真玉坊带来效益，还未可知。

当然，广告拍摄需要一段时间，到时候还要等秦风回来之后才能拍板是否通过。

处理这些事用了一整天的时间，到了第二天的时候，秦风分别又去开锁店和拆迁公司转了一圈。

于鸿鹄在家里养伤，开锁店基本上就由小四负责起来，都是技术活，运转正常，虽然赚钱比不上拆迁公司，但总比以前提心吊胆的日子要好，于鸿鹄的几个徒弟倒是很用心。

至于拆迁公司，规模却是越做越大了，何金龙也算是有魄力，将前期盈利的几千万都拿了出来，在亚运村附近买下了一处临街的商住楼。除了留下公司自用的办公室外，何金龙将一二层的门面都租了出去，而上面的五层，则作为员工福利分配给了他从东北带来的兄弟们居住。

"秦爷，这是我儿子何博辉，美国那……那啥大学毕业的？"在拆迁公司的办公室里，何金龙领进来了一个二十三四岁的年轻人。

"爸，那叫宾夕法尼亚大学。"年轻人不满地回了老爸一句，不过目光却是在秦风身上上下打量着，显然对这个被老爸吹上天的秦爷很是好奇。

"对，宾夕法尼亚大学！儿子，这就是我常说的秦爷。"何金龙一拍脑门儿，大笑起来。

"老何，各叫各的。"看到何金龙的那副做派，秦风有些哭笑不得，"你儿子又不是江湖中人。"

何博辉对老爸的这副江湖做派显然已经习以为常了："秦总，听说您在京大，读的是文物方面的专业，不知道您怎么会让我爸进入到政府拆迁项目里呢？"

何博辉从高中的时候，就被何金龙送到了国外读书。为了怕孩子沾染纨绔习性，何金龙只负责他的学费和借宿费用，别的都需要何博辉自己去赚取。两年前，何博辉向老爸提出过要搞房地产公司，不过却被何金龙一口否决了，那会儿房子才卖二三百一平方，何金龙哪里看得上那点儿钱。紧接着，何金龙在东北的根基又被人连根拔起，何博辉无奈之下，只能回了美国，在几个月前才被老爸又重新召了回来。

现在拆迁公司所在的这栋商住楼，就是何博辉力主买下来的，用他的话说，现在花两千万买下来，再过上几年，说不定就能卖到两个亿。对于"秦风"这个名字，他耳朵都听出腻子来了，老爸几乎每天都要在他耳边念叨秦爷如何如何。

"我叫你博辉吧！"秦风想了一下说，"博辉，我和你不太一样，我从小就没读过书，一天都没有读过，社会就是我的学校，我看问题的视角，和你是有区别的。就说拆迁项目吧，随着城市人口的增加，现在的城市规划显然是不符合发展要求的，所以城市建设必然是未来几年城市发展的重心……土地是有限的，想要建设就必须拆除旧的建筑，这其中掺杂着很多利益纠葛，但技术含量并不高，你父亲手下有人，从事这个行当是再适合不过的了。"

"秦总，你的思路是对的……"何博辉沉思了一下，说道，"不过您想过没有，如果建设完了，那拆迁公司又将何去何从呢？"面对年龄还没有他大，却是打造出了偌大家业的秦风，何博辉还是有点不服气，这番话有鸡蛋里面挑骨头的意思。

"建设完了？博辉，你在美国留学，美国的科技最少领先国内二十年吧？他们的城市建设都已经结束了吗？"秦风正色道，"博辉，我知道你眼界高，恐怕是看不上你爸做的这些事吧？"

秦风能看出来，拆迁公司最近的变化，跟何博辉有着必然的联系，但何博辉所表现出来的态度，又说明他并不想从事这种行业。

"倒不是说看不上。"何博辉看了何金龙一眼，"秦总，您也知道，在房地产业这个产业链里，拆迁只是利润最小的一个环节，而且永远也别想做大，因为各种限制太多了。"

"那你的意思呢？"秦风明白何博辉话中的意思，做拆迁项目，拼的不是实力，而是关系，就像是秦风帮忙拉上两位城建局长，才能接到这么多活干。但关系不是秦风独有的，出了这两个区，那两位局长大人的话就不好使了，至于其他地方的拆迁项目，何金龙更是别想染指。这也正像何博辉所说的那样，就算何金龙靠着拆迁工程赚再多的钱，他的公司规模也甭想做大，只能局限在某一个区域之内。

"未来城市发展的重心，必然是房地产。"何博辉的眼睛亮了起来，"京城作为一国之都，它的很多建筑都不合理，必须要进行重建，这里面的商机很大……"

"小兔崽子，你……你这是要甩开老子单干啊？"听到儿子的话后，何金龙顿时着急了，因为现在他还真离不开何博辉了。在何博辉来之前，何金龙的拆迁公司压根儿就谈不上管理，整天都是乱糟糟的一团，开会像是在吵架，做什么都没个章程。但是何博辉进入公司后，马上就制定了各项制度，购买了这栋商住楼作为办公地点，每个人分工明确，使得整个公司的面貌焕然一新。何金龙还真怕儿子走了，公司又会回到以前的局面中去，那岂不显得他何老大太没本事了？

"爸，您那公司就没什么可做的，有我没我都一样。"何博辉知道老爸的意思，撇了撇嘴说，"公司章程我都给您制定好了，只要按部就班地做就行了，那些叔叔伯伯，我也管不了。"

"老何，博辉说得没错，拆迁这行当的局限性是很大。"秦风沉吟了一下，问道，"博辉，如果让你管理一家房地产公司，你首先会怎么做？"

"品牌！"何博辉毫不犹豫地说，"我首先要在京城做一个样板小区，将公司的品牌给打出去，让所有人都知道，我们公司的房子质量是最好的，各种配套设施是最完善的，只要京城的人想买房子，第一就会想到我们公司。第二要做的就是高端，在建立品牌和大众消费的基础上，要做高端产品，做有钱人的生意，在美国比华利山庄卖出一套房子，其利润在普通住房的百倍以上……"

何博辉讲述起来滔滔不绝，而且他不是纸上谈兵，对于各种营销方案都精通得很，的确在房地产上下过很大的功夫。

"博辉，我最近有些事情要忙，不过你的建议很好。"秦风看了一下时间，再过半个小时，就是他和亨利卫约好的时间了，只能抬手打断了何博辉的话，"这样吧，你去注册一个房地产公司，以后这家公司就由你来管理。至于注资和股份分配这些事情，你和谢轩去谈，等我回来后，咱们再商量公司下一步的运作，你看怎么样？"

进军房地产市场，这是秦风打算了很久的事情，他本来是想让何金龙这帮人接触一下建筑行业之后，自然而然就转型过渡过去的。但是秦风观察了一段时间，才发现何金龙这帮人根本就不是那块料儿，充其量只能在拆迁行当里面混。现在何博辉这海归人士忽然冒了出来，而且对房地产市场的分析判断以及理念都和秦风很相似，秦风自然不会放过这个人才了。

"让……让我去注册一家房地产公司？"饶是何博辉胆子很大，也被秦风的话给吓到了，他原本是想进入京城的一家房地产公司工作，等积累几年经验之后，再琢磨自己开公司的事情。但秦风的话却省去了那几年的中间环节，等于是让他一步登天了，就算他这几年一直在研究房地产市场的动态，此时心中也禁不住有些忐忑。

"怎么，刚才说得头头是道，现在来真格儿的了就不行了？"看到何博辉的样子，秦风不由得笑了起来。秦风自己并不懂管理，但是他从诸葛亮被累死的历史中吸取到了一个教训，那就是做一个领导者，最重要的品质就是要知人善用，何博辉是否能堪大用，这还要看他以后的表现。

一个小时后，秦风赶到了亨利卫所在的那家会所办公室里。亨利卫笑着给秦风斟上了一杯工夫茶："明儿就要走了，你这边的事情安排好了没有？"

"机票都订好了，我总会不去吧？"秦风笑着摇了摇头，"亨利，我答应你和豪哥的事情，一定会办到，不过对于这次的赌王大赛，我有一些自己的想法……"

"哦？秦风，你有什么想法？说来听听。"亨利卫闻言一愣，经过澳岛发生的那些事情，他知道面前的这个年轻人，不是自己可以左右得了的。

秦风想了一下，说道："亨利，你参加赌王大赛，无非就是想回到澳岛，我这点说得对吧？"

"对，你说得没错。"亨利卫点了点头，苦笑道，"虽然在京城也不错，但我是澳岛人，在那里生活了几十年，在这边总是会感觉到很多不习惯的地方……"

亨利卫的想法就很简单，他通过这次的赌王大赛拿到"赌王"称号之后，就能名正言顺地参与到澳岛回归之后的赌牌争夺中去。只要陈世豪能拿到一张赌牌，他亨利卫回归澳岛的事情，就是"赌王"也无法阻止。

"亨利，对澳岛的赌业，我也有些自己的想法。"秦风组织了一下语言，想了想说，"如果我也想参与到澳岛赌牌的争夺中去，不知道你愿不愿意支持我呢？"

"你？争夺赌牌？"原本正在倒着茶的亨利卫，双手猛地一个颤抖，将手中的茶盏都给打翻了，"秦风，你不是在和我开玩笑吧？这个玩笑可不好笑。"拿过毛巾擦了一下手，亨利卫重新坐回到了椅子上，双眼紧紧地盯着秦风，他想看清楚，秦风究竟是玩笑，还是来真的。

"你看我像是在开玩笑吗？"秦风慢条斯理地拿起了烧开的水壶，往茶盏里倒满了水后，动作娴熟地给亨利卫泡起了工夫茶。

"你认真的？"亨利卫连连摇头，"秦风，我看你根本就不是很清楚，这赌牌代表着什么，你真以为它就是一张经营赌业的营业执照吗？"

"其实说白了，赌牌还就是一张营业执照。"秦风对亨利卫脸上的不满视而不见，"想要摘取赌牌，无非就是比拼财力，谁财力雄厚，能达到澳岛政府的要求，到时候赌牌不就是谁的吗？"

"你说得简单。"亨利卫翻了个白眼儿，"想要争赌牌，没有几百亿的资金，根本连门槛儿都进不去，别的不说，这个钱你有吗？"面对秦风，他有些哭笑不得。且不说秦风只是一个二十出头的年轻人，就是叱咤濠江的陈世豪，也没有资本去竞摘赌牌，要不是港岛的傅氏家族找到他，恐怕陈世豪都不敢去打赌牌的主意。

"没有，我现在最多就只能拿出来几百万。"秦风老老实实地说，"如果我身后也有人愿意注资呢？"

"你也有人注资？"亨利闻言一惊，脸色终于变得认真起来，因为他知道，秦风和京城上流社会的很多人都有交往，未必就拉不到发展赌场的资金。而且到时候澳岛回归，虽然行政长官原则上是由澳岛人担任，但谁又敢说中央政府对澳岛没有影响力呢？这对于赌牌的归属，或许也将起到决定性的作用。

"现在还不确定，只是有这种可能性。"秦风摇了摇头，"我只想知道，如果我有意去竞争一块赌牌，到时候亨利你会不会带着明叔他们到我这边来？"他做事，向来都不愿意受制于人，从陈世豪那里听闻到有好几家港岛富豪要参与到赌牌竞争中后，秦风隐隐就有了另起炉灶的打算。

"秦风，对不起，我不能答应你。"亨利面色阴晴不定地想了好一会儿，还是摇了摇头，"我和丹尼是几十年的老朋友，我不能做对不起他的事情，秦风，这事儿我无法办到。"是陈世豪让他看到了重返澳岛的希望，所以不管从感情还是道义上，亨利卫都不会舍弃陈世豪。

"如果豪哥选择和我合作呢？"秦风从头至尾也没想着要把陈世豪甩开的，要知道，想要开办一家赌场，资金固然重要，但陈世豪的江湖势力，也是这家赌场能开办下去的重要因素。

"原来是这样啊！"听到秦风这话，亨利卫长长地舒了口气，神色一下子放松下来，"秦风，我看丹尼的面子，只要你能说服丹尼和你一起干，我当然跟着你们走。"

秦风点了点头："那就好，亨利，这事儿先别和豪哥说，等到时机成熟了，我会与他谈的。"距离澳岛回归还有半年的时间，在刚回归之际，相信特区政府也不会贸然去启动赌牌计划，这事儿最少要在两年之后才会进行。

现在陈世豪也只是和那些港岛富豪有这么个意向，并没有进行实质性的接触。因为这一切的前提，都需要亨利卫在此次赌王大赛中取得"赌王"称号，陈世豪那时候才具备和港岛那些超级富豪谈判的资格。

5月份的澳岛，已经提前进入到了夏天，上飞机还穿着件夹克的秦风，下了飞机之后，穿一件单衣就可以了。刚一出机场，他就看到豪哥被一群人簇拥在接站口的位置处。

"亨利，秦老弟呢？"看到亨利卫从出口处走了出来，陈世豪也是自动将他身后几米之外秦风那张小混混的脸给过滤掉了。

"出去再说吧，丹尼，怎么搞这么大的排场？"亨利卫看了一眼陈世豪身边的那些人，淡出了澳岛赌坛好几年的他，已经不太习惯这种前呼后拥的场合了。

"亨利，今时不同往日了。"陈世豪一边走一边说，"何先生既然知道咱们的目的，那也没必要遮遮掩掩，就算我不来接你，恐怕何先生也知道你来到澳门了。对了，秦老弟到底来了没有啊？"

"哎，衰仔，这里不是你走的地方。"正当陈世豪有些焦急地在询问秦风下落的时候，身后响起了保镖的声音，连陈世豪一时间也都没认出秦风来，那几个和秦风只见过一面的人更是认不出了。

"吵什么呀？咦，秦老弟，你……你什么时候跟在后面的？"陈世豪有些不耐烦地回过头，不过当他看到秦风那张平淡无奇的脸庞时，终于将他认了出来。

"豪哥，我现在叫吴哲，有话咱们还是回去再说吧！"秦风冲着陈世豪使了个眼色，身体往后退了几步，在外人看来，似乎是被那保镖给吓到了一般。

陈世豪点了点头，止住了想向秦风走过去的步伐，带着亨利卫等人走出了机场，在机场外面早已停着一辆豪华商务车。

上车后，陈世豪才转身看向了后排的秦风，叹道："秦老弟，老哥我一直见的都是你这张脸，可是面对面还是认不出来，真是服了你！"

"一点小把戏而已，不算什么。"秦风笑了起来，他的确在这张面孔上进行了一些加工，使其看上去更加普通，这也是杀手门所传易容之术的一个小技巧，做杀手的人，自然是越少被人关注越容易完成任务的。

"秦老弟，今儿好好休息一下，我订了明天直飞拉斯维加斯的航班，赌王大赛将在三天后举行，等到了那里之后，我带你和亨利熟悉下比赛的规则和场地。"

为了确保不出意外，陈世豪已经派了三批人提前赶往了拉斯维加斯。这三批人的数量并不是很多，加起来还不到二十个人，但都是陈世豪最为精锐的手下，他们全部都是偷渡到美国的，没有任何入境证明，并且已经通过军火黑市武装起来了。

"赌王大赛在三天之后就开始了？"秦风闻言一愣，"豪哥，不是说还有一个星期的时间吗？"他之所以提前那么早前往美国，就是想先去一趟华盛顿，因为听闻杀手组织的总部就在那里，相比赌王大赛，这才是秦风此次去美国最主要的目的。

陈世豪摇摇头："秦老弟，赌王大赛的正赛是一个星期后进行，不过你和丹尼都是第一次参赛，必须要经过淘汰赛才能进入正赛。"

赌王大赛会聚了全球的赌徒，可以说是赌坛的一次盛典，不仅专业的赌徒会参与进来，还有很多豪富巨贾也会来凑凑热闹。这也导致每一届赌王大赛的参赛人数越来越多，最后主办方不得不搞了一个淘汰赛，所有没有世界排名的参赛者，都要先参加淘汰赛，只有在淘汰赛中脱颖而出，才有机会参加正赛从而夺得"赌王"称号。

"原来是这么一回事儿。"秦风想了一下，说道，"豪哥，等大赛结束后，我晚几天离开美国，你帮我安排一下，我要去趟华盛顿和纽约。"

"没问题。"陈世豪一口答应了下来，"秦老弟，要不要我找几个人跟着你？也能帮你处理点麻烦。"

"不用了，豪哥，我就是去旅游而已，要人跟着干吗？"秦风摇了摇头，就是他自己也没十足的把握在杀手组织面前全身而退，陈世豪的那些人，纯粹就是累赘。

"对了，豪哥，以后叫我吴哲，秦风这名字，就不要再用了。"秦风很郑重地提醒了陈世豪一句。细节决定成败，如果陈世豪还是习惯性地称呼自己"秦风"，听到有心人的耳朵里，用不了多长时间，他的老底儿就会给摸得一清二楚。

第二天一早，四辆商务车停在了澳岛机场的入口处，十几个保镖簇拥着陈世豪等人走向了登机口。在来到安检通道的时候，陈世豪发现，"赌王"也在一群人的簇拥下走了过来。

"何先生也要去拉斯维加斯？"陈世豪迎了上去，大声笑道，"没想到能与何先生同一班机，真是荣幸啊！"

"我是跑不动了，过来送送人而已。"何先生看了一眼陈世豪，淡淡地说，"恐怕就是我的人也不能和你同一班机了，因为他们坐的是我的专机。"

"何先生果然是财大气粗啊！"陈世豪的笑声一滞，什么叫底蕴？他与何先生的差距也正体现在了这里。

"亨利，很久不见了！"在陈世豪与"赌王"说话的时候，站在"赌王"身后的一个身材高大的老外走了出来，和亨利卫打招呼。这个外国人年龄有三十五六岁，穿着一身笔挺的名牌西装，长得非常英俊，但那双看向亨利卫的眼睛里，却透露出一种说不来的味道。

"乔治，是很久没见了。"亨利卫从牙缝里挤出来了几个字，脸色十分难看，亨利卫跟了叶汉大半辈子，从来都没有在赌桌上吃过亏。但叶汉刚刚去世，亨利卫就输给了眼前的这个人，后来更是被赶到了京城，甚至都没有机会再和对方交手。亨利卫看得懂乔治的眼神，那是一种赤裸裸不加掩饰的蔑视，这就像一根针一般，深深地扎痛了亨利卫。

"亨利，你以前就跟错了老板，没想到这次选的老板，还是不怎么样啊！"虽然乔治也认识陈世豪，但有"赌王"撑腰，乔治在澳岛一向横着走，所以说起话来根本就是无所忌惮，连陈世豪都一起给讽刺了进去。乔治的中文说得非常好，因为他本身就是在澳岛出生的葡萄牙人，从小就混迹于各大赌场，最后被何先生发掘出来，在上一届赌王大赛中，以第三名的成绩获得了"赌王"称号。

"乔治，你这是在说我？"听到乔治的话后，陈世豪的眼睛眯缝了起来。他不敢对付何先生不假，但何先生的手下居然敢如此嘲讽自己，陈世豪却无法忍受。

"他哪里敢说你？阿豪，让他们小辈儿们聊聊，咱们去那边坐，要不……我看你们也跟着我的专机一起走好了。"何先生知道陈世豪这种人，一向都是心狠手辣，也害怕他去对付乔治，连忙打起圆场，拉着陈世豪往贵宾候机室走了过去。

"亨利，你都离开赌坛那么久了，没必要再去参加赌王大赛了吧！"看到陈世豪被"赌王"拉走，乔治愈发嚣张起来，言语间丝毫都不给亨利卫留一点面子。

亨利卫冷哼了一声："乔治，你也不过是运气好才赢了我最后一把，有本事，你再和我赌一局？"

"我为什么要和你赌？亨利，咱们已经不在一个层次上了。"乔治瞥了亨利卫一眼，轻蔑地说，"如果你能从赌王大赛的外围赛中赢得正赛资格，我想你还是有这个机会的，就怕你的运气不好，到时候连外围赛都赢不了。"

按照赌王大赛的规矩，上一届有世界排名的选手，是不需要参加外围赛的，更何况乔治还是上届的第三名，他是可以直接进入正赛的。而亨利卫不同，当年叶汉严禁手下参与在拉斯维加斯举办的赌王大赛，所以他们这一脉的人，都没有世界排名，想要参加正赛，就要从头开始。

亨利卫的脸色愈发难看了，一字一顿地说："乔治，你会在正赛里面见到我的，我保证！"

"那我就拭目以待了，哈哈……"乔治发出大笑的声音，转身往贵宾候机室走去，"亨利，希望你不会因为转机所造成的疲劳，在外围赛中表现不佳啊。"不管是从澳岛还是港岛前往美国内华达州的拉斯维加斯，都必须要在另外一个城市转机，自然没有专机方便了，这也是财大气粗所带来的直接好处。

看着亨利卫咬牙切齿的样子，秦风笑道："和这样的人生什么气？走吧，差不多要登机了，是骡子是马，到时候赌场见分晓。"

秦风拉着亨利卫进了贵宾候机室，陈世豪虽然没有何先生财大气粗，但给秦风等人订的都是头等舱。上机后，陈世豪有些歉意地对秦风和亨利卫说："亨利、秦……吴老弟，等咱们回来的时候，我会包机的。"

从澳岛飞拉斯维加斯，包机费用高达数百万港币，而坐头等舱的花费还不到十万港币，所以陈世豪开始时并没有想到包机。不过今儿何先生的做派却是深深地刺激了陈世豪，自觉受到了屈辱的他，早就在心底打定了主意，不管此行是输是赢，都要包机回澳岛。

"豪哥，三十年河东三十年河西，不争这一时的长短。"听到陈世豪的话后，秦风笑了起来，他当年带着妹妹流浪的时候，什么白眼儿没有见过，何先生和乔治的嘲讽，他只当没听见。

第十四章　拉斯维加斯

秦风等人出发的时候是上午，经过了十多个小时的飞行，抵达拉斯维加斯后，仍然是白天，让秦风第一次领略到了什么叫作时差。他从上了飞机就开始睡觉，下飞机的时候倒是神采奕奕，丝毫没有因时差导致的倦怠，倒是满腹心事的亨利卫精神有些萎靡。

从机场出来，一辆商务大巴已经等在了那里，早在一个星期之前就来到了拉斯维加斯的阿坤，引领着众人上了大巴。

"豪哥，按您的吩咐，咱们住米高梅大酒店，赌王大赛也就在那里进行。"坐稳后，阿坤很恭敬地给陈世豪报告了一下行程。

"嗯，阿东他们呢？"陈世豪点了点头，他问的阿东秦风也见过，由于英语说得好，陈世豪就让他作为领队，带着手下的那帮悍将偷渡过来了。

"他们住在另外一家酒店，就在米高梅的旁边，过来用不了三分钟。"

"那就好，先安置下来吧，让亨利他们倒时差。"听到都已经安排好了，陈世豪顿时松了口气，在往年的赌王大赛期间，不乏选手被人暗杀的事情，所以他也不敢有丝毫的松懈。

"豪哥，拉斯维加斯每天都这么多人吗？"坐在大巴上，看着一辆辆出租车鱼贯驶出机场，秦风有些奇怪地问道，在他的意识里，国外应该都是地广人稀，可就眼前的情形来看，拉斯维加斯似乎比京城都要热闹。

"吴老弟，拉斯维加斯可不仅仅只是个赌城，它也是著名的旅游度假胜地。"坐在秦风身边的亨利卫给秦风解说起来，"这座城市发展的时间虽然很短，但以赌作为基础产业，构造了庞大的旅游、购物、度假产业，是世界知名的度假胜地之一……"

在亨利卫的解说声中，车子来到了拉斯维加斯大道上，世界上十家最大的度假旅馆有九家就在这里，其中最大的就是秦风等人将要入住的米高梅大酒店。

在拉斯维加斯大道两边，充塞着自由女神像、埃菲尔铁塔、沙漠绿洲、摩天大楼、众神雕塑等雄伟模型。模型后矗立着美丽豪华的赌场酒店，每一个建筑物都精雕细刻，彰显了拉斯维加斯非同一般的繁华，直到此时，秦风才有了一种来到资本主义国家的感觉。

看着车窗外高楼矗立的景象，秦风居然都有种乡巴佬儿进城的感觉，他没有去过港岛，不知道那里怎么样，但澳岛显然不如拉斯维加斯繁华。5月的天气已经临近夏天，正午的阳光有些炙热，不过拉斯维加斯的街头仍然是人头攒动，仿佛整个世界的游客都会聚此处。

"豪哥，这里怎么这么热闹？"秦风心中感到一丝不解，即使在弹丸之地的澳岛，他也没有见到这么多的游客，拉斯维加斯除了赌之外，一定还有别的吸引游客之处。

"吴老弟，拉斯维加斯不但是赌城、度假胜地，还是世界闻名的结婚之都。"陈世豪笑着指了指街对面的一处地方，在那里排着长长的队伍，有年轻人也有老人，甚至其中还有抱着婴儿的男女。

"那些人都是来结婚的？"秦风看得目瞪口呆，因为他的确见到很多人都穿着婚纱，脸上洋溢着幸福的笑容。

陈世豪点了点头："没错，在拉斯维加斯结婚，是件很容易的事情……"他指点的那个地方，在拉斯维加斯号称是"永不关门的婚姻登记处"，平均每年有近十二万对男女到这里登记结婚，其中外地人和外国人占一大半。

在结婚登记处，只需出示证明文件、驾照就可以，然后支付六十美元的手续费，就可以在十五分钟内拿到结婚照，然后在附近的教堂找个牧师，即可举行婚礼。

要是来拉斯维加斯结婚的男女身边没有亲友等熟人证婚，他们可以在街头随便拉个陌生人当证人，条件当然是给对方几十美元的小费。

如要追求刺激，人们可以在牧师的陪伴下乘坐直升机或气球在空中举行婚礼，这样的婚礼费用大约几千美元。有人形象地说，结婚在拉斯维加斯犹如吃快餐一样方便。

结婚容易，离婚自然也就简便。根据内华达州法律规定，只要其中一方在拉斯维加斯独自居住三个月，就可以拿到离婚证明。许多电影明星和名人喜欢到拉斯维加斯结婚，最终也在这座城市离婚。

车子停在米高梅大酒店的地下停车场内，先前进来的几辆车上下来了十多个人，将陈世豪他们的这辆车给团团围在了中间。

"丹尼，不用这么大的排场吧？我来过拉斯维加斯，这里的治安没有那么差的。"亨利卫感觉陈世豪有些小题大做了，他当年陪着叶汉在拉斯维加斯豪赌过好几次，以叶汉的身份，也没搞出陈世豪的排场来。

"现在不同往日，有些人，什么事情都做得出来，不得不防。"陈世豪摇了摇头，"在上一届赌王大赛的时候，拉斯维加斯本土的一位'赌王'就被人枪杀在了停车场里，山口组和黑手党因此闹得不可开交……"

赌博原本就游走在法律的边缘，就算是拉斯维加斯和澳岛这种法律允许赌博存在的城市，这种行业也大都被有背景的社团把持着。米高梅赌场背后就有美国黑手党的影子，而距离米高梅酒店不远处的凯撒皇宫酒店，传说就是日本山口组的产业。另外像滚石赌场、威尼斯人赌场，还有蒙地卡罗赌场等，在这些赌场之间，为了争夺资源，恐怕每天都在上演着不同的暗战。尤其是在代表着势力、利益和地盘即将重新分配的赌王大赛期间，暗杀事件更是层出不穷。

"没有规则，就是最好的规则。"秦风原本以为自己还要跑到华盛顿或者纽约去寻找杀手组织的人，但现在看来，他们在拉斯维加斯应该就有据点。

"你们不用担心的，进入酒店就没事儿了。"陈世豪说，"所有的暗杀行为都局限在酒店之外，只要进入到酒店里面，任何势力都不会再动咱们。"作为一个世界知名的旅游城市，黑帮之间的混战，必须隐藏在普通人无法发现的黑暗之中，外表依然还是很光鲜的，否则怕是美国政府都要涉足进来了。

在乘坐电梯来到地面大堂办理手续的时候，陈世豪指着那些客人说："今年的赌王大赛在米高梅举办，这里的游客，倒是有一大半是冲着赌王大赛来的……"

为了吸引赌客，赌王大赛在赌坛内部，需要排出新一年的世界排名，但对于游客们来说，则是一次盛大的狂欢。在赌王大赛期间，所有的游客都能免费获得五十美金的筹码，然后报名参加赌王大赛的外围淘汰赛，他们所赢取的钱，都将归自己所有。而且这其中名次最高的游客，还能获得举办方一百万美元的大奖，所以在5月份的赌王大赛期间，总是会有世界各地的游客蜂拥而来。

"很好的营销策略，恐怕举办一次赌王大赛，这些赌城就能赚得盆满钵溢了。"秦风稍微在心里面一盘算，就搞清楚了其中的门道，参加赌王大赛外围淘汰赛的门槛是很低，只需要五十美元报名的费用，而且这个费用还将作为筹码发放给游客。

不过想凭着五十美元进行比赛，那简直就是天方夜谭了。因为在赌王大赛中的每一局赌注，最低就是五十美金，也就是说，这些游客报名之后，如果第一把输掉而又不愿意再掏钱的话，那么他们就将失去比赛的资格。能来到拉斯维加斯的人，多少还是有些家底的，所以很多人都会拿出几千美金来碰碰运气。

一个人掏出几千上万美金不算多，但这个数字如果乘以万甚至乘以十万的话，那就很恐怖了。有人估算过，在赌王大赛期间，单是从凑热闹的游客们身上赚取的利润，就高达十亿美金，而赌王大赛的时间，也不过是短短的两周。

拉斯维加斯把持着赌王大赛的三家赌场轮流坐庄，每年都会搞出很多花样来吸引游客，在米高梅的酒店大堂里，就满是各种关于赌王大赛的宣传单和报名点。

到装修豪华的洗手间里，秦风用胶水将眼角的形状拉得细长了一些，整张脸的轮廓顿时改变了，出来之后把陈世豪都给吓了一跳。他也没拿什么东西，把装有几千美金的钱包塞到屁股后面的口袋里，就坐着电梯来到酒店的大堂。

米高梅大酒店里的亚洲人极少，满眼尽是些高鼻梁、蓝眼睛的欧美人。还有一些穿着白色袍子扎着头巾的阿拉伯人，甚至还有不少黑人。从身边路过的服务员推车上拿了一瓶免费的矿泉水，秦风走出了酒店，融入到了熙攘的人群中。

听着充斥在耳边的各国语言，秦风显得十分适应，虽然没上过几天学，但秦风对英语、法语和阿拉伯国家的语言都能熟练地听说，对日语也不陌生。

走到街头的一处报刊摊儿前，秦风扔下了几美元，挑选了几份报纸，然后在拉斯维加斯大道的一处广场上坐了下来。

虽然拉斯维加斯大道可谓是寸土寸金，但公共设施却一点都不少，偌大的广场上有草地和喷泉，还有不怕人的鸽子，吸引了不少游客在这里驻足嬉闹。

翻看着手中的报纸，秦风和别人的兴趣点不一样，那些头版的娱乐或者体育新闻他看都不看，眼睛却是一直盯着每张报纸最不起眼儿的夹缝处。整整看了两个多小时，从《纽约时报》到《华尔街日报》，再到《洛杉矶时报》和《华盛顿邮报》，秦风没有从这几份美国销量最大的报纸上找到任何有用的信息。

"难道杀手组织在国外有更先进和更隐秘的联系方式？"坐在喷泉旁边，秦风微微皱起了眉头，他对国内那些下九流的门道虽然谙熟，但到了国外还真是两眼抹黑。

在拉斯维加斯，不管是男人还是女人，都能找到自己感兴趣的项目，除了赌场外，脱衣舞和大型的歌舞表演，无疑也在吸引着来自世界各地的游客。在看了几场世界知名的免费歌舞表演后，已经是晚上七八点钟了，秦风拿着房卡去到了米高梅酒店的餐厅，享用了一顿正宗的西餐。

"哎，我说老弟，你不让人跟着也就算了，可好歹也带上电话吧！"当秦风吃完晚餐正想着再出去溜达一下的时候，刚出餐厅的门就被陈世豪给堵上了，一下午没有秦风的消息，把他急得都快成热锅上的蚂蚁了。拉着秦风来到一处角落，他塞给秦风一部手机。

"好的，豪哥，遇到麻烦我会打你电话的。"秦风往左右看了一眼，压低了声音问道，"豪哥，杀手组织的总部就在美国，你知不知道如何联系他们呢？"

杀手门改变了和雇主们联系的方式，秦风颇有点儿抓瞎的感觉，国内的那一套在这里全都不适用了。

"你想找他们？"陈世豪闻言眼神一凝，"秦风，我知道你是想找到妹妹，不过这里是杀手组织的主场，你不要引火烧身了。"对秦风要接触杀手组织的想法，陈世豪很不赞同，他不想让参加赌王大赛的事情再节外生枝。

"豪哥，我来美国，百分之九十的原因是因为我的妹妹。"秦风看着陈世豪，一字一顿地说，"答应你的事情，我会办到，不过豪哥如果知道有关杀手组织的消息，希望也能告诉我一声。"

"好吧，不过我知道的也不多。"陈世豪不由得叹了口气。他能从秦风眼中看出一丝坚决，自己要是再不说，就真的会给自己和秦风的关系造成嫌隙了。

"国外的互联网比较发达，据我所知，杀手组织在国内发布任务和雇主联系，大多都使用互联网和邮箱。"说到这里，陈世豪苦笑了一下，"老弟，你也知道，我对电脑那玩意儿一窍不通，哪里知道那邮箱是怎么用的？"他是老派人，就算手上拿的是世界上最先进的手机，充其量也就只会接打电话，连短信都不会发，更不了解什么叫互联网了。

"在互联网上发布任务？是个好办法。"秦风不由得一愣，紧接着眉头皱了起来。他虽然精通各种门道，但对电脑，还真是个门外汉，最多就会浏览一下网页，想要从中找出杀手组织，怕根本就是不可能的事情。

"老弟，想要知道一些消息，酒吧是最好的地方。"看到秦风愁眉不展的样子，陈世豪忍不住说道，"你英语如果很好的话，可以去酒店或者附近的酒吧，或许能问到一些事情。"

"希望不大，杀手门发布任务，从来都不会面对面。"秦风摇了摇头，想了一下说，"反正没什么事情，我就去见识下吧。"

俗话说，"有需求就有供给"，作为世界上最大的娱乐之都，色情业自然也是极为发达，在拉斯维加斯各大酒店的酒吧里，都有脱衣舞表演。

秦风也不想舍近求远，按照陈世豪的指点，来到了位于酒店二层的酒吧，刚一进去，耳边就充斥着震耳欲聋的摇滚乐。酒吧中间是一个圆形的舞台，一个身材高挑儿的脱衣舞娘正在舞台上卖力地表演着，围着舞台上的钢管，不断做出各种极具挑逗性的动作。

脱衣舞表演在拉斯维加斯是被法律允许的，也是游客必看的节目，不管男女来到这里，都会去观看。此时酒吧里的女游客就不少，而且大多都是比较年轻的，她们表现得甚至比男人还要激动，甚至有几个女游客将自己的胸罩解了下来，拿在手里挥舞着。

"帅哥，喝点什么？"一个头戴兔耳装饰、上半身仅着胸罩的女侍者，冲着秦风抛了个媚眼儿，将身体伏在吧台上，那深深的事业线顿时呈现在了秦风面前。

"来杯啤酒吧。"秦风拿出一张一百美元的钞票，压在了杯垫下面，"这里每天都是这么热闹吗？"

"哦，帅哥，你出手可真大方。"看到那一百美金，兔女郎眼睛一亮，熟练地接了杯啤酒，压在了杯垫上，"您想知道什么？我的三围吗？"

"不，我想知道，如果有人得罪了我，有什么办法让他消失掉呢？"说着，秦风又拿出了一百美元放在了杯垫下。

"嗯？这个……"兔女郎闻言愣了一下，仔细打量了一番秦风，一把将那两百美元抽到了手里，回头喊道，"布鲁克，这位先生或许需要你的帮助。"

"该死的，你不知道黛丝快要把内裤脱下来了吗？"兔女郎的喊声未落，一个骂骂咧咧的声音就传了过来，"嘿，伙计，有什么事需要我帮助？快点儿说，我还忙着呢！"

"我想教训一个不长眼的家伙，不知道你能不能做到呢？"看着面前出现的这个黑人，秦风感觉自己似乎找错了对象。

"当然，只要你有钱，我甚至可以让警察把他抓到警察局里去。"长着一脸痤样，还扎了个鼻环的布鲁克大大咧咧地说，"我的哥儿们可是在拉斯维加斯大道上混得最好的人，他们一定能帮你解决各种麻烦的。"

"好吧，我想……我不需要了！"秦风的眉头皱得愈发紧了，敢情对方就是拉斯维加斯的一个帮派成员，和杀手组织根本就是风马牛不相及。

"小子，下次没事儿不许再打扰我看脱衣舞了！"布鲁克很生气，右手重重地在兔女郎的屁股上捏了一把，"还有你，乱嚷嚷什么？上帝，你让我没有看到黛丝把内裤脱下来。"

秦风有些无语地拿起啤酒，转过身去。

"嗨，帅哥，你可以把房间号留下来。"秦风身后传来了兔女郎的声音，她显然对这个出手阔绰的年轻人很有好感。

"不用了。"秦风往后摆了摆手，那女人身上一股廉价的香水味，让他直倒胃口。

"国外的套路和国内不一样啊！"坐在酒吧的一个角落里喝着啤酒，秦风有些头大，按照目前的情形来看，他根本就没有任何接触到杀手组织的机会。

随着时间的推移，进入到酒吧的人越来越多了，听着时不时传到耳朵里的普通话，秦风发现了好几拨官员模样的人，一个个穿得道貌岸然，不过眼睛盯着舞娘身上的位置，却都是少儿不宜的地方。

"哎，我不是故意的啊，我以前真的没有来过。"突然，一个熟悉的声音传入秦风耳朵里。此时酒吧内人头攒动，到处都是人，根本就看不到刚才说话的人，秦风不由得站到座位上，往声音传来的方位看去。这一下，他看到了刘子墨，而在刘子墨的身边，赫然还站着华晓彤和孟瑶。

"刘子墨，姑奶奶记住你了，你是故意带我们来这儿的吧？"华晓彤一手保护着身边的孟瑶，另外一只手却是拧住了刘子墨的耳朵，酒吧内那么大的音乐声，也遮掩不住女孩的尖叫。

"别……别拧，我……我真的不是故意的啊！"刘子墨此刻已经是欲哭无泪了，他知道这几天拉斯维加斯会举办赌王大赛，是一年中旅游的最佳时机，于是自告奋勇地带着华晓彤和孟瑶来到了这里。

吃过晚饭后，华晓彤说要去资本主义社会的酒吧看看，刘子墨就选了米高梅酒店的这个酒吧，他也不知道里面居然在表演脱衣舞。脱衣舞台早已被人给团团围住，从酒吧外面压根儿就看不到，等三人进来见到舞台上的丰乳肥臀之后，却是想退都退不出去了。

"我看你就是故意的，告诉你，刘子墨，你个流氓，咱们没完！"华晓彤虽然性格彪悍，但也是个大姑娘，哪里见过这种场面，一手拧着刘子墨的耳朵，一边却是向秦风这边挤了过来。也就秦风这边的人少一点。

"好了，晓彤，这或许就是美国吧！"孟瑶依然是之前的性子，拉了一把华晓彤，"咱就走吧，我看拉斯维加斯的夜景不错，咱们逛逛商场。"女人没有不喜欢购物的，以前在京城的时候守在家长身边，手上没有钱，很多漂亮的衣服也不敢买，来到了美国，那爱美的天性都被激发了出来。

"好，让刘子墨这坏蛋埋单，把他的卡给刷爆掉！"华晓彤点了点头，又抬起头来瞪了一眼苦笑不已的刘子墨，这才低声和孟瑶说起了悄悄话。

见到华晓彤没再找自己麻烦，刘子墨也是松了口大气，刚才挤得口干舌燥，这会儿想叫杯酒喝，却发现自己根本就挤不到吧台那里去。

"命苦啊，喂，哥儿们，哪里人？"左右看了一眼，刘子墨和秦风搭讪了起来，但秦风此时的样子，他哪里认得出来。

"我是京城人，听你们说话，也是吧？"秦风刻意地压低了一下嗓子，说出来的声音显得有些嘶哑和低沉。

"哎哟，真巧了，哥儿们，我前几天刚从京城过来。"听到秦风说自己是京城人，刘子墨顿时兴奋起来，他对京城的印象很好，在这万里之外遇到个京城人，那可是不容易的事情。

刘子墨的声音一大，旁边的华晓彤听到了，右手不自觉地又拧在了刘子墨的耳朵上，说道："走吧，你在前面，带我们挤出去！"

"哥儿们，对不住，对不住啊！"刘子墨此时对华晓彤是畏之如虎，向秦风抛了个无奈的眼神后，站起身往酒吧的大门口挤了过去。

见到刘子墨对华晓彤言听计从的样子，秦风不由得笑了起来，看来自己这兄弟是遇到命中克星了。秦风暂时没有想要和三人相认的打算，他此行十分隐秘，除了苗六指之外，连谢轩和李天远都不知道，他信得过刘子墨，但对华晓彤和孟瑶，就要留一分戒心了。

看着几人挤在人群里的背影，秦风的眼神忽然一凝，因为他发现，刚才那个叫作布鲁克的小个子黑人，眼睛也盯在刘子墨等人身上，并且冲着一个方向打了个手势。

在布鲁克打过手势后，酒吧一角的四五个老外也挤入人群里，跟在刘子墨三人的身后。不过让秦风有些惊愕的是，一直到刘子墨等人进了电梯，那几个人也没有跟上去，而是站在酒吧大门处嘀咕了起来。

秦风做出一副踮着脚尖看脱衣舞的样子，耳朵却竖了起来。

"布鲁克，你叫我们出来是什么意思？"秦风听到一个身材健壮的黑人在询问着布鲁克。

"安东尼，你没发现刚才那俩妞很不错吗？"布鲁克指了指电梯，"咱们这边不是缺少来自亚洲的妞吗？我让安蒙德在酒店门口盯着他们了，如果不是酒店住户的话，就把那俩妞给抢过来……"

　　秦风的面色渐渐变得阴沉了起来，他没有想到，布鲁克竟然想把华晓彤和孟瑶劫去卖淫。在二三十年代的沪上，做这种事的人被称为"拍花党"，不过当年的"拍花党"也只是以欺骗诱拐的方式进行，没想到如今的老外更加直接，居然就用上抢了。

　　布鲁克和安东尼商议好了，转身又进入酒吧，还回头嚷了一句："事情办好了到老地方去，明天一早我去接货。"看得出来，他不是第一次干这种事情了。

　　看着挤入到人群里的布鲁克，秦风的眼中露出一抹杀机，看似漫不经心地跟在了布鲁克的身后。

　　"骚娘儿们，快点脱啊，你要是干得好，我会让你去接待美国总统！"挤到脱衣舞台前的布鲁克有点癫狂，大声冲着上面的脱衣舞娘喊叫着，他的话也引来了一阵哄笑声。

　　挤在布鲁克身后的秦风微微低下了头，身体不经意地往前冲了一下，借着上半身的遮掩，被他夹在指缝中的索命针，无声无息地从布鲁克的后心插了进去。

　　手上挥舞着几张美元的布鲁克忽然打了个激灵，声音戛然而止。在他前面，就是高约一米五左右的舞台，而他身后，则是汹涌的人群。布鲁克猛地一颤后，身体依然站立着。

　　秦风悄无声息地往后一退，隐入到汹涌的人群中，悄悄出了酒吧。他刚才听到刘子墨几人要去逛街，是以并不着急，因为那些黑帮的胆子再大，也不敢在这繁华之地动手抢人。

　　夜幕下的拉斯维加斯大道，要比白天更加繁华，盏盏灯光将拉斯维加斯变成了一个不夜城，天上星星与之相比，也变得暗淡了起来。

　　秦风走出酒店不到一百米，就看到了那个叫作安东尼的黑人男子。和安东尼擦身而过的时候，秦风往路边的店里瞅了一眼，果然发现华晓彤和孟瑶正在店里挑选衣服，而刘子墨则苦着脸等在旁边。

　　秦风往前走了差不多五六十米，从路边的摊位上又买了份报纸，坐在专供游客休息的椅子上看了起来，他相信以女孩逛街的速度，走到自己这里的时候，恐怕最少要在两个小时之后了。

　　正如秦风所想的那样，一路逛过来的华晓彤和孟瑶，不管自己买不买，每过一家店的时候，总是要进去挑选一番，半个多小时才刚刚逛完了三家店。和秦风优哉游哉地看着报纸等待不同，安东尼等人等得有些不耐烦了，而且从几个人的消费力上，他们也看出了点端倪。

一个额头有块伤疤的大个子隔着玻璃窗看了一眼店里的孟瑶几人，说道："安东尼，他们不像是普通人家的孩子，咱们这趟活会不会出事儿？"

"能有什么事儿？"安东尼看着正在换一件紧身衣的华晓彤，咽了一下口水，"真是那些大富豪的孩子，肯定会跟着保镖的，他们恐怕就是亚洲来的学生，怕什么啊？"

安东尼干这行，也是看人下菜的，帮会大佬他惹不起，豪富巨贾他同样也惹不起，但像面前这几个只是有点钱的学生，他却不怕。不过他不知道，华晓彤和孟瑶原本是有保镖跟着的，而且还是来自美国最著名的黑水公司。只是两个女孩不喜欢被人跟在身边的感觉，再加上刘子墨信誓旦旦地表示能保护她们的安全，所以在来拉斯维加斯的时候，三人将保镖给甩开了。

第十五章　导火索

当看完最后一张报纸的时候，秦风发现安东尼团伙中的一个成员，居然走到店门口，和刘子墨搭讪了起来。

"你说你有LV和爱马仕的女包？什么价格？"刘子墨看着面前的小个子黑人，很随意地问了一句。

"很便宜！LV的女包二百美金，爱马仕的只要四百美金，我保证都是真的，而且我还能兑换美金，汇率要比银行划算多了。"小个子黑人露出两排雪白的牙齿，指手画脚说得唾沫横飞，似乎怕刘子墨不相信，他拉开了夹克的拉链，里面露出一叠厚厚的美钞。

"刘子墨，你在干什么啊？"正当刘子墨还想细问的时候，耳边传来了华晓彤的喊声。华晓彤和孟瑶的英语虽然也算不错，但是他们来美国的时间还是太短，完全听不懂这黑人语速奇快的饶舌英语。

"晓彤，遇到一个托儿，也不知道是真的还是假的。"刘子墨指了指那黑人，"他说LV和爱马仕的女包只要三四百美金，你们两个有没有兴趣？"

刘子墨在国外待的时间长，知道像这两个品牌，即使是很普通的包，价格都要在一千美金以上。尤其是爱马仕，五六千美金的女包都很寻常，如果能三四百美金买下来，即使是二手的还是很划算。

"LV的和爱马仕只需要三四百块钱？真的假的呀？"华晓彤和孟瑶的眼睛顿时亮了起来，名牌对女孩们的诱惑力无疑是巨大的。

"我没见到东西，现在也不知道真假。"刘子墨耸了耸肩膀，"不过在美国，有些渠道的人，是能搞到这些东西的。"

"还是算了吧，偷来的东西，谁知道违不违法呀！"孟瑶摇了摇头，她不是那种爱占便宜的女孩，同时对拥有奢侈品的欲望也不是那么强烈。

"不被抓到就不违法，你们放心，他们既然敢卖，就不怕被抓的。"说实话，刘子墨倒是想让两人买几件名牌女包，因为拉斯维加斯大道上的商品实在是太贵了。华晓彤和孟瑶只不过买了几件衣服和化妆品，就刷掉了刘子墨五万多美金，几乎将他这半年来在洪门领取的钱都花光了。

"孟瑶，要不……咱们去看看？"华晓彤想了一下说，"有喜欢的就买两个，没有就算了。"

"那……那好吧，不过你看就好了，我对这东西兴趣不大。"因为家庭出身的原因，孟瑶对于违法的事情还是很抵触的，购买赃物的罪名要是放在国内，恐怕也够判上一两年了。

"嘿，哥儿们，你的东西放在什么地方了？"见到华晓彤和孟瑶答应了下来，刘子墨回过身和那小个子黑人交涉起来。

"就在那个拐角后面的仓库里，你知道，干我们这个，是不能上街的。"听到刘子墨的话后，巴纳姆的眼中露出一丝喜色，他凭着自己这张看上去很忠厚的脸孔，已经骗过不少外地的游客了。

"在后面？"刘子墨脸上露出一丝狐疑的神色，"小子，你不会是在骗我们吧？"

"当然不是骗你们的，我的信誉只要是拉斯维加斯大道上的人，都可以保证的。"巴纳姆闻言拍起了胸脯，"距离这里不远，往前走一百米就是了，我总不能挂着几个包跑到大街上吧？那样警察肯定会找我的麻烦。"

"你说得倒也是。"刘子墨点了点头，转过脸对华晓彤说，"他把包放到后面的仓库里去了，咱们要不要过去看看？"

　　刘子墨在纽约唐人街的洪门总部，也认识一些这样的小痞子，知道他们通过坑蒙拐骗偷等手段，的确能搞到一些便宜的物件。至于安全，刘子墨则是压根儿就没将面前的这个小个子黑人放在心上，当年他在纽约被人抢劫的时候，一个人就放倒了六个黑人大汉。更何况他还带着一把威力巨大的"沙漠之鹰"。之所以带着这把枪，也是怕孟瑶和华晓彤出意外，以备不时之需。

　　"要是不远的话，咱们就过去看看吧！"虽然家境不错，但是华晓彤和孟瑶的零花钱还真没有多少，所以华晓彤真心想买点便宜货。

　　见到华晓彤答应了下来，刘子墨跟巴纳姆说："那好，你在前面带路吧！"

　　"好，其实很近的。"巴纳姆并没有急着走，而是放慢了语速，"两位女士，不知道你们是要哪一款包呢？是LV还是爱马仕呢？"

　　在说话的同时，巴纳姆的面色不变，但右手却背到腰后面，冲着安东尼等人的方向做了一个OK的手势。

　　见到了巴纳姆的手势，原本蹲在路边不远处正抽烟的安东尼顿时跳了起来，带着几个手下挤入人群，很快遁去。

　　"靠，还是洪门的后起之秀呢，连这点儿门道都看不出来？"坐在距离店铺十多米远的椅子上的秦风，清楚地看到了巴纳姆的手势，不由得郁闷起来。他不敢怠慢，只能远远地跟在华晓彤等人的身后。

　　几人往前走了一百多米后，拐入到了一个小巷子里，再往前五十米，的确出现了一个货场，而货场的大门也是打开的。

　　"好了，警察是不会到这里的，哥儿们，把你的商品拿出来吧！"来到货场门口，刘子墨站住了脚。

　　"进去看吧，包都在里面。"巴纳姆指了指了货场，"里面有灯，打开就行了，外面这么黑，你们也看不清楚啊！"

　　此地虽然已经偏离了拉斯维加斯大道，但要是扯着嗓子喊的话，恐怕还会惊动路人。巴纳姆想将刘子墨几个人骗到货场里去，到时候将大门一关，想怎么样，还不是他们说了算。

　　刘子墨瞪了一眼巴纳姆："小子，你可别骗我！要是被我知道你骗了，你会死得很惨的，我会把你这身黑皮扒下来做地毯！"身上带着枪，他倒不怕对方玩什么猫儿腻，抬脚往前走去，"晓彤、孟瑶，你们在这儿等我一下，里面要是真有货，我再喊你们进去。"

"当然有货了，我怎么会骗你们呢？"虽然被刘子墨那一眼瞪得心底发虚，不过巴纳姆还是抢到了前面，将货场里面的一盏灯给打开了。

"刘子墨，我跟你进去。"华晓彤喊了一声，对孟瑶说，"瑶瑶，你就站在这里，应该能看到我们，有什么事儿你就大声喊我。"说着，踩着高跟鞋"噔噔噔"地追上刘子墨。

看到了刘子墨的举动，躲在孟瑶身后二十多米远一个拐角处的秦风，忍不住在心里骂了一句："靠，白痴啊，明明是个局，还要往里面闯。"别人只要把那大门一关，岂不就形成了瓮中捉鳖的局面了？强忍着出去的冲动，他将手中的那几张报纸折成了一个圆锥的形状。

进到仓库里后，刘子墨皱起了眉头。昏暗的灯光让他看不到十米之外的情形，而站在仓库门口的巴纳姆，脸上忽然露出诡异的笑容，右手在墙上一按，只听"咣当"一声巨响，仓库的大门从上面落了下来。

"小子，来到这里，还想要包？"巴纳姆大声笑了起来，两条人影从仓库的角落里走了出来，和身材矮小的巴纳姆不同，这两个黑人的身高都在一米九左右。仓库里的灯光原本就很暗淡，这两个黑人简直看不到脸，只剩下一口雪白的牙齿，他们嘎嘎地怪笑着。

"你……你们想干什么？"华晓彤平时胆子是挺大，但现在也吓得浑身瘫软。她将身体躲在刘子墨的后面，此时的刘子墨就是她唯一的救命稻草。

"干什么？你说我想干什么？"巴纳姆的手在墙上又按了一下，头顶的数盏灯同时亮起，仓库里顿时变得灯火通明。

刘子墨心中大喜，早在进入仓库前，他就看出一点端倪了，不过他并不怕对方玩什么花招儿，相反自己还隐隐期待着能有机会来一场英雄救美。

"小子，不想死的话就让开！"巴纳姆翻手从腰间拔出了一把卡簧刀。

刘子墨往前走了一步之后，左手虚晃一拳，右手却是闪电般地抓住了巴纳姆的手腕，随即用力往下一按。

巴纳姆只感觉到大腿一疼，低头一看，卡簧刀已经齐根没入到了自己的大腿里，他顿时尖叫起来："啊，他……他把刀子插在我大腿上了！干掉他，快点干掉他！"

"巴纳姆，早就让你不要玩刀子，你偏不听！现在吃亏了吧？"让刘子墨没想到的是，在巴纳姆中刀之后，另外两个黑人却出言嘲笑起来。其中一人往前走了一步，将身上的衣服给脱了下来，露出了里面的紧身背心。一米九的身高，这个黑人身上却是没有一丝赘肉，一块块肌肉犹如老树盘根一般，将他的整个身体给包裹了起来，在灯光下居然闪现出油性的光泽。

大个儿黑人口中低吼一声，一个右勾拳往刘子墨的左脸位置击去。刘子墨微微往后一侧身，右脚却是重重的一个侧踢，击中了对方的肋骨。只听"咔嚓"一声，那黑人的肋骨不知道断了多少根。

不知道是不是痛感神经比较迟钝，直到身体摔倒在地上，那黑人口中才发出了一声哀号："哎哟！"

"对方有功夫，中国功夫！"抱着大腿的巴纳姆看到这一幕，忍不住大叫起来。

就在巴纳姆喊声出口的同时，铁门外面突然传来了孟瑶的惊呼声，随之还掺杂着一个男人的英语声。

听到孟瑶的声音，刘子墨心中一凉，他只顾着英雄救美，却将门外的孟瑶忘了，当下抢到大门边，想把铁门给升起来。

"刘子墨，小心！"吓傻了的华晓彤忽然喊起来。

左手快要按到开关的时候，刘子墨突然感觉头皮一阵发麻，本能地抽出"沙漠之鹰"，快速转身，毫不犹豫地扣动了扳机。

"砰"的一声巨响，那个刚才没有动手的黑人被子弹掀翻在地，一把黑色的手枪掉在地上。

"好险！"凭着对危险的嗅觉，刘子墨杀掉了对方，此时，他的脑袋还有点木，但孟瑶的惊叫声迅速将他唤醒，他连忙按下了铁门的开关。

"孟瑶，你没事儿吧？"铁门刚一开启，刘子墨就飞身而出，可是当他看清楚外面的情形后却愣住了。正在尖叫的孟瑶似乎没什么事，但在她身边三四米远的地方，一个身材高大的黑人正躺在地上抽搐。

见到刘子墨出来，孟瑶总算镇定了一些，指着身后的巷子，结结巴巴地说："他……他想来抓我，被……被人给捅倒了……"

刘子墨顺着她指的方向看去，依稀看到一个身影消失在巷子口，他有心想追过去，却担心孟瑶和华晓彤，只能作罢。来到还在不断抽搐的那人身边，刘子墨将他的身体翻了过来，赫然发现在那人的心脏位置，血肉全往外翻了出来，鲜血已经流淌了一地："这……这不是刀子捅的！"

"刘……刘子墨，你……你刚刚杀人了！"华晓彤也跟在刘子墨身后跑了出来，虽然平时没心没肺的，但亲眼见到一个人失去了半个脑袋，还是紧张得不行。

"报……报警吧！"回过神儿来的孟瑶说，"快点报警吧，等警察来了就好了！"

"别，千万别报警！"看到孟瑶拿出了手机，刘子墨一把就抢了过去，"不能报警，否则咱们的麻烦更大。"

"那……那怎么办？"两个女孩虽然见过不少大世面，但那都是在阳光下的，像面前的这种事，她们谁都没有碰到过。

"你们先回去，直接回酒店，不要惊慌，慢慢走回去，我十分钟后就过去。"刘子墨看到两人掉落在地上的购物袋，拾起来交到华晓彤的手里，"接到我的电话再开门，否则不管是谁叫门都不要开。"说到这里，他又往后面的巷口看了一眼。

"好，子墨，那……那你小心点儿。"华晓彤脸色有点惨，刚才刘子墨挡在她身前的样子，让她有些感动。

等华晓彤和孟瑶走远后，刘子墨走回仓库里，仔细检查了现场，这才拿出手机："白叔，我在拉斯维加斯出了点事儿，干掉了几个人……"

"你小子从国内回来，杀性长了不少啊！"电话那端的人显然没把死几个人的事放在心上，"明天一早，我会带些人过去，你不用担心。"

"嘿嘿，谢谢白叔，有您老这句话我就放心了。"刘子墨这才放下心来。

回到酒店后，刘子墨刚一进入到房间，华晓彤就抱住了他，还一脸关切地问："子墨，你没事儿吧？"

一股幸福感瞬间涌上心头，刘子墨居然感觉功夫的瓶颈都有所松动了，不由得在心中感谢起那几个死鬼来。安抚了一番惊魂未定的二人后，他问孟瑶："救你的那个人到底是谁？你看清楚他的脸没有？"

孟瑶很认真地想了一下说："看得不是很清楚，那人应该是亚洲人，有点像咱们之前在酒吧见到的那个……"

"在酒吧见到的人？哪个啊？"刘子墨愣了一下，"孟瑶，你把事情的经过详细地再说一遍。"

"你和晓彤进去之后门就关了下来，有个黑人从仓库旁边走出来要拉我。"孟瑶一边回忆一边说，"在黑人拉我的时候，那个人突然就跳了出来，手里好像拿着一卷报纸，在那黑人胸口处戳了一下，然后那个黑人就摔倒了。"

"拿着一卷报纸戳了一下，那人就倒了？你肯定是看错了。"刘子墨摆了摆手，"要说用报纸割断别人喉咙我还信，但是拿报纸当刀子用，我听都没听说过。"

从理论上讲，当速度快到极致的时候，报纸的确能划伤人的皮肤，这一点刘子墨曾经亲眼看到过，洪门中就有人能办到。不过即使速度再快，报纸也不可能捅入到别人身体里去，那已经违反物理常识了，除非亲眼看到，否则刘子墨怎么都不会相信的。

拿报纸捅人这种看似不可能的行为，自然是秦风干的了。天下功夫，唯快不破。报纸被折成锥形，瞬间产生惊人力道，的确可以当利刃。当然，能使出这招绝活的人，恐怕当今之世也没几个。

第二天一大早，秦风在酒店吃早餐的时候，碰到了脸色凝重的陈世豪。

"老弟，昨儿出事了，这几天没事儿晚上别出去了。当地一个黑帮的人被干掉了四个，似乎还动了枪，对方已经下了悬赏，要把凶手找出来……"

"豪哥，怎么回事儿？"秦风眨巴了一下眼睛，"死人的是什么帮派？和咱们有关系吗？"

"是拉斯维加斯的一个黑手党分支，一下被干掉了四个。有一个是被'沙漠之鹰'给打爆了脑袋，还有两个是被人扭断了脖子和用刀子划断了脖颈动脉。最离奇的是第四个，不知道被什么东西，将胸口给捅出了一个大窟窿。警察尸检后，居然说伤口处发现报纸碎屑的成分，你说这不是开玩笑吗？"说到这里，陈世豪轻轻一拍脑袋，"对了，我中午要去见他们帮派的一个大佬，你要不要一起去？"

虽然各国黑帮的组织架构不尽相同，但是在道儿上混，都要讲个面子，现在本地帮派邀约陈世豪见面商谈，就算知道面前是刀山火海，陈世豪也非去不可。

"在什么地方见面？"秦风觉得，自己左右都没什么事儿，见识一下国外的黑帮倒是也不错。

"时间由他们定，地点是咱们定的，就在这酒店的意大利餐厅里。"陈世豪也不是没脑子的人，选了酒店的餐厅谈判，不管能否谈拢，双方都不会发生冲突。

"好，豪哥，中午我和你一起过去。"秦风点点头。昨儿那事情虽然是刘子墨等人招惹来的，但秦风也出手了，而且他和刘子墨是兄弟，就算帮其全兜下来也是应该的。

"日本人居然来米高梅酒店了，有点儿意思。"陈世豪忽然轻轻敲了一下桌子，示意秦风看向不远处几个说着日语的人，"领头的那个是山口组的山本。"

"山口组在拉斯维加斯也有赌场的生意吗？"秦风朝那个叫山本的人瞟了一眼，漫不经心地问道，他是被载是那个老愤青教导出来的，对日本人自然没什么好感，如果在赌王大赛中有机会的话，他不介意顺手将日本的参赛选手干掉。

"有，凯撒皇宫赌场里面就有山口组的股份。"陈世豪点了点头，"不过他们不是控股方，另外他们在日本国内以及泰国也有一些赌场，但都是依附着别人，自己并没有控股的赌场。"

"这有什么区别吗？难道山口组想插手赌场的经营管理？"秦风闻言愣了一下，"他们在日本的赌场也没能控股吗？"

"日本的赌场倒是他们自己的，不过赌博在日本是非法的。"陈世豪笑了笑，"秦风，你还没搞清楚，对于山口组而言，赌场的利润虽然很大，但是和他们的毒品以及别的一些生意相比，还是要差许多。"

"那山口组干吗不继续做毒品生意，非要往赌业上面挤呢？"秦风还真是有些不解了，俗话说，"术业有专攻"，要换作秦风，他肯定要干熟悉的行当。

"洗钱！"

"洗钱？我明白了！"秦风顿时明白了过来。洗钱是指为了掩盖犯罪收入的真实来源和存在，通过各种手段使其合法化的过程，这些犯罪活动主要包括贩毒、走私、诈骗、贪污、贿赂、逃税等。而山口组基本上全都有所涉猎，为了将在犯罪地的钱洗干净用于合法的投资，他们就必须有个合理的洗钱渠道。

"这些人进入赌业，在很大程度上就是为了洗钱。"陈世豪强调道，"如果他们能控制一家赌场，就能通过赌场将他们每年上百亿美金的黑钱洗成白的，这也是他们一直都想控股赌场的原因。"

"豪哥，那何先生的赌场会不会涉及洗钱的事呢？"秦风若有所思地想了想，开口问道。

"只要是赌场，能有几个屁股干净的？"陈世豪压低了声音，"当年汉叔在'公主'号上开赌的时候，就曾经帮海外洪门洗过钱……要不然你以为他老人家来拉斯维加斯连赌三天三夜，赢了上千万美金，这边赌场的人不敢动他？不还是因为洪门的势力！"

"还有这么一档子事儿？"秦风今儿算是长见识了，他没想到"赌圣"叶汉和洪门也有渊源，不过细想一下，当年的那些超级富豪们起家的时候，怕是或多或少都和道儿上的人有些关系。

见到秦风已经吃饱，陈世豪说道："山本既然出现在了这里，黑手党那边也会知道，恐怕他们邀约的也不会只有咱们一家。"

黑手党的人是出了名的不讲理，而且他们都出自意大利的家族，也非常团结。陈世豪隐隐感觉到，黑手党会借此机会对其他势力做出一些警告，毕竟拉斯维加斯是他们的传统地盘，要是众多势力在这里开战的话，损失最大的就将是他们。

"奶奶的，这哪里是什么赌王大赛啊？简直就是黑帮大会。"秦风有些无语，看来"赌"这玩意儿还真不是一般人能玩得转的，怪不得像港岛"李超人"那样的顶级富豪从来不沾赌。

在秦风吃过早餐刚刚回到房间的时候，一架从旧金山飞来的专机降落在了拉斯维加斯机场，一百多个穿着西装戴着墨镜的年轻人，鱼贯从机场出口走了出来。

走在这些年轻人最前面的，是一个五十多岁的干瘦老头儿，穿着一身绸缎做的对襟长袍，站在一群彪形大汉的中间很是扎眼。

"白叔，这儿呢，我在这儿呢。"看到那老头儿，刘子墨大声喊了起来，站在接站的地方连连挥舞起手臂。

"小兔崽子，你像个电线杆子一般杵在那里，我能看不到吗？"老头儿走到刘子墨的身前，在他肩膀上拍了一记，"我正发愁找不到理由来拉斯维加斯呢，你小子倒是可以，先和那帮意大利佬儿干上了啊！"

"白叔，应该不是他们的核心成员，就是几个黑人而已。"刘子墨挠了挠头，"白叔，就为了我这点小事儿，至于出动这么多兄弟吗？"

"你那根本就不算事儿。"白叔冲着后面的人摆了摆手，指了指停在机场外面的大巴车，那些年轻汉子们顿时鱼贯上了车，只留下七八个人簇拥在白叔的身边。

"白叔，您搞出这么大的阵势，小子于心不安啊！"刘子墨此时已经有些迷糊了，虽然他知道自己老爸和主管忠义堂的白叔相交莫逆，但对方也不会因为私交而闹出如此大的动静吧？

洪门内八堂，是按照仁、义、礼、智、信外加刑堂、中堂和坐堂来排列的，每一堂都有个堂主，可谓是上百万洪门子弟的最高领导机构。这其中忠义堂是专门负责对外征伐的，洪门在海外的产业，有一大半都是忠义堂打出来的。刘子墨知道，身为忠义堂堂主的白叔轻易是不动的，此次连他都出来了，那说明洪门要有大动作了。

"走吧，站在这儿被人盯着很舒服吗？"白叔没有回答刘子墨的话，而是看了一眼跟在他们后面出来的四五个人，径直往外面的大巴车上走去。

"警察？"刘子墨连忙跟了上去。

"是FBI（美国联邦调查局），"白叔似笑非笑地说，"联邦警察还不够级别监管咱们，连黑手党都是由FBI盯着的，咱们也不能太不上档次了嘛。"纵然FBI收集了大量的资料，但找不到任何直接的证据来指证白叔违反了美国法律，那就只能跟在后面充当保镖的角色了，美国就这样。

两辆大巴车并没有驶入拉斯维加斯市里，而是停在了市郊的一处庄园门口。这个占地面积不小的庄园，正是洪门在拉斯维加斯的产业，容纳一两百个人完全没有问题，而且庄园内还有着足够的枪械，随时都能拉出一支近似军队的队伍来。

在美国，拥有枪支是合法的，而且私人的财产神圣不可侵犯，就算是美国总统来到这里，主人不愿意，他也甭想进入这个庄园。所以在庄园的大门口，几辆警车如临大敌地停在了那里，在里面的人没有显露任何犯罪迹象的时候，他们只能等在这里。

　　洪门中人突然来到了拉斯维加斯，可是牵动了不少人的神经，几乎就在专机降落在拉斯维加斯的那一刻，所有身处拉斯维加斯的黑帮老大都得到了消息。

　　米高梅酒店的意大利餐厅门口，一个三十四五岁的意大利人已经等在了那里。见到陈世豪等人后，那个意大利人马上就迎了过去："陈，不好意思，把你请来了。"态度很绅士，并没有显露出黑手党臭名昭著的那一面。

　　"阿方索，没想到是你啊！"见到这人，陈世豪有些意外，继而笑了起来，"你们黑手党里就你这么一个讲道理的人，我看今儿的事情好办了……"

　　"不，老朋友，我们只对朋友讲道理，对敌人，那是要用猎枪的！"阿方索似乎和陈世豪是老相识，还和陈世豪拥抱了一下，"今天可不是我一个人来的，阿利桑德罗也来了，陈，给我个面子，不要在这里发生冲突……"

　　"什么？阿利桑德罗也来了？"原本一脸和气的陈世豪听到这个名字后，眼睛顿时就瞪了起来，"阿方索，你们疯了吧？怎么把他派到了拉斯维加斯？难道你们想学习墨索里尼，再打一场世界大战吗？"

　　"老头子要他来，我有什么办法？"阿方索苦笑了起来，"阿利桑德罗的脾气比以前好很多了，他应该不会主动去挑衅你的，你别招惹他就好了。"

　　"我才不会去招惹疯狗呢。"陈世豪嘴里嘟囔了一句，不过显然压低了声音。

　　"那好，陈，你去里面坐吧，我还要迎接几位客人！"阿方索很有礼貌地叫过一个餐厅侍者，让他把陈世豪等人引了进去。今儿他已经将这家餐厅包场了，除了黑手党邀请的人之外，再不会有别的客人了。

　　进入到餐厅后，秦风有些不解地问："豪哥，刚才那个阿方索是什么身份？他说的阿利桑德罗是谁啊？"

　　"阿方索是纽约最大的黑手党组织魁首的三儿子。"陈世豪回头看了一眼站在门口的阿方索，低声说道，"这家伙就是一个笑面虎，对谁都很客气，但吃起人来也是个不吐骨头的。阿利桑德罗是阿方索的弟弟，一条疯狗……"

　　在侍者的带领下，几人被安排在餐厅中间靠左的位置坐了下来，陈世豪抬头往四周看了看，这才说道："阿利桑德罗是他们这一支黑手党教父的小儿子，从小被宠坏了，性格非常暴虐，一向都是在意大利待着的，不知道为什么，这次也来美国了。"

前年，陈世豪应港岛项氏兄弟的邀请，去参加一个道儿上人物组织的晚宴，当时代表黑手党出席晚宴的是一对同父异母的兄弟，正是阿方索和阿利桑德罗。宴会中，阿方索表现得十分得体，但是阿利桑德罗却狂妄异常，当众指责港澳黑帮不成气候，手下更是一帮虾兵蟹将，还出言奚落项氏兄弟只会玩枪。

作为港岛帮派的头面人物，项氏兄弟自然拉不下这个脸。但谁都没有想到的是，阿利桑德罗出手十分凶狠，短短五分钟内，就打残了两名双花红棍。随后，阿利桑德罗变得愈发狂妄，将陈世豪也骂了进去。陈世豪手下的悍将阿坤出场，也大败而回，宴会不欢而散。

第二天，阿方索设宴向项氏兄弟和陈世豪赔礼道歉，并且提出要来港澳发展的意向，但经过昨儿的事情，项氏兄弟和陈世豪自然不肯接纳。黑手党的东方发展计划胎死腹中。

如今听闻阿利桑德罗来了拉斯维加斯，陈世豪顿时就头疼起来，这家伙根本就不是个正常人，鬼知道他会不会在今天的谈判中做出什么出格的事情来。

"豪哥，要不要再叫一些弟兄过来？"坐在陈世豪身边的阿坤有些不自然，他吃过阿利桑德罗的亏，知道那家伙恐怖至极，挨了几脚都跟没事儿似的，但中了他一记重拳，阿坤就直吐血。

"不用，今儿咱们又不是主角。"陈世豪忽然想到了什么，原本有些紧张的面色顿时缓和了下来，冲着门口的阿方索喊道，"阿方索，让人上菜吧，等会儿可没工夫吃东西了。"

"你们中国人就知道吃！"

陈世豪话声未落，早餐时见到的山本就走进了餐厅，在他身后跟着的四五个人，全都面色不善地盯着陈世豪等人。

陈世豪不屑地看了一眼山本，摇头说道："你们连吃都不会，和未开化的野兽有什么区别啊？"

"八嘎，你在挑衅我吗？"山本眼中冒出了凶光，他是山口组在美国的负责人，自觉身份要比盘踞在一隅之地的陈世豪尊贵多了。

"挑衅你又怎么样？"陈世豪"啪"的一声拍案而起，"山本，不服气你可以去澳岛找我！"当年山口组想在澳岛发展势力的时候，他们可是真刀真枪地火拼过，早已结下了解不开的仇怨。

"哦，真热闹啊，你们继续，你们继续，我只是路过的。"就在陈世豪和山本怒目相向的时候，一个怪异的声音响起来，随后，七八个人大摇大摆地走进了餐厅。

"墨西哥人？"看到来人穿戴的风格，陈世豪缓缓地坐了回去，"山本，这次我是来参加赌王大赛的，有本事看看咱们谁能夺得'赌王'称号。"

"好！"山本目光一闪，"如果你输了的话，我们山口组，要在澳岛建立分支。"

"那要是你们输了呢？"陈世豪冷笑着问。

"我们在马来西亚的云顶赌场有百分之六的股份。如果你的人赢了，那百分之六的股份就是你的了！"

"真没劲，你们东方人就只会说。"见到陈世豪和山本没有打起来，那几个墨西哥人颇感无趣。

"豪哥，他们是什么人？"秦风低声问道。他对国内的各门各派了如指掌，但是对这些国际黑帮，却知之甚少。

陈世豪看了那些人一眼，说道："他们是墨西哥黑帮的人，他们主要是做毒品生意的，另外还有绑架……"

贩毒是美墨边境的保留节目，每年有超过一百亿美元的毒品从这里进入美国；而绑架是墨西哥黑帮的传统游戏，这里的绑票仅次于哥伦比亚，排名世界第二。在这种环境下，滋生了墨西哥黑帮。这也是一帮无法无天的家伙，他们甚至敢在西班牙国王卡洛斯正式访问墨西哥的时候，劫持了西班牙驻墨西哥大使的汽车。

墨西哥黑帮虽然起步有些晚，但帮会里不乏有理想、有抱负的人士，他们为了更好地发展黑帮事业，很是虚心学习，和黑手党形成了"传帮带"的兄弟关系，两者十分亲密。

陈世豪刚给秦风介绍完墨西哥黑帮的事，一个有些嘶哑的声音就响了起来："哦，冈萨雷斯，我的朋友，你怎么和这些东方人坐在一起了？"很难让人相信，这个声音是从一个身高近一米九的魁梧壮汉喉咙里发出来的。

"他就是阿利桑德罗，听说咽喉受过伤。"陈世豪的眼神有些复杂，若知道这个疯子在，他绝对不会来参加这个会。

　　"听说有几个好兄弟被人干掉了，我来看看是怎么回事儿。"那个叫作冈萨雷斯的墨西哥人站了起来，和阿利桑德罗热情地拥抱了一下，摆明旗帜就是来给黑手党撑场面的。

第十六章　黑道云集

"冈萨雷斯，放心吧，我会亲手捏断凶手的脖子的。"阿利桑德罗的目光像是毒蛇一般地从众人脸上扫过，丝毫都不掩饰眼中的嗜杀与血腥，仿佛就像是盯着一群温顺的绵羊一般。

"我亲爱的弟弟，忘记父亲给你说过什么了？"阿利桑德罗话声刚落，阿方索的声音就响了起来，"来到拉斯维加斯，所有的事情都要听我的，难道你忘了父亲的话了吗？"

"少拿老头子来压我，这里不是意大利，也不是纽约。"阿利桑德罗丝毫都不买哥哥的账，一双眼睛不断地在陈世豪等人身上打量着。

"你是东方来的陈？"他认出了陈世豪，继而一脸轻蔑地摇摇头，"你们东方人不行，要是李小龙还活着，我一定会把他的卵蛋给打爆。"

众目睽睽之下，陈世豪自然不肯失了面子，冷冷地说："想和李小龙比试，你可以去地下找他。"

"嘿嘿，如果被我知道是你的人干的，我会让你生不如死。"说着，阿利桑德罗又将目光转向了山本，冷笑道，"上次在纽约，咱们还有笔账没算，没想到你竟然敢来拉斯维加斯？"

阿利桑德罗的言行让秦风愣了一下，这哥儿们的大脑是不是有问题，好端端的，四处树敌，能活到现在那也是个奇迹了。

"阿利桑德罗，那是双方老头子的事，你还不够资格管。"山本也不怕阿利桑德罗，拉斯维加斯可不是黑手党的天下，他们山口组也有很雄厚的实力，随时都能拉出一支队伍来。

"够了，阿利桑德罗！你再胡闹，我会告诉老头子的。"阿方索实在看不下去自己这位弟弟的行径了，但凡什么事有他参与进来，必将会搞得乱成一团麻。

"你管不到我，阿方索，他们今天必须将凶手交出来！"阿利桑德罗白了自己的哥哥一眼，压根儿就没把他放在心上。

"你这个俄罗斯杂种！"阿方索气得浑身直抖，他实在搞不明白，一向睿智的父亲，为何会与那个俄罗斯婊子生出这么个杂种来。

"阿方索，你再敢说一个字，我就拧断你的脖子。"听到阿方索的话后，阿利桑德罗瞪着自己同父异母的哥哥，眼中冒着凶光。

"黑手党的人都是这样行事的吗，豪哥？这是闹的哪一出啊？"场内突如其来的变化，让秦风看得目瞪口呆，这正事儿还没开始谈，阿方索和阿利桑德罗哥儿俩居然就掐了起来。

"阿利桑德罗是阿方索的父亲和一个俄罗斯妓女生的，在家里地位很低。不过，他脾气暴虐、出手狠辣，也算是纽约黑手党家族的一把尖刀。"

虽然有很多人恨不得阿利桑德罗早死，并且也派出杀手付诸过行动，但是阿利桑德罗似乎拥有野兽一般的嗅觉，每一次都躲了过去，随后就会变本加厉地展开报复。甚至面对自己的盟友的时候，阿利桑德罗都不会手下留情，死在他手上的自己人都有不少。所以有人给阿利桑德罗起了个"疯狗"的外号。

"阿方索，你们兄弟有什么问题，你们自己去解决。"看着阿方索和阿利桑德罗争吵不休的样子，山本最先忍不住了，站起身说，"如果没有什么事的话，我要先走了，等你们吵出个结果再来告诉我。"他是此次山口组参加赌王大赛的全权代表，本身就有许多事务要忙，能坐在这里自觉就已经很给黑手党面子了。

"山本，我看你是找死！"山本话音刚落，阿利桑德罗的目光就转到了他身上，一个箭步冲到了面前，一记上勾拳就打在山本的下巴上。

"砰"的一声巨响，山本的身体被这股大力击打得高高抛起，随后又重重地落在身后的餐桌上，滚倒在地上的时候，已经晕了过去。

"八嘎！"跟随山本过来的那几个日本人，也都是山口组中最精锐的打手，虽然没能来得及制止阿利桑德罗，但反应也不慢，纵身就向阿利桑德罗扑了过去。

阿利桑德罗脸上露出一丝狞笑，他根本就不避让那几个日本人的拳脚，在日本人击中他的同时，他的重拳也击到对手身上。

同样是拳头，但威力却是不一样。那几个日本人打在阿利桑德罗身上，就像是给他挠痒痒一般；不过阿利桑德罗的重拳，却是瞬间就让几人失去了战斗力。

"一群蠢货！"看到场内的打斗，陈世豪的手放到了怀里，紧紧地握住枪柄，没好气地说，"日本人就是死脑筋，对方不用武器，他们就也不用？"见到阿利桑德罗对山本动了手，他已经意识到了不对，看来黑手党是想清洗拉斯维加斯了，为此甚至不惜和山口组开战。

"你们亚洲人，不行！"阿利桑德罗在放倒了那几个日本人后，将注意力转到了陈世豪的身上，那双血红的眸子死死地盯着陈世豪，"退出这次赌王大赛，我让你们安稳地离开拉斯维加斯。"

"阿方索，这就是你请我们来的目的吗？"陈世豪没有搭理阿利桑德罗，而是将目光看向了站在阿利桑德罗旁边的阿方索。

"我……我不知道，阿利桑德罗，你太过分了！"阿方索同样被阿利桑德罗搞得有些不知所措。他知道自己弟弟的这番举动，已经成功地挑起了黑手党和山口组大战的序幕。

"你这个蠢货，怪不得一直都不能接老头子的班！"阿利桑德罗不屑地看了一眼阿方索，"老头子早就准备好了，以后整个拉斯维加斯，都将是意大利人的天下，这些亚洲人，都要被赶出去！"能安安稳稳地活到三十多岁，阿利桑德罗并不像他的外表看上去那般鲁莽，残忍嗜杀只是他掩饰自己狡诈阴险的一种手段而已。

拉斯维加斯几大赌场最初联合举办赌王大赛的时候，初衷只是为了提高赌城的名声，吸引到更多的游客前来赌场游玩赌博。但让这几大赌场都没想到的是，赌王大赛的诞生，对世界赌业都产生了深远的影响，那庞大的利益让许多组织都坐不住了。

　　像墨西哥黑帮的主业原本是毒品和绑架，但是近几年来，他们也在有意识地将大笔黑金投资到了拉斯维加斯，虽然洗钱的成分大一点，不过也说明了赌业对他们的巨大吸引力。而在美国社会已经根深蒂固的黑手党组织，在拉斯维加斯的优势就更加明显了，每届赌王大赛排名前十的赌王，最少有三到五人都是黑手党的人。

　　这种情况自然让实力不弱于黑手党的山口组心有不甘，他们也想在拉斯维加斯占得一席之地，所以这次派出了不少精锐。不过让山本没有想到的是，黑手党那边早已经做了充分的准备。

　　"阿利桑德罗，你要拼个鱼死网破吗？"陈世豪没工夫去听他们兄弟的内斗，一摆手，身后几人齐刷刷地从怀中掏出了手枪。

　　"玩枪，你们一样不行。"看到陈世豪的举动后，阿利桑德罗忽然拍了拍手，从餐厅后厨呼啦冲出来了十多个人，十多个黑洞洞的枪口同时对准了陈世豪等人。

　　"阿利桑德罗，你敢开枪？"陈世豪脸色铁青，他没想到阿利桑德罗如此胆大，要知道，早在赌王大赛开始前，米高梅酒店外就布满了联邦警察。

　　"你说我敢不敢呢？"阿利桑德罗的脸上露出了让人不寒而栗的狞笑，想起他那"疯狗"的绰号，陈世豪还真的不敢赌。不过就此退出赌王大赛，他更加不甘心。为了这次赌王大赛，他足足筹备了一年多，又想方设法请来了秦风，如果还没比赛就退出，他是怎么都咽不下这口气的。

　　"我们死，你也活不了！"陈世豪眼中射出了危险的光芒，餐厅内的气氛变得愈发紧张了起来，虽然在武器的数量和质量上有那么一点儿不对等，但手枪也同样是可以打死人的。

　　"老弟，真是对不住了，我就不该喊你过来。"陈世豪有些歉意地看向了秦风，用粤语说，"等下要是开枪，你就往桌子下面钻，记住，千万不要抬头！"他这辈子经历了不少大风大浪，握着枪的手依然很稳，眼睛一眨不眨地盯着阿利桑德罗，一步都不肯退让。

　　原本以为占尽优势的阿利桑德罗，也没想到陈世豪居然会如此强硬，他虽然叫"疯狗"，但可不是真的疯子，自然不敢下令开枪，场面一时僵持了下来。

　　"哎哟，挺热闹嘛！"

就在两边僵持不下的时候，餐厅的大门忽然被人从外面给推开了，而刚才对峙着的十多把枪同时指向了说话之人。

"嘿，这样可不好，拿枪指着人，是很容易走火的！"在十多个黑洞洞的枪口面前，那个五十多岁的华人老头儿面不改色，"阿利桑德罗，让你的人把枪收起来吧，FBI的人可就跟在我后面呢。"

"白老虎？你怎么会来这里？"见到来人，阿利桑德罗的瞳孔猛地收缩了起来，他不怕山口组的山本，但对于面前的这个老人，却非常忌惮。

"我去哪里，不需要和你们黑手党的人交代吧？"来人正是洪门的忠义堂堂主白振天，他身后跟着十多个人，刘子墨赫然也在其中。

"白大哥，你可是来晚了啊！"和阿利桑德罗不同，陈世豪脸上露出喜色，大声笑道。见到江湖人称"白老虎"的白振天到来，陈世豪这次是真的松了口气，把枪插回到腰间的时候，他才发现自己的掌心里全都是汗水。

"陈兄，这点场面哪里能难得住你啊？咱们等会儿再叙。"白振天笑着摆了摆手，径直走进餐厅拉了一把椅子坐了下来，"阿方索、阿利桑德罗，你们两个谁当家？"

"白先生，你看谁像是当家的样子？"阿方索闻言苦笑了一声，他这杂种弟弟今儿可是狠狠给了他一记耳光，不过他也只能硬生生地受下来，毕竟谁手上有枪谁就是老大。

"好吧，那我就和阿利桑德罗谈。"看了一眼旁边的墨西哥黑帮，白振天皱了下眉头，"冈萨雷斯，这里关你们什么事儿？我和阿利桑德罗有事情要谈，你们滚蛋吧！"

"姓白的，你说什么？"身材不是很高，但却长着一脸横肉的冈萨雷斯顿时长身而起，眼中冒出了凶光。

"我说什么？我说让你滚蛋！"白振天虽然坐在椅子上，但气势却是比站着的冈萨雷斯更强，一双慑人的眼睛让冈萨雷斯竟然不敢直视。

看着冈萨雷斯，白振天忽然抬起右手，伸出了食指："我数到三，你要是还不走的话，三天之内，你们边境毒品走私的线路将会受到全面打击。"

"你……你……"听到白振天的话后，冈萨雷斯的面色一下子变得苍白起来，相比赌场的生意，边境线上的毒品走私才是他们赖以生存的根本，如果那边出了差错，帮内大佬会活活剥了他的皮。

"你什么你？还不快滚！"白振天一掌重重地击在了面前的桌子上，那实木打制的餐桌，竟然被他给拍得四分五裂。

见到这一掌之威，秦风也是吃了一惊，看来这老头儿的功夫已经进入到了暗劲，比他和刘子墨都高出一筹。

"好，咱们走！"冈萨雷斯面色阴沉地看着白振天，对着身后招呼了一声，竟然灰溜溜地带着人离开了。

"洪门在国外这么强势啊！"秦风之前也没想到，洪门在国外这种被西方人统治的国家里，居然能有如此威势，连墨西哥黑帮都服软了。

此时场内众人的注意力已经完全被白振天给吸引了过去，陈世豪这些人压根儿就没人过问了，秦风凑到了陈世豪的耳边，低声说道："豪哥，他是谁啊？"

陈世豪脸上带着一丝兴奋："白振天，洪门忠义堂的堂主，现在洪门在美国的地盘，有一半是他打下来的，阿利桑德罗在他面前，连个屁都不算……"虽然陈世豪并不是洪门中人，不过同为华人帮会，他以前去旧金山的时候，也曾经到洪门总堂去拜访过，和白振天有那么一点交情。

"墨西哥黑帮的实力应该也可以吧，为什么还这么怕洪门呢？"秦风心里还是有些不解，他知道在墨西哥和美国边界贩毒的那些人，几乎全都是武装押运，其武器装备堪比军队。秦风实在是想不通他们为什么会对洪门做出让步。

"老弟，你知道大圈吗？"陈世豪的声音又压低了几分，"当年到北美以及欧洲的大圈，现在都是洪门中人，白振天以前就是大圈的，当年曾经横扫过欧美的黑帮……"

大圈的起源最早在港澳两地，多是由内地偷渡过去的退伍士兵和一些出身不好的人组成，曾经横扫港澳两地，打得港澳两地的黑帮齐齐噤声。不过港澳两地还是太小了点儿，加上距离内地又近，大圈的一批悍将决定转战到欧美等国家。初到欧美的时候，自然逃不脱和当地帮派的冲突，由于大圈火力猛加上敢打敢杀，很快就将加拿大黑帮的地盘给抢了下来。

这期间，大圈和墨西哥黑帮、哥伦比亚黑帮以及加拿大的黑帮都发生过战斗，打得他们溃不成军，赫赫威名也正是那时候建立下来的。只是大圈的组织架构松散，在抢到偌大的地盘之后，却没有人去管理，时间一长，很多赚钱的生意又被那些当地帮派抢占了回去。再加上当时大圈帮的内部也发生了严重的争斗，最后导致了分裂，于是白振天带着一帮人投奔了美国洪门总堂。

当时的洪门，只是盘踞在旧金山唐人街一带，帮中人数虽然很多，但势力远不如黑手党和山口组。不过白振天到洪门后，一切都发生了天翻地覆的变化。他带着手下的一帮大圈兄弟，硬是虎口夺食，从黑手党和山口组手中抢到了不少地盘，在欧美各个国家都建立了洪门的分支堂口。

可以说，没有白振天，就没有洪门现在的风光，而白振天的威势，全都是一刀一枪拼杀出来的。所以像冈萨雷斯那样的人物，在白振天面前根本连大气都不敢喘。就是阿利桑德罗，在白振天气势的压迫下，也将那股子疯劲儿收了起来，因为他知道，这对白振天一点用处都没有。

阿利桑德罗十岁的时候，被他父亲送到西伯利亚拳王训练营——这个当时还是苏联军方机构的训练营。和阿利桑德罗同期进训练营的少年，一共有三百多个，而当他们经历了八年地狱般的训练毕业之后，当年的三百多人，只剩下了区区十二个。将近三百个少年，不是死在残酷的训练中，就是死在同伴手里。阿利桑德罗在最后的毕业考试中，亲手杀掉了八年来相处得像是亲兄弟一般的同伴，从那时起，他心里就再也没有任何感情。

回到正常人的社会生活中以后，阿利桑德罗很快就成为了黑手党的一把尖刀，拳王训练营里学到的东西，让他在这个社会中如鱼得水。但就在五年前，阿利桑德罗却是栽了一个大跟头，而让他吃亏的人，就是面前的白振天。

那时的阿利桑德罗，正处于人生的最巅峰，整个纽约的黑帮都被他横扫了一遍。于是，感觉到没有对手的阿利桑德罗，将目光投向了旧金山。

旧金山是洪门总部所在的地方，当年有许多来自东南亚的华人武师加入洪门之后，在旧金山开了不少大大小小的武馆。白振天虽然出身大圈，不过他是当年"神枪"李书文一脉嫡系的传人，他父亲就是仓州刘老爷子的师兄。所以在旧金山安顿下来后，白振天也开了一家武馆。

而阿利桑德罗来到旧金山挑战的第一家华人武馆，就是白振天开的。虽然那时候白振天已经年过五旬，但他已然进入到了暗劲境界里，将全身气血收敛得丝毫不漏，所爆发出来的力量，比之阿利桑德罗都丝毫不弱。一场争斗之后，白振天安然无恙，而阿利桑德罗则断了三根肋骨。从那以后，白振天就成了阿利桑德罗的梦魇。

等那几个墨西哥人出去后，白振天看了阿利桑德罗一眼："昨天有几个黑人想要袭击我的一个子侄，我这次来，是想要个公道的！"

"昨天的事情是你们做的？"阿利桑德罗的眼睛顿时眯缝了起来。其实死几个外围组织的人阿利桑德罗并没有放在心上，他也只是想借此将一些势力清除出拉斯维加斯而已。不过让他没想到的是，出手的竟是洪门中人，而且看白振天这副兴师问罪的架势，他很可能是想插手进拉斯维加斯的事务中去。

"如果昨天死的那几个黑鬼是你们的人，那就没错了。"白振天淡定自若地看着阿利桑德罗，"阿利桑德罗，你知道，我这个人最讲道理，我的人在拉斯维加斯受到袭击，你也是要给我个交代的。"

阿利桑德罗的面部忍不住抽搐起来，他不知道面前的这个老家伙究竟要有多厚的脸皮，才能说出这句话来。要知道，昨天死的可全是他的人，他还没向白振天要个交代，对方居然兴师问罪找上门儿来了。强忍着出手的冲动，阿利桑德罗咬牙切齿地说："白，昨天死的可都是我们的人，应该是你给我个交代才对。"

"阿利桑德罗，你这么说就不对了。"白振天摇了摇头，"你们的人死了，只能怪自己不争气，但事情是你们挑起来的，所以，你还是要给我个交代。"

赌业的利润是众所周知的，而洗钱的便利，更是让洪门大佬们也为之眼红，他们一直想找到一个进军赌业的契机，不过因为各种原因，这个机会一直都没能找到。所以在听到刘子墨出事的消息后，白振天立即带着人马来到了拉斯维加斯。这其中固然有给刘子墨撑腰的成分在，但更多的却是想浑水摸鱼，看看是否能借此进军拉斯维加斯，在未来的赌业洗牌中分得一杯羹。

"白，你我都是文明人，做人……要讲道理……"白振天的话让一旁的阿方索也忍不住了，他原本以为自己这个杂种弟弟就是世界上最不讲理的人了，没承想白振天一出来，却比阿利桑德罗更加不讲理。

"文明人？不，我从来都不是文明人。"白振天站起身来，冷笑道，"今天你们黑手党要是不给我一个说法，那大家就开战吧！谁打赢了，道理就是谁的。"

"白，有什么条件，你就提出来吧！"阿利桑德罗也是看人下菜，专门拣软柿子捏，他敢和山口组开战，但是面对更加不讲理的"白老虎"，他也只能退让三分。

"我要一个'赌王'名额！"白振天伸出一个手指。

"不可能！"阿利桑德罗还没说话，阿方索就连连摇头，"白，这不可能，赌王大赛不是我们能操控的，这个条件我们无法答应……"

"白，你想插手拉斯维加斯的事务？"阿利桑德罗突然问道，"我知道你们洪门的人很能打，但你要知道，有些人并不是你能招惹得起的。"

"这个不用你来提醒我！"白振天摇了摇头，"我只要一个'赌王'，你给……还是不给？"

听到白振天和阿利桑德罗的对话，秦风有些无语，"赌王"在他们眼里，居然只是个筹码，这也太不重视人才了吧？

"给你们一个'赌王'也不是不行……"面对白振天的威胁，阿利桑德罗想了一下说，"不过你要安排个人和我打一场赌拳，打赢了，你们将会拥有一个'赌王'名额。要是你们打输了的话，对不起，败家是没有权利提要求的。"

"赌拳，和你打？"白振天闻言犹豫了起来，他和阿利桑德罗动过手，知道这人简直就是个杀人机器，就算是自己上场，现在想击败他，也没有十足的把握。而现在洪门的年轻人，却极少有再习练国术的了，大多人都崇尚现代武器，左思右想，除了自己，还真的找不出一个能与阿利桑德罗对抗的人。

看着白振天犹豫的神色，阿利桑德罗步步紧逼道："白，赌王大赛之前原本就有赌拳表演，只要你的人和我打一场，就有机会获得一个名额，怎么样？"

"阿利桑德罗，我和你打！"白振天也是老而弥坚的性子，虽然他知道近几年自己的体力气血已经不在巅峰状态了，但自问还是不会输给阿利桑德罗的。

虽然此次前来定下的基调是敲诈勒索，但对方既然提出了打黑拳的要求，白振天也无法拒绝，因为这将关系到洪门的面子问题。

"不，不！白，以你的身份，难道要亲自上擂台吗？"阿利桑德罗连连摇头，"你们洪门不是声称弟子上百万吗？难道连一个能打的人都找不出来？"对面前的这个老头儿，阿利桑德罗很是忌惮，他一身钢筋铁骨，居然就被这老头轻飘飘的几拳打断了肋骨。

"阿利桑德罗，难道，你还怕我这个老头子吗？"白振天何尝想自己上场？不过还真被阿利桑德罗说准了，洪门百万人之中，还真就找不出一个有把握胜得过阿利桑德罗的。与其让门人弟子上去白白送了性命还输了赌注，倒是不如白振天亲自去打了，虽然他现在也只有七成的把握能胜得了对方。

"白叔，这场……我来和他打！"刘子墨从人群里站了出来，"这件事本就是我惹出来的，白叔，就由我和他打这场拳好了，我要让他知道，咱们洪门，不是没有能打的人！"

刘子墨的身高也有一米八多，只比阿利桑德罗稍矮一些，不过同样经历过杀伐的人，那股气势虽然比白振天稍差一点，却是丝毫都不比阿利桑德罗弱。

"子墨，还是师叔上吧，这个人学的是杀人技法，你没见识过。"白振天微微摇了摇头，打黑拳可不像职业拳击那样，分出胜负就可以终止。签下了生死合同，那上了擂台之后，就是不死不休的局面，白振天知道刘子墨的功夫不错，但和阿利桑德罗还是有差距的。

"白叔，我又不是没杀过人！"刘子墨从小也是胆大包天的人物，面对着被人称为"杀人机器"的阿利桑德罗，没有丝毫畏惧的表现。

"子墨，再过几年，我这忠义堂堂主的位置可就要让给你了！"看到刘子墨镇定自若的样子，白振天不由得大声笑了起来，"子墨，这一仗还是师叔接下来，你还要再磨砺几年，等师叔老了，到时候再由你上……"他将刘子墨安排在刑堂，原本是出于对晚辈的爱护，没承想刘子墨的性子却是更适合忠义堂。

"子墨的脾气怎么还是这么冲动？"坐在餐厅一角低着头的秦风，此时也是皱起了眉头。年轻虽然代表着有冲劲儿，但同样也代表着经验不足，而在生死之战中，经验是至关重要的，稍微出点差池，那就是命丧当场的下场。从刚才阿利桑德罗对山本的出手中，秦风能看出来，这个人所练的格斗术极其实用，没有一丝花哨的地方。这样的对手，秦风都不能保证自己能赢，刘子墨就更加不行了。

"你们说完了没有？"阿利桑德罗虽然听不懂汉语，但也能看得出来刘子墨和白振天在争执，便有些不耐烦地说，"白，要不然等你们讨论出结果再来告诉我吧！"

没等白振天开口，刘子墨就抢先说道："不用了，结果已经出来了，我和你打！"

"好，那就这么定了！"阿利桑德罗对白振天还是有些发怵的，眼下出来一个无名小辈要和自己打，可谓是正中下怀。

原本此次前来是想敲诈一个"赌王"名额的，但是却被阿利桑德罗提出的赌拳建议套了进去，偏偏还不得不答应，这让白振天心中十分不爽。

看着白振天和陈世豪等人大摇大摆地出了餐厅，阿利桑德罗的脸色十分阴沉，原本计划好的事情被洪门的人搅了局，这让他心底也像是被压抑了一座将要爆发的火山。就在此刻，耳边响起了哥哥阿方索的声音："阿利桑德罗，你，你怎么敢做主纽约毒品生意的事情？"

"蠢货，信不信你再多说一个字，我会扭断你的脖子？"阿方索的话让阿利桑德罗的怒火彻底爆发了，他一手拧住了阿方索的衣领，将其举起来，一把扔到了地上。

"我……我会告诉父亲的！"在被阿利桑德罗扔到地上后，阿方索连忙往后退去，他知道这个弟弟向来是六亲不认，惹怒了他，真的会杀了自己。

"老头子？哼，他已经老了。"看着阿方索跑出餐厅的背影，阿利桑德罗脸上露出了冷笑。

一家中餐馆里，整个餐馆除了洪门和陈世豪的人外，再没有别的客人。而在主桌上，就坐着了白振天和陈世豪两个人，其余的人都在旁边的桌子上。

秦风原本半途想溜走，却一直没找到机会，此刻故意坐在远离刘子墨的一张桌子旁，他知道自己的脸型虽然变了，但身材可没变，说不准就会被刘子墨看出端倪来。

"阿豪，你们这次来，是想争得一个'赌王'称号的吧？"白振天的个头并不是很高大，也就一米七五左右的中等身材，相貌也不凶恶，相反还有些儒雅，不过大马金刀地坐在那里，自有一股威势。

"白老大，没错！"当年白振天带着一帮子大圈人纵横港澳的时候，陈世豪还只是个小人物，他也没对白振天隐瞒，"澳岛马上就要回归了，我听到风声，何先生手里的赌牌很可能要被收回，然后重新发放，而且数量也不止一个了……"陈世豪知道，澳岛发生的这些事情，显然是瞒不过白振天等人的，与其遮遮掩掩，倒是不如痛痛快快地说出来，也能领别人一个人情。

"这些我知道。"白振天点了点头，"阿豪，我们洪门也想在澳岛争一块赌牌，你有没有兴趣合作啊？"到了白振天的这种身份地位，说话已经不需要拐弯抹角了，他开门见山就说出了自己的意思。要知道，洪门虽然势大，但是由于政治的原因，一直都盘踞在欧美等国家，甚至连东南亚都极少涉足。所以如果想要在澳门开赌场，势必是要拉拢一个本地势力的，而同为江湖中人的陈世豪，自然是他们首选的合作对象了。

"白老大，你……你们也想在澳岛开赌场？"

白振天点了点头："阿豪，你的产业还小，不明白一家赌场对我们这种组织的重要性的……"现在美国社会对有组织犯罪打击的力度是越来越大，各国也出台了反洗钱法，现在组织内的很多黑色收入，都无法正常地流通到资本市场之中。在这一点上，洪门已经落后于山口组和黑手党了，早在十多年前，山口组和黑手党组织就通过各种手段渗透进了拉斯维加斯赌场。

"白老大，您这可是让我为难了啊。"陈世豪不由得苦笑了起来，相比洪门的格局，他能在澳岛拥有一家赌场的股份就心满意足了。所以在港岛傅氏家族找到他的时候，双方就已经达成了口头协议，当然，这其中最重要的一点就是，日后赌场的经营，是由他陈世豪占据主导地位的。如果跟洪门合作，以洪门的强势，这主次地位肯定会反过来，他恐怕最多就是一个有点股份每年拿分红的股东而已了。

"阿豪，这件事不着急，你可以好好考虑一下。"白振天摆了摆手，眼睛看向了秦风等人，"听说汉叔手下的人被你带来了，怎么没见亨利卫？"

叶汉和洪门也有些渊源，当年叶汉在拉斯维加斯豪赌的时候，白振天还专门从旧金山赶了过来，陪了叶汉好几天，所以和亨利卫等人也相识。洪门要想涉足赌业，开赌场的从业人员，那也是必不可少的，原本在叶汉死后，洪门也是想将叶汉手下的这帮人收入麾下的。但是没承想叶汉死后没多久，这些人就分崩离析了。如今，也就只有像陈世豪这样和亨利卫等关系密切的人，才能将叶汉手下的老人聚集在一起。

"亨利后天就要参加淘汰赛了，现在正在酒店休息呢。"听到白振天提及亨利卫，陈世豪心中更是纠结万分，他听出了对方的意思，那就是即使没有他陈世豪，洪门也能拉起一帮子人在澳岛竞争赌牌的。

白振天看出了陈世豪的心思，笑了笑转开了话题："阿豪，你不用担心，洪门做事是讲规矩的。"

"那是，白老大的为人，阿豪是知道的。"陈世豪闻言连连点头，心下却是一点儿都不信，都能敲诈到黑手党头上的人，还会和自己讲规矩？

"来，吃东西吧。"白振天见到场面有些僵持，不由得笑道，"阿豪，这家中餐厅可是地道的粤省人开的，你尝尝这豆豉蒸凤爪的味道怎么样。"

陈世豪此时哪里有心情去品尝美食，他怕白振天逼迫自己现在就做答复，当下说道："白老大，那个阿利桑德罗可不是易于对付之辈，这位小兄弟可要小心点儿了。"

陈世豪当年可是见识过阿利桑德罗的手段，知道阿利桑德罗所学的都是杀人技巧，远非一般的黑拳手能与之相比的。

"到时候我会上的。"白振天闻言不由得瞪了一眼刘子墨，"年轻人火气盛，倒是让阿豪你见笑了。"

"别啊，白叔，咱们不能让那个意大利佬儿耻笑洪门无人啊！"坐在白振天旁边桌上的刘子墨，听到白振天的话后顿时叫道，"白叔，您虽然老当益壮，但这些打打杀杀的事情，还是留给我们晚辈去做吧！"

"胡闹！阿利桑德罗出身西伯利亚训练营，我现在估计也就是能和他打个平手，你上去那就是找死！"

五年前，白振天将阿利桑德罗打成了重伤，但那时候的白振天刚过五十，也是正处于一生中体力气血极旺盛的时刻。如今，白振天的身体已经开始走下坡路了，而阿利桑德罗才刚刚三十出头，此消彼长，白振天还真的不敢放言能赢阿利桑德罗。

"白叔，您就放心吧，我还没活够，不会去找死的。"刘子墨自信地笑了笑，不过却是没有继续说下去。

"回头再收拾你小子！"白振天是老江湖，自然听出了刘子墨话中有话，却也没有多问，端起酒杯，"行了，大家喝酒，你们把国内来的兄弟都招待好了。"

"来，兄弟，我敬您一碗！"刘子墨端着个酒碗来到秦风面前，他发现这帮人里面，似乎就秦风比较能喝，差不多下去一斤酒了，这哥儿们还没有醉意。

"奶奶的，不去想怎么和人决斗，和我拼什么酒啊？"秦风此刻也是欲哭无泪，早知道会和刘子墨碰面，他说什么也不会跟着陈世豪去看热闹的。

"哎，我说你这眼神怎么这么熟悉啊？"看着秦风那悲愤的眼神，刘子墨不由得愣了一下，仔细地在秦风的脸上看了看，"你的眼神和我一个兄弟很像，那是我过命的兄弟，来，这碗酒你必须喝了！"

听到刘子墨这话，秦风心中一热，细想一下，自己这身份还真没必要隐瞒刘子墨，正如刘子墨所言那样，连过命的兄弟都不相信的话，秦风还能相信谁？心中拿定了主意，秦风在和刘子墨碰杯的时候，凑到他耳边低语了一句："奶奶的，你小子和我喝酒喝得还少吗？"

第十七章　洪门

"我什么时候和你喝过酒啊？咦，不对，你……你是……"乍然听到秦风的话，刘子墨不由得愣了一下，等他回过神儿来之后，眼珠子差点儿都瞪出了眼眶，脸上顿时露出了不可置信的神色。

"嘘，我现在姓吴，叫吴哲，你小子别说漏嘴了！走，一边说话去！"秦风低声打断刘子墨，拉着他来到餐厅一个偏僻的角落坐下。他信得过刘子墨，但这不代表他也能信得过别人。江湖人心险恶，一个差错，那就是万劫不复的境地，秦风要尽可能地为自己多保留一些底牌。

"哎，我说，你……你怎么变成这副模样了？还有，你不是在京城吗？怎么跑到这里来了？"刚坐下，刘子墨就迫不及待地揉了揉眼睛，费了好大的劲才强忍住没去摸秦风那张脸。

"很简单，用胶水将眼角的形状改变就行了。我不是和你说过了吗，最近很可能要来美国的……"洪门的那些人正在向陈世豪的手下敬着酒，秦风和刘子墨勾肩搭背的样子，倒是没让人生疑。

秦风低声说："我这次是来参加赌王大赛的，倒是你小子怎么回事儿？干吗带着华晓彤她们两个跑拉斯维加斯来了？"

"你见到华晓彤和孟瑶了？"听到秦风的话后，刘子墨先是愣了一下，继而反应了过来，"昨儿是你出的手？我靠，我就说谁那么好心，居然路见不平拔刀相助……"从昨儿晚上到现在，刘子墨心里一直都在犯嘀咕，他实在想不通到底是谁杀了那个大个子黑人，直到现在才算清楚了是怎么一回事儿。

听到刘子墨提起这件事，秦风不由得翻了个白眼儿："你小子这江湖是白混了？那么俗套的一个局，也能把你给套进去，要是孟瑶或者华晓彤出了事儿，我看你怎么办？"

"你说的是，我昨儿是有点儿大意了。"刘子墨点了点头。

闲扯几句之后，秦风说到正题："子墨，你八极拳虽然练得不错，但不是阿利桑德罗的对手，我看过几天的擂台你就不用上了。"

刘子墨瞪了秦风一眼，忽然"嘿嘿"一笑："秦风，打赢阿利桑德罗我不敢说，不过我有把握不会输给他，最起码也是个两败俱伤，咱们要不要打个赌？"

"你哪来这么大的信心啊？"秦风有些狐疑地看向了刘子墨，忽然眼神一凝，"你进入到暗劲了？"

刘子墨的样子虽然还和以前一模一样，而且痞味十足，但是秦风分明从他眼中看到了一丝内敛的光华，刚才几碗酒下肚，居然没有显露出丝毫的醉意。

练武之人，通常会将内家拳功力分为三个境界层次，那就是明劲、暗劲和化劲。

明劲练的是筋骨力，也就是人天生的本力，也可以称之为肌肉力，人体肌肉拉伸收缩的力量是很大的，如果有针对性训练的话，人可以拉动一辆卡车。明劲在打斗中，更多的是以力打力，纯粹是身体上的对抗，刘子墨之前就处在明劲的境界，不过和阿利桑德罗这种受过特殊训练的人相比，他的力道还是要小一些。

但是进入暗劲之后，情形就不同了，这等同于身体的一次进化。所谓暗劲，就是指人体内暗藏的力量。众所周知，如果有人能将脑域开发到百分之七到百分之八，那就是天才；就是爱因斯坦，也不过将脑域开发到了百分之十几。这个道理说明，人类对大脑的开发，连十之一二都没有达到。同样的道理，人类身体内潜在的力量，也同样没能得到开发。

内家拳所追求的，就是发掘身体内部的潜力，促使其不断地进化，从而使练拳之人得到普通人所无法达到的力量和更加长久的生命。人在剧烈活动的时候，会产生热量，体血精力都会化作热量和汗水一起通过毛孔释放出去。这种热量在内家也被称为元气，站桩打坐，无不是在涵养体内元气，使之不会轻易外泄，造成元气流失。

而到了暗劲境界后，就可以控制毛孔闭塞，使得汗液流不出来，如此一来，热量就挥发不出去，可以将元气游走于体内。能不能含住这股元气，就是是否练出暗劲的标准，达到暗劲境界之后，身体的反应灵敏度以及对于力量的运用和体力的分配，远远不是明劲能与之相比的。

当内家拳修炼到暗劲境界后，就有资格称为一代宗师了，当年的"神枪"李书文和大刀王五及京城一些著名的宗师级拳师，基本上都是暗劲的修为。

至于暗劲之上化劲的境界，说的是"化虚之劲"，当一身真气能练到"透空周身"的时候，那也就能摸到化劲的门槛了。传说功力到了化劲，就能产生神识，心灵通透，遇到危险的时候可以预先得到警告，已经超出了身体修炼的范畴。

所以老辈人曾经用三句话来概括过这三种境界，那就是："明劲是身化阶段的劲，暗劲是气化阶段的劲，化劲是神化阶段的劲！"以刘子墨的家学渊源，他自然懂得这些道理，尤其是体会到暗劲所带来的种种好处之后，当然不会再对阿利桑德罗有所畏惧。

左右打量了刘子墨一番，秦风愤愤不平地骂道："奶奶的，我每天勤练不辍，还没到暗劲呢，没想到你小子倒是先进入到暗劲境界了。"

当年接收了那枚玉佩中的信息后，秦风的体质似乎都得到了一些改变，很轻易地就到了明劲的巅峰。只不过这几年来秦风好像遇到了瓶颈，迟迟不能突破，练功讲的是水到渠成，秦风也不着急，只是没承想刘子墨反倒走在了他的前面。

"哥儿们也不容易啊！"刘子墨嚷道，"国外那么多妞都是能看不能动，我都快憋出毛病来了！"

为了不泄露体内精元，刘子墨这一锁阳，就整整锁了十年精关，体内原本就蕴藏了雄厚的元阳之气。再加上昨儿杀人所受到的冲击，他自己都不知道怎么回事儿，居然就迈过了暗劲的这道门槛，到现在刘子墨自个儿都有点儿稀里糊涂。

"得，为了女人冲破暗劲门槛的，估计古往今来你也是独一份儿了！"听得刘子墨的话后，秦风直翻白眼儿，"不过就你这样，还是打不过阿利桑德罗，我看你还是别上去打了。"

和这种人对战，就算是功夫境界高于对方，也不一定就能赢下来，因为他们比的不仅是拳脚，还有气势和毅力。更重要的是，阿利桑德罗的经验，也远远高于刘子墨，如果不是刘子墨手上也有几条人命的话，那在秦风眼里，刘子墨压根儿连一点赢的机会都不会有。

"秦风，你是不知道进入暗劲后的状态，要不然我就不会这么说了。"刘子墨对秦风的话很是不以为然，"那要不咱找个地方切磋一下？"

"得了吧，"秦风摇摇头，"练武之人最忌的就是浮躁，你才刚刚进入到暗劲境界，门道儿都没摸清楚呢，就得意成这样子了？就你现在的状态，我至少有十种方法打败你！"

刘子墨的脸色这才凝重起来，他知道秦风从来不说没把握的话。想到这里，他咬咬牙说道："不管怎么样，既然答应了，这场拳我就一定要打！就算我被他打死在拳台上，也不能丢了华人和洪门的脸面！"

"子墨，你可还是处男啊！"秦风忽然笑了起来，"这刚刚突破能找女人了，就要被人给打死，我说你这辈子活得冤不冤呀？"

"那……那我怎么办啊？"刘子墨的脸顿时拉了下来，"刚才大话都说出去了，到时候要是不上擂台，门里的兄弟们怎么看我？"秦风的话算是说中了刘子墨的软肋，任是谁摊上这大好年华，也不想去死，在秦风这一番讽刺挖苦和提醒衷告之下，刘子墨恨不能时间倒流，把自个儿说出的大话再给咽回去。

"要不……咱们打阿利桑德罗的黑枪？"眼珠子一转，刘子墨压低声音说道。黑手党组织里也就阿利桑德罗能打，除掉了他，刘子墨再也不怕别人了。

"那人一看就是玩暗杀的行家，能被你打黑枪？"秦风闻言撇了撇嘴，在陈世豪等人掏枪和阿利桑德罗对峙的时候他就发现，阿利桑德罗第一时间就站到了餐厅的柱子旁边，这就是一个顶级杀手所显示出来的本能反应。长期的训练和在生死边缘的游走，使得他们对危险的感应与躲避能力，要远远高出普通人。

"那怎么办啊？我说秦风，你总不能看着哥哥去慷慨赴死吧？"刘子墨原本那张大义凛然的面孔早就不见了，当然，这也就是面对自己的发小兄弟，要是在洪门众人面前，那估计还得硬撑着。

　　秦风苦恼地拍了拍脑袋，想了好一会儿，眼中露出了坚定的神色："妈的，干了，咱俩一起出手！"

　　"好！"刘子墨低声喊起来，脸上露出了兴奋的神色。他不止一次见识过秦风那诡异的身手，有他出手，阿利桑德罗必死无疑。

　　"行了，别那么兴奋。"秦风没好气地瞪了刘子墨一眼，"只有两天时间了，你今儿要把阿利桑德罗的行踪给搞清楚，否则时间上就来不及了。"

　　"你放心吧，阿利桑德罗那家伙很招摇，他的行踪很好打听。"刘子墨点了点头，沉吟了一下，迟疑着说，"秦风，这事儿，能告诉白叔吗？现在纽约的黑手党，是以阿利桑德罗马首是瞻，如果他死了，纽约的帮派肯定是一片混乱，到时候可以趁机抢上一些地盘。"他知道这不但关系到自己的生死，还关系到洪门的发展，丝毫不敢马虎。

　　"白振天能信得过吗？"秦风有些犹豫。他在国内还有一摊子产业，并不想和洪门扯上瓜葛，万一出了什么事情，有可能会连累胡报国，因此他宁可自己去打听杀手门的消息，都没有去找刘子墨。

　　"绝对信得过！"刘子墨点了点头，"白叔是我同门师叔，与我父亲和二伯都是过命的交情。"

　　秦风闭上眼睛想了好大一会儿才说："那好，子墨，你安排下，我单独见见白振天。"他现在也很无奈，虽然他在国内有些根基，但是在国外，整个儿就是两眼一抹黑，此次想要接触杀手门，恐怕还真要依仗洪门的关系。

　　半个多小时后，这场酒宴也到了尾声，走路都不怎么稳当的陈世豪在秦风的搀扶下，跟白振天道别。上车后，他就像是川剧里的变脸一般，酒意瞬间消失得无影无踪："老弟，洪门想要插手到澳岛，你怎么看？"

　　"豪哥，那么大一块蛋糕，是谁都会惦记上的。"顿了一下，秦风又说，"其实，和港岛的那些人合作，也不是什么好的选择。"

　　"哦，这话怎么说？你的意思，是傅家的人不行？"陈世豪愣了一下，在他看来，港岛的傅氏家族有资金有背景，以前又执掌过澳岛赌业，绝对是最佳的合作对象。

　　"不是傅家的人不行，但是有更好的合作对象，还要再选择傅家吗？"秦风笑了笑，"豪哥你觉得洪门和傅家相比，哪个的优势要更大一些？"

"当然是洪门了。"陈世豪不假思索就脱口而出，随即又苦笑道，"秦风，你以为和洪门合作，到时候还有咱们的话语权吗？"在华人世界里，洪门就是一个庞然大物，他们如果涉足澳岛赌业，恐怕要比何先生更加强势，到时候恐怕连澳岛的地盘都要接收过去。

"豪哥，我不这么看。"秦风摇了摇头，"我觉得洪门就算进入澳岛赌业，也不会站到台前来。他们只是想把帮会里见不得光的黑色收入洗白而已，你甚至可以多要一些赌场的利益，我相信他们都会答应的。"

陈世豪沉思起来，洪门那么大势力，如果大张旗鼓地进军澳岛，肯定会引起国内的猜忌，这一点洪门高层应该可以想得到。要解决这个问题，他们必须得找个代言人，以他陈世豪在澳岛的江湖地位，想必不会成为傀儡。而且洪门以前从来没有涉足过赌业，也没有任何相关的人才，想要办好一个赌场，还是要依仗自己这些人。而洪门能给陈世豪带来的好处，也是显而易见的。别的不说，只要有了洪门的背景，加上陈世豪在澳岛的多年经营，不管是黑手党还是山口组，想进入澳岛，基本上是不可能的了。

想到这里，陈世豪已经有些意动了："秦风，这件事我要好好想一想，等回去和明叔他们商量一下再说。"

白振天住的是一处大套房，客厅足有三四十平方米，在客厅的中间，放着一张用树根雕琢出来的茶桌，上面摆着工夫茶的茶具。

"年轻人，请坐！"白振天抬头看了一眼秦风，淡淡地说，"很久没泡茶了，看看老头子的这手艺怎么样。"低下头，白振天再也没有说话，而是全神贯注地泡起茶来，用刚烧开的水清洗了茶具后，沸腾的滚水倒进了茶碗里，顿时一股茶香飘了出来。

不过白振天下面的一个步骤却让秦风愣住了。因为按照常理，白振天应该将茶碗里的茶水倒进小杯里，可是白振天却拿出了一个玻璃杯，将茶碗里的茶都倒了进去。

白振天将那杯水推到了秦风面前："趁热喝，刚煮沸的茶，凉了就不好喝了！"

"多谢！"秦风此时已经明白过来，当下也不推辞，不动声色地端起茶杯，一饮而尽。

"闽省安溪的极品铁观音，绵甜甘醇，沉香凝韵，果然是好茶！"放下茶杯后，秦风淡淡地看向了白振天，面色没有丝毫改变。秦风知道，这是白振天在考他，如果秦风喝不下这杯热茶，或者在喝下后出了丑，他在白振天眼中都会大打折扣。

"好，好，果然是英雄出少年啊！"看到秦风不动声色的样子，白振天哈哈大笑了起来，"没想到国内还有你这样的少年，难得，难得啊！"从秦风喝下这杯茶的举动中，他看出来秦风是练习内家功夫的，纵使还没练出暗劲，恐怕也到了明劲的巅峰，因为一般人是喝不下这杯茶的。

不由自主地点点头，白振天直奔主题："不知小兄弟出身哪个门派？这易容术用得是出神入化啊！"交谈之前，还是要摸清对方的底细为妙。白振天的父亲是"神枪"李书文的亲传弟子，白振天将他一身的本领和经验都学了去，自然知道，像秦风这种人肯定接受过某种传承，说不定就是出自江湖上的哪个门派。

"白叔，我早年偷师子墨家传的八极拳，承蒙老爷子厚爱，没有收回我这身功夫，所以从这一点上论，我也得叫您一声师叔。"说到这里，秦风想了一下，"后来我遇到了一些事，真正拜了位师傅，他老人家早年在江湖上有个绰号，叫作'鬼见愁'，不知道白叔您听过没有？"

"鬼见愁？"白振天脸色一变，看着秦风说，"你师傅是不是身材不高，眉心里藏着一颗黑痣，左耳的耳垂处有个伤疤？"

"嗯？您怎么知道这些的？"听到白振天的话后，秦风身形不动，但浑身的肌肉却是绷紧了，环绕在右手中指上的索命针更是滑到了掌心里。他不得不防，因为师傅载昰当年行走江湖的时候，极少露出真容。知道师傅这些最隐秘特征的人，如果不是载昰的至交好友，那么肯定就是生死仇家，只有这两种人，才会对这些如此了解。

在秦风想来，师傅当年行事狠辣杀人无数，面前的白振天多半是师傅的仇家无疑了，按照江湖上的规矩，如果是一些死仇的话，那么下一代也会是不死不休的局面。

秦风身上散发出来的那种气机，白振天第一时间里就感应到了，连忙摆手道："你别紧张，你师傅当年曾经救过家父白山南一命，他老人家至今念念不忘呢。"说到这里，他又泡了一壶茶，不过这次却是在小杯里给秦风倒上了茶水，眼神也变得柔和了起来。

原来，白振天的父亲白山南早年跟载昰有过命的交情，新中国成立后，白山南出走海外，两人再无联系。60年代，白山南来到美国，将洪门发扬光大，成为洪门大佬。这也是当年白振天带领大圈帮投入洪门，马上就得到重用的原因。

当儿子在帮中崭露头角后，白山南很快就淡出了帮会，还让儿孙买了棺材，对外宣称自己因病亡故，办了一场热热闹闹的丧礼。从那之后，白山南就在旧金山郊区的一个庄园里深居简出，连许多洪门中的老人也都不知道自己的老伙计其实还在人世。

"你师傅和我父亲以兄弟相交，以后，我要叫你一声老弟了。"说到这里，白振天叹了口气，扭头对站在身后的刘子墨说，"秦风并没有拜在咱们八极门，你小子论辈分也要喊声叔，这个不能乱。"

"这……这不对啊，秦风叫我爸还叫叔呢。"刘子墨闻言挠起了脑袋，他有点算不清和秦风之间到底是个什么关系了。

"白大哥，咱们还是各论各的吧！"秦风见状笑道，"我从小受刘家恩惠颇多，老爷子更是对我恩重如山，而且我和子墨情同手足，以后还是兄弟相称比较自在。"

"好吧。"听到秦风的话后，白振天无奈地笑了笑，"咱们各论各的，就不讲那么多规矩了。"以前的江湖中人，关系其实也是错综复杂，儿子和人拜了把子，反过来那人再和儿子的老子拜把子的事情比比皆是，也只能是各论各的了。

"秦老弟，你为什么来美国？怎么和阿豪他们混到一起去了？"论完交情后，白振天忽然想到了秦风的身份，不由得好奇了起来，要知道，这年头从国内出来可不是件容易的事情。他虽然不怎么将陈世豪放在眼中，但那也是雄踞澳岛有名有姓的江湖大佬，以秦风这个年龄和身份，如何就能和他平起平坐？

"我来参加赌王大赛的啊！"秦风解释道，"在澳岛的时候，我欠豪哥一个人情，答应帮他拿下一个'赌王'称号，算是还了他这个人情吧！"

"你……你帮他拿下一个'赌王'称号？"白振天的眼睛一下子瞪了起来，"你还会赌术？"

当着白振天的面，秦风也没谦虚："我师傅是玩赌的祖宗，我虽然没学到十之一二，但辅助亨利卫拿到个'赌王'称号，问题应该不是很大。"

"秦老弟，你说的可是真的？"白振天闻言一喜。洪门一直都想插手赌业，无奈他们培养不出专业人士，只能看着别的帮派瓜分这块大蛋糕。如果秦风所言不虚，那么洪门或许可以从他身上，找到进军赌业的契机。

"白大哥，我这次来，主要是给亨利卫打下手的，得到'赌王'称号的人也将是他。"秦风微微皱了一下眉头，"洪门想在澳岛竞争赌牌，最好还是能说服豪哥一起合作，不然以洪门的名头进入澳岛，我怕内地那边会出现什么不和谐的事情来。"

"你说的这些，我们都想到过。"白振天点了点头，"阿豪那边问题不大，不过我不怎么看好他能拿到赌牌。"

"白大哥，这次一定能拿到的。"秦风一脸自信地说，"有了'赌王'称号，我想不管是洪门还是豪哥想竞争赌牌，都会变得容易一些。"

"你能保证？"白振天的眼神变得犀利了起来，事关洪门未来的投资发展，他暂时将两人的关系摆在了一边。

"能！"秦风语气坚定地答道，不过话题一转，"白大哥，在商言商，我能得到什么呢？"他之所以不想和港岛傅家合作，是因为那边是纯粹的生意人，过河拆桥也有可能。但是洪门不同，虽然这也是个吃人不吐骨头的庞然大物，但对方是江湖人，在秦风心里，可信度要远远高于傅家。

"这事儿，我做不了主。"白振天沉吟了一下，"洪门的各项事务都有专门的人负责，如果竞拍得到赌牌，后续的一系列投资，都要做出预算，至于你能从中得到多少，老哥我现在给不了你答复。"如果换个人，白振天压根儿就不会和他谈这些利益分配，但是秦风不一样，先不提他和白家的渊源，单凭他是"鬼见愁"的弟子，白振天就不敢小觑。

"白大哥，还有一周多的时间，现在谈这些都还早。"秦风闻言笑道，"等到'赌王'到手的时候，咱们再来谈。现在还是先解决子墨和阿利桑德罗的生死战吧！"其实白振天不能给出答复，秦风还是比较满意的，如果像是陈世豪那样信口开河地就要给出股份，秦风心里反倒是不踏实。

"到时候我上吧。"白振天回头看了一眼刘子墨，"阿利桑德罗是西伯利亚训练营出来的，整个洪门，也就我能压他一头。"

"白叔，我……我和秦风的意思，是……"刘子墨迟疑地用手在脖子上比画了一下。

"干掉阿利桑德罗？"白振天摇摇头，"你以为阿利桑德罗是那么好杀的？你知道这些年来，咱们洪门有多少人折在他手上吗？"在美国势力最强的，就是洪门、黑手党和山口组，三个帮派明里虽然各有地盘，显露出一副井水不犯河水的样子，但是暗地里，从来没停止过各种渗透和杀戮。

白振天这十几年来，几乎每年都会遭遇四五次暗杀，也亏得他的修为已进入暗劲，对危险已经隐隐有种感应，才能数次逃脱。而阿利桑德罗也是如此，看似鲁莽的他，实则小心谨慎之极，加上在西伯利亚训练营中训练出来的那野兽一般的知觉，让其变得愈发可怕。

"白大哥，成不成的，要试试才知道。"看到白振天那一脸不以为然的样子，秦风说道，"白大哥，这玩意儿……您认识吧？"说着话，秦风抬起了右手，那枚索命针正环绕在他的中指上，没见秦风有什么动作，那根细如牛毛的索命针就出现在了秦风的掌心里。

"索命针！"白振天脸色大变，"你师傅竟然出身杀手门？"

"不是，不过和杀手门有些瓜葛，白大哥，我想知道，你和杀手门那边是否有交情？"秦风不知道白振天到底和杀手组织有什么关系，不过既然透了底细，这事儿就必须要弄明白。

"没什么交情，只不过我知道美国杀手组织的首领，是个华人。"白振天听明白了秦风话中的意思，摇了摇头，"杀手门的人，个个六亲不认，死在他们手里的华人富豪也有不少，我和他们没多少交往。"

秦风面色一动："白大哥，那您知不知道这人的姓名？有多大年龄？身上有什么特征没有？"他曾经听师傅提过，师傅当年收有一个孽徒，暗算了师傅之后，就远遁海外。秦风心中隐隐怀疑，他的那个师兄和杀手组织或许有什么交集。

"他的名字叫龙一，应该是个假名。"白振天一边回忆一边说，"年龄嘛，在五六十岁的样子，相貌很普通，属于那种扔进人堆就找不到的人，身上也没有什么能让人记住的特征。"

"龙一，好大的口气！"听到白振天的话后，秦风的眼睛眯缝了起来。单从白振天的话中，他无法判断出那人的身份。因为对于杀手门中的人来说，年龄相貌甚至包括身高，都是可以人为地进行改变的。

"既然你会杀手门中的一些功夫，还有索命针，那说不定还真能干掉阿利桑德罗呢。"回过神儿来后，白振天来了兴趣，"我得到消息，明天中午十一点半，阿利桑德罗和日本人在拉斯维加斯东边的玛利亚教堂展开谈判。你们俩要是想出手，那里的机会应该是最好的，哈哈，要是能将山本干掉，那就更好不过了……"

第十八章　刺杀

　　四辆轿车鱼贯驶入教堂前面的空地上，守在空地上的黑手党和山口组的人，纷纷迎了上去。前面两辆车上下来的是山口组的人，昨儿还很嚣张的山本，此刻却跟在一个三十多岁的年轻人身后，说话时低眉顺眼，显然那人身份要高于他。

　　后面两辆车坐着的则是黑手党的人，阿方素并没有跟过来，秦风只看到了阿利桑德罗的身影，身材魁梧的他穿了一身迷彩服，壮硕得像一只大狗熊。

　　秦风尽量不去看人的面部，因为目光同样会引起人的感应，尤其是像阿利桑德罗这样的人，稍微一点风吹草动，都会惊扰到他。

　　"山本，昨儿教训得你还不够吗？"刚一下车，阿利桑德罗就哈哈大笑了起来，指着山本说，"咱们之间没有什么好谈的，要么出人和我打一场，要么滚出拉斯维加斯！"昨天夜里，他的人把山口组在纽约所有的堂口都给清理掉了，几乎将整个纽约的毒品市场都给抢占了下来。

　　"阿利桑德罗，你们黑手党的人，都只会干一些暗箭伤人的事情。"山本的脸色十分难看，山口组的精锐都被派驻到了拉斯维加斯来应付此次的赌王大赛，竟被黑手党钻了空子。

　　"你们日本人不是最崇尚强者吗？"阿利桑德罗一脸狞笑，"谁打赢了地盘就是谁的，要单打独斗还是开战，随你选择，拉斯维加斯的地盘，我要定了！"

"哼，"山本往左边走了一步，让出身边的年轻人，"阿利桑德罗，中川大人要和你进行生死决斗，时间定在明天，你敢……还是不敢？"

"就他？"阿利桑德罗指着那个年轻人，哑然失笑。

"八嘎，中川大人是我大日本剑道宗师菊次郎的弟子，你莫非不敢应战吗？"山本大声斥骂起来。

菊次郎是他们山口组剑道的总教头，不仅在组织内，就是在整个日本，地位都十分崇高；而中川是菊次郎的关门弟子，身份自然也是尊贵无比。中川曾经在一次剑道表演中，用一把剑接连挡住了三发手枪射出的子弹，被誉为当今日本最杰出的剑道天才。而且作为日本剑道宗师菊次郎最得意的弟子，中川并非是没见过血腥的菜鸟，而是经历过数次生死厮杀的剑客，山口组在东南亚的地盘，几乎都是他带人打下来的。

中川此次前来美国，原本只是想见识一下赌王大赛的，但山口组被黑手党打压，作为组织内的一员，他也不能坐视不管，这才随着山本来到此处。

"这么白嫩的一个人，要是被我一拳打死了，那岂不是有点可惜了？"

"八嘎！"原本站立在原地古井无波的中川，听到这话后，眼中猛地闪过一丝杀机，他并非不会说英语，只是不屑于和对方交谈而已。身体一侧，中川右手一伸，已然将身后侍从双手捧着的那把剑从剑鞘里抽了出来，一抹寒光闪过，剑尖直指阿利桑德罗的咽喉位置。

阿利桑德罗怎么也没想到，对方出剑的速度居然如此之快，一时间喉咙处的鸡皮疙瘩都炸了起来。不过常年在生死边缘游走，他的反应远超常人，几乎就在身体炸起鸡皮疙瘩的同时，他那看似笨拙的身体，如狸猫一般往后蹿去。

阿利桑德罗所带的人，反应极快，看到中川动了武器，一个个都掏枪对准了中川。山口组的人自然也是不甘示弱，甚至连折叠的冲锋枪都掏了出来，局面在骤然之间变得紧张起来。

"干掉意大利人！干掉那个俄罗斯杂种！"

就在这时，一声带有日本口音的吆喝忽然响起，紧接着就是一声枪响，一个黑手党成员应声而倒。这突兀的一枪，算是捅破了马蜂窝。两个帮派之间原本就谈不上信任，都在小心戒备着对方，眼下有人开枪，对峙场面顿时崩裂，双方纷纷开枪，各自寻找掩体。

一时间枪声大作，夹杂着各种语言的叫骂声和哀号声，倒霉的山本在第一时间就被黑手党人打爆了脑袋，而中川和阿利桑德罗，都在自己人的掩护下躲到了后方。

"杀光他们！杀光这些日本人！"开枪连杀几人后，阿利桑德罗狂性大发，身为意大利和俄罗斯混血的他，最恨别人叫他"俄罗斯杂种"，而刚才从山口组那边，却是有人喊出了这样的话。

别看阿利桑德罗身材笨重得像头北极熊，身手却十分灵活。他的射击速度非常之快，而且还是盲射，根本就不需要瞄准，一枪一个，均是眉心中弹。

"咔嚓"一声，阿利桑德罗枪中的子弹打光了。一个日本枪手顺势冲出来想要占个便宜，却没想到阿利桑德罗在地上一滚，捡起一把手枪，抬手就将对方给干掉了。

看到阿利桑德罗一个人几乎压着自己十多个人在打，中川面色铁青，此时他才意识到，自己毕生追求的剑道，在现代火力面前，根本就不算什么。暴怒之下，他一把拉下了绑缚在腰间的白布条，将其缠在额头上，顺手拔出了那把师傅赐予的名剑，身形一晃，竟然从树后直起了身体，脚步连错，高举着剑，呈S形走位向阿利桑德罗冲去。

"白痴！"看到中川冲了出来，阿利桑德罗的嘴角微微上翘，扯出了一丝狰狞的笑容，右手一抬，三发子弹呈品字形，几乎同时射出枪膛，对准了中川的眉心和左右胸口。

就在子弹射出的这电光火石之间，中川口中突然一声断喝，高举过头的剑猛地竖劈了下来。

"当"的一声脆响，迎面射来的那发子弹，居然被中川硬生生地给劈中了，虽然剑身也出现了个缺口，但子弹却是实实在在地被挡住了。而且在劈成那一剑的同时，中川的身体一侧，原本射向他胸口处的两发子弹，也擦着他的衣服飞了过去。

看到自己射出的子弹被中川挡住，阿利桑德罗心中震惊不已，他并非是第一次见到有人用兵器格挡住子弹，当年的剑道教官同样能做到这一点。那时阿利桑德罗只不过才十三岁，他和三个训练营中的小伙伴，拿了四把手枪，站在三十米外从不同方位向教官射击，却是没有一发子弹能击中教官。但中川的修为显然不够，很快，他肩膀上就冒出了一片血花。

"小日本有点儿顶不住啊！"刚才操着一口日语的秦风，此时已藏到教堂空地前的树林里，眼见中川就要挂掉，便摸出一枚手雷，这是洪门专门给他暗算阿利桑德罗准备的开胃菜。手雷从中川的头顶掠过，径直飞向了三十多米外的阿利桑德罗。

秦风的臂力何等之大，那枚手雷在空中划出了一道弧线，准确地落向阿利桑德罗的身前。秦风的投掷弧线拉得比较高，正全神贯注用火力压制山口组的阿利桑德罗还真没看到，直到手雷下落的时候，他才看见了那股青烟。

"手榴弹！"

阿利桑德罗面色骤然大变，在手榴弹还没落地的瞬间，他那庞大的身躯像是装上了弹簧一般，飞快地向后退去，同时用双手抱住了脑袋。

"砰！"随着一声闷响，教堂前面的空地上炸出了一片刺眼的火光，手榴弹的弹片呈三百六十度四下弹射，将周围十米的空间尽数笼罩在爆炸范围内。

原本跟着阿利桑德罗往前冲的那四五个黑手党人，反应可没有阿利桑德罗快，他们还没搞清楚发生了什么事，身体就被弹片打成了筛子。就是阿利桑德罗，也没能全身而退，一枚弹片穿过了他护住脑袋的手臂，插在了他的面颊上，同时腰间也有好几处都中了弹片。

"该死的，你们都要死！"趴在地上的阿利桑德罗怒吼道。他的脸上满是血污，狰狞得像只野兽一般，这样的伤势，他已经有十多年没有过了，这让他心中的杀意无限膨胀。

"要死的是你吧？"中川的声音冷冷地传过来，身影也出现在了树林边缘，他已经看到阿利桑德罗的手枪掉落在了地上。

"不要开枪，我要亲手斩下他的脑袋！"见到手下抬起枪口准备射击，中川连忙伸手阻止了，"阿利桑德罗，我让你见识一下什么叫作真正的剑道！"

此时的阿利桑德罗身后就是丛林，只要往后一退，子弹将很难击中他。所以中川看似在逞个人英雄主义，其实是想逼得阿利桑德罗迎战，否则逃走这么一个敌人，恐怕就是他也会感到寝食难安。

"臭虫，我会扭断你的脖子，把你的脑袋带回去做成标本！"听到中川的话后，阿利桑德罗果然没有退进树林里，反倒是往前走了几步。如果仔细观察的话就会发现，阿利桑德罗虽然中了七八枚弹片，但是除了脸上的伤口在淌血外，身上的弹片却全都被肌肉给夹紧了，并没能伤及骨头。

"别让他逃了！"中川一挥手，山口组这边仅剩的三个人，马上分出了一人，往阿利桑德罗身后绕去。

但是变故就在那人经过阿利桑德罗身边的时候发生了，原本往前走的阿利桑德罗，忽然一个箭步冲到了那人的身边。作为从西伯利亚训练营中活着出来的精英，阿利桑德罗浑身上下无处不是武器。他展开蒲扇般大小的双手，重重地在那人的两边太阳穴处一击，那个日本人顿时鲜血飞溅，一颗眼珠竟然被打爆出来。

"小野君？"这突如其来的一幕，让另外两人看得眼角眦裂，谁都没想到，在被几人拿着枪包围住的情况下，阿利桑德罗仍然敢出手杀人。

仅剩的那两个人，再也顾不上中川的命令了，抬起枪口就要射击。只不过他们的动作还是慢了一点儿，刚刚瞄准了阿利桑德罗，就感觉咽喉一疼，紧接着脖子上就鲜血直喷，却是颈动脉已被利刃划断了。

"这个世上能让我死的人，还没生出来呢！"看着几乎在同时倒下去的两人，阿利桑德罗的脸上露出了狞笑，伸出舌头舔了一下脸上流出的鲜血，再加上那身被炸得破破烂烂的衣服，样子简直就像是从地狱中爬出来的魔鬼一般。

"魔鬼，你……你是魔鬼？"饶是中川也算是身经百战之人，此刻也被阿利桑德罗给吓住了。他怎么也没有想到，阿利桑德罗居然拔出身上的弹片，将山口组最后的两个人给击杀了。

"没错，我就是'魔鬼'，这个外号，我有十年没用过了。"阿利桑德罗狞笑着看着中川，"你知不知道，我当年在西伯利亚训练营的时候，最后的科目，就是要干掉一个教官，你知道我干掉的是谁吗？"

"是……是谁？"中川虽然不想跟着阿利桑德罗的节奏走，但还是忍不住问了出来。

"那个人叫原田太一，也是你们日本人，不知道你认不认识？"

"原田太一大师，他……他竟然死在你的手上？"当中川听到阿利桑德罗的话后，整个人顿时呆滞住了。

在二三十年前，原田太一可是和他师傅菊次郎齐名的一代宗师！原田太一同样也是忍者出身，剑法诡异多变，在刺杀一项上，还要超出菊次郎。不过原田太一为人倨傲，得罪了日本几大家族，被人终日追杀，最后也销声匿迹了。

菊次郎曾经给中川说过，如果原田太一还没有死的话，他的实战技能，恐怕要超过自己，对其十分推崇。在听到原田太一是死在阿利桑德罗手上后，中川心中的战意顿时无影无踪了，他再狂妄，也不会认为自己已经达到剑道宗师的境界了。

"咣当"一声，剑落到了地上，中川的精气神儿，此刻已经完全被阿利桑德罗给摧毁掉了，他再无丝毫和面前的这个魔鬼战斗的意志。

"妈的，这北极熊怎么像是被杀手门调教出来的？"树林中的秦风看到这一幕，也是吃了一惊，阿利桑德罗不仅是杀人的手段和杀手门如出一辙，就连对时机的把握也是恰到好处。

"奶奶的，我还不信，就炸不死你了？"虽然山口组的人不争气，但秦风也不想出去和阿利桑德罗硬拼，又摸出四枚手雷。

正准备杀掉中川的阿利桑德罗忽然转过头，往秦风藏身的地方看去。远在二三十米外的秦风眉头一皱，本能地发觉一股犀利的杀气迎面而来。

"别说是一个人了，就是只真北极熊，老子也能炸死你！"就在阿利桑德罗有所察觉的这一刻，秦风猛地扬起手，两枚手榴弹同时脱手而出，直接飞向阿利桑德罗。

"又是手雷？该死的日本人！"这一次手雷还没飞出树林，就被早有防备的阿利桑德罗看到了。阿利桑德罗发出一声怒骂，脚下一顿，快速往后退去。

就在此时，他突然发现，在那两枚手榴弹后，又有两枚手榴弹被抛了出来。而后面飞出的这两枚手榴弹，速度竟然超过了前面两枚，阿利桑德罗判断，它们的落点，将会是自己身后十米的地方。

在这生死攸关之间，阿利桑德罗竟然不退反进，几乎在不可能的情况下，硬生生地止住了后退的身形，像一辆坦克般地往前冲去。傻站着的中川就悲剧了。在阿利桑德罗全力的冲撞之下，他的身体猛然间飞了起来，随后又被一只大手捏住脖子硬拉了回去，紧紧地贴在了阿利桑德罗的身上。

就在阿利桑德罗将中川挡在身前的同时，爆炸声也接二连三地响起来，巨大的震波向四面八方冲击而去，树上的树叶下雨般地纷纷落下。

四枚手榴弹连环爆炸所产生的效应非常猛烈，不仅在教堂门前的空地上留下一个大大的深坑，那刚刚翻修过的教堂门窗上的玻璃，也都被震碎掉了，当爆炸声止歇后，场地中央是一片狼藉。

躲在三十多米外的秦风，此时也不怎么好受，那股冲击波也影响到了他，一块弹片擦着面颊射进了一棵树干中。

透过面前的树干，秦风死死地盯着倒在地上的阿利桑德罗，在他的背上，还有中川那血肉模糊的尸体。

血水不断地从阿利桑德罗身上往周边流淌着，那块地面早已变得殷红一片，从刚才的场景来看，阿利桑德罗应该是必死无疑了。如果换成刘子墨，他此时肯定会屁颠屁颠地出去查看，但秦风不然。这也是他从杀手门中学到的一个知识，那就是在不确定敌人是否还能发出致命一击之前，绝对不能掉以轻心。

反正现在中弹倒地的人是阿利桑德罗，流血的也是阿利桑德罗，秦风不疼不痒地等上个半小时，一点儿压力都没有。如果阿利桑德罗装死的话，那么这半个小时的时间，足以让他的血流光，活人也会变成死人。

只是没多久，一辆汽车就冲了过来，从车上下来了五个衣衫凌乱的意大利人——在树林外，他们刚跟山口组的人也是一番激战，但眼前这一地尸体的场景还是震慑住了他们。

"阿利桑德罗，你在吗？"在几秒钟的惊愕之后，五个人大声喊了起来。

"我……我在这里，树林里有敌人！"在地面上已经躺了足有十分钟没动弹的阿利桑德罗，身体忽然颤动一下，将压在自己背上的中川抖落了下去。

"你没事儿吧？"一个四十出头的意大利人抢到了阿利桑德罗的面前，一边警惕地看着阿利桑德罗所指的树林，一边将他扶了起来。

不过当看清阿利桑德罗的身体后，那个意大利人顿时愣住了，露出不可思议的神情。由于受到了爆炸气浪的冲击，阿利桑德罗身上的衣服早就变成了布条，露出了那一身精钢般的肌肉。只是此时那一身可以媲美世界健美先生的肌肉上，到处都是伤口，尤其是背上，插满了大小不一的弹片，鲜血几乎将阿利桑德罗染成了一个血人。幸运的是，没有一枚弹片击中阿利桑德罗的后脑，否则即使他那身肌肉练得再坚硬，也是命丧当场的结局。

"阿戈斯蒂诺，我……我没事儿！"阿利桑德罗缓缓地站起了身体，咬牙道，"帮我把背上的弹片拔出来！快点儿，再晚林子里的那个杂碎就要跑掉了。"说着话，他阴沉着脸看了树林一眼，他有种感觉，林子里的那人也在观察着自己。

见到阿利桑德罗发火了，阿戈斯蒂诺再也顾不得那么多，伸出手捏住了一个露在外面的弹片，直接将其拔了出来。

"嘶……"阿利桑德罗倒吸了口凉气，不过这种疼痛还在他的忍受范围内。相反这种疼痛却是在不断刺激着阿利桑德罗的神经，让他的大脑更加清楚，在这种状态下，阿利桑德罗反而能爆发出高于平日的战斗力。

"阿利桑德罗，要不我让哈维先进去？"又拔下一个弹片后，阿戈斯蒂诺问道。

"不用，里面是高手，你们不一定能对付得来。"阿利桑德罗摇了摇头，从对方投掷手榴弹的阴险手法上看，林子里的人要比中川难对付多了。

当阿戈斯蒂诺拔下了腰背上的最后一个弹片后，阿利桑德罗撕下几个布条，斜着绑在自己的身上："你们都退到车上去！"然后像没事儿人一样，大步迈开，很快没入了树林中。

正如秦风所想的那样，不到四十秒的时间，阿利桑德罗那庞大的身形就出现在他方才藏身的大树后面。

阿利桑德罗站住了脚，浑身绷紧犹如要出击的豹子般，死死盯着脚下的一处藤蔓。他慢慢蹲下身，伸出右手在那根藤蔓上捻了一下，顿时，一根细如发丝的银色金属线出现在他面前。顺藤摸瓜地找了下去，秦风埋的那颗地雷被阿利桑德罗挖了出来。见到了这颗地雷，阿利桑德罗忍不住心头狂跳了起来："该死的日本人，竟然用上了反坦克雷！"

眼前的这个地雷，足有足球大小，顶端是一个精致的触发式引信，只要银线所承受的力度超过一个界限，这枚反坦克雷就会炸响。这个发现，让阿利桑德罗有点不敢置信，因为从眼前的陷阱可以得知，他的敌人和自己一样，也是一个丛林战的高手。

"啊……"就在这时，树林外面忽然接连传来了几声惨叫，阿利桑德罗听得真切，那正是阿戈斯蒂诺等人的声音。他循声望去，却发现原本站立车旁的阿戈斯蒂诺五人，现在都倒在了地上，一个人影飞快地遁入到了后面的树林里。

阿利桑德罗的反应十分快，几乎在看到那个身影的同时，他一把拔出插在腰间的手枪，"砰砰砰"连开三枪，但好像没有射中目标。

"就算你是上帝派来的人，我也会把你撕成碎片！"阿利桑德罗发出一阵怒吼，连番损失人手，让他已经无法再忍受下去，一丝焦躁在他心头升起，"你可敢出来，明刀明枪地和我打一场？"

他虽然动了真怒，但不敢在这林中放肆，甚至连脚步都不敢迈大一步。要知道，刚进入树林就发现了那枚威力巨大的地雷，这种心理上的震慑，使得阿利桑德罗颇有种憋屈的感觉，这种感觉，在以前都是他赋予别人的。

"这个林子，就是你我的战场，想杀我……你还是先找到我吧！"秦风的声音从二三十米远的地方传了过来，这在平地上瞬间就能跨越的距离，在此刻，却显得是那么遥远。

看着越来越近的阿利桑德罗，秦风右手袖口中滑出一个火柴盒大小的物件，他将手指轻轻地按在了上面的一个按钮上。

小心翼翼前进着的阿利桑德罗忽然闪身到一棵树后，浑身汗毛瞬间炸开。就在这时，"轰"的一声巨响，他庞大的身躯就像被火车头撞上了一般，斜着往后飞了出去。秦风右侧三十多米远的地方升腾起一团火球，巨大的震波将四周齐腰粗细的大树连根拔起，无数弹片射向了四面八方。

躺在深坑里的秦风，只感觉身体周围一阵巨震，两耳像是被人用重锤同时击中一般，连口鼻之中都渗出了血，再也听闻不到周围的声音。他怎么都没想到，地雷的威力居然这么大，自己竟是作茧自缚，把自个儿埋在地下去承受这股震波，别的不说，失去了听力的他，战斗力绝对是直线下降。

当时刘子墨拿了三枚地雷，只是给秦风介绍了使用方法，别的什么都没多说。在秦风看来，手榴弹和地雷其实都差不多，区别只是一个用人为投掷，一个却是敌人自个儿触发，笼罩范围充其量也就是身周五六米。

三分钟后，已躲在了丛林间枯叶之下的秦风仍然感觉耳朵在嗡嗡作响；更要命的是，他发觉自己的腑脏也受到了震伤，胸肺都在隐隐作痛。

"不知道那家伙有没有受到伤害？"秦风深深地吸了口气，此时他听不见一点声音，走路都有些失去平衡。一口内息不断地在体内游走着，随着那股真气的游动，秦风胸腹之间的隐痛也被逐渐消除掉了，除了耳朵依然嗡嗡作响外，身体已经没有了大碍。

"阿利桑德罗？妈的，这小子怎么还没死啊？"就在秦风将养伤势时，阿利桑德罗的身影忽然出现在了他的眼前。

此时的阿利桑德罗，模样凄惨之极。刚才爆炸震波的冲击，让他身上的伤口尽数迸裂开来，而四飞的弹片也将他的右耳连着一块头皮尽数削去。他几乎成了一个血人，正靠着一棵树干在不断地喘着粗气，眼神几乎都要涣散掉了。

休息了好几分钟，阿利桑德罗也恢复了几分力气，当下用手扶住了身后的树干，缓缓地将身体支撑起来往树林外走。他是杀人如麻的魔鬼，但不是白痴，此时的状况已经不允许他继续战斗了。

阿利桑德罗走了二十多米后，身体猛地往前冲了一下，他踩到了一个被树叶覆盖着的深坑里，右腿被树叶一直覆盖到了膝盖。他大惊失色，腰板猛地一挺，硬生生地止住了前冲的身体，身体不敢有任何的动作，他这是怕再引起什么爆炸来。

等了大约一分钟，他紧绷的身体才慢慢地放松了下来，因为他闻到了身下那些树叶所散发出的恶臭味，这应该就是腐烂堆积的树叶而并非是陷阱。

"阿利桑德罗，你在吗？你在哪里？"就在此刻，树林外传来了带有浓重鼻音的意大利式英语，又一批黑手党人终于赶到了教堂，大声呼喊着阿利桑德罗的名字。

"我在这……这……"手下的到来，让阿利桑德罗又松了一口气，他知道自己现在的状态简直糟糕透了，如果这些人不来，他恐怕都无法赶回到拉斯维加斯去。

因为身体太过虚弱，阿利桑德罗的第一声呼喊，并没有引起树林外那些震惊于一地尸体的意大利人的注意，阿利桑德罗不由得又大声喊道："我……"

只是当阿利桑德罗刚刚喊出了这个"我"字之后，他的心头猛然出现了一股警兆，这种警兆，甚至要比之前出现的那次强出百倍。

秦风从厚厚的腐叶里拔地而起，双脚用力在地上一蹬，一个空翻从阿利桑德罗的头上翻了过去，不过他的两手却环绕在了阿利桑德罗的脖子上。

"不……我不会死的！"死亡的阴霾笼罩在了阿利桑德罗的心头，虽然杀人无数，但当死亡降临到自己头上的时候，阿利桑德罗依然不甘心。

"是人总会死的。"秦风的声音在阿利桑德罗的耳边响起，紧接着阿利桑德罗只感觉脖子一凉，一道血柱将他的头颅高高地带离了身体。在意识尚未消失的时候，阿利桑德罗看到了往树林中跑来的手下。不过这也是他生命中的最后一个画面，零点几秒钟后，黑暗就吞噬了他所有的意识，那颗血肉模糊的头颅跌落在草地上。

"放在史庆虎的手上，还真是委屈了你。"秦风轻轻推了一下阿利桑德罗仍然站立着的身体，两手一绷，一粒血珠从那钢丝锯上弹起，细细的合金钢丝又消失在空气中。

十多分钟后，在树林里穿行了三四公里的秦风，终于看到停在树林边缘的那辆皮卡车，站在皮卡车门口的，正是刘子墨。

第十九章　动荡

秦风刚回酒店房间没多久，陈世豪就敲开了他的房门，当然，秦风是听不到敲门声的，是守在外间的刘子墨开的门。

"原来刘老弟也过来了啊！"陈世豪有些诧异地看了刘子墨一眼，转脸对秦风说，"老弟，你这是去哪里了？这几天拉斯维加斯可不怎么太平，没事儿你尽量不要外出……"

"嗯？豪哥，拉斯维加斯怎么了？"看到陈世豪的嘴型后，秦风愣了一下，他刚刚从教堂处赶回来，这消息不至于传播得那么快吧？

"黑手党和山口组的人去谈判了，说不定要打起来，你最近还是别出去了。"陈世豪说话间看了刘子墨一眼，他也不知道洪门有没有参与到这件事里来，如果洪门也插一脚的话，那事情就要闹大发了。

"豪哥，我知道了。"秦风点了点头，"我还有点儿事要和子墨谈，您看……"

"哦？好，我就是给你说一声的。"陈世豪没想到秦风居然下了逐客令，连忙站起身来，"你们谈，你们谈，老弟，后天亨利应该就可以进入到正赛，到时候还要多靠你啊！"

提醒秦风赌王大赛的事情，才是陈世豪此行的主要目的，眼下亨利卫在淘汰赛中形势大好，没有什么意外的话，参加正赛是板上钉钉的事情。

"豪哥，你放心吧，我答应过的事情一定会做到。"秦风给陈世豪吃了颗定心丸，将其送了出去。

"秦风，跟着他混有什么前途？"等到陈世豪出了房间后，刘子墨不由得撇了撇嘴，"我看你还是加入我们洪门吧，现在洪门正缺少精通赌术的人才，你过来就能独当一面。"

"我可不想给自己找个套子拴上。"秦风摇了摇头，"如果和洪门合作，我还可以考虑一下，至于加入洪门，还是算了吧！"加入洪门虽然能得到很多便利，但同样，秦风处处也都要为洪门的利益着想了，这并不符合他的性格。

"和洪门合作？"刘子墨瞪大了眼睛，"秦风，我承认这件事你干得漂亮，不过洪门是个什么组织你可能还不清楚，和洪门合作，你就不怕被洪门一口吞掉？"

作为华人在海外的最大组织，洪门这百十年来，已经渗入到了欧美社会的层层面面，很多领域都有洪门的影子。甚至在世界五百强的企业里，洪门在其中也有许多股份，要是将这些股份折算成金钱，洪门的资产最少得在千亿美金以上。面对着这么一个庞然大物，秦风居然想谈合作，在刘子墨看来，这着实有些可笑。别说是秦风了，就是陈世豪在白振天面前都不够看，昨儿白振天对陈世豪所说的那些话，其实只是想将陈世豪纳入到洪门体系之中，而不是与他合作。

"洪门的牙口是不错，不过想要吃掉我，还差了点儿。"秦风笑着摇了摇头，"洪门想涉足赌业，不是有钱就能办到的。首先，洪门要有技术，要有精通赌术的人来支撑场面；再说了，洪门也需要赌坛的人脉，如果被各家赌场挤对，恐怕洪门的赌场也开不起来，否则拉斯维加斯为何会没有洪门的一席之地？"

秦风所说的这两点，都说到了点子上，洪门这些年虽然一直有心涉足赌场生意，无奈一没技术二没人才，在拉斯维加斯根本就插不进脚。如果不是澳岛风云变幻，即将重新发放赌牌，恐怕洪门还是找不到进入赌业的契机，但即使如此，和欧美的赌业大亨们相比，洪门依然不占什么优势。对别的赌业大亨来说并不是最重要的技术人员，对洪门而言，却至关重要，这也是白振天一到拉斯维加斯就赶去给陈世豪撑场面的主要原因。

秦风相信，只要他能展现出足够的实力，还是可以在此次赌牌之争中浑水摸鱼，占得一些好处的，毕竟现在是洪门有求于他。

"我不懂这些，也许你说的有道理吧！"听到秦风的话，刘子墨眼神迷惘地摇了摇头。洪门这几十年虽然很注重培养专业人才，但更多是倾向于金融等行业。别说刘子墨不懂，整个洪门除了解放前曾经在沪上待过的老人还知道一点赌的门道，其余的人差不多都和刘子墨一样两眼一抹黑。

"行了，不和你废话了。"看到刘子墨那样子，秦风摇了摇头，"我先看看自己的耳朵是怎么回事儿，这样说话也忒费劲了……有人进来先帮我挡住。"说完就起身进了里屋。

酒店的床铺太软，秦风干脆盘膝坐在了地上。他双手掌心朝天放在了两膝上，深深地吸了一口气，这口气足足吸了有三分多钟，而后双眼一闭，整个人似乎再无呼吸一般。

一口真气游走在体内各处经脉中，当真气行过，秦风只感觉浑身舒泰，好像回到了母胎一般，懒洋洋的，直想睡上一觉。他整个人都沉迷在了这种无思无欲的状态之中。观心冥想，让秦风惊诧的是，一场大爆炸，竟然打通了他体内一些堵塞的穴道，产生了一股神识。这股神识完全不受空间的阻碍，居然透墙而过，让他看到了一墙之隔的刘子墨。

在客厅里的刘子墨正在打着电话，当秦风的神识窥探到他身上的时候，他脸上露出一丝狐疑的神色，往四周扫视了一圈，但没有发现什么。

你能看到别人，而别人看不到你，这种情形十分怪异，那股神识在刘子墨前身后转悠了好几圈才收了回去。

"看来子墨并没有产生神识，难道是功法不同所导致的吗？"见到这一幕，秦风心中起了一丝明悟，他原本以为他修炼的道家心法和刘子墨修炼的内家拳法在道理上是相通的，但是现在看来，两者之间还是有着很大的区别。

"可惜师傅也没修炼出神识，否则当年他一定会告诉我。"自从得到玉佩中的传承后，秦风已经知道，玉佩传承中所记载的功法和各门绝技，要远远超过师傅所教的，想必师傅也没能得到外八门主脉真正的传承。这也就给秦风带来一个问题，他现在所修习的功法，没有任何前人经验可借鉴，想必当今之世也无人修炼，以后的道路就要秦风自己去走了。

"以后要多去道家的名山大川转转，看看能不能找到同道中人。"想到这里，秦风忽然笑起来，他发现自己进入到新的境界之后，心胸也随之变得开阔了许多，居然连耳不能闻的事情都放在了一边，反倒琢磨起了那些虚无缥缈的事情来了。

念及此处，秦风静下心来，心念一动，体内的那股真气顿时游走到了后脑耳朵处，仔细探查了起来。

俗话说，"痛则不通，通则不痛"，对于修炼出了内家真气的人而言，他体内的真气就是最好的探视手段，而且要比现代医疗器械探究得更加细微。当那股真气游走到了耳后耳尖穴的时候，秦风的眉头微微皱了起来，因为他察觉到，耳尖穴的经脉受到了损伤，真气行到这里，就再也无法通过了。

他尝试着强行冲击了一下，却是只感觉脑袋"嗡"的一声炸响，震得他头晕目眩，只能连忙止住了冲穴的举动。

"奶奶的，难不成我要当一辈子的聋子？"秦风苦起了脸，修为晋级固然重要，但要是以损失听力来换取，秦风还是不愿意。

"或许是震波所留下的后遗症，先慢慢调养一段时间再说吧！"在地上又坐了良久，秦风站起身来，他也只能这样来安慰自己了。

"子墨，哎，我说你小子刚才还在打电话，怎么这会儿就睡上了？"推门出了房间，秦风看到刘子墨躺在沙发上，已经发出了鼾声，不由得又好气又好笑，还是这种没心没肺的人活得幸福，不管什么事都能不放在心上。

刘子墨睡得并不沉，被秦风一推就睁开了眼睛，没好气地说："你在里面待了快二十个小时了，我不睡觉难不成还一直守着？"

"二十个小时？"秦风吓了一大跳，他只是觉得自己就入定了一小会儿，怎么就过去这么久了，难道"山中无日月"这话是真的？那些修道之人，往往一睡百年，难不成他们所处的状态，就是和自己一样的？

"你推门了？"刘子墨挠了挠头，"怪不得我跟白叔通电话时，一直感觉有人在看我呢，敢情是你呀！"虽然没修炼出神识，但进入暗劲境界之后，刘子墨的"六识"也得到了很大的提高，在被人注视或者窥探的时候，也会有所感应。

秦风岔开话题："白叔打电话给你有什么事？昨天黑手党和山口组火拼的消息应该传出去了吧？"

死了那么多人，而且还动用了军用地雷和手榴弹。秦风相信，这已经不单单是山口组和黑手党的事情了，恐怕美国警方甚至军方都会介入进来。

"嘿嘿，美国现在已经闹翻天了。"刘子墨嘿嘿笑了起来，"山口组在拉斯维加斯的人全军覆没之后，在纽约疯狂地报复黑手党，而阿利桑德罗的死导致黑手党群龙无首，被山口组的人打得节节败退，从昨天下午开始，两边已经死掉上百人了。不仅纽约州乱了，华盛顿、洛杉矶、芝加哥还有休斯敦，都乱套了，各个黑帮相互倾轧，打得不可开交——呃，有人敲门，应该是白叔他们来了。"

在秦风入定的这二十多个小时里，刘子墨一直和白振天保持着联系。在知道秦风耳朵出了问题后，白振天马上让旧金山的一位医生连夜赶过来，算算时间也差不多该到了。

果然，开门后，外面站着的正是白振天和一个三十来岁的白人，跟在两人身后的还有白振天的司机阿宝，他手上拎着一个大箱子。

刘子墨和白振天打了个招呼后，与那个白人拥抱了一下："戴维，你怎么过来了？"

"刘，听说你干了件大事，我当然要来了。"那个白人笑嘻嘻地和刘子墨抱了一下，说的是地道的普通话。

"秦老弟，不请自来，还请见谅啊！"见到秦风，白振天的脸色顿时变得肃穆起来，对着秦风一拱手，用上了平辈论交的礼节。

之前白振天虽然也称呼秦风为老弟，但话语中只是透着亲热，未必就真的将秦风看成了能和自己平起平坐的人。不过今儿见到秦风，白振天的态度却是发生了改变。秦风心里明白，这种显而易见的改变，正是他自己所赢取的。

"白大哥客气了，快点儿里面请。"秦风也笑着拱了拱手，伸出右掌倾斜四十五度角，往里虚让了一下。

"哎，对了，秦老弟，子墨不是说你……你的耳朵受伤了吗？"白振天忽然想起了，惊讶地看着秦风。

"是受伤了，一点儿声音都听不到。"秦风点了点头，"昨儿我把地雷引爆的时候出了点儿意外，耳朵被震聋了，到现在还听不到任何声音。"

"什……什么？你……你听不到我说话？"白振天更吃惊了，就连和刘子墨低语着的那个老外戴维也将目光看了过来，眼中满是惊奇的神色。

"秦老弟，你是开玩笑的吧？"白振天摇头，"你听不到我说话，怎么知道我说什么呢？"

"白大哥，您是老江湖了，不会不知道唇语吧？"秦风笑着指了指自己的嘴唇，"只要您说的是普通话，我就都能分辨出嘴型来，不过要是讲英语，我辨别得就不是那么准确了。"

"唇语我倒是知道，但没见过像你这样完全不受影响的。"白振天这才释然，但脸上还透着一丝惊讶。当年在大圈帮里，他有个老友耳朵受伤变聋了，也精通唇语，虽然也能和人交流，但大多都是连猜带比画，远没有秦风这般顺畅。

"戴维，你来给秦老弟看看，看下他的耳朵到底是怎么回事儿。"白振天对着那个白人招了招手，转脸又对秦风说，"秦老弟，这是我的弟子，叫戴维，也是我的义子，他现在是咱们旧金山华人医院的院长。"

"弟子？义子？白大哥，这个……"看懂白振天的嘴型后，秦风顿时愣了一下，中国的拳师在国外收徒的有不少，但是收老外当干儿子的，秦风却是第一次见到。

"秦师叔。"看到秦风脸上惊愕的表情，戴维笑嘻嘻地打招呼。

"师叔"两字让秦风苦笑着摇摇头："我和白大哥没有师门辈分，你也不用叫我师叔，叫我的名字就好了。"

"那好，以后我就叫你秦风吧！"戴维高兴地点了点头，他和刘子墨是好朋友，自然也不愿意称呼比自己小的秦风为叔叔，说着话，他打开了阿宝拎进来的那个大箱子，"你把头歪下来，我检查一下。"

过了大概半个小时后，戴维才停止了对秦风耳朵的检查，将工具一一收回到箱子里。

"戴维，怎么样？我的耳朵能不能康复？"即使秦风再豁达，此时也不禁心中有些忐忑，一脸希冀地看向了戴维。

"秦风，你的耳朵是因为强震波导致耳膜受损，不过耳膜并没有完全破裂……"戴维停了一下说，"我有两个办法可以解决这个问题，第一就是用手术来修复受伤的耳膜，这种方法见效比较快，但会对听力造成一定的影响……"

"第二种方法呢？"没等戴维说完，秦风就否决了这个建议，耳朵不比别的部位，如果受损就很难恢复，不到万不得已，他不愿意在耳朵上动刀。

"第二种办法就是让耳膜慢慢复合。"戴维指了指自己的耳朵，"人体原本就有自我修复的能力，耳膜也是如此，在一段时间后，它自己就会愈合的，这种方法没有任何的副作用。"

"能自己愈合？"

戴维点了点头："其实你的耳朵受伤并不是很重，但是不知道为什么，出现了二次出血，这才导致你需要很长一段愈合周期。"

"难道是我用真气冲脉的缘故？"听到戴维的话后，秦风愣了一下，细想之后顿时明白了过来。耳膜原本就受伤出血了，按理说只能静养恢复，但秦风却想用真气强行冲开，如此一来，却是伤上加伤了。

"这里有些消炎的药，你每天按时服用，会好得快一些。"戴维从他的大药箱里拿出了几盒药递给了秦风。

"不用了，西药伤身，还是少吃的好。"秦风摇了摇头，既然知道了是怎么回事儿，他自然有手段去调理了。

等到戴维诊断结束，白振天却是再也压抑不住心中的好奇了，连忙凑到秦风跟前："没事儿就好，秦老弟，把昨儿事情的经过给我们说说吧。"虽然他通过电话从刘子墨那里得知了一些当时的情况，但哪里有秦风自己说来得详细？

秦风也没隐瞒，把昨天的事情原原本本地讲了一遍，甚至连自己坑自己的事情也都说了出来，白振天等人这才明白秦风的耳朵是怎么受伤的。

"阿利桑德罗的脑袋，是你斩断的？"白振天知道黑手党的人昨天连夜带着阿利桑德罗的尸首回了纽约，却不知道他那头颅竟然是被秦风砍下来的。

"是我搞掉的。"秦风不想说出钢丝锯的事情，只能含糊其词地带过去，"对了，白大哥，我听子墨说现在美国乱成一锅粥了，到底是怎么回事儿？您给说说。"秦风不想提及昨天的一些细节，当下将话题引转开来。

白振天闻言大声笑了起来："昨天在现场的黑手党成员里，有一个人是美国联邦调查局的卧底，回去之后，他就把发现了大范围杀伤性武器的事情报告了上去……"

　　美国不禁私人拥有枪支，但对军用物资却控制得极为严格。现场出现的武器触犯到了美国政府的底线，所以这一次，黑手党和山口组算是捅了个大马蜂窝。最为可笑的是，双方都吃了大亏的黑手党和山口组，在美国政府的调查还没有完结的时候，就在美国各个城市开战了。

　　其实，纽约黑手党的教父，也就是阿利桑德罗的父亲，在听到阿利桑德罗死了的消息后，高兴要远超愤怒，因为他那个杂种儿子早已将他给架空了。但山口组高层听到山本和中川死亡的消息后，心情就没有那么愉快了，更何况中川还是剑道宗师菊次郎的弟子，如果没有一个说法的话，他们也无法向菊次郎交代。于是远在日本的山口组高层，作出了一个昏庸的决定，他们命令美国所有的山口组成员，全面对黑手党开战。黑手党教父不想开战，但山口组的步步紧逼也让黑手党没了退路，由此拉开了大战的帷幕。

　　作为世界知名的两大黑帮，黑手党和山口组都有些盟友，诸如墨西哥黑帮、俄罗斯黑帮之类的，他们两个一开战，将盟友们也都牵扯进去了。其实这些盟友们也是被赶鸭子上架，不打不行，因为他们之间都有着错综复杂的利益关系。可以说，昨天从下午到深夜，美国的地下秩序，经历了一百多年来最严厉的一次考验，无数个大大小小的黑帮，打得是不亦乐乎。

　　原本就震怒于黑帮械斗出现了军用物资的美国政府，见到那些黑帮居然将战火扩大化了，顿时露出极其强硬的一面，直接出动了特种部队镇压。黑帮终究只是黑帮，恐吓收保护费才是他们的主要职业，在声称是世界最强实力的特种部队面前，他们就是一帮乌合之众。

　　昨晚的前半夜，是全美的黑帮大乱斗。而到了后半夜，则是美国军人的舞台，无数黑帮分子被击毙击伤，黑手党和山口组更是遭到近乎毁灭性的打击。且不说在械斗中直接死去的人就达到了数百，在美国政府参与进来之后，两个帮派在美国的所有高层人士，全部都被请进了警局。

　　美国军方与警方的联合行动，自然逃不过媒体的眼睛。在今儿一早，美国的各大报纸就报道了昨天夜里发生的事情，并且表达了美国人民向政府要真相的强烈愿望，顿时在美国社会掀起了轩然大波。为此，美国政府还专门召开了一个紧急的记者会，重申了美国政府打击黑势力的信心和决心。

"白大哥，洪门没参与进去吧？"听着白振天的讲述，秦风的嘴巴就一直没合上，他怎么都想不到，自己昨儿的作为，居然在美国掀起如此大的风波。

白振天一脸笑意地摇了摇头："人手我都召集好了，连夜就能赶到纽约，不过我这边得到了个消息，也就没让那些人过去……"

原来，白振天最初和秦风想的一样，死掉了阿利桑德罗的纽约黑手党，就是一只没了牙的老虎。更何况山口组也死掉了两个重要人物，也是群龙无首的时候，如果洪门此时杀入纽约的话，肯定能抢到不少地盘。洪门高层很同意白振天的看法，甚至联系了一架包机，准备将洪门骨干送过去，不过就在昨天晚上，有人给白振天打了个电话。

这个电话是纽约州的一位华裔副州长打来的，副州长在电话中告知白振天，他们已经接到了国会的通知，将用雷霆手段消除这次黑帮在美国所造成的恶劣影响，让白振天等人不要在这风口浪尖上顶风作案。在接到这个电话后，白振天马上让人解散了聚集在旧金山的洪门弟子，更是让一些有案底的弟子连夜出了美国。由于应对得当，也只有洪门这个庞然大物在此次风波中没有任何的损失。

洪门没有触动美国政府的底线，他们没有趁机进行扩张。当然，不管政府还是洪门都明白，这种情况只是暂时的，过段时间等局势稳定下来后，洪门肯定会抢占地盘。到时候利益的分配，肯定会各方坐下来谈判的，就目前的形势来看，洪门无疑是这次美国地下社会秩序重新排列的大赢家了。

喝了口水，白振天说道："秦老弟，别的我也不多说了，这次的事情，老哥欠你一个天大的人情，你有什么需要老哥帮忙的，尽管提出来。"

洪门在这次事件中获益最大，白振天居功至伟，他在洪门中的地位和威望，自然会水涨船高，而白振天本身就是洪门门主的候选人之一。现在的洪门门主身体很不好，极有可能在这两年退下来，如此一来，立下这般大功的白振天，接任门主的机会就要比别人大得多了。

白振天话声刚落，秦风就说道："白大哥，我还真有事情要找您帮忙。"

"哦？是和陈世豪合作的事情吗？"白振天愣了一下，以他今时今日的江湖地位，这人情可不是用钱能买到的，按照白振天的想法，秦风应该用到刀刃上才对。

"不是豪哥的事情。"秦风摇了摇头，"白大哥，我只是帮豪哥拿到一个'赌王'称号，别的事情，需要你们双方自己来谈，我不参与。"他原本是想在澳岛赌业分得一杯羹的，不过他现在却是改变了主意，毕竟想要得到首先就要付出，秦风可没那么多时间去打理赌场的生意。

"那是什么事儿？秦老弟你说来听听。"听到秦风说的不是澳岛赌牌的事，白振天不由得松了口气，这事儿涉及帮派日后的发展方向，他还真不敢给秦风什么承诺。

"我想要见杀手组织的总负责人，也就是您说过的那个龙一，您能帮我邀约一下吗？"秦风看着白振天，一字一顿地说。

"什么？你要见龙一？"白振天微微皱了下眉头，"秦老弟，你要是想发布杀手令，我可以帮忙，不过……见他们的负责人，还是算了吧！"

"怎么，白大哥，他们连您的面子也不给？"

"那些见不得人家好过的家伙，谁的面子都不给。"白振天苦笑着摇了摇头，"我虽然见过杀手组织的首领，不过那老小子肯定是化过装的，现在就是让他面对面坐在我身边，估计我都认不出那人来……能告诉我你找龙一有什么事吗？这个人很不好惹，当年的我正处在身体最巅峰的时候，但我有种感觉，如果和他对决，最后死的人一定是我。"

"白大哥，我的事儿，也不瞒您……"秦风犹豫了好一会儿才说，"我失散多年的妹妹，曾经在澳岛被杀手门的人追杀，我想知道是谁出花红请杀手组织的人出手的。"

此次来美国，还陈世豪的人情只是一方面，最重要的原因是，秦风当时在港澳查到了妹妹离境的目的地也正是美国。寻找妹妹，才是秦风此行的真正目的，和这件事相比，什么赌王大赛，什么帮会之争，秦风全都可以将之抛在脑后。

"白叔，我也是从小看着葭葭长大的，您就帮帮秦风吧！"刘子墨也在一旁说道。

"你们两个啊，把这件事想得过于简单了。"白振天摇了摇头，"秦老弟，就算我帮你约到了龙一，你也不可能得到你妹妹下落的，你知道为什么吗？"

"为什么？"

白振天哭笑不得地看着秦风："你也不想想，杀手如果出卖了雇主，那么以后

还会有人请他们杀人吗？"

雇用杀手的人，百分之九十九都是不想被杀的人知道自己的身份；帮雇主保密，是杀手所要遵守的最基本行规。白振天根本不用想就能猜得出来，即使秦风见到了龙一，也不可能从对方那里得到任何信息。

"白大哥，我不是想问雇主的信息，我只想知道，我妹妹现在的身份和下落。"秦风咬了咬牙说，"只要他们能告诉我，条件随便他们提，多少钱都可以。"虽然他很想干掉雇请杀手的雇主，但他也知道这不太现实，所以这才退而求其次，只想打听清楚妹妹现在的身份。

"秦老弟，这不是钱能解决的问题。"白振天摇头道，"除非杀手组织放弃追杀你妹妹，否则你日后就将会是他们的敌人，你以为他们会告诉你？"

杀手组织之所以在全世界的范围内都声名狼藉，就是因为他们杀人，只是单纯地为了钱，而和被杀的人没有任何仇怨。雇凶杀人者虽然是罪魁祸首，但作为执行者的杀手，却更让人痛恨，无数鲜活的生命，就在他们手上凋零。如果龙一和秦风见面之后不会放弃对秦葭的追杀，那么秦风日后肯定会成为他的敌人，试问：龙一怎么可能去告诉他妹妹的下落？

"秦老弟，你看这样行不行？"白振天沉吟了一下说，"我可以试着去联系杀手组织，不过你就不要出面了，由我和那边交涉，看看能不能先让杀手组织取消对你妹妹的追杀。如果对方同意的话，那才有可能从他们口中得知你妹妹下落的希望，否则咱们就需要另外想办法了。"

洪门虽然比杀手门更早存在于美国社会，但他们对这个完全游走于黑暗之中的组织也是没什么好办法，那可是连美国总统都敢刺杀的组织，压根儿就不会将他们洪门放在眼里。不过欠下秦风那么大的人情，既然他提出了要求，白振天就是舍出这张老脸，也要帮秦风打听到他妹妹的下落。

"这样也行，白大哥，那我可就全拜托您了。"秦风点了点头，白振天以洪门的名义出面，多少会让杀手组织有些顾虑，比他这个毛头小伙子直接接触的效果要好得多了。

"放心吧，秦老弟，这事儿我既然答应了，一定会给你个交代。"白振天点了点头，"你把你妹妹的年龄、样貌以及身体特征告诉我，我回头让人去查查，看看能不能不通过杀手组织打听到你妹妹的消息，这件事我放在心上，只要你妹妹在美国，总是会有消息的。"

说到这里，白振天站起身来："秦老弟，咱们今儿就谈到这儿吧，你要听戴维的话，多多休息，让耳朵尽快好起来……对了，我给老爷子打了电话，他老人家知道老友的弟子来了，说什么都要你抽空去一趟。秦老弟，等这边事情完结了，你跟我去一次旧金山吧？"

"白大哥，我确实应该去看看老爷子，到时候我一定会和您过去一趟的。"虽然满腹心事，秦风还是点了点头，他也想从师傅的故人口中，听到一些关于师傅当年的事情。

"那好，我们就先回去了。"白振天走到门口，回过头对刘子墨说，"子墨，你在这边陪秦风几天，有什么解决不了的事情给我打电话。"

"好，白叔，有我陪着秦风，一准儿没事。"刘子墨将几人送出房间后，转身就嚷道，"要我说管他什么杀手组织，咱们直接杀上门去不就行了？"

"得了吧你。"秦风翻了个白眼儿，"白大哥对那龙一都忌惮三分，就凭你，上去还不够人三拳两脚打的呢。"

"哎，你别看不起哥儿们啊，我好歹也是一代宗师了。"在半个多世纪前武风昌盛的年代，进入到暗劲境界，的确当得起"一代宗师"的称呼。就像是北方武林的八卦掌董海川、大刀王五、神枪李书文，南方的黄飞鸿、叶问，均已达暗劲修为，和刘子墨处在同一个境界。

"算了吧你。"秦风懒得听刘子墨废话，当下摆了摆手说，"昨儿累得不轻，我这儿还没缓过劲来，我再睡会儿，你爱干吗干吗去。"在戴维诊断后，他意识到自己用真气冲击耳尖穴的行为有些鲁莽，想回房再运功观察一下，看看是否能用真气调理一下耳朵周围的经脉，让伤势好得更快一点。

"哎，睡什么觉啊，秦风，我还说带你出去找孟瑶玩呢。"刘子墨整整在这房间里待了二十多个小时，早就憋坏了，"秦风，那个孟瑶来到美国后，几乎每天都会提起你，还问我你小时候的事情，要说她对你没意思，我把脑袋都能割下来。"

"她有意思是她的事情，我们不可能走到一起去的。"秦风掰开了刘子墨抓住自己胳膊的手，很认真地说，"子墨，你也知道咱们走的是什么路，或许你能回头，进入洪门的一个跨国公司当高管，安安稳稳地过完下半辈子。但我已经没有了回头路，不管前面如何坎坷，我都要走下去的，因为现在我不是一个人，远子和轩子他们，都在跟着我吃饭。"

一入江湖身不由己，纵然秦风一直都想摆脱那江湖身份，但这终究是不可能的。就真玉坊的产业，如果不是秦风拉拢了李然和韦涵菲做股东的话，恐怕早就被别人给盯上了。但别人的关系，能保得真玉坊平安一时，但未必就能让秦风在京城的产业平安一世，秦风并不怎么喜欢这种不可控制的感觉。

此次在拉斯维加斯的大开杀戒，秦风就是身不由己，他不这么做的话，怎么可能换来白振天的另眼相看？秦风现在其实是在积累自己的底蕴，等到仅凭他"秦风"二字就足以护得自己和身边的人周全时，那才能称得上安稳。

这条路注定会很艰辛，而且秦风也无法保证自己日后就金盆洗手不再杀人，以孟家的家风，肯定无法接纳这样的自己。与其日后纠缠不清，干脆就不要让这一切发生，所以秦风在和孟瑶交往的时候，一直都没有表现出任何的暧昧。

在这种情况下，即使秦风也处在情窦初开的年龄，他还是在克制自己，没有和任何一个女孩发生感情上的纠葛。

在房间里盘膝坐下之后，秦风思考了起来，在心中想道："看来自己之前强硬冲穴是导致耳朵伤势加重的主要原因，要不要试试这真气能否蕴养耳朵的伤势？"

秦风原本以为耳朵是因为经脉堵塞才导致失聪的，不过在戴维检查过之后他才知道，耳膜的损伤和经脉没有关系，那属于外伤。

练武之人可以控制气血运行，就像是阿利桑德罗那样，中了十多枚弹片，依然是生龙活虎，原因就在于他能绷紧肌肉，让血液不至于流出体外。

没有了刘子墨的打扰，秦风也静下心来，深深地吸了口气，将丹田内的那股真气提了起来。这次修炼，和第一次相比，秦风又察觉到了一丝不同。他发现在自己气随意动的同时，对身体的变化掌握愈发细微起来，居然连体内的一些早年留下的隐伤都能感觉到。当真气行了一个周天后，体内受损的那些地方都得到了不同程度的改善。

真气运行在体内，就像是给四肢百骸伐毛洗髓一般，将身体内食用五谷杂粮所产生的杂质，逐渐地排出体外，一个周天下来，气血似乎都增强了几分。

"怪不得进入暗劲后，寿命也会相应地增加。"秦风心头起了一丝明悟，早年的那些武学大师，如果不是因故暴死的话，往往寿命都在九十开外，这并非是没有缘故的。秦风还发现，在运行功法的时候，周围的环境也发生了变化，准确地说，是除了耳朵之外，秦风的眼鼻对四周的感知，变得愈发灵敏了。

感受着体内真气游走时那暖烘烘如同泡在温水里的感觉，秦风沉下心来，将那股真气游走到了耳尖穴的附近。这次秦风可没有运用真气去冲穴，而是小心翼翼地控制着真气，将耳尖穴尽数包裹了起来，丝丝真气顿时溢入到秦风的耳朵周围。

当那股真气将秦风的耳朵包裹住后，秦风已经有一天没有任何知觉的双耳居然产生了一丝麻痒的感觉。这让秦风的脸上顿时露出了喜色，有知觉说明就有效果，他最怕的就是耳朵对什么都没反应，那样治疗起来才会更加困难。

第二十章　开赌

经过真气的一番修复滋养后，秦风能感觉得到，原本听不到任何声响的耳朵，现在隐隐有了一点听觉。估计再有个三五天，他的听力就能恢复正常了。

此时是夜里一点多，秦风来到客厅，看了一眼挂在墙上的日历，不由得苦笑着摇了摇头："今儿应该就是赌王大赛正赛的日子了吧？这伤势还真是耽误了正事儿。"

正准备出去搞点东西吃的秦风，脑海中忽然产生一种莫名的感应，他虽然听不到门外的脚步声，却知道陈世豪来到了门前。

秦风脑中刚刚产生这个念头，房门就被人从外面打开了，和陈世豪一起进来的还有刘子墨，他知道秦风听不到门铃声，出门的时候把房卡带在身上了。

"豪哥，这么晚过来，是为了赌王大赛的事情吧？"秦风笑了笑，拍了拍肚子说，"我这一天一夜没吃东西了，等我先从酒店叫个餐吧！"

"好，这家酒店的牛扒饭很不错。"陈世豪拿起电话帮秦风点了一份餐，另外还叫了一瓶法国产的红酒。

"豪哥，亨利今儿表现怎么样？"秦风在客厅的沙发上坐下来。他一直在房间里修炼，还不知道赌王大赛今天的情况。

　　"亨利前几天参加预选赛耗费了一些心神，今儿表现一般。"陈世豪脸上现出一丝苦笑来，如果不是亨利今天表现得有些不如人意，他怎么可能半夜一点跑来找秦风？

　　今年来参加赌王大赛的人，除了一些豪富巨贾及那些凑热闹的游客之外，还出现了不少赌术高明的新面孔，让预选赛就掀起一阵阵波澜。其中有一个叫作西格蒙特的新西兰老师，居然在预选赛上的梭哈中连战连胜，最后以不败的战绩闯入正赛中。

　　亨利卫与他有过一场比赛，竟然败了。如果不是以累积战绩决定是否能参加正赛的话，亨利卫怕是在预选赛中就被淘汰掉了。那个叫作西格蒙特的新西兰人，一年前连赌博都不会，一年后就能在正规比赛中赢了亨利卫，那只有一个解释，这人是个天才。

　　"老弟，这人是个异数，他只会和扑克相关的赌博，而且只赌百家乐、梭哈和二十一点这三种牌。"陈世豪拿起面前的红酒杯给自己倒了一杯酒，接着说，"这个人赌得非常精明，要牌的时候很坚决，而弃牌的时候也毫不犹豫，一场赌局下来，他几乎只输底注，而赢的筹码却是桌子上最多的。"

　　秦风抿了一口酒，缓缓地说："从来没有接受过赌术训练，在摒除了人为的因素之后，他还能只赢不输，那必定是从概率分析上做出的判断。"

　　当年载显对秦风说过，扑克是一种概率游戏，真正的天才根本就不需要记牌就可以从概率上大致分析出牌面，这也是秦风推论出那人身份的依据。

　　陈世豪担心地看着秦风："秦老弟，这新西兰人是个很大的威胁，你有没有把握赢他？"

　　按照陈世豪的分析，亨利卫如果发挥正常的话，他的水平应该能达到第七到第十名的样子，很有夺得"赌王"称号的希望。不过既然是比赛，就充满了各种变数，尤其是这个新西兰人让亨利卫也败在其手下，这就使得亨利卫最终进入前十的前景蒙上了一层阴影。

　　秦风淡淡地说："豪哥，不管对上谁，我都能帮你拿一个'赌王'头衔。"

　　陈世豪面色一喜："可……可是你身上的伤，不会影响比赛吧？从明天开始，比赛强度会很大。"

"这次的赌牌又不是赌骰子，我只是耳朵受伤，又不是眼睛看不到，不会影响我发挥的。"秦风笑着摇了摇头，进入暗劲后，他只要动用神识，身周数米的情况尽入脑海中，连穿墙都办得到，更不用说看几张牌面了。

看到秦风如此信誓旦旦的样子，陈世豪也不由得加多了几分信心："秦老弟，只要你能进入到前一百，让亨利好好休息一下，这次的赌王大赛就算成功大半了！"

赌王大赛允许助手上场的时间，就是在一千名进一百名的进程中，等到了一百名争夺前十名的时候，就必须本人上场了。陈世豪虽然有心让秦风参加最后的决赛，但报名的选手是亨利卫，现在即使想改动也来不及了。

"真遗憾，我还想多赢点钱呢。"秦风无所谓地笑了笑。此次来拉斯维加斯，他特意让窦健军兑换了七百多万美金的筹码，准备从这里的赌场席卷一笔资金。当然，参加赌王大赛是用不了这么多，不过拉斯维加斯遍地都是赌场，不怕没地方去赢钱。

不过让秦风遗憾的是，他无法参加赌王大赛最后的决赛。要知道，进入前一百名的人，每个人的筹码最少也要在一百万以上，一百人就是一亿美金，如果能赢得这笔钱，那才是真正的名利双收。

"秦风，那个人就是西格蒙特。"等候进场的时候，陈世豪指着一个三十出头的西方男子对秦风说，"看来他并非是隶属于哪个势力。"各大势力为了确保在决赛中的胜利，一般在正赛的淘汰赛里面，是不会使出撒手锏的，西格蒙特亲自上阵，说明他并不是哪个势力培养出来的选手。

"这人眼睛挺亮的，别的也看不出什么特别。"秦风顺着陈世豪手指的方向看了一眼，发现那个叫作西格蒙特的新西兰人，也就是三十一二岁的样子，穿了一身笔挺的西装，和普通人没有什么两样。

"西格蒙特在预选赛中是以不败的战绩进入正赛的，是种子选手，希望你别碰到他了。"

比赛区域的外围放置了好几排座椅，赌场还临时搭建了一个大的投影屏幕，对比赛有兴趣的游客，都可以通过屏幕来观摩比赛的进程。

将秦风送入比赛场地内后，陈世豪就和亨利卫坐在外围的椅子上；至于和秦风一起前来的刘子墨，则接到了白振天的电话，并没有跟进赌场。

"女士们、先生们，很高兴各位能来参加赌王大赛的第一轮正赛。此次比赛赌的是梭哈，每张赌桌可以坐十个人，下面请各位选手上前抽取号牌，抽取到号牌的选手，请前往对应的赌桌前落座。"

在赌场里，那可真是时间就是金钱，一位头发花白的老绅士拿着个话筒站到一处临时搭建的台子上不疼不痒地说了几句后，就宣布抽签开始。

当然，这种抽签是在已经确定好了种子选手的情况下进行的，而那些种子选手诸如秦风刚刚看到的西格蒙特，刚一入场，就被赌场的工作人员带到了相应的赌桌前。

"一个赌台十个人，只有一个人能够晋级，这种玩法可真够残酷的！"秦风微微摇了摇头，按照这种情况来看，除却种子选手，其余的九人均是有点陪练的味道。

秦风从那个纸箱里抽出一张小纸片，上面用英文写着"十四桌三号"这么几个字样。

"先生，请跟我来。"一个赌场侍者看了秦风抽取的纸片后，将他领到了第一排的第十四张赌桌前，"先生，三号座是您的座位，请您入座。"

这张赌台前已经坐了七个人，年龄都在三十岁左右。坐在第一位的是个高鼻梁戴眼镜的白人，他斜眼看了看秦风，嘟囔道："赌王大赛的门槛真是越来越低，什么人都能参加了。"

说起秦风现在的这副尊容，真的不怎么样，他为了化装得和吴哲比较相像，还特意染了黄头发，看上去确实有点不伦不类。

"妈的，回头老子把你裤子都给赢下来。"秦风在心里暗骂了一句，却装着不懂英文的样子，左右看了起来。这一张望，他发现赢了亨利卫的那个新西兰人正好是十三号赌台的种子选手，此时正拿了个眼镜布在那里擦拭着眼镜。

秦风虽然不怕这个会计算纸牌概率的人，但想赢这样的人还是比较麻烦的，只能等他精神松懈计算错误的时候，才有可能赢下来，那样估计会耗费很长的时间。

"还好，没和西格蒙特坐在一起。"和秦风有同样想法的，还有坐在场地外围的陈世豪,开始当秦风往十三号赌台走去的时候,陈世豪着实被吓了一大跳,直到秦风在十四号赌台坐下后,陈世豪才松了口气。

"丹尼,也许秦风还不如坐在十三号赌桌。"在看清楚了秦风那一桌上已经坐下的几个人之后,亨利卫的声音突然变得苦涩起来。

"为什么?"陈世豪有些不解地看向了亨利卫,"亨利,每桌只有一个出线名额啊,你能保证秦风稳赢西格蒙特?"

"丹尼,我不敢说秦风能稳赢西格蒙特。"看着坐在十四号赌桌第一个位置上的那人,亨利卫苦笑着说,"但……秦风在十四号桌想出线,似乎更难!"

"怎么回事儿?"陈世豪闻言大惊,"那个大鼻子老外是谁?他就是十四号桌的种子选手?"

"没错,那人叫克里奥·沃什伯恩。"亨利卫一脸的苦笑,"他在五年前的时候,就曾经夺得过'赌王'称号,这人的赌法诡诈多变,在赌坛素有'魔术手'的称号,世界排名第十二。"

四年前,亨利卫陪同叶汉来拉斯维加斯赌钱,就曾经和沃什伯恩有过短暂的交手。在骰子、轮盘等赌法上,他强于沃什伯恩。但是梭哈,他和沃什伯恩在伯仲之间,至于谁能赢,则是要看临场发挥和双方的运气了。眼下这个足以作为决赛种子选手的人,居然坐到了正赛淘汰赛的赌桌上,不能不让亨利卫心惊。

"丹尼,恐怕沃什伯恩所代表的就是面前的米高梅赌场。"亨利卫叹了口气,能让一个曾经的"赌王"来做另外一个人的助手,怕是也只有拉斯维加斯的三大赌场有这种底蕴。

"妈的,黑幕,一定有黑幕!"陈世豪脸上的愤怒可想而知。

"丹尼,你也别急。"亨利卫想了一下说,"如果秦风形势不好,我会提前换他!"他知道秦风的赌术高过自己,但那都是些出千的技术活,在这样的比赛里基本上用不到。所以他也不是很看好秦风,在这种长时间拉锯性质的比赛里,经验和耐心往往是最重要的。

"亨利,你有把握赢那个沃什伯恩?"陈世豪闻言愣了一下,在昨儿见到亨利卫的比赛情况之后,他对自己这位老朋友的信心,也有那么一点儿不足了。

"丹尼,我要是连赢沃什伯恩的信心都没有,怎么去参加下面的决赛啊!"陈世豪的话让亨利卫苦笑不已，看来自己昨天的表现真的很令人失望。

"各位女士、先生，赌局马上就要就开始了。"所有参赛选手都已经坐在了自己的位置上，整个赌场的一楼也变得安静了下来，只有司仪的声音在回荡着，"请大家再检查一下自己身上的物品，手表以及各种电子设备，请主动交给我们的工作人员，否则一经查出，将会被取消参赛资格。"

为了防止作弊，主办方规定，所有的参赛选手都不能戴有手表或者手机这些物品进行比赛，因为这会影响到比赛的公平性。

在场内司仪的声音响起的时候，坐在秦风左手侧相隔一个座位处的沃什伯恩忽然笑起来，一脸嘲讽地对秦风说："喂，菜鸟，把你手上的手表摘下来吧，我们都知道那是'劳力士'。"

"嗯？你说什么？我没听清楚，麻烦你再说一遍。"秦风这会儿刚好把头转向了沃什伯恩，但是他不确定这个老外是在对自己说话，而秦风的手上，还真是戴了一块陈世豪送给他的"劳力士"金表。

"菜鸟，比赛不能戴手表，这一点你不知道吗？"

"谢谢，你不说我还真不知道。"秦风赶紧摘下了手表，他的耳朵还不怎么好用，自然听不清司仪的声音。

参加赌王大赛正赛的第一轮，对沃什伯恩来说没有任何的压力，他刚才留意了一下同桌的那些人，除了新手就是菜鸟，完全威胁不到他的出线。此时场内还在响着有关于比赛规则的广播，不过各桌发牌的荷官都已经到位了，再有五六分钟的时间，比赛就将开始。

赌场的二楼有一个贵宾室，从贵宾室那透明的落地玻璃内，能清楚地看到下面的比赛现场，室内还有两个大屏幕，可以将比赛的情况投射在上面。能坐进这个贵宾室的人，必须是赌场的大客户，其中不乏阿拉伯王储和英国皇室中人，哪一位要是被记者拍到，都是能上头条的人物。

"阿卜杜勒先生，听说您这次只差一点儿就能进入正赛了啊！"在贵宾室里，一个嘴里叼着烟斗的白人老头儿，一边观察着场中的情况，一边和身旁的一位阿拉伯人说着话。

老头儿叫泰勒，英国人，是米高梅赌场的原技术总监，同时也是第一届赌王大赛的第一名，是公认的"世界赌王"。不过从五年前，泰勒就不再参加赌王大赛，而且从米高梅赌场技术总监位置上下来，如今，专门为那些来自世界各地的豪富巨贾们安排赌局。

那个阿拉伯人的年龄不大，也就是三十岁出头的样子，长着一个鹰钩鼻子。

"泰勒，差一点儿不也是没进去吗？"阿卜杜勒摇了摇头，他是阿拉伯一个盛产石油的国家的王子，手中握有数以百亿计的财富，从小就在英国接受教育。阿卜杜勒和他的父辈们不同，这一代的阿拉伯人最擅长的就是享受，阿卜杜勒几乎每年都要来拉斯维加斯参加赌王大赛，对他而言，这也是一种难得的刺激。

这样的赌客，也是最受赌场欢迎的，阿卜杜勒不管去到世界上任何一个城市，只要那个城市有米高梅酒店的存在，他都能享受最高等级的贵宾待遇。

"阿卜杜勒先生，相信下一次您一定能进入正赛。"白人老头儿呵呵一笑，"等比赛结束之后，要不要我给您安排个赌局？南非的莫迪赛先生明天就会到，你们可是老对手了啊！"

"你约一下莫迪赛吧，上次他可是赢了我三亿美金。"阿卜杜勒看着下面的比赛场地，漫不经心地说，"泰勒，你们对种子选手的筛选应该结束了吧？各个人的赔率都出来了吗？"

阿卜杜勒所询问的，是赌场根据此次赌王大赛参赛选手以往的世界排名，做出来的一个赔率，赔率从一赔一到一赔一百不等。不过这种赔率不对外开放，而是专门供贵宾们参与赌博的，他们可以根据自己的喜好和判断，选择参赛选手下注。

"已经出来了，这次列出来六十位种子选手，阿卜杜勒先生，等一会儿这六十位的资料就会送到你们的手上。"对于大客户的维护，赌场的确是不惜工本，他们为此连夜印制了精美的纸质手册，上面有每一个种子选手的详细资料，以供这些巨富们选择投注。

在餐厅和秦风等人分开的刘子墨，一直等在酒店外面，在秦风和陈世豪进入赌场大约十分钟后，他等到了白振天。二人通过贵宾通道，直接来到了酒店赌场的二楼。

"白先生，欢迎光临，有些日子没见您来玩了啊！"原本正陪着阿拉伯王子阿卜杜勒说话的泰勒见到白振天进来后，连忙告了声罪，起身迎了上去。

"泰勒，我来你们赌场可是就没赢过钱啊！"白振天和泰勒拥抱了一下，满腹牢骚地说，"都说澳岛的葡京赌场是个老虎嘴，我看你们米高梅也差不多了，进来的人都输钱，就没有赢的！"他不好色，唯独喜欢赌几把，所以他也是拉斯维加斯很多赌场中的常客。不过他赌钱的本事，和他手上的功夫却是不能同日而语了，他几乎每年都要往赌场里扔上几百万美元，从来没有赢过一次。

"老朋友，说不定您这次就要转运了呢。"泰勒闻言哈哈大笑了起来，他最喜欢的就是像白振天和阿卜杜勒这样的赌客，除了逢赌必输外，赌品还特别好。不像有些人赌赢了什么都好说，要是赌输了，骂天骂地骂父母。

"好，借你吉言，回头我要好好玩几把。"白振天点了点头，带着刘子墨直接走向沙发。

"昨儿才让人从古巴带来几支雪茄，老朋友，尝尝吧！"泰勒打了个响指，一个服务员举了个托盘走了过来，上面放着一支雪茄和雪茄剪，另外还有一支雪茄枪。

"白，我给你介绍一位阿拉伯的朋友。"泰勒看向了阿卜杜勒，"那是阿拉伯的一个王子，叫阿卜杜勒，他正想找人开赌局呢，另外还有巴西的橡胶大王、南非的莫迪赛先生都要求开赌，要不……回头等赌王大赛结束，你们几个人凑一局？"

"和阿拉伯的那些土豪赌？"白振天看了一眼坐在那里正抽着雪茄的阿卜杜勒，摇了摇头，"泰勒，我可没他们那么有钱，一玩就是好几亿美金，你老小子别害我啊！"

见泰勒还要说，白振天摆了摆手："我的钱可不是自己的，这事儿不提也罢。今儿有什么好玩的赌法没有？我记得每次赌王大赛，你们都会根据各个种子选手做出一些赔率来。"

"当然有了。今年我们为场下参赌的世界排名前三百的人，都设置了赔率……"泰勒说着，指了指大屏幕，"瞧，已经出来了。"

白振天抬头看了一眼，面色忽然变得古怪了起来："奇怪了，这次出现在淘汰赛上的竟然有个世界排名第十二位的，这不明摆着欺负人的吗？"

白振天几乎每年赌王大赛的时候都会来拉斯维加斯，所以对比赛的规则也是极为了解。在每局底注一千、共一百万赌注的牌局中，几乎没人能凭借运气赢到最后，想要从中脱颖而出，必须有过人的赌术和经验。从正赛到决赛中的人，基本上都是世界排名靠前的那些选手，极少会发生阴沟里翻船的情况。所以在看到这个世界排名第十二的人后，贵宾厅里跟着响起了一阵议论声。

世界排名第十二的，正是那个叫作沃什伯恩的，他的赔率虽然是被淘汰将一赔三百，但似乎并没有人准备在他的下面投注，因为这几乎就是一个内定了要进决赛的选手。

"这一赔三百的赔率，是看到摸不到啊！"

"就是啊，每一年这排在前面的人，哪一个没进决赛啊？"

"泰勒，你们这是吊人胃口啊！"

此时贵宾厅的人也逐渐多了起来，只是在看到那高达一赔三百的赔率后，许多人都很不满，因为他们都有过押冷门的经历，但无一例外地都输了。

"各位女士、先生们，请大家安静一下。"看到自己的财神爷们发怒了，泰勒不得不站到了屏幕下方的台前，"各个选手的参赛情况，不是由我们控制的，我们所能给出的，只是根据各人的世界排名，给予相应的赔率而已……的确，这一次出现的正赛选手，排名确实很高，但以往也不是没有出现过世界排名靠前的选手被淘汰的事情，所以我想……大家还是可以押冷门的！"

泰勒自己就是米高梅赌场的人，他自然不会告诉眼前的客人，关于沃什伯恩的事情其实就是他向老板建议的，而且这个从没有过的一赔三百的赔率，也是他制定出来吸引人眼球的。泰勒知道，沃什伯恩除了赌术高明、经验丰富外，还有一手偷牌换牌的绝技。如果是在别人的赌场里，沃什伯恩偷牌换牌或许还要忌讳一点，但是在米高梅等于主场作战，根本就不需要担心失手被抓。这一赔三百的赔率虽然很高，却是镜花水月。

"冷门哪有那么好押的？"

"是啊，年年押冷门，年年都不中！"

泰勒的话并没有让场内的声音变小，不过众人也没有再针对泰勒，一个个均是盯着屏幕看起了其他赌桌的赔率。毕竟赌场制定出了一赔三百的赔率，但也不是强迫你去押注的，你完全可以当没看见，那就不会有任何风险了。

大屏幕上的画面在不断变换着，为了让贵宾们直观地看到各个选手的情况，在每一个名字闪烁的同时，画面就会切换到下面的赌桌上，将那人的脸庞给显露出来。

第一个切换的自然是沃什伯恩所在的十四号赌台，应该是沾了沃什伯恩的光，画面在沃什伯恩脸上停顿了几秒后，又从他的竞争对手们的脸上扫过。

"秦风！我看到秦风了！"虽然画面在秦风脸上连一秒钟都没停留，不过还是被眼尖的刘子墨发现了，这让刚才遍寻秦风不到的刘子墨兴奋得叫了起来。

"小声点儿，他可不是用这个名字参赛的！"白振天没好气地瞪了刘子墨一眼。刘子墨什么都好，就是太年轻，有时候沉不住气，这性子要磨炼上几年才可堪大用。

"哦，我知道了……"刘子墨吐了一下舌头，低声说，"白叔，那些人竟然敢对秦风所在的赌桌一赔三百，我看他们是找死！"刘子墨可是从小和秦风一起长大的，他知道秦风不管是学什么，总会学得很精，而且秦风从来不说大话，他既然来参加比赛，就一定有把握赢。

"秦风在赌上面，有这么厉害吗？他要面对的对手可是世界排名第十二位啊！"白振天有些疑虑地看向了刘子墨，他承认秦风是个人才，也非常欣赏他，不过"术业有专攻"，这赌博可不是谁都能玩得转的。

"白叔，秦风说行，那就一定行！"刘子墨可不管什么世界排名不排名的，他只是单纯地出于对兄弟的信任。

"我还是觉得有些不靠谱儿！"

"哎，白叔，您还别不信啊！"刘子墨急了，"白叔，我这儿还有三万美金，我全押那个什么沃什伯恩输，您帮我押上吧！"

"三万可是无法在这里下注的。"白振天笑了起来，"这下注的金额最少是十万美金，你小子押三万，岂不是让我垫上七万？"

刘子墨当下便说："白叔，您那七万美金借给我，我给您打欠条还不行吗？我这要是赢了，那可就是三千万啊！"

"嘿，我还真没看出来，你小子的赌性这么重啊！"白振天有些诧异地看了刘子墨一眼，点了点头说，"那好吧，记住，你小子欠了我十万美金，半年内必须还给我，要不然我找你老子要去！"白振天虽然有钱，但并不想让刘子墨沾染上嗜赌的毛病，所以特别强调了个"借"字。说实话，他是真的不太看好对上了沃什伯恩的秦风。

"哪里用半年啊，白叔，等赌局结束了我就能还您！"见到白振天应了下来，刘子墨右手握拳在左手掌心顿了一下，他家里的长辈虽然有钱，但对他的管教还是比较严格的。所以一想想马上就能赢得三千万，兴奋之情溢于言表。

"哈哈，有意思，还真有人喜欢博冷门啊！"一个声音响了起来，这声音针对的人显然就是白振天了。

"怎么？阿卜杜勒先生对我的投注有意见？"白振天训刘子墨那是自家事，不过在外人面前却是不肯弱了威风，"既然是赌，谁输谁赢都有可能的！"

"理论上是这样的，不过要是明知道那人会赢，却买他输，就是愚蠢了！"阿卜杜勒不以为然地摇了摇头，他们也都知道一些赌场的内情，像这么高赔率的人，赌场基本上不会让其输掉，想博冷门只是徒增笑料的事情。

"嗯？如果我赢了呢？"白振天的眼睛眯缝了起来，他刚才听泰勒介绍过，面前的这人是个阿拉伯王子，不过别说阿拉伯的王子了，就是阿拉伯国王，白振天也没放在眼里。

阿卜杜勒对面前的这种赌法根本就不感兴趣，眼下见到有人和自己叫板，顿时兴奋了起来："你赢了，就会赢得三千万美金的赔率，那我再输给你三千万美金，反过来，你要是输了，那就再输我三千万美金，你看怎么样？"

白振天的眼角不由得抽搐了几下，但看到刘子墨期盼的眼神，一咬牙："好！"

第二十一章　梭哈

　　"各位，规则就不用多说了，拿到牌后，牌面最大的人说话，跟则扔出筹码，不跟请把自己面前的牌盖上……"在发牌前，站在赌桌里面的荷官，最后一次交代了相关赌法。

　　梭哈的英文学名为"Five Card Stud"，也被称为"五张种马"，以五张牌的排列、组合决定胜负。梭哈的传统规则是，各家先拿一张底牌，底牌要到决胜负时才可翻开，从发第二张牌开始，每发一张牌，以牌面大者为先，进行下注。

　　有人下注，想继续玩下去的人，选择"跟"，就要下注到和上家相同的筹码，也可选择"加注"；各家如果觉得自己的牌况不妙，不想继续，可以选择"放弃"，等待牌局结束，先前跟过的筹码亦无法取回。

　　最后一轮下注，是这一局比赛的关键。在这一轮中，玩家可以进行梭哈，所谓梭哈，指的就是押上所有未放弃的玩家所能够跟的最大筹码。等到下注的人都表完态后，便掀开底牌一决胜负，这时，牌面最大的人可赢得桌面上所有的筹码。

　　至于牌型大小的顺序，同花顺为最大，接下来就是四条，再往下是富尔豪斯，也就是三条带一对，依次往下则是同花、顺子、三条、二对、单对、散牌。在数字比较上，A为最大，2是最小，如果这些都一样，那就需要比花牌，这里面是黑桃为王，接下来分别是红桃、梅花和方片。

梭哈这种赌牌方式，上手很容易、对抗性强，既有技巧也有一定的运气成分，算是技术性很强的一种赌法，所以流传得非常广泛。真正的梭哈高手，必须具备良好的记忆力、综合的判断力、冷静的分析能力，再加上些许运气。

荷官简单介绍了几句规则后，双手一摊："好，请大家投下底注，比赛马上开始！"

在众人的面前，都摆有好几摞厚厚的筹码，分别是一百枚一千元、一百枚五千元，还有二十枚一万元和两枚十万元，加起来一共一百万。原本秦风是想自己出这一百万的，不过陈世豪说什么都不答应，而且他还告知秦风，这一百万输了算是他的，赢了则全部归秦风所有。

听到荷官的话后，围着半弧形椭圆桌子的众人，都拿出了一枚一千元的筹码扔到了赌桌中间。

荷官在将这十枚筹码拢到一起后，从发牌机中给每人都发了一张底牌，这张牌是只能参赛的选手自己看。

发完底牌后，荷官紧接着又给每人都发了一张明牌，看了一下牌面，说道："三号先生是方片A，请说话。"

"第一张就是我最大啊？"秦风笑了起来，拿起两枚面值一万的筹码，"这么大的牌，没道理不押，先上个两万块吧。"

当即有三人弃牌，但其他六个人都选择跟牌，而沃什伯恩居然又推出去三枚一万的筹码。

"你是一张黑桃K，我是老A，没道理不跟，我跟三万。"秦风也点了三枚筹码扔了出去，而到现在为止，秦风甚至都没看过底牌。

当荷官问过一圈后，留在桌面上的人赫然就只剩下三个。看得出来，那些人对沃什伯恩都非常忌惮，在他下注后，陆续都选择了弃牌。

"三号先生4点，八号先生一对Q，一号一对K，一号先生说话！"在第三张牌发下去之后，赌桌上的牌面忽然风云变幻，秦风只拿到了一张红桃4，而沃什伯恩和八号座位上的那人，竟然同时拿到了一对。

看了一下三人的牌面后，沃什伯恩忽然哈哈大笑了起来："我一对K吃死你的一对Q，这一把我下十万！"他此刻是在打气势，无论如何这第一把，他都要干净利落地给拿下来，他要让同桌的所有人心里都产生自己是无法战胜的那种念头。

"三号先生，一号先生下十万，请问您跟不跟？"荷官看着秦风问道。

"小子，你的底牌不是黑桃A吗？跟下去啊！"沃什伯恩从西装口袋里掏出了一支雪茄，拿出火机点燃后，向着秦风喷出了一口浓烟。

"你怎么就知道我的底牌不是黑桃A呢？"秦风被那口烟熏得连着咳嗽了好几声，拿出一枚十万的筹码扔了出去，"我跟！"

"请八号选手决定是否跟注。"在秦风下注后，荷官的眼神盯在了另外一个人身上，这人拿到了一对Q的牌面，也不算小了。

"两张K是很大，不过我的两张Q也不小，十万，我跟了。"八号座的选手犹豫了一下，最终还是推出了那枚价值十万美金的筹码。

在第四张牌发下来后，场外围观的人顿时发出了一阵吸气声，因为沃什伯恩拿到的还是一张K，这样即使不算底牌，他已经是三条在手了。

"哈哈，上帝都在帮我！"看到自己桌面上的三张K，沃什伯恩激动地吹了声口哨，"三条的牌面，我押五十万！"

在梭哈中，虽然三条上面还有更大的牌，不过十个人的赌桌上，能出现这种牌面的几率已经非常低了，沃什伯恩的得意也是在情理之中的。

"三号先生，一号押注五十万，请问您跟不跟？"在沃什伯恩将五十万的筹码推到桌子中间后，荷官看向了秦风。

现在秦风的牌面不算很差，两张A带一张小4，而且他本人到现在连底牌都没有看，如果底下是一张A的话，那么秦风还是有赢牌希望的。

"对不起，我要看下底牌。"秦风对荷官摆了摆手，拿起了第四张发到手的梅花A，将其放在了底牌的下面，用双手将两张牌合在了掌心里。他往后仰了一下身体，同时用脑袋挡住了身后的摄像头，极其隐蔽地搓开底牌，看了一眼后，脸上露出了不可抑制的狂喜，"我跟五十万！"

秦风小心翼翼地将两张牌放回桌面，数出五十万推出去后，忽然做出了一个让全场震惊的举动。他用右手小臂将自己面前的筹码全部都推到了桌子中间："我全押，梭哈！"

秦风声音之大，不仅引来了场内众多选手的目光，就连场外观战的人也都被轰动了。要知道，梭哈之所以会吸引那么多人玩，就是因为一把全押的魅力，这种不成功便成仁的赌法，往往会使人热血沸腾起来。

或许是因为有人押了冷门的原因，贵宾厅里的大屏幕上，此刻直播的就是十四号赌桌上的情景，多方位的摄像机，将现在桌上三人的面部表情拍得纤毫毕现。

"哈哈，沃什伯恩遇到对手了啊。"看到秦风梭哈后，白振天一拍椅子站了起来，大声笑道，"好气势，就看沃什伯恩敢不敢赌了！"白振天虽然赌钱的时候手气奇臭无比，但最注重气势。

秦风在不如对方底牌的情况下梭哈，只有两种可能性。第一种可能是秦风的底牌是A，这样三条A对上三条K，他的赢面要比沃什伯恩大，自然可以梭哈了。而第二种可能性，就是秦风在"偷鸡"，他利用第五张牌还没发下来的机会，去诈桌上的另外两人，赌他们不敢和自己梭哈，从而吃下赌桌上所有的筹码。

但究竟是真有大牌还是"偷鸡"，现在谁都无法确定，因为最好的赌徒，同样也是最好的演员，想从他们的脸上看出端倪，那实在是太难了。就像是此刻的秦风，他的脸上满是欣喜的神色，那种发自内心的笑容，让所有看到的人都会以为他的底牌是张A。

"三号先生梭哈，八号先生，请说话！"荷官在最初的惊愕后，还是履行起了自己的职责。

"我不跟了！"八号选手无奈地弃牌，因为秦风梭哈，他如果输了的话，就要被踢出局。

"一号选手，请问你跟还是不跟？"当八号座的选手弃牌后，第十四号桌上也就只剩下了秦风和沃什伯恩两个人了，荷官的关注对象自然也转到了他的身上。

"我……我要考虑一下！"沃什伯恩犹豫起来，他和八号选手所面临的情况一样，跟下去如果输了的话，那么他将被踢出此次赌王大赛。对他来说，这是一个无法承受的结果，他如果连决赛都无法进入，那么在赌场高层的眼中，他沃什伯恩就将成为一个废物。

想到这里，沃什伯恩有了一丝退却的念头。不过看着桌面上已经投下去的六七十万，他心中又在犹豫，万一秦风这一把是"偷鸡"，而且还"偷鸡"成功的话，那么他沃什伯恩也没有脸面再在赌坛混了。自己在赌坛成名已久，而对方只是个无名小子，就这么被对方硬生生地吓退，沃什伯恩真的很不甘心。

此时，沃什伯恩的心已经乱了，他犯了"赌坛八忌"中的第一忌：心浮气躁。他最初想以自己的牌面和重注，逼得同桌的人弃牌，从而赢得第一把，将自己的气势建立起来。但也正是这五十万的重注，让他骑虎难下，因为他的底牌并不是K，而是一张9。他没有把握在这一局牌中拿到四条K，他最终的结果可能就是三条K或者是富尔豪斯。但秦风的牌面是对A，底牌极有可能也是A，三条K对三条A，沃什伯恩还是输面大，这也正是他举棋不定的原因。

陈世豪和亨利卫一直都在关注秦风，在见到秦风梭哈后，二人脸上也露出震惊的神色。亨利卫忽然一拍大腿，眼中露出异彩，他虽然不知道秦风的底牌是什么，但无疑的是此时的秦风在场上完全占据了主动。

"丹尼，秦风这一招，已经把沃什伯恩逼到绝路上去了。"亨利卫左右看了一眼，压低了声音用粤语说，"沃什伯恩梭哈，极有可能赢，但如果弃牌，这一把他就输了六七十万，接下来想扳回来很难，他现在是进退维谷，最好的出路也只能是弃牌，为自己保留一丝元气。"

不得不说，赌术高手对人心的掌握，甚至要比心理医生更加细致，亨利卫对沃什伯恩的分析丝毫不差。

"喂，你已经考虑了十多分钟了，到底跟不跟啊？"在等了十多分钟后，秦风用手指敲了敲桌子，对那荷官说，"你这荷官是怎么当的？每个人都要想这么久的话，那这场比赛岂不是要比到明年去？"

"这位先生，按照赌场的规矩，是可以考虑十分钟的。"荷官当然知道沃什伯恩是自家赌场的人，而且还听过沃什伯恩的培训课。有这层关系在，所以荷官对沃什伯恩的思考，自然是视若未见，如果不是秦风催促，他甚至连解释都不会有。

"十分钟，现在已经过了十二分钟好不好？"秦风指了指荷官背后墙上所挂的钟，"如果你手上的表是摆设的话，我建议你回下头去看一下时间！"

秦风原本就一副小混混的模样，此刻指手画脚的样子，更显得异常嚣张，不过他的眼神深处，却透出了一丝紧张。

"一号座的先生，请问您考虑好了吗？"在被秦风步步紧逼后，荷官只能开口催促起沃什伯恩来了，毕竟这是世界性的赛事，无数眼光都盯在他身上，荷官也不敢过于明显地偏袒沃什伯恩。

"想要诈我？"荷官的话声刚落，沃什伯恩的脸上就露出一丝笑容，在刚才秦风说话的时候，他可是一直死死地盯着秦风的眼睛。作为世界排名第十二的高手，沃什伯恩对人心理的研究也是极深的，虽然秦风刚才那丝紧张的眼神只是一闪而过，但还是被沃什伯恩准确地捕捉到了。

"小子，你知不知道在梭哈的玩法中，有一句话叫作'诈术妄用'啊？"沃什伯恩自觉发现了秦风心底的胆怯，大声笑道，"想在赌桌上诈牌的人，往往都会输得很惨，年轻人，我就教你这一招……"

"喂，我说你有完没完？"秦风忽然打断了沃什伯恩的话，"要跟就跟，不跟赶紧弃牌，这么多人还等着开局呢，你哪儿来的那么多废话？"

在被秦风打断后，沃什伯恩的脸上露出一丝恼怒："不就是梭哈吗？我跟你了！"

当沃什伯恩说出"梭哈"两个字后，坐在二楼贵宾厅观战的泰勒，脸色不由得大变，他看得出来，自始至终，沃什伯恩都被秦风牵着鼻子走。在这样的情况下，最好的选择就是像亨利卫说的那样壮士断腕。

"沃什伯恩真是徒有虚名，如果没有意外的话，他应该输了。"在观众席上，一个西装革履的年轻老外摇了摇头，他正是何先生手下的头号技术总监，也是去年获得过"赌王"称号的乔治。

乔治话声未落，坐在他身边的一个鼻梁很高、眼神深邃的年轻人说道："乔治，你的眼光有进步啊！"

"盖德豪斯，你小心一点儿。"乔治看了一眼身边的同伴，淡淡地说，"说不定我今年就会把你从第一的宝座上赶下来的。"坐在他身边的，正是连续两年世界排名第一的"世界赌王"，他是米高梅赌场现任的技术总监，同时也是乔治的好朋友。

"只要你有这个实力就行。"盖德豪斯无所谓地耸了耸肩膀，在台下大家是朋友，不过到了赌桌上，他不会对任何人手下留情。

在场外观众对此次梭哈评头论足的时候，荷官从发牌机中分别给沃什伯恩和秦风发出了第五张牌。

当沃什伯恩拿到牌后，场内响起了一片叹息声，因为沃什伯恩拿到的是一张10，如此算来，他明面上的牌，就变成了三条K和一张10。这也让众人变得紧张起来，眼睛都死死地盯住了荷官手中那张即将发给秦风的牌，如果秦风能再拿到一张A，那么在牌面上，他将完胜沃什伯恩。

当看到发在秦风面前的那张牌之后，外围观看比赛的人群顿时沸腾了，秦风在最后居然又拿到了一张A，由此牌面变成了三条A带一张小4。

沃什伯恩的眼睛一下子瞪圆了，秦风的最后一张牌，像重锤一般敲在他的心上。

"不好意思，我也是三条，而且好像比你还要大一点吧？"秦风做出了一个自认为很潇洒的甩头发动作，不过看在众人眼中，这十足就是个小混子才会做出的举动，而他说话的样子，更是让人感觉他十分欠揍。

其实在这一局牌开始没多久的时候，秦风就出了老千。在荷官发出第一张明牌的瞬间，秦风曾经有个把头后仰、用手捂牌的动作，幅度稍微有些大。就是那个动作，秦风挡住了正对着他的那个摄像机，把自己的底牌和旁边二号选手的底牌给换了。他用的手法，是千门中的"偷天换日"。

在换了那张牌后，这场赌局就彻底落到了秦风的掌控中。只是原本秦风并没有想着要梭哈，但沃什伯恩摆出一副咄咄逼人的姿态，他没有道理不把对方给踢出局。

在全场人的注视下，沃什伯恩反倒冷静下来，右手飞快地滑到了那张底牌上面，小指一弹，那张9如闪电般被弹到他的袖中，与此同时，另外一张早已准备好的老K，停留在了他的手掌下面。这一系列的动作，是在零点零几秒之内发生的，用肉眼看去，刚好可以看到沃什伯恩伸手掀开了自己的底牌。

"我是四条老K，我就不信，你能摸到四条A！"

在沃什伯恩揭开底牌的时候，场外观众顿时鼓噪起来，倒吸冷气的声音传遍了全场。

当然，在四条K上面还有四条A，而且秦风此时已经拿到了三张A，如果他能开出最后一张A的话，那这一局就是实打实的冤家牌了。众人也都想到了这一点，在一阵喧闹过后，几乎所有人都屏住了呼吸，将目光聚焦在了秦风面前的那

张底牌上。

"亨利，秦风会赢的，是吧？"场外的陈世豪拉住亨利卫的衣服，他纵横濠江几十年，也经历过不少的大风大浪，此刻却感觉有些喘不过气来。为了此次赌王大赛，他已经花费了数百万美元，这还不算整合叶汉麾下人马所付出的努力。如果秦风在正赛第一轮就被淘汰的话，那他的整个团队为此所付出的代价，真的是无法估量。

"秦风赢了！"亨利卫很肯定地点了点头，"丹尼，如果这次报名把我作为秦风的助手的话，拿'赌王'称号易如反掌！"

沃什伯恩的眼睛已经有些发红了："开牌吧，我就不信，你能拿到四条A！"他玩了二十多年的梭哈，见识过无数惊险的场面，但第一局就有可能碰上冤家牌的事情，还是第一次遇到。

"三号座的先生，请你开牌！"荷官此时的表情也有些紧张，他知道如果沃什伯恩输了的话，自己也要受到一些牵连。

秦风笑了笑，伸出了食指和中指，在桌面上盖着的那张牌上敲了敲："说实话，我不太会玩梭哈，所以没有大牌，我一定不会跟。第四张牌的时候，如果我拿不到三条A，你以为我会梭哈吗？"说着，他用两根手指将那张牌夹了起来，轻轻掀过来：黑桃A！

沃什伯恩的面孔瞬间变得惨白，几乎在同时，赌场内外就像是被点燃了的火药桶一般，"轰"的一声炸响了，各种不敢置信的呼喊声充斥在每个人的耳朵里。虽然众人都曾经猜测过，秦风或许有可能底牌是一张A。但猜测和现实总是不一样的，这张A所带来的冲击力实在是太震撼了。

"蠢货！沃什伯恩这个蠢货！"在赌场的三楼监控室里，一个身材不高、有些秃顶的中年白人男子，猛地抓起了手边的花瓶，重重地摔到了地上，力道之大，让那精美的花瓶瞬间粉身碎骨。

"他脑袋进屎了吗？怎么在第一局就会和人梭哈？"中年男人的咆哮声响彻整个房间，"告诉沃什伯恩，他的顾问合同被取消了，我不养这种蠢货，让他去要饭吧！"

"鲍斯菲尔德，不要那么冲动。"一个有些阴柔的声音从房间一角响了起来，"咱们又不是只有沃什伯恩一组人参加正赛，只要盖德豪斯最后能进决赛，他的世界排名，还是第一！"说话的这个人长着一个鹰钩鼻子，手里夹着一根大雪茄。

这两个人，正是米高梅赌场占据股份最多的两个老板，也是闻名世界的拉斯维加斯"赌王"。当然，"赌王"用在他们身上的含义，和澳岛的何先生差不多，他们本身都不嗜赌，却经营着这个世界上最大的赌场。

和身处监控室的鲍斯菲尔德的暴怒不同，此时在赌场二楼的贵宾厅里，却是响起了白振天爽快至极的笑声。

"恭喜你，白，这次的冷门被你博中了！"阿卜杜勒倒是非常有风度，并没有因为输掉了三千万美金动怒，而是端了两杯红酒走过来，将左手的一杯交给了白振天。

"谢谢，我这也是碰运气的。"白振天要的就是脸面，虽然阿卜杜勒先前激自己和他对赌，但别人此时显然给足了自己面子，更何况对方还白送了自己三千万。

"白，我正式邀请你参加后天在这里举办的赌局，不知道你有没有时间？"和白振天轻轻碰了一下酒杯，阿卜杜勒向白振天发出了邀请。

"这个……我还真说不好后天有没有空……"听到阿卜杜勒的话，白振天顿时犹豫了起来。自家知道自家事，白振天心里明白，这次之所以能博中冷门，并非是他的功劳，而是在刘子墨力挺秦风的情况下换来的。

"白，要是你能参加这场赌局的话，日后我可以介绍瓦利德给你认识。"到了阿卜杜勒这种身份，想要了解另外一个人，实在是很容易的事情。

虽然之前阿卜杜勒并不认识白振天，不过就在下面赌局进行的时候，他已经拿到了有关白振天的详尽资料，也知道了他的出身背景。阿卜杜勒是世袭的阿拉伯贵族，生来就继承了庞大的石油财富，他和世界各地的富豪们并没有什么利益冲突，是以也不忌讳白振天的帮派背景。

听到阿卜杜勒的话，白振天的眼神不由得一凝："瓦利德？沙特的瓦利德吗？"

"没错，他是我的一个堂兄，和我关系最好。"阿卜杜勒耸了耸肩膀，"不过他喜欢赚钱，我喜欢享乐而已。"

"好，后天的赌局，我一定参加！"听到瓦利德的名字，白振天想了一下说，

"我对赌不是很懂，到时候让人替我上场，不知道行不行？"

"当然可以，这符合规矩！"

观众席上的陈世豪，此刻也是喜笑颜开，秦风第一局的强势胜出，让他看到了进入决赛的希望。

"我早就说了，秦风没那么简单的。他就像一个谜团，有的时候你以为看透了他，其实确实什么都没看懂。"亨利卫在说这番话的时候，心中也有一点惭愧，在这之前，他也曾经对秦风产生过怀疑，尤其是在遇到沃什伯恩后。但事实证明，秦风做事一如既往地靠谱儿，开局的第一盘，就干净利落地将沃什伯恩斩落马下，也制造了此次赌王大赛最大的一个冷门。

"亨利，到了正赛的时候，就全靠你了！"听到亨利卫的话后，陈世豪心中却有点儿后悔，早知道秦风如此厉害，倒真是不如让秦风参加正赛了。

"我尽力吧！"亨利卫苦笑着点了点头，秦风的惊艳表现也给了他很大的压力，如果不能在决赛中有过人的表现，那他"澳岛第一荷官"的名头就名不副实了。

"亨利，要不要先回去休息一下？"陈世豪看到亨利卫的脸色不大好看，当下说道，"这个比赛恐怕要维持很长时间，到了明天这时候都未必能结束，你还是先回去休息吧。"

正赛的第一轮固然很重要，不过真正的角逐却是随后上演的决赛，那才是考究智力碰撞的时刻，所以很多人这时候都在养精蓄锐。

"不用。"亨利卫摇了摇头，"观看秦风的赌局，对我而言，本身就是一种提高。"在秦风赢了沃什伯恩后，亨利卫就有种感觉，秦风是在布局，他想尽快结束这场比赛。

按照赌王大赛的规定，只有在场内同桌选手的筹码低于一千的时候，赌局才会结束，亨利卫之所以不离开，就是想看看秦风究竟怎么样才能做到这一点。在亨利卫的眼中，如果秦风能做到这一点，那么他对赌的理解和境界，就已经完全超出场内的这些人了，怕是只有当年的"赌圣"叶汉，才能和秦风相提并论。

换了荷官后，在随后的几个小时里，曾经大出风头的秦风却沉寂下来，除了收取一把底注外，这几个小时竟然毫无收获。

反倒是第一把弃牌的八号选手，这段时间手气非常旺，他甚至接连诈了两把牌，赢了五十多万。这几个小时里，牌桌上筹码最多的人，已经由秦风换成八号选手了。

"这个布雷特虽然排名一百开外，但也是个高手。"亨利卫临时调取了八号选手的资料，他是来自以色列的一个选手，世界排名一百二十八位。

亨利卫观察得比较细致，秦风基本上都是拿到前两张牌后马上就弃牌。如此一来，他输的不过是底注。这几个小时过去了，秦风也只是输了几万美金的筹码，远远称不上伤筋动骨。

直到二号位的选手也被布雷特打出局后，秦风的眼中才闪过了一丝笑意："有点意思了，我终于成了第一张拿牌的人了。"布雷特的势不可挡，他没少在其中推波助澜，甚至有一把牌型明明大于布雷特，他也选择了弃牌。

秦风这么做，一来是在给布雷特下诱饵，他要让布雷特忘记自己第一局的惊艳表现，让对方以为自个儿只是运气好而已。

第二就是秦风在布局，他有意识地让布雷特将牌桌上的人清理出去，使得同桌的选手都去针对布雷特，同时也让布雷特在心中认为自己今天手气很顺，养成他自大的心理。

还有第三点，那就是秦风想做第一个拿牌的人，因为这对他计算各人的牌型有很大的好处。他无法去操纵别人是否跟牌，每个人的跟牌与否，都会使得下面选手拿到的牌发生完全不同的变化。

所以在每一局开始前，秦风都要去计算各种因素组合在一起之后所产生的牌型，从而才能决定这一把牌将如何进行下去。

亨利卫猜测的不错，从沃什伯恩下场的时候，秦风就选定了八号布雷特作为出头鸟，而他的表现的确也不错，到目前为止，他已经打出场三个选手了。

此时，赌桌上的气氛愈发紧张了起来，众人的注意力几乎全部都集中在了八号的布雷特身上，而且似乎形成了一种默契。每当布雷特拿到牌面不错的牌型时，同时就有两三个人对他进行狙击，故意拉高赌注，让布雷特进退两难。十几把牌过后，布雷特反倒输出去了三十多万的筹码，不得不被迫改变打法，开始稳打稳扎。

又过了几把，布雷特拿到了一张黑桃A，这让他往投注区扔了十万的筹码。现在布雷特的筹码最多，他完全可以用这种挤压方式，慢慢将同桌各人的筹码蚕食干净。等到别人因为筹码变少而开始着急的时候，那就是他露出獠牙将对手打离出场的时机。

继一号沃什伯恩被秦风踢出局之后，九号、十号、二号又相继被布雷特干掉，布雷特下注后，就轮到秦风说话了。秦风忽然嚷起来："十万，我说老兄，这筹码也是钱啊，您怎么能下那么多呢？"

"三号选手，你是否跟注？"

新换的荷官是个头发花白的老头，他有些不耐烦地看了一眼秦风，原本他以为秦风是个隐藏的高手。但是经过这几个小时，以他数十年看人的经验来判断，秦风还真就是个小混混，靠着运气好赢得的第一局，所以对秦风说话的时候也没有了好语气。

"跟，当然跟了！"秦风看了一下自己的底牌，出乎所有人意料地说，"斗地主的打法里，2是要比A大的，这把我就赌下运气，看看我的2最后究竟能不能大过A！"这也让众人脸上露出嘲讽，拿一张2去和A比较，纯粹是脑子坏了。

"四号选手，你跟不跟？"老荷官耸了耸肩膀，将木管转向了四号选手。当老荷官问了一圈下来后，让人惊诧的是，除了秦风外，所有人都选择了弃牌，现在赌桌上就只剩下了布雷特和秦风两个。

第二张牌发下来后，布雷特是同花顺的牌面，而秦风只是一个小2和小5的散牌，并且连花色都不一样，自然还是布雷特占据着主动权。

"你第一局赢得好像不少，那就玩大点儿，一百万吧！"布雷特做出一副漫不经心的样子，在面前数出一百万的筹码，全部推到了赌桌的中间。

"欺负人是不是？"看到布雷特的举动，秦风的脸上露出了一丝愤慨，拿起了底牌看了一眼，"同花顺了不起啊？我就跟一百万，说不定一对小2都能赢你！"

当秦风扔出一百万后，观众席上顿时又炸开锅了，各种议论声像潮水一般地往比赛场地内涌去。谁都没想到，每把都弃牌几乎快被遗忘了的秦风，在最不可能跟牌的时候选择了跟进。

"亨利，发生什么事了？"刚刚在二楼赌了几把"百家乐"的陈世豪，刚一回到一楼观众席这边，就发觉了人群的骚动。

"秦风又和人对上了。"亨利卫苦笑着指了指大屏幕。

"一张2和一张5，与布雷特的A、K对上了？"陈世豪抬头看清楚了牌面之后，不由得吓了一大跳。

"八号选手是梅花Q，三号选手红桃4，八号大顺牌面，八号说话。"当老荷官发下了第四张牌之后，仍然是布雷特的牌面大，布雷特的脸色变得愈发轻松了起来。

"你那里还有一百多万的筹码吧？"布雷特看了一眼秦风面前的筹码，忽然说，"我梭你桌面上所有的筹码，你敢不敢跟？"

"你别搬石头砸了自己的脚？不就是大顺的面子吗？也不见得就稳赢！"秦风的嘴角拉出了一条弧线，也没有去数面前的筹码，右臂猛地一扫，"梭哈就梭哈，我还怕你不成？爷输光了大不了不玩了。"

"又梭哈了？"

"这次那个黄毛小子，不会再有那么好的运气了吧？"

"难说，说不定就是八号选手在诈牌呢？"

看到这熟悉的一幕，围观的众人不由得大声议论起来，他们都感觉今儿来得值了，这赌局才进行几个小时，已经出现了数次梭哈。

"不行，看秦风的赌局，我这心脏真是受不了啊！"见到秦风又一次梭哈，陈世豪的脸上满是苦笑，他发现秦风每一次都要把自个儿逼到绝路上，很是考验人的心脏。

"这一局，恐怕布雷特是在诈牌。"亨利摇了摇头。他一直都在仔细观察布雷特的表情，从大屏幕上，他看出了布雷特眼中那一闪而过的不自然。

"双方梭哈，现在发第五张牌！"在亨利卫和陈世豪说话的时候，老荷官已经把第五张牌发了出去。

这张牌布雷特拿到的是一张10，而秦风则是拿到了一张J，秦风顺子的牌面已经不可能了，2、4、5、J这四张牌组合在一起，简直惨不忍睹。

但由于双方都已经梭哈了，秦风手上连一枚筹码都没剩下，布雷特也无法继续加注，按照规则，由牌面小的人直接开牌。正如秦风所言，一张黑桃2呈现在了众人的面前，秦风五张牌都已露了出来，最大的牌，就是一对小2。

"一……一对2，你……你就敢跟我两百多万？"布雷特看着秦风面前的那张黑桃2，只感觉眼前一花。虽然在第四把梭哈时没将秦风吓跑，布雷特就有预感自己要输，但是布雷特怎么都没能想到，自己还真的是输在了一对小2的手下。

"当然，我很诚实的。"秦风摊了摊手，"我开始就说了自己是一对2，看样子你并不相信。"

眼前的这一幕，让布雷特想到了离场不久的沃什伯恩，他也是在自己最志得意满的时候，却是被这黄毛小子狠狠地敲了一记闷棍。念及此处，布雷特的心中一片苦涩，他发现包括自己在内，场内的所有人，似乎都小看了这个染着黄头发的亚洲人。

"八号先生，请您开牌！"经验丰富的老荷官，此时已经从布雷特的眼中读出了点东西，不过按照规则，他还是需要布雷特开牌或者亲口承认自己输掉。

"我输了！"布雷特叹了口气，掀开了自己的底牌，赫然是一张梅花9。他一开始就想诈牌，只是他没想到秦风居然会一跟到底。

"上帝，那个亚洲小子又赢了？"

"诈牌，八号选手在诈牌……"

现场又开始混乱了。比赛进行到了现在，亨利卫看出来了，秦风的布局在潜移默化中已经完成，风头最劲的布雷特挨了这闷头一棍后，怕是气势再也不如之前了。

"八号选手单牌，三号选手一对，三号赢！"

"啧啧，一把赢了两百多万，真是过瘾啊！"当秦风拿回来属于自己的四百多万筹码后，又露出了小人得志的那副嘴脸，看得同桌众人在心里齐声大骂，这小子简直就是扮猪吃老虎，得了便宜还在卖乖。

不过从这一局开始，秦风变得锋芒毕露起来，几乎每把牌都会押上五万十万的筹码。挟着刚才的大胜之威，竟然一连赢了四五把，有一把布雷特不信邪，又和秦风对上了，但最终又输了三十万。

第十四号的赌桌，已经完全被秦风掌控了。秦风每一局的分寸都掌握得极好，连诈带骗，短短的一个多小时，将剩下的人全部踢出局。

赌王大赛正赛的第一个出线名额也诞生了。这场比赛总共用时七个小时四十三分钟，也创造了赌王大赛开赛以来的最快晋级出线纪录。

第二十二章　教父

"劳伦斯，到监控室里来！"

当赌局结束后，一直守在监控室的鲍斯菲尔德拿起对讲机说了一句话，五六分钟后，主持秦风那桌赌局的老荷官走进了监控室。

"老板，您找我？"老荷官走到鲍斯菲尔德的身边，恭谨地站住。

"劳伦斯，你跟了我差不多二十年了吧？"鲍斯菲尔德摆了摆手，"坐下说话吧，我刚从古巴进了一批雪茄，你也尝尝味道。"

"谢谢老板！"劳伦斯的话不多，坐下后拿起雪茄剪给自己剪了一支雪茄点燃，"老板，你是想问那个东方少年的事情吧？"跟了鲍斯菲尔德一二十年，劳伦斯知道，自己的这位老板虽然脾气有些暴躁，但眼光奇毒，并且非常爱才，否则也不会将赌坛世界排名第一的盖德豪斯收至自己麾下。

"没错。"鲍斯菲尔德点了点头，"我想知道，他究竟是运气好，还是赌术高明？"

"赌术极高！"老荷官抽了一口雪茄，吐出浓浓的烟雾，"这个年轻人，有忍耐力，善于把握机会，出手果断，我还从来没见过这样的妖孽！"

"哦？劳伦斯，你对他的评价这么高？"鲍斯菲尔德倒是愣住了。他知道这个跟随了自己差不多二十年的老伙计，虽然赌术一般，但对赌的理解非常深刻。当年盖德豪斯第一次参加赌王大赛的时候，就是劳伦斯看中了他，然后鲍斯菲尔德果断用高薪将其吸纳进米高梅赌场。七八年过去了，盖德豪斯果然没有辜负劳伦斯的眼光，最终夺得了赌坛世界第一的排名，并且一坐就是两年，无人能撼动其地位。

"嗯，他的潜力，比盖德豪斯还要大！"劳伦斯认真地点了点头，"不过他的听力似乎有问题，我能感觉得到，在别人说话的时候，他的反应有些慢！"不得不说，劳伦斯观察得十分仔细，他发现每次当自己说完话，秦风总是露出一副思考的样子，过上好几秒才会有反应。

"你看看，这是他的资料。"鲍斯菲尔德将一张打印出来的纸递给了劳伦斯，"这个人很奇怪，你看看是否有希望将他拉入到咱们的赌场呢？"

"阿嚏，妈的，谁在念叨我啊？"刚刚缓解了膀胱的紧张感后，秦风就打了个喷嚏，浑身哆嗦了一下。

"老弟，就你刚才的表现，不知道有多少人会惦记上你呢。"亨利卫在一旁笑了起来，就是他这种先前没有参加过赌王大赛的人，当年也有欧美的赌场挖他过去做技术总监。

"低调，一定要低调，我这身份可是不能曝光！"秦风摇了摇头，他的根基还是在国内，这也是秦风要改名换姓才出国的原因。

亨利卫点了点头，他知道秦风的情况比较复杂，不仅在白道上交游广泛，更是和黑道有着脱不开的关系，这一点甚至延续到了海外洪门。

一说曹操，曹操就到了，亨利卫才想到秦风那复杂的背景，刚一走出洗手间的时候，迎面就看到了等在外面的白振天和刘子墨。

"老弟，厉害啊！"和陈世豪迎接秦风时的情形差不多，一见到秦风，白振天就跷起了大拇指。

"白大哥，换个地儿说话吧，这聚煞之所，可不适合说话。"看到白振天等人堵在了洗手间的门口，秦风苦笑了一下，"我们正要去吃饭，要不大家一起去吧！"

"好，今儿我请客！"白振天一挥手，"听说米高梅的餐厅前几天进到巨型白地菇，咱们算是有口福了。"

"哎，白老哥，我刚才都给老弟说好了，今儿这顿我请。"听到白振天要抢着请客，陈世豪顿时不乐意了。

"阿豪，到了美国，当然还是我请客了。"白振天摇了摇头说，"这事儿咱们就别争了，赶紧去餐厅吧，巨型白地菇可不常见，要是被人点完了，那咱们可就亏大发了。"

吃饱喝足后，陈世豪从怀中掏出支票本，在上面签了一千万的数字递给秦风，"老弟，这个你先收起来，如果亨利卫能进入到决赛前十的话，他所赢取的奖金里面，有百分之二十是你的。"

按照之前和秦风的协议，在正赛第一轮秦风所赢取的赌资，将属于他个人。现在赌局还没有结束，这些筹码将会被带入到决赛中去，所以陈世豪才会先将这一千万交给秦风。

"豪哥，那我就不客气了。"秦风接过支票弹了弹，可他那受伤的耳朵却无法听到支票发出的脆响。

"白老大，多谢您的款待，我和亨利就先告辞了。"陈世豪已然知道了秦风与白振天的非凡关系，此刻也看出来白振天似乎还有事情要和秦风谈，就拉着亨利卫离开了，对于后面的决赛，他们还是有很多准备工作要做的。

"你小子挺有钱啊？"看到秦风接过那张一千万美金的支票，白振天从鼻子里哼了一声。

"白大哥，和您比起来，我还真是穷光蛋。"秦风咬着一个面包片，含糊不清地说，"你们只是动动嘴皮子就赚了那么多，我可是辛苦了一整天呢。"

"行了，别得了便宜还卖乖了，我有事情要你帮忙。"白振天见秦风还没吃饱，就将另一盘菜推到他的面前，"要是你帮了我这个忙，回头我再请你吃顿好的，你看怎么样？"

"白大哥，您这洪门大佬张口要帮忙，这事儿一定不简单吧？"秦风似笑非笑地看着白振天，"我也没什么要求，只要白大哥您能帮我查到妹妹的下落，那么水里来火里去，但凭您的吩咐，我秦某连眉头都不会皱一下的……"

距离白振天答应帮忙寻找秦苡也已经好几天的时间了，秦风说不着急是假的，毕竟杀手组织就像是一团阴影，始终笼罩在妹妹身上。

"老弟，这事儿没那么快。"听秦风提及此事，白振天不由得苦笑起来，他何尝不想尽快帮秦风找到亲人，但心急吃不了热豆腐。

美国有两亿多人，加上美国人对隐私的重视，想要从两亿多人中找出一个中国女孩，并非那么容易的事情。早在两天前，白振天就已经将消息放出去，让隶属洪门旗下的华人团体和公司，打听年龄和秦葭相仿的女孩。不过根据不完全统计，在美国定居的华人就足有三百多万，还没有算上在美留学的人，所以这也不是一时半会儿就能得到反馈消息的事情。

"那么杀手组织的事情呢？"秦风有些失望地看向白振天，"和杀手组织那边人接洽上了没有？我想在最短的时间内见到他。"

除了妹妹的事情外，秦风来到美国，还想求证一件事，那就是杀手组织的头目里面，究竟有没有师傅载显当年所收的那个孽徒。按照载显的说法，秦风的那位师兄天赋不在秦风之下，不过为人阴狠，外八门中的各项技艺，他最喜欢的就是杀手门的杀人绝技。

师有事弟子劳，秦风是个很尊师重道的人，他知道这件事后，就在心中暗下决心，如果有可能的话，一定要铲除这个师门败类。

"我说老弟，你可不能难为老哥我啊！"白振天一脸苦笑，"那些杀手组织的人，一个个都像地老鼠一般，谁知道他们在什么地方？我也只能通过自己的渠道尝试着去联系，不过他们要是不主动露头的话，那我一点办法都没有！"

"白大哥，那些请杀手的人，·都是如何与他们联系的呢？"秦风不解地问道。

"以前是报纸，只要你在报纸上刊登寻求帮助的广告，他们自己会打电话和你联系的。"白振天想了一下，说道，"现在用的是网络，他们建有一个网站，任何人都可以在上面发布消息，如果他们对你发布的消息感兴趣，同样会主动联系你——我对网络这玩意儿不怎么懂，秦风你要是想搞明白的话，等这次赌王大赛结束之后跟我回趟旧金山，我找人帮你登陆。"

"好吧，只能如此了。"秦风叹了口气，他原本以为以洪门在欧美的势力，会知道一些杀手组织的根底，但让他没想到的是，杀手组织隐匿得居然如此之深。

"白大哥，你要我帮什么忙？"长长地嘘了口气，秦风将满腹的失望排解出去。

"我想让你帮我再赌一把！"白振天看了一眼刘子墨，"这可是你这好兄弟招惹出来的麻烦，我被阿卜杜勒那家伙给盯上了，他要我参加他的赌局……"

秦风刚刚蕴养出来的神识，并不是能无限使用的，在赌局中，他发现神识使用过度，会使自己的精神感觉十分疲惫。送走白振天和刘子墨后，他就将自己关进了宾馆的房间里，盘膝坐在地毯上打坐。

以往练功的时候，一个周天之后，往往就会觉得困乏，必须要用一定的睡眠来补充，但是进入到暗劲后，一个周天的运行速度却慢了很多。真气运行在身体经脉中，好像春雨润物一般，在悄无声息地改变着什么，会使得整个人都沉迷进去，浑然不知时间流逝。

当秦风再次睁开眼睛的时候，天光已经放亮，阳光透过厚厚的窗帘，在房间里洒满了点点斑斓。他看了一眼表，已经是第二天的正午了。

拉开窗帘，秦风打开了房间的窗户，顿时一阵劲风吹进了这个位于十八层的房间，让秦风的精神也为之一爽。一阵车水马龙的声音隐约传入耳中。

"耳伤好了？"秦风伸手在耳边打了个响指，那清脆的声音分明告诉秦风，他的耳朵已经能听到东西了。

关上窗户去洗手间洗漱了一番，秦风刚想收拾一下准备去餐厅吃饭的时候，忽然看到放在桌子上的手机震动了起来。看到手机上的来电显示后，秦风笑了起来，这是白振天的私人号码，一般只有关系非常亲近的人，白振天才会留下这个号码。

"你现在在什么地方？"

"我在酒店房间里，正准备去吃饭……"

"别吃了，中午有人请吃饭！"白振天没等秦风说完就打断了，"还是那家意大利餐厅，你现在就过来，我已经到了……"

"白大哥，是谁请客啊？喂，喂……怎么就挂了呀？"听到是那家意大利餐厅，秦风忍不住就想问个明白。毕竟那是黑手党的地盘，而且就在几天前，秦风才亲手摘掉了阿利桑德罗的那颗大好头颅，再去那里吃饭，秦风心里忍不住有些怪怪的。

来到意大利餐厅的门口，秦风发现，阿宝带着四五个洪门中人守在那里。

"宝哥，究竟是什么事啊？"

阿宝闻言苦笑一声："黑手党的那个老家伙来了，约白爷谈谈，具体什么事，我也不知道。"

偌大的意大利餐厅，在平时都是客满为患，如今就只有白振天悠然自得地在那喝茶看报。见秦风进来，白振天招招手："来，老弟，先坐。卢西安诺是早上从纽约赶来的，他还要等一会儿才到，咱们喝喝茶先聊会儿天……咦，你耳朵好了？"

"应该差不多了吧。"秦风并不想多说自己的耳朵，走到白振天对面坐下来问："白大哥，那个卢西安诺是谁？不会就是纽约黑手党的老头子吧？"

"卢西安诺就是阿利桑德罗的老子。"白振天压低声音说，"你小子别怕，如果卢西安诺要是知道阿利桑德罗是被你干掉的，说不定还会当面谢谢你呢。"

"谢我？他脑袋没病吧？"秦风愣住了，他把别人的儿子给干掉了，这当爹的不和凶手拼命也就罢了，怎么还可能会来感谢他呢？

白振天笑着给自己点了一根雪茄："黑手党的情况早就大不如前了，虽然这几年稍微有些起色，但纽约那边，已经不再是卢西安诺做主了，阿利桑德罗早把他架空了……你知道他为什么要找我吗？"

"不知道。"秦风摇了摇头，"白大哥，我又不是你肚子里的蛔虫，怎么知道这些事呢？"

"老卢西安诺这次过来，是要重新划分拉斯维加斯的帮派势力！"白振天眼中闪过一丝精光，"这次山口组和黑手党的火拼，损失最惨重的地方就是拉斯维加斯，黑手党已经失去了对这个地方的掌控了……"经过那场火拼，山口组和黑手党在拉斯维加斯的势力几乎损失殆尽，洪门不动一兵一卒，坐收了渔翁之利。

秦风顿时笑起来："白大哥，您趁火打劫，喊我来干什么啊？"

"当然有你的好处了……"白振天忽然敛起笑容，很认真地说，"老弟，我想问问你，你愿不愿意加入洪门？"

"加入洪门？"秦风有些不解，"白大哥，怎么会突然问我这个问题？"

"洪门欠你的！"白振天加重了一下语气，"这次洪门所能得到的好处，你根本就无法想象，所以我希望你能加入洪门，到时候我自然会让你拿到你该得的那一份。"

　　且不说秦风自幼跟着刘老爷子习练八极拳，也算是八极一脉的同门中人，就是从秦风的师傅"鬼见愁"那里叙交情，白振天也不可能亏待秦风。只是洪门制度森严，派系也不少，白振天又不是洪门门主，所以有些事情他还是要先考虑洪门的利益。不过秦风要是加入了洪门，那情况就不一样了，洪门的规矩是有功赏、有过罚，秦风所做的那些事情，让白振天有足够的底气来为他争取到极大的好处。

　　秦风认真地思考了一会儿，苦笑着说："白大哥，还是算了吧，我这人真是自由惯了，受不得管教！"

　　他从小就明白一个道理，在这个世界上，没有白来的馅饼，想要得到一些东西，那么你就必须付出一些东西。而得到的越多，付出的同样也就越多，秦风加入洪门看似风光无限，不过恐怕他这辈子在国内都会受到有关部门的监控。单单是这一点，他就无法接受。

　　就在秦风拒绝了白振天，气氛稍微有些尴尬的时候，餐厅的大门被人从外面推开了。

　　七八个彪形大汉护着一个老人走了进来，而门外的阿宝也紧紧跟在后面。

　　"艾伯特，我的老朋友，很高兴又能见到你了！"看到来人，白振天站起身迎了过去，和那个老人拥抱了一下，"艾伯特，咱们不就是吃个饭嘛，用得着这么大的排场？"他是何等眼力，一眼就看了出来，那七八个保镖的衣服下面都藏着武器。

　　"白，用你们中国人的话说，现在是多事之秋，我不得不防啊！"被白振天称为"艾伯特"的老人，正是纽约黑手党五大家族的领头人艾伯特·卢西安诺。

　　"这里可是你的地盘，还需要害怕什么吗？"白振天笑了笑，对跟进来的阿宝等人说，"你们到餐厅门口等着，我和老朋友吃顿饭而已。"

　　"是，白爷！"阿宝恭敬地答了一句，招了招手，带着另外几个洪门弟子退出餐厅。

　　"这……"看到白振天的举动，艾伯特迟疑了一下，说道，"阿方索留下，你们都到外面去等着，记住，不准任何人到餐厅里来！"他此次是给白振天送钱来的，所以对白振天的戒心可以完全放下，要不是看到白振天身边还留着一个人，他会让自己的儿子也出去。

"这就对了嘛。"白振天笑着说，"老朋友，我可是饿坏了，咱们先上菜吧！"

"阿方索，让厨房的人上菜。"虽然有心要和白振天谈正事儿，但是艾伯特知道，在这种类似于谈判的场合中，谁先提及正事儿，谁就会在后面的谈判中落得下风。

"艾伯特，咱们有五六年时间没见了吧？"白振天笑着说，"你的气色不错啊，看样子西西里岛的空气很好，很适合居住。"他知道，这几年卢西安诺黑手党家族的大权，都掌握在阿利桑德罗的手中，作为阿利桑德罗的父亲，艾伯特一年里倒是有八个月都住在意大利的老家西西里岛上。白振天其实是在提醒艾伯特，现在的卢西安诺家族，和以前可是不一样了。

艾伯特眼中闪过一丝不快，不过很快就掩饰了过去，笑着说："那里的空气的确不错，白，有时间我请你去做客！"权力要比毒品更加让人上瘾，艾伯特执掌了家族几十年后，竟然被儿子篡位夺权，回西西里岛并非初衷。

"好，有时间一定去！"白振天哈哈大笑了起来。

"白，来尝尝我们意大利的特产，可不是只有你们中国才有美食啊！"艾伯特自然也不是易于对付之辈，看到厨房开始上菜了，当下揭过这一段，"这红灯笼辣椒炖制的红烩牛肉，是米兰的特色，还有腊肠，味道很不错。"

白振天和秦风都是习武之人，饭量本来就大，而秦风从昨晚到这会儿，一口饭也没吃，二人意犹未尽地放下筷子的时候，桌上已经没菜了。艾伯特目瞪口呆地看着这两人，连忙让儿子去通知厨房加菜。

白振天拿起放在面前的茶具给几人倒了杯茶，说道："老朋友，我最近要参加一个阿拉伯王子的赌局，不知道你有没有兴趣啊？"

"赌局？白，你知道我从来都不赌钱。"艾伯特摇了摇头，"白，我请你来的意思，相信你也猜到一点了吧？"

"你请我来的意思？"白振天闻言似乎愣了一下，一脸困惑地说，"老朋友，你这次叫我来，不是因为咱们很多年没有见面，你想念我了吗？除了这个，还有别的意思？"

深深吸了口气，艾伯特平复了一下想掐死白振天的心情："好了，白，你知道我找你是什么事情。"

"什么事？你不说，我怎么会知道呢？"白振天笑眯眯的样子连秦风都看不过去了，这老家伙实在是太能装了，伸手向别人要好处，还非要别人求着他说出来。

"白，最近发生的事情，你知道吧？"艾伯特明白对方在装聋作哑，直接问了出来。

"最近发生的事？哦，我知道了。"白振天做出一副恍然大悟的样子，"老朋友，你是说最近和山口组打仗那事儿吧？"

见到艾伯特点头，白振天接着说："我早就看那些日本人不顺眼了，亏得你们意大利人还和他们结过同盟……当年墨索里尼纯粹就是脑子坏掉了，你说他怎么就能和日本人结成盟军呢？最后吃大亏了吧！"

"停，停！"听到白振天将话题都扯到"二战"去了，艾伯特的脑门儿上顿时青筋毕露，"白，我这次找你，是想和贵门合作。你也知道，这次的事情使得我们损失很大，我更因此而失去了一个儿子，白，我需要你的友谊。"

"我的友谊？还不是想让洪门帮忙守住地盘吗？"白振天哂笑一声，"老朋友，这完全没问题，要人还是要枪，只要你一句话，我马上就帮你办！"

"不！白，这两样我都不需要！"白振天的话让艾伯特吓了一跳，他已经接到美国政府的严正通牒了，如果美国各地的黑帮械斗再不结束的话，那么黑手党将在美国再没有生存的土壤。

"老朋友，那你需要我什么样的帮助呢？"白振天摊开了两手，不解地问道。

"白，我需要洪门出面，帮我们维持拉斯维加斯和华盛顿以及纽约等城市现有的秩序。"以艾伯特的脸皮，说出上面这番话之后，脸上也是感觉到一阵发烧，他们帮派的传统地盘，却要让外人去维持秩序，这事儿听起来总是有些荒谬。

不过他也是没有办法了，在黑手党和山口组火拼之后，黑手党在各地的势力都微弱到了极点。在这种情况下，很多当地的小帮派已经开始蠢蠢欲动，黑手党的生意受到了很大的打击，艾伯特只能出来寻找盟友了。

"帮你维持秩序？"白振天挑了挑眉毛，"老朋友，这件事我不能答应。"

"为什么？"艾伯特没想到白振天拒绝得如此干脆，连忙说，"白，我们可以付出足够多的代价，是五亿还是十亿美元，你开个价吧！"

"不是钱的问题。"白振天摇了摇头，"你知道，洪门从七八十年代就不涉足毒品生意了，我们不能坏了这个规矩……”

洪门早期因为毒品生意没少和黑手党等组织开战。但现任门主上任后，就调整了洪门的发展策略，他将大笔的资金投入到了正当生意里，并且结束了洪门在美国的毒品销售。对于这一点，艾伯特自然也清楚，这也是他敢让洪门帮他们暂时接管地盘的原因，就是不怕洪门吃下地盘后自己去做毒品生意。

“白，我相信在这个世界上，任何事情都是可以谈的。”艾伯特很认真地说，“我今天非常有诚意，你们提出的任何条件，我都可以考虑。”

“好，那我就说了，不过我说出来，老朋友你可要给我这个面子啊！”白振天笑了笑，他估摸着也把对方的胃口吊得差不多了。再胡扯下去，恐怕艾伯特真要着急了，那样反而得不偿失，美国还有诸如墨西哥帮和越南帮这样的一些帮派。

“我想要一点……你们在拉斯维加斯的股份！”

白振天话刚出口，艾伯特就从椅子上站了起来，挥舞着双手说：“白，这不可能，你要知道，我们在拉斯维加斯的股份，是不能转让的……”

艾伯特需要赌场来洗钱，将每年那笔数十亿美元的资金洗白掉，然后投资到各国的正当生意里面。如果没有赌场的运作，那么艾伯特每年赚取的大笔黑金都将成为黑钱，或许只能通过走私运到他在意大利的别墅里等着发霉了。

“老朋友，不要激动嘛。”白振天早就预料到了艾伯特的反应，淡淡地说，“拉斯维加斯不止一家赌场有你们的股份，米高梅赌场的股份我不要，但是泰姬·玛哈尔赌场的股份，对你们来说没有那么重要吧？”

“嗯？你知道我们在泰姬·玛哈尔赌场有股份？”艾伯特叹了口气，“白，你就算能拿到这点股份，也是无法控制泰姬·玛哈尔赌场的，那帮印度人很固执的。”

黑手党的确在泰姬·玛哈尔赌场占有百分之二点一的股份。只是这点股份实在太少，在赌场董事会上并没有太多的发言权，艾伯特也无法由此控制董事会帮他们去洗黑钱，只能算是纯粹的投资。当然，别看只有百分之二点一的股份，但如果折算成美金的话，这些股份也价值好几十亿了。

“呵呵，这个就不用你操心了。”白振天淡淡地笑了笑，“老朋友，只要你答应了，我保证你们组织在美国各地的传统地盘，都不会受到挑战。”

白振天自然不是无缘无故去要泰姬·玛哈尔股份的，从泰姬·玛哈尔赌场1990年开业以来，洪门一直都在暗中吸纳赌场的股份。将近十年的时间，洪门已经从各个小股东手上吸纳了百分之四点五的股份，如果再加上艾伯特手上的股份，那么洪门在泰姬赌场所占的股份，将达到六点六。在泰姬赌场股权松散的情况下，百分之六点六的股份，在董事会中已经是一股不可忽视的力量了。只要在董事会上有了话语权，洪门就可以派出一些自己人担任赌场高层，虽然不能完全控制赌场，但每年洗些黑钱却不成问题。

"我要考虑一下，白，你真的是狮子大张嘴。"艾伯特不断在心中比对着利益得失，他发现，无论怎么计算，毒品生意都占据了绝对重要的地位，如果毒品生意崩溃，那损失远远不是赌场每年上亿的分红能弥补的。想到这些，艾伯特的面色在不断变幻着，几十亿美金的股份就这么交出去，他自然也是心有不甘。

"先生，还有一道鲟鱼，请问现在可以上了吗？"在艾伯特纠结的时候，后厨门口走过来一个端着盘子的厨师，不过他的厨师帽似乎有点大，将面孔遮掩住了大半。

就在那个厨师说话的时候，秦风身上的汗毛忽然炸了起来，身体顿时绷紧，这是他对危险的一种本能反应。

第二十三章　刺客

"白，你要知道，泰姬赌场的股份可是价值几十亿美金，你们的胃口也太大了吧？"艾伯特根本就没看那厨师，注意力都放在了白振天的身上。

"选择权在你，老朋友，你完全可以拒绝我。"白振天成竹在胸地笑了起来。能让黑手党五大家族中的艾伯特吃瘪，此时白振天的心情非常愉快。对于洪门而言，如果能拿到泰姬赌场的股份，他们对进军澳岛赌业也不会过于渴望了，毕竟那里还是距离大陆太近了些。

在心中盘算着各种利弊得失，白振天也没注意那个走过来的厨师。

看到走到桌前的厨师，艾伯特抬头的时候忽然愣了一下："怎么回事儿，那些服务员呢？"餐厅一般都是由服务员上菜的，除了客人有特殊的需求，否则厨师是不会走出厨房的。

"先生，这道鲟鱼鱼子酱，需要我为您讲解一下食用的方法。"那个厨师的帽子有些低，额头前垂着的头发彻底将眼睛遮挡住，不仅如此，他的两腮还长满了络腮胡子，几乎完全都看不到面容。

"那好吧，讲给白先生听一听。"要是放在平常，或许艾伯特早已起了疑心，只是他现在有点儿心不在焉，对于厨师的异常并没怎么放在心上。

"好的。"那人微微侧了一下身体，将托盘放在桌子边上，左手打开上面的金属罩子，"这道菜的名字，叫作地狱来客……"

"地狱来客？这名字好奇怪啊！"由于那人打开罩子的方向是对着自己的，所以在听到菜肴的名称后，艾伯特和白振天都愣了一下，伸头往盘子里看去。

"下了地狱品尝这道菜，味道会更加鲜美！"

当罩子被完全拿开后，一把乌黑锃亮的手枪赫然出现在盘子中间，而那人的右手，在说话的同时已经握在枪柄上。

"靠，杀手！"

当看清楚盘子里放着的是把枪后，白振天猛地将身体往后一仰，右脚蹬在桌子边缘，整个人借着这一蹬之力，快速往后倒去。餐厅的桌子被他撞得东倒西歪，刚好挡在他的面前。

白振天这一套动作没有任何滞碍，犹如行云流水一般，几乎是眨眼的工夫，他的身体就已经藏到另外一张餐桌后面，看得那个杀手微微愣了一下神儿。

看起来对方应该是经过严格培训出来的职业杀手，在白振天躲闪的时候，他的枪口已经指向了黑手党教父艾伯特·卢西安诺。

对于黑手党五大家族的教父而言，他们更多的是躲在后台，而不是在前面冲锋陷阵。艾伯特这辈子被人用枪指着的次数屈指可数，他虽然也反应了过来，想像白振天那样迅速地躲开。无奈意识和身体并没有白振天那样协调，睁着眼睛看着黑洞洞的枪口对准了自己的眉心，身体根本就做不出任何反应。

至于坐在艾伯特身边的阿方索，几乎丧失了思考的能力，坐在那里完全愣住了。

"砰"的一声，枪响了，艾伯特甚至能看到那枪口冒出的火光，在这一刻，他的灵魂似乎都飘忽起来。

"啊！"几乎在枪声响起的同时，一声凄厉的惨叫声也响起来。

两秒钟后，艾伯特的灵魂归体，他发觉了不对，那颗子弹竟只是擦着他的肩膀飞了过去，他甚至能感觉到肩膀处的灼热。而那只原本握着枪的手，手背上赫然插着一把明晃晃的叉子，枪已经掉在桌子上。

看到这种情形，艾伯特连滚带爬地往后面退去，躲到了一张桌子的后面。而阿方索在枪响的同时，已经昏了过去。

杀手反应极快，伸出没有受伤的左手，向桌子上的手枪抓了过去，只是在他的手刚刚接触到枪柄的时候，忽然停了下来。他看到对面那个年轻人的手上拿着一把带着锯齿的餐刀，他毫不怀疑，如果自己拿起枪的话，那把刀子将会插到他的左手手背上。

当餐厅的大门打开，十多个人拿着枪往里冲的时候，杀手知道自己这次的刺杀任务已经失败了，他用力将桌子掀了起来，同时快速向后厨跑去。

"砰！砰砰！"

从餐厅外最先拥进来的那几个人，经验十分丰富，在看到一个白色的人影移动后，枪声也随之响起。

"老板，你没事儿吧？"

"白爷，您在哪儿？是不是意大利佬干的？"

枪声总会让人紧张，虽然没有射中那个白色身影，却让洪门的人和黑手党的人对峙起来，双方都用枪指着对方。

由于谁都没找到自己这边的老大，所以餐厅内的气氛一下子变得紧张起来，就连刚刚躲过那些碗筷的秦风都蹲到地上，生怕有人擦枪走火。

"把枪放下！"

"都把枪放下！"

白振天和艾伯特的声音同时从两张桌子后面响起来，两个大佬伸出脑袋往外看了一眼，这才站起了身子。

餐厅里的两伙人马瞬间分成了两团，将白振天和艾伯特给围了起来，枪口虽然垂了下来，但都没有把枪给收起来。

艾伯特到底是经过风浪的人，很快就镇定下来："快点去厨房看看，杀手是从厨房过来的！"

"是，老板！"听到艾伯特的话后，黑手党那边分出三四个人，提枪朝厨房跑去。

"都把枪收起来！"艾伯特瞪了一眼自己身旁的那些手下，抬脚向秦风走过去，他的这个举动，顿时让洪门这边的人紧张起来。

"没事儿。"白振天摆了摆手，很诧异地看着秦风，"老弟，没想到你还有这一手？不过你为什么要救艾伯特呢？"

白振天自然能看出来，那杀手针对的仅仅是艾伯特。他身经百战，对于危机的感应能力远非普通人能比，但是他刚才也没察觉到什么异常，这只能说明，对方是一个极其出色的杀手。而且那个杀手所针对的目标是艾伯特，没有对他散发出杀气，或许这也是白振天没有察觉出来的原因。

秦风笑起来："白大哥，艾伯特要是死在这里，你可脱不了干系。"

"老弟，这情分，老哥哥我记住了！"白振天重重地点点头，他自然知道，如果艾伯特死掉的话，黑手党虽然会大乱，但洪门的计划将再也无法实现。

这时，艾伯特已走到秦风的身边，弯下腰对着秦风鞠了一躬："感谢您的帮助，我能知道您的姓名吗？"

"我叫吴哲，你不用客气，要感谢就感谢洪门吧。"秦风淡淡地笑了笑，愈发摆出了一副助人为乐不求回报的姿态来。

"不，这是两回事儿。"艾伯特很固执地摇摇头，"吴哲先生，从今天起，你将是我们纽约五大家族最尊贵的客人，请您收好这张名片。"

说着话，艾伯特从怀里掏出了一张镏金的名片，郑重地交给秦风，上面只有他的名字和一个电话号码。

"这个……"秦风转脸看向了白振天，他有点儿不明白艾伯特的意思。

"收下吧！"白振天点了点头，"能让艾伯特给名片的人，在这个世界上也没有几个，以后你拿着这个名片，可以在意大利黑手党的任何组织里寻求帮助。"

作为美国的三大黑帮之一，艾伯特的友谊可不是那么容易获得的。和黑手党打了几十年的交道，白振天自然知道这张名片的价值，只有五大家族的负责人才有资格送出这种名片。而只要拥有这种名片，就能得到绝大多数黑手党中人的认可，在力所能及的情况下，他们会给予持有名片的人最大的帮助。

"好，多谢了！"听到白振天的解释，秦风双手接过名片。自己亲手宰了他的儿子，却得到了他的友谊，这让秦风哭笑不得之余，心里还有种说不出来的别扭。

就在秦风刚刚接过名片放进口袋的时候，刚才追进厨房的那三四个人跑了回来，其中一人说道："老板，没追上那人。厨房有个后门，直通安全通道，那人从安全通道出去，又从巷子里跑掉了。"

"餐厅里的人呢？奥杰斯那个浑蛋呢？"面对白振天和秦风的时候，艾伯特是和风细雨，但是在手下面前，艾伯特却不苟言笑、威势十足。

"老板，他们都被人打晕了。"一个黑手党成员解释道，"厨房的隔音效果太好，里面的打斗外面完全都听不到。"

出了这档事儿，艾伯特也无心再待下去了，便对白振天说："白，你说的那些，我会认真考虑的，三天之内，我一定给你个明确的答复。"

"好，老朋友，我相信你一定会做出正确的选择。"白振天点了点头，和艾伯特握了握手，算是结束了今天的这次会谈。

出餐厅的时候，两伙人是分别通过不同的电梯离开的，艾伯特带人直接下到了停车场，而白振天和秦风等人，则在米高梅酒店门口等待车子开过来。

就在秦风上车的时候，酒店对面的人群里，一道阴狠的目光死死地盯在秦风的脸上，这个人的右手，则插在裤子的口袋里。

秦风抬起准备钻进车里的脑袋，往马路对面看了一眼，不过在那熙熙攘攘的人群里，他实在无法寻找到目标。

"老弟，快点上车吧，我带你去轻松一下！"看到秦风站在车门前四处张望，已经坐进车里的白振天招呼了他一声。

"去哪里轻松啊？"秦风向着传来杀机的方向看了看，一矮身子钻到车里。

白振天说："我带你去亚利桑那泡泡温泉去，你小子这几天身上的血腥味太重，要不然我也不会发现不了那个杀手……"今儿这事儿，白振天心里还是有点不好意思，虽然他当时做出的自救举动无可厚非，不过和秦风的表现相比，顿时高下立判。

用手揉了揉太阳穴，白振天有些自嘲地说："很久没活动了，今儿竟然连那杀手都没看出来，真是老了啊！"

"白大哥，这事儿怪不得您。"秦风摇了摇头，"那人懂得收敛气机，不到出手的时候，一般人都无法察觉到他的杀意，您反应那么快已经是很不错了。"

"嗯？那你是怎么看出来的？"白振天有些不解，这话他憋在心里老半天了。

"海外的杀手组织，根源应该是国内以前的杀手门。"秦风只是有些含糊地说，"白大哥，我师傅和杀手门有些渊源，所以我知道一点他们的功夫。"

"这些杀手门的人，倒是有些门道。"听到秦风的话后，白振天的脸色好转了一些，"我这次带你出去，也是想躲几天，杀手门的人都是疯子，我怕他们盯上了你。"

杀手杀人，自然是为了钱，这也是餐厅里的员工只被打晕了的缘故，他们出手可都是要收钱的。不过有一种情况例外，那就是他们在进行刺杀的时候，被旁人阻止并且伤害到的话，那杀手门就会将那人也锁定为刺杀目标。

在亚利桑那泡了几天温泉，秦风在回拉斯维加斯的路上得到了赌王大赛的消息：亨利卫拿到了第十名；那个西格蒙特虽然也杀进了决赛，但最后晕倒了，只能自动退赛；而盖德豪斯几乎以横扫的姿态第三次拿下冠军，收入的总奖金高达九千三百万美元。

有了亨利卫这个"赌王"，陈世豪在澳岛未来的赌牌之争中，已经可以占据一席之地了，就算是何先生也无法再打压他。

放下电话后，秦风叹了口气，他知道赌场所能衍生出来的巨大利润，只是想要参与到这个游戏之中，他秦风无论是底蕴还是财富上，都差得太多了。而且就算有钱，也未必就能得到那些大佬们的认可，像这种游戏圈子，都是一些固定的人在玩。

"要不要加入洪门呢？"秦风脑海中冒出这么一个念头，因为只要成为洪门中的一员，秦风也就拥有了进军赌业的资格，至于金钱，那对秦风来说并不是最困难的事情。

说实话，对于未能参加决赛，秦风心中还是稍稍有些遗憾。他下一步想在京城做些房地产开发的生意，可是一估算下来，自己的那点儿钱根本就不够，他这次来拉斯维加斯，就是憋着劲儿想赢点资金回去的。

秦风刚回到拉斯维加斯的酒店，就得知洪门和陈世豪已达成协议，两年后携手夺取一块澳岛的赌牌，进军澳岛赌坛。

对于陈世豪而言，他最怕的就是与洪门合作后，被边缘化甚至被踢出局。但看到洪门的计划后，陈世豪还是动心了。按照白振天和陈世豪的商议，未来这个澳岛娱乐公司的股份分配，自然是洪门占据大头，他们将出资三十亿美金，占据百分之六十的股份。

陈世豪能凑出来三到四亿美金，加上他在澳岛的无形影响力，最终能占据百分之十五的股份，而且还拥有赌场的经营管理权限。

另外百分之二十的股份，将由多家财团共同获得，这其中甚至包括之前的傅氏家族等港澳豪门，毕竟想将赌场发展壮大，还是要做到利益均摊的。

至于剩下的那百分之五里面，有百分之三要分配给像是亨利卫、明叔和郑中泰这些赌场的高级管理和行政人员。而最后的百分之二，则是秦风的。

为了秦风这件事，白振天在这几天里曾经专门回了一趟旧金山，召集了各个堂口的大佬开了个会议。

洪门在拿到泰姬赌场的股份后，已经可以通过拉斯维加斯进行洗钱的操作了，所以对于澳岛的投资，也就变得不那么迫切了。在白振天的力主下，会议还是达成了投资意向，几十亿美金换得一个下金蛋的母鸡，那些大佬们自然不会从中作梗。

赠送秦风的那百分之二的股份，在堂口会议上也被通过了。在提及秦风那点股份的时候，白振天还强调了秦风在大陆的一些背景和关系，并且还为秦风争得了一个权益，那就是只要他有钱投进去，就可以在未来的赌场增持股份。

对于一般的公司来说，持股达到百分之五十，对这家公司才会有绝对的控制权。不过像赌场这种机构，股权十分复杂，能占据百分之二十的股份，通常情况下就能做到控股。

白振天召开堂口会议的时候，很多人对洪门占据百分之六十的股份有些不满，按照他们的意思，洪门只需要拿到百分之三十到四十的股份，就能做到绝对控股了。所以只要秦风能拿得出钱来，白振天就可以做主摊薄洪门所占的股份，加大秦风在新公司里的股权。当然，这也只限秦风个人，其他人就没这个资格了。

听了白振天的详细计划后，秦风对洪门的慷慨感到十分意外，当下便问道："白大哥，阿卜杜勒的赌局安排在哪一天？"

"后天。正好有些细节我还要和阿豪谈，他把你们的机票都改签到下个星期了，到时候你们一起回去。"

"行，反正我在国内的事情也不忙。"秦风想了一下说，"不过，白大哥，这次有盖德豪斯参加赌局，赢的钱里面，你只能拿一成的份子了。"

按照之前所说的，白振天和刘子墨两个人，分别能在秦风此次赌局中拿到两成的份子。只是秦风有意染指未来的澳岛赌场股份，现在急需用钱，所以借着盖德豪斯的名义，消减掉了他们的一成份子。

"老弟，这次你要是能不输钱，老哥我就心满意足了。"白振天笑起来。秦风固然赌术高明，但盖德豪斯却是连续数届赌王大赛的冠军，在任何人看来，秦风和盖德豪斯都没有一丝的可比性，两者之间的差距实在太大了。

谈完正事，秦风刚回到房间，就看到落在桌子上的手机上有无数个刘子墨的未接来电，外加一条短信："哥儿们有难，快来救命啊！"既然还有工夫问他起没起床，想必是没什么大事。

出了酒店，秦风才给刘子墨回拨过去，听到那边人声嘈杂，应该是在公共场所里。

"咦，你跟白叔终于谈完事了？"刘子墨大喜过望。

"少废话，我还饿着肚子呢，没事儿我先去吃饭了！"

"别，先来救命啊！回头我请你吃大餐！"刘子墨连忙嚷起来，"兄弟，无论如何你都要来啊，我可是连内裤都输干净了！"

"究竟是怎么回事儿啊？"听刘子墨叫得那么凄惨，秦风有些无语。

"你来了再说，我在卢克索酒店赌场，你进门往右拐走三十米就能看到我了！"刘子墨也不待秦风回答，直接就挂断了电话。

"这个浑蛋！"秦风拿着手机是又好气又好笑，无奈地摇摇头，坐电梯直接到了一楼。

拉斯维加斯著名的赌场，基本上都在拉斯维加斯大道上，刘子墨所说的卢克索酒店赌场，距离米高梅并不是很远。相比底蕴深厚的米高梅赌场，卢克索酒店则以奢华的装修和巨大的空间著称。整个酒店以埃及金字塔的造型和巨大的狮身人面像的入门而闻名于世，所以又称作金字塔酒店，在拉斯维加斯大道上十分显眼。

进入酒店大厅后，秦风马上被卢克索神庙和埃及金字塔一系列雕塑给吸引住了。各种阿拉伯元素随处可见，就连灯光也弥漫着沙漠风情，仿佛真的让人置身于埃及大漠中一般。

"哎，我说你怎么这么慢啊？我都等你半天了！"刘子墨不知从哪儿窜了出来，一把拉住秦风，"江湖救急，我的钱都输完了，快点拿些钱来用……"

"三千万全输了？"秦风一愣，这哥儿们不会如此败家吧？还没一天的工夫就输出去三千万？

"什么三千万？那钱白叔压根儿就没给我，我连见都没见着！"刘子墨没好气地说，"输的是我自己压箱底儿的三万美金，奶奶的，卢克索赌场的那个狮子头入口，比澳岛葡京的老虎嘴还要厉害！"

"你小子不地道啊！"秦风瞥了一眼刘子墨，"电话里说请我吃大餐，就你这样子，身上还能掏出俩钢镚儿吗？"

"咱哥儿俩谁跟谁啊，你请我和我请你还不是一样？"刘子墨嘿嘿笑着搂住秦风，"先拿五万美金来救救急，哥儿们我带了晓彤和孟瑶来的，她们两个正赌得开心呢，你总不能让我丢人现眼吧？"

因为假期快要结束了，华晓彤几天前就嚷嚷着临走前好歹也要进赌场玩几把，刘子墨今儿只好把两人给带来了。只不过这俩女孩的手气实在不怎么样，三下五除二就输光了刘子墨的全部身家不说，华晓彤甚至把自己一年一万美金的生活费也输得所剩无几，现在只能坐在老虎机旁边投币玩了。

"你大爷的，带着女孩来赌钱，让哥儿们来埋单？我说你能靠谱点儿吗？"秦风顿时气不打一处来。

秦风嘴上说着，但手上却是已经掏出一张瑞士银行的卡，这是窦健军通过海外的离岸公司帮他办的，没用任何的身份记录，即使追查的话，也只能查到一个海外的皮包公司。这张卡里存了五万美元，是秦风担心在美国遇到一些不可预料的事情，留着备用的，只是他没想到自己一次都没用过，反倒被刘子墨用上了。

"这张卡上有五万。不过，我可不是让你继续赌的，我更不会帮你去赌！拿到钱，赶紧送她们离开拉斯维加斯，这不是她们两个的久留之地。我最近心里总感觉要出什么事……"

秦风所练的是道家心法，并且还精通外八门中的风水相术，虽然不能推演自身趋吉避凶，但对于危险的敏感程度却远超常人。在从洪门的温泉庄园回到拉斯维加斯之后，秦风心头就一直萦绕着一丝阴影，总是有一种若有若无的危机感。

两人正说着话，秦风忽然发现，华晓彤和孟瑶两个人正从四五米外向自己这个方向走来，而刘子墨背对着她们。

秦风冲着刘子墨身后吹了个口哨，用蹩脚的广式普通话说："嗨，美女，能认识下吗？我也是中国人。"

刘子墨还没回过神儿来，华晓彤已经来到跟前，瞥了秦风一眼，问刘子墨："这人是谁？染个黄头发，一看就不是什么好人。刘子墨，是你朋友吗？怎么见了女孩就吹口哨，你都交的这样的朋友？"

"不……是，是我朋友！"刘子墨有些哭笑不得地看着秦风，"他是我一个很好的朋友，来自港岛，人比较开放，其实没什么坏心眼儿……"刘子墨知道秦风很忌讳和孟瑶二女在国外相见，没有将秦风的身份给曝光出来。

孟瑶盯着秦风看了好一会儿，忽然轻声喊道，"秦风？"

其实，那天在仓库门口，秦风出手救下孟瑶，转身离去时，吓呆了的孟瑶在恍惚之间，盯着秦风的背影，就觉得似曾相识。事后细想，越想越怀疑她那天看到的就是秦风本人。所以，这次陡然再见，下意识地就喊出了"秦风"。

"瑶瑶，你怎么了？"华晓彤一脸惊诧地看向了孟瑶，"你怎么突然喊起秦风来了？你不至于这么想他吧？"

"晓彤，吴哲他要走。"刘子墨看了秦风一眼，赶紧走到华晓彤和孟瑶跟前说，"我朋友忙得很，明天还要去参加赌王大赛呢，就不陪咱们一起玩了。"

"不能陪两位美女，真是我的遗憾啊！！"秦风露出了"吴哲"式的轻浮笑容，眼神还在华晓彤和孟瑶的胸前瞄了一下。

"那我就先走……不好！"秦风忽然感觉后脑的位置一凉，整个后背的汗毛孔瞬间炸开了。

"有人要杀自己！"

电光火石之间，秦风的脑海中冒出了这个念头，正当他想往一侧躲避的时候，却看到站在自己前面的孟瑶。这让秦风稍微犹豫了一下，他能感觉得到，对方用的应该是枪，而且能让他有如此危急的感觉，想必枪口已经指向了自己。他有把握躲开这一枪，但只要他让开身子，恐怕中枪的人就会是面前的孟瑶了，这让秦风的动作不自觉地顿了一下。

"小心，有危险！"

正当秦风打算扑倒孟瑶，一起躲开背后那把指着自己的枪时，身前的孟瑶突然发出一声惊呼，竟然搂住秦风将他揽到身后，转身面向那个枪手。

"砰！"几乎就在孟瑶转身的同时，枪声随之响了起来，一声闷哼，从秦风背后传出。

秦风心中大急，反手搂住孟瑶，身体往地上倒去。在倒地的瞬间，他猛地一扭腰，硬生生地将身体翻转过来，把孟瑶推向一旁发愣的刘子墨。

虽然正面看到了那个举着枪的杀手，但秦风苦于身上没有武器，唯一的索命针还被他环绕在小指上，这一瞬间的工夫根本取不下来。

"砰！砰砰！"看到第一枪打错了人，那个枪手几乎没有丝毫犹豫，抬手对着秦风又是三枪。他的反应虽然很快，但就是在枪口下压的那一刹那，秦风的背部已碰到了地面，两脚在地上一蹬，身体骤然消失。

"果然是冲着我来的！"此时的秦风，心中充满了怒火，身体一翻一蹿，躲到一台老虎机旁边。

"枪击，有人开枪！"

第一声枪声响起的时候，赌场内很多人都没反应过来，但是后面接连三声的枪响，却是让众人骚动起来，场内顿时乱作一团。在受到惊吓的时候，没有经过训练的人，第一反应就是奔走呼号，此刻的赌场内，除了护住孟瑶和华晓彤的刘子墨蹲在地上外，到处都是奔跑的人。

原本那个枪手还想追杀秦风，不过往前冲了两步后，就被两个从里往外冲的人撞了一下，那两个人根本不知道自己撞的就是开枪的人。

这个枪手也是极为果断的人，眼见事不可为，把枪插到怀里，转身隐入到了混乱的人群之中。

"想跑？"躲在老虎机角落后的秦风直起身子，紧紧盯住杀手，准备追上去。此时，他已经取下了索命针。

"瑶瑶……瑶瑶，你怎么了？你说话啊！"就在此时，华晓彤的哭声让他的脚步一下子停了下来。

"愣着干什么？快点儿帮她止血啊！"秦风冲到华晓彤的身边，对着束手无策的刘子墨喊道。

"我……我不会这个啊！"看着孟瑶胸口往外急涌的鲜血，刘子墨差点要哭出来了。

"扶好她！"秦风右指封住孟瑶胸口的几处穴道，让往外急涌的鲜血顿时缓和了下来，伸手将自己的衬衣撕下来，揉成一团，用力地按在了孟瑶出血的伤口上。

将孟瑶横抱起来，秦风吼道："快点儿，打电话给白振天，问他最近的医院在哪里！"

"这个我知道，前面那个教堂旁边就是医院！"刘子墨这会儿也醒过神儿来，指着前面，"距离这里就四五百米！"

秦风二话不说，抱着孟瑶就往医院跑去，刘子墨拉了一把呆愣在原地的华晓彤，跟在后面追了上去。

"脉搏跳动微弱，难道是伤了心脏吗？"秦风一手按在孟瑶的伤处，一手搭住孟瑶的手腕，他发现孟瑶脉搏的跳动变得越来越微弱了。

"不行，你不能死！"不知道为何，秦风心中涌起一股悲怆，他从小到大结识不少贵人，但秦风从来都没有想到过，有一个女孩子能为自己挡枪。

第二十四章　生死一线

"医生！医生呢？有人中枪！"

冲进医院里的时候，秦风的外套已经被血染红了，不过万幸的是，孟瑶的脉搏虽然很微弱，但始终都在跳动。

"哦，上帝，发生了什么？"看到秦风一身鲜血地闯了进来，医院里的人顿时吓了一大跳。要说美国医生的应急能力真的非常强，秦风的喊声响起几秒后，两三个护士和一个医生就赶到了身边，有个护士还推了辆担架车。

秦风将孟瑶放在了担架车上："她胸口中枪，快……快点儿抢救！"

"玛丽，快点儿打开手术室，我要马上进行手术。"那个中年男医生翻开孟瑶的眼睑看了一下，大声说道，"露丝，马上为她做CT，我要知道子弹是否还留在体内……"

中年医生的经验十分丰富，在吩咐了几个护士后，他紧跟着担架车往手术室跑去，跑出了几步，又回过头来对秦风说，"对了，先生，你不能离开这里，你要等警察来后才能走。"

"我知道，你快点救人吧！"秦风点了点头，"医生，拜托您了，您一定要救活她！"此时他心中有一种说不出的恐慌，他生怕孟瑶会死去，如果孟瑶不在，自己这辈子怕是再也遇不到这样的女孩了。

"放心吧，我会尽全力的！"医生点了点头，跟在担架车后面冲进了手术室，而手术室门上的红灯随之亮起。

看着手术室关闭的大门，秦风重重地靠在墙上。华晓彤和刘子墨这时才匆匆追过来："怎么样？瑶瑶她怎么样了？"

"进手术室了！"秦风指了指亮着红灯的地方，"医生现在正在抢救。"

华晓彤平日里看着性格强硬，但在好友中枪生死不知的时候，她终于显露出了女人的一面，靠在刘子墨的肩膀上哭起来。

"你的护照带了没有？"刘子墨一边拍着华晓彤的后背，一边看向秦风，"警察这边会很麻烦，我给白叔打了电话，在白叔来之前，你什么话都不要说。"

"我知道，你放心吧！"秦风点了点头，今儿出来的时候，他将脸部好好整了一下，并不担心被警察看出什么端倪。

美国人的报警意识很强，在秦风冲进医院的时候，就有人报警了，不过五六分钟的时间，医院门口传来一阵警笛声，四五个膀大腰圆的警察冲了进来。

在医院工作人员的指引下，几个警察来到了手术室外，当他们看到一身鲜血的秦风和刘子墨后，马上变了脸色，迅速从腰间掏出了枪。

"蹲下，你们两个，都蹲下，双手抱头！"一个警察大声喊道，两只手紧紧地握住枪，看他那紧张的模样，似乎随时都可能扣动扳机。

"照他们说的做，千万不要反抗。"刘子墨赶紧提醒秦风。他能理解这个警察为什么如此紧张，美国每年都有很多警察在这种情况下死于对方突然的枪击下。

"我们是受害者，我们是受害者的朋友！"秦风一边说话一边蹲下身子，只感觉双手一紧，一副手铐牢牢地铐在了手腕上，身体也跟着被人拉了起来。

一个警员很熟练地在秦风身上摸了一遍，顺手掏出他的签证，大声说："头儿，两人身上都没枪，他们说的应该是真的。"

另外一个警察拿着两人的证件，很认真地对着秦风和刘子墨的脸核对了一下："这两个人一个是学生，一个是签的商务签证，应该没什么问题。"

警长模样的那人看了一下证件，指了指不知所措的华晓彤："把他们都带回警局，还有这个女的。"

"不，你不能带我们走。"刘子墨好歹知道一点美国的法律，大声喊道，"我的朋友还在手术室里，按照规定，你们可以在这里问询。"

"这里由我做主，小子，你别找麻烦！"那个警长看了看不远处围着的人群，皱了一下眉头，"马上回局里！德科，你找报警的人问下事情的经过。"

"子墨，你们这是怎么回事儿？"就在警察押着秦风几个人走出手术室门前的走廊时，白振天带着十多个人匆匆赶过来，正好将那些警察堵在了走廊拐角的地方。白振天也是老江湖了，他知道秦风是用假证件进入美国的，当下只喊了刘子墨的名字，并没有招呼秦风。

"你们要干什么？"为首的那个警长见到来了一帮华人，不由得紧张了起来，右手又放在腰间的枪柄上。

"有人开枪，打中了孟瑶，我们送孟瑶到医院来。"秦风并不想去警察局，因为他的身份太过敏感了，万一要是被警察看出点端倪，恐怕他就要在美国上演一出监狱大逃亡了。

白振天马上回头说道："拉布森，你和他交涉一下，不要让他带走这三个人。"说来也巧，在刘子墨打电话的时候，白振天刚好带着律师在和陈世豪推敲合作细则的事情，听到发生了枪击案，就让律师一同前来了。原本陈世豪也要过来，却被白振天拦住，因为他拿的是商务护照，并不是美国公民，参与进来反倒是个麻烦。

"这位警官，我是美国旧金山律师事务所的拉布森律师，这是我的执业执照！"那个叫拉布森的美国人走到了警长的面前，"如果我没听错的话，这三个人应该是受害者，他们不应该受到这样的待遇……"

"对不起，律师先生，我不需要你指导我办案！"看了一眼对方的律师证，警长的脸色十分难看。在美国，只有非常有钱的人，才会随身跟着律师，因为这些西装革履的家伙，一个小时的收费，有可能是他们一个月的薪金。

"我想，如果他们是美国人，你就不会这么做了吧？"拉布森的语言十分犀利，看到警长没有放人的打算后，就说，"难道就因为他们是东方人，你在没有任何证据的情况下，就能抓人吗？我可以理解为这是种族歧视吗？"

"不……不，拉布森先生，我想你是误会了，我带他们回去只是要询问案情。"听到"种族歧视"几个字眼儿，警长的脸色大变。种族歧视是个非常敏感的话题，稍微一个不注意，就会引来媒体和民众的关注与指责。就在去年，他的同行因为种族歧视，在纽约开枪打死了一个黑人，最后引起了整个纽约地区的骚乱，在美国掀起轩然大波。

"好吧，德科，你来为他们做笔录！"在拉布森的坚持下，那个警长终于退让，他的专业素养倒是不错，在安排人给秦风等人做笔录的同时，又指派人到案发现场去寻找目击者。

虽然在现场的很多人都已经找不到了，但是当时赌场内的一些工作人员目击了事件的发生。事情的来龙去脉很快就搞清楚了，秦风和刘子墨等人是受害者，开枪射击的人早已跑得无影无踪。

"警长，我的委托人可以摆脱嫌疑了吧？"一直跟在那个警长身边的拉布森听到了事情的经过后，说道，"警长先生，我想您更应该去抓凶手，而不是为难我的当事人。"

"我知道该怎么做！"警长瞪了拉布森一眼，转脸看向了秦风几人，"你们几个暂时不要离开拉斯维加斯，随时要准备接受我的传唤……"

"警长先生，我可以代表我的当事人答应。"

等警察离开后，白振天这才找到和秦风说话的机会："怎么回事儿？"

"枪手是冲着我来，谁知道却击中了孟瑶！应该是杀手组织的人。白大哥，我想麻烦你帮我将那个杀手找出来！"说到这里，秦风眼中露出一丝厉芒，"那人应该是华人，身高一米七二左右，年龄不超过四十岁，还有，他的右手有伤，应该是在餐厅行刺的那个人。"

白振天脸上露出歉然之色："老弟，真是对不住你了，那次的事情你原本可以置身事外，我不该带你去……"在美国待了那么久，白振天自然知道杀手组织的行事风格，他们的气量可不是那么大，对于所有阻碍他们刺杀行动的人，向来都会报复到底。

"就是掘地三尺，我也要把他给挖出来！"说到这里，白振天对着阿宝招了招手，"把拉斯维加斯所有的地头蛇都给我召集起来，有不听招呼的，杀无赦！"

"是，白爷，我这就去安排！"阿宝看了一眼秦风，转身离开了。

　　"老刘，"秦风对正在陪华晓彤的刘子墨说，"送你朋友回酒店吧，这里不需要那么多人，我看着就行了……"

　　"不！不行，我……我要留在这里。"刘子墨还没答话，华晓彤就连连摇头，"孟瑶出来要是见不到我，她……她会害怕的！"想着孟瑶在手术室里还不知生死，华晓彤忍不住又哭了起来，她虽然出生在京城的名门世家，但从小就被娇惯着，哪里遇到过这种生死离别的场景？

　　"你很累了，早点回去休息一下，然后再来看孟瑶，好不好？"秦风的声音忽然变得柔和起来，充满着一种让人无法拒绝的蛊惑力。

　　"好，我回去睡一觉，我……我怎么现在就感觉很困啊？"华晓彤说着说着，眼神就变得迷离起来，靠在刘子墨的肩膀上昏昏欲睡。

　　秦风伸出一根手指在华晓彤面前晃了晃，慢慢地说："你已经睡着了，睡吧！"

　　"好……好困！"看着秦风的手指，华晓彤的眼皮上下晃动了一会儿，终于闭上了。

　　"这……这是睡着了？"刘子墨看着秦风，一脸的不可思议，"你给晓彤下了什么迷魂药了？说着话就睡着了？"

　　"行了，别在这儿跟我扯淡了！"秦风疲惫地摆了摆手，"她受到些刺激，睡上一觉对她来说不是坏事，你把她带走吧。"

　　"还是让她留在这里吧。"刘子墨摇了摇头，"孟瑶又不认识你，出来后怎么办？"

　　"她比你要聪明很多，早就把我给认出来了。"秦风也有些郁闷，他自问自己的易容术可谓是天衣无缝，怎么都想不通孟瑶是如何认出自己来的。

　　"她……她真的认出你来了？"刘子墨愣了一下，"怪不得她要为你挡枪呢，敢情是认出你来了？"

　　刘子墨刚走，手术室的大门被打开了，一个戴着口罩的护士匆匆走出来。

　　"子弹没有击中心脏，病人生命体征明显，医生正在动手术。"护士看了一眼秦风，"请你让开，我要去取血！"

　　又等了七八个小时，护士出来进去十几趟，手术还没有结束。在这七八个小时当中，白振天出去处理了一些事情，然后带了点晚饭和换洗的衣服给秦风，看着秦风坐立不安的样子，不由得安慰了他几句。

"白大哥，您不用等了，留几个人给我就行了。"秦风脸上露出一丝戾气，"如果找到了那个杀手的下落，不管什么时候都要在第一时间通知我。"

"放心吧，有消息我一定通知你。"白振天忽然犹豫了一下，迟疑着说，"秦老弟，按理说我现在不该提这件事儿，不过……"

"嗯？怎么了？"秦风闻言愣了一下。

"明儿赌局的事……看这边出了这么大的事，你还能抽开身吗？"白振天的脸上有些挂不住。在他看来，孟瑶就是秦风的女朋友，眼下女朋友中了枪，他还要让秦风去帮自己赌钱，未免有点儿太说不过去了。

秦风一拍脑门儿："我倒是忘了这茬儿了！"

白振天连忙说："秦老弟，要不这样，明儿我找亨利卫参加这场赌局吧？"

"还是我去吧！"秦风摇了摇头，"亨利的赌术虽然不错，但是和盖德豪斯还有很大的差距，要是亨利上的话，我看你那三亿美元十有八九就不保了。"

秦风虽然没有参加赌王大赛的决赛，但他回到拉斯维加斯的时候，却是从亨利卫手上拿到了录像，很认真地观摩了盖德豪斯的比赛。

录像中的盖德豪斯，从头至尾都非常淡定，他的洞察力非常灵敏，而且弃牌十分果断，有一把在押了六十万的情况下，说弃就弃，没有丝毫的留恋。不仅如此，在牌好的时候，盖德豪斯出手也十分狠，连番梭哈将几人淘汰出局，以无可争议的优势夺得了赌王大赛的冠军。面对这样的对手，就是秦风也要打起十二分的精神来应付，亨利卫上去的话，只能白白给对方送钱。

"秦老弟，那这边……"白振天往手术室的方向看了一眼，咬了咬牙说，"人命最大，老哥那点儿钱输了就输了，没什么。"话虽这么说，但是一向守财的白振天，脸上还是露出了肉疼的神色，毕竟这是三个亿，如果洪门不给他出这笔经费的话，他的全副家产都要砸进去了。

"没事儿，我参加，手术应该快结束了。事情已经发生了，杞人忧天也没用，如果孟瑶真的不幸，我会将那杀手千刀万剐，给孟瑶报仇！"

"好，秦老弟，这事儿是老哥哥我对不住你。"白振天苦笑着说，"先前说的那一成份子，老哥我不要了，赢了钱的话，老弟你把本金给我，如果输了，咱们什

么都不提。"

"这事儿明天再说吧,钱这东西,再多又有什么用?"秦风苦笑一声,纵然他现在有亿万家财,也无法确保手术室里的孟瑶安然无恙。秦风话声未落,手术室的大门忽然被打开了,而上面的那盏红灯也变成了绿灯。

"医生,病人怎么样?"秦风一个箭步冲到那个老外医生面前,急切地问。

"上帝保佑,手术非常成功,病人的生命体征十分稳定。"连续做了十多个小时的手术,这个医生也累得不行了,伸手取下口罩,"只要在二十四小时之内不出现其他问题,我想病人就可以等着康复了。"

"谢谢医生,谢谢……"秦风只感觉大脑一阵眩晕,这十几个小时他的脑神经一直都绷得很紧,突然放松了下来,差点儿一屁股坐到地上。

白振天也长舒一口气:"你也累得不轻,这边有陪护病房,你就在这里休息一下吧,门口我再安排几个人守着,明天我找个信得过的女护工过来!"

"白大哥,多谢了!"秦风点了点头,"明儿赌局开始前你派车来接我吧,那会儿孟瑶应该已经醒了。"

"行,老哥哥就不陪你了。"白振天站起身来,走到门口时又说,"你要小心点儿,杀手组织的那些人极少失手,我怕他们阴魂不散……"

"我巴不得他来,正省得我去找他了!"秦风脸上露出了一丝冷笑,杀手组织极少失手的情况,只是对别人而言。对他来说,从去年到现在,杀手门的人已经在他手上栽了三次,这次如果不是孟瑶受伤,他也不会让那杀手逃走。

意识逐渐恢复,孟瑶想睁开眼睛,无奈眼皮沉重万分。

"孟瑶,孟瑶,你醒了吗?"

一个有些飘忽的声音传到耳朵里,孟瑶费了好大的力气睁开眼睛后,一个脸庞在自己面前由模糊逐渐变得清晰了起来。

"秦风,是你吗?"虽然还是那染黄的头发,但她知道自己看到的就是秦风。

"是我,傻丫头,干吗要帮我挡那一枪?"秦风的眼睛有些湿润,轻轻地抚摸着孟瑶的脸庞,"我值得你为我这么做吗?"

像秦风这种人,从小就受尽了世间横眉白眼,别人纵然对他再不好,他都不会生气或者是挂在心上。但越是这种人，越是受不了别人对他的一点点好，当年的刘老爷子和刘子墨如此，后来的师傅载昰和胡报国也如此，眼下又多了孟瑶这个女孩。

一个女孩子有勇气为自己挡枪，秦风的心中充满温情的同时，也涌现出一种豪情，孟瑶的出身世家又当如何？只要秦风敢去想，就能打破那种阶级之间的桎梏，孟瑶尚且不怕，难道自己还抵挡不住那种压力吗？

"值！"孟瑶使不上力气，轻轻地说，"我没见过你这样的男孩子，出身贫寒，但又自强自立，我……我对你很好奇，了解得越多，我……我好像就越喜欢上你……"

孟瑶是那种对万事都不太关心的人，能让她说出这番话，就已经是在向秦风表白了。女孩子对男人的好感和爱情，十有八九都是因为好奇引起的。有经历的男人就像是一杯毒酒，喝下去后就会使人中毒。秦风当年的那些经历，是苦难也是一种财富，如果没有少年时的磨炼，秦风也不会有现如今的成就。

秦风抓起了孟瑶的小手，柔声说道："瑶瑶，首先要告诉你，我不是一个好人，我曾经杀过人，也做过坏事……这些不应该隐瞒你……"

秦风不晓得孟瑶知不知道自己的那些往事，但此刻他却很想倾诉，从与妹妹失散后，秦风已经习惯了将所有的事情都积压在自己的心里。不过现在，他放下了那种警戒，原原本本地将这么多年发生在自己身上的事情，给孟瑶阐述了一遍，当中只隐瞒了玉佩的事情。

听了秦风的身世后，孟瑶轻轻地说："你本心并不坏，所做的这些都是为了生存，人在需要生存的前提下做的任何事，都不能以好坏来评论……"

看着面前这个和自己年龄差不多大的男孩，她心里充满了疼惜。在秦风住在北风呼啸的破屋里时，孟瑶却在爸爸妈妈、爷爷哥哥的宠溺下幸福地生活；在秦风和妹妹一日三餐靠拾破烂、捡垃圾维系的时候，孟瑶却对着满屋子的玩具、洋娃娃，享受着公主一样的待遇；在秦风因为妹妹杀人入狱的时候，孟瑶却在明亮的教室里上课，放学后还有专业的老师来家里指导……

想到这些，孟瑶的心像是被揪了一下，面前的这个大男孩，曾经吃过多少的苦楚，竟然还能笑得如此开心，这需要怎样的一种胸襟才能做得到？轻轻抬起了手，孟瑶抚摸着秦风的脸庞，眼泪夺眶而出。

"嗯？瑶瑶，怎么了？你哪里不舒服啊？"看到孟瑶流出了眼泪，秦风顿时紧张了起来，连忙要去按床头的按钮。

"我……我没事儿。"孟瑶微微摇一下头，"秦风，你……妹妹怎么样了？找到她了没？我想……她一定是个聪明漂亮的女孩子……"

"葭葭是很聪明，长得就像瓷娃娃。"妹妹已经是秦风心中解不开的一个死结，也正是为了寻找妹妹和解开当年家中遭遇变故的前因后果，秦风才刻意无视了孟瑶对他的好感。

看到秦风的表情，孟瑶知道自己提到了秦风的痛楚，连忙说道："秦风，你别着急，等我好了，就让哥哥去查你妹妹的下落。"

"别，"秦风摇了摇头，"这事情不要告诉你哥哥，他查不到。"孟林虽然职务不低，但是比起胡报国还是差远了，连胡报国都查不出米的事情，孟林就更没戏了。

"可……可我想帮你！"

"你养好伤，就是对我最大的帮助了。"秦风笑了笑，"尽快把身体养好，我带你去我京城的家，那是一个很大的四合院，需要你这个女主人去布置。"

"谁是女主人呀！"孟瑶脸上满是红晕，她甚至在自己父母面前都没流露过这样的神态。

"瑶瑶，你真美……"看着孟瑶那吹弹可破的脸，秦风忍不住俯下了身子，在孟瑶的额头上亲了一下。

"秦风，以后再有什么事，我要和你一起去面对，好吗？"孟瑶睁大了眼睛，很认真地看着秦风说道。

"好，"秦风点了点头，"不过你要答应，以后不准再做这样的事情了，我有能力去面对这种情况，以后由我来保护你……瑶瑶，你在美国见到我这件事，不要和别人说起来。我这次来一是给朋友帮忙，第二是想寻找妹妹的下落，是通过别的渠道来的，要是传出去会有一些麻烦。"

就凭着孟林那防贼一样的态度，如果知道秦风来了美国，指不定就会认定秦风是来追孟瑶的。再加上秦风现在在国内也已经有了一些产业，他自己也不想因为和澳岛陈世豪以及洪门的关系，被国内的一些部门给盯上，那样也会给胡报国带来很不好的影响。

"我知道！"孟瑶是个很聪明的女孩，在听了秦风的故事后，明白了很多事秦风也算身不由己。

"谢谢你，瑶瑶。"秦风犹豫了一下，"不过咱们的事情，你暂时也不能对家里说。"

"为什么啊？"孟瑶这下有些不理解了，"爸爸妈妈和爷爷都很疼我的，如果他们知道我谈恋爱了，一定会祝福我的！"

秦风苦笑了起来："瑶瑶，如果你家里人知道我以前的那些事，你觉得他们会祝福咱们吗？"

"这个……或许爷爷会吧？"孟瑶脸色一变，有些不确定，在她家里，可能只有经历过战争年代的老爷子，才不会在乎秦风的那些往事。

秦风苦笑了一下："我的经历对他们来说，就像是烂泥一般，他们会让一个杀过人坐过牢的人，做你们孟家的女婿吗？"

孟瑶顿时沉默了下来，她开明的父亲或许不会管这件事，不过她的母亲，恐怕无论如何都不会同意。过了四五分钟后，她抬起头来，眼中全是坚毅的神色："不管你日后过得是好是坏，我都会不离不弃，我会努力说服他们同意……"

"傻丫头，有时候做事情，是可以迂回一点的。"秦风轻轻刮了下一孟瑶的鼻子，"这样吧，你先安心养伤，咱们的事情，暂时不要告诉任何人，等到我做出让你的家人都没办法无视的成绩后，再公布咱们俩的关系，你看行不行？"

"为了自己和孟瑶的将来，这次一定要参与到澳岛的赌牌之争中去！"想到这里，秦风暗暗下了决心，原本秦风还担心自己底蕴不够，成为新的赌博娱乐公司股东之后，会成为众矢之的的，但是现在秦风完全不在乎了。如果能成为一家赌场的大股东，那么他积累财富的速度，要远远快过在京城里的那些产业，要是他能拥有"赌王"的名望，孟家的门槛，对秦风而言就更是形同虚设了。

"连彤彤都不告诉吗？她要问我怎么办呢？"

"不能告诉她，你受伤这件事，恐怕华晓彤会有很大压力。"秦风摇了摇头，"你要是给她说了，她一定会告诉你家人。"秦风看得出来，和孟瑶还能藏得住心事不同，华晓彤就是个心直口快的女孩，什么事要是被她知道，那恐怕地球人都知道了。

"好吧！"孟瑶点了点头，"秦风，我希望你能安安全全的……"

"谢谢你，瑶瑶，我会小心的。"看到孟瑶那苍白的脸色，秦风有些心疼地说，"行了，你失血过多，好好休养，别说话了。"

"嗯！"孟瑶乖巧地点了点头，不过却睁眼看着秦风，生怕自己一闭眼，秦风就会消失一般。

"傻丫头，我给你按摩一下吧！"秦风笑着在孟瑶那精致的鼻梁上轻轻刮了一下，右手拇指按在了孟瑶的印堂处。

当秦风的双手游走在孟瑶的脸部和头部时，孟瑶舒服之余只感觉一股困意袭来，喃喃自语了几句后，就进入了睡眠状态。

等到孟瑶进入梦乡后，秦风看向窗外，脸上的柔情隐去，取而代之的是冷酷无情。长这么大，秦风还真的没有如此恨过一个人。杀手门的规矩，他是知道的，古时候的杀手门，像是聂政、荆轲之辈，只杀该杀之人，从来都不会枉杀无辜。到了清朝，那些杀手虽然受制于皇家，但还没有忘记这一条祖训，他们杀人，从来不会祸及满门，这也是血滴子出手只摘人头颅的原因。不过今天，那个杀手在闹市区公然开枪，原本就存了误中他人的心思，旁人的性命在他眼中，分明一文不值。

看着熟睡中的孟瑶，秦风心中拿定了主意，既然杀手组织的人已经盯上了自己，那唯有拔去这个毒瘤，日后的生活才能过得安稳。一天经历了这么多事，秦风早已劳累不堪，便在病房的门后面盘膝打坐。

进入到了暗劲后，秦风的生命层次和以前已经有了很大的不同，虽然只几个小时的打坐，但到了第二天清早，一身的疲惫已然尽去。

刚刚伸展了一下身体，兜里的手机就震动起来，秦风看了一眼正熟睡的孟瑶，随手将电话挂断了，然后到病房内的洗手间改变了自己的相貌，给孟瑶把了一下脉，这才转身出了病房，拨通刘子墨的电话。

"孟瑶怎么样？没事儿了吧？"

"子弹没有伤到心脏，没事儿了。"秦风一边说电话，一边跟守在门外的兄弟招招手，"不过孟瑶不会告诉华晓彤她认出我来了，你小子千万别穿帮，你知道孟瑶的哥哥是做什么的！"

"放心吧，哥儿们我一向守口如瓶。"刘子墨在电话那边拍胸脯的声音秦风都能听得到，得知孟瑶没事后，他的心情也一下子放松了起来。

"我看你守身如玉还差不多！"秦风没好气地骂了一句，要不是刘子墨三番五次在称呼自己的时候带出了那个"秦"字，孟瑶也未必就能如此肯定自己就是秦风。

"行了，我还有别的事，你这几天别给我打电话了。"秦风正打算挂断电话的时候，忽然想到了一件事，连忙说，"你让华晓彤给孟家打电话，一定要让孟家把孟瑶接回国。"

出了医院十多分钟后，一辆凯迪拉克悄无声息地驶到了秦风面前，秦风拉开车门坐了进去，在那后排的宽敞空间里，只有白振天一个人。

"秦老弟，那丫头没事儿吧？"白振天问，"孟家以前托人让洪门关照过那丫头，没承想……"

秦风摇摇头："杀手是冲我来的。孟瑶的安危不会有太大问题，孟家的人估计明天就到了。"

白振天拿出了一个文件袋，递给秦风："你先看看这份资料，然后咱们再谈。"

"什么东西？"秦风有些疑惑地接过了那个文件袋，打开一看，里面却是十几张被放大了的照片，另外还有几张写满了英文的纸。

当秦风看到照片上那人的面貌后，眼神不由得眯缝了起来，他一眼就看了出来，这个约莫四十岁的中年华人，正是枪击他的那个杀手。

"前面的这些照片，都是从赌场的监控视频截取下来之后再放大的。"白振天指了指文件袋，"后面的这个照片，应该是这个人的本来身份，他的绰号叫作银狐，是杀手组织中等级最高的S级杀手……"

秦风昨儿在医院里陪孟瑶，白振天也没闲着，他几乎彻夜未眠，动用了很多关系，不但调出了赌场的监控录像，而且还通过计算机的面部比对，确定了杀手的身份。

在国际杀手组织里，杀手一共分为四个等级，最高等级是3S级杀手，往下就是S级杀手，再往下为A级杀手和B级杀手。相传美国的里根总统遇刺时，就是那个3S

级的杀手出手的，只是里根大难未死，而从那之后，再也没有听闻过这个3S级杀手的消息。所以现在的杀手组织里，S级杀手就等于是最高等级了。

"这个是他本来的相貌？"翻到最下面的几张相片时，秦风有些意外地说，"他的年龄应该不超过三十岁吧？这些照片你们是如何得到的？"到了银狐这种等级的职业杀手，平时最注重的应该就是隐匿自己的行踪了，所以秦风对这几张照片的真实性很怀疑。

这些杀手平时不显山不露水，社交面更是极窄，而且还有稳定的工作作为掩护，想从茫茫人海中将其挖出来，无异于海底捞针。就像当年的王亚樵，他逃亡大上海的时候，白天做苦工，夜晚宿马路盖报纸，谁能想得到，这样一个看上去像是社会底层的人，竟然是让老蒋都寝食难安的杀手之王。

"他应该就是银狐。"白振天指着照片上的那个人说，"老弟，我们洪门对杀手组织也不完全是一无所知的，多少也掌握了一点情况……"

杀手组织的人，都生活在黑暗世界之中，他们或许会有各种工作来掩饰自己的身份，但是杀手同样也需要一些渠道来宣泄自己心中积压的郁闷。这个渠道莫过于就是夜总会和酒吧了，而洪门在这方面的底蕴是非常深的，这几张照片上的这个人，就是在酒吧里拍到的。至于洪门是怎么从这些照片中锁定银狐的，白振天就没有多说，毕竟秦风不是洪门中人，这些机密还无法向外人解说。

秦风拿过两张拍摄得比较清楚的照片，放在一起比对起来，直到车子停下来，才长舒一口气："是一个人，他们的脸型几乎一模一样——可能在他眼里，我根本就不值得他花费大力气吧？居然只是简单地将自己化装得老了一点儿……"

易容改扮，是杀手必修的第一项课程。对所有顶级的杀手而言，改变自己的脸型并不是什么难事，这个杀手之所以没有深度化装，恐怕是觉得秦风很好解决。

昨天洪门召集了拉斯维加斯所有的帮派分子开了个会，这些帮派中人，有在赌场放高利贷的，有做色情产业的，也有开小旅馆的，可以说，拉斯维加斯的一举一动，都逃不过这些人的眼睛。

白振天从一个开小旅馆的老板口中得知，在一个多星期以前，有个三十来岁的华人青年住在了他那里，平日里深居简出，很符合白振天所说的特征。听到那个旅馆老板反馈的信息后，白振天也没给秦风打电话，亲自带人去了旅馆，只不过已经人去房空，不过房间里面桌子上的那杯水，还留有余温。秦风很怀疑那个人是在白振天等人到了旅馆之后才逃走的，别的不说，如果是秦风被围在了旅馆里，他最少有三种以上的办法大摇大摆地从白振天面前离开。

在孟林接到华晓彤电话的第二天，一架搭载国内诸多著名医学专家的专机，以学术交流的名义飞往美国。同时，美国相关部门也接到了来自中国的一个照会，严正谴责在美国发生了中国学生遭受枪击的事件，敦促其查明事情的原委，尽快抓住凶手。

第二十五章　豪赌

进入米高梅赌场的贵宾赌厅后，阿卜杜勒大老远就冲着白振天招了招手："白先生，就差你了，快点入座吧，能和世界排名第一的盖德豪斯先生赌一把，我已经迫不及待了！"

随着阿卜杜勒的声音，白振天和秦风同时看向坐在阿卜杜勒不远处的那个西方人，他正是此次赌王大赛的"赌王"盖德豪斯。盖德豪斯的个子并不高，只有一米七左右，但他那连续三次"赌王"的头衔和自身的气质，却有一种无形的气场，让人无法忽视。

这间赌厅的占地面积足有两百多平方米，除了正中央那张巨大的赌桌外，四周还散落着一些沙发。整个房间装修奢华至极，入眼之处一片金碧辉煌，秦风能看出来，那些地方是真的镀上了一层黄金。

等白振天和秦风坐下后，泰勒拍了拍手掌："很高兴能为大家主持这场赌局，在开始之前，我想先为大家介绍一下参加赌局的各位朋友……"

参加这场豪赌的一共有六个人，除了白振天和阿拉伯的阿卜杜勒王子外，还有巴西的"橡胶大王"佩德罗、南非的"钻石大王"莫迪赛、加拿大的"传媒大王"道格·汤姆森和英国的哈灵顿伯爵。泰勒介绍得很简单，只是提及了这些人的名字，对于他们是做什么的，却说得很少，充分尊重了每个人的隐私。

检验过每人三亿美金的赌资后，泰勒走到了那个椭圆形的赌桌前面："我首先要说明一下，巴西的佩德罗先生是让盖德豪斯代赌，而旧金山的白，让这位吴先生代赌。佩德罗先生和白都已经签署了协议，这两个人在赌场上可以全权代表他们，之前也征询了另外几位先生的意见，如果现在没有异议的话，那么赌局就将开始了。"

盖德豪斯是无可争议的职业赌徒，而秦风在此次的赌王大赛上也露过脸，并且成功地干掉了世界排名第十二位的沃什伯恩，杀入决赛。和他们两个赌，等于是职业选手碰上了业余爱好者，根本就不是一个等级的，泰勒必须要把话说明白，征得所有人的同意。

"之前不都说过了吗？开始吧！"和盖德豪斯同桌赌牌，是阿卜杜勒向往已久的事情，至于输赢，他根本就不在乎。

"我也没问题。"叼着一根烟斗的哈林顿伯爵耸了耸肩膀，"正想见识一下世界第一的牌技。"

"玩牌是智慧和勇气的体现，输赢其实并不重要。"道格·汤姆森是圈内有名的花花公子，用他的话说，生在这个世上就要喝最好的酒，玩最漂亮的女人，他也是这种顶级赌局的常客。

"开始吧，在这个桌上，说不定谁输谁赢呢。"最后一个说话的人是莫迪赛，他几乎每年都要参加一次这样的赌局，去年，他从阿卜杜勒身上整整赢了近三亿美金。

"好，既然大家都同意，那么赌局就开始了。"

这种赌局有个不成文的规矩，那就是抽牌定座次，谁抽的牌最大，谁就有权利最先挑选座位，牌型最小的那个人，自然没有任何发言权了。

阿卜杜勒抽到的牌最大，是红桃A，他毫不犹豫地选择了最后那个座位。在梭哈的赌局里，位置的选择非常重要，有些强势的人喜欢坐在第一位，因为他在拿到前两张牌的时候，就敢梭哈，逼迫下家跟或者是不跟。但这种方式往往十分冒险，被踢出局的可能性非常大。所以更多的人，都喜欢坐在中间或者后面，如此一来，他们可以纵观全局，多了很多选择的余地。

　　道格·汤姆森的牌第二大，他显然也深谙此道，选择了倒数第二的位置。而哈林顿伯爵则坐到了道格·汤姆森的旁边，倒数第三的位置。莫迪赛只能选择第三位了。这些人有钱，不代表他们就想输钱，因为在以往的赌局里，坐在第一位的人，往往出局最早，所以他们几人都没有选择那个位置。

　　在这几个顶级富豪落座后，所有人的目光都看向了秦风和盖德豪斯。

　　"盖德豪斯先生，您先。"秦风笑着抬手示意了一下，他拿到的是最小的方片2，没有任何的选择权。

　　"吴，我看过你的录像，你很厉害。"盖德豪斯深深地看了一眼秦风，刚才拿牌的时候，盖德豪斯本想拿秦风手中的那张方片2的，只是他所站的距离要比秦风远一些，被秦风抢了先，便随意拿了一张3。和阿卜杜勒那些人不同，他们选择拿最小的牌，其实也是在彰显对自己的绝对信心，不管自己在什么位置，都能赢得这场赌局。

　　"我一向运气比较好而已。"秦风闻言笑了笑，"您可以选择坐在第一位，如果您梭哈了，我肯定会跟。"

　　"哈哈，这个机会还是留给你吧！"盖德豪斯哈哈一笑，径直走到了牌桌的第二个位置上坐了下来。

　　等众人坐好后，泰勒拿起一个遥控器按了一下，赌桌正上方的全方位屏幕亮起来，显示着一百多张女人的照片。

　　"按照规定，阿卜杜勒先生，将由你来决定这场赌局的荷官。"泰勒说完，身边的一个侍者将一个电子仪器送到了阿卜杜勒的手边。

　　"来个美女吧！"随着阿卜杜勒的手指，众人面前的屏幕上出现一个方框，方框在各张照片上跳跃起来，当阿卜杜勒的手指再次按下后，那个方框便固定在一张照片上。当那张照片在屏幕上放大后，阿卜杜勒吹了声口哨，他对自己的这次抽签十分满意，因为那是个金发碧眼的年轻女孩。

　　"让奥黛丽上来！"看了一下那张照片下面的编号和名字，泰勒低声对身边的工作人员吩咐了一句。

　　在等待发牌荷官到来时，六名赌场的工作人员各自拿了一个密码箱来到桌前，打开密码箱后，将里面的筹码分发到各人面前。泰勒拍了拍手说："几位，这是赌场特别定制的筹码，面额最小为一百万美金，最大的是一千万美金，希望大家玩得愉快……"

五六分钟后，一个身高足有一米七的女孩走进了贵宾厅，她之前应该是不知道发生了什么，脸色和举止都显得有些局促。

"奥黛丽，你为这几位先生发牌，不要紧张！"泰勒轻轻拍了一下奥黛丽的肩膀，在她耳边轻声说，"你不感觉在这里很热吗？外套脱了吧，只留下内衣就好，这是你的机会。"

"是，泰勒先生。"奥黛丽的眼睛在阿卜杜勒等人身上扫了一下，心中顿时明白过来，当下点了点头，把自己的外套脱了下来，露出曲线玲珑的身材，当然，最后里面那身红色胸罩和内裤还保留着。

"靠，还有这种福利啊？"当看到奥黛丽脱衣服的时候，秦风的眼睛不由得睁大了，这无疑比酒吧的脱衣舞更加刺激。

在奥黛丽站到那个半椭圆形赌桌中间的荷官位置上后，泰勒的声音响起来："赌局现在开始！"这场赌局虽然不是他发牌，但由他来主持。

"美女，你真是个幸运的女孩，这个……是给你的！"当奥黛丽将一副牌拆开放入到洗牌机中后，阿卜杜勒忽然手指一挑，将一枚筹码弹到奥黛丽的面前。阿卜杜勒有个习惯，在每次参加这种顶级富豪的赌局时，他总是会给出高额的小费，不仅开局之前给，赢了牌后，他还会给。

看到阿卜杜勒的举动后，奥黛丽的眼中闪过一丝喜色，不过她没有直接去拿筹码，而是将目光投向泰勒："这个……泰勒先生？"

泰勒淡淡地说道："按照规矩，你在这个赌桌上所拿到的所有小费，都属于自己。"

对于这种一掷千金的举动，泰勒见过太多次了。在几年前的一次豪赌中，那个发牌的荷官居然拿到了一千万美金的筹码，在赌局结束后，直接就辞职不干了。

"谢谢这位先生！"听到阿卜杜勒的话后，奥黛丽不由得大喜，她也知道，这个牌桌上最小面额的筹码也有一百万美金。

见到阿卜杜勒的举动，秦风的嘴角不由得狠狠地抽搐了一下。自从经营了真玉坊后，他感觉自个儿也算是有钱了。但是此刻见到阿卜杜勒的做派，他才明白，和这些超级富豪比起来，自己的全副身家加起来，也不过就是别人扔出去的小费。不过还好，除了不用自个儿赚钱的阿卜杜勒外，没有人再向奥黛丽扔筹码了，这要是一个惯例，秦风能心疼死。

"各位，规矩大家都明白，每把牌的底注是一百万美金，请各位下注吧……"

这种牌局，是没有上限的，换句话说，谁都可以在拿到两张牌之后喊出梭哈，当然，在梭哈的同时，也要做好出局的准备。

众人都拿了一枚一百万面额的筹码扔到赌桌中间，而奥黛丽用那双还有些颤抖的手，给六人各自发了一张底牌。

当第二张牌发出来后，就需要比较牌面大小来进行投注了。很巧的是，秦风拿到了一张黑桃A，在所有的牌面里，他是最大的。

"吴先生，您的牌面最大，请问你是否投注？"泰勒的目光在桌面上审视一圈后，看向秦风。

"我这人不怎么会赌，但运气一向都很不错。"秦风用食指的关节在桌子上敲了敲，忽然抬起头，"第一把就拿个黑桃A，不梭哈有点太说不过去了吧？我梭了！"

在众人诧异至极的目光中，秦风将面前所有的筹码都推向赌桌中间。

"哦，上帝，这人疯了吗？"

当秦风做出这个举动后，几乎所有人的大脑都停止了转动。而坐在场外不远处的太师椅上的白振天，屁股下突然传出"咔嚓"一声。那声脆响顿时将众人的注意力都吸引到了白振天的身上。

有些尴尬的白老大只能站起来："呵呵，不好意思，这椅子太旧了，我说泰勒，你们就不能找把结实一点的椅子吗？"

当他站起来后，众人才发现，那把椅子居然碎了。秦风一把牌就梭哈三个亿，饶是白振天见惯了大风大浪，也被这一手玩得提心吊胆，一个激动就将椅子给坐碎了。

"白，这……这椅子可是我们花了十万美金从拍卖行里拍来的！"看到那椅子腿断成几截的太师椅，泰勒不禁有些无语，"给白换张椅子吧！"

"吴先生，您确定要梭哈吗？"泰勒将目光转向秦风。他在米高梅做了七八年的技术总监，更是连续三年主持这种顶级富豪的牌局，但也是第一次见到这种情况。

"当然，我筹码不是都已经推出去了吗？"秦风一脸疑惑地看向了泰勒，"难道按照赌场的规矩，我推出去的筹码还能再收回来？"

"不……我只是确认一下而已。"泰勒被秦风说得有些尴尬，干笑一下，把脸转向盖德豪斯，"盖德豪斯，吴先生梭哈，您跟不跟牌？"

"不跟。"盖德豪斯用眼角瞥了一下秦风，面无表情地将牌盖上。

"莫迪赛先生……"

"不跟！"没等泰勒问完，莫迪赛就盖上了面前的牌。

"哈林顿伯爵，您跟不跟？"

"不跟！"哈林顿同样盖上了牌。

"道格先生，您呢？"

"不跟！"

"阿卜杜勒王子，这把牌您跟不跟？"泰勒最后问到了阿卜杜勒。

"让我考虑一下……"阿卜杜勒摆了摆手，露出了犹豫的神色，他桌面上的明牌是一张J。

当阿卜杜勒陷入思考中的时候，场外围观的富豪助手们，纷纷低声议论起来，他们的声音很小，并没有影响到赌桌上的人。

原本见到众人弃牌，白振天刚松了一口大气，眼下见阿卜杜勒竟然有意跟牌，他放进肚子里的心，顿时又提到了嗓子眼儿上。

就在这时，阿卜杜勒忽然做了一个更加疯狂的举动，他将面前的筹码全部推出去："泰勒，我跟了！"他做这个决定，也就半分钟的工夫。

"阿卜杜勒王子竟然跟了？"

"上帝，三亿美金的梭哈，我从来没见过这么大的场面！"

"太刺激了，说出去恐怕别人都不相信吧！"

看到阿卜杜勒居然跟着秦风梭哈，旁边的那些保镖、助手以及赌场的工作人员顿时沸腾起来，再也顾不上他们的说话声会打扰到赌桌上的人了。而坐到沙发上的白振天见到这一幕后，也苦起了脸。一旦梭哈，这种赌法就再没技术可言，等到发完牌比大小就行了。他此时有些后悔让秦风上场了，梭哈他也会，与其让秦风输了这三亿美金，倒不如他自个儿上去疯狂一把。

泰勒愣了好一会儿才宣布："四家弃牌，阿卜杜勒王子和来自港岛的吴先生梭哈，下面请按顺序给两人发牌。"

梭哈这种赌法的技巧性之所以很强，就在于每发一张牌后，各人都能根据自己的牌型变化，进行追加投注，一般情况下，梭哈都发生在第四到第五张牌之间。不过现在的情况是，只发了两张牌，秦风就选择了梭哈，所以下面的牌只要按顺序发出来就行了。

穿着一身近乎比基尼内衣的奥黛丽在泰勒的吩咐下，从发牌机中一一将扑克发到秦风和阿卜杜勒的面前。

当所有的牌都发完后，秦风的牌面是A、9、6、2。他的牌散乱不堪，除了还存在一对的可能性外，甚至连个顺子都无法凑出来。

阿卜杜勒的牌是A、K、J、10，虽然不是同花，但形成了一个大顺子的牌面。如此一来，阿卜杜勒赢牌的概率已经大于秦风了，因为只要阿卜杜勒能凑成一对，都将大于秦风除对A之外的所有牌。

"吴先生，阿卜杜勒王子的牌面大，按照规矩，您先开底牌。"在白振天听来，泰勒的声音比丧钟好听不了多少。

"我只有一对。"秦风面带微笑地翻开底牌，"阿卜杜勒王子，这一把我有些冲动，摸到一对A就梭哈了，如果你真的是顺子，这局牌你就赢。"出现在众人面前的，赫然是一张方片A。

"你……你真的是一对A，这……这怎么可能？"阿卜杜勒猛地站起来，眼珠几乎都要瞪出来了。

"如果不是一对A，我怎么可能会梭哈呢？"秦风无辜地摊了摊手，"好了，你也可以开牌了。正好我今天还有事，如果输了的话，就可以离开了。"

"小子，你难道就是为了这个梭哈的？"秦风的话听得坐在沙发上的白振天额头青筋毕露，他知道孟瑶受伤的事情，还真的不确定秦风的话是真是假。

"呵呵，可我不一定输。"秦风指了一下阿卜杜勒的牌面，对着白振天笑道，"他虽然是A、K、J、10的牌面，但除非来一张Q或者是A，才能赢我，我现在的赢面已经很大了。"在梭哈的玩法里，如果两者都是对子，而且一样大的话，那么就要比第三张单张。

"阿卜杜勒王子，你可以开牌了。"泰勒说话了。在看到阿卜杜勒的表情后，谁输谁赢，众人心里都猜到了七八分。

阿卜杜勒的眼睛在那一对A上足足看了四五分钟，身体往椅子上一靠，伸出手将自己的底牌掀了过来："我输了。"

"竟然是一对J，怪不得阿卜杜勒要跟牌呢。"

"他的运气不大好，前两张牌就碰上对A了。"

"说得对，这把牌是那个中国人运气好，也怪不得王子。"

当众人看到那一对J后，场内响起了一片叹息的声音，那么好的牌面，最后居然输了，实在是很让人惋惜。

"哈哈，我们赢了！"在那些惋惜声中，白振天的笑声很不和谐，看着他用右手猛击沙发扶手的兴奋样子，泰勒的眼角直抽搐。要知道，这个沙发可是用全犀牛皮包裹起来的，如果论价值的话，恐怕不在刚刚被白振天坐坏掉的红木椅子之下。

翻了个白眼儿，泰勒冲白振天说："你坐的那个沙发是用非洲犀牛皮包裹的，要是再损坏的话，我可无法向赌场交代了。"

"好吧，我会小心的。"想到刚才坐坏的椅子，白振天也是老脸一红，终于安稳了几分。

"吴先生一对A，阿卜杜勒王子一对J，吴先生赢！"见到白振天老实了下来，泰勒宣布了最后的结果，双手熟练地将赌桌上的那一大堆筹码推到了秦风的面前，"吴先生，加上底注，您这一把赢了三亿五百万美金。按照事先的协议，赌场会抽水百分之五，也就是一千五百二十五万，您将得到两亿八千九百七十五万的筹码。"

泰勒一边说着话，一边从身旁的工作人员拿来的密码箱里，取出了七枚十万面值和一枚五万面值的筹码，整整齐齐地摞在了秦风的面前。组织这种顶级富豪的赌局，对于赌场来说，可谓是名利双收，单是秦风梭哈这一把，他们提取的佣金就高达一千多万。

"好了，第一局已经结束了。"泰勒看向阿卜杜勒，"阿卜杜勒王子，请问……您还要继续吗？"

　　这种顶级赌局，一般情况下是各人拿出三亿美金的赌资进行豪赌。当赌资低于一亿美金或者是时间超过了八个小时，赌桌上的人就有权利选择退出，现在阿卜杜勒的筹码被秦风一把牌清空，算是被直接踢出局了。如果当事人还想继续玩下去的话，只能再拿出三亿美金来。

　　"玩，当然玩了！"阿卜杜勒的脸色变了变。他这次来原本是想见识一下"赌王"盖德豪斯的风采的，没承想第一把牌玩完，居然就被秦风这个名不见经传的小子给踢出局了。

　　阿卜杜勒弹了个响指，助手将一个钱夹送到了他手上，他从里面抽出一张黑色的银行卡递给泰勒。虽然表现得风轻云淡，但是细心人能看出来，阿卜杜勒的嘴角还是不经意地抽搐了一下。

　　这种赌局的赌资虽然要求三亿，但其实每一年的赌局里，输得最多的也不过就是两亿。而且今年输了，或许明年就能赢，阿卜杜勒参加了很多次这样的赌局，来来去去这些年算下来，其实也不过就是输了几千万美金。但秦风的出现，却让他一下子输了三亿，他想再赢回来，可没那么容易了。

　　四五分钟过后，验资的人冲着泰勒点了点头，随后有人拿上了一个密码箱，里面放着的是三亿面值的筹码。

　　莫迪赛似笑非笑地看着阿卜杜勒："阿卜杜勒王子，您今年的手气可不怎么样啊。"

　　"赌局还没结束，谁输谁赢，现在并不能下结论吧？"阿卜杜勒看了一眼自己的老对手，没好气地说道，他可一直惦记着去年输给莫迪赛的一亿美金。

　　"各位先生，第二局开始，请大家下注吧！"

　　"盖德豪斯的牌面是红桃K，盖德豪斯说话。"

　　盖德豪斯看过底牌后，拿出了五枚一百万的筹码，面无表情地扔了出去。

　　"跟五百万。"坐在盖德豪斯下家的莫迪赛也扔出了五枚筹码，他的明牌是一张梅花Q。

　　"我弃牌。"哈林顿摇了摇头，显然对自己的牌不怎么满意。

　　"我跟，第一把真是刺激啊！"道格·汤姆森扔出了筹码后，伸出了右手的两根手指，站在不远处的助手连忙拿出一根细雪茄递了上去，并且给他打着了火。

出乎众人意料的是，同样拿了一张老K，只是花色是方片而小于盖德豪斯的阿卜杜勒选择了弃牌。

"吴先生，该您说话了，不知道这把您会不会梭哈呢？"泰勒将目光转到了秦风的身上，对于这个东方小子，他没必要像对待阿卜杜勒等人那样尊重，所以在询问的时候，还顺便调侃了秦风几句。

"梭哈？"秦风似乎被泰勒的话给吓住了，嘀咕道，"一张单8就梭哈，会不会有些太冒险了啊？"

"吴先生，我知道你的运气很好，但是运气不会总眷顾一个人的。"坐在秦风旁边的盖德豪斯，淡淡地看了他一眼，说实话，刚才秦风一把牌赢了三个多亿，对他的内心造成了很大的冲击。

像今儿这种豪赌，盖德豪斯也是第一次参加，而且他和"橡胶大王"佩德罗签署了协议，在这场赌局中他能从赢到的钱里面分得百分之六十。但就是这百分之六十的分成，也让盖德豪斯变得有些患得患失起来，正是应了中国的那句老话，"身在局中不自知"，再也难保以前的那种镇定了。

"我的运气一向都很不错。"秦风撇了撇嘴，"要不这一把咱们再赌下运气，我梭哈你桌子上的全部筹码，你敢不敢赌？"

吴哲原本就长着一副痞子样，那双有些上挑的眼角，使其看起来总像是在斜眼看人。秦风的装扮更是将吴哲那流里流气的一面展露得淋漓尽致，尤其是他挑衅盖德豪斯的样子，像极了街头的那些小混子。

"东方人，不要以为靠运气赢了一把牌，就天下无敌了。"不知道为何，一向冷静的盖德豪斯见到秦风这副样子，就气不打一处来，在往日参加赌局的时候，他可从来都不会因为别人的挑衅而动怒。

"运气也是实力的一部分，不是吗？我说，你到底敢不敢梭哈吧？"秦风的嘴角往上挑了挑，露出一副不屑的样子，看得盖德豪斯眉头不由自主地跳了起来。

"现在是该你说话，而不是我，需不需要梭哈，我等下自然会做出判断。"盖德豪斯到底身经百战，并没有因为秦风的挑衅而失去理智。

"五百万一把，赌到天亮我这些钱都输不完。"秦风看了盖德豪斯一眼，伸了个懒腰，拿起了面前的那张小8，直接扣在赌桌上，"没人跟牌，我还赌个什么劲啊？什么世界第一啊？我看也就是那么回事儿。"

秦风的这个举动，显然让很多人都有些吃惊，刚才还一副咄咄逼人的样子，却转眼间就弃牌了，也不知道秦风唱的是哪一出。就连经验老到的泰勒都愣了一下，摇了摇头说道："吴先生弃牌，奥黛丽，继续发牌，由盖德豪斯开始。"

当奥黛丽将牌发在盖德豪斯面前后，秦风阴阳怪气的声音又响了起来："哎哟，这第三张牌可不怎么样啊，不过是个小8，和老K放在一起，连个顺子都凑不起来。"他的话听在别人耳朵里，有种让人抓狂的感觉。

"吴，梭哈不是只有顺子才能赢牌的。"在赌场上被人称为"冷面杀手"的盖德豪斯，也忍受不了秦风的冷嘲热讽。

"我当然知道，上一把我不就是一对A赢了三个亿吗？"要说秦风还真有拉仇恨的潜质，这句话一说出口，让坐在另外一头的阿卜杜勒顿时额头青筋直跳。

"莫迪赛先生是一对Q，这一把由莫迪赛先生说话！"泰勒也不想听秦风废话，看了一圈牌面后，不再搭理秦风。

莫迪赛摸了摸嘴边的小胡子，拿起五枚筹码："如果盖德豪斯先生的底牌是K的话，那么我就认了，我加注五千万。"

"不跟。"坐在莫迪赛下家的道格·汤姆森苦笑一声，将刚刚拿到的那张黑桃10扣在了桌子上。

道格·汤姆森弃牌后，桌上就只剩莫迪赛和盖德豪斯两人了，只是还没等泰勒说话，秦风的声音就又响了起来："喂，世界赌王，到你了，五千万敢不敢跟啊？"

"吴，这话不应该由你来说吧？"盖德豪斯在赌桌上也见过不少喜欢说垃圾话的人，但从来没有人像秦风这样让他如此痛恨。

"吴先生，这场牌局是由我来主持的，还请您不要抢我的饭碗！"盖德豪斯的话声刚落，泰勒也说话了。

"好吧，我不过是帮你说句话而已，既然你们都不喜欢，我就闭嘴好了！"秦风很无辜地耸了耸肩膀，来到美国后，他别的没学会，耸肩膀这个西方人惯用的动作倒学了个十足。

几分钟后，第三局正式开始，第一圈拿到话语权的是阿卜杜勒，他起手抓到了一张方片A。

"五百万。"阿卜杜勒拿出五枚筹码扔了出去，刚才玩了把心跳，这会儿出手谨慎了许多。

"不跟。"秦风直接盖上牌，侧脸看向了盖德豪斯，"世界第一，都第三把牌了，你怎么着也要赢一把啊。"

"那是我的事情，吴，请管好自己就行了。"盖德豪斯现在最不想听到的，就是秦风的声音，那就像一只在耳边嗡嗡直叫的苍蝇，盖德豪斯从来都没有这种心烦意乱的感觉，如果可以，他真的想一巴掌拍死秦风。

"提醒一下你而已，世界第一输了，那是很没面子的！"秦风撇了撇嘴，看到泰勒略含警告的目光，连忙举起手，"聊天，聊天而已，我和盖德豪斯先生增进一下感情嘛，我可是他的崇拜者。"

"吴先生，如果您弃牌了，请不要干扰别人。"不光盖德豪斯受不了秦风，泰勒也是对其厌恶至极。

"我又没说什么，只是告诉盖德豪斯先生，他是世界第一而已。"秦风歪了歪嘴，又给盖德豪斯补上了一刀。

从小受到的良好教育，使得盖德豪斯嘴上并没有再多说什么，但眼中的怒火已经显现出来，放在桌子下面的两只手也紧紧地握成了拳头。

随后的几把，秦风把把弃牌，不过每次弃牌后，那张嘴却唠叨个没完没了，总拿盖德豪斯说事儿。

这使得盖德豪斯的状态大受影响，在开局十多把后，居然一把牌都没有赢过，眼前的筹码已经少了五千多万。而刚才输了三亿美金的阿卜杜勒，这几把牌倒是有些起色，赢回来六千多万。

泰勒看到盖德豪斯拿出要求休息的牌子后，说道："盖德豪斯先生提议休息十分钟，不知道各位有什么意见吗？"

"可以，正好有点饿了，泰勒，把你们的点心拿上来吧！"阿卜杜勒点点头，刚才赢了盖德豪斯那一把，让他这会儿还处在兴奋中，全然忘了自己第一把就输出去三个亿的事儿。

这个赌厅的面积很大，里面还有吧台和办理商务的地方，更是有五六个不同的沙发区，足够赌桌上的几人分开休息。

"老弟，你针对盖德豪斯，是故意的？"当秦风离桌走到白振天身边后，白振天在他肩膀上拍了一记，他算是看出来了，秦风是典型的扮猪吃老虎。

秦风点了点头："他的感觉很灵敏，在遇到大牌的时候，总是能规避开，想要赢他，必须让他的心先乱掉……"

秦风看过盖德豪斯比赛的录像，他发现这个人在场上十分冷静，在对手抓到大牌的时候，他肯定会不跟，几乎没有出过任何差错。所以今儿一上场，秦风就不停地对盖德豪斯说着垃圾话，甚至还用上了催眠术，全方位打击着盖德豪斯的信心。

这种方法果然奏效了，在和阿卜杜勒对赌的那一局，盖德豪斯押上四千万和阿卜杜勒开牌，终于犯了错误，也让他面前的筹码只剩下两亿四千多万了。

"好，趁他病要他命！"白振天恶狠狠地点了点头，忽然话题一转，"不过老弟，你在场内的那副模样，真的很讨人厌，出去小心这些人请杀手追杀你！"

"正愁找不到杀手。"秦风闻言撇了撇嘴，"白大哥，回头您先注册个娱乐公司，这笔钱我没法带回到国内，只能打到公司账上去……"

"行，这些事我回头找律师去办。"

再次开局后，秦风依旧满嘴废话，处处针对盖德豪斯。盖德豪斯黑着脸，随手扔出了五枚筹码，尽量让自己不去搭理这秦风，权当对方只是一只苍蝇。

"跟五百万。"莫迪赛也扔出五百万的筹码，赌了这么十多把，他没看出盖德豪斯有多厉害，刚才更是被阿卜杜勒赢了四千多万，那种畏惧的心理也没有了。

"不跟。"哈林顿和道格·汤姆森都选择弃牌。

"我跟五百万，再加五百万！"最后一个说话的是阿卜杜勒王子，似乎休息前的那把牌给了他不少信心，直接扔出了一千万的筹码，随后看着秦风，"喂，小子，敢不敢跟？我手上只是一张小6而已。"

"哎，我说王子阁下，您还别激我啊！"秦风摆出一副正愁找不到人斗嘴的架势，"要赌咱们就赌大一点，干脆直接梭哈好了，王子阁下您敢不敢？"

"这个？你……你一张小2，就敢梭哈？"阿卜杜勒闻言愣了一下，他原本看到秦风拿到一张最小的方片2，以为秦风肯定要弃牌，所以才挤对了秦风一句。

"只要你敢，我就敢！"秦风看了一眼阿卜杜勒面前的筹码，"你那里大概有三亿六千万吧？我就梭你那么多？怎么样，敢不敢？"

秦风说话的时候却是站起了身体，一边撸着袖子一边数着筹码，那架势真的像是要全部梭哈一般。

"我们玩梭哈，玩……的是技术！"阿卜杜勒输了三个亿后，理智终究战胜了冲动。

在阿卜杜勒流露出退缩的表情后，秦风眼中悄悄闪过一丝喜色，没有了阿卜杜勒的参与，他已经可以决定这把牌的走向了。

"吴先生，现在该您说话，牌面上是一千万，您是否跟注？"

"泰勒，我需要思考一下。"秦风摆了摆手，一双眼睛盯着那张明牌，有些阴晴不定。

"吹吹牛谁都会，拿个小2就梭哈，我玩了那么久的牌，还从来没见过。"看到秦风那犹豫的样子，盖德豪斯终于反击了一把，在他看来，秦风就是故作姿态，在那里哗众取宠。

"嗯？盖德豪斯，你这是在激我吗？"秦风猛地转过头，一双眼睛像鹰隼般盯着盖德豪斯，一字一顿地说，"说我吹牛？我如果敢梭哈，你敢跟吗？"

"这个……"听到秦风的话后，盖德豪斯也不禁有些犹豫起来，面对秦风这样不按常规出牌的人，他还真不敢贸然答应下来。

"胆小鬼！"秦风口中冷哼了一声。

"够了！"秦风的话让盖德豪斯一下子激动了起来，积蓄了许久的情绪一下子爆发出来，"一张2就梭哈，你就吹吧！只要你敢，我就会跟，你要是不敢，从现在开始就把嘴巴给我闭上！"

他实在受不了秦风的垃圾话了，能在赌场上无往而不利，他靠的是天生的直觉。但这个垃圾话满口的家伙已经影响到他的心境了，如果不把这小子踢出局的话，他就根本无法静下心来认真玩牌。

"你吓唬我啊？告诉你，我从小就是被吓大的！"盖德豪斯话刚出口，秦风突然将面前的筹码往赌桌中间一推，"如你所愿，我梭哈了！"

只听"哗啦"一声，那高高摞起的筹码堆满了半张赌桌。

"什么？真的梭哈了？他不是疯了吧？"

"上帝，这个东方小子真的疯了，这样的牌也敢梭哈？"

秦风的举动，几乎让所有观战的人都站了起来，小2对上A，竟然敢梭哈？

"妈的，这小子不是和我开玩笑吧？"坐在沙发上的白振天也瞬间石化了，原本对秦风的绝对信心，在这一刻又动摇起来，毕竟牌面摆在那里，无法以人的意志而改变。

"怎么，敢不敢跟？咱们一把定输赢！"秦风眼中满是疯狂，那副模样简直就像是输红了眼的赌徒一般，在赌场工作的盖德豪斯和泰勒都十分熟悉。

"盖德豪斯，该你说话了。"泰勒的声音随之响起，不过他却是在向盖德豪斯使着眼色，示意他千万不要冲动。

"东方人，不是每一把梭哈都能赢钱的。"盖德豪斯缓缓地摇了摇头，把面前的筹码推了出去，"梭哈的魅力就在于，它能让你一把暴富，同样也能让你一把倾家荡产，你既然想赌——我就跟了！"在这一刻，盖德豪斯尽显连续三届"赌王"的风采，仿佛那个在赌场上战无不胜的盖德豪斯又回来了。

如秦风所预想的那样，其他人都选择了弃牌，阿卜杜勒犹豫了好久也放弃了，场上成了两人对决。

第四圈牌发完后，盖德豪斯的牌面是A、J、10，而秦风是2、4、5。

看到第五张牌后，盖德豪斯不由得松了口气，他又拿到一张A，而且他的底牌也是A，三条A的牌面，他几乎胜券在握了。

"哈哈，2、3、4、5，我有A和6两张牌可以搏顺子……"看到自己的最后一张牌是3后，秦风哈哈大笑起来，"盖德豪斯，你最大也就是三条A，你拿什么赢我？"

"你只是可能拿到顺子，而我，就是三张A！"盖德豪斯伸手将面前的底牌掀了过来，赫然是一张方片A，"我有三条A了，外面只剩下了一张黑桃A，你拿到A的几率已经非常小了。而阿卜杜勒王子弃掉的牌里有一张6，其他人的底牌里，也许有一到两张6……"

"盖德豪斯，你说错了，我手上是一对6。"阿卜杜勒插了一嘴，眼下已经到了开牌的阶段，他不算违规。

"我的底牌是一张单6，所以才弃牌的。"哈林顿伯爵接着说。

"我有一张梅花6。"道格·汤姆森微笑着看向秦风。

"哈哈,东方人,你就只剩下一张黑桃A才能赢我了,开牌吧!"这次大笑的人是盖德豪斯。四张6都已经出现了,秦风唯一的机会就是黑桃A,但这种几率实在小得可怜。

"不好意思,我还真拿到了黑桃A!"秦风把手伸向了底牌,淡淡地说,"第一局的时候,我靠着这张A赢了阿卜杜勒王子,没想到这一局,仍然是靠着这张A赢钱,看来黑桃A就是我的幸运之神。"

一张黑桃A赫然出现在众人面前。在秦风掀牌的那一瞬间,赌厅沸腾起来。那些超级富豪的助手和保镖们再也无法保持沉默,一个个均用语言来宣泄着自己的情绪,因为他们亲眼见证了一个赌坛上的奇迹发生。这个奇迹,不单是东方人赢了这把赌局,收获了两亿多的美金,而且这个东方小子,还亲手终结了盖德豪斯连续三年的不败神话!

盖德豪斯的大脑忽然一片空白,全身的力气像突然间被抽空了一般,无力地瘫坐在了椅子上。过了四五分钟后,他坐直身体,转脸看向秦风:"其实从一开始,你就在故意激怒我,是吗?"

虽然是依靠那种对危机的感应能力,盖德豪斯才在赌坛混得风生水起,但不可否认的是,他本身也的确是一个极为冷静和智慧的人。在最初的大脑空白期过去后,他很快就反应过来。仔细想来,盖德豪斯只觉得自己就像是对方手中的一个木偶,跟随着对方的节奏,不知不觉之间,就已经陷入了对方早已挖好的陷阱。

"赌牌赌的其实是人心,有赢必有输,你不用太在意。"秦风微微笑了笑,对方能这么快地从打击中清醒过来,秦风不得不佩服他的这份定力。

"多谢指点!如果能和你再赌一局就好了。"盖德豪斯有些失望地说,"可惜……我已经没有筹码了,而且还背负了一亿美金的债务,以后有机会,我一定要和你再赌一次。"

"几位,我先失陪了。"盖德豪斯起身冲着几人微微欠了下身体,迈步走出了贵宾厅。

接下来的赌局显得有些平淡,众人都是有输有赢,阿卜杜勒的手气也逐渐好起来,他接连从莫迪赛和哈林顿手上赢了一亿多美金。

　　至于秦风，几乎把把跟牌，但跟到底的次数少了很多。但只要他跟到底，最后几乎稳赢，两个多小时后，秦风面前的筹码不知不觉中已经接近了十二亿美金。除却白振天和刘子墨凑出的那三亿外，他整整赢了九亿。

　　在又一把牌输给阿卜杜勒三千万后，莫迪赛轻轻摇了摇头："好了，我想，我可以退出了！"去年他赢了阿卜杜勒一亿多美金，没承想今年连本带利都输出去了。

　　在莫迪赛退出后，场上就只剩下四个人了，泰勒要征询其他几人的意见，才会最终决定赌局是否继续。

　　"我也输了将近两亿，不赌了。"哈林顿伯爵摇了摇头，当莫迪赛要退出的时候，他才发现自己不知不觉之间已经输了那么多。

　　"我也退出。"道格跟着说道，他比哈林顿还要惨，上一把他也跟到了最后，现在手上只剩下了不到八千万的筹码。

　　"阿卜杜勒王子，我想，这次的赌局要结束了。"听到道格和哈林顿伯爵的话后，泰勒有些遗憾地摊了摊手。

　　"好吧，既然大家都不玩了，那就结束吧！"阿卜杜勒耸了耸肩膀，看向秦风，"东方人，这是我赌得最痛快的一次，以后有机会的话，我想继续邀请你参加赌局。"

　　虽然阿卜杜勒输了开局的三亿，但因为后面赢了不少的缘故，让他真正领受到了那种一掷千金的畅快感，与此相比，往日里买私人飞机、买游艇的刺激，简直弱爆了。他现在手上一共有四亿八千多万筹码，算起来他只输了一亿两千万，完全在王子阁下的承受能力之内。

　　"赢"了钱，心情自然就好，现在阿卜杜勒看向秦风，已经不像最初时那般面目可憎了，反倒是觉得秦风的牌风豪爽大气，很对他的脾性。只是他不知道，如果不是秦风看在白振天有求于他的分儿上，在好几把牌中故意放水，怕是早就将他赢得连内裤都不剩了。

　　"多谢王子阁下，我很荣幸！"听到阿卜杜勒的话后，秦风彬彬有礼地点头行礼，那做派风范和之前完全不同了，整个人的气质似乎都发生了改变。

　　"小伙子，不错，以后欢迎你来我的城堡做客。"哈林顿伯爵也向秦风点头示好，对于有本事的人，这些超级富豪并不会表现得很傲慢，相反他们的态度还会很谦恭。

秦风笑道："有机会我一定会去，我听说英国城堡里一直有着吸血鬼的传说。"

"小伙子对吸血鬼也有研究？"哈林顿伯爵眼睛一亮，"等回头有时间咱们探讨一下，我那里可是有吸血鬼当年用过的斗篷。"

"中国有一种僵尸的传说，我怀疑它和贵国的吸血鬼有些相似……"秦风只是随口一提，没想到哈林顿竟然如此感兴趣，不由得多说了几句。

"对，对，我也研究过你们国家的僵尸，二者的确有很多相似的地方。"哈林顿的眼睛愈发亮了起来，伸手从怀里掏出了一张名片，"小伙子，这上面有我的私人电话，很期待你能来我的城堡做客。"

"走狗屎运的小子！"见到哈林顿伯爵给了秦风名片，泰勒忍不住在心里暗骂了一句，他为哈林顿主持了好几年的牌局，都没能得到对方的友谊。

"多谢，我一定会去的。"秦风恭敬地双手接过名片。入手不由得一惊，他发现这张名片通体都是黄金，正面有一个骑士的浮雕，而在背面则写有"哈林顿"的字样和一个电话号码。

"老哈林顿竟然给了秦风名片？"坐在沙发上的白振天见到这一幕，心里也是吃了一惊。他知道，作为英国的老牌贵族，哈林顿伯爵平日的为人十分倨傲，在这个世界上，除非英国皇室中人，他很少愿意主动结交他人。别看这只是一张小小的名片，但这张名片，就等于是英国上层社会的一个通行证，哈林顿家族的朋友，就是英国首相都会给几分面子。

"哈哈，东方人，你让我输了那么多钱，可得不到我的友谊。"莫迪赛忽然哈哈一笑，"不过你要是来南非的话，我倒是可以便宜卖几颗钻石给你。"

"嘿嘿，你真小气。"哈林顿跟莫迪赛开了句玩笑，站起身来，"泰勒，把我剩下的筹码都兑换成美金，存到我在赌场的账户里。"

等众人都散去后，白振天走到秦风身边，轻声说："老弟，你说这钱怎么办？新公司还没成立，这钱我看还是你收着好了，老哥哥我可不替你担这心思……"

"那就存到我瑞士银行的账户里吧！"秦风想了一下，"这笔钱我没办法动用，白大哥您还是尽快将新公司筹办起来，到时候我直接把钱都转过去，将来都投

到赌场里……”

“老弟，你这九个多亿，全部都要投入新赌场里？”听到秦风的话后，白振天有些愕然，显然他没想到秦风会有如此大的手笔。

“怎么了？”秦风有些奇怪地看了一眼白振天，“咱们不是说好了吗？”

“这金额也太大了，”白振天一脸苦笑，“我得回去开会和他们商讨一下，看看能不能把港岛的那些人都给踢出局，这家公司就保留洪门、阿豪和你三方股东。我保证，你的股份不会低于百分之三十，具体多少，我尽量帮你争取吧！”想想洪门各堂口的那些钻进钱眼儿里的大佬，白振天不由得有些牙疼，想说服这些人可不是件容易的事，说不定到时候还要用些别的手段了。

“好，白大哥，有您这句话，我就放心了！对了……”秦风忽然想到一件事，“白大哥，子墨那三千万，你想办法也给投入到新公司里去吧！与其让他拿着那三千万挥霍，倒是不如在未来的赌场做个股东。”

第二十六章　银狐之死

在拉斯维加斯大道一家珠宝店的二楼，一个身材消瘦的亚裔男子，一边看着楼下拉斯维加斯大道上那熙熙攘攘的人群，一边讲着电话："爷爷，我出任务从来都没有失败过，您放心，我一定能干掉他。"

这个男人，看上去最多不过二十八九岁的样子，面色十分苍白，他的右手戴着一只白色的手套，有些不自然地垂在腿侧。

"银狐，你的任务是干掉纽约的艾伯特，而不是继续留在拉斯维加斯！"电话里传出一个略显苍老而无情的声音，"没有人会为了那个叫作吴哲的港岛人支付哪怕一分钱，你现在全都是在做无用功！"

"爷爷，艾伯特那边不是已经有银豹去了吗？"银狐看了看自己的右手，说道，"爷爷，那个人似乎精通杀手门的技艺，我怀疑他曾经接受过相关的训练，或者是和杀手门有什么关系……"

银狐想让他的爷爷，也就是现在杀手组织的最高负责人，同意他继续留在拉斯维加斯追杀秦风。从出道以来，银狐每次出手都是一击必杀，他并非是靠着爷爷才成为S级杀手的，而是实实在在靠着自己完成任务所获得的积分升上去的。不过在这次刺杀艾伯特时，银狐却失败了，并且右手挨了一刀。这一刀扎穿了他的整个右手手背，虽然不至于让右手残疾，但手上的一些经脉已经坏死，以后就算好了，也不会像先前那般灵活。

杀手除了靠隐忍和头脑外，最重要的就是自己的双手，不管是枪械还是冷兵器，双手都是实施刺杀最有效的工具。因此现在右手遭受重创，让银狐对那个节外生枝的人痛恨到了骨子里，他甚至放弃了追杀艾伯特，整日监视着陈世豪等人，等待着"吴哲"的出现。

不过银狐没想到，秦风在餐厅事件后居然接连消失了好几天，一直到昨天才被他重新找到行踪，于是才发生了赌场喋血的事件。但这件事，却让银狐更加郁闷，他找对了目标却杀错了人。

"杀手门的功夫？银狐，你确定吗？"在听到银狐的话后，电话那一端的声音首次出现了一些波动。

"没错，爷爷，我能感觉得到，他和我们是同一种人！"银狐点了点头，不过马上反应了过来，隔着电话对方看不到自己的举动，连忙郑重地说，"而且他甩飞刀的手法和躲避的身法，和您当年教导我的都极为相似……"

"那好吧，我再给你一次机会。"那个苍老的声音隔了好一会儿才说，"要是无法解决掉他，马上回纽约帮豹干掉艾伯特，我们的客户已经很不耐烦了。"

"爷爷，您放心吧，前两次我都大意了，这次一定干掉他！"听到爷爷同意，银狐脸上露出一丝狰狞的笑容，他并不怕找不到秦风，他知道当时帮秦风挡枪的那个女孩，此刻正躺在医院里。

"注意安全，事不可为马上回来……"电话里的声音又沉默了一会儿，"你父亲和二叔都不在了，我们宇文家可就只剩下你一个人了。"说话的这个人虽然一生冷酷无情，但如今身边就只剩下了一个孙子，话语也忍不住变得柔和了起来。

银狐刚刚挂断电话，楼下忽然传来了一阵喝骂声，他不由得皱了一下眉头，回身拿起桌子上的电话："威廉，发生了什么事儿？为何这么吵？"

"哦，老板，有人来找麻烦，我正在解决，马上就好了，哎哟……"

电话那端传来一阵急促的声音，只是话声未落，电话就断了，楼下的呼叫声却是愈发大了。

"废物！"听着电话里的"嘟嘟"声，银狐想了一下，还是起身拉开了房门，往一楼走去。

作为一个顶级的杀手，隐匿行踪是他学习的第一课，但不是说杀手就见不得阳光，其实很多杀手都和普通人一样，在从事着各种各样的工作。几乎每一个顶级的杀手，都有着不少于三种的公众身份，珠宝店的老板，就是银狐其中的一个身份。

"威廉，发生了什么事情？"从二楼下到店里，银狐的眉头不由得皱了起来，因为他看到威廉的右脸上，有一个清晰的掌印。而在店铺的门口，则是站着四五个胳膊上满是文身的年轻人，穿着嘻哈风格的衣服。其中两个人还拎着棒球棍，正不断地在地上敲打着，门外的客人们见到这种情形，都避开了这家珠宝店。

"老板，他……他们是来收取保护费的！"威廉捂着右脸，走到银狐面前低声说，"老板，您先上去吧，这些人可不好惹，他们连警察都不怕。"

"小子，你是老板？"一个胳膊上文满了花纹的壮汉看向银狐，"东方小子，想在这里开店，每个月要五千美金的管理费，保你们没事儿。"

"巴纳克，你们要得也太多了点儿吧？以前只是一千美金，你怎么能要五倍啊？"威廉摸着隐隐作痛的脸颊，大着胆子问了一句。一千美金的支出，威廉有权决定，但是五千美金的数额就有点大了，说话的时候，他的目光看向了老板。

巴纳克伸手从同伴手上拿过了一根棒球棍，冷笑道："你要是不给的话，我会请你听一场音乐演奏会，这些玻璃碎掉的声音，一定会很美妙。"

看着过往人群和店铺里员工脸上的畏惧之情，巴纳克爽得简直都要呻吟出来了，他从来都没有想过，自己还会有如此威风的一天。就在几天前，巴纳克和十几个大大小小的帮派老大，全部都被人用枪"请"到一处废置的仓库里。

巴纳克和那些老大们，当时都以为自己将会遭到清洗，一个个均是吓得战战兢兢。但是事实却和他们想象的大相径庭，那个在旧金山等地区势力极大的洪门，并没有做出什么出格的事情，而是将拉斯维加斯的势力范围给重新划分了一下。原本像巴纳克这种只能在小街区厮混的小势力，居然一下子就占据了拉斯维加斯大道五分之一的地盘。

"嗯？小子，这里是你做主吧？"巴纳克顺着威廉的目光看向了银狐，"不想你的店变成垃圾场的话，就乖乖地把管理费给我交上来！"

"威廉，给钱！"银狐现在是一个成功的珠宝商人，他可不想失去这个能很好地掩饰自己职业杀手的身份，所以也懒得和巴纳克这些人计较。

"小子，算你上道儿。"拿到了五千美金的现钞后，巴纳克的脸上露出笑容，"第一个月是五千，以后每个月三千，只要交了这钱，我保证以后不会有人找你的麻烦。"

"记住你的保证。"银狐盯了巴纳克一眼，转身往二楼走去，"威廉，这里的事情就交给你了，让他们走人，不要耽误生意。"

"这……这人的眼神怎么那么可怕？"就在银狐转身的时候，刚刚和他对视了一眼的巴纳克忽然感觉双膝有些发软，心头升起一股莫名的恐惧。在被银狐看了一眼时，他居然有种被毒蛇盯上了的感觉，这让他将原本准备好的几句狠话，硬生生地咽回到了肚子里。

"老大，你怎么了？咱们这次可是收了五千美金啊！"走出珠宝店后，巴纳克还有些心神恍惚，不过跟在他身边的几个小弟却兴高采烈。

"亚裔面孔，年龄不大，上帝，这……这不是洪门要找的人吗？"走出珠宝店没多远，巴纳克忽然想起了什么，一巴掌扇在自己的脸上，手忙脚乱地掏出了手机。

在几日前被召集起来的时候，除了划分地盘外，洪门的同行还提出了一个要求，让所有在拉斯维加斯的帮派帮着寻找一个人。洪门并没有说要找的那个人的具体体貌特征，只说是华裔和大致的年龄，并给出了五十万美金的花红。

在人流众多的拉斯维加斯，想找到这样一个模糊的人几乎是不可能的。巴纳克当时并没有在意，但是就在刚才，巴纳克鬼使神差地想起那个找人的悬赏，再联想到珠宝店老板阴狠的眼神，巴纳克忽然觉得那个亚裔人也许就是洪门要找的人。

"我说你小子，没事多待在病房守着孟瑶她们！"穿着一身白大褂冒充医生的秦风，拦住在医院里四处闲逛的刘子墨，"我总感觉那个杀手应该还没离开拉斯维加斯，我废了他一只手，那小子肯定对我恨之入骨了。"

"病房里都是女人，我留在那里多不方便啊！"刘子墨摇了摇头，"白叔从总堂把黑寡妇给调过来了，你就放一百个心吧。"

"黑寡妇是谁？"秦风闻言一愣，"怎么起了这么个古怪的名字，这人是女的？"

"寡妇当然是女的了。"刘子墨左右看了一眼，小声说，"咱们洪门也是有些暗中力量的，一些不方便洪门出面的事情，都是他们去办理的，黑寡妇就是这些人之中的佼佼者……"

洪门是黑帮起家，现在虽然洗白了很多产业，但包括进行改革的现任门主在内，他们固有的思维却不是那么容易改变。当遇到一些通过正常手段解决不了的事情时，洪门也会使出一些手段，直接从肉体上将对手抹杀。所以洪门内部依然保留着一些杀手，他们的存在只有极少数人知晓，黑寡妇就是这些杀手中的一员，她在洪门里的地位很高，只有长老会决议后，才能派她出任务。洪门这次之所以派出黑寡妇，主要是因为孟家通过中间人和洪门达成了一些条件。

"洪门里还有这么些人啊？走，咱们去见识一下那个黑寡妇，看看她是不是徒有虚名。"秦风想去看看那个黑寡妇的本事到底怎么样，否则他实在是放心不下。

房间里已多了一张床，华晓彤正坐在床上和孟瑶说话。当刘子墨和秦风走进房间后，华晓彤当下便皱了一下眉头，不知道为什么，她就是看这个叫吴哲的港岛人不爽："你怎么把瑶瑶送到医院之后就失踪了？也不说来看看病人？"

"我……我这几天事情多。"秦风无奈地摸了摸鼻子，他总不能说就是为了躲你这个华大小姐，才不来医院的吧？

"晓彤，怎么说话呢？"孟瑶轻声打断华晓彤的质问，"那个人是冲着我来的，和吴先生又没什么关系，吴先生把我送到医院，已经很感谢了。"

"哎，那个外国妞呢？"刘子墨看到自家女人又要和秦风对上，连忙岔开话题，"刚才还看见那外国妞在房里的，现在去哪儿了啊？"

"刘子墨，你一进屋就找别的女人，什么意思啊？"华晓彤眼睛一瞪，没好气地说，"你是不是看那外国妞的身材比我好，想移情别恋啊？"

"哪有的事儿啊，彤彤，我只爱你一个人呀！"刘子墨顿时叫起了撞天屈，他也没想到，自己原本转移话题的一句话，却是将祸事招惹到了自己的身上。

华晓彤正想说话的时候，病房的门被人从外面推开，一个穿着一身紧身皮衣、身高有一米七左右的外国女人走了进来。正如华晓彤所说的那样，这个女人的身材十分火爆，那身皮衣将美好的线条尽数勾勒出来，也怪不得华晓彤吃醋。

这个女人进入房间后，将目光死死地盯在秦风身上，后脚微微一侧，右手往下一滑，一把精致的匕首顿时出现在了掌心里："他是谁？"

"贝蒂娜，这是我的朋友。"刘子墨连忙站到了两人的中间，"自己人，都是自己人。"

出于自家和洪门的关系，刘子墨知道的事情要比很多洪门中人更多一些，这个叫作贝蒂娜的女孩看似不大，今年只有二十三岁，但是她做杀手的时间已经超过十年了。在这十年中，贝蒂娜刺杀过非洲的酋长、欧洲各国的政要以及南美的富豪，如果她进入到杀手组织中，恐怕也能晋身S级杀手。

"刘，我希望在孟瑶小姐回国之前，你不要再带无谓的人来这里了。"看到刘子墨挡在了自己的身前，黑寡妇手腕一翻，那把精致的匕首顿时消失不见，也不知道她将其藏到了身体的什么部位。

"好，我们这就走，这就走。"刘子墨连连点头，拉了一把秦风，对着华晓彤说，"晓彤你陪好孟瑶，我们先走。"

秦风欲言又止，就在这时，电话忽然响起来，秦风一看，是白振天打来的，便快步走出病房。

"找到银狐了，你赶紧来拉斯维加斯大道131号！"白振天在电话中也没多说，只报上一个地址。

"我知道了，马上就到！"秦风挂了电话，看着跟出来的刘子墨说，"你在这里守着，今儿晚上千万不要离开！"

"哎，我说……你们怎么有活动总是不叫我啊？"

当秦风赶到拉斯维加斯大道131号的时候，发现这是一家咖啡店，而白振天正坐在靠着玻璃窗的位置向他招手，秦风连忙推门走进店里。

白振天往秦风后面的方向努了努嘴："看见那家珠宝店了吗？就是银狐开的，这小子藏得真深，竟然开家店来掩饰自己的身份。"

银狐在商业上还是很有天赋的，他在美国开的这家连锁珠宝店颇有名气，就是在旧金山的白振天都曾经听说过。但如果不是那个巴纳克的电话，白振天怎么都不会想到，这家店的老板居然就是在世界杀手榜上排名第三位的银狐。

"您能确定吗？"秦风伸手将桌子上搅拌咖啡的不锈钢勺子拿在手里，通过反光，看到了那家珠宝店的门面。

"八九不离十！"白振天低下了头，尽量不让自己的目光飘向那珠宝店，"有个小帮派的人去那家店收保护费，无意中认出他来了……"

巴纳克在电话中仔细描述了银狐的相貌，还说出了银狐那让他心悸的眼神，这让白振天更加笃定，此人就是银狐。

"是他就好！"秦风仔细观察了好一会儿，忽然问，"白大哥，您没派人守着吧？"

"当你白大哥是初出道的雏儿吗？"白振天被秦风的话给气乐了，"银狐这人天性狡诈，一点儿风吹草动就会惊动他，我要是派人守着，干吗自个儿还要过来呢？"

"那就好，我去一下洗手间。"

几分钟后，秦风回到原先的座位上，面孔完全变了，头上还多了个棒球帽，要不是他还穿着刚才的那身衣服，恐怕白振天还以为面前坐下了个陌生人。

"从哪儿搞来个帽子？"

"看到门口挂了个棒球帽，顺手就戴上了。"

这个咖啡厅的卡座都是一间一间的，相互之间并不能看到，秦风也不怕有人专门过来找帽子。而戴帽子的用意，则是因为在美国这地方，几乎到处都是监控，有这顶帽子遮掩，即使是摄像头也无法拍到秦风的面貌来。

"真是神了，有这一手绝活，天下哪里去不得啊！"白振天忍不住叹道。

"会者不难，难者不会，其实说白了也简单。"秦风笑了起来，"就像是男人化装成女人，只要穿个女装戴个假发，再往胸前塞点东西，十个人里面恐怕有九个都认不出来，当然，那胡子是要刮干净的……"

秦风一边和白振天聊着天，一边观察着那家珠宝店的动静，将每个进入到店里的人都牢牢记在心里。过了将近一个小时，秦风的眉头忽然皱了起来，因为他看到有个身材高挑的女人从店里走了出来，不过在这之前，他没有看到有这么个人进去。

白振天顺着秦风的眼神望过去，不以为然地说："不就是个大洋妞吗？在国外到处都是，敢情老弟你还喜好这一口？"

"白大哥，您说什么呢？"秦风苦笑了一声，"这人有点儿不对，很可能是男人扮的，不行，白大哥，您在这里稍等我一下，我出去看看。"

白振天仔细地盯着那人看了一眼，并没有看出什么端倪，当他刚想说话的时候，却发现秦风已经起身出了店门。

"只是个流莺而已，秦老弟的眼光不会那么差吧？"白振天苦笑着摇了摇头，像那样的女人，在拉斯维加斯大道上一抓一大把。

银狐刚一走出自家的珠宝店，心里就咯噔了一下，他感觉到似乎有几道目光投射在了自己的身上。一向小心并且为人狡诈的银狐，在这一瞬间甚至生出了返回到店里的念头，不过思来想去，自己化的装应该没有什么问题。

正当银狐有些犹豫今儿是否要去医院"看望"那位被自己误伤的女孩时，忽然看到迎面走来一个男人。这个男人的眼神只是粗略地在银狐脸上扫了一下，紧接着就落到了他胸前高耸的地方，看那模样恨不得伸出手来摸上一把。

"小姐，什么价格？一晚上多少钱啊？"那个西装革履的中年男人走到银狐身边，压低了声音问道。

"回家问问你妈值多少钱吧！"银狐闻言大怒，不过他还没忘记用假声去骂人。

"装什么装？三百美金，怎么样？"那个中年男人显然深谙此道，伸手摸出自己的皮夹，把里面厚厚的一叠美金冲着银狐亮了一下。

"狗屎，我看你是想坐牢了。"银狐向那个男人走近了一步，右脚所穿的高跟鞋的鞋跟，直接踩在了那人的脚背上。

"哎哟，你这个婊子，把脚给我松开！"中年男人发出一声痛呼。以他往日里的经验，就算是找错了人，对方为了维护形象，也往往不会声张。

"再叫我就把你送到警察局卖屁股去！"银狐强忍住干掉他的冲动，还不得不继续发出女声。

"臭婊子，你一晚上都接不到客人！"中年男人往后退了好几步，狠狠地骂了一句，在众人的围观下，灰溜溜地离去了。

此时，银狐心中已经有些后悔，他发现自己犯了个错误，在这个拉斯维加斯大道上，有很多打扮成他这样子的站街女。

"女士，需不需要我帮你报警？"一个十分绅士的老头儿问道。说好听点，那就是美国人的法律意识很强。要是说得不好听，那就是美国人很喜欢多管闲事，邻居家有人打孩子他们都能给捅到警察局去，然后警察再告到法院，最后导致孩子的父母失去了对孩子的抚养权。

"哦，谢谢，我有能力赶走坏人。"银狐被那老头儿吓了一跳，连连摆了摆手，转身就往街对面走去。

"没错，一定是银狐！"站在马路对面的秦风，亲眼目睹了刚才的那一幕，银狐身上瞬间爆发出的一丝杀气，让秦风确认了他的身份。

秦风不敢有丝毫大意，他知道，只要自己稍微有一点敌意或者杀气泄露出去，都会被对方察觉到。在银狐过马路的时候，秦风也从对面走过来，两边走动的人群融合在了一起，而秦风和银狐的距离也越来越近。

"有人在盯着我！"走动中的银狐忽然感觉一阵心悸，他十二岁的时候被爷爷扔到战乱的非洲，被人用枪指着脑袋的时候，就是这种感受。顺着眼神传来的方向，银狐的目光几乎在瞬间就穿过了二十多米，看向了马路正对面的那个橱窗。

"洪门的白振天！"看清楚那人的面目后，银狐心中一紧，他知道白振天是爷爷那一等级的高手，不管是明枪暗箭，自己都未必是他的对手。

"炸弹，有炸弹！"

正当银狐心思转动，想着如何安全离开的时候，人群里忽然响起了一声带着伦敦英语腔调的呼喊，让前几天发生过枪击事件的拉斯维加斯大道马上骚动起来。

人类有个共通点，那就是盲从，在不知道是谁第一个跑动的带动下，人群变得慌乱了起来，不断有人撞击着银狐的身体。虽然提高了警惕，但穿着高跟鞋和黑丝袜的银狐，还是被好几个人撞了。

"给我滚开，给我滚远一点儿！"当一个戴着棒球帽的男人被人群挤得向自己靠来时，银狐下意识地伸手拨开那人的身体，不过对方胡乱挥舞着的手，还是触到了他的胸口。

在那人的指尖接触到他的胸口的一瞬间，银狐只感觉皮肤一麻，在中枢神经接收这种感觉的时候，他发现自己浑身已然没有了丝毫的气力。

银狐张大了嘴巴，想要发出点儿什么声音，来证明自己依然活着，但是嘴唇嚅动了几下之后，他发现自己竟然连说话的力气都没有了。

就在银狐身体一软即将倒下的时候，一双大手托在了他的腋下，同时，一张脸孔出现在了他的面前。

"你很想问，我是谁吧？"那张脸贴近了银狐的耳朵，轻声说，"我叫吴哲，记住了，下到地狱阎罗王问你仇人的名字，你不要说错了。"虽然面对的是一个将死之人，但秦风还是没有说出自己真正的名字，他没有义务让银狐做个明白鬼。

"咯……咯咯……"银狐的嘴唇嚅动着，使尽了全身的力气，吐出了几个单词，"你……怎么……下手？"作为一个杀手，银狐早就想到过自己会有这么一天，此时他最想搞明白的是，对方究竟是用了什么手段，让他连丝毫反抗的力气都没有。

"你听说过索命针吗？"秦风托着银狐，浑然没在意周围四下奔跑的人群。

"索命针！"银狐眼睛一亮，在这一刻，他那被刺穿的心脏似乎恢复了活力，脸色瞬间涨得通红，死死地盯住秦风。

"你们杀手组织的负责人，复姓宇文吧？"感觉到银狐生命力的流逝，秦风问道，"能认得索命针，想必你和我师傅当年的弃徒不无关系，我也算是帮师傅提前收取点利息了。"

"你……师祖后人？"银狐脸上露出了不可思议的神色，身体猛地一僵，再无声息。秦风灌输了真气的索命针，早破坏了他的心脏机能，银狐能支撑到现在，都已经算是奇迹了。

和银狐的对话，也不过就是短短的十来秒钟，在外人看来，倒是有些像秦风在扶这位要摔倒的女士一般，任是谁都想不到，这里正上演着一出袭杀和反杀的戏码。

周围的人群此刻已经快要疏散开了，秦风两手一松，转身混在了人群里。在推门进入那间咖啡馆的时候，他顺手将那顶棒球帽挂回了原处。

"老弟，你……你出手了？"白振天能察觉得到，刚刚坐下来的秦风，身上充斥着一股血腥的味道。

"嗯，此人不死，我心不安！"秦风点了点头，抬头往窗外看去，脸上露出一丝冷笑，"我很想知道，杀手组织中S级杀手被人刺杀，他们会是什么样的反应。"

秦风和这杀手组织还真是有不解之缘。在澳岛，秦风废掉了杀手组织在港岛的几个暗子，使得杀手组织在东南亚的布局受到了很大影响；回到国内后，秦风又是将杀手门在内地唯一的传人干掉；到了美国，他更是直接对上了S级杀手，并且反杀成功。

以秦风对杀手门的了解，他自然清楚培养一个S级杀手所需要付出的巨大代价，所以秦风很期待，当银狐死亡的消息传到杀手门后，会引起什么样的轰动。

此时奔跑的人群也发现了所谓的炸弹应该只是一个恶作剧，不过围在马路斑马线上的行人却不减反增，因为有人倒在了马路的正中间。

"有人倒在地上！"喊出这话的，都是不怕事儿闹大的人，看着倒在地上的"漂亮女人"，这些人甚至还有点幸灾乐祸。

"警察，快点来吧，应该是有人突发心脏病了。"

"上帝，应该给医院打电话的，说不定还能有救！"

由于几天前发生了枪击事件，拉斯维加斯的警察感受到了很大的压力，所以这次他们来得很快，并且在第一时间封锁了这个街道，在马路中间拉起了警戒线。

看到警察和救护车先后赶到，白振天问秦风："没留下什么把柄吧？"

"没有，除了这个钱包……"秦风从兜里拿出了一个男士钱包，这玩意儿也是放在银狐的手包里的。除了这个钱包，手包里还有一把装了八发子弹的手枪。

"但愿你没杀错人！"看着秦风在那儿翻弄钱包，白振天忍不住叹了口气，他也算是身经百战的人，但见到秦风杀人之后的那种淡漠，白振天也自问不如。

"如果错了，我在那家新公司里的股份就全送给你了。"秦风撇了撇嘴，除了银狐那种顶级杀手外，谁还能在心脏机能损坏后又多活好一会儿。

警察和医院的动作很快，在迅速将银狐抬上了救护车后，拉斯维加斯大道又恢复了刚才的繁华，只是留下几个警察在寻找着目击证人。

"今儿总算是能睡个好觉了。"秦风舒展了一个懒腰，"白大哥，去你那儿吧，有什么事先帮我挡一下。"被银狐这样的人盯着，秦风这几日来真是连觉都没睡安稳。

跟着白振天回到了洪门的据点，秦风随便找了个房间就蒙头大睡。

第二天早上五点多，秦风就起来了，他现在每天只需要两三个小时的深度睡眠，就能将体内各个腑脏器官里的杂质毒素排泄出去。尤其是解决了银狐，更是放下了心口的一块大石，整个人都是一副容光焕发的样子。打开房间的窗户，秦风站了一个小时的桩后，去洗手间改变了一下自己的容貌，就准备去吃早点。

出了电梯，迎面碰上了白振天，看到白振天那一脸憔悴的样子，秦风好奇地问道："怎么了，白大哥？昨儿没睡好？"按理说像他们练武之人，白日里打熬身体，晚上的睡眠一向都会很好，经年累月下来，即使相隔几日不练，也不会出现失眠的情况。

"什么没睡好，我就没睡！"白振天看向秦风的眼神有些复杂，扬了扬手中的一盘录像带，"走，去我房间，给你看点东西。"

随着一阵"嗞嗞"的声音响起，昨日那街区的影像出现在电视画面上，不过没有声音，而且还只有黑白两色。

在录像放到第三分钟时，画面中的人群忽然骚动起来，白振天用遥控器放慢播放速度，并且将画面拉大。虽然不是很清楚，但还是能看到，一个戴着帽子的人和那位"摩登女郎"有过十分短暂的接触，看起来好像是在搀扶对方一般。

在这后面，有几个人影挡住了画面，当人影闪开之后，"女郎"已然是躺倒在地上了。

"白大哥，杀手门有样东西，叫索命针，这你是知道的。有心算无心，干掉银狐并不是什么难事。"看着白振天一脸好奇的样子，秦风终究还是把事实的真相给说了出来。

"就在你的手触及银狐的那一刻？"白振天脸上露出震惊的神色，他反复看了好多遍这盘带子，都没发现秦风出手的痕迹。

"嗯，白大哥，这带子你从哪儿搞来的？"秦风点了点头，虽然这盘录像带并没有显示出他的面容，不过还是能说明银狐死前和人接触过，秦风并不想让其留下来。

"这个是原版的录像带，警局里有人帮我们用技术处理了你和银狐接触的那一段。"白振天舒了口气，"这带子里的内容，看过的人包括你我在内不超过五个，没有人会再追究下去了。"

"医院给出的诊断呢？"秦风想着白老大昨儿忙乎了一夜，不会仅仅只有这点收获的。

"医院给出的结论是因为心脏病发作引起的猝死，警察局已经接受这种说法了。"想到自己昨儿还在怀疑银狐的身份，白振天不由得叹道，"老弟，我算是服了你了。"

其实就在昨儿银狐被抬上救护车还没到医院的时候，随车的医生就发现了，这位看上去身材火爆的"女郎"，居然是个华裔男子。警察赶到医院后，对银狐的妆容进行了清洗，经过电脑数据库的比对，银狐的身份很快被确认：真名宇文天，是一个很成功的商人，经营着一家连锁珠宝店，资产总额达上亿美金。

现在警察已经通知了宇文天的家人，只要等家人赶到并且在死亡通知书上签字，这件事就算是过去了。

"他的家人会来？"秦风眼睛一亮，"白大哥，打听一下银狐的家庭背景，看看能不能找到点儿线索！"

昨天在刺杀银狐后，秦风顺手将他身上所有的物件都掏了个干干净净，不过除了几千美元外，再也没有任何有价值的东西，更没有证明其身份的证件。眼下听到银狐的真名叫宇文天，秦风不禁多了些期盼，或许从他的家人背景里能发现点什么。

"好，我会让警局里的人多关注的。"白振天点了点头，正想说话的时候，手机响了起来。皱着眉头听完对方的话后，白振天苦笑起来，"老弟，这条线估计是查不下去了，宇文天家里根本就没有来人，只来了一个律师……"

"老爷，小少爷的身子被带回来了，您……要不要去看看？"在纽约双子楼的一个办公室里，站着一位五十多岁的华裔老者，挂断了和律师的电话后，一脸恭谨地看向坐在宽大办公椅后面的那个人。

"这孩子什么都好，就是太要强了。"椅子原本是背对着的，在话声响起的同时，椅子转了过来，露出了一个中年人的面孔。这个中年人同样是华人，皮肤白皙，满头乌发，只不过当他开口说话牵动面部表情的时候，可以发现其眼角深深的皱纹。

"老乔，你跟了我差不多四十年了吧？"那个中年人叹了口气，"记得刚来美国的时候，我还不到三十岁，你那会儿才十多岁，现在一晃眼，我已经七十多了。"

"老爷，您可一点儿都不显老。"老乔听到对方的话后，迟疑了一下，"老爷，您还要节哀顺变，小天的事情或许就是个意外。"

"节哀顺变？"那人抬起头看向了窗外的蓝天，笑得很凄凉，"我的儿子死在了非洲，被人用枪打得像马蜂窝一样！而我的孙子，就死在了我的眼皮底下，老乔，你说我宇文家族是不是就该绝后了啊？"

老人的名字叫作宇文乔山，正是秦风从未谋面的师兄。他暗算载昱未果，远逃海外，利用载昱教他的本事，整合了海外的杀手组织。经过这几十年的苦心经营，杀手组织在全世界范围内，都成了一个让人谈之色变的存在。但是宇文乔山为此也付出了极大的代价，在他儿子死于非洲后，眼下唯一的孙子也是死得不明不白。

宇文乔山眼中闪过一丝戾气，抬头看向了跟随了他一辈子的老人："老乔，你亲自去看看，小天的死到底是怎么回事儿。如果知道是什么人出的手，你一并给料理了！"

"是，老爷，您放心吧！"态度恭谨的老人乔军应了一声，再无废话。旁人都以为杀手组织只有三位S级杀手，但是没人知道，这个平日里不显山不露水的乔军，实力却是在那三个S级杀手之上，修为早已进入暗劲。

"去吧。"宇文乔山摆了摆手，缓缓地闭上了眼睛，他纵使心坚如铁，也有些无法承受再三白发人送黑发人的悲痛。

第二十七章　洪门客卿

"秦老弟，我都安排好了，吃完中饭咱们就坐飞机回旧金山。"吃完早餐，白振天给秦风斟了杯茶，"老爷子可是催了我好几次了，你要是再不去，我怕他就要赶到拉斯维加斯来了。"

江湖上的老辈人总是很念旧的，在听闻秦风是当年"鬼见愁"的弟子后，白老爷子可是激动了好几天，他整整有半个世纪的时间都没听闻到这位老哥哥的消息了。

"老爷子是个重感情的人啊，是我该早点去拜访的。"秦风点了点头，"白大哥，请顺便帮我再订张机票，拜访完老爷子后，我直接回澳岛。"

"这么急？签证不是有三个月的时间吗？再待些日子，老哥我陪你到处转转……"白振天正说着，秦风的手机突然响了起来。

"你在哪儿呢？"刘子墨开门见山地问。

"在白大哥这儿，怎么了？"秦风反问道，"国内的人到了？"

"到了，来了二十多个人呢。"刘子墨压低了声音说，"孟瑶家里还真的不简单……"刘子墨原本待在病房里，可是那些人员一来，就将他给赶了出来。一个三十出头的人在听到刘子墨是秦风的朋友后，更是拿一种很异样的目光看着他，那眼神和防贼差不多。

"三十出头？是不是眼睛不大，留着小平头的男人？" 秦风没好气地说，"那是孟瑶的哥哥孟林，他是干警察的，看谁都像是坏人，你甭搭理他就行。行了，你惹不起就躲远点儿，我还有事儿，不和你说了。"

"哎，等等，还有件事差点忘了。刚才孟瑶偷偷给我说，希望你能在她回国前去见上一面。"

"咚……咚咚……"秦风忐忑地敲响了孟瑶的病房房门，用略带港岛口音的普通话说，"请问我可以进来吗？"

"谁啊？"孟林皱了一下眉头，外面他安排了好几个特种部队的人在警卫，怎么还是有人能随便闯到病房门口？他没有看到，妹妹的脸色却是变了一下，因为孟瑶已经听出了那是秦风的声音。

"晓彤，他是谁？"打开病房的门后，孟林发现在门口站了三个人，华晓彤和刘子墨他都认识，不过站在中间的那个人的面孔，却被一束鲜花给遮挡住了。

"孟林哥，他叫吴哲，是港岛人。"华晓彤有些怕孟林，忙不迭地解释道，"吴哲是……是我朋友的朋友，曾经帮过我们一些忙，他……他和瑶瑶也认识。"

"什么乱七八糟的？"孟林有些无语，"港岛的同胞是吧，谢谢你来看我妹妹，她正在休息，你就不要……"

"孟先生是孟瑶小姐的哥哥吧？您好，您好。"孟林的话还没说完，就被对方打断了，紧接着从那束花下面伸过来一只手，很准确地抓住孟林的手晃了一下。随后那人就将花塞进孟林的怀里。孟林堵在门口的身体，也不知道何时被对方给挤到一边去了。

"我靠，这……这他妈是什么人啊？"饶是孟林从小家教甚严，但是此刻也是忍不住在心里大爆粗口，万一对方要是有歹意的话，那岂不是直接将妹妹暴露在危险之下了？

"哎，你给我站住！"想到这里，孟林不由得出了一身冷汗，连忙扔开了怀中的花，回身往病房里追去。

"怎么的啦？"听到孟林的喊声，那人站住了脚，一脸疑惑地说，"孟先生，美国的鲜花好贵的，你为什么给扔在了地上呢？"

捡起花，那个人走到孟瑶的床头："孟小姐，听说你就要回国了，我特意来看看你，希望你能早日康复。"

"哦，谢谢吴先生。"孟瑶强忍住笑，"我已经没事儿了，多谢吴先生的花，彤彤，帮我放在这边吧。"

有哥哥在身边，孟瑶的言语中不敢表现出任何的情绪，不过却冲着秦风眨巴了一下眼睛，目光里全都是笑意，她还没见过一向成熟稳重的哥哥被人如此捉弄过。

"欢迎孟小姐以后来港岛游玩，到时候一定给我打电话啊！"说实话，秦风进来时也有些紧张，不过在见到孟瑶后，心情已是慢慢平复了下来。

"喂，这位吴先生，从您进来，我还没见到您的相貌，这有点不礼貌吧？"秦风刚刚对孟瑶发出了邀请，身后就传来了孟林的声音，不过相比对秦风的敌意，这声音温和了许多。

"啊，对不起，实在是对不起。"那位"吴哲"转过了身，很热情地和孟林握手，"孟先生你好，我叫吴哲，平时在港岛和澳岛两地跑，从事一些和赌业相关的工作。"操着一口港式普通话，秦风和孟林的目光对视在了一起。

"嗯？怎么有点熟悉的感觉啊？"孟林看着秦风的样貌微微皱了一下眉头。"吴哲"的长相真不怎么样，五官虽然还算方正，但那上挑的眉角却给人一种很轻佻的感觉。

"吴先生，咱们见过吗？"孟林一边打量着对方，一边看似随意地问道。

"孟先生去过澳岛吧？我说怎么看着这么眼熟呢，你一定在赌场里玩过。"秦风使劲地摇晃了几下孟林的手，"下次去澳岛的赌场，一定要先给我打个电话，我包您能赢个百八十万的。"

"赢你妹啊？"孟林的嘴角一阵抽搐，他前段时间还处理了几个公款到澳岛赌博的官员，自己哪里会干这种事。

"孟林哥，吴哲很厉害的，他在这里的赌场赢了好几百万美金呢。"华晓彤看到孟林的脸色有些不好看，连忙在旁边帮衬了一句，不管怎么说，这个"吴哲"都是刘子墨的朋友，贬低了"吴哲"，刘子墨的脸面岂不是也会很难看。

"呵呵，吴先生很厉害啊，不知道您的职业是？"孟林笑着摇了摇头。

"就是在赌场里讨口饭吃啦，偶尔也会做一些进出口的贸易……"秦风摆出一副很谦虚的样子，"小本生意，混口饭吃而已，孟先生您要是在港澳两地有什么货要带，到时候只要一个电话，全都包在小弟身上了。"

"带……带货？"孟林一脸黑线，那不就是走私吗？

"哈哈，都是混口饭吃而已。""吴哲"似乎很为自己的职业而骄傲，"我最近在研究赌术，已经很少带货啦，不过孟先生如果您有需要的话，大到电视机，小到手机电脑，我都能帮您带出来。"

"你还研究赌术啊？"孟林倒是对这人有些好奇了，说实话，他所做的工作，研究多于实际办案，说白了就是高高在上，对下面的具体情况并不是很了解。

"那当然，我的赌术可是很厉害的。"看到孟林完全没认出自己，秦风也放松了下来，和孟林多吹嘘一会儿，也等于是多陪了一会儿孟瑶。

"孟先生，不瞒您说。"秦风手舞足蹈，话语中略带了一丝不满，"这次在拉斯维加斯举办的赌王大赛，要不是我最后没参加决赛，那冠军一定是我的。"

"哦，吴先生真的很厉害啊！"不过就此孟林也没了和"吴哲"胡扯的心思，当下说道，"吴先生，非常感谢您来看望孟瑶，不过我们马上就要离开了，还有些准备工作要做，您看是不是……"

"啊，好，那我就先告辞了！"秦风还不至于把吴哲装得那么白痴，听到孟林下了逐客令后，便说，"孟先生，以后要带什么东西，可一定要找我啊，老刘那里有我的电话……"

"一定，一定的！"孟林连送带推地将"吴哲"送出门外，看到"吴哲"消失在走廊尽头后，他没好气地冲华晓彤说，"你们这些小丫头，不要轻信轻言，上别人的当！瑶瑶在喊你，你快点过去吧！"

"哎，你站住，女孩子有事，你往里面钻什么？"看到刘子墨也要跟着华晓彤进去，孟林连忙喊住，"我看你小子也不是什么好人，最好离华晓彤远一点儿。"早在来美国前，他就将刘子墨的档案看了好几遍，知道刘子墨是沧州刘家的人，而且还在美国加入了洪门。

"哎，孟大哥，这事儿可不能听您的。"刘子墨一梗脖子，"我和彤彤是真心相爱，您可不能干那棒打鸳鸯的事情；再说了，您又不是彤彤什么人，凭什么帮她做主？"

"得！这事儿会有人找你说的。"看到刘子墨那满不在乎的样子，孟林气坏了。

"哎，我说你可不能在中间使坏啊！"刘子墨没走几步，忽然回头喊道，听得孟林一个趔趄。

走到一个没人的角落里，孟林掏出个手机："王哥，帮我查个人。"相比市面上小巧玲珑的机器，他这个手机却是有点像十年前的大砖头。这是国内军方最新开发出来的产品，可以有效防止监听。

"呦嗬，你小子跑美帝国主义去啦？"电话那端的人显然能监控到孟林身处的地方，"听说你们家瑶瑶出事儿了？要不要哥儿几个帮你闹腾一下？"

"得了吧，王哥，我这次来美国就是接瑶瑶回去的，别再节外生枝了。"孟林苦笑了起来。说话这人叫王思远，比他大几岁，身世背景与他差不多，两人从小一个大院里长大的，但是在十五岁的时候，王思远去了一个特殊部门。这二十多年里，两人就见过一次面。

"说吧，叫什么名字？什么地方人？"王思远也没再废话，直接问道。

"吴哲，口天吴，哲学的哲，港岛人，年龄在二十四五岁的样子……"

"知道了，等我几分钟。"对面挂断了电话，三四分钟过后，又给孟林拨打了过来，"我说林子，你打听这小子干吗？整儿个就是一小混子！"要说王思远的渠道真的很惊人，短短的几分钟里，他将吴哲的资料全都给摸清了，甚至连吴哲小时候上的哪家学校都给列举了出来。

"他现在在什么地方？"

"应该就在拉斯维加斯！你妹妹的事情和这个吴哲有关？"

"没，我只是想看看有没有这么个人。"孟林摇了摇头，"王哥，多谢您了，等我回京城请您吃饭啊！"

王思远闻言笑道："成，把你们家老爷子的那几瓶藏了几十年的茅台酒给哥哥带来，这饭我就去吃。"

当孟瑶上飞机的时候，秦风正走出旧金山的国际机场，来到出口时，他顿时有点儿傻眼。在这国际机场出口的地方，整整齐齐地站着四五十个穿着黑西装、戴着墨镜的年轻人，就差没在自己脸上写上"洪门"了。

"白爷好！"那四五十个黑西装男齐刷刷地喊了一声，引得一同下飞机的乘客，都将目光集中在白振天的身上，眼中均露出了惧色。

"白大哥，这……这也太招摇了吧？"看到这一幕，秦风不由得拉了一下白振天，"咱们这个样子，会不会被美国政府盯上？"

"老弟，你以为我不招摇，美国政府就不会盯着我了？美国是个讲法律的国家，只要你不被他们抓到把柄，他们也拿你没办法。"说着话，白振天指了指另外一个方向，"看到没有，那几个人就是美国联邦调查局的，他们已经跟了我十多年了，和我的保镖没什么两样……"

白振天显然早已习惯了那些人的监视，走到近前还抬手和那几个人打了一下招呼，当然，他也没指望能得到回应。

"还真是个自由国度啊！"秦风苦笑着摇了摇头，他这段时间虽然也了解了一些美国社会的形态，但是眼前这种情形还是超出了他的想象。

"白爷，这位是？"领头迎上来的那个年轻人仔细打量了一下秦风。

"俊华，我给你介绍一下。"白振天拉过秦风，"这位是吴哲老弟，和我有些渊源，你们叫吴爷就好了！"

"吴爷好！"虽然身在海外，但洪门将老传统保持得特别好，这些汉子并没有因为秦风的年龄而轻视于他，齐声喊了一声"吴爷"。

"全是白爷抬举，各位兄弟，吴某人实在是当不起这称呼，大家叫我名字就好了。"秦风往前走了一步，双手抱拳对众人行了个礼，神态从容。

"吴爷客气了，您是白爷的兄弟，自然当得起这称呼了。"为首的那个年轻人见到秦风完全没有年轻人的倨傲，刚才心中那一丝轻视之心顿时收了起来。

"老弟，这是陈俊华，你叫阿华就好了。"白振天指着为首的那人说，"他可是咱们洪门中仅有的两个双花红棍之一，你有什么事情，直接交代阿华办就好了。"

"白爷，在您面前，谁敢称红棍啊？"听到白振天的话后，陈俊华连连摆手。

"华哥，多多关照！"秦风点了点头，他知道双花红棍是打手的意思，当下有些好奇地问，"这还有一个双花红棍，不知道是谁啊？"

秦风能看得出来，这个叫陈俊华的人两边太阳穴向外鼓起，练的想必是外家功夫，而且怕是已经练到了极致，只差一步就能由内及外进入到暗劲修为了。而且此人的年龄并不大，应该在三十岁左右。

"当然是哥儿们我了。"刘子墨的声音从秦风身后响了起来，"老陈，以前我不是你的对手，嘿嘿，以后就要倒过来了，回头咱们过几招去。"

"咔嚓、咔嚓……"一阵闪光灯亮了起来，却是那几个监视白振天的人，拿着相机在拍秦风。

"子墨，别闹了，咱们走！"白振天虽然不怕联邦调查局，但还要顾及秦风的感受，当下带着众人到了机场外面。

"老弟，你跟我上这辆车。"白振天指着一辆近十米长的"林肯"加长轿车，"子墨、俊华也上来，其他人安排在别的车上吧！"

"直接去庄园吧！"上车后，白振天冲着前面的司机交代了一声，伸手在车子的某个位置按了一下，一扇隔音玻璃顿时将前后座位隔离开来，"俊华，门内和堂口这段时间怎么样？给我说说。"他从车子的冰箱里拿出了几罐啤酒，递给了秦风和刘子墨。

"白爷，咱们堂口没问题。"陈俊华犹豫了一下，小心地看了一下白振天的脸色，"或许有人不服白爷您上位，这段时间有几个堂口的老大一直都在串联，听他们的意思，说是白爷您不够资历坐这位置……"

老派人的传统固然有优点，但弊端却也是不少，最直接的表现就是喜欢论资排辈。白振天是70年代末的时候才带人加入洪门的，虽然有父亲的照拂，但在那些老人面前，他的资历还是浅了一些。所以有几个七老八十还占着堂口大佬位置的人，都想推自己下面的人上位，看似平静的洪门总堂，其实有一股风波在酝酿。

"资历？哼！"听到陈俊华的话后，白振天冷哼了一声，"总堂养着的那只大海龟活的时间最长，他们干吗不让海龟当门主去？"对于男人来说，权势的吸引力有时要更甚于金钱，既然原先的门主属意自个儿，白振天当仁不让，这种事情可没什么好谦虚的。

"白爷，您回来就好了，那些老家伙恐怕都要慌神儿了。"不管是什么年头，枪杆子里出政权的道理都是相通的，陈俊华掌握着洪门最精锐的一支武装，所以他根本就不怕那些老家伙们到处串联。

"先去见见我父亲，然后再解决那些人的事。"白振天冷笑了一声。

白老爷子一直隐居在旧金山市郊的一个庄园里，只有洪门中极少数人才知道白老爷子尚在世间的事情。不过这个庄园虽然也在市郊，却和机场的方向正好相反，车子要横跨整个旧金山市区，才能到达庄园，倒是让秦风将这座城市的风貌尽数看在眼底。

旧金山是美国加利福尼亚州太平洋沿岸的港口城市，是美国西部最大的金融中心和重要的高新技术研发和制造基地。同时，旧金山也是美洲华人最为密集的聚居地。

秦风等人下飞机的时候正值夜晚，整座旧金山灯火通明，尤其是在经过那著名的金门大桥时，入眼的风光更是让人震撼。

为了让秦风看看旧金山的夜景，车子开得并不是很快，一个多小时后才驶出市区，又开了二十多分钟，来到旧金山往洛杉矶方向的一号公路附近。旧金山的一号公路风景十分优美，而白老爷子的庄园就在公路的一侧。

几辆车子鱼贯驶入一个大门，看到门内的空地上停着七八辆小汽车，白振天的眉头不由得皱了起来："今天还有客人？"他父亲隐居在这里，平日里即使是和洪门中人的往来也是极少的。

"斌叔，怎么回事儿？都是谁来的？"从车上下来后，白振天走向了庄园门口的门房，那个看门的老头儿足有七八十岁了，就是白振天见到也要执晚辈礼。

"少爷，是门主带人来了，来了二十多个人，老爷让他们进去了。"斌叔手里玩着一对铁球，每一个都有婴儿拳头大小，没有一定的腕力，还真转不动这玩意儿。斌叔叫白斌，年轻时也是一号人物，跟着白老爷子做下了很多大事。按说也算是海外洪门的元老了，他可以找个地方安享晚年，不过斌叔从小就跟着白老爷子，宁愿在这里做个门房。

"门主来了？他那身体还能出门？真是胡闹！"白振天的眉头皱得愈发紧了。

"没事儿，老曹也过来了。"白斌转动着手中的铁球，一脸淡然。

"有曹叔在，倒是真不用担心了，斌叔，我给您介绍一个人——"白振天的脸色顿时放松了几分，嘿嘿一笑，将秦风拉了过来，"当年江湖上的'鬼见愁'，您老还记得吗？这位小兄弟，就是'鬼见愁'的嫡传弟子，您说当不当得介绍给您啊？"

"鬼见愁！"听到这个外号，白斌的身体忍不住颤抖一下，那双浑浊的老眼射出一丝精光，紧紧地盯住了秦风，"你……你是夏老前辈的弟子，他……他老人家可还好？"

秦风知道师傅早年在江湖上用的是夏姓，当下说道："斌叔，师傅在几年前故去了。"

"他……他老人家去世了？"白斌的声音有些颤抖，拉住秦风叹息道，"唉，想当年夏老前辈是何等风姿？终究是躲不过时间这一关啊……给我说说，夏前辈这些年，是怎么过来的？"

"斌叔，这些回头再谈，咱们还是先进去吧！"见白斌要拉着秦风叙旧，白振天连忙说，"我父亲他也想听听夏老的事情，咱们总不能让他说两次吧？"

"对，进去说，进去再说。"

"白爷，他们可是有备而来的呀！"陈俊华有些不赞同白振天的举动，"我刚打了电话，弟兄们马上就能赶到，白爷您再多等几分钟吧！"

"没事儿，都是洪门兄弟，我不信他们还敢自相残杀不成？"白振天摇了摇头，转脸看向秦风，"老弟，对不住，今儿我要先处理一下家务事，你先在斌叔这边坐一下吧，等我一会儿工夫就行。"

陈俊华带着歉意说："吴爷，您先在这儿歇一会儿，有事儿就招呼外面的兄弟。怠慢您了，待会儿我过来接您。"

秦风摆摆手："没事儿，你们去忙吧，不用管我。"

白老爷子的这个庄园占地面积颇大，在门房后面是个马房，再往后才是起居的地方，白斌走在前面，带着白振天和陈俊华一行人往那个最大的宅子走去。

秦风将白斌的古雅的门房四下打量一番后，便躺在那张黄花梨躺椅上闭目养神。不到一个小时的工夫，内堂就传来一阵杂乱的脚步声，紧接着，一大群黑衣人簇拥着几个老头儿走出来，上车而去，偌大的院子顿时空了下来。

陈俊华很快就出现在门口："吴爷，让您久等了，白老爷子有请。"

　　看到秦风进门，白振天看向一个须发皆白的老人："父亲，这就是我跟您说起的秦风，他师傅就是当年江湖上的'鬼见愁'！"

　　"真……真是夏老哥的弟子？"坐在上首的白老爷子早已猜出了几分，但说话的语气还是有几分颤抖。

　　白老爷子的右侧，放着一辆轮椅，上面的那人有七十多岁的年纪了，白面长须，精神矍铄。白老爷子的左侧，放了六把椅子，此时只坐了两个人。

　　"老爷子，晚辈秦风给您磕头了！"秦风上前走了几步，双膝触底，恭恭敬敬地给白老爷子磕了三个头。

　　"好……好……好！"白老爷子有些激动起来，伸手在身上乱摸了一把，口中嘟囔道，"这……这要给见面礼的，找这身上没带东西啊！"

　　"老爷子，给您磕头是应该的。"

　　"不行，不行，这见面礼必须要给。"白老爷子连连摇头，"白斌，到库房去，把那把剑给拿来。"

　　"老爷，哪把剑啊？"白斌闻言一愣，老爷子生平除了枪，最爱的兵器就是剑，在他的库房里，不知道收藏着多少把中外名剑。

　　"最短的那把。"

　　"啊？好！"白斌欲言又止，看了秦风一眼，便出门去了。

　　坐在白老爷子下首的白面长须老者叫曹国良，外号"曹操"，是洪门的谋主。他的商业头脑在洪门中首屈一指，当时唐天佑门主上任后，只是给出了大致的改革方向，曹国良靠着自己出色的执行能力，将洪门的各个产业组合兼并，形成了好几个跨国集团，这才有了现在洪门兴旺发达的局面。

　　剩下的几个人，一个是洪门外联堂的堂主沈俊豪，负责洪门对外的公关事务，是洪门里的实权派，洪门这些年来没有受到大的政府打击，他功不可没。

　　沈俊豪旁边的那人是执堂堂主彭山辰，长着一张马脸，专门负责洪门内部人员的培训。他在十多年前力排众议，将洪门中一些学习好的后生晚辈送入到了世界各地的名校去学习，现在这些人都已经成为了洪门里的基干柱石。

　　陈俊华此时刚刚坐上刑堂堂主的位子，刘子墨是他的副手。洪门的两大武力组织，一个是刑堂，另一个就是忠义堂，此时看来，白振天将这些战斗力都抓在手里了。显然，刚刚发生的那场内讧，以白振天的全胜收场。

介绍完了，白振天对曹国良、沈俊豪、彭山辰几人说道："秦老弟的师傅是当年大名鼎鼎的'鬼见愁'，我不知道各位听过他的名头没有？"

"我听过，还以为是传说中的人物，没想到真的存在啊！"场内三人以沈俊豪的年纪最大，新中国成立时他已经快三十岁了，而且是京城人，当年"鬼见愁"在京城锄奸，曾经闯下过很大的名头，沈俊豪有所耳闻。

白振天微微一笑表明本意："'鬼见愁'的弟子，当得起礼堂堂主吧？我听说礼堂大佬的位置，是可以由外人来做的。"礼堂堂主的地位算是最显赫的，就算是在洪门中，礼堂的排位也仅次于刑堂和忠义堂。礼堂又叫香堂，按照以前的规矩，是可以请外人来主香。坐礼堂大佬位置的人，不一定能力有多强，但一定要德高望重。

要说在洪门里的各个堂口，最舒服的就要数礼堂了，因为除了几年一次的洪门大会，礼堂平时几乎没什么事情可做，堂主的作用可以说微乎其微。在早些年的时候，洪门请过一些德高望重的江湖前辈担任过礼堂堂主的职位，不过这几十年来已经没再有这样的事情了。

"振天，开香堂的次数虽然不多，但这个人选必须要服众才行啊！秦兄弟虽然是'鬼见愁'前辈的弟子，身份足够，但他毕竟太年轻了……"沈俊豪说。

看到在场众人的眼中满是疑惑的神色，白振天朗声说道："最近三口组和黑手党的火拼，全是秦兄弟一手主导的；而拿下泰姬赌场的股份，也全靠了秦兄弟救了艾伯特一命；甚至和澳岛关于赌场的事情，没有秦兄弟我也谈不成……"

白振天之前并没有详细讲过这些时日发生的事情，眼下这么一说出来，众人才明白，敢情秦风在里面起到了决定性的作用。

"振天，他……莫非就是你之前说的那位？你不是说他姓吴吗？"秦风的事情，白振天之前在洪门的高层会议上提起过，彭山辰还有印象，只是没想到秦风就是"吴哲"。

"白大哥，秦某年轻德浅，不足以服众，我看这事儿，还是算了吧！"秦风在一边也是苦笑不已。

白振天自然知道秦风的心思，便想了折中的法子："这次秦兄弟出手，直接给洪门带来的好处，恐怕要超过百亿美元，我想让秦兄弟当个客卿，这也不为过吧？我的意思是，秦兄弟当礼堂堂主这件事，先不在门中宣布。"

"我看可以！"曹国良忽然插嘴说，"礼堂的位置是个虚职，以前就经常空着，空个三五年还是没问题的。"现在洪门的管理已经非常现代化了，可以说除了洪门内部开香堂之外，平日里基本上就没礼堂什么事，有没有堂主一点都不重要。

"国良说的倒是有点道理，如果振天已经决定了的话，那就这么办吧。"刚才洪门内部的那番较量，白振天大获全胜，此刻原本就是摘取胜利果实的时候，沈俊豪和彭山辰之所以出言反对，也仅仅是出于秦风太过年轻的缘故。

"秦兄弟，你的意思怎么样？"白振天转脸看向秦风，有了曹国良、沈俊豪等人的支持，这件事基本上已经是板上钉钉了。

"白大哥，我……我那边的情况您也是知道的。"秦风当下苦笑道，"我的根基现在还是在国内，如果这消息传过去的话，恐怕我国内很多朋友都会受到牵连的。"

"秦兄弟，你无非就是怕身份暴露，但你可以用吴哲的名义来做这个洪门客卿啊！"经过了先前的几件事，白振天对秦风看得极重，不惜代价也要将秦风拉到洪门中。

"振天，既然小兄弟不愿意，这事儿也勉强不得……"旁边的彭山辰脸上已经有些挂不住了。洪门是何等组织？邀请秦风担任客卿，这在外人看来，绝对是天大的好事，偏偏这小子还推三阻四的。

"秦老弟，不至于这么不给老哥面子吧？"白振天苦笑起来，却是打起了友情牌。他现在基本上已确立洪门老大的地位，这句话说出来还是颇具分量的。

"白大哥，小弟可不敢当！"看到白振天这架势，秦风知道如果再不答应，恐怕真的要将这几位大佬得罪了，当下便说，"这样吧，秦某可以作为洪门的客卿。不过礼堂香主的位置，还是算了吧。秦某太年轻，这事儿要是传出去的话，恐怕会让人耻笑咱们洪门无人。"

秦风想得很透彻，如果只是作为洪门的一个客卿，而且仅仅局限在场内的几个人知情的话，相信对他影响不大。毕竟客卿还算不上洪门中人，就算国内的相关部门日后知道了这件事，也不能在这上面做什么文章。

"小兄弟，礼堂堂主的位置，一年最少有两三千万美元收入啊。"一直观察秦风的彭山辰忽然说，"我听说你在国内也有产业，但能和这个位置比吗？你现在后悔还来得及。"

彭山辰的性子很耿直，他要是喜欢一个人，可以掏心窝地对对方好，但如果心中有厌恶的感觉，那么损起人来也是毫不留情。见到白振天三番五次邀请秦风加入洪门未果后，心中未免感觉这个年轻人有些狂妄自大，所以他故意点明礼堂大佬所能带来的直接收益，就是想看看秦风脸上露出后悔的表情。

"哦？我内地的产业的确比不上。"秦风淡淡地笑了笑，脸上的微笑看不出丝毫的勉强来，仿佛彭山辰说的是两三百美金一般。

"小兄弟，你真不后悔？"彭山辰又问道，"那可是几千万美金，换成人民币足有好几亿。"

"咳……咳咳……"白振天不由得咳嗽了几声，旁人不知道秦风的身家，他可是一清二楚的，彭山辰想在秦风身上找优越感，那真是找错了人，"彭大哥，秦兄弟的身家，那个……比我还要丰厚一点。前几天秦老弟在赌场赢了点钱，差不多有十亿美金，礼堂堂主的这点收入，秦老弟真未必就会放在眼里。"

白振天此话一出，原本都很淡定的众人顿时瞪大了眼睛，就连坐在上首处的白老爷子，也忍不住盯着秦风细细打量起来。

"倒是我冒失了，小兄弟真是有本事的人啊！"彭山辰原本想恶心秦风一下，没承想这年轻人的底蕴要远比他想的要厚。

"彭老哥言重了，我不过就是运气好点儿而已。"秦风表现得和之前一样，没有丝毫得意的神情，那种淡定与他的年龄形成了极大的反差。

"趁着大家都在，我顺便说一下……"看到彭山辰不再刁难秦风，白振天松了口气，"按照和秦老弟之前的协议，澳岛未来的赌场，秦老弟将入股十亿美金，大家觉得他应该获得多少股份才合适？"

谁都知道，赌场就等于是个聚宝盆，即使是现在百分之一的股份，在日后也将会是一笔庞大的天文数字。所以在白振天说出这话之后，场内的几个大佬都在心中琢磨了起来，秦风股份的增多，代表着洪门的股份就要被摊薄。

"振天，咱们当初折算的是四千万一股吧？"场内最懂经济的人莫过于曹国良了，在思量了好一会儿后，他说，"这样吧，不让港岛的那些人参与了，秦兄弟你拿这十亿入股，占百分之三十的股份，你看怎么样？"

"我没意见！"秦风点了点头。除了入股未来的澳岛赌博娱乐公司之外，秦风还真是想不到如何能将这么一大笔钱给折腾掉。而且百分之三十的股份，从某种意义上来说，秦风已经能算是未来公司最大的个人股东了，在董事会将占有一个很重要的席位。

第二十八章　鱼肠剑

"好了，今儿就到这儿吧！"白振天看到父亲脸上露出倦色，便说，"彭大哥、沈大哥，咱们明天召开一次洪门内部的会议，把各项决议都暂定下来，还希望两位堂主多多支持。"

彭山辰和沈俊豪向白老爷子告辞后，不过为了表示诚意，原本可以回家的两人，也主动要求住在了庄园里。

"国良，你留下吧！"看到曹国良要走，白老爷子摆了摆手，"该走的都走了，现在这里剩下的，都是咱们自己人了。"

"是，师傅。"曹国良恭敬地应了一声，他在入洪门前，曾经拜在了白老爷子门下，只是洪门中知道这件事的人并不多。

眼下没了外人，白老爷子的话也多了起来，对秦风招了招手："小秦，上前来一点，让老头子我看看你。"

白老爷子全名叫作白山南，他比载昱也小不了几岁，今年已经九十多了。虽然身体还算硬朗，不过他在抗战的时候眼睛受过伤，到了这把年龄，视力已经在减退了。

"老爷子，秦风给您请安了。"走到白老爷子面前，秦风单膝跪在了地上，面前的这位老人，可是和他师傅载昱同一时代的人，而那个时代的人活到现在的，已经不多了。

"没想到，没想到啊！"白老爷子将一双大手摸在了秦风的头上，"真没想到我那夏老哥，竟然还留有弟子在世上，真不知道他这些年是怎么过来的——孩子，我欠你师傅一条命啊，这么多年，他怎么就一点儿消息都没有呢？"

"别动！"秦风想抬起头来的时候，却被白老爷子的那双大手给压了下去。

"秦风，老爷精通摸骨之术，这是在给你摸骨呢。"刚回到房间的白斌看到了这一幕，连忙给秦风解释。

"摸骨？"秦风闻言心中一动，摸骨是玄学五术中的一项，没想到白老爷子竟然精通此道。

"根骨奇佳，是个练武奇才啊！"白老爷子在秦风后脑勺儿处摸上几下后，松开手笑道，"夏老哥收了你这么个徒弟，那一身本领想必也都传下来了。"

"老爷子，摸骨能摸命吗？"秦风并不满意白老爷子的话，他当然知道自己是个练武奇才了，当年刘老爷子也曾经说过这样的话。

"你也知道摸骨摸命的说法？"白老爷子一愣，继而笑起来，"你师傅天文地理无所不通，也难怪你懂得这些——你想求什么呢？"

"我想问您，我家人是否还安在呢？老爷子，我懂规矩的，如果不是卦不算己，我不会求您老人家。"秦风曾经听师傅说过，真正懂得相术的高人，这一辈子除了用于趋吉避凶外，向来都不肯为外人推演命理，因为这要沾染因果，不管善恶，总是对己身不利。

秦风垂下头去，继续说道："我自小家中遭遇变故，父母都不在身边，唯一的妹妹也与我失散，晚辈总是难以释怀啊……"有时候，秦风也觉得自己是个天煞孤星，克夫克母克妹妹，才导致身边一个亲人都没有了。

"你小子，倒是给老头子出了个不小的难题啊……"白老爷子皱了一下眉头，"把你的生辰八字报给我，我来算一下吧！"

"多谢老爷子了！"秦风闻言大喜，连忙报上了自己的生辰八字。他原先并不知道自己的生辰八字，还是在监狱中师傅载昱耗费心血生生推演出来的。看着白老爷子手指如拈花般地掐起手诀，秦风的心不由得提了起来，他真的很害怕从老爷子口中听到什么噩耗。

十多分钟过后，白山南的气色一下子变得萎靡了许多，原本红润的面孔也变得有些惨白，接连咳嗽了好几声。

"老爷子，那说法是真的？"看到白山南的变化，秦风心中一惊，连忙说，"老爷子，这事儿还是算了，您老别再推演下去了！"

秦风固然想知道家人现在的情况，但如果要是以白山南的生命为代价的话，那他宁可再去想别的办法。

"无妨，影响不是很大。"白老爷子摆摆手，脸上露出了倦意，"当年如果没有你师傅的话，我这条老命早就交待在日本人手里了，你有求于我，老头子岂有不应的道理？"

"老爷子，那我家人情况如何呢？"

"你父母健在，你们家……五世同堂……"说出这句话，白山南的脸色又难看了几分，嘴巴紧紧闭上，再也不肯多说一个字了。古人占卜算卦，往往都是给事主说一首打油诗，就是出于不愿意沾染因果的原因，白老爷子此举，已然是泄露天机了。

"五……五世同堂？"秦风愣住了，因为他从小就没有见过自己的爷爷奶奶，秦风做梦都想不到，在自己爷爷奶奶上面，居然还有长辈在世。一般的家庭，四世同堂就很难得了，而且家中年岁最长的长辈，恐怕都要八十开外的年龄；若是五世同堂，那岂不是家中尚有百岁老人？

"老爷，我给您泡了杯参茶，您快点趁热喝了。"在秦风发呆的时候，白斌端着一杯茶送到了白老爷子的面前，他跟随白山南一辈子，自然知道帮人推演命理、摸骨看卦会对自身造成伤害。

喝下那杯参茶后，白山南的脸色好看了一些："和我同辈的人里面，除了少帅，能活过我的人已经不多啦。"

"少帅？"秦风被白山南的话给惊醒了，"老爷子，哪个少帅？"

"还能有谁？那个吃喝嫖赌抽五毒俱全的少帅呗！"白山南哈哈大笑，言语中对这个被称为少帅的人并不是很恭敬，而是有一种老朋友的亲热。

白斌在一旁笑道："老爷，少帅的精神头儿可没你好，我看啊，他肯定活不过你。"

"唉，老朋友是越来越少了，汉卿的确没几年寿命了。"白老爷子闻言叹了口气。

"是东北的那人！"在白老爷子说出少帅的字后，秦风顿时明白过来，心中不由得产生一种很怪异的感觉。

看到白老爷子的脸色还是不太好，秦风把手搭在白山南的手腕上，一股精纯的真气随即度了过去。这一手是秦风在上次孟瑶受伤后才发现的，他修炼出来的道家真气，和针灸度穴有异曲同工之妙，可以在一定程度上缓解人的疲劳和身体功能的老化。

"咦？小秦，你进入暗劲了？"感觉到手腕处传来的真气，白老爷子脸上露出了惊讶之色。

原本刘子墨进入暗劲他就很惊讶了，没承想比刘子墨还要小的秦风，居然也是暗劲修为了，什么时候宗师级的人物这么不值钱了？

"侥幸而已。"秦风用真气在白山南的身体内游走一圈，缓缓收了回来，"老爷子，您今儿乏了，要不……早点休息，咱们明儿再聊？"

"无妨！"白老爷子对白斌招招手，"老二，把我让你取的东西拿给秦风看看吧。"

虽然名义上是主仆，但白山南一向都是把白斌当成小兄弟来看的，两人的称呼也是很怪异，一个叫老爷，一个喊老二。

"秦风，给！"白斌伸出了自己的右掌，在他掌心里，赫然放着一把连鞘的袖珍匕首。那匕首的把柄虽然很小，但古意盎然，上面以金丝缠绕，又显华贵雍容，这两种迥然不同的风格出现在一起，却相得益彰，丝毫不显突兀。

这把袖珍剑，是十多年前的时候，白振天参观一家拍卖行，在拍卖行的库房里发现的。之所以扔在库房里，是因为这家拍卖行对这玩意儿也估摸不准。在80年代中期的时候，拍卖行曾经组织过两次拍卖，但全部流拍了，因为国外的那些藏家们觉得，即使是他们的餐刀，也要比这把剑更加锋利和美观。

白振天知道父亲酷爱收藏中国的冷兵器，当时随口问了一句价格，那位拍卖行的经理也没当回事儿，直言只要一千美金就可以将这东西拿走。

看到白斌拿出来的竟然是这东西，白振天不以为然地对秦风说，"我怀疑这玩意儿是老外打造出来坑咱们中国人的，哪儿有这样的剑啊？"

当那把袖珍剑被抽出来后，呈现在秦风面前的是一把只有一指宽，长度和中指差不多的短剑，剑身上有一些打制时留下的青铜纹理，看上去很漂亮。之所以不说是把小刀而称之为剑，是因为它两边有刃顶部有尖，除了小一点外，完全是一把宝剑的造型。

"这东西保存得不错啊，看年头很久远了，但一点锈迹都没有，咦，有点不对……"秦风仔细打量着剑身上的纹路，脸色逐渐变得凝重了起来。他居然从这把袖珍剑上感受到了一股杀意，仿佛自己面对的是一把绝世凶兵一般。

秦风左手持剑，右手用拇指和食指捏住剑身，用力扳折起来。虽然只是两根手指捏住的短剑，但秦风何等劲力，微微一使劲，那短剑竟然就弯曲到四十五度以上了。

"这有什么难的？"刘子墨还是一脸的不以为然，"我以前有把腰带剑，柔韧度比这个要高多了，你要我回头送给你。"

"父亲，这把剑难道还有什么玄妙不成？"白振天从秦风手里拿过了那个掌中剑，他知道老父亲一生豪爽，对朋友更是出手大方，面对故人弟子，他不可能随便拿个东西送人。

"秦风，你能看出点什么吗？"白老爷子权当没听到儿子的话，而是将目光锁定在了秦风身上，"如果夏大哥在的话，他一定能看出这剑的玄妙来。"

"我看出了点东西，不过不敢肯定。"秦风注视着白振天手里的掌中剑，面色十分凝重，因为他在想到那个名字的时候，自己都被吓了一大跳。

"哦？说来听听……"白老爷子眉头一挑，他有点不太相信秦风能看出这把剑的来历。在得到这把剑后，他用了差不多十年的工夫考证了浩瀚如海般的史料，才确定了这把掌中剑的来历。

"如果我没猜错的话，这把剑应该是上古十大名剑之一。"

"不太可能吧？"曹国良也难忍心中好奇，从白振天手里接过短剑，左右打量了好半天，摇了摇头，"看这工艺倒是很精美，但未免太小太不实用了，拿它能杀得死人？"曹国良也是习武之人，虽然练的是八极拳，但一通百通，对于剑术倒也不陌生，拿着这把比匕首还要小许多的短剑，纵然有百般功夫也施展不出来。

"你们懂什么？草木皆可杀人，更不要说是利器了。"白老爷子训了曹国良一句，看着秦风说，"秦风，你能说出这上古十大名剑，都是哪十把剑吗？"

白山南对秦风愈发好奇了起来，这人年纪轻轻的，学识居然如此渊博，别的不说，他儿子白振天就一定回答不出这个问题。

"古人所定的标准有些不太一样，但左右也脱不出这十把剑……"秦风顿了一下说，"排在第一位的当数轩辕剑，被后人称为圣道之剑；第二把为春秋时名匠欧冶子所铸，名为湛卢；第三把为赤霄，是当年汉高祖刘邦斩蛇所用，这把剑名气大于实用价值；第四把为泰阿，是欧冶子和干将两大剑师联手所铸，楚国镇国至宝，是把威道之剑；第五把为七星龙渊，传说也是由欧冶子和干将联手铸成，后被伍子胥所得，传入唐代后，被改名为龙泉宝剑；第六把和第七把为干将、莫邪两剑，他们之间的故事我就不在这里多说了，大家都听过一些……"

"哎，秦风，说啊，我可没听过。"正听得津津有味的刘子墨见到秦风将这两把剑跳过去，顿时不乐意了。

"回头自己查资料去。"白振天横了一眼刘子墨。

"干将和莫邪是对夫妻，都是铸剑大师，回头再和你说。"秦风接着说，"第八把剑叫纯钧，这个名字可能有点陌生，它还有一个更有名气的名字，叫作越王勾践剑！"

"原来是这把剑？"听到这个名字，白振天和曹国良倒吸了一口凉气。

"不错。"秦风点点头，"这把剑我曾经见过，虽然时隔数千年，但通体毫无锈蚀，刃薄锋利，二十余层纸一划而破。"

"你见过那把剑？"白老爷子为之动容，他是好剑之人，隐退之后更是收集天下名剑，只不过有些名剑早已失踪，在国外更是难以寻得。

"对，这剑就在国内，出土也有几十年了。"这把剑藏于鄂省博物馆，有段时间被故宫借去展出，正好那会儿秦风在故宫博物院做修复文物的工作，这才得以看到。

"真正的传承，还是在国内啊！"白老爷子叹了口气，脸上有种怅然的表情，他今生怕是难睹此剑风采了。

"老爷子，您要是身体吃得消，不妨回国内走走吧！"秦风说，"我在文物界也有些关系，到时候您想看这把剑，也未必就不行。"秦风现在还挂着文物部门修复专家的名头，而且在齐老爷子的运作下，进入修复委员会也是指日可待的事情，他自问还是能带人去近距离把玩一下那把剑的。

"秦风，说说剩下的最后两把剑吧！"看到老父亲有些伤感，白振天连忙将话题引到了十大名剑上，秦风还有两把没说出来。

"好……"秦风点了点头，"第九把剑叫承影，铸造于周朝，与含光剑、宵练剑并称殷天子三剑，相传出炉时，'蛟分承影，雁落忘归'，故名承影。而第十把剑名为鱼肠，专诸置匕首于鱼腹中，以刺杀吴王僚，故称鱼肠剑。想必大家对这把剑也不陌生吧？"

"什么？鱼肠剑？"

"秦老弟，你……你是说，这把剑是鱼肠剑？"白振天迟疑着说，"如果说形体，这把剑和鱼肠剑倒有些相像，但……但就凭它这样子，怎么能杀得死人呢？"

也难怪白振天从来都没把这掌中剑和鱼肠剑联系在一起，因为这把短剑，实在是太袖珍了一点儿，并且锋刃迟钝。所谓名剑，首先自然是要锋利，不说削铁如泥，最起码刺在木头上，那还是能刺穿掉吧？可是这把剑别说杀人了，就是削苹果都有些不好用，白振天可以想象，如果当年专诸拿着它去刺杀吴王僚，那还不如直接抹脖子自杀算了。

秦风抚摸着剑身上的纹路，缓缓说道："上古时期，铸剑多为青铜，但这把剑非金非银非铜，单是材料我就认不出来。而且这剑身纹路，和一般的百炼甚至千炼钢铁都不一样，它好像是有生命一般，需要用心去沟通与其联系……"

"用心去联系？"白振天哑然失笑，连连摇头，"秦老弟，你把这玩意儿当成一把仙剑了？"

"我来试试吧。"秦风拿过那把短剑，将其放在掌心，闭上眼睛仔细感应起来。

"剑就是剑，是死物，又不是猫狗生物，还能通灵性？"看到秦风闭上眼睛和短剑沟通的举动，白振天纳闷了，不过倒也没干扰秦风，他也想看看，秦风能琢磨出什么门道来。

"看把剑干吗还要闭上眼睛？"刘子墨看到场内的氛围变得有些紧张起来，不由得走到白振天身边小声问道，"白叔，秦风干吗呢？神神秘秘的……"

"看着就行了，哪来的那么多废话？"白振天不敢冲老父亲摆脸色，但是呵斥起刘子墨自然是没有丝毫的压力。

"我看你也不懂吧。"刘子墨撇了撇嘴，心里却琢磨起明儿的洪门会议来，按理说他现在是副堂主，在洪门里也算得上是一号大人物了。有了这个身份，他就能名正言顺地从学校退学了，到时再找个理由跑去国内，好进行自己的泡妞大计。

当秦风灌输了一丝真气到剑身时，他好像听到了这把短剑发出了一声欢快的脆鸣。心中一动，秦风鼓动真气，毫无保留地往剑身灌输，而短剑的剑身似乎变得明亮起来。

当秦风将真气灌输到一定程度后，他突然有一种与短剑心血相连的感觉，下意识地将手一挥。随着秦风的动作，短剑化作一道寒芒，悄无声息地刺入到面前的墙壁中，而秦风此时还闭着眼睛。

"回！"虽然短剑离手，但是秦风还是能感觉到自己与其有一丝联系，他试着招了一下手，那把短剑居然真像通了灵性似的，瞬间又出现在他的掌心里。

"这……这难道真是仙剑？"秦风猛地睁开了眼睛，紧紧盯着这把短剑，如果不是还能感觉到短剑与自己的联系，他甚至会以为刚才发生的事情，只不过是自己的错觉。

就在秦风震惊莫名的时候，他心中和短剑的联系，忽然毫无征兆地断了，而短剑又恢复了之前的模样。秦风此时早已忘了身边还有人，他的心神已经完全都被这把短剑给吸引住了，当下又将真气灌入短剑中。

"还好，这种感觉又回来了。"当短剑承纳了秦风一部分的真气后，那种血肉相连的感觉又出现在秦风的心里。

"斩！"秦风心念一动，那把短剑突兀地出现在了房间正中的香案上方，猛地往下落去。随着短剑的动作，空气似乎被划出了一道涟漪，一阵风声过后，那张黄花梨打制的长方桌，整齐地从中间断裂开来。

"回！"秦风又是一招手，短剑化成一道乌光，闪电般地又出现在了秦风的掌心里。

"哈哈，哈哈哈！"秦风一时间欣喜若狂，他没想到，这居然真的是个宝贝。

"秦风，发生了什么？"白振天等人早已看傻了眼，由于短剑速度太快，他们还没搞明白发生了什么事的时候，那张黄花梨的长方桌就轰然倒塌了。就是知道内情的白老爷子和白斌，也是面面相觑，他们虽然知道这短剑注入真气后锋利无比，但从来没想过，这短剑竟然可以在飞出后，还能自动飞回来。

"这剑，能与人心意相通……"秦风抬起头，正想解释的时候，忽然感觉眼前一黑，重重地倒在地上。

突如其来的变故，让坐在上首的白老爷子也站了起来，他几步抢到秦风身边，右手两指搭在了秦风手腕的脉搏上。

"生命无碍，体内真气倒也充裕，这……难道是精神透支了？"给秦风把脉后，白老爷子的眉头皱了起来。他也能激发这短剑的神异之处，但仅仅能产生一道一米长短的罡气，并不能离体进行攻击，而且似乎也没有什么后遗症。

正当白老爷子眉头紧锁百思不得其解的时候，秦风忽然睁开了眼睛："操纵这玩意儿，实在是太耗费精神了，我一天最多只能操纵一次……"

就在刚才抬头的时候，他忽然感觉头疼欲裂，屋顶和地面都在飞速地旋转，根本就无法控制住自己的身体，只能任凭其倒在了地上。这股眩晕来得快去得也快，在地上躺了这么几分钟，秦风感觉意识又回到了自己的大脑里，也恢复了对身体的控制。此时身体上虽然没什么感觉，但他的精神却显得异常疲惫，有一种三天三夜没睡觉的感觉。

白振天的眼珠子都快瞪出来了，结结巴巴地说："你……你是说，这桌子是被你用飞剑切开的？"

"当然是，我真气外放可没那么远。"秦风缓缓地坐起了身体，使劲儿摇了摇依然昏沉的脑袋。

白老爷子一脸疑惑地看着秦风："小秦，我对这剑研究也有些时日了，怎么不能如你那样收放自如呢？"说着，他从秦风手中取过了短剑，一股真气注入，随手向身后一挥，只听"嗤"的一声，空气翻起一阵涟漪，他身后的那把太师椅，从中破成两半。

刚才秦风的动作太快，众人都没看清楚，但是白老爷子挥剑的举动，却是被他们瞧了个清清楚楚，刘子墨更是忍不住爆了句粗口："这……这也太……太他妈的

神了吧？"

秦风强撑着站起了身子，摇晃了几下："我怀疑当年专诸刺杀吴王僚，也是用了御剑之术，否则吴王僚侍卫众多，这把短剑再锋利，他也难取吴王性命……"

"我试试，我来试试！"这会儿已经没人去关心秦风在想什么了，白振天从父亲手上接过短剑之后，也是将真气注入进去，"刺拉"一声，空气被那短剑所释放出来的罡气刺激得一阵波动，不过那声势比之白老爷子多有不如。

"我来，我也试试！"刘子墨也按捺不住心中的好奇，抢过短剑后，同样将他的真气注进去。只是任凭刘子墨如何挥动短剑，那短剑也毫无变化，没有一丝剑气从短剑上溢出来，这让刘子墨大感失望。曹国良也尝试了一下，不过他的天赋不在练武上，功夫比刘子墨都不如，自然也驱动不了这把短剑。

"小秦，你……你是怎么能如臂使指，扔出后还能收回来的啊？"白老爷子早就摸清楚了这剑的特质，他此时关心的是，秦风怎么可能那样使用这把剑，看起来真的像传说中的飞剑一般。

"这个，我也不知道。"秦风挠了挠头，他当时只是感觉剑身中的那股真气和自己还有联系，下意识地想要将其召回，但具体是怎么回事儿，他现在也是稀里糊涂的。而刚才的头疼欲裂，让秦风也不敢再去尝试操纵短剑了，如果留下什么不好的隐患，那未免就得不偿失了。

"天意，真是天意啊！"白老爷子长叹了一声，"我这儿子得宝剑而不自知，将其当成一个俗物；而我虽然知道其珍贵，但也无法发挥出它应有的威力；只有秦风你才是它真正的主人啊！"

"这个……"秦风闻言犹豫了起来，因为这把短剑实在是太珍贵了，如果要论起价值的话，秦风宁可拿出那十亿美元来与之交换。

"小秦，这剑留在我手中，如同明珠蒙尘，俗话说，'宝剑赠英雄'，这剑……你就收下吧！"白老爷子多精明一人儿，看到秦风犹豫的样子，当下笑道，"当年我欠你师傅一条命，一直没有机会报答，这因果也算是应在了你身上，你并不欠我什么。"

"秦老弟，我父亲说得是。"白振天也说道，"这剑留在我们手里，充其量是锋利了一点儿，没有多大用处，不过你拿着就不一样了，这等于多了一个撒手锏啊。"

宝剑虽利，但执剑之人如果发挥不出来其威力，拿在手里就如同鸡肋一般，恐怕还没有子弹的威力大。但是秦风不同，他能御剑伤人，这把剑拿在手里，那真是如虎添翼，虽不敢说千里之外取人首级，至少在身周数丈之内，可以杀人于无形。

听到白振天父子都是如此说，秦风想了一下说："好。老爷子厚赐，小子就愧领了，日后但凡白家有什么事，尽管吩咐小子去做就是了。"

虽然之前秦风也帮了白振天不少忙，但是和这把短剑相比，秦风自己感觉那些付出都不算什么了，为了这把短剑，就是让他倾家荡产，他都心甘情愿。上古十剑留在世上的并不多，秦风隐约感觉，这把短剑里面尚蕴藏着大秘密，或许他能从中得到什么机缘也说不准。

"和白大哥这么生分干什么？"白振天笑着拍了拍秦风的肩膀，看到老父亲脸上已经露出了倦意，连忙说，"好了，不早了，都去歇息吧，等明儿秦风你要把夏老前辈的事情好好跟父亲说一下。"

看到父亲点了头，白振天顿时松了口气，连忙招呼庄园里的下人，给场内几人安置各自的住处。

第二十九章　回家

等秦风进到房间时，差不多也是午夜时分了，不过虽然刚才的精力几乎消耗殆尽，但秦风仍然毫无睡意。

将短剑从鞘中拔出，秦风拿在手里把玩着。这把剑和别的剑不一样，没有注入真气时，它显得有些钝，即使拿手摸在锋刃上，都不会造成什么伤害，是以可以贴身携带。

"俗话说，'利剑无锋、大巧不工'，正合了这把剑意……"秦风沉吟了一会儿，自语道，"鱼肠剑这名字太招摇了，这把剑锋锐内敛，干脆就叫藏锋吧。"分出一股真气，注入到了藏锋之中，那种血脉相连的感觉，又在他心头升起，不过秦风没敢再用神识驱使此剑了。

在感应到这种感觉后，秦风马上静气凝神打坐起来，他想通过精神力和这把剑进行沟通，真正得到宝剑的认可。不过让秦风失望的是，那种感觉仅仅维系了几分钟的时间，就消失不见了，再看向掌中的剑，又成了凡铁一块。

"以后日日时时都要蕴养一下，我就不信不能做到如臂使指！"秦风知道欲速则不达的道理，倒是也没有急于求成，在把玩了一番藏锋后，就将其贴身收起，然后运起师门功法，进入到深层入定中。

　　四五个小时一闪而过，当秦风睁开眼睛的时候，外面已经可以看到天光，感受了一下体内的状态，秦风发现，昨儿消耗的精力已然尽数补充。不仅如此，秦风还发觉，向来都很难增长的神识，似乎稍稍比之前多了一点，神识外放的距离，足足增加了一米。

　　"难道说将精力耗尽之后修炼，有事半功倍的效果？"秦风微微愣了一下，像他现在的修为，已经是近百年来武学所能达到的巅峰，当年解放前的那些武术宗师也莫过于此。所以秦风现在并没有任何的借鉴对象，甚至连功法都没有，他只能摸索着前进，希望能走出一条属于自己的道路来，继续修炼下去。

　　看到天色已经蒙蒙亮了，秦风走到屋外开始晨练，清晨时分是清气下降浊气上升的时刻，也是最有利于武者修炼的时间段。

　　秦风站了几分钟桩功后，白山南等人也陆续走了出来。要知道，这几个老家伙加起来足有好几百岁了，这么大的年龄还能勤练不辍，也从一方面说明了洪门对个人武力的看重。

　　"小秦，你练的是道家功夫吧？"白老爷子站在一旁观看秦风站桩有好一会儿了，直到秦风收功才走了过来。

　　"应该是道家的心法。"秦风点了点头，"师傅传我的时候没有说明，不过我后来查看道家典籍，见到许多相通之处，应该是从道家心法里衍生出来的。"

　　"你们这一门修炼的功法，也是奇怪得很啊！"白老爷子笑道，"明明修的是老子的清静无为，但行的又是佛门金刚的霹雳手段，当年夏老哥的名声，江湖宵小无不闻风丧胆啊。"

　　到底是到了年龄，像白老爷子现在，每日里的大部分时间，都用来缅怀过去的那些朋友了，和秦风三句话没说到，又扯到了当年的往事上。

　　"嘿，师傅从来都不给我说这些。"秦风挠了挠头，"老爷子，您给我说说师傅当年的那些事儿吧？"

　　载星或许不想让秦风牵扯到他以前的恩怨中，在秦风面前几乎是绝口不提当年的事情，甚至连自己以前收过徒弟的事，还是无意中泄露出来的。

　　"好，今儿咱们爷儿俩好好聊聊，走，一边吃早饭一边说去……"白老爷子退隐已久，整天面对的就是白斌，和他说话早就说腻歪了，眼下秦风愿意陪着自己聊天，白老爷子不由得大喜，拉着秦风就往餐厅走去。

"哎，秦兄弟，我……我找你还有事儿呢。"刚刚赶到的白振天见到秦风被父亲拉走，不由得在后面喊了一声。

"小秦不是洪门中人，没必要参加你们那个会。"白老爷子霸道地摆了摆手，"我看你们是越活越回去了，屁大点儿事都要开那么多会决定，有谁不服气，打得他服气不就得了！"

白老爷子的话听得秦风是直冒冷汗，原本看着老爷子一身道风仙骨世外高人的样子，原来骨子里却是这般的暴力。虽然已经九十多岁了，但白老爷子的思维十分清晰，反应十分灵敏，对于早年发生的一些事情，仍然记得清清楚楚。

原本秦风只是存着陪老爷子聊聊天，听闻一下师傅当年往事的心思，不过很快他就沉醉于白老爷子所描述的江湖中了。

由于是"神枪"李书文的嫡传弟子，白老爷子与当年的江湖大佬都多有交集，一桩桩常人难以得知的秘闻，都从他口中说了出来。

一个说得带劲儿，一个听得起劲儿，这一老一少也没换地方，摆上一套餐具，干脆就坐在餐厅里聊了起来，至于另外那些人，都被白斌安排在别的地方吃早餐去了。

白振天将此次洪门会议的地点，就定在老爷子的庄园里，一大早就有不少车辆停在了庄园外面，往日宁静的庄园也逐渐变得喧闹了起来。

"吴先生，会长请您过去一趟，洪门今儿要开香堂了。"白老爷子刚刚离开，陈俊华就从外面走了进来，面色恭敬地对秦风说。昨儿在场的洪门中人都得到了白振天的告诫，不准泄露秦风真正的身份。

在洪门，开香堂是一件很隆重的事情，香案上分别摆放着洪门五祖和关二爷的头像，白振天站在首位，带着洪门兄弟进行祭拜。

作为客卿，秦风不需要跪拜。相反，在拜完洪门五祖后，自白振天以下的洪门弟子，都要向秦风鞠躬行礼，这是表达对客卿的敬意。

这个过程整整折腾了两个多小时，其后白振天又和几位堂主制订了一些洪门近来的发展计划，会议才算结束。众人也没出去吃饭，就在庄园的餐厅里用的晚饭，地方虽然稍嫌简陋，但一应菜肴却丰盛至极。

秦风在酒宴上让众人吃了一惊，作为洪门唯一的客卿，秦风在接诸人敬酒的时候，基本上是杯到酒干。有人大概估算了一下，秦风这一晚上最少喝了五斤以上的白酒，最后离席时仍然一副若无其事的样子。

当天秦风还是住在白老爷子的庄园里，和老爷子又一番长谈，并且邀请白老爷子在方便的时候回国去看一看。第二天上午，秦风辞别白山南，在刘子墨的陪伴下，在旧金山游玩一圈，当晚住进了机场附近的一家酒店里。他明天就要起程回国了。

距离飞机起飞还有四五个小时，秦风正在房间里收拾东西，门铃响起来，开门一看，却是白振天带着刘子墨又赶了过来。

"白大哥，怎么还劳烦你过来送我啊？"秦风知道，白振天初任洪门会长的职务，需要处理很多烦琐的事情，他昨儿就在电话里让白振天不要过来了。

"老弟你要走，当哥哥的怎么都要送一下。"白振天笑呵呵地走进房里，"我让人买了一些美国的特产，都打包给你送到机场去办理托运了，老弟，还有什么需要我办的事情吗？"

"有，麻烦白大哥继续帮我打听妹妹的消息。"秦风也没客气，开门见山地说，"一天找不到小妹，我这心里总是不落实，另外还有杀手门的事情，干掉了那个银狐，我想杀手门中的人也不会善罢甘休吧？"

虽然这几天都是风平浪静，但是秦风知道，有些事情不会轻易了结，杀手门的高层，早晚有一天会将目光盯在自己身上。

"老弟，说起这两件事儿，都是老哥哥我对不起你啊！"白振天脸上露出一丝苦笑，秦风来到美国帮了他那么多的忙，可是秦风提出的唯一要求，自己却没能办到。

更何况招惹上杀手门的事情，也是因自己而起，面对这个比自己小了四十多岁的年轻人，白振天居然有种无颜以对的感觉。

"白大哥，自己人就不要说客气话了。"秦风摇了摇头，"我和妹妹失散已经快十年了，人海茫茫，并不是那么容易碰到，只要白大哥多留下心就行了。至于杀手门，国内不是他们的传统地盘……"说到这里，秦风脸上露出一丝冷笑："如果他们敢过去的话，我会让他们知道马王爷长几只眼！"

"好，秦老弟，客气的话我就不说了，这东西你收好。"白振天点了点头，从手边的包里拿出了一叠文件，放在了秦风面前的茶几上。

"这是什么？"秦风愣了一下，拿起来粗略地扫了一眼，发现上面写的全部都是英文，看格式应该是些合同之类的东西。

"洪门在国内也不是全无势力的，在去年的时候，我们在京城投资了一家房地产公司。"白振天笑着说，"这公司虽然不是很大，不过也有几个亿的资产，现在圈了不少地，正在开发中，这里是那公司百分之六十的股份。我知道你有一家离岸公司，把这些股份转入到你的离岸公司里，这家房地产公司就将由你控股了，日后的收益也全都归你所有。"

"白大哥，这……这可使不得，这是洪门的资产，我可不敢收。"秦风连忙摇起了脑袋，他此行已经是获益良多了，再收取这家公司，未免有些贪心不足了。

"老弟，我个人也没权利将这家公司送给你啊！"白振天说，"这是我和几个堂主商议后决定下来的，一来这算是给你这位洪门客卿的福利，二来也希望你能将这家公司做强做大，日后算是洪门进入国内市场的一个跳板吧……对了，这家公司新上任的副总经理，是刘子墨！"

最近几年国内的经济发展十分迅猛，他们早就有意投资内地了，眼下亮出这家公司来，也算是试水一下内地相关部门对他们的态度。

"子墨？"秦风转过头看向刘子墨，"你去做地产公司的老总？你懂得房地产的运营吗？"

"小看哥儿们不是？"刘子墨闻言撇了撇嘴，"我在大学就是学的房地产营销和管理，去管一家区区数亿资产的小公司，那是对哥儿们的大材小用。"

虽然嘴上说得好听，但其实刘子墨自个儿明白，要不是他对白振天的死缠烂打，说什么也不会被委派到国内去的。

"臭小子，去了别给我惹事儿就行了。"白振天一巴掌拍在了刘子墨的脑袋上，没好气地说，"到国内了多听秦老弟的话，要是被我知道你小子乱来，我马上就把你给调回来！"

"哪儿能啊，白叔，我一准儿听话。"刘子墨立马换上了一副谄媚的笑容，抱拳鞠躬作揖是都用上了，生怕白振天改变主意。

"嗯，子墨过去也不错，有这个身份，想必华家的人更容易接受他一点。"秦风点了点头，刘子墨这脑袋瓜还不算笨，知道给自己安上一个光鲜的名头后，再回到内地去追求华晓彤。

"子墨过去后，这家公司的底细恐怕别人也都清楚了，秦老弟，到时你就多费点心吧！"之前旁人不知道这家地产公司是洪门的产业，但是刘子墨在洪门的身份却是不难打听出来，到时明眼人自然知道是怎么回事儿。

"好，既然白大哥这么说，我就收下了。"秦风犹豫一下，将那份文件给收到箱子里，他也看好国内的地产行业，原本已经着手在组建了，白振天此举可以省却秦风不少的麻烦。

"你回国之后联系这个人，他会帮你处理好所有的手续。"白振天递给秦风一张名片，"这家律师事务所也算是咱们洪门的产业，以后你有任何法律上的问题都可以去找他……另外还有一件事要给你说一下。"

"什么事？"

"是关于澳岛赌场的事情。"白振天说，"经过我们的商议，你投资十亿美元的现金，将获得百分之三十五的股份，等到新公司筹备完后，你就可以往里面注资了。"

现在的洪门大权，几乎全都被白振天把持住了，他也帮秦风争取了不少权益，至少在澳岛的股份上，又给秦风多争取了百分之五。

"多谢白大哥了，不知道新公司什么时候能组建完毕？"秦风脸上露出笑容，他又不会嫌自个儿钱多，洪门既然愿意送，自己收着就是了。

"已经在办手续了，我听说澳岛回归后，马上就会制定开放赌牌的相关规定，你在国内那边如果有人的话，也打听一下。"到了白振天这种身份地位，他已经不会再去管细节上的事情了，洪门有着优秀的团队去打理这些，这也是唐天佑留给洪门的一笔巨大财富。

不过竞争澳岛赌牌对于白振天来说，却是一件很大的事情，如果他上任后就能促成此事，对他地位的稳固和威望的提升，也有着很重要的作用。

"这些事内地恐怕不会插手，等我回去见了豪哥，和他好好合计一下。"竞争赌牌这种事，还是要找陈世豪那些地头蛇比较靠谱儿，更何况像明叔那些老人，当年都曾经跟着叶汉在澳岛和"赌王"争过赌牌，这经验还是很丰富的。

"好，回头我找个机会去一趟澳岛，到时候咱们再详谈。"这几年美国的经济增长不是很好，洪门各个集团的业务都有些下降，白振天也需要一个新的经济增长点来刺激洪门的神经，国内市场无疑是最好的选择。昨天，洪门高层已经达成了共识，在未来几年里，洪门将会以澳岛赌场和国内房地产市场为跳板，逐渐进入内地经济体系里。

"成，白老爷子如果愿意的话，到时候也可以去内地走一走。"秦风看了一下手表，"白大哥，时间差不多了，我先去机场，日后咱们电话联系。"

"对了，你不说电话，我差点儿给忘了。"白振天一拍脑袋，从兜里掏出了一个折叠翻盖的手机，"这是摩托罗拉公司生产的，它本身带有一定频率的电子干扰，能防备旁人窃听，你以后就用这个手机吧。"

在当时的电子通讯市场，摩托罗拉无疑是当之无愧的霸主，只是很少有人知道，洪门的一家财团公司，占有摩托罗拉百分之十二的股份。有着这种便利，摩托罗拉每年都会生产出一些特殊的机型提供给内部人士使用，白振天拿出来的这个手机就是如此。

"哎，我说白大哥，您也忒小气了点吧？"看到这款小巧精致的手机，秦风眼睛一亮，"这送东西也要送一对呀，你只给一个，不够用啊！"秦风知道孟瑶哥哥的职业，正发愁回国之后怎么经常和孟瑶联系，眼下这个能防窃听的手机，倒是不用担心孟林去偷听他的电话记录了。

"我早就想到了。"白振天指了指秦风，"还有几部手机都给你打包办理托运了，这一个你拿着，上面的电话卡是全球通用的，电话费你不用担心，会有人帮你交的。"

白振天给秦风的这部电话，是真正意义上的卫星电话，不但能防窃听，还能让当地的电信部门无法对其进行监控，查不到这个电话的任何通话记录。

"这是好东西啊！"听到白振天的解释后，秦风不由得笑逐颜开，说老实话，秦风私底下见不得人的事情还是有不少的，能少泄露自己的行踪自然是件好事。

见到秦风收起手机，白振天站起身来："秦老弟，我就不送你去机场了，你自己一路保重！"

美国的相关部门应该也得知白振天上位的消息，最近几天跟在他身边的人数量剧增，白振天在公共场合上厕所的时候，都会有人跟进去。如果白振天和秦风一起出现在机场，原本没什么事的秦风，说不定就会被机场方面刁难。

在安检口，当秦风递上证件后，那个脸上长着几个小雀斑的安检官员，很客气地将秦风请到了旁边："这位先生，请您稍等一下，我们需要检查你的箱子。"

"没问题。"秦风耸了耸肩膀，抱着胳膊退到了旁边，他知道自己这段时间和白振天出现在一起的频率有点高，没那么容易出境。

"对不起，请你抬起胳膊，我要对你进行安全检查！"一个五大三粗的黑人壮汉走到秦风身边，手里拿着一个金属探测仪。

秦风很配合并且很夸张地抬起了手臂，不过谁都没发现，就在秦风抬手的同时，一把袖珍短剑却是悄无声息地转移到了那个安检人员的身上。

"好了，你可以过去了。"反复在秦风身上探测了几遍后，那个黑人安检员让开了身体，他根本不知道，在秦风和他擦身而过的时候，那把鱼肠剑又回到了秦风的袖子里。

"头儿，怎么办？他没有携带任何违禁品，咱们不能阻止他上飞机。"在距离安检口不远的一个房间里，两个白人男子正看着面前的监控。

白振天早已想到了会在机场发生的事情，秦风所携带的大部分东西，都被他以别人的名义托送上了这架航班。除了那把害怕丢失而随身携带的鱼肠剑外，秦风身上也就剩下一个钱包和几件简单的衣服了。

"那就让他上飞机好了。"领头的白人男子耸了耸肩膀，"这人只不过是个小角色，咱们要盯的人是白，告诉外面的伙计，一定要把白给我盯死了！"

根据国际刑警组织传来的消息，这个叫作"吴哲"的港岛人，只不过是个小混混，美国特殊部门的精英们，实在对他提不起太大的兴趣。

十几个小时后，当秦风从澳岛国际机场出来的时候，第一眼就看见了被众人簇拥在中间的陈世豪。

站在陈世豪身边的，正是今年的新晋"赌王"亨利卫，这么一群江湖气息十分浓重的人等在那里，招来了不少关注的目光。

"豪哥，怎么劳烦您来接我啊？"

"老弟您回来，我当然要来迎接了。"

陈世豪亲热地搂住秦风的肩膀，笑道："昨儿开了场庆功宴，不过大家都感觉缺了点什么，后来一琢磨，是老弟你没在啊。"

"能夺得'赌王'称号，都是亨利的功劳，和我没多大关系。"秦风谦虚了一句，眼神从不远处的几人身上扫过，低声道，"豪哥，咱们出去说吧，怎么来到澳岛还有警察盯着？"

在美国最后的那几天，秦风几乎全天候地在相关部门的眼皮子底下，来到澳岛原本以为可以轻松一点儿，没承想也遇到了警察。

"原本没有的，这次回来才被盯上，好像是美国那边通报过来的。"陈世豪看了一眼那些警察，没好气地说，"老弟，不用管他们，借给他们一百个胆子，也不敢动我阿豪的人！"

在美国和洪门接上了关系，陈世豪的底气更加足了，举手投足之间，隐然有一种大佬风范，不过在秦风看来，却是有点模仿白振天的样子。只是陈世豪可没有白振天数十年尸山血海拼杀来的底蕴，这刻意模仿之下，总还是差着那么一点儿味道，倒是有点给人一种穷人乍富的感觉。

"豪哥，这'吴哲'算是出名了吧？"直到坐到外面的"奔驰"商务车中，秦风才没有了那种芒刺在背的感觉，松了口气苦笑道，"天天过着被人盯着的生活，可真不舒服啊！以后咱们专心发财就好了，别的东西不要再沾染了。"

秦风知道，陈世豪不光垄断着澳岛赌场的高利贷生意，还经营着不少桑拿会所和夜总会，怕是也在偷偷做着毒品生意。

"我有分寸的，老弟，你这次可是厉害了！"陈世豪显然没有听进去秦风的话，将话题扯到了秦风的身上，"我听白老大说了，你这次将会在新公司占百分之三十五的股份，兄弟，豪哥我以后还要靠你照顾了……"

陈世豪的话中，多少露着一点儿酸意，此次美国之行，秦风和洪门成功地搭上了线，而且似乎还帮其做了不少大事，在陈世豪和白振天接触的时候，明显能感觉到白老大对秦风要更加重视。而且因为秦风持股增加的原因，港岛那些人被踢了出去不说，洪门的股份也只剩百分之五十，陈世豪之前的那百分之十五也变成了百分之十二，还有百分之三，要分配给亨利卫那些赌场管理人员。

"豪哥，我和白大哥说过，澳岛的话语权，只能是你的。"秦风微微笑了笑，"日后新公司肯定会有董事局，这董事局董事长一职，非你莫属，我们还要靠你发财呢。"

澳岛赌场的股份对秦风来说，绝对是意外之喜，但盯着这块蛋糕的人实在太多，秦风可不想抛头露面被人给惦记上。如果秦风拥有赌场百分之三十五的消息传出去，恐怕像是京城韦华那样的人，就会像苍蝇一样盯上他，想方设法也会从秦风手中搞到一些股份。

"哦？老弟，你真的这样想？"陈世豪的眼睛不由得亮了起来，其实他最担心的就是秦风成为洪门的代言人，从而掌控住赌场的管理和经营大权。

"当然，豪哥，我不会插手赌场的具体事务的。"秦风点了点头，很认真地说，"洪门那边也只会派驻一个人过来，赌场还是由豪哥您来管理，我们股东只看每年的分红和财务报表。"

"嘿，秦老弟，你就放心吧！"陈世豪脸上都快笑出一朵花来了，用力拍了拍秦风的肩膀，从车里的冰柜里拿了瓶红酒，"为了日后赌场的兴旺发达，咱们来喝一杯！"

陈世豪这辈子最大的愿望，就是成为像"赌王"何先生那样的人物，之前他没有机会，只能转战黑道。但是现在机会终于来了，饶是陈世豪也已经五十多岁了，仍然无法抑制住心中的喜悦，不知道从哪里找了个开瓶器开启了那瓶红酒。

"豪哥，这可不是件轻松事啊！"看着陈世豪兴奋的样子，秦风忍不住给他泼了点冷水，"我听说日后将会发放三张赌牌，澳岛赌业的竞争肯定加剧，这生意没那么好做。另外洪门也不是慈善堂，豪哥您的那些账目一定要清楚，否则出了什么岔子，兄弟我也不好帮你说话。"

有时候权利大了，未必就是件好事，秦风怕陈世豪行差踏错，在财务上动手脚，到时候洪门肯定不会善罢甘休。

"我知道，你豪哥眼皮子没那么浅的。"陈世豪笑着摇了摇头，他何尝不知道洪门势力之大，在他看来已经是超级生意的赌场，在洪门眼里也只不过是一个稍微赚钱的生意而已。

"那就好，豪哥，我就在澳岛待一天，明儿一早就回京城……"秦风想了一下说，"我会让人安排吴哲偷渡回澳岛，豪哥你找个地方让他藏起来，最近三五个月，不要让他冒头……"

现在秦风唯一的破绽就在吴哲身上，如果真有人深挖下去的话，吴哲身份被冒充的事情，怕是隐瞒不了多久。当然，那些人即使知道吴哲的身份被冒充，也未必能查到秦风身上，因为身份证件被拿走的吴哲，根本就不知道是谁在使用。

"秦老弟，最好的办法就是让他消失掉吧？"陈世豪眼中闪过一丝杀机，对于他们这种人而言，死人才能最好地保守秘密。

"还是算了吧！"秦风看了一眼陈世豪，摇了摇头，"那人又没犯什么过错，而且也不知道是我在用他的身份，先让他躲一段时间，然后我会让洪门安排他去美洲那边生活。"

秦风不是心慈手软之辈，但让他为了隐藏自己的身份而干掉吴哲，秦风还干不出这种事情来，虽然他日后并不再打算用吴哲的身份出现。

"你放心吧，我会让人看好他。"见到秦风已经有了安排，陈世豪也没多说什么，车子在半个多小时后停在了澳岛市区的一家酒店门口。

"明叔，您这越来越精神了啊！"进入酒店后，秦风发现，叶汉的那帮班底几乎都到了，个个脸上喜气洋洋。

"老弟，还是沾你的光啊！"明叔笑着说，"要不是你在比赛中淘汰了沃什伯恩，恐怕亨利也没那么容易夺得一个'赌王'称号……"

当初明叔也是跟去拉斯维加斯的，场内发生的事情，他也是亲眼所见，对于秦风的牌技，这帮子曾经跟过叶汉的人，都已经是心服口服了。

"明叔，这可和我没关系，都是亨利的功劳。"秦风笑着和众人寒暄着入了席，他成为未来赌场股东的事情，也就只有陈世豪和亨利卫两人知道，否则恐怕就连明叔都要眼红。

今儿这场酒宴算是给秦风接风洗尘，众人一直喝到了晚上八九点钟才散去，在散场之后，秦风就失去了影踪，甚至连陈世豪都不知道他去了哪里。

夜里十二点多的时候，在珠江大道旁的一个高级公寓里，窦健军一脸不解地看着秦风："秦老板，为何非要偷渡过来啊？你用吴哲的身份入境不就好了吗？正好让吴哲那小子再拿着自己的身份证回去。"

在秦风回澳岛之前，就让窦健军安排了偷渡的渠道，为了确保安全，这次偷渡是窦健军亲自开着一艘快艇，将秦风从澳岛接到了珠江市。

"我的行踪越少人知道越好。"秦风狼吞虎咽地将窦健军出去买的一份炒米粉扒拉到嘴里，喝了口啤酒，"什么龙虾鲍鱼，还没米粉好吃……"

晚上喝了一肚子的酒，秦风根本就没吃什么东西，这会儿却是饿极了，窦健军买的四人分量的炒米粉，被他一人吃掉了三份。

打了个酒嗝，秦风拍了拍肚子："回头我拿一百万给你，你交给吴哲，告诉他，只要两个月之内按照我的安排做，这一百万就都是他的了……"

"秦老板，不用那么多。"窦健军摇摇头，"给那个衰仔三五万港币就好了，话说这段时间他在我那里也是吃好玩好的。"秦风去美国这段时间，窦健军将吴哲偷渡到了内地，就藏在阳美村里，不过这小子也不是个省油的灯，打着窦健军的名号，每日里吃喝嫖赌什么坏事都做绝了。

"给他一百万，告诉他，要是不听话，钱没有，命也没有了！"秦风摇了摇头，脸上一闪而过的厉色，让窦健军为之一愣，不由得想起了发生在津天银行门口的那一幕来。

"行，秦老板，您放心吧，这事儿我一准儿办好！"窦健军点了点头，秦风既然愿意给那就给吧，反正又不是他自己出钱。

"老窦，这次多谢了。"秦风脸上露出笑意，"怎么样？想不想去澳岛混？"

"去澳岛？"窦健军闻言愣住了，过了好半天才说，"秦老板，你也知道，澳岛的人比较彪悍，我……我要是去和人抢地盘，怕是连渣都剩不下。"

"谁让你去和人抢地盘啊？"秦风哭笑不得，"老窦，你这些年也走私出去不少的珍贵文物，这是卖祖宗的财产的行为，有点损阴德的，我看还是别干了。"

"损阴德？秦老板，您也这么说？"听到秦风的话后，窦健军有些郁闷了，"我去年到栖霞山参佛，那位大和尚也是这么说，我那儿子出生就多病，会不会是因为这个？"

窦健军是潮汕人，而潮汕人最重视的就是传宗接代，家中子女越多越好。窦健军家中的原配倒是给他生了好几个孩子，可全都是女孩，于是窦健军在港岛又养了个女人，各种烧香拜佛之后，终于生了个儿子。只是这儿子出生以后，总是疾病缠身，到了医院又查不出病情，窦健军这几年为此伤透了脑筋。

"不好说，但伤了阴德，一般都是会应在子孙后代身上的。"

"不干这个，我还能干什么啊？"窦健军苦起了脸，他从十多岁的时候就跟着别人走私收音机电子表，几十年来都在这行当里厮混，别的事情他还真不会做。

"我和豪哥关系不错……"秦风说，"澳岛马上就要开放赌牌了，我可能会在新的赌场里有几个赌桌，想找人打理一下，不知道老窦你有没有兴趣？"

白振天当上洪门新任会长给秦风带来的直接好处就是，秦风不但在未来的新公司里多了百分之五的股份，而且还拿到了五张赌桌和一个赌厅的经营权。熟悉澳岛赌场的人都知道，澳岛的各大赌场里有许多赌桌，其实都是私人的，像港岛的霍大亨等人都有属于自己的私人赌桌。这些赌桌除了每年向赌场缴纳一定的费用之外，所有的盈利都归个人所有，在澳岛拥有赌桌，不单能日进斗金，同样也是一种身份的象征。

所以听到秦风的话后，窦健军结结巴巴地说道："秦……秦老板，你……你在澳岛赌场有赌桌？"

"现在没有，但三年之内，肯定会有。"秦风纠正了窦健军的话，"这几个赌桌由你来帮我经营，每年赚取的利润，你可以拿百分之二十。这生意你接不接？"

很多在澳岛拥有赌桌的大佬，都会将赌桌交给赌场来经营，但赌场所抽取的佣金却高达百分之四十以上。所以虽然秦风在赌场占股，但也没必要白白摊薄了赌桌所赚的钱，更何况那家赌厅要交给一个八面玲珑的人来打理。眼下秦风认识的人里面，除了谢轩外，也就窦健军比较合适，这哥儿们十多岁就出道混社会，眼皮子活络得很，和各种人都能打得上交道。

"接……接啊！"窦健军此时已经回过了神儿，连忙说，"秦爷，我愿意干，您放心，我要是经营不好您的赌桌，您把我这脑袋拧下来当球踢……"要不怎么说窦健军是八面玲珑的人？一转眼的工夫，他已经将秦风的称呼由"秦老板"改成"秦爷"了，只有这种放得下身段的人，才能去做赌场那种伺候人的生意。

当然，这也是利益驱使，澳岛赌场的赌桌，那就等于是一棵摇钱树。一个赌桌一年下来两千万以上的盈利绝对不成问题，如果秦风能有个四五张赌桌，窦健军那百分之二十也能拿到一千多万了。

"秦爷，您说的这事儿，靠谱儿吗？"在最初的脑子发热后，窦健军心里却是泛起了嘀咕，据他所知，澳岛赌场的赌桌，可不是那么好拿的。

"不相信你可以不答应啊！"秦风笑着看向了窦健军，"不过你要是答应了，马上就结束现在的走私生意，除了留下几个机灵的人外，剩下的都遣散。"

秦风本就是出身江湖，他也喜欢用江湖上的人来做事，因为这些人比起那些高学历或者高智商的人要更好管理，也更容易把握住他们的弱点。

就像是何金龙那些人，秦风在他们几乎山穷水尽的时候，给其指出了一条明路，赢得了这些人的感恩戴德。拆迁公司开了也有一年多了，何金龙那些人花钱十分节省，在工地的时候，都是和工人吃的一样的饭菜，没有在账上做过一分钱的手脚。

而小偷出身的于鸿鹄，带着几个徒弟每日里起早摸黑，将那家开锁店打理得红红火火。这么长时间最少也开了千儿八百户人家的大门，从没有出现过顺手牵羊监守自盗的事情来，谁敢想象这些人不久之前还在潘家园当佛爷呢？

"我……我跟您干！"窦健军脸色阴晴不定地迟疑了好大一会儿，最终下定了决心，"秦爷，以后老窦这条命就卖给您了！"窦健军知道自己已经上了警方的黑名单，如果再不上岸的话，恐怕早晚有一天要进去吃牢饭。现在秦风让他做事，等于是给了他洗手上岸的机会，窦健军自然要牢牢把握住了。

"老窦，这个选择，你不会后悔的。"秦风拍了拍窦健军的肩膀，"终有一天，你会和豪哥一样，成为澳岛的风云人物，不用再过像现在这种躲躲藏藏的生活。"

"是，秦爷，我都听您的，这条命就卖给您了！"秦风的话听得窦健军血脉偾张，心头一阵激动。正如秦风说的那样，做走私生意的他，的确见不得光，每天都有种惶惶不可终日的感觉。

"好了，早点休息吧，明天一早我坐火车回京城。"秦风笑着点了点头，想到马上就能回京城见到兄弟们和孟瑶，秦风的思绪也不禁飘忽了起来，第一次谈恋爱，他有种说不出的幸福感。

"秦爷，明儿我先送您去羊城。"窦健军说，"然后再把吴哲那小子给偷渡到澳岛去，不过到了澳岛我把他交给谁？"

"豪哥会安排的，你到了澳岛打他电话。"秦风随手在桌边的纸上写了个号码，"记在心里就行了，回头把它给烧掉。"

全国主要古玩市场、拍卖行、鉴定机构一览

中国嘉德国际拍卖公司：北京市建国门内大街18号 010-65182315
上海青莲阁拍卖公司：上海市福州路515号三楼 021-51701200
天津蓝天国际拍卖行：天津市解放南路256号 022-23201228
江苏省拍卖总行有限公司：南京市傅厚岗29号 025-83281776
湖北诚信拍卖有限公司：武汉市台北一路26号 027-85761821
广东省文物鉴定站：广州市沙河街水荫四横路32号 020-87047158
西安宝石鉴定中心：西安市雁塔路南段6号 029-5525062
山西兴晋拍卖行：太原市迎泽大街229号 0351-4196268
黑龙江宝玉石质量监督检查站：哈尔滨市中心路65号 0451-5662783

北京潘家园旧货市场：北京市朝阳区华威里18号
北京古玩城：北京市朝阳区东三环南路21号
上海国际收藏品市场：上海市黄浦区江西中路457号
天津古物市场：天津市南开区东马路水阁大街30号
天津古玩城：天津市南开区古文化街
广东深圳古玩城：广东省深圳市乐园路13号
广东深圳华之萃古玩世界：广东省深圳市红岭路荔景大厦
广东珠海收藏品广场：广东省珠海市迎宾南路
广东广州带河路古玩市场：广东省广州市带河路
广东广州佳昊国际古董古玩交易中心：广东省广州市体育东路
河北石家庄古玩城：河北省石家庄市西大街
河北霸州文物市场：河北省霸州市香港街
河北保定文物市场：河北省保定市新北街
河南郑州古玩城：河南省郑州市金海大道
河南洛阳西工古玩市场：河南省洛阳市洛阳中州路
河南洛阳潞泽文物古玩市场：河南省洛阳市九都东路
河南洛阳古玩城：河南省洛阳市民俗博物馆大门东
河南平顶山古玩市场：河南省平顶山市开源路

陕西西安古玩城：陕西省西安市朱雀大街中段

山西平遥古物市场：山西省平遥县明清街

山西太原南宫收藏品市场：山西省太原市迎泽路

江苏南京夫子庙市场：江苏省南京市夫子庙东市

江苏南京金陵收藏品市场：江苏省南京市清凉山公园

江苏苏州藏品交易市场：江苏省苏州市人民路市文化宫

江苏常州表场收藏品市场：江苏省常州市罗汉路

浙江杭州民间收藏品交易市场：浙江省杭州市湖墅南路

浙江绍兴古玩市场：浙江省绍兴市绍兴府河街

湖北武昌古玩城：湖北省武昌市东湖中南路

湖北武汉收藏品市场：湖北省武汉市扬子街

湖南长沙博物馆古玩一条街：湖南省长沙市清水塘路

湖南郴州古玩一条街：湖南省郴州市兴隆步行街

四川成都文物古玩市场：四川省成都市青华路

辽宁大连古玩城：辽宁省大连市港湾街

辽宁沈阳古玩城：辽宁省沈阳市沈阳故宫附近

辽宁锦州古文物市场：辽宁省锦州市牡丹北街

黑龙江哈尔滨马家街古玩市场：黑龙江省哈尔滨市马家街

吉林长春吉发古玩城：吉林省长春市清明街

山东青岛古玩市场：山东省青岛市昌乐路

安徽合肥城隍庙古玩城：安徽省合肥市城隍庙

安徽蚌埠古玩城：安徽省蚌埠市南山路

福建白鹭洲古玩城：福建省厦门市湖滨中路

福建泉州古玩市场：福建省泉州市涂门街

福建厦门特拍拍卖有限公司：福建省厦门市湖滨北路

甘肃兰州古玩城：甘肃省兰州市北滨河中路

云南昆明古玩城：云南省昆明市桃园街

江西南昌滕王阁古玩市场：江西省南昌市沿江北路

贵州贵阳花鸟古玩市场：贵州省贵阳市阳明路